Peter Schmidt

Macht der Magie

Die letzte Bastion der Götter

„Ohne Kenntnis der Ideen, die die Wahrheit hinter den Dingen darstellen, sind wir wie Menschen, die in einer Höhle sitzen, nie die Sonne gesehen haben und unsere Schatten für das echte, das wahre Leben halten."

(Platons Höhlengleichnis)

Die Welt

Die zur Zeit des ersten Bandes bekannte Welt, setzt sich zusammen aus den Königreichen Tigra und Ogirion, deren Gebiete durch zwei gigantische Meere getrennt sind. Das Meer der Mitte, welches im Süden in den Ozean mündet und das Meer der Toten, welches in eine riesige Salzwüste eingebettet ist. Eben diese Wüsten bilden die einzigen Landbrücken zwischen den Königreichen.

Seit dem sogenannten 130jährigen Krieg, einem schier endlosen Gemetzel in welchem alle Reliquien der vorangegangenen Zeiten vernichtet wurden, werden die Reiche zusätzlich durch eine gigantische Befestigungsanlage getrennt. Ein Bauwerk aus solidem Stein, viele Meter hoch und breit, welches sich quer über die Landbrücken zieht.

Auf diese Weise entwickelten sich in den folgenden 749 Jahre zwei gänzlich verschiedene Völker, bis sich die Pforten eines Tages öffneten.

Acht Jahre vor Beginn des ersten Bandes...

Legende
Schnee/Eis
Steppe
Äcker/Wiesen
Wald
Steppe
Steinwüste
Sandwüste
Wasser
Westen
Osten
Süden
nördliche Grenzmauer
südliche Grenzmauer
Thorgar
Die Riesen
Hochland
Esath
Namiba
Sefras
Ogirion
Meer der Toten
Westgebirge
Tigra
Walenos
Melaas
Ergoloth
Lorin
Alveus
Ostgebirge
Seenland
Meer der Mitte
Mirinon
Ratesat
Westmeer
Enoth
Weißes Gebirge
Onar
Virona

Für Julia,
die Liebe meines Lebens.

Danksagung:

Ich danke meinen Eltern für ihre Hilfe bei der Vorbereitung des Manuskriptes und der Produktion.
Außerdem gebührt mein Dank Christian Putzke, dem ich die grafische Gestaltung des Covers und der Homepage zu verdanken habe.

Kapitel 1 - Der Untergang der Familie Spark

Es geschah an einem Tage im Frühling, an welchem die Sonne eines ihrer schönsten Lächeln aufgesetzt hatte, als auf einmal das schallende Hämmern galoppierender Hufe durch das kleine Dorf mit Namen Grosaru hallte und ein nur leicht bewaffneter Botschafter des Königs auf dem Rücken eines prächtigen Pferdes in den kleinen Ort geritten kam. Durch die schmalen Gassen, deren Ränder hauptsächlich durch schäbige, kleine Hütten gebildet wurden, führte ihn sein Weg in den Teil des Dorfes, in welchem die wenigen Villen der reichen Bewohner ihren Platz gefunden hatten. Der Botschafter drosselte langsam seinen flotten Gang, stoppte in Front eines weiß gestrichenen Holzhauses seinen Ritt und sprang mit flinkem Sprung von seinem Pferd. Mit Bewunderung über das schöne und große Bauwerk setzte er zu Fuß seinen Gang durch den kleinen Frontgarten fort, woraufhin er mit festen Klopfzeichen an die weiße Eingangstür seine Ankunft bekannt gab. Es war eine Frau im mittleren Alter, die daraufhin mit freudigem Lächeln die Pforte öffnete und sich nach dem Begehr des Soldaten erkundigte.
„Seid mir gegrüßt. Ich wurde entsendet vom Kriegsrat des Königs, der mir aufgetragen hat euch folgende Botschaft zu übermitteln“, sprach er mit hastigen Worten, wobei er ein kleines Pergament aus seiner Tasche nahm und dieses vor ihren Augen entrollte. „Sheron Jackson Spark, Offizier der königlichen Truppen, ist beim Ausführen seiner Pflicht ums Leben gekommen. Der oberste Militärrat und der König überliefern euch ihr Mitgefühl und hoffen, dass ihr diesen schweren Verlust verschmerzen könnt. Gezeichnet Balin von Onur, Schriftführer des Rates.“
Mit starrem Blick rollte der Überbringer der Botschaft jene zusammen und hielt das Pergament ausgestreckt in Richtung des Empfängers.

Ohne vorherige Anmeldung von Seiten des Botschafters sowie ohne irgendeine Ahnung über den Inhalt jener Mitteilung hatte Mytress, die Herrin des Hauses, dem Milizen die Türe geöffnet und verharrte nun wie zu Stein erstarrt im Vorraum des Hauses. Ungläubig blickte sie dem jungen Mann in die Augen, welcher traurig den stummen Blick senkte. „Es tut mir aufrichtig Leid, was mit eurem Mann geschehen ist, ehrenwerte

Mytress", stammelte er dann plötzlich, als er dem leisen Schluchzen und Wimmern der Frau nicht länger mit Schweigen entgegentreten wollte. Diese jedoch schien ihn gar nicht mehr wahrzunehmen und sackte mit einem leichten Knicks zu Boden, wo sie die tränenden Augen tief in den Händen vergrub.

So kam es nun, dass der älteste Nachwuchs der Familie Spark den Schauplatz des Geschehens betrat und nach einem verwunderten Blick auf die am Boden sitzende Mutter die Botschaft aus den Händen des Soldaten nahm. Mit schnellem Griff öffnete er sie und begann zu lesen. Zeile um Zeile zeichnete sich dabei der Inhalt der Botschaft auf seiner Stirn und in seinen Augen wider, bis er schließlich das Pergament zusammenrollte und das Wort an den Botschafter richtete.

„Es ist keine freudige Nachricht, welche der Rat unserem Hause am heutigen Tage zu überbringen hat. Richtet ihm dennoch unseren Dank für ihr Mitgefühl aus und nehmt dies als Gegenleistung für euren Dienst."

Mit einer geschickten Handbewegung zog er einen Silbertaler aus seiner Hosentasche und warf ihn dem Botschafter entgegen, der sich durch eine gekonnte Rückwärtsbewegung aus dem Mittelpunkt des Geschehens verabschiedete.

Mit Tränen in den Augen schloss Marios, wie jener junge Mann einst benannt wurde, die Tür und wendete sich seiner geliebten Mutter zu, welche immer noch schluchzend und weinend am Boden saß. „Komm mit hinein in die Stube", sprach er zu ihr, woraufhin sie seine zu ihr ausgestreckte Hand fasste, um sich mit seiner Kraft aufzurichten. „Wieso nur", stammelte sie derweilen. „Wieso nur musste er sterben?" Und mit fragendem Blick schaute sie ihrem ältesten Sohn in die Augen, als ob sie eine Antwort von ihm erwarte. Doch das Einzige, was dieser darauf entgegnen konnte, war ein leises „Ich weiß es nicht", woraufhin sie sich mit tränenden Augen in der Schulter des Sohnes vergrub.

Dies war nun der Augenblick, wo Dexter, das jüngste Mitglied der Familie Spark, den Raum betrat und mit fragendem Blick den sich ihm offenbarenden Anblick musterte. „Was ist los?", fragte der sichtlich verdutzte Junge, als er seine weinende Mutter im Arm des Bruders vorfand. „Ist irgendwas passiert?", wiederholte er seine Frage, als ihm keine Antwort gegeben wurde und trat nun näher zu den beiden heran. Mit sanfter Be-

wegung nahm Marios darauf die Mutter von der Schulter und geleitete sie zum nächstgelegenen Hocker, woraufhin er sich seinem kleinen Bruder widmete. „Du musst jetzt stark sein, kleiner Dexter!“, forderte er ihn auf, während er langsam in die Knie ging, um mit ihm auf einer Sichthöhe zu sprechen. “Es ist etwas passiert, mein Kleiner. Unser Vater ist gestorben. Soeben kam ein Abgesandter des Rates und überbrachte uns die schreckliche Nachricht. Aber mach dir keine Sorgen, es wird alles wieder gut.“
„Hatte er gerade richtig gehört? War das tatsächlich sein ernst oder wollte er sich nur einen Spaß mit ihm erlauben?“, ängstlich und verdutzt wanderte Dexters Blick von den vertränten Augen seines Bruders zu der schluchzenden Mutter, als ihm plötzlich klar wurde, dass sein Bruder die Wahrheit sprach. Sein Vater war nicht mehr am Leben. Der Mann, den er mehr bewundert hatte als irgendetwas sonst auf der Welt. Der Vater, der schon immer das größte Vorbild für den damals achtjährigen Dexter war, war gestorben.
„Nein, nein das ist nicht wahr. Du lügst! Vater ist nicht tot. Er darf nicht tot sein. Nein!“, erwiderte er mit verbittertem und verängstigtem Tonfall, wobei es jedoch geschah, dass je länger er versuchte das Offensichtliche für eine Lüge zu erklären, desto gewisser wurde ihm, dass sein Vater für immer von ihnen gegangen war.

Die darauf folgenden Tage im Anwesen der Familie Spark waren geprägt von Trauer und Hoffnungslosigkeit. Es wurde nur wenig gesprochen und ein jeder der verbliebenen Familienmitglieder versuchte auf seine Weise mit dem Geschehenen fertig zu werden. Oft kam es vor, dass der junge Dexter in dieser Zeit auf seinem Bett lag und mit vertränten Augen die Zimmerdecke anstarrte. „Wie konnte es sein? Wie konnte es sein, dass sein Vater nicht mehr am Leben war?“, ging es ihm dabei immer wieder durch den Kopf. Und auch wenn er sich im Klaren darüber war, dass der Tod nichts Unnatürliches für einen Soldaten war, so wollte er einfach nicht wahrhaben, dass sein Vater, wie so viele vor ihm, das Schicksal des Todes teilen musste. Viele Stunden verbrachte Dexter allein in seinem Zimmer, während ihm die verschiedensten Erinnerungen durch den Kopf gingen. Erinnerungen an den Vater und die Zeit mit ihm und ein jedes Mal, wenn er sich eingestehen musste, dass er nie wieder solche Momente mit Sheron verbringen konnte, suchte sich ein erneuter Tränenschwall den Weg aus seinen Augen. „Der Tod ist so was furchtbares“, sprach er dabei immer wieder zu sich selbst, auch wenn er nicht wusste, dass dieser ein ständiger Begleiter seines Lebens werden sollte.

Im gesamten Ort, in welchem die Familie Spark aufgrund der Stellung des Vaters wohl bekannt war, betrauerte man den Tod des Mannes, bis am dritten Tage nach der Überlieferung der Nachricht die letzte Ruhe des Soldaten zelebriert wurde. Viele waren es, die sich am alten Friedhof versammelt hatten um ihrem ehemaligen Freund, Kameraden oder Vater die letzte Ehre zu erweisen. Viele aus dem Ort, aber auch eine Vielzahl an Stadtmenschen und Soldaten schmückten das Bild der Trauergemeinde, während der Leichnam des verstorbenen Offiziers auf einem Brennhaufen aufgebahrt langsam zu Asche wurde. Es war eine alte Tradition, so hatte man es einst Dexter erklärt, die Toten zu verbrennen, da sie nur so in ihrer reinsten Form in den Kreis ihrer Vorväter eingehen konnten.

So wurde im Anschluss die Asche in einer Silberkartusche verstaut, in der sie eingemauert in Stein bis an das Ende der Tage verweilen sollte. „Auf dass er eingehen wird in die Hallen seiner Vorväter“, sprach dabei die Stimme des Friedhofswärters, der traditioneller Weise die Leitung bei solchen Traueranlässen innehatte, während Dexter mit Tränen in den Augen zu Boden blickte. Es war ein sonderbares, zutiefst trauriges Gefühl, welches dabei wie ein schwerer Stein auf seinem Herzen lag. Es waren die verschiedensten Erinnerungen und Gedanken an den verstorbenen Vater, die mit immer größerer Trauer und Sorge sein Herz umschlossen, bis er mit weinenden Augen zu Boden ging. „Vater!“, stammelte er dabei unter Tränen, während ein unaufhörliches Trauerfeuer in seiner Seele loderte.

So verließ Sheron Jackson Spark an jenem Tage das Antlitz dieser Welt, wobei es zu jenem Zeitpunkt keiner für möglich gehalten hätte, dass die gewaltige Trauer, welche sich infolge der Trauerfeier im gesamten Ort verbreitet hatte, bereits in der darauf folgenden Nacht weiter anwachsen sollte.

Es war etwa Mitternacht und der Mond leuchtete mit all seiner Kraft, als plötzlich ein erschreckendes Hämmern die nächtliche Ruhe zerstörte. Ein Hämmern wie es von den Hufen galoppierender Pferde und gepanzerter Rüstungen bekannt war, durchstürmte die Straßen des kleinen Ortes, bis es in jener Gasse, in welcher die prächtig anzusehenden Bauwerke der reichen Dorfbewohner gelegen waren, auf einmal verhallte. Sieben bewaffnete Mannen stiegen von ihren Rössern und schlichen mit kurzem Nicken und einem verächtlichen Grinsen in Richtung des Eingangs. Kurz überprüften sie das eiserne Schild, auf welchem über dem Eingang der Schriftzug Spark zu lesen war, und traten mit einem gewaltigen Tritt die Tür ein.

Wie vom Blitz getroffen fuhr Mytress in jener Sekunde in die Höhe und versuchte zu verstehen, was dieser laute Schlag sollte. Sie verstand sofort. „Sie waren es! Sie, die einst ihre Heimat vernichteten. Sie waren gekommen, um zu vollenden, was sie vor Jahren begonnen hatten“, schoss es ihr durch den Kopf, woraufhin sie mit schneller Bewegung aus ihrem Bett sprang. Hastig verließ sie das elterliche Schlafzimmer, um vor den Angreifern bei ihren Kindern zu sein, als plötzlich die dumpfe Stimme eines Mannes aus dem unteren Stockwerk nach oben drang. „Mytress Spark, oder sollte ich besser sagen Mytria, Tochter des Aratheus, ihr seid im Namen des Königs verhaftet. Wenn ihr euch uns und unseren Befehlen widersetzt, sind wir gezwungen euch mit Gewalt unserem Willen zu unterwerfen“, hallte es, während Mytress mit schnellem Schritt im Zimmer Marios’ verschwand.
„Mama, was ist los?“ „Pst! Wir haben keine Zeit zum Reden. Nimm deinen Bruder. Versteckt euch im Geheimschrank. Euch darf nichts passieren, verstehst du mich. Du weißt, wie ich damals zu euch kam. Bitte versprich mir, dass du dich um deinen kleinen Bruder kümmerst. Rettet euch und macht euch keine Sorgen um mich. Schnell!“ Und mit einem Kuss auf die Stirn drehte sie sich um und ließ Marios allein in der Dunkelheit zurück.
„Hier bin ich, ihr verlumptes Kriegerpack. Nehmt Befehle von einem Mann entgegen, dessen Loyalität zu dieser Welt vor Jahrzehnten verloschen ist. Kommt und holt mich, wenn ihr euch traut. Aber lebend werdet ihr mich niemals in die Finger kriegen!“, hallte es aus dem Munde der

Mutter die Treppe hinab, worauf sie mit schnellem Schritt zurück ins Schlafzimmer rannte, um eines der Schwerter des verstorbenen Mannes zu holen.
Ein wenig verdutzt über das Auftreten ihres offensichtlichen Feindes blickten sich die Soldaten verwirrt in die Augen, als plötzlich der Oberste unter ihnen den Befehl des Angriffs gab. Es waren fünf dunkle Schatten, die daraufhin mit lautem Geschrei die Treppe emporklommen und mit schnellen Schritten der Frau folgten. Diese lauschte derweil mit gespanntem Ohr hinter der Tür des Schlafzimmers, bis ihre Gegner auf wenige Fuß an sie herangekommen waren. In jenem Moment geschah es nun, dass sie mit festem Tritt gegen die Tür jene aufschlagen ließ, wobei bei einem der Männer ein lautes Krachen des Nasenbeins dessen Zerstörung verkündete. Mit dem Schrei einer wild gewordenen Furie stürzte sie dann mit der Klinge voraus aus der Tür, während sie die metallene Schneide rasch durch die Lüfte gleiten ließ. Sie war geschickt im Umgang mit der Waffe, das konnte man sehr wohl behaupten. Gekonnt zog sie von Seite zu Seite und parierte die Angriffe des vordersten, ebenfalls gut geschulten Soldaten, wobei sie die fehlende Kraft geschickt durch einige Körperdrehungen ausglich. Immer wieder schaffte sie es gar selbst durch schnelle Klingenstriche ihren Angreifer zu verwunden und so kam es, dass sie ihm nach einem gekonnten Verteidigungsstreich die Waffe durch den ungeschützten Hals bohrte. Blut strömte aus der offenen Wunde hervor und bespritzte die Kämpferin und das Umfeld, während jene die Klinge schnell zurückzog, um einen nächsten Angreifer abzuwehren. Ihr Glück war, dass es in dem schmalen Gang, welcher rechts von einer Mauer, links von einem rundumlaufenden Treppengeländer begrenzt war, den Soldaten nicht möglich war gemeinsam anzugreifen.

So kam es, dass nach dem mit durchgeschnittener Kehle am Boden Liegenden ein weiterer dessen Schicksal teilte. Dieser ging mit einer tiefen Verletzung in Bein und Bauch zu Boden, während Mytress sich tief Luft holend in das Schlafzimmer zurückzog. „Verdammt, die rastet vollkommen aus, Herr Kommandant!“, rief daraufhin einer der Mannen, der das Schicksal seiner Vorgänger zu vermeiden versuchte, während jener gemächlich und scheinbar vollkommen ruhig die Treppe hinaufkam, um sich nun selbst um die Angelegenheit zu kümmern.

Mit Angst hatte Marios derweilen hinter seiner Tür gelauscht, als ihm plötzlich die Worte der Mutter zurück ins Gedächtnis kamen. „Er musste handeln. Schnell“, dachte er und verharrte nicht länger hinter der Tür, sondern machte sich durch eine zweite auf ins Gemach des Bruders, der, durch den Lärm erschreckt, wimmernd und mit ängstlichen Augen unter dem Bett lag. „Dexter, wo bist du?“, flüsterte der Bruder leise, woraufhin dieser hervorkroch und in die Arme des Bruders lief. „Was ist da los?“, fragte er weinerlich und mit ängstlicher Stimme, als ihn sein Bruder anwies ruhig zu sein. „Ich weiß es nicht. Aber hier sind irgendwelche Männer, die scheinbar hinter unserer Mutter her sind. Schnell, komm mit mir, ich weiß, wo wir sicher sind. Aber sei leise!“
Mit einem kräftigen Armzug führte er seinen Bruder aus dessen Zimmer zurück in das seinige, woraufhin er eine kleine Klappe hinter einem der Regale öffnete. Es war ein winziger Schalter, der sich dahinter verbarg und nach dessen Betätigung der Weg in ein dunkles Loch freigegeben wurde. Mit staunendem Blick und unsicherem Geist verfolgte Dexter die vor ihm ablaufenden Geschehnisse, wobei er es sich nicht nehmen ließ, in Erfahrung zu bringen, was es mit jenem Loch auf sich hatte. „Es ist ein alter Kohleschacht. Und jetzt nichts wie rein mit dir“, entgegnete darauf der Bruder mit leiser Stimme, woraufhin sie gemeinsam in der Dunkelheit verschwanden.
Es war ein kleiner Raum, nicht größer als ein Meter in jede Richtung, in dem sie sich nun wiederfanden und an dessen gegenüberliegendem Ende Marios einen zweiten Schalter betätigte. Unter kaum wahrnehmbarem Rascheln löste sich daraufhin eine kleine Verankerung, wodurch das kleine Versteck mit einem Schlag in totale Finsternis gehüllt wurde. Nur das leise Atmen der zwei Knaben unterbrach nun die von außen hörbaren Kampfgeräusche, die sich vom Gang aus ins elterliche Schlafzimmer ausbreiteten.
Glas zerbrach und hartes Metall klirrte unaufhörlich aufeinander, bis der plötzliche Aufschrei einer sterbenden Frau Ruhe einkehren ließ. „Du dachtest also, du könntest uns entwischen, du Miststück. Du glaubst gar nicht wie lange wir schon nach dir gesucht haben. Und nun haben wir dich endlich gefunden. Wenn du uns nun noch erzählst, wo der Kleine ist, dann werden wir dich ohne Umwege in die Hölle befördern“, schallte die Stimme eines Mannes durch die Wände, wobei weder Dexter noch sein

Bruder verstanden, von was er sprach. „Ich werde dir gar nichts sagen. Du bist Abschaum. Ein Verräter an unserer Rasse!“, drang daraufhin die schmerzerfüllte Stimme der Mutter an ihre Ohren, woraufhin der Mann mit einer schnellen Klingenbewegung den tödlichen Stoß vollführte.
Mit einem Grinsen wendete er sich dann von ihr ab, woraufhin der Befehl „Sucht ihn!“ durch die Reihen der Männer ging.
So geschah es, dass die fünf überlebenden Männer unter lautem Getöse und Gepolter die Villa der Sparks auseinander nahmen, wobei ihnen lediglich ein winziges Räumchen entging. Es war der ehemalige Kohleschacht, den die Mutter und der Vater in weiser Voraussicht in ein Versteck verwandelt hatten, der ihrem Blick entkam, was dazu führte, dass sie etwa eine Stunde später ohne ein weiteres Opfer unter dem Geklapper schwerer Panzerrüstungen das Dorf verließen. So geschah es, dass schließlich nicht einmal eine Woche nach dem Tod des Vaters das zweite Familienoberhaupt der Familie Spark ihr Leben verlor und die beiden Knaben Marios und Dexter zu Vollwaisen wurden.

Es dauerte lange, bis eben benannte Knaben es Stunden später wagten aus ihrem Versteck heraus zu kriechen. Sie wussten weder wie spät es war, noch ob sie endlich in Sicherheit waren, als sie das Regal Stück für Stück beiseite schoben und die ersten Sonnenstrahlen ihre Augen zum Blinzeln brachten. Nur mit Mühe kamen sie aus dem kleinen Eingangsloch und riskierten daraufhin einen ersten Blick aus dem Zimmer in Richtung Elternschlafzimmer. Überall waren Blut und zerstörte Gegenstände, aber weder von den Männern, noch von ihrer Mutter war etwas zu sehen.

Gemeinsam gingen sie ins Schlafzimmer, wo sie jene letztlich doch vorfanden. Mit Blut und Dreck verklebt lag sie neben ihrem Bett und hatte einen Dolch in der Brust stecken. Ein Brief lag neben ihr, in welchem auf schier unerträgliche, abscheuliche, verlogene Weise ein Selbstmord der Mytress erklärt wurde. „Offenbar versuchten die Angreifer der Nacht ihre ungeheure Tat mit einer Lüge zu verheimlichen, um keinen Verdacht auf sich zu lenken“, sprach auf einmal Marios, als er den Zettel beiseite nahm und mit ernstem Blick den toten Körper der Mutter betrachtete. Es war ein leises Schluchzen, das ihn plötzlich aus seinen Gedanken riss und die Stille durchbrach. „Wie kann das nur sein?“, wimmerte der Jüngste der Sparks dabei, während er sich vor der verstorbenen Mutter auf die Knie fallen ließ. „Wieso nur?“, sprach er weiter, während Marios ebenfalls auf die Knie ging und den schützenden Arm um den Bruder legte, der sich daraufhin unter Tränen in die Schulter des Bruders grub. „Wieso nur?“, stammelte er dabei immer wieder, während der ältere Bruder angespannt nachdachte. Es waren einige kleine Tränen, die dabei ihren Weg aus den Augen des Knaben fanden. „Die Welt ist so ungerecht. Erst Sheron und nun Mytress“, sprach er dabei zu sich selbst, während er sich aus dem Griff des Bruders befreite. „Lass uns nach unten gehen. Lass uns nicht länger neben ihrem Leichnam verweilen. Ich ertrage diesen Anblick nicht mehr“, sprach er dabei, woraufhin der kleine Dexter ihm nickend zustimmte. Mit vertränten Gesichtern ließen die beiden Brüder das elterliche Schlafzimmer, welches zum Grabe der Mutter geworden war, hinter sich und verschwanden hinab in die Küche, wo sie sich mit traurigem Blick und unsicherem Geist niederließen.

So kam es nun, dass Marios und sein kleiner Bruder an einem Punkt in ihrem Leben angekommen waren, an dem sie beide nicht wussten, wie es weitergehen sollte. Ein Punkt, an dem zur Verzweiflung nicht viel fehlt und die Hoffnung zerschlagen ist. Was sollten sie nur tun? Allein? Ihr Vater und ihre Mutter waren beide nicht mehr am Leben, und keiner von ihnen wusste, weshalb dies so war. So verstrich die Zeit in einer nicht enden wollenden Verschleierung von Angst, Trauer und Verzweiflung, bis es letztlich Dexter war, der die aufgekommene Stille durchbrach.
„Weißt du, wieso die bösen Männer Mama getötet haben?“, schoss es aus dem Munde des Knaben, woraufhin sein Bruder lediglich ein Kopfschütteln entgegnen konnte. „Ich weiß weder, was sie wollten, noch wer sie waren. Ich weiß nur, dass Mama gesagt hat, ich muss dich in Sicherheit bringen. Sie hat gesagt, ich soll dich um jeden Preis beschützen, und das werde ich auch tun!“, beendete er seinen Satz und schloss den fünf Jahre jüngeren Bruder erneut in die Arme. „Weißt du, ich glaube, wir sollten von hier fortgehen“, sprach er daraufhin nach einem kurzen Moment des Nachdenkens. „Ich weiß zwar nicht, wer die Männer waren, aber ich weiß auch nicht, ob sie zurückkommen werden um nach uns zu suchen. Deswegen sollten wir von hier verschwinden“, und mit einem Nicken machte Dexter seinem Bruder bemerkbar, dass er jene Idee teilte.

„Aber wo sollen wir nur hin?“ Kopfschüttelnd fiel Marios in Gedanken, als es schließlich Dexter war, der seinen Bruder auf die entscheidende Idee brachte.

„Warum gehen wir nicht in die Stadt?“, begann der kleine Knabe mit einer letzten Träne im Auge, woraufhin er seinen Satz nach einem kurzen Wischen fortsetzte. „Papa hat immer so viel Schönes von der Stadt erzählt. Bestimmt hilft uns da jemand.“ Und gerade als der Knabe jenen Satz vollendet hatte, fiel Marios jemand ein, den er schon beinahe vergessen hatte. Ein stattlicher Mann, der einst mit seinem Vater gereist war. Ein guter Freund des Vaters war er gewesen. Ein General mit rotem Bart und rotem Haar. Aber wie war sein Name? Fragend blickte Marios umher, woraufhin der neugierige Dexter nach dem Grund fragte. „Hör zu, Dexter. An dem Tag, an dem Papa beerdigt wurde, kam nach der Zeremonie ein Mann zu mir, der mir erzählte, er sei ein guter Freund des Vaters gewesen. Und er hat mir erzählt, dass er unserem Vater einst versprochen hatte, sich um seine Familie zu kümmern, falls er von einer seiner Reisen nicht wieder zurückkommen würde. Er hat gemeint, er würde uns helfen, egal was ist. Verstehst du?“, und mit fragendem Blick schaute er in die großen Augen des Bruders. „Du meinst also, er wird uns helfen“, entgegnete dieser, worauf Marios bestätigend nickte. „Das bedeutet ja, wir werden nicht verhungern und ich kann endlich die Stadt sehen, von der Papa mir schon so viel erzählt hat. Und da wird uns bestimmt auch niemand finden, oder? Komm lass uns schnell gehen“, rief Dexter darauf von plötzlicher Aufbruchsstimmung gepackt, während er mit einem Satz auf die Beine sprang. „Ich pack schon mal mein Zeug und dann brechen wir so bald wie es geht auf, oder?“ „Ja, ja, pack du schon mal deine Sachen“, und mit einem erleichterten Seufzer ließ Marios sich daraufhin auf den eben frei gewordenen Stuhl sinken. Gut, dass er sich an den roten General erinnert hatte. Wenn ihm nur einfallen wollte, wie sein Name war? Aber nun gut, dieser Frage könnten sie auch noch nachgehen, wenn sie Thorgar erreicht hatten.

Durch diese tragische Fügung geschah es also, dass Marios und Dexter im Schatten der Nacht des gleichen Tages den Ort ihrer Herkunft verließen und mit einem voll beladenen Karren in Richtung Thorgar aufbrachen.

Mindestens zwei Tage dauerte die Reise in die Hauptstadt Thorgar, auf welcher nur wenige Worte zwischen den Knaben ausgetauscht wurden. Erst so langsam begann ein jeder von ihnen zu begreifen, was in der vorigen Nacht geschehen war und was es bedeutete nach Thorgar zu fliehen. Aber nicht nur über seine Zukunft, nein, auch über die Vergangenheit grübelte der kleine Dexter. Lange Zeit lag er einfach still im hinteren Teil des Karrens und schwelgte in Erinnerungen. Erinnerungen an die Taten seines Vaters. Erinnerungen an die Geschichten und Abenteuer, von denen jener ihm schon so vieles berichtet hatte. Geschichten über Drachen, Trolle und andere Geschöpfe, die diese Welt bevölkerten.
Auch wenn sie sich nicht sonderlich oft gesehen hatten, so war die Zeit, welche sie gemeinsam verbrachten, die schönste im noch jungen Leben des damals achtjährigen Dexters. Je länger der Knabe so dalag und in Gedanken versunken die Geschichten seines Vaters durchlebte, desto größer wurde sein Drang zu erfahren wie genau sein Vater umgekommen war. Und die Mutter? Ja, auch über ihren Tod zerbrach sich der Junge den Kopf. Wieso nur war sie ermordet worden? Was konnte sie, die solange sich der Knabe zurückerinnern konnte nur Hausfrau und Mutter gewesen war, verbrochen haben, dass sie solch ein Schicksal verdient hatte?
Dexter wusste es nicht, aber dennoch suchte er verzweifelt nach irgendeiner Erkenntnis, welche ihm jedoch in jenen jungen Jahren, wie so vieles andere auch, verborgen blieb.
So verstrich die Zeit, und je länger er so dalag, desto mehr fiel der Vorhang der Träume über den Geist des Knaben, bis er letztlich hinter jenem verschwand und sein Körper in die Phase des Schlafes eintrat.

„Na, bist du endlich wach?“, kam plötzlich die Stimme Marios von der vorderen Sitzbank, woraufhin sich Dexter mit einem lang gezogenen Gähnen aufraffte um die Umgebung zu mustern. Es war der Morgen des zweiten Tages, wobei der gewaltige Feuerball im Osten seine Bahnen noch nicht sonderlich lange gezogen hatte. Das konnte Dexter an der Lage jenes Sternes erkennen, wobei er dennoch genug Licht freigab, um einen Blick auf die vorbeiziehende Weidelandschaft zu werfen. „Es ist nicht mehr weit nach Thorgar. Den größten Teil haben wir schon hinter uns“, sprach Marios daraufhin weiter und widmete sich dann wieder der Lenkung des Pferdegespanns.

„Thorgar!“ So vieles hatten sein Bruder und Sheron ihm schon von dieser Stadt erzählt. Riesige Bauwerke, endlose Straßen, wundervolle Parkanlagen und eine Befestigungsanlage, wie sie nirgendwo sonst auf der Welt zu finden ist, sind die Wahrzeichen jener Metropole. Ja, eine Metropole war jene Großstadt in der Tat. Nicht nur in ihren gewaltigen Ausmaßen, nein, auch in der Zahl ihrer Bewohner übertraf sie eine jede andere Stadt der bekannten Welt.
„Jetzt sehe ich das alles zumindest mal in echt und nicht nur aus euren Erzählungen“, überkam es Dexter plötzlich, als er durch eine am Straßenrand wedelnde Pappel aus seinen Gedankengängen geworfen wurde. „ Die Stadt des Lichts, wie sie Papa immer nannte.“
„Marios“, begann der achtjährige Knabe dann nach einem Moment der Stille. „Wie heißt eigentlich der Mann, den wir suchen und was macht er?“ „Wie er heißt, das mag mir im Moment selbst nicht einfallen, aber keine Sorge. Er hat gesagt, er wäre General in der Garde, in der auch Papa war. Und na ja, wie viele rothaarige Generäle wird’s schon geben?“
„Hast du eine Ahnung, wo dieser Soldat wohnt?“ Und mit einem ernst gemeinten Grinsen erwiderte ihm sein Bruder: „Na ja, er ist ein Soldat, wo soll er sich schon groß aufhalten. Irgendwo am Hof des Königs denk ich mal“, wobei ihm ein kleiner Lacher entfuhr.

So also fuhren Marios und Dexter Stund um Stund näher an ihr Ziel heran, durchquerten kleine Wälder und endlose Wiesen, überquerten Bäche und Wasserläufe, bis sie im abendlichen Dämmerlicht schließlich die bis in die Ferne leuchtenden Lichter Thorgars erblickten.

Zur gleichen Stunde geschah es aber auch, dass vier weitere Personen die zur Dämmerzeit aufflackernden Lichter der Stadt wahrnahmen. Drei Männer und eine junge Frau waren es, die im Schein eines kleinen Lagerfeuers ein Kaninchen verschlangen. „Verdammt, ich hab schon lang net mehr so was Leckeres gefuttert“, platzte es nach einem kräftigen Rülpser aus einem der Männer hervor. „Lecker schon, aber zu wenig“, beklagte sich daraufhin ein weiterer, woraufhin ihm der Rest der Gruppe zustimmte. „Wird Zeit, dass wir mal wieder ordentliche Portionen auffen Tisch bekommen“, grunzte er weiter, wobei wieder nur ein zustimmendes Grölen aus den schmatzenden Mündern seiner Kameraden kam. „Hey, guckt euch mal die an!“, warf Kessy, wie das weibliche Wesen genannt wurde, plötzlich in die Runde, was dazu führte, dass der komplette Trupp in die von ihr angedeutete Richtung blickte. Nicht weit, keine 30 Meter von ihnen entfernt, trottete ein scheinbar recht unbewachtes Gespann entlang des Weges Richtung Thorgar. „Seht ihr, ich hab's euch doch gesagt. Wir müssen nur lang genug warten, dann kommt schon irgend so en Depp, den wir um sein Hab und Gut erleichtern können.“ Und mit einem verächtlichen Grinsen erhob sich Deres, der älteste der Gruppe und ging näher an den Rand des Gebüsches, welches den direkten Blickkontakt auf den nun vorbeifahrenden Wagen unterband. Schnell forderte er seine Kameraden dazu auf ihre Waffen anzulegen, während er selbst einen einhändigen, leicht gekrümmten Säbel aus der Scheide nahm und dann in leisem, aber dennoch recht schnellem Gang einen Fuß vor den anderen setzte.

Genüsslich vor sich hinsummend saß Marios unterdessen auf der Sitzfläche des Karrens, während Dexter voller Tatendrang die noch vorhandenen, mitgeschleppten Güter nach etwas Trinkbarem durchwühlte. „Wart's ab, Junge, es dauert nicht mehr lang, da kannst du so viel trinken, bis dein Bauch platzt. Wart ab, wenn wir erst mal in Thorgar sind, Dexter, dann wird's uns besser gehen als hier auf diesem lumpigen Karren.“
Zwar war Dexter nicht sonderlich darüber erfreut, dass er bis zu jenem wasserreichen Ereignis noch bis zum Erreichen der Stadt warten musste, aber dennoch fand er sich recht schnell damit ab und kletterte wieder aus dem hinteren Teil des Karrens nach vorne, wo er gerade neben seinem Bruder auf der Sitzbank Platz nehmen wollte, als ein plötzlicher Ruck ihn von den Beinen riss und er mit einem hilflosen Schrei von dem Karren in das dunkle, lang gewachsene Gras stürzte.
Schnell brachte daraufhin Marios das Pferdegespann zum Stehen, um zu schauen was mit seinem Bruder passiert war, als plötzlich drei Männer, allesamt breit wie Titanen, zwischen den mitgebrachten Gegenständen im überdachten Teil des Planwagens auftauchten und mit gekonnter Technik in Richtung Marios stürzten. Dieser, vollkommen hilflos und überfordert von der Situation, hatte erst mit ansehen müssen, wie sein kleiner Bruder kopfüber vom Wagen gefallen war und keine fünf Sekunden später spürte er das erste Mal die kalte Klinge eines Krummsäbels an seinem Hals.

„Wer bist du? Woher kommst du? Was hast du vor?“, fauchte der neben ihm aufgetauchte Bandit ihn dabei an, während er die Zügel aus den zitternden Händen des Knaben nahm. “Äh... mein Name... mein Name ist Marios und ich bin zus...“ und mit einem sorgenumwobenen Augenschein blickte er in Richtung des dunklen Fleckes, an dessen Grund er den gestürzten Bruder vermutete, woraufhin er sein Haupt senkte und dann die Stimme erneut erhob. „Ich bin Marios Spark, Sohn des verstorbenen Offiziers der königlichen Truppen, Sheron Jackson Spark, und auf dem Weg in die Stadt Thorgar“, beendete er seine Erklärung und schaute dem nun noch grimmiger blickenden Mann in die Augen. „Was? Du bist en Soldatenfuzzi. Und auch noch einer, der für den König ist! Verdammte Scheiße, ich hasse den König! Weißt du warum, mein Junge? Weil der König ein Kopfgeld auf mich ausgesetzt hat. Ein Kopfgeld, welches der Grund für mein abgeschiedenes Leben hier außerhalb der schützenden Mauern Thorgars ist“, und mit einem Lachen schlug der kräftige Mann Marios in den Bauch. „Weißt du, was wir hier draußen mit Leuten wie dir machen?“, sprach er weiter, worauf Marios nur mit schmerzverzerrtem Kopfschütteln antworten konnte. „Wir schlitzen sie auf!“ Und mit einem gekonnten Säbelhieb durchschnitt der hinter Marios stehende Bandit plötzlich die Kehle des Knaben.

„Verdammt, was machst du da für eine Scheiße?“, schrie der neben dem gerade zu Grunde gehenden Marios, aus dessen Körper sich gewaltige Mengen des roten Lebenselexiers einen Weg bahnten, seinen Kameraden an. „Aber du hast doch gesagt, wir schlitzen sie auf?“, entgegnete darauf der Führer des Säbels mit verwirrtem Blick, woraufhin der Bandit Deres sich verärgert die Haare raufte und den begriffsstutzigen Banditen mit zorniger Stimme anschrie. „Ja, natürlich hab ich das gesagt, verdammte Scheiße. Ich wollt dem kleinen Wicht doch Angst machen, verdammt! So ne Kacke. Wieso nur ich?“, und mit einem Kopfschütteln stieg er vom Karren und versuchte sich mit einigen tiefen Atemzügen zu beruhigen. „Na ja, passiert ist passiert. Er hätte uns sowieso nur Ärger gemacht“, sprach er dann nach einer kurzen Pause, nach welcher er sich wieder beruhigt hatte, woraufhin er seine Gedanken weiter führte. „Aber wir sollten ihn zumindest nicht mitten auf der Straße liegen lassen. Also seht zu, dass ihr hier runterkommt und den Jungen da drüben ins Gebüsch werft“, und als die beiden Banditen jener Forderung nachkamen, schlenderten sie nach der Vertuschung des Mordes gemütlich in Richtung des geklauten Karren zurück, wo Deres und die nun auch erschienene Kessy bereits startklar auf sie warteten, um nach erledigter Arbeit gemeinsam von dannen zu ziehen.

Man weiß nicht ob es eine höhere Macht war, welche Dexter in jenen Minuten beschützte, oder einfach nur Glück, dass er zur rechten Zeit vom Karren gefallen war, aber auf jeden Fall war es dieses scheinbare Ungeschick, welches den jungen Knaben vor einem sicheren Tod bewahrte. Es war tief in der Nacht, als er plötzlich die Augen öffnete und mit pochendem Schädel die Umgebung musterte. „Wo bin ich? Was ist passiert?“, formte er die Worte in seinem Mund, als plötzlich die letzten Sekunden vor dem Aufprall durch sein Gedächtnis zuckten. „Ich wollte etwas trinken und dann bin ich beim Vorklettern vom Wagen gefallen. Und dann?“ Mühsam versuchte er sich weiter zu erinnern, was ihm aber sichtlich schwer fiel. „Da war eine Frau. Ja, sie ist hinter dem Wagen hergerannt.“ Und auf einmal erschien das verschwommene Gesicht der jungen Frau vor seinen Augen. Noch nie zuvor hatte er sie gesehen. Wer sie bloß war? Fragend blickte er umher, während er seine Gedanken weiterführte. „Wo sie jetzt nur ist? Und wo ist Marios?“, kam es ihm plötzlich in den Sinn, als er erkannte, dass vom Karren weit und breit nichts zu sehen war. Auch wenn das bei Nacht keine Besonderheit war, so hatte er dennoch das Gefühl, dass er ihn nicht wieder finden würde. „Wo bist du?“, schrie er darauf mit weinerlicher Stimme in die kalte und finstere Nacht hinaus, wobei er das tränende Gesicht in den Händen verbarg. „Wo bist du nur? Marios!“, wiederholte er dann mit tief gesenktem Haupt, während er nochmals die letzten Erinnerungen vor seinem Sturz in sein Gedächtnis rief. „Wo ist Marios, verdammt noch mal! Und wieso hat er nicht gemerkt, dass ich nicht mehr auf dem Wagen bin. Wo ist er?“, formten sich die Gedanken im Kopf des Jungen, wodurch zugleich Zorn und Trauer ausgelöst wurden. „Was soll ich jetzt machen. Hier draußen, ganz allein?“

Es verstrichen einige Momente der Trauer und Trostlosigkeit, in denen der junge Knabe verzweifelt nach einem Hoffnungsschimmer suchte, als er plötzlich in der Ferne die hellen Stadtfackeln Thorgars erblickte. „Vielleicht hat er nicht gemerkt, dass ich vom Wagen gefallen bin. Oder...?“, und ein ratloser Ausdruck machte sich im Gesicht des Jungen breit. „Egal, es bringt mir nichts mir jetzt Gedanken darüber zu machen. Wenn ich schon hier draußen verdurste, will ich zumindest versuchen möglichst nahe an die Stadt zu kommen!“, und mit diesem gefundenen Hoffnungsschimmer richtete er seinen geprellten Körper auf und setzte langsam die schweren Beine in Bewegung. Auf schnellstem Wege wollte er nun in die seit so langer Zeit ersehnte Stadt um dort nach Marios zu suchen. Zwar konnte er jene Metropole bereits aus der Ferne ausmachen, aber auch der junge Dexter wusste, dass er noch einen langen Fußmarsch vor sich hatte, und so versuchte er so wenig wie möglich an die Schmerzen, welche seinen kompletten Körper bei jedem Schritt durchzuckten, zu denken.

Stunde um Stunde verging, in denen der Knabe seinen schmerzenden Körper immer weiter an die gewaltige Metropole heranführte. Entlang der steinernen Straße führten ihn seine erschöpften Glieder durch die immer noch vorherrschende Wiesenlandschaft, bis er schließlich, etwa vier Stunden nachdem er losgelaufen war, pünktlich zu den ersten kitzelnden Strahlen der Sonne mit ausgetrocknetem Mund und erschöpftem Körper gegen das noch verschlossene Tor der Stadt hämmerte.
„Ja, ja, ich komm ja schon. Was gibt es zu solch früher Stund für wichtigen Besuch, dass er es nicht abwarten kann, bis wir unsere Tore öffnen?“, entgegnete Dexter eine tiefe Stimme hinter dem dicken Eichentor, woraufhin er stammelnd antwortete. „Mein Name ist Dexter Spark, und ich und mein Bruder Marios“, woraufhin ein starkes Husten den Satz unterbrach, „sind auf unserer Reise hierher nach Thorgar überfallen worden. Bitte lasst mich ein in euer prächtiges Reich und nicht hier vor den Mauern der Stadt an meinem Durst krepieren!“, woraufhin ein weiterer, trockener Huster das Ende des Vortrags markierte.
„Banditen also. Ja, derer treiben sich so einige herum. Sie lauern in den Büschen und ernähren sich von dem, was sie entweder im Wald jagen oder einfältigen Reisenden wie euch abluchsen. Wie sagtet ihr, ist euer Name? Dexter Spark? Irgendwoher kommt mir dieser Name bekannt vor. Aber egal. Tretet zur Seite, so dass ich die Tore öffnen kann.“

Es waren diese Worte, die zum ersten Mal seit vielen, vielen Stunden ein Lächeln auf die Wangen des Knaben zauberten. Daher schritt er mit diesem Gefühl tiefer Erleichterung einige Meter nach hinten, woraufhin gleich darauf das gewaltige Eichentor unter lautem Ächzen den Weg in die Stadt freigab. Viele Stunden hatte Dexter sich nichts sehnlicher gewünscht als diesen Anblick noch erleben zu dürfen. Eine lange, weiße Straße, welche sich ihren geschwungenen Weg bis hinab ins Zentrum der Stadt bahnte. Und darüber, auf einem gewaltigen Hügel, bestehend aus einem gigantischen, rot schimmernden Felsen, ragte das rote Schloss des Westens. Ein uraltes Bauwerk, welches unverwüstlich über den Bewohnern und Gebäuden der restlichen Stadt thronte und seit Jahrhunderten als Sitz des Königs fungierte.
Mit diesem Anblick kam plötzlich erneuter Mut in dem jungen Reisenden auf, woraufhin er nach einem kleinen Zwischenstopp am nächsten Brunnen mit wackerem Schritt die gewaltige Straße hinab in das Zentrum der Stadt betrat.

Es war noch früh, scheinbar zu früh für den Großteil der Bevölkerung, um sich auf den Straßen ihrer Heimatstadt rumzutreiben, und so kam es, dass Dexter beinahe unbemerkt den langen Weg in Richtung Zentrum beschritt. Viele Gedanken gingen dem Knaben auf seinem Weg durch den Kopf. Vor allem Gedanken über den zukünftigen Verbleib seiner selbst. Zwar hatte Marios ihm mitgeteilt, was sie vorhatten, jedoch ohne dessen Anwesenheit schien jener Plan mehr oder weniger unerreichbar zu werden. „Wie sollte er diesen General nur ausfindig machen? Das Einzige, was er von ihm wusste, war, dass er rotes Haar hatte und ein Freund des verstorbenen Vaters war. Aber würde das reichen?“ Gering war seine Hoffnung jenes Vorhaben ausführen zu können, aber dennoch hielt er daran fest. Ja, was sollte er auch anderes tun? Er war allein, ohne Gold oder anständige Kleidung, ohne Nahrung oder sonst etwas, was man zum Leben benötigt. Der rotbärtige General schien ihm deshalb in Anbetracht seiner Situation die einzige Möglichkeit.
Und so marschierte er weiter in Richtung Ungewissheit. Ungewissheit über seine Zukunft und über das Schicksal seines Bruders, an dessen Leben er die Hoffnung immer noch nicht aufgegeben hatte.

Schritt um Schritt kam der junge Dexter somit dem Goldenen Platz der Stadt näher, auf welchem sich neben etlichen prunkvollen Bauten außerdem der Marktplatz und der gut bewachte Zugang zur Festung befanden. Immer wieder schossen ihm dabei Bruchstücke aus alten Erzählungen durch den Kopf. Erzählungen, in denen der Vater von seinen Besuchen in der Stadt erzählte.

Oft war jener tapfere Soldat hier gewesen um die Befehle der Obrigkeit entgegenzunehmen. Zwar blieben dem jungen Dexter die Inhalte dieser Befehle meistens verborgen, aber dennoch bildeten die Geschichten des Vaters für den Sohn eine solche Anziehungskraft, dass er gar nicht genug von ihnen bekommen konnte. Immer wieder bettelte er den Vater an, ihm von seinen Reisen und Abenteuern zu erzählen, und nicht selten hatte er dabei Erfolg. Einmal, so hatte Sheron seinem Sohn erzählt, führte ihn sein Auftrag in das Land Tigra östlich der Mittelmeerenge, in dem er auf Bergtrolle, in Ogirion wegen einer radikalen Trolljagd längst für ausgestorben erklärte Wesen, traf, welche sie nur mit großem Glück bezwingen konnten. Oder ein anderes Mal, da waren sie ins südliche Seengebiet entsendet worden, wo sie auf Wasserdrachen und andere dunkle Wesen der alten Zeit gestoßen waren.

Aber nicht nur sonderbaren Wesen, sondern auch sonderbaren Menschen war Sheron auf seinen Reisen begegnet. Ein seltsames Volk, so hatte er Dexter einst erzählt, lebt in den westlichen Gebirgszügen Tigras. Es war ein Volk Ausgestoßener, die wegen ihres Glaubens vor vielen hundert Jahren aus Ogirion ins westliche Gebirge vertrieben wurden. Und dort leben sie noch immer. Allein und abgeschieden vom Rest der Welt verstecken sie sich noch immer vor der Macht des Königs um im Verborgenen weiterhin an ihren Göttern festzuhalten.

Als Dexter so in Gedanken versunken die scheinbar verlassene Hauptstraße entlangtrottete, merkte er nicht, dass er nicht allein war. Wie ein unsichtbarer Schatten in der Nacht schlich keine 20 Schritt entfernt eine verhüllte Gestalt hinter ihm her. Schritt um Schritt näherte sich der Unbekannte dem unaufmerksamen Dexter, bis dieser plötzlich stoppte und mit großen Augen umherblickte.

Ohne es zu merken, hatte er den schimmernden Boden des Goldenen Platzes betreten und sah sich nun inmitten des gewaltigen Komplexes. Niemals, nein, niemals hatte er es vor einigen Stunden für möglich ge-

halten hierher zu gelangen, und nun, als er hier stand, überkamen ihn plötzlich die aufgestauten Emotionen. Ohne irgendeine Vorwarnung fiel er auf die Knie, und Träne um Träne suchte sich ihren Weg aus seinen glänzenden Augen und tropfte mit einem kaum hörbaren Klatschen auf den steinernen Boden. Aber nicht nur aus Trauer oder Angst, sondern auch aus Freude über das erreichte Ziel kam jener Gefühlsausbruch zu Stande, und so dauerte es eine kleine Weile, bis der junge Dexter sich wieder gefasst hatte und erneut auf den Beinen stand.
Hier stand er nun inmitten des zu dieser Tageszeit noch komplett leeren Platzes und musterte die Umgebung. Doch als er gerade seinen Blick über das versperrte Tor zur Festung in Richtung Marktplatz gleiten ließ, zuckte plötzlich eine zuvor niemals erlebte Vision durch seinen Schädel.

Er sah sich. Sich allein auf einem gigantischen Platz. Aber nein. Nein, er war nicht allein. Ein dunkler Schatten schlich sich langsam von hinten an und stürmte dann plötzlich mit gezückter Klinge nach vorne. Und ohne so wirklich zu realisieren, was da gerade in ihm abgelaufen war, schmiss er sich in letzter Sekunde zur Seite, bevor sich der glänzende Dolch der verhüllten Gestalt in den Nacken des Knaben bohren konnte.
„Verdammte Scheiße!“, schrie er daraufhin auf, wobei er versuchte sich möglichst schnell aufzurappeln. „Verdammt, was willst du von mir?“, schrie er dem Angreifer entgegen, der trotz des geglückten Ausweichmanövers nicht von seinem Ziel ablassen wollte. Ohne ein Wort zu verlieren machte er einige gekonnte Sprünge nach vorne, woraufhin er die gezückte Waffe mehrfach durch die Luft surren ließ. Nur mit viel Glück schaffte es Dexter den ersten beiden Angriffen zu entgehen, bis plötzlich ein lauter Glockenschlag die Aufmerksamkeit des Knaben raubte. Diese kleine Unaufmerksamkeit war es, die der Angreifer geschickt ausnutzte, um die Waffe mit einem geschickten Stoß in Dexters Körper zu rammen.
Von einem ungeheuren Schmerz begleitet, bohrte sich der harte Stahl in seine linke Bauchseite, und er ging mit einem Aufschrei zu Boden. Mit schmerzverzerrtem Gesicht blickte er von dem in seinem Körper steckenden Metall in Richtung des Angreifers, wobei er feststellen musste, dass dieser verschwunden war. „Verdammt! Was wollte der von mir? Wieso greift der mich einfach an? Wieso?“, ging es ihm durch den Kopf, als er wieder auf die von Blut verschmierte Wunde blickte.

So geschah es, dass sein Blick langsam zu schwinden drohte, während die letzten Glockenschläge über den weitläufigen Platz hallten. Mit dem siebten und letzten Schlag geschah es dann, dass der Knabe das Bewusstsein verlor und sein verwundeter Körper mit einem dumpfen Schlag zu Boden ging.

Kapitel 2 - Ein neues Zuhause?

Mit schwachen Lidern und stechenden Schmerzen im Oberkörper öffnete Dexter drei Tage später seine Augen. „Wo war er?“, ging es ihm durch den Kopf, als er seinen Blick langsam durch den kleinen Raum schweifen ließ. Es war nur der schwache Schein einer kleinen Kerze, der ein wenig Licht in den Raum brachte, so dass der Knabe aus seiner liegenden Position kaum etwas erkennen konnte. Daher versuchte er für einen kurzen Moment sämtliche Gedanken an den durchdringenden Schmerz zu vergessen, während er mit verzogener Miene und zusammengebissenen Zähnen versuchte seinen Oberkörper aufzurichten. Es waren ungeheure Schmerzen, die dabei seinen Bauch durchbohrten, aber nichtsdestotrotz hielten sie den Knaben nicht davon ab den Raum näher zu inspizieren.
Erst als er sich einige Augenblicke darauf versichert hatte, dass außer einer Kommode, einem Bett, in welchem er selbst lag, und einer Tür nichts weiter im Raum war, ließ er sich zurück ins Kissen gleiten.
Einige Erinnerungen zuckten ihm dabei durch den Schädel. „Da war dieser Angreifer“, rekapitulierte er. „Der Penner wollte mich umbringen.“ Aber bei der Frage „Warum?“ wusste Dexter zu jenem Zeitpunkt keine Antwort. Das Einzige, was er wusste, war, dass der Angreifer sein Ziel scheinbar verfehlt hatte. Auch wenn er noch keinerlei Ahnung hatte, wo er war, wie er hierher gekommen war und weshalb seine Wunden versorgt worden waren, wähnte er sich dennoch oder gerade deshalb in Sicherheit.
In jenem Moment geschah es plötzlich, dass die hölzerne Tür aufging und ein junges Mädchen die Kammer betrat. „Ah gut, du bist endlich aufgewacht. Wie geht es dir?“, und mit einem fröhlichen Lächeln trat das Mädchen auf das Bett zu und blickte ihm in die Augen. „Du hast lange geschlafen. Fast drei Tage ohne Unterbrechung. Mein ehrwürdiger Vater meinte schon, du kommst nicht durch. Aber ich wusste, dass du es schaffen wirst.“
Langsam und mit leisen Worten begann daraufhin Dexter seine Stimme zu erheben, während er seinen Blick nicht von dem hübschen Gesicht des etwa gleich alten Mädchens abließ. „Wer seid ihr? Und wie komme ich hierher?“ „Mein Name ist Julia, und ich bin die Tochter des ehrwürdigen

Generals Tirion. Ich war es, die euch vor drei Tagen zu Tagesbeginn auf dem Goldenen Platz fand. Ihr lagt dort bewusstlos in einer Lache aus Blut. Es war solch ein grausiger Anblick. Ich habe dann meinen Vater gerufen, der euch zu einem Arzt brachte. Ihr habt echt Glück gehabt, dass wir euch so früh gefunden haben. Wären einige Minuten mehr verstrichen, so hätte man euch auf keinen Fall mehr retten können, hat der Arzt gesagt. Aber zum Glück waren wir rechtzeitig, und ihr habt überlebt. Aber erzählt, wie kam es zu dieser Tragödie? Es passiert nicht alle Tage, dass man einen halb verbluteten Körper findet. Sagt, wie ist es dazu gekommen?"
Mit aufgeregtem Stimmfall beendete Julia ihre Ausführungen um nun voll innerer Neugierde denen des Knaben zu lauschen. Als dieser seine Geschichte beendet hatte, blickte sie ihn mit mitleidigen Augen an und strich ihm mit ihren sanften Händen über die verkratzte Wange, als plötzlich ein zweites Mal die Tür aufging und ein uniformierter Mann die Kammer betrat, der daraufhin auch gleich zu sprechen anfing.

„Ah, du bist endlich wach. Wir hatten die Hoffnung schon beinahe aufgegeben dich noch mal munter zu sehen. Umso erfreulicher, dass du es nun bist." Mit einem leichten Grinsen schritt er näher an den verwundeten Knaben heran, der ihn nun im flackernden Schein der Kerze betrachtete. Er war ein groß gewachsener, älterer Mann, in dessen Gesicht sich viele Sorgen widerspiegelten. „Und nun erzähl mir, wie es dazu gekommen ist, dass du halb tot am Eingang des Goldenen Platzes lagst", und mit einem fragenden Blick beugte er sich über Dexter und inspizierte seine Wunde.
„Ich war mit meinem Bruder auf dem Weg in die Stadt, als ich plötzlich vom Wagen gefallen bin. Als ich wieder aufgewacht bin, war weit und breit niemand zu sehen. Weder mein Bruder, noch der Karren. Daraufhin bin ich allein in die Stadt gelaufen, wo mich plötzlich eine verhüllte Gestalt angegriffen hat. Diese hat mir auch die Wunde zugefügt und ist dann allem Anschein nach verschwunden."

Mit einem tiefen Atemzug beendete er seine Geschichte. Mit ernsten Augen folgte der Blick des Generals dabei den Worten des Knaben, was dazu führte, dass jener zum Ende hin selbst die Stimme erhob. „Hm,

eine verhüllte Gestalt sagst du. Das kann natürlich ein jeder gewesen sein. Aber wieso sollte dich jemand angreifen. Kennst du irgendjemanden hier in der Stadt? Irgendjemanden, der etwas gegen dich haben könnte?“ „Nein, niemanden. Ich war noch nie zuvor hier in Thorgar, und die Einzigen, mit denen ich seither Kontakt hatte, waren der Torpförtner am Eingangstor der Stadt und ihr beiden. Sonst niemand.“
Mit immer noch ernstem und sorgenbesetztem Gesichtsausdruck fixierte der General den verwundeten Jungen und fragte weiter. „Was führt euch eigentlich nach Thorgar, wenn ich fragen darf?“, und gespannt lauschte der General den weiteren Ausführungen über die Geschehnisse jener Nacht, in der die Mutter gestorben war, und über die Idee des Bruders in die Stadt zu reisen.
„Du bist also der Sohn des verstorbenen Offiziers Spark!“, sprach er dann nach einer kurzen Pause, woraufhin Dexter ihn mit überraschten Augen beäugte. „Kennt ihr etwa meinen Vater?“, fragte er dabei mit leisem Ton, woraufhin der General mit einem Lachen auffuhr. „Ob ich ihn kenne? Natürlich kenn ich den alten Haudegen Spark. Oft waren wir gemeinsam im Auftrag des Königs unterwegs, und viele Abenteuer haben wir gemeinsam erlebt. Es traf mich wie ein Schlag, als er plötzlich von seiner letzten Mission nicht wieder zurückgekehrt ist. Er war wie ein Bruder für mich, dein Vater, und ich war wie ein Bruder für ihn.“
Als der General so sprach, erkannte Dexter plötzlich eine Kleinigkeit, die ihm zuvor nicht aufgefallen war: Wenn man ganz genau hinschaute, erkannte man im Schimmer der Kerze das leicht rötliche Haar, welches den Kopf des Generals schmückte, woraufhin er sich sofort an die Geschichte seines Bruders über den rotbärtigen Offizier erinnerte. Konnte es tatsächlich sein? Konnten der Zufall und das Glück so gewaltig sein, dass er in dieser absolut unpässlichen Lage denjenigen Freund des Vaters gefunden hatte, den er und sein Bruder zu suchen aufgebrochen waren?

So verharrten die drei Personen kurz in Stille, als eine vierte den kleinen Raum betrat. Mit einem Teller beladen bahnte sie sich ihren Weg bis an das Bett des Verletzten und stellte den Teller auf einem kleinen Betttisch ab. „Das hier ist meine Frau Silvia“, sprach dabei der General, während diese kurz aus der Kammer verschwand um daraufhin erneut, diesmal mit einem Glas und einem Krug beladen, hereinzutreten. „Ich hab dir etwas zu essen gemacht. Du bist sicher hungrig und durstig“, und mit einem Lächeln stellte sie das nun gefüllte Glas neben dem Teller ab. Erst jetzt fiel Dexter auf, dass er seit beinahe vier Tagen nichts gegessen hatte, und so bedankte er sich höflichst und begann mit großen Bissen das vor ihm aufgetischte Mahl zu verspeisen. Der General und seine Frau zogen sich derweilen aus der Kammer zurück, so dass er mit der Tochter des Hauses allein zurückblieb. Diese begutachtete den jungen Knaben, während dieser eine Gabel nach der anderen in sich hineinschaufelte.

General Tirion und seine Frau saßen derweilen zwei Zimmer weiter an einem kleinen Esstisch und unterhielten sich über den Jungen. Mit sorgenbelasteter Miene sprachen sie über die Geschehnisse, die ihnen geschildert wurden und kamen zu dem gemeinsamen Entschluss, jenen Knaben nicht auf sich allein gestellt zu lassen.

So kam es, dass in jenem Moment, in dem Dexter den letzten Bissen seines Mahls mit einem kräftigen Schluck Wasser hinunterspülte, der General und seine Frau erneut in die Kammer traten und das Wort an ihn richteten. „Pass auf! Wie schon gesagt, war dein Vater wie ein Bruder, und ich habe auch nicht vergessen, was ich einst gesagt habe. Wie dein Vater mir, so habe auch ich ihm einst versprochen, dass wir uns um die Familie des jeweils anderen kümmern werden, falls dem anderen etwas zustößt. Deshalb haben ich und meine Frau beschlossen, dass du hier bei uns wohnen kannst, wenn du es wünschst. Wir werden dich wie unseren Sohn behandeln und hoffen, du kommst hier bei uns über die schrecklichen Ereignisse hinweg.“
„Ihr wollt mich tatsächlich aufnehmen?“, entgegnete er darauf mit überraschter Miene, was dazu führte, dass der General ihm das Angebot mit einem ernst gemeinten Nicken bestätigte. Es war große Freude, die sich dabei über der Seele des Knaben ausbreitete. „Danke! Vielen Dank!“, schoss es deshalb auf einmal aus ihm heraus, woraufhin er mit einem Lächeln in die Gesichter seiner zukünftigen Familie blickte.
„Aber eine Kleinigkeit gibt es noch, über die wir uns unterhalten müssen“, sprach der General dann, wobei seine Miene wieder ernster wurde. „Wegen den Umständen, unter welchen deine arme Mutter dahingeschieden ist und der Tatsache, dass man versucht hat, auch dir das Leben

zu nehmen, halten ich und meine Frau es für sinnvoll, wenn wir deine Identität geheim halten. Ich weiß nicht, wieso und weshalb jemand hinter dir her sein könnte, aber nach dem Angriff auf dem Goldenen Platz will ich lieber nichts riskieren, verstehst du?" Mit einem leichten Nicken gab Dexter seinem neuen Ziehvater zu verstehen, dass es ihm einleuchtete. „Gut. Darum wirst du von nun an nicht mehr Dexter Spark genannt, sondern du bist Terean Troles, Sohn meiner verstorbenen Cousine aus Esgoloth."

So war es gekommen, dass der kleine Dexter das Leben und die Identität in der Provinz hinter sich gelassen hatte, um ein neues Leben in der Stadt anzufangen. Ein Leben im Hause des Generals und seiner Familie, in die er sich sehr gut einlebte, so dass schon bald der Zeitpunkt erreicht war, an dem lediglich eine Narbe am Bauch an die Geschehnisse seiner Ankunft in Thorgar erinnerte und die Umstände um den Tod des Vaters und den der Mutter langsam hinter dem Vorhang des Vergessens verschwanden.

Beinahe sechs Jahre waren es, die Dexter bei seiner neuen Familie verbrachte, in denen er kaum über sein altes Leben nachdachte. So gut er es konnte, hatte er die fürchterlichen Gedanken über jene verhängnisvollen Tage verdrängt, um sich ganz und gar seinen neuen Pflichten hinzugeben. Gemeinsam mit seiner neuen Schwester Julia hatte er in diesen Jahren die städtische Schule besucht, um die Grundkenntnisse im Umgang mit Büchern und Schriftzeug zu erlernen. Zudem besuchte er, wie viele andere Kinder der Stadt, eine Schule, in welcher er den Umgang mit dem Pferd beigebracht bekam.

Es verstrichen die Monate und Jahre, bis schließlich die Zeit gekommen war, welche Dexter seit Kindesalter ersehnt hatte. Sein vierzehnter Geburtstag war der Beginn jener besonderen Zeit, da er nun in das Alter gekommen war, in dem er endlich in die Fußstapfen seines Vaters und seines Ziehvaters treten durfte. Wie sie, so wollte auch er ein Soldat im Dienste des Königs werden, auch wenn er natürlich wusste, dass dies keine leichte Zeit werden würde und dass die Ausbildung zu einem richtigen Soldaten viele Jahre in Anspruch nehmen würde. Aber weder dies noch die Tatsache, dass er hierfür von seinem neuen Zuhause wegmusste, konnten ihn abschrecken. Er wollte ein Soldat werden und seinen Dienst im Auftrag des Königs leisten. Er wollte lernen das Schwert zu führen und zu kämpfen wie ein Mann. Lange schon hatte er diesen Wunsch gehegt. Und nun, 14 Jahre nach seiner Geburt, war er endlich so weit, mit jener Ausbildung, die den Verlauf seines weiteren Lebens bestimmen sollte, anzufangen.

So geschah es, dass er an jenem Tage das erste Mal den Pfad hinauf in den königlichen Palast beschritt, um sich dort für sein künftiges Leben einzuschreiben. Gemeinsam mit seinem Ziehvater betrat er, nach einem kurzen Bergaufmarsch, jenes prunkvolle Bauwerk, das er schon so oft von der Ferne des Goldenen Platzes oder von anderen Orten der Stadt bewundert hatte. Schon oft hatte er sich ausgemalt, wie diese gewaltige Festung von innen aufgebaut war, und dennoch wurden seine Erwartungen bei weitem übertroffen. Weder hatte er hier oben mit einem derartig weitläufigen Areal hinter den vorderen Mauern, noch hatte er mit solch einem Trubel gerechnet. Es waren mehrere dutzend an Rekruten, die allein im vorderen Bereich ihren Übungen nachgingen, von denen ein jeder mit eiserner Disziplin seine Waffe führte.
Einen kurzen Moment verweilten hierbei die beiden Ankömmlinge und musterten die Nachwuchskämpfer, bis sie einige Minuten darauf ihren Weg ins Innere der Festung fortsetzten. Hier waren nun einige Kasernen und Schmieden sowie weitere Bauwerke, die Dexter zu jenem Augenblick nicht einzuordnen vermochte, untergebracht. Ein weiterer Pfad drang tiefer in die Festung ein und genau diesen beschritten die beiden, so dass sie sich nach wenigen Minuten im Inneren einer gigantischen Halle befanden. Rundum zierten Gemälde und alte Rüstungen den riesigen Empfangsraum, wobei ein jedes Kunstwerk mit Gold behaftet war. Den Eindruck gewaltiger Macht und Größe repräsentierten jene Verzierungen, genau wie der am Ende der Halle emporragende Thron. Zu diesem Moment zwar nicht besetzt, strahlte er dennoch eine gewaltige Macht aus und zog einen jeden, der ihn ein erstes Mal sah, in seinen Bann.
„Komm schon, wir müssen weiter!“, sprach General Tirion, als er die Blicke Dexters sah und schritt weiter durch ein kleines Seitentor in einen langen Gang, der sie letztlich zur Verwaltungskammer des königlichen Kriegsrates führen sollte.

„Seid mir gegrüßt, meine Herren!“, sprach der General, als sie nach einem kurzen Klopfen hereingebeten wurden, wobei der Junge die vier Männer mit aufgeregtem Blick musterte. Sie schienen allesamt im fortgeschrittenen Alter zu sein und ein jeder von ihnen trug eine lange Robe, durch welche ihre Stellung in der hiesigen Gesellschaft zum Ausdruck kam.
„Ah, General Tirion, wir haben euch bereits erwartet. Das ist er also, der Knabe, den ihr bei euch aufgenommen habt und der nun in eure Fußstapfen treten soll. Wo sagtet ihr noch mal kommt er her?“ „Er ist der Sohn meiner verstorbenen Cousine. Sein Name ist Terean Troles, und er ist am heutigen Tage 14 Jahre alt geworden, so wie es die Mindestanforderungen für Rekruten verlangen“, entgegnete der General ihnen daraufhin und blickte dabei mit scharfem Blick in die Augen seines Gegenübers. „Wie ihr bereits erwähnt habt, soll er in meine Fußstapfen treten und somit bitte ich euch, den königlichen Kriegsrat, ihn als Rekruten aufzunehmen.“
Langsam und mit gemächlichem Schritt ging einer der anwesenden Ratsmannen dabei auf den Knaben zu und versuchte sich ein Bild zu machen. „Ihr seht kräftig aus. Und kräftige Soldaten können wir immer gebrauchen. Gerade jetzt.“ Und ohne auf dieses „gerade jetzt“ weiter einzugehen, wendete er seinen Blick ab und kehrte auf seinen Platz zurück. „Nun gut, General Tirion. Wenn es euer und der Wunsch des Jungen ist, von nun an dem König zu dienen, so soll dies geschehen. Von nun an, seid ihr, Terean Troles, ein Rekrut der königlichen Garde. Ich vermute, Tirion wird euch alles Weitere erklären und ich darf euch bitten uns nun zu verlassen, da wir noch Einiges zu beraten haben. Vielen Dank!“

Mit diesen Sätzen im Hinterkopf verließen sie die Kammer des Kriegsrates, woraufhin sie die inneren Ringe verließen und sich letztlich bei den Kasernen wiederfanden.
„Hör zu, mein Junge. Von nun an wirst du also in der Kaserne leben. Du weißt sicherlich noch, was ich dir einst über dich und deine Identität erzählt habe“, und mit einem Nicken zeigte dieser, dass er verstand, was der General von ihm wollte. „Also, halte den Namen Dexter Spark geheim, und gib dich als den Sohn meiner verstorbenen Cousine aus Esgoloth aus“, sprach er weiter und lächelte dabei seinen Sohn an, woraufhin

dieser ihm mit einem noch deutlicheren Nicken zu verstehen gab, dass er kapiert hatte. Daraufhin legte der General die Arme um seinen Ziehsohn und drückte ihn an seine kräftige Brust, wobei ihm eine sanfte Träne über die Wange lief.
Ein wenig verdutzt ließ Dexter dies über sich ergehen und war ein kleines bisschen erleichtert, als sie das Thema wechselten und zu seiner bevorstehenden Ausbildung kamen. „Also, wie ein jeder Rekrut wirst du in den Kasernen des dritten Ringes schlafen. Dort haben jeweils fünf Rekruten eine gemeinsame Stube. Trainiert wird entweder hier bei den Kasernen oder draußen im äußeren Ring. Alles Weitere wirst du mit der Zeit schnell von selbst rausfinden. Ich wünsche dir auf jeden Fall viel Glück, mein Junge, und wir werden uns sicherlich bald sehen. Nun mach es gut, und erfülle dir deinen Wunsch“, und mit diesen Worten erhob sich General Tirion und machte sich auf seinen Weg zurück hinaus aus der Festung, während Dexter mit aufgeregtem Zappeln in Richtung Kasernen schritt.

Kapitel 3 - Das erste Lehrjahr

„Hier werde ich also die nächsten Jahre leben", ging es Dexter bei weiterer Annäherung an das vorderste Kasernengebäude durch den Kopf, wobei ihm die Wohnstätten seines bisherigen Lebens durch den Kopf schossen. Sowohl die alte Villa in Grosaru als auch das Haus Tirions in Thorgar waren sicherlich um einiges komfortabler und luxuriöser als das Leben in einer Kaserne, aber dennoch freute sich der Knabe auf das neue Leben.

Voller Hoffnung und Vorfreude bestieg er so die Stufen zur Kaserne, als ihm beim ersten Schritt zur Tür hinein ein lautes „Stopp!" entgegengeschleudert wurde. „Was hast du hier zu suchen?", sprach die Stimme weiter, wobei Dexter erkannte, dass sie von einem kleinen, eher schmächtigen Soldaten auf seiner linken Seite kam. „Ich bin D... äh, Terean. Terean Troles, ja, so heiße ich. Ich wurde soeben vom königlichen Kriegsrat zum Rekruten der königlichen Garde ernannt." „Ah, ein Neuling also. Hm, dann willst du hier sicherlich deinen Schlafplatz und deine Einheit erfahren!" Und schon verschwand das schmale Gesicht des Soldaten hinter einer großen Pergamentrolle, die er aus einer Schublade seines Schreibtisches zog.

„Ah, hier haben wir es ja. Also, in Kaserne drei, Zimmer sieben ist noch ein Platz frei. Ich denke, da passt du gut rein. Und lass mich noch schnell nachsehen. Ja, in Einheit 1-4 unter General Arathon sind auch noch Plätze frei", und mit einem freudigen Lächeln nahm der alternde Soldat eine Feder und begann den Namen des neuen Rekruten in seine Liste aufzunehmen.

Dexter, der den ganzen Vortrag über aufmerksam gelauscht hatte, wartete geduldig, bis der etwas senil wirkende, ältere Soldat jenen beendet hatte, und begann dann nachzufragen, wo Kaserne drei überhaupt sei. „Nicht so ungeduldig!", entgegnete ihm darauf sein Gegenüber und begann seinerseits zu erzählen.

„Also erst mal vorneweg die Grundregeln. Jeder Rekrut in den Lernabschnitten eins und zwei hat um zehn Uhr seine Kerze zu löschen und in seinem Bett zu liegen. Ist dies nicht der Fall, drohen dem Rekruten verschiedenste Sanktionen, die sich nach der Schwere der Zeitüber-

schreitung richten. Des Weiteren ist es Rekruten des ersten und zweiten Lehrabschnitts untersagt das Kasernengelände zu verlassen, es sei denn, sie bekommen die ausdrückliche Order eines Höherrangigen. Außerdem ist es einem Rekruten des ersten und zweiten Lehrabschnittes nicht gestattet, ohne Order das Innerste, sprich den königlichen Palast oder das Ratshaus, zu betreten. Soweit verstanden?“ Mit einem stummen Nicken bejahte Dexter die Frage des Soldaten. „Gut, dann kommen wir jetzt zum alltäglichen Teil. Also, aufgestanden wird um sieben Uhr, mit den Glockenschlägen, so wie der Rest der Stadt. Um acht Uhr gibt’s Morgenessen, zur ersten Stunde des Mittags das Mittagessen und zur siebten Stunde des Mittags das Abendessen. Zwischen Morgen und Mittag ist meistens Unterricht in verschiedenen Fächern, wogegen zwischen Mittag und Abend das Training an Waffe und Körper im Vordergrund steht. Wie genau das ablaufen wird, kann ich euch nicht sagen, da hierfür euer ausbildender General zuständig ist. Was ich euch jedoch sagen kann, ist, wie euer morgendlicher Unterrichtstag aussieht. Hier habt ihr einen kleinen Übersichtsplan“, und mit einem freundlichen Lächeln überreichte der Soldat dem Neuankömmling ein etwa handgroßes Pergament.
„Hierauf seht ihr die Fächer und wann ihr wo zu sein habt.“ Ein kurzer Blick Dexters auf das Pergament ließ ihn erkennen, dass der theoretischen Ausbildung kein sonderlich großer Stellenwert zugewiesen wurde. Mit dieser freudigen Erkenntnis erhob er darauf sein Haupt und wartete gespannt auf weitere Ausführungen des Soldaten.
„Äh, ist was?“, platzte es plötzlich jenem heraus, woraufhin Dexter ihn mit einem leicht verdutzten Blick ansah. „Ich dachte, es gibt vielleicht sonst noch was.“ „Ah, da habt ihr aber leider falsch gedacht!“, und mit einem amüsierten Lächeln verschwand der kleine Soldat daraufhin durch eine kleine Tür aus dem Sichtfeld des Rekruten. Dieser brauchte jedoch nicht lange um sich zu fangen und startete dann seinen Weg zu seinem neuen Schlafdomizil. „Kaserne drei, Zimmer sieben!“, sprach er mit fester Stimme zu sich selbst, wobei ihm auffiel, dass der Soldat ihm nicht erklärt hatte, wo nun diese Kaserne überhaupt war.

Nach einigen Minuten des planlosen Umherlaufens hatte er von einem anderen Rekruten erfahren, wo sich Kaserne drei befand, und so gelang es ihm nach einigen weiteren Minuten besagten Raum sieben innerhalb des

Kasernenbaus drei ausfindig zu machen. Mit einem zögerlichen Klopfen trat er in die Stube und musste feststellen, dass von den restlichen Zimmergenossen zwar Mobiliar und Ähnliches vorhanden war, von ihnen selbst jedoch keiner. „Sind bestimmt alle beim Training", schoss es ihm durch den Kopf, als er im Hintergrund das laute Läuten der Stadtglocke vernahm. Mit sieben Hammerschlägen läutete sie die siebte Stunde des Mittags an, wobei ihm klar wurde, dass es gerade Abendbrot gab.
So verstaute er schnell seine Sachen im einzigen freien Bett und machte sich dann auf den Weg Richtung Nahrungsquartier. Es dauerte nicht lange, bis er jenes ausmachen konnte, da sich nicht nur innerhalb, sondern auch außerhalb eine Vielzahl von Gardeangehörigen tummelten um ihr tägliches Abendbrot zu sich zu nehmen. Daher schloss er sich jenen an und marschierte erhobenen Hauptes in das Gebäude. Eine lange Schlange reihte sich hier vor der Essensausgabe, wobei der Geruch der verschiedenen Speisen einem jeden in der Nase lag. Kartoffelstapfen mit Schweinsleber sowie einiges an Salat und Gemüse standen auf dem Speiseplan, und so dauerte es nicht lange, bis er an der Reihe war um ebenfalls eine der schmackhaften Portionen zu bekommen.
Wie das lange Anstehen, so gestaltete sich auch die Suche nach einem freien Platz nicht sonderlich einfach. Lediglich außerhalb des Quartiers auf dem Boden war noch ausreichend Platz, und so gesellte er sich zu den vielen anderen, die nichts Besseres gefunden hatten.
Nach der sättigenden Mahlzeit machte er sich auf zurück in das Quartier um möglicherweise jetzt auf einen seiner Zimmergenossen zu treffen. Und wie von ihm vermutet, saßen nun zwei der vier Bewohner ebenfalls mit voll gefressenen Mägen auf ihren Betten, wobei sie in irgendeine Diskussion vertieft schienen. Es war Dexter, der diese unterbrach, indem er plötzlich die Türe öffnete und somit die Aufmerksamkeit seiner Kameraden auf sich lenkte.
„Hallo, ich bin Terean und scheinbar euer neuer Zimmergenosse", sprach er dabei, während er mit festem Fuß in den Raum schritt. Mit ernster Miene drehten sich dabei die Köpfe der beiden Rekruten in Richtung des Neuankömmlings, wobei nach kurzem Atemzug einer von ihnen zu sprechen begann. „Ah, ein Neuer. Und weißt du schon, bei welcher Einheit du bist?" „Ja, in der Einheit von General Arathon." „Uh, Arathon, der soll ein gemeiner Hund sein, sagt zumindest Seren. Einer von den beiden, die

normalerweise da drüben liegen“, und mit seinem Zeigefinger deutete er auf die beiden leeren Betten an der gegenüberliegenden Wand. „Ich bin Renus“, begann er daraufhin erneut zu sprechen. „Und das ist Tion. Wir sind schon im zweiten Jahr, aber die anderen zwei sind auch bei Arathon. Komm doch rein und setz dich, bist jetzt schließlich einer von uns“, und mit einem freundlichen Grinsen wendete er seinen Kopf wieder ab und widmete sich dem Gespräch mit Tion.

Dexter kam gleich der Aufforderung seines Kameraden nach und betrat das Zimmer, woraufhin keine zwei Sekunden später auch die besagten Zimmergenossen Seren und der etwas kleinere Petro hineinstürzten. Seren hatte eine dunkle Hautfarbe und schwarze, lockige Haare, wogegen Petro mittellange, braune Haare und eine schmächtigere Figur hatte.
„Hey, wer bist du denn?“, sprang ihn gleich einer von ihnen an, woraufhin er mit fester Stimme seinen Namen verkündete. „Bist ein Neuer. Ja, dann geht’s dir ja wie uns. Ich bin auch erst vor einigen Tagen angekommen. Und Petro da drüben ist auch erst seit gestern hier. Also, willkommen bei uns. Bist bestimmt auch bei Arathon, oder?“ Und mit einem Nicken kam die Zustimmung Dexters.
„Ja, alle, die letzte Woche dazugekommen sind, sind in seiner Einheit. Insgesamt elf, nein, jetzt zwölf Leute sind wir“, und mit einem tiefen Atemzug beendete Seren seinen Vortrag. „Gut zu wissen“, entgegnete ihm darauf Dexter, woraufhin Seren seinen Hintern auf einem der bewohnten Betten niederließ. „Und du? Woher kommst du? Bist du hier aus Thorgar oder von weiter weg?“ „Ich komme eigentlich aus Esgoloth. Aber seit meine Mutter gestorben ist, lebe ich bei meinem Onkel General Tirion und seiner Familie. Beziehungsweise da hab ich gelebt, bis heute früh“, und ein Grinsen auf Dexters Gesicht verriet, dass er darüber nicht sonderlich traurig war. Auch wenn das Leben bei der Generalsfamilie nicht gerade schlecht war, so war er dennoch froh, es hinter sich zu lassen.

„Ah, also ein Halbwaise. Mach dir nichts draus. Bin ich auch. Mein Vater ist vor fünf Jahren im Einsatz gefallen und seitdem lebe ich allein mit meiner Mutter. Na ja, oder wie du schon erkannt hast, besser gesagt, ich habe allein mit ihr gelebt.“

„Na, habt ihr schön für morgen trainiert?“, kam es nach einer kurzen Minute der Stille aus Petro hervor, der damit auf die Tatsache anspielte, dass Renus und Tion am nächsten Tag ihre erste Kampfprüfung zu bestreiten hatten. „Na klar haben wir trainiert. Was denkst du denn? Wird sicher kein Problem. Ihr wisst ja, wie gut ich mit dem Bogen umgehen kann“, und mit einem gekonnten Zug nahm er eben genannte Waffe von ihrer Halterung über dem Bett ab und sprang wie ein wild gewordener Krieger durch das Zimmer, wobei er einige imaginäre Pfeile in die Hälse seiner Zimmergenossen surren ließ. „Ist ja gut, flipp nicht aus!“, sprach daraufhin Seren, während der gesamte Raum über die Aktion Tions schmunzelte. Dieser gab daher selbst lachend seine Kampfpose auf und verstaute den Bogen wieder über dem Bett. Im weiteren Verlauf des Abends sprach das Zimmer hauptsächlich über das Leben am Hofe des Königs, die Ausbildung, das Training und die verschiedenen Generäle und sonstigen Leute innerhalb der Garde, so dass Dexter sich vor seinem ersten richtigen Tag bereits ein ungefähres Bild von seiner bevorstehenden Zukunft machen konnte.

Und so kam es, dass er beim zehnten Glockenschlag gemeinsam mit seinen Kameraden die Kerzen löschte, um langsam aber sicher in das Reich der Träume zu verschwinden.

Nach einer unruhigen, traumreichen Nacht, in der er als großer Krieger durch die Lande gezogen war, wobei der kleine Soldat, den er in der ersten Kaserne getroffen hatte, ihm verboten hatte von der Essensausgabe etwas zu essen zu holen, wachte er mit einem Hungergefühl zum siebten Glockenschlag auf und wunderte sich über den unbekannten Anblick um ihn herum. Es dauerte einige Sekunden, bis er realisierte, wo er war, und ihm die noch halb schlafenden Körper seiner Zimmerkameraden auffielen. Ein jeder wälzte sich noch einige Male im Bett umher, bis sie beschlossen, dass es Zeit war aufzustehen, und so begann nun auch für Dexter der erste Tag als Rekrut.

Nach einem kleinen Morgenessen machte sich das Trio, bestehend aus Seren, Petro und Dexter alias Terean Troles auf den Weg in Richtung Lehrsäle. Aufgrund der zweiwöchigen Anmeldefrist, welche bis zum gestrigen Abend lief, kamen täglich neue Rekruten an, und so hat es sich als ratsam erwiesen, erst am heutigen Tage mit dem Unterricht zu beginnen, wodurch keiner der bereits früher Angereisten einen Vorteil besaß. So ließen sie sich alle ohne großartig weit reichendes Vorwissen auf den Stühlen im Geographielehrsaal nieder um den Ausführungen des Generals Severas zu lauschen. „Geographie und Landeskunde“, begann dieser dann nach einigen Minuten des Zögerns, woraufhin er nach einem tiefen Atemzug seine Worte fortführte, „heißt das Fach, welches ich euch zu unterrichten versuche. Die Aufteilung der Welt, die verschiedenen Bezirke und ihre Historie sowie das Wissen über die verschiedenen Rassen an Mensch und Tier, welche unsere Welt bevölkern, stehen hierbei im Mittelpunkt.“ Unaufhörlich schritt General Severas mit seinen Ausführungen voran, wobei die Aufmerksamkeit Dexters besonders bei Begriffen wie „magische Wesen“, „Drachen“ oder „Trolle“ in die Höhe schnalzte. Die nächste Stunde wurde Geschichte gelehrt, wobei Dexter schon während jener Stunde die vielen Lücken innerhalb der Geschichtsschreibung auffielen. Ohne sich jedoch weitere Gedanken darüber zu machen, verließ er gemeinsam mit Seren und Petro zum Ende der Stunde den Raum um sich ihrer wohlverdienten Pause zu widmen. Eine Stunde Freizeit stand nun auf dem Programm, wo sich ein Großteil der neuen Rekruten irgendwo im Burggelände aufhielt um danach die letzte theoretische Stunde des Tages, Überlebenskunde, abzusitzen. Hier wurde allerhand über das Überleben in der freien Natur, den Umgang mit Verletzungen und ähnlich nützliche Dinge gelehrt. So versprach es zumindest General Pletus, der hierfür zuständige General.

Nach diesem theoretischen Tagesprogramm folgte ein Mittagsmahl und danach endlich das von Dexter schon seit langem gespannt erwartete praktische Training.
„Guten Tag, meine Herren. Für alle, die mich nicht kennen. Ich bin General Arathon.“ Mit einem ernsten und leicht grimmigen Gesichtsausdruck begrüßte der befehligende Soldat seine Einheit, wobei sie erst zum heutigen Tage komplett wurde. Neben Dexter war am gestrigen Tag noch ein Neuer mit Namen Jurus eingetragen worden, wonach die Anzahl der Rekruten auf 13 gestiegen war. „Im Gegensatz zu dem, was ihr heute Morgen lernen durftet, bring ich euch etwas Nützliches bei.“ Ein verschmitztes Lachen bei diesem Satz verriet den Rekruten eindeutig, was er von jener Art des morgendlichen Unterrichts hielt. „Also, unsere erste

Stunde heißt Waffenkunde. Wie ihr sicherlich alle wisst, ist das hier ein Schwert", und mit einer gekonnten Bewegung nahm er eine lange, silbern glänzende Klinge aus der Scheide zu seiner Linken und präsentierte sie der Einheit. Nach einer kurzen Erklärung über Handhabung und Funktionsweise dieser Waffe ließ er sie einmal herumgehen und verstaute sie dann wieder in der Halterung. „Mit dieser einhändigen Waffe werdet ihr die ersten beiden Jahre trainieren. Erst wenn ihr den Umgang mit diesem Schwert gut beherrscht und körperlich gestärkter seid, werden wir an den Umgang mit dem großen Zweihänder gehen", und mit einer abermals geschickten Bewegung nahm er einen gewaltigen Zweihänder von seinem Rücken und reichte ihn ebenfalls in der Einheit herum.
„Da wir uns jetzt noch nicht damit beschäftigen, erzähl ich euch nichts Näheres dazu, da ihr meiner Erfahrung nach in zwei Jahren eh nichts mehr davon behalten habt. Deshalb kommen wir gleich zur nächsten Waffe, mit der ihr wiederum bereits jetzt den Umgang erlernen sollt: Pfeil und Bogen!", und nach einem kurzen Gang um die Gruppe nahm er einen an eine Wand gelehnten Kurzbogen und erklärte ihn der Einheit. „Für den Umgang mit dem Bogen braucht ihr vor allem ein sicheres Auge, eine ruhige Hand und viel Kraft um dem Pfeil eine möglichst große Geschwindigkeit zu verleihen." Wie bereits Ein- und Zweihänder, so ließ er nun auch den Bogen zwischen den Rekruten herumgehen, wobei er zum nächsten Punkt kam.
„Also, wie ihr an meiner kleinen Ansprache sicherlich schon gemerkt habt, gibt es vor allem eines, was ihr im Umgang mit jeder der eben gezeigten Waffen und in jedem Kampf benötigt. Und, hat einer von euch eine Ahnung, was das sein könnte?", und mit erwartungsvollem Blick schaute er in die Runde. „Niemand? Dann verrat ich's euch. Kraft! Ihre braucht sowohl zum Schwingen des Einhänders wie auch zum Spannen des Bogens vor allem Kraft. Deshalb ist das erste, was wir trainieren wollen, Kraft. Kraft und Ausdauer, wie sie ein Krieger im Kampf benötigt. Und deshalb werden wir jetzt alle ein paar Mal gemeinsam um den äußeren Ring der Festung laufen." Mit einem freudigen Grinsen beendete der General seinen Vortrag.
So begann das erste körperliche Training der 13 Kameraden, wobei zwei Stunden später einem jeden die Gedanken durch den Kopf schossen, weshalb sie verdammt noch mal eigentlich zum Militär gekommen waren.

Schweißgebadet und mit müden Füßen fielen sowohl Dexter als auch Seren und Petro nach geschlagenen sieben Runden in das grüne Gras an ihrem Startpunkt, wobei sich schon nach wenigen Minuten der Rest der Truppe zu ihnen gesellte. Einem jeden war die soeben vollbrachte Anstrengung merklich ins Gesicht geschrieben, und so war keiner sauer darüber, dass der General den Unterricht für heute beenden musste, da er wegen dringlicher Angelegenheit zum Rat zitiert wurde. „Ihr macht mir alle noch insgesamt 50 Liegestützen, wenn ihr mit Ausruhen fertig seid, und danach geht ihr eine Runde baden. Ihr muffelt!"
Mit diesen wahren Worten verabschiedete sich General Arathon und ließ seine noch vollkommen ausgepowerte Frischlingseinheit allein zurück.

„Oh Mann, noch 50 Liegestützen!", hallte es dabei aus einigen Richtungen, während Dexter, Seren und Petro sich weniger über jene beschwerten, als sich über das bevorstehende Bad zu freuen. „Oh Mann, wie fett, hab sau Bock auf kaltes Wasser", kam es dabei aus Seren hervor, während Petro und Dexter ihre ersten 15 Liegestützen absolvierten. „Wo sollen wir eigentlich baden?", begann Dexter sich daraufhin zu fragen, was dazu führte, dass er eine effektvolle Beschreibung seines Zimmerkameraden erhielt, was für ein „fetter" Teich sich im zweiten Ring befand. „Ungefähr 30 Meter breit und 20 lang ist der Tümpel. Aber da gibt's einen Steg, von dem aus man reinspringen kann. Wart's nur ab, das geht sau ab!", beschrieb er den ersehnten Badeteich, woraufhin er sich seinen letzten Kraftübungen widmete.

Insgesamt 50 Liegestützen und fünf Minuten Fußmarsch später erreichten die drei dann endlich das soeben beschriebene Gewässer, und ein jeder von ihnen rannte mitsamt verschwitzter Kleidung unter Gelächter und Geschrei ins kühle Nass. Wieder und wieder kletterten sie auf den ins Wasser ragenden Steg und vollführten ihre besten Sprünge, wobei lediglich die Höhe des spritzenden Wassers als Maßstab zugelassen war.
Es dauerte eine ganze Weile, bis sie und die restlichen Rekruten schließlich den feuchten Spaß beendeten und sich gemeinsam daran machten, die nasse Kleidung zum Trocknen aufzuhängen und sich mit frischer einzukleiden. Eine weitere Stunde verging so bis zum Abendbrot, woraufhin wieder einige Stunden später die Stadtglocke mit ihren zehn eisernen

Schlägen das Ende des Tages kennzeichnete und Dexter in einen zu Beginn tiefen und erholsamen Schlaf fiel.
Doch im Gegensatz zu den frühen Stunden der Nacht wurde er im späteren Verlauf immer wieder von Albträumen und seltsamen Traumgestalten heimgesucht. Mindestens zwei oder drei Mal kam es vor, dass er schweißgebadet aufschreckte, um daraufhin nach einem kurzen Gang um die Blase zu leeren wieder in diesen albtraumbehafteten Schlaf zurückzufallen.
Es war pünktlich zur siebten Stunde des Morgens, als die Stadtglocke einen neuen Tag anläutete und Dexter endlich aus diesem, zum Ende hin anstrengenden Schlaf entweichen konnte. „Hast du scheiße geschlafen?“, fragte Petro nach einigen Minuten des Hin- und Herwälzens, als er Dexter schon fast angezogen im Zimmer sitzen sah. „Ja, schlecht geträumt und schlecht geschlafen. Aber was soll's. Jetzt bin ich ja wach“, und mit diesen Worten zog er sein Hemd über die Brust und ließ sich zurück ins Bett fallen. Seine Zimmerkameraden dagegen begannen nun ihrerseits sich die Tageskleidung überzustreifen, woraufhin sie gemeinsam die Kaserne verließen, um nach einem kurzen Spaziergang die ersten am Morgenessen zu sein.
„Wie war eigentlich eure Prüfung?“, platzte es auf einmal aus Seren heraus, während das gesamte Zimmer an einem der inneren Tische saß und ihr Essen in sich hineinschaufelte. „Ja, ganz gut gelaufen“, brachte Renus dabei zwischen einigen Schmatzern hervor, woraufhin Tion mit einem bestätigenden Nicken einen weiteren Löffel Reisbrei in seine Mundöffnung schob. So verging auch dieses Essen in gemütlicher Runde, woraufhin wieder die theoretischen Fächer auf der Tagesordnung standen. Diesmal in unterschiedlicher Reihenfolge blieben die Fächer die gleichen, und so verstrich nach einem Mittagsmahl und anschließendem Kraft- und Ausdauertraining auch dieser Tag wie im Fluge.

So schritt die Zeit unaufhörlich voran. Tag um Tag verging und ließ die Körper der jungen Krieger reifen, wodurch es sich nach acht Wochen ergab, dass sie das erste Mal eine Waffe führen durften. „Ruhe bitte!“, forderte General Arathon seine sichtlich trainierte Einheit an jenem Tage auf, woraufhin er nach kurzer Dauer der Beruhigung mit seinem Vortrag begann. „Also, wie ich euch versprochen habe, fangen wir heute mit dem

Kampftraining an. Drei Stunden an der Waffe und eine Stunde am Körper stehen von nun an auf eurem Mittagsprogramm, wobei Bogen und Einhänder täglich wechseln. Also, wie jeder Rekrut vor euch, werdet auch ihr heute erstmals mit einer leichten Rüstung, einem Schwert und einem einfachen Bogen ausgestattet. Passt gut auf das Zeug auf und verliert es nicht. Wem eines der drei Teile abhanden kommt, hat selbstständig für Ersatz zu sorgen. Also hütet und pflegt eure Ausrüstung! Die Schwerter und Bögen bekommt ihr von mir, nachdem ihr bei General Digus wart um eure Rüstungen abzuholen. Ihr wisst alle, wo ihr ihn findet, also macht euch auf die Socken. Ich geh derweilen zu Horus in die Schmiede und besorge 13 Einhänder. Bis dann!“ Mit diesen Worten verabschiedete sich der General und verschwand in Richtung Schmiedegelände, woraufhin die 13 Rekruten ihren Weg zu General Digus in die vorderste Kaserne beschritten. General Digus war Dexter inzwischen längst ein Begriff, auch wenn er ihn am ersten Tag für ein wenig durchgeknallt gehalten hatte. Der etwa 52-jährige Soldat hatte sich für den Ausbildungsdienst entschlossen und war nun für Verwaltung und Ausrüstung der insgesamt 537 Rekruten verantwortlich. „Ah, ihr braucht sicher eure Rüstungen. Seid Arathons Jungs, hab ich Recht? Kleinen Moment, ich hol alles“, und nach einem kurzen Gang in ein etwas weiter hinten gelegenes Zimmer kam jener General Digus mit einer verschnürten Kiste zurück. Diese ließ er mit einem dumpfen Knall zu Boden klatschen, woraufhin er nach kurzem Messerschnitt die erste der insgesamt 13 leichten Rüstungen herausnahm. Da eine leichte Rüstung im Gegensatz zu einer schweren lediglich aus Leder und einigen wenigen Metallplatten, beispielsweise auf Höhe des Herzens, gefertigt war, wog sie nicht sonderlich viel und war demnach leicht zu transportieren und zu tragen.

Ein jeder der Rekruten bekam aufgrund der Größenunterschiede eine eigens nach seinen Größen angefertigte, wobei einiger Spielraum für weiteres Größenwachstum inbegriffen war. So verabschiedete sich die Einheit nach einiger Zeit von General Digus und beschritt mit ihren Rüstungen unter den Armen den Weg zurück zum Trainingsplatz, wo sie auf einen sichtlich schwer bewaffneten General Arathon traf. Ein großer Haufen Schwerter sowie selbiger aus Bögen lagen jeweils zu seiner rechten und linken, wobei er ein Exemplar jeder Waffe in seinen Händen hielt.

Während die Rekruten damit beschäftigt waren, ihrer Rüstung Herr zu

werden und sich mit dem dreiteiligen Schutz einzukleiden, erläuterte der General die Beschaffenheit von Schwert und Bogen.
Schon lange hatte sich Dexter auf jenen Moment, in dem er erstmals eine Waffe führen durfte, gefreut, und so konnte er es kaum abwarten, bis Arathon ihm eine der Klingen zuteilte.
„Acht Wochen lang hab ich euch nun auf diesen Moment vorbereitet. Acht Wochen lang, in denen wir euren Geist und Körper gestärkt haben, so dass ihr nun hoffentlich alle in der Lage seid den richtigen Umgang mit der eisernen Klinge zu erlernen. Also, fangen wir mit den Grundlagen an. Die Klingen, die ihr nun ein jeder in euren Händen haltet, sind Übungsschwerter für Rekruten der ersten Lernphase. Ihr werdet bis zur Kampfprüfung in zwei Jahren mit diesen Schwertern kämpfen. Deswegen pflegt sie gut und seht zu, dass euch keines abhanden kommt. Zum Thema Pflege werde ich euch morgen in einer theoretische Stunde, nach eurem normalen morgendlichen Stundenplan, mehr erzählen. Vorerst kommen wir nun zum Umgang. Geführt wird die Waffe wie der Name schon sagt mit einer Hand. Ob rechts oder links bleib einem jeden selbst überlassen. Ihr haltet nun die Klinge mit leicht eingeknicktem Ellenbogen vor euch in die Höhe, wobei zu beachten ist, dass ihr hierbei vollkommen locker steht. Seid ihr nun in der Grundposition, gibt es vier Grundschläge im Angriff und vier in der Verteidigung. Da keiner von euch bisher irgendwelche Angriffsschläge beherrscht, beschränken wir uns in der ersten Woche damit diese Grundschläge zu erlernen, so dass wir in der nächsten mit dem Partnerkampf beginnen können. Im Moment ist das, denke ich, noch zu gefährlich. Deswegen üben wir an diesen Holzkeilen dort hinten“, und mit einem Fingerdeuten wies er der vor ihm versammelten Gruppe den Weg.
Mit einem aufgeregten Gesichtszucken musterte auch Dexter die etlichen hölzernen Kampfgefährten in der Ferne und begab sich gemeinsam mit dem Rest auf den Weg zum etwa 100 Meter entfernten Trainingsplatz.

„Also, stellt euch alle etwa zwei Meter vor einen der Holzkeile und schaut mir genau zu. Den ersten Schlag, den ihr lernen sollt, ist der direkte Stich. Aus der Grundstellung kommt hierbei ein schneller Stich nach vorne, wobei sowohl rechtes Bein als auch rechter Arm, beziehungsweise umgekehrt, wenn ihr die Klinge mit links führt, blitzartig nach vorne schnel-

len“, und nach einigen Sekunden der Ruhe ging Arathon in die Grundstellung, woraufhin er plötzlich mit extremem Tempo seinen Einhänder in den hölzernen Keil bohrte. „Habt ihr’s alle gesehen? Ein schneller, effektiver Angriff, den ihr im Kampf sicherlich des Öfteren verwenden werdet. Also, wenn jeder verstanden hat, dann zeigt, was ihr könnt. Zehn schnelle Stiche, meine Herren.“
Sobald der General seine Vorführung beendet hatte, ging ein jeder der Rekruten in die Grundstellung um den Angriff mit möglichst großer Präzision durchzuführen. Etwa zeitgleich schnallten die 13 Übungsschwerter nach vorne und bohrten sich ab und an in den hölzernen Gegner, wobei schon nach einigen Versuchen klar war, dass dies zwar einfach aussah, jedoch nicht so einfach auszuführen war. Fehlende Kontrolle im Umgang mit der Klinge und fehlende Präzision waren hierbei die Hauptprobleme vieler Rekruten, wobei lediglich einem einzigen fast jeder Versuch, den Angriff fehlerfrei auszuführen, gelang. Auch in den folgenden Stunden, in denen Arathon seine Einheit in den Seitschlag von links und rechts sowie den Überkopfschlag und den Drehschlag einführte, zeigte jener junge Mann ein ausgesprochenes Talent.
Terean Troles, wie er von einem jeden hier am Hofe genannt wurde, schaffte es in kürzester Zeit, den Umgang mit der Klinge sowohl im Angriff als auch in der Verteidigung, an der sich die Einheit eine Woche darauf versuchte, auf ein erstaunliches Fertigkeitskönnen zu bringen, wodurch er erstmals die besondere Aufmerksamkeit des kommandierenden Generals erhielt. Im Gegensatz zu seinen Kameraden war er der einzige, dem es bereits nach zwei Monaten Kampftraining gelang, nicht nur die insgesamt acht Grundschläge zu beherrschen, sondern diese auch in allerlei verschiedenen Kombinationen miteinander zu verknüpfen. Oft wurde er dieser Tage angesprochen, wie er das mache und warum er so gut im Umgang mit der Klinge war, aber darauf hatte Dexter keine Antwort. Nie zuvor hatte er ein Schwert auch nur in der Hand gehabt, geschweige denn einen Kampf vollführt, und dennoch schaffte er es schneller als jeder andere Rekrut, der bisher den Weg zum Soldaten beschritten hat, jenen Umgang zu perfektionieren.
Neben dem Kampf mit der Waffe stand in den vergangenen Wochen auch der Umgang mit Bogen und Pfeil auf der Tagesordnung der Einheit, wobei Dexter auch hier ein außerordentliches Talent an den Tag legte. Zwar

konnte er hier nicht mit den Fertigkeiten Petros, der durch den Beruf seines Vaters als Jäger schon lange vor der Militärakademie den Umgang mit dem Bogen erlernt hatte, mithalten, aber dennoch gelang es ihm mit einer recht konstanten Präzision zumindest das ruhende Ziel meistens zu treffen.

So verstrichen die Tage auf dem weitläufigen Burgareal. Der Frühling verschwand, woraufhin der Sommer mit seinen teilweise unerträglichen Temperaturen den Rekruten schwer zusetzte, bis auch dieser verschwand und einem kühlen, feuchten Herbst den Weg ebnete. Zu dieser Zeit trug es sich auch zu, dass die Rekruten der Einheit Arathons das erste Mal seit ihrer Ankunft die Tore zur Festung verließen um einem feierlichen Aufmarsch der gesamten königlichen Armee beizuwohnen.
Früh am Morgen, gleich nach dem Morgenessen ging es los, und so versammelte sich die Einheit 1-4 in voller Aufmachung im vorderen Burgareal an den Trainingsplätzen, woraufhin sie gemeinsam aus dem gewaltigen Tor hinab zum Goldenen Platz marschierten. „König Tratres, Herr von Onur und König des Westens, war auf dem Weg in die Stadt um bei einer Unterredung politisch Wichtiges mit König Sumunor zu klären. Und wie es bei solchen Anlässen nun mal ist, hat der König befohlen, dass das gesamte in Thorgar stationierte Heer bei der Begrüßungsfeier anwesend ist. Schließlich ist es seit ewigen Zeiten nicht vorgekommen, dass ein König des Westreiches hierher kam.“ Das war das Einzige, was Dexter von den Gründen dieses Aufmarsches wusste, und da sie ihm nicht sonderlich sinnvoll erschienen und er dem Land des Westens sowieso nichts Gutes abgewinnen konnte, begleitete er jenen Aufmarsch ohne große Begeisterung.

„Versteht ihr, was das soll?“, sprach er auf dem Weg hinab seine Kameraden Petro und Seren an, wobei diese Dexter mit verdutztem Blick ansahen. „Was, was soll?“, entgegnete Petro daraufhin nach kurzer Pause und wartete gespannt auf eine Ausführung, die ihm die Frage verdeutlichen sollte. „Wieso jeder Soldat in ganz Thorgar bei dieser Veranstaltung hier dabei sein muss. Ich meine, reicht es denn nicht, wenn ein paar Rätler und Generäle dem König ‚Hallo’ sagen. Ich verstehe nicht, wieso wir da alle dabeistehen müssen.“ „Oh, ist Terean schlecht drauf. Du kommst

schon früh genug zurück zu deinem Trainingsplatz“, kam plötzlich eine Stimme aus dem Hintergrund, woraufhin sich sowohl Dexter als auch die beiden neben ihm laufenden Petro und Seren überrascht umdrehten um einen sarkastisch grinsenden Mitkameraden zu erblicken. „Was laberst du da?“, schoss es aus Dexter hervor. „Gar nix. Mach bloß keinen Stress“, erwiderte jener, dem schlagartig das Grinsen verging.
Als er sich dann mit gesenktem Haupt auf die andere Seite des Marsches verkroch, fing Petro an. „Mann, dieser kleine Schnösel. Meint nur weil sein Vater einer der Offiziere ist, kann er hier dumm rumlabern. Immer kommt so eine Scheiße von ihm. Selbst nix können außer Scheiße labern und bei den Generälen rumschleimen.“ „Da hast du Recht“, fiel ihm Seren ins Wort. „Wenn man den Idioten auf dem Trainingsplatz sieht, denkt man, wir hätten gerade erst mit dem Kampftraining angefangen. Der führt seine Klinge wie eine alte Frau und schießt auch genauso schlecht.“

Mit einem Grinsen auf den Backen hörte Dexter die Angriffe gegen ihren ‚Kameraden’ Diego und wendete dann seinen Blick wieder gen Platz. Tausende Soldaten reihten sich neben ihnen, wobei sie auf jenem Pfad hindurchschritten, auf dem in etwa einer Stunde auch König Tratres vorbeischreiten wird. Zu dieser Zeit hatten sich die Rekruten jedoch nicht in den vorderen, sondern in den hinteren Reihen aufzustellen, wodurch sie weder einen Blick noch sonst etwas von der Begrüßungszeremonie mitbekamen. So endete der Aufmarsch circa zehn Minuten nachdem das Begrüßungskomitee König Tratres und seine Lakaien in die Festung begleitet hatte und ein Soldat nach dem anderen den Weg zurück in die Festung beschritt. Pünktlich zum Mittagsmahl betrat dann auch die Einheit Arathons das Innere der Festung, woraufhin der übliche Tagesablauf seinen gewohnten Gang nahm.

So verstrichen weiterhin die Tage in einer nicht enden wollenden Routine, die lediglich von kleineren Ausbrüchen und Aktionen der drei Freunde Terean, Seren und Petro unterbrochen wurde.

Es war ein Donnerstag, etwa vier Wochen nach dem Besuch König Tratres’, und der Winter hatte gerade Einzug gehalten, als drei verhüllte Gestalten im Dämmerlicht ihre Kaserne verließen. Unter Wollmänteln

verborgen bahnten sie sich unentdeckt ihren Weg aus der Festung und fanden sich nach einigen nervenaufreibenden Minuten, in denen sie zwei Soldaten abhängen mussten, hinter einem Brunnen auf dem Goldenen Platz wieder.
„Verdammt, war das knapp“, kam es plötzlich unter einer der Kapuzen hervor, während die anderen beiden versuchten ihren Atem zu beruhigen. „Das kannste wohl laut sagen!“, schloss sich ihm Dexter an und nahm dann seine Kapuze ab. „Aber nichtsdestotrotz haben wir es geschafft. Also, was machen wir jetzt?“, und ein kurzer Blick in die nun ebenfalls unter ihren Kapuzen aufgetauchten Gesichter von Seren und Petro verrieten ihm, dass sie sich hierzu nicht sonderlich viele Gedanken gemacht hatten. Lediglich der Spaß am Verbotenen, dem Ausbruch aus der Festung, hatte sie zu jener Aktion bewegt, und so dauerte es einige Zeit, bis sie einen Plan hatten, was mit der gewonnenen Freiheit anzufangen wäre.
„Ich hab’s. Wir gehen in irgendeine Kneipe und holen uns ein paar Krüge mit Bier.“ „Verdammt, meinst du, die geben uns welche?“, erwiderte daraufhin ein sichtlich begeisterter Seren. „Kein Plan, aber wir werden es merken. Mehr als Nein sagen können sie ja nicht“, und mit diesem Gedanken im Hinterkopf und der Vorfreude auf ein bisher nur aus Erzählungen bekanntes Wundergesöff machten sich Dexter, Seren und Petro auf den Weg über den Platz in eine der Seitenstraßen. „Da drüben irgendwo, glaub ich, ist eine“, begann Dexter nach einem kurzen Moment der Stille, worauf sich die Köpfe seiner Begleiter in die von ihm gezeigte Richtung wendeten. Zwar war es zu dieser Zeit nicht sonderlich leicht zu erkennen, aber dennoch konnte man über einem der Gebäude den Schriftzug „Zum singenden Troll“ ausmachen.

Da das auf die Gasse flackernde Laternenlicht und der beim Öffnen der Tür herausschallende Gesang ihre Ahnung bestätigten, dauerte es nicht lange, bis sie sich an einem gut gefüllten Tresen wiederfanden. „Was soll’s sein?“, sprach sie darauf der Wirt an, woraufhin sich Seren und Petro mit jenem in eine kurze Unterredung vertieften, welche Dexter aufgrund der Lautstärke im Raum nicht mitbekam.
So wendete er seinen Blick ab und ließ ihn durch das Wirtshaus schweifen. Viele Leute waren zu jener Zeit im Singenden Troll anwesend, wobei

eine Vielzahl einer auf einer kleinen Bühne stehenden Frau zujubelte. Mit lauter Stimme begann sie daraufhin jene zu beruhigen um dann mit einem weiteren Lied ihre Vorstellung voranzutreiben. „Hey, hör auf zu träumen, der Typ bringt uns was!“, vernahm er plötzlich eine Stimme neben seinem Ohr, woraufhin er seine Gedanken über die Sängerin verwarf um sich seinen Kameraden zu widmen.
„Wie haste denn das geschafft?“, begann er, währenddessen der Wirt bereits drei große Bierkrüge auf dem Tresen platzierte. „Macht acht Silberlinge!“, sprach er in seiner patzigen Art, woraufhin Seren die Unterredung mit Dexter unterbrach um dem Wirt sein Geld zu geben.

So kam es, dass kurz darauf drei verhüllte Gestalten im Trubel der Masse untergegangen waren, um sich auf geschickte Weise aus dem Lokal zu schmuggeln. Das Bier sicher unter den Umhängen versteckt spazierten sie so guten Mutes die Straße zurück, als ein plötzlicher Gedanke durch Dexters Schädel fuhr.
Das Mädchen auf der Bühne. Es war sie. Es war das Mädchen, das er gesehen hatte, als er vom Wagen fiel. Sie war es, deren Gesicht er in so vielen Träumen vor sich gesehen hatte. Oft schon hatte er sich in den vergangenen Jahren Gedanken über seine Reise nach Thorgar gemacht und besonders die Geschehnisse vor der Stadt wollten nicht aus seinen Erinnerungen verschwinden. Oft hatte er sich überlegt, was mit seinem Bruder geschehen war und wieso er ihn seit seiner Ankunft in Thorgar nicht gefunden hatte. War sie vielleicht der Schlüssel dazu? Tief in Gedanken versunken stoppte er seinen Gang und blickte zurück zum Singenden Troll.

„Verdammt, was ist los?“ Hörte er plötzlich eine Stimme vor ihm, die ihn aus seinen Gedanken riss. „Die Frau auf der Bühne, habt ihr sie gesehen?“, und ein Kopfschütteln seiner Kameraden verriet ihm, dass sie es nicht hatten. „Warum? Was soll mit der sein?“, begann dann Seren, als Dexter wieder in Gedanken abzudriften schien, woraufhin jener nach einem kurzen Seufzer den Blick wendete. „Ich hab euch nie davon erzählt, aber ich hab einen Bruder“, begann er seine Geschichte, während sie sich gemeinsam an einem stillen Örtchen am Rande des gigantischen Platzes niederließen um ihre Beute aufzubrauchen.

„Und du glaubst, dass die da drinnen eine Ahnung haben könnte, was mit deinem Bruder passiert ist?“, fragte dann Seren mit unwissender und zweifelnder Stimme, als Dexter von dem Mädchen erzählte, das er im Fall erblickt hatte, woraufhin dieser nickte. „Ich weiß, es hört sich verrückt an, aber ich bin mir irgendwie sicher, dass sie es war. Und sie ist vielleicht die Einzige, die mir sagen kann, was damals geschehen ist“, beendete er seinen Vortrag und leerte mit einem kräftigen Schluck den Rest des Bieres.
„Verdammt, irgendwie schmeckt das Zeug komisch“, begann er daraufhin und musterte dabei die Reaktionen Serens und Petros.
Weniger gespannt auf eine Reaktion zu seinem Kommentar über das angebliche Wundermittel bekam er lediglich solch eine, wobei Seren der erste war. „Irgendwie schmeckt es komisch nach Brot mit irgendeinem Schimmel oder so, aber irgendwie auch nicht“, sprach er, woraufhin ein lauter Lacher des Petros dazwischen kam. Auch Dexter und Seren konnten sich dem offensichtlichen Einfluss des Alkohols nicht länger entziehen, und so fingen auch sie lauthals das Lachen an.
„Verdammt, wir müssen leise sein“, schoss es Dexter jedoch plötzlich durch den Kopf, woraufhin er dies seinen Kameraden beibringen wollte, was aber schwieriger als erwartet werden sollte. Sowohl Petro als auch Seren stolperten laut grölend über den Goldenen Platz, wobei sie sich gegenseitig stützten um das Gleichgewicht zumindest einigermaßen zu halten.

Auch Dexter folgte nun dem Duo um sie nicht aus den Augen zu verlieren, wobei er auch bei sich die schwerwiegenden Wirkungen des Alkohols feststellen musste. Nur mit großer Mühe schaffte er es in Schlangenlinien seine Kameraden einzuholen und diese letztlich zu beruhigen.

„Die schmeißen uns raus, wenn die uns erwischen!“, fuhr er seine Freunde an, woraufhin sich ihr Lachen zu einem leichten Kichern wandelte. „Immerhin etwas“, dachte sich dabei Dexter und versuchte nun seinerseits seinen Rausch zu bändigen. Dies war auch bitter nötig, das wusste ein jeder der drei, denn sie wollten sich nicht ausmalen, was mit ihnen geschehen würde, wenn man sie total betrunken außerhalb der Festung aufgreifen würde.

So schaffte es letztlich die Angst jene Alkoholsymptome zu verringern, so dass sich die drei Ausbrecher auf ihren Rückweg ins Innere des Verteidigungsbaues machen konnten. Ohne große Hindernisse von außen bereitete ihnen der Weg dennoch große Probleme, da die Angst zwar das Lachen zurückhielt, aber die Koordination in den Beinen nicht wesentlich förderte. So betraten sie nach einigen Stunden der Abwesenheit den Eingang zu Kaserne drei und stürzten unter Wanken und Schwanken in das Zimmer mit der Nummer sieben, wo ihre Augen plötzlich auf einen sichtlich verärgerten Arathon fielen.

„Ah, auch schon da?“, zischte er mit ernster Miene, woraufhin den drei Kameraden die aufgrund der sicheren Heimkehr zurückgekehrte Freude schlagartig aus dem Körper verschwand.
„Herr General!“, begann Dexter daraufhin mit bleichem Gesicht, woraufhin sich jener erhob und näher auf das Trio zuschritt. „Ich denke, ihr kennt die Regeln, meine Herren. Zehn Uhr ist Bettruhe. Wo, verdammt noch mal, wart ihr und wieso habt ihr so einen verpeilten Blick?“, schnauzte er sie an und musterte einen jeden mit einem ernsten und erbosten Blick, als ihm plötzlich klar wurde, wo sich seine Rekruten rumgetrieben haben. „Ich rieche Bier!“, meinte er mit ruhigerem Wortfall, woraufhin sich Dexter, Seren und Petro verdutzt ansahen. „Verdammt!“, schoss es einem jeden durch den Kopf, als sie mit gesenktem Haupt ein leises „Wir waren in der Stadt“ eingestanden. „Und da habt ihr euch voll laufen lassen“, beendete Arathon den Satz und blickte auf die nickenden Köpfe herab.
„Soso. Und was denkt ihr, werde ich jetzt mit euch tun?“, fuhr er fort ohne einen Blick von den Gesichtern der Rekruten zu nehmen, die nur ein „Es tut uns Leid, aber bitte werft uns nicht raus“ hervorbrachten. „Nein, nein, rausgeschmissen werdet ihr von mir nicht. Das wäre keine angemessene Bestrafung. Aber keine Sorge, vergessen wird diese Dummheit sicherlich auch nicht“, und mit diesem Satz und einem gemeinen Lacher verschwand der General aus der Kammer und ließ ein sichtlich verdutztes Zimmer sieben zurück.
„Was meint er damit?“, begann Seren, als sich ein jeder auf sein Bett zurückgezogen hatte um den Schock zu verdauen. „Keine Ahnung. Aber wir werden es sicherlich bald rausfinden“, entgegnete ihm Dexter, der mit pochendem Herzen auf der Matratze lag und das Erlebte zu verdauen

versuchte. Es war solch ein Schock, dass plötzlich ihr General in ihrem Zimmer saß, dass er die Geschehnisse in der Stadt beinahe wieder vergessen hätte. Erst als er in das Reich der Träume zu versinken drohte, tauchte das Gesicht der Sängerin, und damit der Drang zu erfahren, was mit seinem Bruder geschehen war, wieder in seinem Geist auf.

Wirre Träume und verschobene Erinnerungen plagten ihn in jener Nacht, und so war er nicht sonderlich erbost darüber um sieben Uhr die donnernden Schläge der Stadtglocke zu vernehmen. Mit pochendem Schädel und müden Glieder richtete er sich daraufhin auf und ließ seinen Blick durchs Zimmer schweifen. Wie er selbst, so schienen auch Seren und Petro eine unruhige Nacht gehabt zu haben, was sich an den hängenden Augen und verzogenen Blicken äußerte. Die beiden anderen Betten waren die gesamte Woche leer, da die Einheit Renus' und Tions auf einem Militärausflug war, der mindestens noch eine Woche andauern würde.
„Oh Mann, hab ich schlecht geschlafen!", begann auf einmal Seren, woraufhin sich Dexter und Petro mit einem Nicken anschlossen. „Hab voll den Mist geträumt", führte er seine Beschwerde über die schlechte Nacht weiter, wobei er sich daranmachte noch einen kurzen Moment der Erholung zu erhaschen. „Ich auch", fing Dexter dann an, als er seinen Kopf zurück ins Kissen fallen ließ und versuchte seinen Kameraden einen der Träume, an die er sich noch erinnern konnte, widerzugeben.
„Ich war im Singenden Troll, als plötzlich mein Bruder aufgetaucht ist. Ich hab versucht zu ihm zu kommen, doch je schneller ich auf ihn zurannte, desto schneller schien er sich von mir wegzubewegen. Als er dann auf einer Bühne stand und zu singen begann, wurde aus ihm plötzlich diese Sängerin von gestern. Als ich dann zu ihr gehen wollte, verschwanden sie und das komplette Lokal, und General Arathon stand an Stelle dessen vor mir. Als ich ihn dann fragte, wo mein Bruder sei, lachte er nur dreckig und verschwand wieder. Danach wollte ich zurück in die Festung, aber ich konnte nicht, da mich die Soldaten am Eingang für einen Verbrecher hielten und versuchten gegen mich zu kämpfen. Als ich dann meine Klinge ziehen wollte, merkte ich, dass ich sie gar nicht dabei hatte, und deswegen bin ich mit einem Stock auf sie losgegangen. Sie waren aber zu gut, und ich schaffte es nicht sie zu bezwingen, so dass einer der Soldaten mir letztlich einen tödlichen Stoß durch meine Kehle verpasste. Aber der

Traum war noch nicht vorbei. Wie in irgendwelchen Schauererzählungen verließ ich meinen Körper als eine Art Geist, schwebte über ihm und betrachtete den Leichnam, als mir plötzlich klar wurde, dass da nicht ich, sondern mein Bruder lag. Dann bin ich herzpochend aufgewacht."
Mit interessiertem Blick hatten Seren und Petro der Erzählung ihres Kameraden gelauscht und versuchten sich nun, am Ende, an ihre eigenen Träume zu erinnern. „Von Arathon habe ich auch geträumt. Er hat uns total betrunken in der Kneipe entdeckt und uns dann aus der Akademie geworfen. Danach lebten wir das Leben von Gesetzlosen und kämpften gegen die Armee", gestand plötzlich Seren, während Petro damit beschäftigt war ebenfalls zurück ins Bett zu kriechen.
„Ich will nicht wissen, was wir für einen Ärger bekommen", kam es dann aus Dexters Richtung, der daraufhin erneut seinen Körper im Bett aufrichtete um einen besseren Blick auf seine noch rumlungernden Kameraden zu haben. „Oh Mann, ich hoff mal nix Schlimmes", kam es unter Petros Decke hervor, woraufhin die beiden anderen ihm beipflichteten. „Aber wir werden es sicherlich heute Mittag erfahren", sprach daraufhin der Rekrut Terean und begann sich nun fürs Morgenessen fertig zu machen.

So vergingen die Stunden bis zur Mittagszeit ohne irgendwelche Erkenntnisse über ihre Bestrafung, bis sich dann zur dritten Stunde General Arathon auf dem Trainingsplatz blicken ließ. „Ihr wisst, was zu tun ist, Jungs. Partnerübungen!", befahl er in raschem Ton, woraufhin sich sechs kleine Paare bildeten. Der letzte, welcher aufgrund seines Talentes meistens Dexter war, trainierte wie gewohnt mit General Arathon.

Ein ungutes Gefühl plagte diesen bei dem Gedanken daran, was sich jedoch im Laufe des Trainings als vollkommen unnötig herausstellte. General Arathon war derselbe wie sonst auch und zeigte keinerlei Anstalten sich an den gestrigen Vorfall erinnern zu können. Das änderte sich allerdings am Ende des Trainings, als er die drei nicht wie gewohnt mit den andern entließ, sondern zu sich zitierte.
„Also, meine Jungs. Ich denke, ihr wisst, dass ihr Scheiße gebaut habt, und ich sage euch eines. Wenn das noch mal vorkommt, werdet ihr nicht mehr so glimpflich davonkommen." Eine kurze Pause gab den drei Aus-

reißern die Gelegenheit mit einem „Jawohl, General" ihre Zustimmung zu erteilen. „Das will ich gehofft haben. Und nun zu eurer Strafe. Ich hab mir lange Gedanken gemacht, und da ihr scheinbar noch genug Energie habt, um diese bei nächtlichen Trinkgelagen auszulassen, hab ich beschlossen euch etwas ganz Besonderes tun zu lassen. Da eure Einheit nächste Woche mit Küchendienst dran ist, habe ich beschlossen, dass diesmal nicht die komplette Einheit, sondern nur ihr drei diesen Job übernehmt. Mal sehen, wie fit ihr noch seid, wenn ihr von sieben Uhr bis in die späte Nacht das Geschirr von über 500 Rekruten und noch mehr Soldaten putzen dürft." Mit einem Grinsen entließ er die drei daraufhin und verschwand seinerseits in Richtung Festung, wogegen weder Dexter noch Seren oder Petro irgendwelche Anstalten machten ihm zu folgen.

„Wir drei?", fragte Seren dann ungläubig, als Arathon außer Hörweite war und schaute dann entsetzt seine beiden Freunde an. „Wir haben das letzte Mal schon mit der kompletten Einheit fast bis zehn Uhr gebraucht. Ist der verrückt? Da hocken wir dann zu dritt die ganze Nacht."
Ein Kopfschütteln Dexters verriet ihm, das dieser es ebenfalls nicht fassen konnte. Auch Petro machte sich große Gedanken über den fehlenden Schlaf, während sie langsam und mit ärgerlichem Blick in Richtung ihrer Kaserne wanderten. „Oh Mann, wieso hat er uns erwischt?" Das war die Frage, die einen jeden der drei Freunde quälte, worauf jedoch keiner eine Antwort wusste. So blieb ihnen nichts anderes übrig als die Bestrafung zu akzeptieren und sich auf eine Woche ohne Schlaf und mit viel, viel Arbeit einzustellen.

Die letzten beiden Tage der Woche verbrachten Dexter, Petro und Seren hauptsächlich mit Faulenzen und Schlafen, wobei sich zweites als nicht unwichtig für die kommende Woche herausstellen sollte.

Am Montag Abend war es dann so weit, dass sich die Ausreißer mit dem Lohn ihres Verschwindens zurechtfinden mussten, wobei der Rest der Einheit und besonders Diego diese unerwartete Befreiung für die zehn restlichen Kameraden mit einem Lächeln begrüßten. Alle hatten sie das Verbot erhalten den dreien zu helfen und so verschwanden sie nach dem Mahl wie der Rest und ließen die sichtlich niedergeschlagenen Rekruten allein zurück. Nur widerwillig fanden diese sich mit ihrem Schicksal zurecht, wobei sie immer wieder über die viele Arbeit und den wenigen Schlaf maulten, bis sie irgendwann tief in der Nacht die letzten Teller und Bestecke verstaut hatten. Schweiß rann einem jeden übers Gesicht, als sie dreckverschmiert den Weg aus den Speiseräumen in Richtung Kaserne drei beschritten. Wie erschlagen quälten sie sich die wenigen Stufen hinauf und schlichen in ihr Domizil, woraufhin sie keine zwei Minuten später allesamt ins Reich der Träume eingekehrt waren.

Doch die Erholung sollte sich als nicht ausreichend erweisen, als sie etwa zwei Stunden später von der hell läutenden Morgenglocke geweckt wurden. Einem jeden stand die Mühe vom gestrigen Abend deutlich ins Gesicht geschrieben, als sie nach einem ohnehin schon anstrengenden Tag erneut in der Küche standen um ihrer noch viertägigen Strafarbeit nachzugehen. Keine Klagen, sondern nur lautes Gähnen und gelegentliches Augenzufallen waren hierbei Hauptbestandteil der Unterhaltungen. Etwa 2000 Teller und mindestens genauso viele Gabeln und Messer später wiederholte sich die gestrige Nacht mit einem kurzen, überhaupt nicht erholsamen Schlaf, wonach die Augenringe des gestrigen Morgens dicker und dicker wurden.

Von Tag zu Tag spielte sich dieser Vorgang aufs Neue ab. Drei absolut übermüdete Gestalten, denen es sogar während der praktischen Trainingsstunden schwer fiel die Augen offen zu halten, schlichen von einer zur nächsten Aufgabe, um sich dann, wenn alle anderen ihren Feierabend genossen, den Folgen ihres Ausfluges zu stellen. Ein jeder bereute inzwischen jene Tat, was bei Arathon jedoch auf Verständnislosigkeit stieß. „Ihr müsst lernen mit den Konsequenzen eures Handelns umzugehen", riet er ihnen immer wieder, als sie versuchten die Strafe wegen Übermüdung abzumildern. Arathon blieb also hart und ließ sich nicht auf einen Kompromiss ein, und so verbrachten sie an den Tagen drei, vier und fünf die kompletten Nächte in der Küche und waren mehr als froh sich am darauf folgenden Wochenende einem lang andauernden Erholungsschlaf zu widmen. Und einem jeden war klar, dass sie sich nie wieder bei solch einem Ausflug erwischen lassen wollten.

Mit dem Ende ihrer Arbeitswoche hörte auch das bisher für diese Jahreszeit recht milde Klima auf. Das Wetter wandelte sich in eine Mischung aus eisigen Stürmen und heftigen Schneefällen wie sie die Stadt Thorgar erst selten erlebt hatte.
Hierbei waren Dexter, Petro und Seren nicht wenig verwundert, als sie am späten Sonntag Mittag das erste Mal ihre Augen öffneten und bei dem dringend nötigen Gang in Richtung Toilette eine vollkommen verschneite Festungsanlage vorfanden.
„Verdammt, ist das eine Kälte", kam es dabei aus dem immer noch zitternden Mund Petros, als er als letzter zurück in die Stube kam. Im Gegensatz zu ihren Kameraden, die bereits einen Tag zuvor mit der jährlichen Winterausrüstung eingedeckt wurden, trugen sie ihre normale Herbstkleidung, und so war es kein Wunder, dass sie die offensichtliche Kälte außerhalb der Kaserne um jeden Preis zu meiden suchten.

So geschah es, dass sie nach einigen kurzen Plaudereien allesamt zurück ins Reich der Träume verschwanden, um sowohl der Kälte als auch der Müdigkeit, die trotz des langen Schlafes immer noch in ihren Knochen hauste, ein Schnippchen zu schlagen.
Im Laufe der darauf folgenden Woche bekamen auch sie schließlich ihre Winterausrüstung, so dass sie langsam zurück in einen normalen Militäralltag kehren konnten.

So verstrich die Zeit und trieb die Entwicklung der zukünftigen Soldaten immer weiter und weiter, bis sie nach einem langen und teilweise sehr anstrengenden Jahr ihren ersten Prüfungen bevorstanden.
Da sich diese hauptsächlich auf ihr praktisches Training stützten, hatte keiner der drei Freunde großartige Schwierigkeiten die gestellten Aufgaben zu meistern, und so bekamen sie, wie auch acht weitere Kameraden, die Erlaubnis ein weiteres Jahr in der Militärakademie zu verweilen. Lediglich zwei, mit Namen Jurus und Septa, brachten nicht die gewünschten Anforderungen und wurden somit vom unerbittlichen Auslesesystem des Militärs gezwungen ihr Studium an der Akademie zu beenden und wie so viele andere in das städtische Ausbildungssystem zurückzufallen. Dort würde man sie wahrscheinlich irgendwann als Wirt, Schreiner oder Ähnliches antreffen, wie so viele, die nicht die Laufbahn des Militärs

einschlagen konnten. Dexter dagegen war mehr als erleichtert das erste Jahr erfolgreich absolviert zu haben und hatte bereits große Vorfreude auf das kommende, in welchem sie sich entscheiden mussten, welchen Weg sie ab dem nächsten Jahr gehen wollten.
Zwei unterschiedliche Lehrbereiche gab es zur Auswahl, von denen ein jeder zu einer anderen Ausbildung führen würde. Den Bereich der Verwaltung, in dem man lernt die Geschicke und Geschehnisse des Reiches zu analysieren und zu verbessern, und den Bereich des Kampfes, in dem man die Fertigkeiten im Kampf weiter verfeinern und ausweiten kann. Wie auch Petro und Seren war sich auch Dexter schon seit seinen ersten Kampfstunden im Klaren, dass er den Weg des Kampfes beschreiten wollte um eines Tages ein mächtiger Krieger im Dienste des Königs zu werden.

Kapitel 4 - Das Ende des ersten Lehrabschnitts

Wie in der ersten Hälfte des ersten Lehrabschnitts bestand der Unterricht in diesem Jahr hauptsächlich aus praktischem Training im Umgang mit Einhänder und Bogen sowie den üblichen theoretischen Fächern Geographie und Landeskunde, Überlebenskunde und Geschichte.
Daher ging das Jahr weiter wie es aufgehört hatte und ließ die Zeit voranschreiten, bis Dexter eines Tages eine seltsame Entdeckung machte.

Im Gegensatz zum ersten Jahr waren sie im zweiten dazu verpflichtet in den inneren Festungsanlagen für Ordnung zu sorgen.
Und so geschah es, dass Dexter eines Mittwochs Abends in einem der Ratskorridore mit Bodenputzen beschäftigt war, als einige dumpfe Schläge und der Klang zerbrechenden Glases an seine Ohren traten. „Was war das?“, schoss es ihm sogleich durch den Kopf, als er mit einem erschrockenen Zucken auffuhr. Ahnungslos ließ er seinen Blick durch den Korridor gleiten, wobei ihm jedoch nichts Besonderes auffiel und so beruhigte er sich und fuhr mit seiner Arbeit fort, als keine Minute später zwei bewaffnete Soldaten aus einem der Räume kamen. Grinsend schlossen sie die Tür hinter sich und schritten den Korridor hinab, wobei sie Dexter mit einem schiefen Lächeln ansahen.
„Das waren doch Soldaten der Leibgarde“, erkannte er plötzlich, als er das Hackensymbol auf der linken Brust entdeckte. „Was machen die bloß hier? Die Familie des Königs ist doch ganz woanders untergebracht!“, strichen die Gedanken durch seinen Kopf, als die beiden Soldaten ihren Weg in den nächsten Gang gefunden hatten. Als er näher an jenen Raum trat, kam in jenem Moment ein wenig Angst in ihm auf, die jedoch bei weitem durch die Neugierde kompensiert wurde. Er wusste nicht warum, aber irgendwie hatte er das Gefühl, dass etwas nicht stimmte. Und als er dann näher herantrat und die nicht verschlossene Tür ein wenig öffnete, erkannte er, dass ihn sein Gefühl nicht betrogen hatte.

Es war ein fürchterlicher Anblick, wie ihn der Rekrut nur einmal zuvor erblickt hatte. Damals, als er noch ein kleiner Junge war und die ganze Nacht mit seinem Bruder in der kleinen Kammer verbracht hatte. Damals, als er am Tag darauf seine Mutter erstochen und blutüberströmt neben dem Bett liegen sah. Wie durch ein Flashback schossen die damaligen Bilder, die er schon beinahe vergessen hatte, in ihm hervor, als er einen in einer gewaltigen Blutlache liegenden Mann sah.

Nur mit langsamen Schritten traute er sich näher heran, als ein leises Ächzen und Seufzen seine Aufmerksamkeit erregte. „Er ist noch am leben", schoss es ihm durch den Kopf, und so hastete er zu dem Verwundeten und hielt seinen Kopf hoch, als er erkannte, dass im Kopfe des Mannes gewaltige Scherben steckten. Doch nicht nur in den Kopf, nein auch in die Kehle hatte sich eines der mörderischen Werkzeuge gebohrt, so dass Sekunde um Sekunde mehr Blut aus dem Körper schoss.
„Verdammt, was ist hier los? Was haben sie getan? Wer waren diese Männer?", schrie Dexter das stark verwundete Ratsmitglied an, woraufhin dieser mit einem letzten Röcheln zu Grunde ging. „Scheiße!", schrie der Rekrut daraufhin laut auf und ließ den Kopf des Mannes zu Boden gleiten. „Scheiße, Scheiße, Scheiße!", schrie er abermals, woraufhin kleine Tränen seine Wangen hinab liefen. „Was war hier los?", ging ihm immer wieder durch den Kopf, als er seine Tränen verwischte und seinen Blick im Raum schweifen ließ. Einige zerstörte Einrichtungsgegenstände und eine zerbrochene Scheibe sowie der verblutete Mann waren die einzigen Zeugen der Geschehnisse. „Ein Kampf!", schoss es Dexter auf einmal durch den Kopf, als er sich an eine kleine Schnittwunde an der Hand des vorderen Soldaten erinnerte. „Die haben bestimmt gekämpft und dabei den Ratsmann getötet", formulierte er seine Gedanken weiter und blickte sich daraufhin erneut im Raum um. Außer den Zeugnissen des Kampfes gab es in dem geräumigen Zimmer noch ein Bett, einen großen Schrank sowie ein Arbeitspult.
„Wieso töten zwei Soldaten der Leibgarde einen Ratsmann? Die arbeiten doch eigentlich zusammen", gingen ihm dabei die Gedanken durch den Kopf, als er erneut den verbluteten Mann betrachtete. Er wusste es nicht, und er würde es auch nicht so schnell herausfinden, da war er sich sicher, aber wobei er sich sicher war, war, dass er den Tod des Mannes melden musste.
Und so verabschiedete er sich von seinen Spekulationen, verschwand aus der Kammer und rannt so schnell er konnte in die Richtung der Kammer

des Kriegsrats, in der er an seinem ersten Tag zu einem Rekruten der königlichen Armee ernannt worden war.
Es war kein sonderlich weiter Weg, und so schaffte er es nach wenigen Augenblicken ein lautes Hämmern an die Tür der Kammer zu setzen. „Herein!“, tönte es von innerhalb, woraufhin Dexter mit lautem Keuchen und pochendem Herzen die Tür öffnete. „Ein Rekrut? Was hast du hier zu suchen?“, kam es sofort von einem der zwei anwesenden Männer, woraufhin Dexter seinen Atem unterdrückte um den Ratsmitgliedern zu berichten, was er entdeckt hatte. „Er ist tot in seiner Kammer. Ich... ich bin einer der Rekruten, die diese Woche für die Sauberhaltung der Korridore verantwortlich sind. Und... und als ich in einem der Ratskorridore gefegt habe, habe ich einen toten Ratsmann entdeckt. In seiner Kammer“, brachte er hervor, woraufhin ihm ein entsetzter Blick der beiden anwesenden Ratsmänner zu verstehen gab, dass es richtig war sie zu informieren. „Wo? Wer?“, sprach daraufhin der hintere der beiden mit entsetztem Tonfall, worauf der Rekrut mit einem „Folgt mir!“ zu einem diesmal etwas langwierigeren Gang anregte.

Aus dem königlichen Palast hinaus über den Vorplatz zu dem dreistöckigen Ratsgebäude am äußeren Rand des innersten Kreises führte er sie, bis sie nach einigen Minuten mit einem Schrecken auf den ausgebluteten Körper ihres Kameraden blickten.
„Mein Güte, der Junge hat Recht!“, gestand einer der Ratsmänner dabei ein, worauf er näher zu dem Leichnam schritt. Der andere verweilte erst kurz auf seinem Platz und wollte dann auch den Weg nach vorne beschreiten, als er den noch immer neben ihm stehenden Dexter erblickte. „Du hast gut daran getan uns zu informieren. Du bist ein Rekrut, wie man sich ihn vorstellt. Weiter so und du wirst es eines Tages zu etwas Großem bringen“, lobte er ihn und fing dann mit einem nun ernsteren Tonfall zu sprechen an. „Hör zu! Wir wissen weder warum er tot ist, noch wie es geschehen konnte und deswegen erwarten wir von dir, dass du nichts von dieser Entdeckung erzählst. Hörst du, du darfst keinem erzählen, was du hier gesehen hast, verstanden?“, und ein missmutiges Nicken Dexters gab dessen Zustimmung. „Gut. Und jetzt gehst du am besten zurück in deine Kaserne. Wir kümmern uns von nun an um alles“, und mit diesen Worten wendete er seinen Blick und ging nun ebenfalls um den Toten zu

begutachten. Dexter dagegen verschwand aus der Kammer und tat wie ihm geheißen wurde, auch wenn er sich die ganze Zeit auf dem Weg in die Kaserne fragte, wieso er nichts von alledem erzählen durfte.

In den darauf folgenden Tagen erfuhr er dann von General Arathon während einer der Trainingsstunden, was offiziell an jenem Mittwochabend geschehen war. „Balin von Onur, einer der Ratsmänner des Krieges, ist allem Anschein nach gestolpert und mit dem Kopf in eine der Scheiben gefallen. Die Splitter haben ihn dann so schwer verletzt, dass er infolge des Blutverlustes starb." „Und was ist mit den zwei Soldaten?", schoss es Dexter durch den Kopf, als er jene Aussage vernahm. „Hätte er es damals den beiden Ratsmännern sagen sollen, dass er sie gesehen hatte?"

Diese Gedanken quälten ihn das komplette Training und den ganzen Abend bis in seine Träume hinein. Immer wieder sah er in diese zwei grinsenden Gesichter, die den Kopf des Ratsmannes durch die Scheibe rammten, wobei er jedes Mal mit einem Schrecken auffuhr. „Verdammt, Terean, was ist los?", kam plötzlich die offensichtlich genervte Stimme seines Zimmerkameraden Petro, woraufhin er mit einem leisen „Tut mir Leid. Albträume!" zurück in den Schlaf fiel. Erst am nächsten Morgen brachte er es letztlich über sich, seinen Freunden von den schrecklichen Ereignissen zu berichten. Er wollte dieses Wissen nicht länger mit sich herumtragen, und so verschwanden die drei noch vor dem Morgenessen, so dass Dexter ihnen ohne die Anwesenheit der lauschenden Ohren ihrer Kameraden Renus und Tion erzählen konnte, was er an jenem Abend erlebt hat.
Diese waren sichtlich erschrocken über das, was er ihnen berichtete, auch wenn sie es nicht wahr haben wollten, dass die Garde des Königs offensichtlich Urheber dieses Mordes war.
„Aber die sagen doch, er ist einfach nur unglücklich gefallen", sprach Seren, als Dexter ihnen von seinen Vermutungen berichtete. „Das weiß ich auch, und gerade das ist es ja, was mir so zu schaffen macht." „Du meinst also, die Soldaten haben ihn umgebracht", erwiderte Petro, woraufhin Dexter die Aussage mit einem Nicken bestätigte. „Aber warum?", fiel Seren nun ein, woraufhin er jedoch nur ein Achselzucken von dem selbst ahnungslosen Dexter erhielt. „Ich weiß es nicht, verdammt, aber

irgendwas stinkt hier zum Himmel. Irgendwas läuft hier nicht so, wie es laufen soll", meinte dieser daraufhin, als keine Sekunde darauf plötzlich die Glocke zum Morgenessen läutete und das Gespräch beendete.
Noch öfters machten sich die drei Freunde in den kommenden Tagen und Wochen Gedanken über jenes Ereignis, aber keiner von ihnen kam auf eine Lösung des Problems, und so verschwanden die Geschehnisse langsam aber sicher aus ihren Gedanken, und der normale Militäralltag nahm weiter seinen Lauf.

„Guten Tag, meine Herren", begrüßte die sanfte Stimme ihres Geschichtslehrers General Oreus die soeben erschienene Einheit 2-4. Sobald sich dann ein jeder niedergelassen hatte, begann er auch gleich zu sprechen „Heute ist, wie ihr wisst, ein ganz besonderer Tag!", wobei ein Raunen durch die Einheit ging. Heute war in der Tat ein besonderer Tag.
Ein Jahr und sieben Monate ist es her, dass Dexter und die restlichen zehn Kameraden ihre Ausbildung an der Akademie begonnen hatten, und so war heute die Zeit gekommen, in der sie sich ihrer ersten und einzigen theoretischen Prüfung unterziehen mussten. Anders als in der Praxis gab es in den theoretischen Fächern lediglich eine Prüfung und zwar zum Ende der Theoriezeit. Dies hieß zwar, dass Dexter von nun an keinem Geschichtsunterricht mehr lauschen musste, aber sogleich auch, dass er sich zunächst einer zweistündigen Prüfung unterziehen musste. Eine Prüfung, in der die elf Kameraden den Verlauf der Geschichte von den Anfängen bis heute auf einem Blatt Pergament zum Besten geben mussten. Keine zwei Minuten vergingen, bis er jenes vor sich liegen sah, und so versuchte er sich nun gewissenhaft der zu lösenden Aufgabe zu stellen.

„Einst war die Geschichte dunkel und grau. Ein Schatten lag über der Welt, wie er größer nicht sein konnte. Eine Macht, wie sie heute nirgendwo mehr bekannt ist, beherrschte diese Welt für viele tausend Jahre. Eine Macht, verkörpert von denen, die man als Magier bezeichnet, zog die Fäden überall auf der Erde. Es war eine grausame Zeit. Geprägt von Zerstörung und Menschenopfern. Diese, die die Magier nutzten um die Gunst ihrer Götter zu behalten. Auch wenn sie an der Zahl gering waren, so reichte dies doch um das einfache Volk zu unterjochen. Doch eines Tages geschah etwas, was die Welt, wie man sie bis dato kannte, aus ihren Fugen riss. Es waren Drachen und Heerscharen dunkler Wesen, die eines Tages die Ränder dieser Welt überquerten und das Reich der Magie zu vernichten drohten. Sie zerstörten Dörfer und Städte, vernichteten Menschen und Tiere, und nicht einmal die so mächtigen Magier oder ihre Götter waren fähig, etwas gegen die Bedrohung zu tun.

So schritt die Zeit voran, bis sich eines Tages die von Magiern und Drachen gepeinigten Menschen zusammenschlossen und den Widerstand aufnahmen. Zwei Männer waren es, die hierbei erstmals als Befreier der Heerscharen an gepeinigten und unterdrückten Menschen auftraten und deren Kraft gegen das Unheil richteten. Diese zwei Männer, Thorion und Tales, zwei Brüder aus reichem Haus, führten das Land in die Revolution gegen die Macht der Magie, wobei es ihnen nicht nur gelang die Drachen und dunklen Wesen zu vernichten, sondern auch, nach einem Jahrzehnte währenden Krieg gegen die Magie, aus jenem als Sieger hervorzugehen. Von da an vertrieben sie die Magier und übernahmen die Herrschaft im Lande. Da sie beide diesen Erfolg errungen hatten, teilten sie das Land in zwei Königreiche: Tigra, das Reich des Westens, in welchem Tales die Geschicke des Landes lenkte und Ogirion, das Reich des Ostens, in welchem Thorion und seine Nachkommen das Land führten. Es wurden Städte wieder aufgebaut und zerstörte Ackerflächen neu bestellt, und das Land fiel in einen Wohlstand, wie er zuvor nie erlebt wurde.
Aber mit den Jahren und dem Sterben der miteinander verbundenen Königslinien brach Neid und Missgunst zwischen den Königreichen aus. Ein jeder forderte die Herrschaft über den ganzen Kontinent, und so kam es 3400 Jahre nach dem Ende des ersten Krieg zu einem zweiten, der 130 Jahre das Land verwüstete. Er kostete sowohl Ost als auch West viele tausend Menschenleben, wobei sich keiner einen entscheidenden Vorteil sichern konnte. Erst zwei Generationen später geschah es dann, dass jener Ewige Krieg in einer letzten, entscheidenden Schlacht ein Ende fand. In jener Schlacht, in der nicht nur tausende von tapferen Männern und Frauen ihr Leben ließen, sondern auch die Königslinien Thorions und Tales' ein Ende fanden.
So traten zwei neue Herrscher auf das Podium der Macht, wobei in Tigra ein ehemaliger General mit Namen Seramus die Herrschaft übernahm, wogegen in Ogirion ein vom Volk gewählter Rat die Spitze der Regie-

rung bilden sollte. Doch nicht nur ein Rat, sondern auch ein Mann, der aus den Reihen der Ratsmänner zum Repräsentanten und Bevollmächtigten ihres Willens ernannt wurde. König Orelias war der Name dieses Mannes, der und dessen Königslinie von da an stetig ihre Macht ausbauten, so dass mit den Jahrhunderten die Macht des Rates Schritt für Schritt abgebaut wurde.
Es verstrichen die Jahre nach dem so genannten Ewigen Krieg, und ein jedes Reich fing voneinander unabhängig an ihre einstigen Größen wieder zu erlangen, wobei jedoch besonders die Regierung des Westens unvorhergesehene Pläne zu haben schien. Nie wieder wollten sie einen Krieg wie diesen zulassen, so war ihre damalige Begründung, was dazu führte, dass sie zwischen den Reichen eine gigantische Grenzanlage errichteten.
In nur acht Jahren entstand infolge dessen eine über 100 Kilometer lange, 10 Meter hohe und 5 Meter breite Barriere, die zwischen nördlichem Ozean und Totem Meer sowie zwischen diesem und dem Meer der Mitte für 749 Jahre die Königreiche voneinander trennte. Zusätzlich wurden überall entlang der Meere Wachtposten errichtet, so dass es in jenen Jahrhunderten keinem gelang unbewilligten Zugang zu dem Reich des Westens zu erringen. Ohne Kontakt und Einfluss des jeweils anderen entwickelten sich so zwei Königreiche in ihrer vollen Pracht, wobei eines Tages, vor gerade einmal 15 Jahren, die gewaltigen hölzernen Tore inmitten der gigantischen Monumente zum ersten Mal ihre Pforten öffneten. Seither existieren die Königreiche Ogirion und Tigra in einer getrennten Verbundenheit, bis in die heutige Zeit, 4303 Jahre nach der Machtergreifung von Thorion und Tales."

Mit stolzem Blick legte Dexter das Pergament zur Seite, nachdem er es circa zehn Minuten vor Ende der Zeit ein letztes Mal durchgelesen hatte. „Ja, so kann es jetzt bleiben", dachte er sich, während er seine Feder und Tinte zurück in die Tasche steckte. Mit einem letzten Blick zu seinen Freunden Seren und Petro erhob er sich dann und schritt mit dem zusammengerollten Pergament in Richtung Lehrerpult, wo er das Pergament mit einem Lächeln ablegte. General Oreus bedankte sich höflich und entließ ihn dann aus dem stickigen Lehrsaal, woraufhin er mit wackligem Schritt aus den Lehrtrakten verschwand.

„Und nächste Woche ist Überlebenskunde“, sprach Seren, als die drei Freunde später gemeinsam beim Essen waren und sich über die soeben vergangene Geschichtsprüfung unterhielten. „Ja! Und die Woche darauf Geographie und Landeskunde, da hab ich ja gar keine Lust drauf“, fügte Petro dem Gespräch bei, woraufhin Dexter seinen Kameraden mit einem Kopfschütteln betrachtete.
„Ich verstehe nicht, wieso du Landeskunde so scheiße findest. Ich find es um einiges interessanter etwas über Drachen, Trolle und Werwölfe zu lernen als über irgendwelche Ereignisse, die eh schon seit Ewigkeiten rum sind.“ Dem pflichtete Seren mit einem kleinen Lacher bei, woraufhin diesmal Petro derjenige war, der den Kopf schüttelte. „Versteht ihr denn nicht? Die Geschichte ist die Zukunft. Wenn wir wissen, wie die Geschichte war und wie es zu den schrecklichen Tragödien wie dem 130-jährigen Krieg gekommen ist, können wir so was vielleicht in Zukunft vermeiden.“
Von diesem Standpunkt aus, mussten sich sowohl Seren als auch Dexter eingestehen, hatten sie das alles noch gar nicht betrachtet. Für sie war Geschichte immer eine Aneinanderreihung von Jahreszahlen und für den jetzigen Moment unbedeutenden Ereignissen. Mit dieser neuen Sichtweise jedoch erschienen Dexter plötzlich viele Ereignisse, von denen er in der Lehrzeit von General Oreus gehört hatte, in einem ganz anderen Licht. Dennoch entschloss er sich zu einer niederschmetternden Antwort. „Da magst du ja vielleicht Recht haben, aber woher sollen wir wissen, wie es zum 130-jährigen Krieg gekommen ist? Oder hast du eine Ahnung, was sich in den 3400 Jahren zwischen den Kriegen abgespielt hat?“, sprach er, worauf Petro betrübt das Haupt senkte.

„Genug jetzt von Geschichte. Ich hatte heute schon zwei Stunden geballte Geschichte, und das hat mir eindeutig gereicht“, meinte auf einmal Seren, woraufhin sie schnell das Thema wechselten und sich über das heutige Training unterhielten. „Wann haben wir eigentlich die praktischen Tests?“, tauchte mitten im Gespräch auf einmal die Frage auf, auf die momentan jedoch keiner der Knaben eine Antwort parat hatte. „Arathon wird’s uns bestimmt bald erzählen“, meinte daraufhin Dexter nach einigen Momenten des Grübelns, während er sein Mittagsmahl beendete und sich mit einem kleinen Rülpser in den Stuhl zurücksinken ließ.

Und wie Recht er hatte, sollte sich noch am gleichen Tag zeigen. Zum Ende des Bogentrainings, in dem sie heute auf rollende Objekte geschossen hatten, rief jener General nämlich die komplette Einheit zusammen und begann dann, als sie sich alle um ihn versammelt hatten, mit seiner Ankündigung.
„Wie ihr alle wisst", sprach er mit formalem Ton, „müsst ihr euch bald für das nächste Jahr einschreiben. Aufgrund eurer Ergebnisse in den theoretischen und praktischen Prüfungen bekommt ihr die Möglichkeit auf verschiedenste Ausbildungszweige. Je nach Interessenslage könnt ihr entweder in den Lehrbereich Verwaltung oder den Lehrbereich Kampf. Die Untergliederungen der verschiedenen Einheiten innerhalb des jeweiligen Lehrbereichs geschehen dann aufgrund eurer Ergebnisse und einer persönlichen Bewertung der vier Generäle. Ich, General Oreus, General Pletus und General Severas werden gemeinsam ein Profil von jedem von euch anfertigen um zu entscheiden, für was er sich unserer Meinung nach am besten eignet. Dann werdet ihr in etwa zwei Monaten wissen, wie eure Zukunft aussehen wird. Alles verstanden?"
Mit einem tiefen Atemzug beendete er seinen Vortrag und ließ seinen Blick über die Einheit schweifen. „Ja, Asad?" „Wann genau sind die praktischen Prüfungen, Herr General?" „Ah gut, dass du fragst, das hätte ich ja beinahe vergessen. In exakt einem Monat und 20 Tagen. Ich hoffe, ihr wisst, was das bedeutet. Versucht euch noch mal so gut es geht reinzuhängen. Versucht eure Schwächen auszubügeln und den Umgang mit euren Waffen zu perfektionieren. Nur so könnt ihr euch einem guten Abschneiden und somit einer hoffentlich guten Zukunft sicher sein", beendete er die Antwort und entließ dann, als keine weiteren Fragen mehr offen waren, die Einheit aus dem Training.

Im Gegensatz zu Geschichte bestand die Prüfung in Überlebenskunde nicht in der Ausführung des Wissens auf Papier, sondern in einer mündlichen Befragung, in der jeder Rekrut 30 Minuten über das Überleben in der Wildnis ausgefragt wurde. Als Dexter an der Reihe war, betrat er unsicher das relativ kleine Zimmer und setzte sich seinem Lehrer, General Pletus mit einem leichten Zittern und Schwitzen in den Händen gegenüber. „Sei mir gegrüßt Terean!", begann dieser sogleich und blickte dabei seinem Schüler in die nervösen Augen. „Keine Angst, es wird halb

so wild. Also, als erstes will ich von dir drei Möglichkeiten hören, mit Erläuterung bitte, wie man in der Wildnis Feuer machen kann."
Mit einem Wohlwollen hörte Dexter diese Frage und sogleich verschwand die Nervosität, die ihm bis dahin auf den Schultern gelastet hatte, und er fing an zu sprechen. „Also, Möglichkeit Nummer eins wäre das Feuermachen mit zwei Stöcken. Dabei muss man drauf achten, dass einer möglichst flach ist, so dass man einen zweiten darauf drehen kann und dass beide möglichst trocken sind, da sonst die Feuchtigkeit ein mögliches Feuer verhindert. Dann legt man ein paar kleine Zweige und Blätter auf das flache Holzstück und beginnt mit großem Druck und möglichst schnell den dünneren Ast auf den Blättern zu drehen. Das macht man am besten, indem man diesen zwischen die Handflächen nimmt und schnell hin- und herrollt." So ging die Erzählung des Rekruten Terean weiter, bis er über die Möglichkeit mit Feuersteinen und die mit einer Linse seinen Vortrag beendete.
„Sehr gut! Kommen wir zur nächsten Frage", meinte daraufhin der General und führte seine Prüfung fort. Die besten Lagerplätze, das Zurechtfinden anhand der Sterne sowie die Erstversorgung von Wunden waren die weiteren Fragen, die er alle mehr oder weniger gut beantwortete um daraufhin mit einem erleichterten Grinsen die Kammer zu verlassen.

Da Petro und Seren noch nicht an der Reihe waren und er die noch zu Prüfenden auch nicht besuchen durfte, da er ihnen ja möglicherweise Tipps geben könnte, ging er alleine zurück in Richtung Kaserne, wo er auf halbem Weg zufälligerweise auf General Tirion traf.
„Mensch Junge, ich hab dich ja ewig nicht gesehen", hörte er plötzlich die Stimme seines Ziehvaters, als er gerade durch das zweite Tor schritt. Mit einem Lachen auf den Backen drehte er sich daraufhin um und begrüßte ihn voller Freude. „Na, was macht die Ausbildung?", sprach jener nach einer kurzen Umarmung, woraufhin Dexter ihm von dem Training und dem Leben in der Festung erzählte. „Ja, ja, ich habe auch so einiges von dir gehört", fiel ihm plötzlich der General ins Wort, worauf Dexter ihn verdutzt ansah.
„General Arathon hat mir erzählt, dass du und zwei deiner Kameraden eines Nachts mal aus der Festung ausgebrannt seid. Was war da los?", führte er seinen Einfall aus, woraufhin Dexter jener Abend zurück ins

Gedächtnis gerufen wurde. „Ich weiß auch nicht. Jugendlicher Leichtsinn, schätze ich", meinte er zu seinem Ziehvater, als ihm plötzlich wieder eine Person einfiel, die schon beinah wieder in den Tiefen seines Erinnerungsspeichers verschwunden war. „Kann ich dir was erzählen?", gestand er kurz darauf, und als der General mit einem „Alles" antwortete, fing Dexter an dem Ziehvater von seinen Gedanken zu berichten.
Zu berichten über die Frau, die er an jenem Abend auf der Bühne hat singen sehen und zu berichten, dass er glaubte, dass es jene Frau war, die er gesehen hatte, kurz bevor er damals auf seiner Reise nach Thorgar in die Bewusstlosigkeit fiel. Erst als er erkannte, dass der General in Gedanken zu versinken schien, unterbrach er seine Erzählung.
„Was ist los?", fragte er ihn, woraufhin dieser schlagartig zurückkehrte und dann mit langsamen und mit Dexter mitfühlenden Worten seine Erinnerungen verdeutlichte.
„Es geht um deinen Bruder. Ich habe dir bisher nichts davon erzählt, weil ich dachte, es könnte dich zu hart treffen." „Was, du weißt etwas von ihm? Sag schon, was ist es. Wo ist er?", schoss es darauf sogleich aus ihm hervor, woraufhin der General mit einem Kopfschütteln das Haupt senkte. „Es tut mir Leid, mein Junge, aber er ist tot. Wir haben ihn, etwa zwei Wochen nachdem du in die Stadt kamst, in einem kleinen Waldstück in der Nähe der Stadt gefunden. Seine Kehle war durchtrennt", und mit einem mitleidigen „Es tut mir Leid!" beendete er die Ausführung.
Es war kein großer Schock, der Dexter in jenem Moment durchfuhr. Dennoch verharrte er einige Momente in totaler Stille, bis er plötzlich erneut den Mund öffnete. „Danke!", sprach er daraufhin, worauf der General verdutzt aufblickte. „Danke, dass du mir endlich Gewissheit über meinen Bruder bringst. Jetzt kann ich mir zumindest sicher sein, dass er bei Mama und Papa im unendlichen Reich eingekehrt ist" sprach er weiter, wobei ihm einige kleine Tränen über seine roten Wangen liefen.
„Lass uns von was anderem sprechen", begann er nach einigen Minuten des Trauerns, woraufhin der General das Reden begann. „Ja, das sollten wir. Ich bin nämlich nicht zufällig hier. Ich habe dich gesucht", gestand er und blickte dabei mit einem leichten Grinsen auf seinen Sohn. „Wie du sicherlich weißt, gibt es zwischen dem ersten und zweiten Lehrabschnitt eine dreiwöchige Pause, in der die Rekruten ihre Familien besuchen können. Ich wollte dir nur Bescheid sagen, dass du nicht in unser Haus in

Thorgar kommen kannst. Nein, wir haben beschlossen, dass wir einen Ausflug ins Seenland machen. Deswegen holen wir dich pünktlich nach eurem letzten Training ab und machen uns gemeinsam auf die Reise." Im ersten Moment erschrocken über die Nachricht, dass er nicht zu ihnen kommen konnte, beruhigte er sich mit der Weiterführung des Gesprächs sogleich wieder, als er erfuhr, dass sie alle zusammen eine dreiwöchige Expedition unternehmen würden. Freudig jauchzend bestätigte er daraufhin seinem Ziehvater wie sehr ihn das freuen würde, und so kam es, dass sie sich nach kurzem Dialog über das Seengebiet verabschiedeten und ein jeder seinen Weg alleine weiterging.

Dexter konnte kaum glauben, was er in den letzten Minuten alles erfahren hatte, und so war er mehr als gespannt darauf seinen Freunden davon zu berichten. „Ins Seengebiet. Wow, bist du ein Glückspilz", beneideten ihn sowohl Seren als auch Petro, als er ihnen von der bevorstehenden Reise erzählte. Die Nachricht über seinen Bruder dagegen hielt er zunächst zurück, da er die aufgekommene gute Laune nicht verderben wollte. Schon lange hatte er sich den Tod des Bruders ausgemalt und so war es nun nicht mehr als eine Bestätigung seiner ohnehin schon vorhandenen Befürchtungen.

Eine Woche später fand sich Dexter dann erneut in einem der Lehrsäle wieder um seine letzte theoretische Prüfung, diesmal in Geographie und Landeskunde, abzuhalten. Die Einordnung der Gebirge, die Lage der Flüsse sowie der Standort der großen Städte bildeten gemeinsam mit dem Vorkommnis der verschiedenen Völkergruppen und Lebewesen die Schwerpunkte der Prüfung.
Die Trolle des Weißen Gebirges, die man an ihrem weißen Fell und den großen Augen erkennt, sowie die Drachen im Seengebiet, die hinter Wasserfällen oder in irgendwelchen Höhlen hausen, konnte Dexter ohne Probleme ausmachen und erläutern, wogegen ihm die Wesen des Waldes weniger zusagten. Auch zu den Salzkarawanen, die ihre Lager immerzu an den Ausläufern des Meeres der Toten aufschlagen um dort das weiße Gold zu gewinnen, wollten dem Rekruten in jenem Moment keine weitläufigen Ideen einfallen. Die Klimaverhältnisse konnte er dagegen recht gut bestimmen und auch die Frage nach dem Land hinter dem Westgebir-

ge konnte er beantworten. „Man geht davon aus, dass dort, wie einst im Seenland, verschiedene Völker lebten. Durch eine Klimaverschiebung ist die Landschaft jedoch vertrocknet, und daher werden diese Gebiete heute von riesigen Wüsten bedeckt“, hatte er geantwortet, wobei er lediglich vergessen hatte die fruchtbaren Flusssavannen anzumerken.
Alles in allem jedoch hatte er ein ganz gutes Gefühl, als er, zwei Stunden nach Erhalt, die Arbeit auf das Pult von General Severas legte und aus dem Lehrsaal verschwand. „Endlich ist die Theorie vorbei“, schoss es ihm hierbei die ganze Zeit durch den Kopf, als er wie beflügelt den Weg zu Seren und Petro, die einige Minuten eher abgegeben hatten und somit bereits vor dem Lehrtrakt warteten, beschritt.

Wie all seine Kameraden verbrachte auch Dexter die kommenden Wochen hauptsächlich auf dem Trainingsgelände. Aufgrund der nicht mehr vorhandenen theoretischen Stunden war dies nun auch am Vormittag möglich, und so blieb einem jeden genügend Zeit an den teilweise noch vorhandenen Schwächen zu arbeiten. Bei ihm bezog sich das hauptsächlich auf den Bogenkampf, in dem er bei der Präzision von Distanzschüssen große Schwierigkeiten zeigte, die es noch auszubessern galt.

Drei Wochen voller mühsamer Trainingseinheiten später war es dann so weit, dass er und zehn weitere Rekruten den Kampf mit ihrem Lehrmeister General Arathon aufnahmen. Ein jeder hatte im Einzelkampf das gelernte Können unter Beweis zu stellen, wobei es nicht darauf ankam den Gegner zu verletzen, sondern ihn mit geschickten Manövern zu überwinden. Wie das Schicksal es wollte, war Dexter hierbei der Letzte, welcher jene Aufgabe meistern musste, was ihm die Zeit gab die Stärken und Schwächen der einzelnen Kameraden zu beurteilen. Viele waren gut im Angriffskampf, hatten jedoch ihre Macken in der Verteidigung. Ein paar wenige beherrschten die Verteidigung äußerst gut, einer von ihnen war Petro, schafften es im Angriff aber nicht den Lehrmeister in eine Misslage zu bringen.
So geschah es, dass Dexter zehn Kämpfe später endlich selbst den Kampfplatz betreten durfte. Mit einem ernsten Lächeln nahm er die Klinge aus der Scheide und wirbelte sie einige Male umher, während General Arathon nach einer zehnminütigen Pause erneut den Platz der Prüfung betrat.

„Bist du bereits Rekrut?“, sprach er mit ernster Stimme, während er seinen silbern glänzenden Einhänder aus der Scheide nahm. Mit schnellen Bewegungen brachte er sich in die Grundposition und deutete seinem General mit einem lauten „Ja!“ an, dass der Kampf beginnen könne. Wie bei allen Vorgängern begann der Kampf auch hier mit einem Angriff des Generals, den der Rekrut jedoch mit Leichtigkeit abwehren konnte, woraufhin ein schneller Schlagabtausch zwischen den Kontrahenten ausbrach.
Immer wieder ließ Dexter hierbei die eiserne Klinge durch die Lüfte schneiden, wobei er gekonnt die Schläge des Generals parierte. Doch nicht nur in der Verteidigung, nein, auch im Angriff blitzte immer wieder das außerordentliche Talent des Knaben hervor, was sich in schnellen und effektiven Körperdrehungen sowie kräftigen und schnellen Angriffsschlägen äußerte. Nicht selten konnte der General gerade so in letzter Sekunde der scharfen Schneide seines Rekruten ausweichen, wogegen dieser den Großteil seiner Angriffe bereits vorzeitig abblockte. Alles in allem schien dies nicht der Kampf zwischen General und Rekrut zu sein, wie man ihn erwartete, da der Rekrut seinem Lehrmeister in vielen Dingen überlegen schien. Besonders der präzise und sehr gut koordinierte Angriffskampf und der gut abgestimmte und sichere Verteidigungskampf zeigten deutlich, was Dexter die letzten Jahre gelernt hatte.

„Hoffentlich läuft’s genauso gut, wenn ich übermorgen auf der Schießanlage stehe!“, sprach Dexter zu seinem Freund Petro, als sie nach der anstrengenden Prüfung gemeinsam die Kampfarena verließen. „Na ja, bei mir war es ja vorhin nicht so sonderlich, aber ich denk mal, dass es übermorgen besser läuft“, gab ihm dieser daraufhin zur Antwort, worauf Dexter nur ein Kopfschütteln erwidern konnte. Zwar war sein Freund Petro im Umgang mit dem Einhänder nicht schlecht, aber dennoch wollte er ihn nicht in den Vergleich mit sich selbst bringen und so entschied er es bei einem „Also, ich finde, du warst echt gut“ zu belassen.

Zwei Tage darauf war es dann so weit, dass sich die gleichen elf Rekruten in der Schießanlage einfanden, um ihre Prüfung im Bogenschießen zu absolvieren. „Guten Morgen, Einheit!“, sprach die ernste Stimme des Generals, während er eine dicke Kiste mit Pfeilen vor sich absetzte.

„Also, wir sind hier wegen eurer Bogenprüfung, und bevor wir anfangen, will ich euch noch mal die Regeln ins Gedächtnis rufen. Jeder muss insgesamt 39 Schuss abfeuern, wobei jeweils drei auf das gleiche Ziel gehen. Im Abstand von neun Metern befinden sich zehn Schilder, die es zu treffen gilt. Je weiter in der Mitte desto besser. Die letzten neun Schuss gehen auf drei rollende Wagen im Abstand von 30 Metern“, und während seiner Erklärung deutete er mit seinem Zeigefinger auf die jeweiligen Objekte, die es zu treffen galt. „Gut, wenn jeder alles verstanden hat und es sonst keine Fragen gibt, können wir ja anfangen. Diego, mach bitte den Anfang!“

Mit nervösem Blick und zittrigen Händen betrachtete Dexter die jeweiligen Prüflinge, und je mehr Namen vor ihm fielen und je länger er auf seinen Einsatz wartete, desto mehr machte sich die Aufregung in ihm breit. Sieben Namen und 273 Pfeile später wurde dann schließlich auch er aufgerufen und konnte die Prüfung endlich beginnen.

Mit wackligem Schritt und unsicheren Gedanken ging er langsam in Richtung Prüfstelle, wobei er unentwegt an die letzten Trainingseinheiten dachte, bis er einige Sekunden darauf seinen Bogen vom Rücken nahm um seinen ersten Schuss zu setzen. So nahm er den ersten Pfeil aus einem der mit jeweils 39 Pfeilen bestückten Köcher und setzte zum Schuss an, als ihm das Zittern seiner Hände zum Verhängnis wurde. Hin und her wackelte der Pfeil, während er versuchte ihn in Spannung zu nehmen. „Nein, so wird das nichts!“, schoss es ihm dabei durch den Kopf, woraufhin er die Spannung zurücknahm und tief einatmete. „Stimmt irgendetwas nicht?“, kam plötzlich die Stimme des Generals von der Seite, während er mit tiefen Atemzügen versuchte seine Konzentration zu fördern und die Nervosität zu verringern.

„Nein, alles klar!“, antwortete er dann einige Sekunden später und setzte zu einem neuen Versuch an. Mit klarem Auge nahm er den Mittelpunkt der ersten Scheibe ins Visier und ließ dann den immer noch leicht wackelnden Pfeil aus der Sehne surren. Zu seinem Erstaunen traf er dabei sogar einen der inneren Ringe und so begann das Zittern von Mal zu Mal geringer zu werden, wogegen die Präzision trotz zunehmender Weite exakter wurde. Pfeil um Pfeil surrten die Geschosse aus der hart gespannten Sehne des Bogens, um nach einem rasanten Flug durch die Luft ihr Ziel zu treffen. Sogar die hinteren Zielscheiben traf er, auch wenn hier die

Trefferquote hauptsächlich im äußeren Bereich lag. So konnte 39 Pfeile später auch Terean Troles den Bogen absetzen und mit einem freudigen Grinsen die Schießanlage verlassen.

Zehn Tage später war es dann so weit, dass die Rekruten endlich ihre Bewertungen bekamen, aus welchen sich ihre Entwicklung in den kommenden zwei Jahren ergab. Mit nervösen und schwitzigen Händen übernahm Dexter hierbei das Pergament von seinem General, woraufhin er es mit schnellen Fingern entrollte. Im Inneren zeigte sich eine Reihe mit Bewertungsnoten für die einzelnen Bereiche sowie eine fünfzeilige Notiz der Generäle. „Terean Troles“, konnte Dexter in der obersten Zeile lesen, woraufhin er sich den einzelnen von 1 bis 10 gestaffelten Bewertungen zuwendete. „Geschichte 7, Überlebenskunde 8, Geographie und Landeskunde 7, Bogenkampf 8, Kampf mit dem Einhänder 10.“ Mit einem Lächeln auf den Backen ging er Zeile für Zeile durch die Bewertungen, wobei er mehr als erleichtert über das gute Abschneiden war. Neben den Bewertungen war die Notiz der Generäle ein sehr wichtiges Kriterium, und so wartete er nicht lange, bis er auch sie zu lesen begann.
„Der Rekrut Terean Troles zeigte sowohl im theoretischen als auch im praktischen Teil der Ausbildung großes Interesse und bewies besonders im Umgang mit dem einhändigen Schwert großes Talent. Aufgrund seiner Einstellung, seines Könnens und seines Willens empfehlen wir ihn für die Ausbildung des Kampfes.“ Mit einem Lächeln hob er die Augen und ließ sie durch den Raum schweifen, in dem zehn Augenpaare in ihre Bewertungen vertieft waren. „Was bist du?“, sprach ihn in diesem Moment der neben ihm sitzende Petro an, woraufhin er mit seinem Finger auf das Wort „Kampf“ deutete. „Und du?“, entgegnete er die Frage, woraufhin Petro ein „Ich auch“ verlauten ließ.

Wie sich im Nachhinein herausstellte, waren neben Petro und Dexter auch Seren, Asad und Nilan für die Richtung des Kampfes empfohlen worden, wogegen Diego und drei weitere Rekruten zukünftig ihr Glück in der Verwaltung zu suchen hatten. Lediglich zwei Kameraden traf hierbei der eiserne Hammer des Schicksals, der aufgrund der schlechten Ergebnisse das Ausscheiden aus dem Militärdienst bedeutete.

Am darauf folgenden Tag war dann das letzte Training vor der dreiwöchigen Unterbrechung, in der der General die Bewertungen einsammelte. „Schließlich hat der Kriegsrat noch zu entscheiden, in welche Abteilung ihr kommt“, begründete er sein Handeln und entließ daraufhin die Einheit 2-4 aus seiner Obhut. „Das heißt, wir erfahren unsere neue Einheit erst, wenn wir wieder da sind“, bemerkte Dexter hierbei, als sie schon auf dem Weg in die Kaserne waren. Gemeinsam holten sie ihr Gepäck und verabschiedeten sich von Renus und Tion, woraufhin sie mit freudiger Erwartung den Weg zu ihren auf einer Anlichte vor der Festung wartenden Familien beschritten.

Kapitel 5 - Die Reise ins Seenland

Das erste Mal seit Dexter in Thorgar lebte, betrat er an jenem Tag das Hafengebiet der Stadt. An der Mündung des Erinior gelegen, war dieser Teil der Stadt einer der ältesten, wobei jener Fluss schon immer als Transportstrecke in das erzreiche Hochgebirge im Westen Ogirions diente. Somit war der Hafen bereits zu Zeiten Thorions und Tales' errichtet worden, wobei er seitdem unaufhörlich an Größe zugenommen hat.
So maß der gewaltige Gebäudekomplex zu Dexters Tagen beinahe die Größe des Goldenen Platzes, und es dauerte eine kleine Weile, bis General Tirion, dessen Frau, Dexter und Tochter Julia das richtige Schiff erreicht hatten. Es waren keine sonderlich großen Gefährte, die zu jenen Tagen die Wasserstraßen hinab ins Seengebiet befuhren, was jedoch keinen der insgesamt 20 Reisenden, welche auf dem Kutter Platz gefunden hatten, störte. Eine sechstägige Fahrt sollte es auf dem kleinen und relativ schlichten Gefährt geben, wobei Dexter gemeinsam mit seiner Ziehschwester in einer Kabine untergebracht war.
„Erzähl schon, wie ist es im Militär?", schoss es auf einmal aus ihr heraus, als der General und Frau Mama verschwanden um ihre eigene Kabine aufzusuchen, wobei sie ihren Bruder mit erwartungsvollen Augen ansah. „Was soll ich groß erzählen?", begann dieser zunächst ein wenig zurückhaltend, fing dann aber aufgrund mehrerer Bitten doch mit dem Erzählen an.
„Ich lebe zusammen mit vier anderen Kerlen in einem Zimmer in Kaserne Nummer drei. Tion und Renus, die aber eine Lernstufe über mir sind, und Petro und Seren, mit denen ich in der gleichen Einheit war."

So erzählte er von dem Leben an der Akademie, vom theoretischen Unterricht und dem Schwertkampf sowie von Erlebnissen, wie dem einwöchigen Küchendienst oder den Prüfungen. „Aber lass uns nicht nur von mir reden. Was ist mit dir? Was hast du die letzten zwei Jahre gemacht? Als ich weg gegangen bin, warst du doch drauf und dran Ärztin zu werden, oder nicht?" „Richtig, und da bin ich immer noch dabei. Ich gehe seit zwei Jahren auf eine wissenschaftliche Fakultät, an der ich meine Ausbildung mache. Du glaubst gar nicht, wie interessant das alles ist...", und mit diesen Worten fiel Julia in einen langwierigen Redefluss, in dem sie von der Anatomie des Menschen bis zu den schwersten Verletzungen alles widerspiegelte, was sie in der Ausbildung gelernt zu haben schien.

„Das scheint dir ja richtig zu gefallen“, sprach Dexter, als seine Schwester Julia ihre Ausführungen beendet hatte. „Ja, das tut es auch. Ich kann mir nichts Schöneres vorstellen. Weißt du, seit dem Tag, an dem ich dich auf dem Goldenen Platz gefunden habe, habe ich gemerkt, wie schön es sein kann anderen Menschen zu helfen. Deshalb habe ich auch diese Ausbildung angefangen. Ich will den Menschen helfen, auch wenn es sonst keine Hilfe mehr gibt. Ich will für sie da sein, wenn es sonst keiner ist, und ich will alles in meiner Macht Stehende tun um ihnen zu helfen.“
Ein wenig hörte sich diese Aussage für ihn an, als wäre sie ein Werbesatz der medizinischen Fakultät, aber schnell verschwanden diese Gedanken, als er eine kleine Träne über die Wange seiner Schwester rinnen sah. „Ich finde es wunderbar, wie du denkst!“, sprach er dann, als er jenes erkannte, wobei er freudig in das hübsche Gesicht der jungen Frau vor sich lächelte.
Lange war es her, seit er sie das letzte Mal betrachtet hatte. Damals, als sie noch gemeinsam auf die städtische Schule gingen und beinahe jeden Tag miteinander verbrachten. Doch wenn er sie damals ansah, so erkannte er lediglich eine nette und hilfsbereite Schwester. Aber wenn er am heutigen Tag in das lächelnde Gesicht, an dessen Wange eine Träne glänzte, blickte, so erkannte er, was für eine hübsche junge Frau sie geworden war. Nicht nur dass sie in allen Bereichen gewachsen war und ihr Gesicht sich von dem eines Kindes in das einer Frau verwandelt hatte, nein, ihre ganze Persönlichkeit und ihr Auftreten waren voller Grazie und Schönheit.

Ein plötzliches Hämmern gegen die Tür beendete schließlich den kurzen Gedankenflug und ließ ihn aus seinen Träumereien zurückkehren, woraufhin kurz darauf der General und seine Frau Silvia in der Tür standen, wobei Erstgenannter das Wort an seine Kinder richtete. „Seid ihr fertig? Wir wollen zum Essen.“ Als Dexter jenen Satz vernahm, wurde ihm plötzlich bewusst, dass sie vor lauter Gerede vollkommen vergessen hatten sich umzuziehen. „Fünf Minuten, Herr General!“, entschuldigte er sich daraufhin, was dazu führte, dass der General einige Schritte auf ihn zu machte. „Wir sind hier nicht im Dienst, mein Junge. Nenn mich beim Namen und nicht beim Dienstgrad.“ Und mit diesen Worten wendete er sich wieder ab und kehrte den beiden noch immer auf den Betten sitzenden Ziehgeschwistern den Rücken zu. „Wir gehen schon vor. Zieht euch um und kommt dann“, waren die letzten Worte, die er im Hinausgehen von sich gab und dann verschwanden er und seine Frau in Richtung Kombüse.

Vier Minuten und 50 Sekunden später machten sich auch Dexter und Julia auf den zuvor von ihren Eltern beschrittenen Weg und trafen somit punkt fünf Minuten nach vorherigem Zusammentreffen am Tisch der Familie ein. „Also, wir hatten noch gar nicht die Gelegenheit gehabt uns richtig zu unterhalten“, begann plötzlich General Tirion, als die Familienmitglieder ihr Essen geordert hatten. „Erzähl schon, wie waren die Ergebnisse, und was war so alles los die letzten Jahre?“
Auf diese Frage hatte Dexter bereits gewartet und so begann er nochmals, die vergangenen zwei Jahre Revue passieren zu lassen und seiner Familie von der abschließenden Bewertung zu berichten. Erst als nach einer ganzen Weile das Essen kam, konnte er eine kleine Pause machen, musste aber immer wieder aufgrund der verschiedensten Zwischenfragen zum Dienst kurze Esspausen einlegen. Zwar bedeutete dies, dass er sich nur mit geringer Konzentration seinem Mahl widmen konnte, aber da jenes sowieso nicht sonderlich delikat war, störte dies den Rekruten nur geringfügig.
So verstrich die Zeit im gemütlichen Kreis der Familie, bis Dexter sich zur späten Stunde des Abends gemeinsam mit seiner Schwester aufmachte um ein wenig Erholung im Schlaf zu finden. Das erste Mal geschah es zu dieser Stunde, dass er in jener nächtlichen Stille das sanfte Rauschen der Wellen wahrnahm. Wie ein unaufhörlich wiederkehrendes Summen begleitete es die leichte Auf- und Abbewegung des Schiffes, während der Rekrut in einen tiefen und wohl verdienten Schlaf fiel.

Am nächsten Morgen wurden die beiden Geschwister gemeinsam aus dem Schlaf gerissen, als der General einige kräftige Schläge gegen ihre Tür setzte. „Wir gehen schon mal zum Morgenessen. Kommt dann

nach!“, meinte er hierbei wieder mal, wobei er sich diesmal nicht die Mühe machte bis ins Innere des Raumes zu kommen.
Mit diesem Geschehnis begann der erste Tag auf dem Kutter, auf welchem sich die Familie durch lange Gespräche die Zeit vertrieb. Gespräche über Dexter und das Militär. Über Julia und ihre Fakultät und über alles, was sonst noch einer Unterhaltung würdig schien, bis sie irgendwann zur späten Stunde den Tag beendeten und ein jeder wieder in seine Kajüte verschwand, wo Dexter sich gleich ins Bett legte.

So verstrichen viele Stunden, in denen er durch Traumwelten jagte um verwunschene Kreaturen zu bezwingen und letztlich seine Prinzessin zu retten, als ihm beim Anblick jener holden Dame plötzlich bewusst wurde, dass er sie schon längst gefunden hatte. Mit einem Schrecken fuhr er empor, wobei er mit aufgerissenen Augen auf die neben ihm schlafende Julia blickte. „Es war nur ein Traum, nur ein Traum“, versuchte er sich dabei einzuhämmern und machte sich dann daran aus dem Bett zu kommen. Schnell und geschickt schmiss er sich einige Kleidungsstücke über und verschwand aus dem Zimmer um ein wenig Frischluft am Oberdeck zu schnuppern.

Es waren nur einige wenige Stufen und Gänge, bis er sich schließlich auf jenem befand und mit einem Lächeln seinen Blick schweifen lassen konnte. Weit in der Ferne streckte die Sonne gerade ihre ersten Fühler empor, wobei sie wie mit einem Zauber die Welt zum Glitzern brachten. „Was für ein wundervoller Anblick“, ging es ihm dabei durch den Kopf, woraufhin er nach einem kurzen Seufzer den Blick weiter wandern ließ. Doch außer dem aufgehenden Antlitz der Feuerkugel war in jener sonst düsteren Gegend wenig Bewundernswertes. Lediglich die hohen und grün schimmernden Bäume, die die Uferwege zierten und das im entstehenden Licht glitzernde Flusswasser waren von seiner jetzigen Position erkennbar und so verließ er das Reich der Bewunderung, wobei er im Schweife seines Blickes drei ebenfalls auf diesem Deck herumlungernde Bootsmänner erspähte.
Mit einem Lächeln auf den Wangen ging er auf jenes Trio zu und richtete das Wort an sie. „Guten Morgen!“, meinte er mit aufgeweckter Stimme, woraufhin diese sich überrascht nach der erschienenen Gestalt umdreh-

ten. „Morgen! So früh schon auf den Beinen?“, entgegnete der Vorderste, als er Dexter als einen der Passagiere ausmachen konnte, worauf jener bestätigend nickte. „Und was gibt es?“, fragte jener dann nach einem kurzen Augenblick, in dem er Dexter erneut musterte. „Ich wollte mich nur mal erkundigen, wo wir sind und wie lange wir noch brauchen werden?“, erwiderte Dexter daraufhin und wartete gespannt auf eine Antwort des Mannes.
„Ach so! Na dann. Wir werden in etwa zwei Stunden den Erinior verlassen und dann auf dem Surius hinab ins Seenland fahren. Ich denke, dass wir den Hafen Esgoloths in etwa drei Tagen erreicht haben werden.“
„Vielen Dank!“, entgegnete daraufhin Dexter, der mit der Antwort mehr als zufrieden war, und machte sich dann daran seinen Weg zurück ins Zimmer zu finden. Schließlich wollte er nicht, dass sich seine Schwester Julia Sorgen über seinen Verbleib machte.

Wie sich kurze Zeit später herausstellte, war diese Sorge jedoch völlig unbegründet, da jene noch immer in tiefem Schlaf versunken im Bett lag. So schloss er behutsam die Tür und legte sich zurück auf seinen zuvor verlassenen Platz, wobei er mit einem Arm um seine Schwester zurück in das Reich der Träume fiel.

Als er das nächste Mal die Augen öffnete, bemerkte er, dass seine Schwester verschwunden war, was ihn schlagartig aus seinem Halbschlaf aufschrecken ließ. Schnell zog er sich die vorher abgelegte Kleidung über und verschwand ebenfalls aus der Kammer, um einige Minuten darauf erneut auf dem Oberdeck in Erscheinung zu treten.
Im Gegensatz zu seinem vorherigen Besuch war es diesmal voll von Menschen, die im Vorbeifahren die zerfallenen Ruinen einer seit Jahrhunderten zerstörten Stadt bewunderten. Unter diesen etwa 15 Leuten erkannte Dexter im hinteren Teil auch seine Ziehfamilie, zu der er sich sogleich gesellte. „Ah, da bist du ja endlich!“, sprach der General seinen Sohn sogleich an, als er ihn durch die Menge näher kommen sah und grinste ihm dabei fröhlich ins Gesicht. „Beinahe hättest du die Ruinen Asalaths verpasst!“, und mit einer Handbewegung über die Bugseite hinaus gab er den Blick auf die hinter ihm vorbeifließenden Zeugen vergangener Zeit frei. „Ah, Asalath“, ging es Dexter bei den Worten des Generals und dem

Anblick der gigantischen Überreste dieser einstigen Metropole durch den Kopf, wobei er sich an eine Geschichtsstunde am Ende des ersten Lehrjahres zurückerinnerte. „Eine gewaltige Schlacht hat hier getobt. Damals im 130-jährigen Krieg.“ „Ja, und viele Männer sind hier gefallen“, beendete der General die Einleitung seines Sohnes, woraufhin dieser ihn mit einem geschlagenen Blick ansah.

So verging die Zeit, indem sie über den Krieg und seine Opfer philosophierten, während die Sonne unermüdlich über ihren Köpfen wanderte, bis sie irgendwann in der Ferne des Horizontes unterging und den Tag beendete.
Es dauerte schließlich noch etwa 50 Stunden, in denen sich die Passagiere meistens auf dem Oberdeck die Zeit vertrieben, bis schließlich ein lauter Ruf über das Deck hallte. „Die Seen. Ich kann sie sehen!“, rief einer der Bootsmänner von seinem Ausguck, woraufhin der Blick eines jeden Anwesenden über das Schiff hinaus flussaufwärts wanderte. „Ja, da hinten!“, rief nun auch Dexter, woraufhin ein Gefühl der Erleichterung seinen Körper durchzuckte.

So verließ das Schiff langsam aber sicher die Ausläufer des Surius und tauchte ein in das tiefe und klare Wasser der gigantischen Süßwasserseen, wie sie sonst nirgends auf dem Kontinent zu finden waren.
Zwischen gewaltigen Bergmassiven eingeschlossen sind sie die Heimat für viele der unterschiedlichsten Geschöpfe, die in den Höhlen über und unter Wasser ein Zuhause gefunden haben. Aber nicht nur die unterschiedlichsten Geschöpfe, sondern auch eine ganz besondere Vegetation liegt über dem gesamten Seengebiet, welche eine Art grüne Oase in den ansonsten trockenen und heißen Wüstengebieten des Seenlandes darstellt. Vier enorm tiefe Gewässer sind es insgesamt, die alle durch teils kleinere, teils größere Wasserstraßen verbunden sind und an deren Anfang eine gewaltige Metropole das Eintrittstor in die Seenlandschaft bildet.
Esgoloth war der Name dieser Hafenstadt und entgegen Dexters Vermutungen gab es wirklich eine Cousine des Generals, die hier beheimatet war. Sie war aber schon seit über einem Jahrzehnt dahingeschieden und bildete somit nicht den optimalen Beweis für die Existenz eines Rekruten mit Namen Terean Troles, was Dexter jedoch nicht allzu sehr störte. Was

ihm dagegen sehr zusagte, war die Tatsache, dass sie dem General ihr Haus in der Nähe von Esgoloth hinterlassen hatte, woraus eine kostenfreie Unterkunft für die kompletten zwei Wochen resultierte. Es war zwar keine allzu prächtige Hütte, das konnte Dexter beim Betreten jener mit Sicherheit sagen, aber sie genügte seinen Ansprüchen absolut und war ein wahrer Luxus im Vergleich zu der Unterbringung in den Kasernen.

Es war spät, als sie zum ersten Mal an diesem Tage gemeinsam bei Tisch saßen um ihr Abendmahl einzunehmen und einigen Planungen für die nächsten Wochen Ausdruck zu verleihen.
Diese erstreckten sich über eine Besichtigung Esgoloths bis hin zu einer zweitägigen Seenrundfahrt, in welcher ein Besuch der legendären Minenstadt Lorio inbegriffen war. So verstrichen die Minuten wie im Flug, bis etwa drei Stunden nach ihrer Ankunft ein jeder der Familie derart erschöpft war, dass sie allesamt beschlossen, vor all ihren Ideen erst einmal einen langen und erholsamen Schlaf ohne schwankende Böden zu verbringen.
Daher verabschiedeten sie sich voneinander, worauf Dexter gemeinsam mit seiner Schwester in einem der zwei Schlafräume verschwand. Wegen der geringen Größe des altertümlichen Hauses hatten sie nämlich nur zwei solcher Zimmer, und so mussten die Geschwister sich einen Raum teilen, was jedoch keinen der beiden sonderlich traurig stimmte.
Als sie dann einige Minuten später dalagen und Dexters Augen langsam aber sicher zuzufallen schienen, durchbrach plötzlich ein leises Flüstern die Stille. Als er sich auf jenes konzentrierte, merkte er auf einmal, dass es von seiner Schwester stammte, die ihn mit aufrechtem Körper ansah.
„Terean..., Terean…, bist du wach?“, fragte jene in leisem Flüsterton, woraufhin dieser mit einem verschlafenen „Halb-halb!“ antwortete. „Ich weiß, es hört sich vielleicht blöd an..., aber kannst du mich vielleicht wieder in den Arm nehmen? So wie an dem einen Morgen auf dem Boot?“, flüsterte sie weiter, wobei Dexter ein Schreck durch die Glieder fuhr. „Hatte sie es etwa gemerkt?“, fragte er sich, als er plötzlich ein leises „Bist du noch wach?“ vernahm. „Was soll ich jetzt sagen? Sie ist doch meine Schwester“, schoss es ihm dabei durch den Kopf, als er plötzlich erkannte, wie unsinnig seine Gedanken waren. Und so erwiderte er mit einem ebenfalls leisen Flüstern, dass sie in seinen Arm kommen könne,

woraufhin diese sich mit einem Lächeln auf den Wangen in den muskulösen Arm des Rekruten schmiegte um nach einigen sanften Atemzügen in das Reich der Träume zu versinken.

Es war früh am Morgen, als Dexter und der Rest der Familie ihren erholsamen Schlaf beendeten, um dann nach einem kurzen Morgenessen ein wenig die Umgebung zu erkundschaften. Außer einigen anderen Häusern gab es jedoch lediglich den See, der einer ausreichenden Erforschung würdig schien, und so geschah es, dass die gesamte Familie einige Stunden nach dem Aufstehen in einer saftigen Wiese direkt am Seeufer lag.

„Es ist echt schön hier!“, begann der General dann nach einigen Minuten des faul in der Sonne Liegens, woraufhin er sich aufrichtete und die ersten Anstalten machte das Wasser des Sees zu testen. Mit wackeligem Schritt ging er so einige Meter über das Gras, um sich dann mit kleinen, tänzelnden Schritten in die Fluten zu stürzen.
Bis zu den Knien gelang ihm dieser sanfte Vorstoß, als er plötzlich aus den Füßen gehoben wurde und mit einem lauten Klatschen ins Wasser fiel. Als er wieder auftauchte und sich empört nach dem Urheber dieses Überfalls umsah, erkannte er die beiden lachenden Gesichter von Julia und Dexter. „Na, euch werd ich’s zeigen!“, rief er ihnen daraufhin mit einem amüsierten Lacher entgegen und sprang mit einem gewaltigen Sprung auf die beiden zu.
Diese verstanden sofort und versuchten sich so schnell wie möglich in Sicherheit zu bringen. Julia war die erste, der dies misslang und so wurde sie nach etwa zehn Metern und viel spritzendem Wasser von ihrem Vater in die Tiefe gezogen. Fünf Tauchgänge später ließ Tirion dann endlich von ihr ab um nun den zweiten Übeltäter seiner gerechten Strafe zuzuführen. Etwa 20 Meter lagen zwischen den beiden, und so entbrannte ein erbittertes Wettschwimmen zwischen Vater und Sohn, das zum Erstaunen des Generals kein Ende nehmen wollte. Immer wieder versuchte jener näher an den Jungen heranzukommen, musste sich aber jedes Mal aufs Neue eingestehen, dass er dies nicht schaffte. Zu schnell und wendig war der junge Rekrut im kalten Nass des Sees, so dass sie nach circa 20 Minuten des Jagens beschlossen, dies abzubrechen. Erst im Nachhinein, als sie im Wasser zusammenkamen um einen möglichen Angriff auf die Mutter

auszuhecken, schaffte es der General doch noch seinen Sohn unter Wasser zu drücken, woraufhin er die Planungen für Silvia abbrach und sich zu ihr auf den Platz gesellte. So blieben ein kurz nach Luft schnappender Dexter und seine Schwester Julia alleine im Wasser zurück.
Diese trieben nun gelassen und entspannt im kühlen Nass umher und unterhielten sich über den See und Esgoloth, bis sie sich etwa eine Stunde später auch zu den Eltern gesellten.

So verstrich der erste Tag mit einem ausgiebigen Baden am See, bei dem alle Mitglieder der Familie großen Spaß hatten. Besonders Dexter hatte das lockere Beisammensein innerhalb der Familie und besonders die Zeit, die er mit seiner Schwester verbringen konnte, sehr gefallen. „Wenn ich das mit dem Leben als Rekrut vergleiche, muss ich sagen, gefällt es mir so viel besser!“, gestand er seiner Schwester am Abend, als sie wieder allein in ihrem Zimmer waren, woraufhin diese mit einem leichten Nicken ihre Zustimmung ausdrückte. „Es ist voll schön einfach mal nur Spaß haben zu können und richtig zu entspannen. Auch wenn mir die medizinische Fakultät sehr gefällt, ist es dennoch schön ab und an solche Tage wie heute zu haben. Tage, an denen man den ganzen Stress und die ganze Lernerei hinter sich lassen kann um einfach abzuschalten und Spaß zu haben. So was gefällt mir.“
Diesmal war es Dexter der nickte, um daraufhin mit einem lauten Gähnen seiner Müdigkeit Ausdruck zu verleihen. „Oh Mann, aber so ein ganzer Tag in der Sonne macht irgendwie trotzdem müde!“, gestand er sich dabei ein und machte sich daran seine Schlafkleidung anzulegen um daraufhin gemeinsam mit seiner Schwester im Arm in einen erholsamen und traumlosen Schlaf zu fallen.

Es war erneut sieben Uhr, als die Stadtglocke Esgoloths den zweiten Urlaubstag einläutete. „Oh Mann, ich bin noch viel zu müde um jetzt aufzustehen“, waren dabei die ersten Worte, welche Dexter von sich gab. „Komm, wir pennen noch eine Runde“, schlug er daraufhin seiner neben ihm liegenden Schwester vor, die sich mit verschlafenem Blick aufrichtete. „Ich weiß nicht. Ich bin zwar auch noch voll müde, aber ich glaube, dass Papa uns da einen Strich durch die Rechnung machen wird, du weißt doch, wie sehr er sich immer nach der Glocke richtet. Außerdem wollten

wir doch heute nach Esgoloth, oder nicht?“ Aber bevor Dexter eine Reaktion zeigen konnte, unterbrach ein lautes Hämmern die Unterredung. Erschrocken zuckte er daraufhin auf und blickte nervös in Richtung Tür. Erst als er die Stimme des Generals vernahm, die höflich nach Einlass fragte, beruhigte er sich und bat ihn mit einem einladenden Gruß ins Innere des Raumes.
„Morgen, Kinder!“, sprach dieser dann, als er mit müdem Gang das Zimmer betrat und seine beiden Kinder lächelnd begrüßte. „Wisst ihr, wir wollten doch heute nach Esgoloth, aber ich und Silvia haben uns gefragt, ob wir nicht noch einen Tag am See verbringen wollen? Es ist so schönes Wetter und die Stadt können wir ja immer noch besichtigen. Sind ja noch lange genug da.“ Mit einem tiefen Atemzug beendete er seine Ausführungen und wartete auf eine Reaktion seiner Kinder, die sich mit verdutztem, aber fröhlichem Gesicht ansahen. „Gute Idee!“, begann Dexter dann und blickte in Richtung seines Vaters. „Aber nur, wenn wir erst ausschlafen dürfen“, sprach er weiter und grinste dem Ziehvater dabei ins Gesicht. Mit einem Lächeln auf den Lippen machte dieser den Deal perfekt und verschwand daraufhin erleichtert ins Elternschlafzimmer und ließ die beiden wieder alleine.
Diese grinsten sich an, als wüsste ein jeder, was der andere denkt, und machten sich dann daran, eine möglichst bequeme Schlafposition für die kommenden Stunden auszumachen.

So geschah es, dass die Familie schließlich erst gegen Mittag das geerbte Haus verließ um einen weiteren erholsamen Tag am See zu verbringen, als plötzlich etwas geschah, was sowohl Angst und Schrecken als auch Bewunderung und Neugierde, nicht nur in den Seelen der Urlauber aus Thorgar, heraufbeschwor.
„Drei gigantische Draco Daktylo!“, schrie ein älterer Herr, als Dexters Familie gerade dabei war die Uferstraße zu überqueren. „Draco Daktylo?“, schoss es dabei dem Rekruten durch den Kopf, woraufhin er mit einem erschrockenen Blick stoppte. „Drachen?“, bildete er die Worte auf seinen Lippen, als plötzlich auch der Rest der Familie stoppte und mit einem erschrockenen Blick auf das normalerweise recht leere Ufer starrte.
„Was ist da los?“, begann Julia zu sprechen, als sie keine 50 Meter von sich entfernt eine Ansammlung von etlichen Leuten erblickte, die mit ge-

banntem Blick in den Himmel über dem weitläufigen Gewässer starrten. „Was machen die da?", fragte sie weiter, während Dexter seinen Blick ebenfalls durch den Himmel schweifen ließ. „Da. Da!", schrie er dann plötzlich laut auf, als er drei kleine Schatten in der Ferne ausmachen konnte.
Verdutzt blickten ihn Julia, Silvia und der General an, woraufhin er mit schnellem Schritt zur Familie aufschloss. „Seht doch, dort in der Luft. Drachen!", sprach er, wobei er mit einem Fingerdeuten in den Himmel die Position der Drachen verriet.
Und tatsächlich. Weit draußen über dem seichten See waren es drei enorme Schatten, die ab und an zwischen den Wolkenfeldern auftauchten. Voller Neugierde und Wissensdrang ließ Dexter daraufhin seine Familie hinter sich und gesellte sich mit schnellem Schritt zu der bereits vorhandenen Menschentraube. „Was ist da los?", sprach er einen der Schaulustigen an, woraufhin dieser mit einem Fingerdeuten erst hinaus auf den See und dann in den Himmel in Richtung der dort kreisenden Schatten und einer kurzen Erklärung zu verstehen gab, dass dort draußen ein Fischerboot war, über welchem die Drachen kreisten. „Und ihr denkt, die greifen gleich an?", fragte Dexter weiter, worauf der Mann mit einem leichten Nicken antwortete. „Oh Mann!", schoss es dabei dem Rekruten durch den Kopf, als auch der General und der Rest der Familie zu ihm aufgeschlossen hatten. „Was ist da los?", wiederholte Julia ihre Frage erneut, wobei diesmal jedoch ein deutlich ängstlicherer Gesichtsausdruck ihr Haupt zierte, weshalb Dexter sein Wissen mit etwas ausführlicheren Sätzen zum Besten gab.

„Es sind die Fische!", sprach der General, nachdem jener seine Ausführungen beendet hatte, und ließ dabei seinen Blick auf dem im See treibenden Boot verweilen. Aus der Ferne konnte er lediglich erkennen, dass der Mast, welcher normalerweise das Segel tragen sollte, zur Seite gebrochen war und nun, halb zu Wasser, halb auf dem Schiff, eine effektive Flucht verhinderte.
„Ohne Segel schaffen die es nie!", rief plötzlich einer aus der sensationslustigen Meute, als keine Sekunde darauf plötzlich ein lautes Kreischen die Stimmen verstummen ließ. Es dauerte eine kurze Weile, bis ein jeder verstand, was los war, wobei drei immer größer werdende Kreaturen mit

schnellem Flug durch die Lüfte schnitten. „Verdammt, die greifen an!“, schrie bei jenem Anblick einer der Männer, woraufhin das Geschrei der Menge groß war. Dexter war dabei einer unter vielen, die mit neugierigem Blick das nun folgende Spektakel betrachteten.
Es waren drei gewaltige Kreaturen, die mit riesigen Flügelschlägen ihren Sturzflug bremsten und mit einer gigantischen Feuerfontäne ihre Anwesenheit preisgaben. Allesamt schwarz wie die Nacht waren sie, und mit den gewaltigen Flügeln und dem langen Schwanz bildeten sie für Dexter zu jenem Augenblick das schönste und majestätischste Wesen, was er bisher gesehen hatte. Aber nicht nur schön, nein auch tödlich waren diese Kreaturen, und so stürzten sie sich gleich darauf mit lautem, alles durchdringendem Schrei auf das im Wasser treibende Boot.
Splitterndes Holz, die Schreie der Mannschaft und das Angriffsspiel der Drachen waren dabei das Einzige, was man aus der Ferne ausmachen konnte. Immer wieder stürzten sich die gewaltigen Kreaturen im Sturzflug auf das Boot herab und zerschlugen dabei den oberen Mantel des Schiffes. Was man aus der Ferne nicht erkennen konnte, waren die nutzlosen Verteidigungsaktionen der Besatzung, die sich mit Schwertern und Harpunen gegen die mächtigen Angreifer zur Wehr zu setzen versuchte. Der durchgehende Panzer der magischen Geschöpfe war jedoch für diese Art von Waffen undurchdringlich, und so schaffte es keiner einem der Drachen auch nur eine kleine Verletzung zuzufügen. Aber dennoch versuchte die vollkommen hilflose Mannschaft ihr Möglichstes, bis eine erneute Feuerfontäne das Ende ihrer aller Leben bedeutete.
Mit Angst und Staunen vernahm dabei die Menschentraube in der Ferne die schmerzerfüllten Todesschreie der Fischer, während die Drachen mit gewaltigem Geschrei die zweite Schicht des Mantels durchbrachen um sich nun am Ziel ihres Angriffs zu sehen. Ein prall gefüllter Fischspeicher war es, der das gesamte Schiff unterzog und nun mit kraftvollen Bissen der drei Kreaturen geleert wurde.
Es dauerte nicht lange bis die magischen Geschöpfe letztlich vom Fischerboot Abstand nahmen und mit gewaltigen Flügelschlägen, die von einem letzten, alles durchdringenden Schrei begleitet wurden, in die Ferne der Berge verschwanden.
„Oh Mann, das war ja unglaublich!“, rief Dexter plötzlich, als er mit aufgeregtem Gesichtsausdruck den Blick vom Himmel abwendete. „Von so

etwas hat uns General Severas schon erzählt. Wenn die Drachen in ihren Jagdgebieten nichts mehr zu fressen finden, verlassen sie diese und suchen sich neue Futterquellen. Aber der General hat gemeint, es wäre seit den Tagen des Umschwungs nicht mehr vorgekommen, dass ein Drache einen oder mehrere Menschen angegriffen hat", beendete er seine Ausführung und ließ seinen Blick von den Gesichtern der einzelnen Familienmitglieder durch die Menge schweifen.
Während Julia und Silvia mit ängstlichem und erschrockenem Blick die gegenseitige Nähe suchten, fixierte der Blick des Generals immer noch die Ferne der Berge.
„Da hat er Recht gehabt. Aber scheinbar hat sich das heute geändert", entgegnete er dann, während er das langsam von der Strömung herantreibende Wrack fixierte.
Der vorher quer liegende Mast trieb nun, genau wie eine Vielzahl an Holzbalken und Brettern, einige Meter vor dem zerstörten Schiff und bewegte sich langsam auf das Ufer zu. Es dauerte etwa eine Stunde, in der neben einer gewaltig angewachsenen Menge von Sensationslustigen auch einige Soldaten herbeigekommen waren, als die ersten Teile des zerstörten Bootes ans Ufer geschwemmt wurden. Dexter und seine Familie waren hierbei einige unter vielen, die die Überreste dieses seit langem nicht mehr stattgefundenen Ereignisses ins Visier nahmen.
Zersplitterte Planken und verbranntes Holz sowie der Gestank von verbranntem Fleisch und verkohltem Fisch waren die Zeugnisse dieser fürchterlichen Tragödie, bei der insgesamt sieben Leute ihr Leben hatten lassen müssen.

Es war das erste Mal, dass Dexter einen leibhaftigen Drachen gesehen hatte. Schon immer hatte er davon geträumt, solch ein Wesen in der Realität und nicht nur in Büchern und auf Bildern zu sehen, und so war er erst viele Stunden nach dem Abflug der Drachen bereit gemeinsam mit dem General den Ort des Geschehens zu verlassen.
Seine Schwester sowie die Mutter Silvia hatten sich schon vor über einer Stunde verabschiedet, da ihnen der Schrecken über dieses Unglück sichtlich ins Gesicht geschrieben stand. Erst auf dem Heimweg wurde auch ihm bewusst, was er in den ganzen letzten Stunden verdrängt hatte. Plötzlich sah er die sieben verkohlten Leichen, die aus dem Schiff gebor-

gen worden waren, vor seinem inneren Auge, und mit einem Mal schoss ihm ein Gefühl von Angst und Trauer durch den Körper, das ihn auf dem Heimweg und den ganzen restlichen Tag, den sie hauptsächlich mit Faulenzen, Reden und Essen verbrachten, quälte.

In jener Nacht gelang es ihm nicht einen erholsamen Schlaf zu finden, da seltsame Träume und Visionen seinen Geist befielen. Er sah sich auf einer weiten Uferpromenade, während der Rest seiner Familie im Wasser des Sees schwamm. Plötzlich kam ein Drache, schwarz wie die Nacht, der in leisem Fluge die kühle Luft durchschnitt. Sein heiserer Atem entfachte die Luft, während Dexter mit unnachgiebiger Kraft versuchte seine Familie zu warnen. Er schrie und tobte wie wild, aber keiner der anderen Menschen konnte ihn hören. Nur einem gelang dies. Dem Drachen. So kam es, dass jener von den leichten Opfern abließ und mit einem gewaltigen Flügelschlag über das Wasser des Sees auf Dexter zuschoss, wobei er die monströsen Krallen seiner Vorderläufe im Wasser gleiten ließ. Ohne nachzudenken griff Dexter daraufhin nach seinem Schwert, als ihm plötzlich auffiel, dass er jenes gar nicht bei sich trug. Es war in der Kaserne, fiel ihm ein, als der Drachen plötzlich mit einem gewaltigen Feuerball Dexters Leben auslöschte und diesen mit einem Aufschrei aus seinem Traum erwachen ließ.
Als er sich umblickte, erkannte er im schwachen Licht des Mondes, dass er seine Schwester ebenfalls aus dem Schlaf gerissen hatte und diese ihn nun mit erschrockenen Augen ansah. „Was ist?“, fragte sie verdutzt. „Warum schreist du so?“ „Schlecht geträumt, tut mir Leid. Schlaf weiter“, entgegnete er darauf und versuchte seinerseits zurück in den Schlaf zu finden, als nach kurzem Eindösen ein weiteres Hirngespinst durch seinen Kopf wanderte. Im Gegensatz zu dem Traum mit dem Drachen war diese Geschichte jedoch nicht auf bereits Erlebtes bezogen.

Er lief gemeinsam mit seiner Schwester durch eine Gasse. An den Seiten standen ab und zu einzelne Gestalten, die alle einen recht verschlossenen Eindruck machten. Plötzlich kamen drei der Gestalten von hinten auf sie zu, und einer legte eine glänzende Klinge an Julias Hals. „Mitkommen!“, befahlen sie den beiden, woraufhin sie die Geschwister in eine kleine Seitengasse zogen. „Und jetzt gebt mir alles an Geld, was ihr bei euch tragt“,

zischte einer der drei Männer ihnen dann entgegen, als das unschuldige Mädchen plötzlich von zwei Tritten zu Boden befördert wurde. „Oder ich schlitz euch auf!“, endete der gemeine Bandit, während ein verstohlenes Grinsen über seine Wangen huschte. Schnell kramten sowohl Dexter als auch die sichtlich eingeschüchterte Schwester alles hervor, was sie in ihren Taschen finden konnten und übergaben es dem scheinbaren Anführer. „Gut, gut. Aber ich habe eine schlechte Nachricht für euch. Auch wenn ihr getan habt, was ich gesagt habe, so werdet ihr trotzdem sterben. Ich kann es doch nicht riskieren, dass ihr zum Militär rennt“, und sobald er diesen Satz beendet hatte, stürzten sich sowohl der rechts wie auch der links von ihm platzierte Bandit mit einem Schrei auf sie zu. Da Dexter den Angriff befürchtet hatte, wollte er schnell seine Klinge greifen, als er bemerkte, dass er sie wieder nicht bei sich hatte.
So durchstach die eiserne Klinge des Angreifers seinen Körper, woraufhin er wiederum mit einem lauten Schrei aus dem Schlaf fuhr. Erneut lag auch seine Schwester wach, zeigte sich diesmal jedoch sichtlich genervter von der unfreiwilligen Störung.
„Verdammt, Terean, was ist los?“, motzte sie ihn an, woraufhin sich dieser erneut entschuldigte. „Ich weiß nicht. Aber keine Sorge, ich geh mal an die frische Luft, so dass du in Ruhe schlafen kannst“, entgegnete er ihr und verschwand dann mit schnellem Schritt aus dem Zimmer. „Was waren das für eigenartige Träume?“, ging es ihm dabei durch den Kopf, als er langsam die Treppe hinab stieg. „Irgendwie seltsam und jedes Mal das fehlende Schwert“, sprach er leise zu sich und öffnete dann mit einem kräftigen Zug die Eingangstür, um sich an die frische Luft zu gesellen.

Lange verbrachte er hier draußen, um ungestört von irgendwelchen Träumen über seinen Tod die Ruhe und Stille der Nacht zu genießen. Er konnte keinen Schlaf finden, aber dennoch überkam ihn ein Gefühl der Entspannung und der Wohltat, als er auf der Veranda des Hauses in einem Schaukelstuhl saß und die Nacht an sich vorbei wandern sah. Aber auch wenn er keine neuen Traumbilder durchlebte, so ließen ihn die soeben gesehenen nicht so schnell wieder los. Immer wieder tauchten jene vor seinen Augen auf. Das verängstigte Gesicht seiner Schwester oder der Moment, in dem der lodernde Feueratem des Drachens seinen Körper zu Staub verwandelte. Es war ein seltsames Gefühl, welches ihn bei den

Gedanken an jene Erlebnisse überkam. Ein Gefühl der Sorge und der Angst, dass jenes, was er in seinen Träumen gesehen hatte, kein Traum war. Schon öfters hatte er jene Art von Träumen gehabt. Träume, in denen er die Geschehnisse der Zukunft sehen konnte. Träume, meist von belanglosen Dingen, in denen er einen Blick hinter den Vorhang der Zeit werfen konnte.
„Aber was soll ich tun?", ging es ihm bei diesen Gedanken durch den Kopf, woraufhin er mit enttäuschtem Blick die Augen schloss um so in das Innere seines Geistes zu lauschen. Aber je länger er diese Frage stellte, desto gewisser wurde ihm, dass er keine Antwort darauf finden würde. Er wusste weder warum, noch wie, noch sonst irgendetwas über diese Traumerlebnisse. Er wusste nur, dass sie wieder kommen würden, so wie sie es schon immer getan haben. Seit jenem Tag, an welchem er die Stadt Thorgar erreicht hatte und er seinen eigenen Tod gesehen hatte, waren jene Visionen und Träume nicht mehr aus seinem Kopf zu bekommen. Er dachte nicht viel darüber nach, da sie meist von unbedeutenden Dingen und unwichtigen Geschehnissen handelten, aber diesmal war es anders. Nie zuvor waren die Bilder so klar und gleichzeitig so erschütternd wie in der heutigen Nacht. Und nie zuvor bereiteten sie ihm größere Sorgen.

Es war der Morgen des kommenden Tages, als er, von der Stadtglocke geweckt, seine Augen öffnete und mit einem Blinzeln in das Antlitz der Sonne blickte. „Wo bin ich?", schoss es ihm dabei kurz durch den Kopf, als er sich verwirrt umblickte, um daraufhin mit einem Lächeln zu erkennen, dass er immer noch im Schaukelstuhl auf der Veranda saß.
„Scheinbar bin ich eingenickt", gestand er sich dabei ein, während er sich mit einem Lächeln erhob und mit flinkem Schritt zurück ins Haus ging.

„Guten Morgen!", hallte es dabei vom oberen Ende der Treppe herunter, woraufhin keine zwei Sekunden später General Tirion die Stufen hinabschritt. „Morgen!", entgegnete Dexter und blickte dabei in das verschlafen dreinblickende Gesicht des Ziehvaters. „Was machst du so früh schon hier unten?", sprach dieser weiter, während er das Ende der Treppe erreicht hatte und ihm nun direkt gegenüber stand. „Äh, ich war draußen und habe frische Luft geschnappt, weil ich nicht schlafen konnte", begann dieser, worauf der General ihn musternd beäugte. Wie Dexter es

bereits geahnt hatte, gab sein Ziehvater sich mit dieser Antwort nicht zufrieden, aber zu seiner Überraschung beließ er es dabei. „Dann sieh mal zu, dass du Julia aufweckst, damit wir heute in die Stadt kommen“, war das Einzige, was er von seinem Vater vernahm, und so verschwand er mit schnellem Schritt die Treppe hinauf, um zu tun, was Tirion ihm aufgetragen hatte. Dieser blickte seinem Sohn dabei mit ernstem, ungläubigen Blick nach und wendete ihn erst ab, als jener in das Zimmer der Tochter verschwunden war.
„Aufstehen!“, rief dieser dabei mit lauter Stimme, woraufhin Julia mit erschrockenem Blick aufzuckte. „Da bist du ja wieder“, kam es sogleich aus ihr hervor, als sie vor sich ihren fröhlich dreinblickenden Bruder erkannte. „Hab mir schon Sorgen gemacht, nach deinem Geschreie heute Nacht“, gestand sie ihm, während sie sich aus dem Bett erhob um ihre Kleidung für den Tag anzulegen. So verstrich etwa eine halbe Stunde, bis die gesamte Familie ihre morgendlichen Erledigungen vollzogen hatte, so dass sie sich daraufhin zum ersten Mal seit ihrer Ankunft auf den Weg in die Stadt Esgoloth machen konnten.

„Geprägt von den riesigen Seen, war Esgoloth schon immer eine bedeutende Stadt Ogirions. Seit jeher bildet sie das Zentrum für Fischerei und Bootsbau und ist aufgrund des reichhaltigen Gebirges eine der wichtigsten Rohstoffquellen des Landes“, rezitierte Dexter die Worte des General Severas, als er mit seiner Familie immer näher in das Zentrum der Stadt vorstieß.
Im Gegensatz zu der Hauptstadt Thorgar war in Esgoloth lediglich der Kern der Stadt von einer Mauer umgeben, so dass man auf dem Weg von den Wohngegenden in die Innenstadt ein gewaltiges, bewachtes Tor passieren musste. Auch Dexter und der Rest der Familie kamen daran nicht vorbei, hatten aber aufgrund ihrer Zugehörigkeit zum Militär keinerlei Probleme mit dem Einlass, so dass sie sich kurz darauf im Zentrum der Stadt wiederfanden.
Unzählige Geschäfte und Stände waren es, die hierbei im Schatten der Seefestung mit lauter Musik und prächtigen Farben die Aufmerksamkeit der Reisenden auf sich zogen. „Prächtige Stoffe, exotische Düfte und alles, was das Herz einer hübschen Dame entzückt!“, hallte es hierbei aus einigen Ständen, wogegen die Werbung für den Verkauf von Waffen und

Rüstungen, frischem Fisch und Fleisch oder sonstigen Verkaufsgegenständen die restlichen Stände kennzeichnete.
„Verdammt, hier ist ja was los!“, sprach Dexter, während er gemeinsam mit seiner Schwester hinter den Eltern hertrottete, die sich freudig über die bevorstehende Besichtigung der Seefestung unterhielten. Jene stimmte ihm darauf mit einem Lächeln zu, woraufhin er seinen Blick durch die Gegend schweifen ließ. Immer wieder blieb dieser dabei auf einem der vielen Waffenstände haften, in denen die verschiedensten Schwerter und Dolche sowie Harpunen und Bögen zum Kauf angeboten wurden.
Es war ein langer Weg, bis sie schließlich die letzten Geschäfte hinter sich gelassen hatten und mit festem Schritt die Brücke zur Seefestung betraten. Es war ein altes Bauwerk aus den frühen Zeiten der Geschichte, aber dennoch galt es noch zu Dexters Zeiten als eine der größten Leistungen des menschlichen Geistes.
Nicht wie in anderen Städten auf schnödem Fels, nein auf den tiefen des Seegrundes war diese Festung einst errichtet worden. Geschützt von der Brandung des Sees sowie den Wellen des Wassers galt sie schon immer als uneinnehmbar und bildete schon seit Alters her den Sitz der obersten Führung der Stadt. Wie in den anderen Reichsgebieten Ogirions, so gab es auch im Seenland eine oberste Instanz, die auf direkten Befehl des Königs die Geschicke in ihrem Teil des Landes lenkte. Gewählt aus den Reihen des Volkes bildeten jene Männer und Frauen gemeinsam mit der Führungsspitze des Hochlandes und der Thorgars die gesetzgebende Gewalt des Königreiches Ogirion.

Wie das meiste seines Wissens über den Aufbau des Landes hatte Dexter auch diese Information in einer der zahlreichen Geographiestunden aufgeschnappt, so dass er nun Mutter und Schwester daran teilhaben lassen konnte, während der General mit einem der Soldaten am Eingang der Festung diskutierte. Doch allem Anschein nach verlief das Gespräch nicht wie es sollte, so dass Tirion einige Minuten darauf mit wütendem und schlecht gelauntem Gesichtsausdruck zu den Wartenden zurückkam.
„Was ist los?“, fragte das Trio dabei im Chor, während der General mit einem zornigen „Wir müssen hier weg!“ das Lachen aus den Gesichtern verschwinden ließ. „Ich verstehe nicht, was da los ist“, begann er dann erneut, als sie sich über die Brücke hinweg von der Festung entfernt hat-

ten, worauf der Rest der Familie ihn gespannt ansah. „Ich habe denen gesagt, wir wollen die Festung anschauen und einen Blick ins Stadtmuseum werfen, aber denkst du, diese Ignoranten lassen uns da rein? ‚Kein Zutritt zur Festung, für niemanden! Auf Befehl der obersten Fünf' war das Einzige, was sie gesagt haben", und mit Kopfschütteln und einigen Flüchen über die Torwächter versuchte der General seinem Zorn Luft zu machen, während der Rest der Familie auf einer alten Steinbank Platz nahm.
„Wieso wollten die Soldaten einem Angehörigen der königlichen Armee, und noch dazu einem General, den Zutritt zur Festung verwähren?", ging es Dexter dabei durch den Kopf, während er mit emotionslosem Blick die Umgebung musterte.
Der große Marktplatz, auf dem eine unzählbare Menschenmenge um den besten Preis für Teppiche, Schwerter, Gewürze oder Sonstiges feilschte, bildete hierbei den Mittelpunkt seines Sichtfeldes, an dessen äußerem Rand einige altertümliche Bauwerke standen. Für ihn nicht sichtbar war die hinter ihm liegende Festung sowie der weitläufige See, was Dexter zum jetzigen Augenblick jedoch nicht zu interessieren schien. Vielmehr hatten es ihm die scheinbar unbedeutenden Bauwerke am Rande des Marktplatzes angetan. Er wusste nicht woher und weshalb, aber irgendwoher kannte er diese Gebäude. Auch wenn er seines Wissens nach noch nie zuvor hier gewesen war, so wusste er dennoch, dass er diese Bauwerke bereits einmal zuvor gesehen hatte. Aber je mehr er versuchte sich daran zu erinnern, desto weniger wollte ihm ein brauchbarer Gedanke einfallen.

So verstrichen einige Minuten, in denen sich ein jeder der Familie mit sich selbst beschäftigte, bis sich der General wieder beruhigt hatte und vorschlug einige Läden und Stände zu durchstöbern. Sowohl seine Frau als auch seine Tochter und Dexter begrüßten diese Idee und so verbrachten sie die Stunden, welche eigentlich für die Besichtigung der Festung eingeplant waren, mit einer ausgiebigen Einkaufstour, aus der nicht nur der Knabe eine gute Entlohnung zog. Ein silberner Dolch mit gewellter Klinge und verdrehtem Knauf, an dessen Ende ein goldener Drachenkopf prangte, bildete hierbei die beste Errungenschaft des Rekruten, wogegen einige Gewänder und Kleider die Herzen der Damen höher schlagen ließen.

In Harmonie und Wohlgefallen verstrich der Tag in Esgoloth, ohne dass dem Jungen oder sonst einem der Familie etwas zustieß, was dazu führte, dass die Sorge und Angst, die Dexter seit den Stunden der Nacht gequält hatten, langsam aber sicher vergingen.

Es war der vierte Tag vor ihrer Abreise, an dem sie endlich die von allen gespannt erwartete Bootstour über die Seen antraten.
Es war sieben Uhr in der Früh, als der Rekrut das erste Mal die Augen aufschlug und mit einem Grinsen auf den Lippen an den bevorstehenden Ausflug dachte. Mit dieser frohen Erwartung kam er schnell aus dem Bett und machte sich daran seine Kleidung und Ausrüstung für die kommenden Tage zurechtzumachen. Ein leichter Mantel aus feinem schwarzen Stoff, den auf dem Markt erstanden hatten und der neu erhaltene Dolch waren dabei die wichtigsten Utensilien, die neben einer Trinkwasserflasche und einigen Kleidungsstücken in einer Rückentasche Platz fanden.
Ein hastiges Frühstück später war die komplette Familie dann bereit den Weg zum Seehafen anzutreten, aus welchem sie etwa eine halbe Stunde später ausliefen.
Es war ein kleiner Katamaran, der neben der Familie Tirions lediglich vier weiteren Passagieren Platz bot, mit dem sie ihre Rundreise über die Seenplatte antraten. Gemeinsam mit zwei Besatzungsleuten und dem Kapitän segelte das Schiff somit immer weiter auf den offenen See und ließ den Hafen und die Stadt Esgoloth langsam aber sicher in der Ferne verschwinden.

Es war ein rauer Seegang mit steifer Brise, welcher an diesem Tag das Gewässer heimsuchte. Immer wieder brachen sich mannshohe Wellen am Bug des Schiffes und ließen ein wenig Wasser auf das Hauptdeck rieseln. Entgegen den Warnungen der Besatzung hielt es Dexter hierbei nicht im unteren Bereich des Schiffes aus.
Voller Euphorie wanderte er über das Deck und bewunderte die Kraft der See, als plötzlich eine Zwei-Meter-Welle das Schiff derart zum Wanken brachte, dass er ohne Chance zu Boden ging und mit dem Hinterkopf auf eines der Geländer schlug. Mit großem Schrecken wurde dies von einem der Matrosen beobachtet und ihm hatte der unvorsichtige Rekrut es zu verdanken, dass er auf schnellstem Weg ins untere Deck gebracht

wurde. Es dauerte einige Minuten, bis Dexter hierbei aus seinem Delirium erwachte und den Schrecken aus den Gesichtern der um ihn gescharten Familie nahm. „Alles okay?“, hallte ihm dabei sogleich die besorgte Stimme des Generals entgegen. „Ja, ja, es geht schon. Mein Hinterkopf tut ziemlich weh, aber ansonsten ist alles okay.“
Entgegen seinen Vermutungen bekam er daraufhin keine Standpauke gehalten, dass er nicht dort oben rumlaufen hätte sollen, sondern lediglich ein „Na, dann hast du ja noch mal Glück gehabt!“

Es vergingen zwei weitere Stunden unter Deck, in denen der Sturm, der seit Stunden außerhalb des schützenden Katamarans fegte, sich langsam zu verziehen begann und die ersten Sonnenstrahlen hinter den dicken Wolken hervorbrachen. Gerade zu dieser Zeit geschah es auch, dass der erste Landungspunkt, ein seit Ewigkeiten bestehendes Dorf, hinter dessen Toren ein Volk aus vergangenen Tagen lebte, erreicht war.

„Sagt, Herr Kapitän, wie nennt ihr sie noch mal, diese Eingeborenen?“, begann der General, als sie sich auf dem Oberdeck versammelten um die von Sonnenschein erhellte Landschaft zu genießen. „Einst nannte man sie Elrogs, Herr General, aber diesen Name tragen sie seit den Tagen Thorion und Tales nicht mehr. Waldlinge oder auch Waldmänner nennen wir sie heute. Tief in den Gebirgswäldern haben sie ihre kleinen Dörfer und leben dort das bescheidene Leben in Eintracht mit Natur und Erde. Aber wenn wir Glück haben, werdet ihr einige von ihnen in Alveus sehen. Sie kommen manchmal um Waren zu tauschen und die Menschen über den Sinn und Geist der Natur aufzuklären. Wenn ihr mich fragt eine seltsame Truppe, die an seltsame Wesen und Geister glaubt. Aber na ja, jedem das seine.“
Mit einem leichten Grinsen beendete der Kapitän seine Erläuterungen und widmete sich daraufhin wieder der korrekten Lenkung des Schiffes, weshalb der General zurück zur Familie schritt und dort abwartete, bis der Katamaran vor Anker ging und der Landgang ausgerufen wurde.

Fünf Stunden verbrachten sie in Alveus, wie das 400-Einwohner-Dorf direkt an der Seeschneise zwischen dem ersten und zweiten See auch genannt wurde, wo sie die altertümlichen Bauwerke und die Umgebung

näher erkundeten. 4000 Jahre alt waren sie, die steinigen Bauten, aus welchen das jetzige Dorf erwachsen war, wobei die alte Verteidigungsanlage mitsamt Aussichtsturm das Sehenswerteste war.
„Seit über 4000 Jahren steht er nun, das Wahrzeichen von Alveus, und schon immer diente er den Bewohnern unseres Dorfes als Überwachung der See und der Seeschneise. Piraten, Banditen und anderes Gesindel hat er abgewehrt und zerschlagen, und seit Jahrtausenden sichert er Esgoloth und die Handelsschifffahrt vor Angriffen aus dem Gebirge. Denn nicht nur friedliebende Menschen sind hier beheimatet, das sollt ihr wissen. Banditen, Plünderer und Piraten verstecken sich in den Tiefen der Berge und warten nur auf eine Chance ihre Kassen und Mägen aufzufüllen. Deshalb passt auf, wenn ihr später die Umgebung erkundet und entfernt euch nicht zu weit von den Pfaden und Wegen."
Voller Begeisterung, aber dennoch mit warnendem Ton verließ diese Ausführung des Kapitäns Mund, als jener sich vor der achtköpfigen Gruppe aufstellte um ihnen nähere Informationen zu dem gerade besichtigten Objekt zu geben.

Voller Staunen verfolgte Dexter jene Ausführung um sich daraufhin seine eigenen Gedanken über die nicht friedliebenden Menschen zu machen. „Banditen, Piraten und Plünderer. Was für ein mieses Gesindel", ging es ihm dabei durch den Kopf, während er seinen Blick durch den Raum gleiten ließ. Erst als jener von einer altertümlichen Rüstung, an deren Seite ein gewaltiges Schwert aufgestellt war, gefangen wurde, verließen ihn diese Gedanken, weshalb er einige Schritte in Richtung der Bewaffnung marschierte.
„Ein schönes Stück", sprach er so zu sich selbst, während er immer näher zu dem silbern glänzenden Mordinstrument ging. „Elorioth, das Schwert des Waldes, welches seinen Träger niemals im Stich ließ", stand auf einem kleinen Zettel vor dem Schwert, woraufhin eine Stimme direkt neben dem Rekruten das Wort ergriff.
„Er war ein großer Krieger, der Mann, der dieses Schwert geführt hatte. Ein Mann aus Alveus. Hüter des Turms wurde er genannt, denn 30 Jahre zerschlug er jeden Angreifer, der es wagte die Schneise nach Esgoloth ohne Erlaubnis zu passieren. Ein tapferer Mann, der keinen Kampf fürchtete und nicht einmal vor den gewaltigen Seedrachen Halt machte. Ganz

allein und nur mit diesem Schwert bewaffnet, soll er angeblich einen der schwarzen Drachen erlegt haben. Ein Mann, der für seine Leistungen den Stern der Ehre erhielt, die höchste Auszeichnung, welche unser Königreich zu vergeben hat."
„Ein Stern der Ehre!", wiederholte Dexter die Worte des Kapitäns mit beeindruckter Miene, worauf ihm einige Erinnerungen ins Gedächtnis kamen. Schon viel hat er über den Stern der Ehre gehört, und schon oft wurde ihnen vorgeführt, was für eine bedeutende Auszeichnung dies für einen Soldaten war. Nur elf Krieger haben es in den letzten 500 Jahren geschafft diese Ehrung zu erhalten und jetzt gerade in diesem Moment stand Dexter vor den Hinterlassenschaften eines dieser Männer.
Noch lange gingen ihm im Verlauf der weiteren Besichtigung die Worte des Kapitäns durch den Kopf, und immer wieder musste er dabei an die Geschichte mit dem Drachen denken. „Konnte es wirklich möglich sein? Ein einzelner Mensch gegen einen schwarzen Drachen?" Zweifel waren hierbei der Grundstein für diese Gedanken, da er dies nicht für möglich hielt, aber dennoch blieb ihm der Hüter des Turms allein aufgrund des Sterns in ehrenhafter Erinnerung.

„Drei Stunden haben wir noch, bis wir wieder auslaufen!", sprach der General zu seinem Sohn, als sie die Verteidigungsanlage langsam verließen und sich auf ihren Weg durch das altertümliche Dorf in Richtung Berge machten. „Das ist gut, dann können wir zumindest die Gegend erkunden", antwortete darauf der Rekrut und zog dabei die mitgebrachte Tasche vom Rücken, woraufhin er sich seinen neu erstandenen Mantel überzog. „Es wird kühl!", begründete er seine Handlung, worauf der General bestätigend nickte.
Mit schnellem Schritt verließen sie darauf den Bereich des Dorfes und machten sich daran den gewaltigen Bergwald aus der Nähe zu betrachten. „Die sind ja mindestens 40 Meter hoch!", schoss es Dexter dabei heraus, als sie die ersten Meter des niedrig gewachsenen Seewaldes hinter sich gelassen hatten und er nun die ersten wirklichen Giganten dieser Wälder erblickte. „Ja, und die werden noch größer", entgegnete ihm seine Schwester, woraufhin er sie erstaunt anblickte. „Die Waldmenschen, die hier leben, haben sogar eigene Häuser in den Bäumen", erklärte sie weiter, worauf er, überrascht über ihr Wissen, beeindruckt nickte. „Was

du alles weißt!“, meinte er kurz darauf, was jedoch lediglich ein leises Kichern seiner Schwester hervorbrachte. „Warum wissen? Da hinten sind doch welche“, sprach sie mit freudigen Augen, worauf der Rekrut überrascht seinen Blick wendete. Und tatsächlich. Keine hundert Meter vor ihnen war in einem der Baumwipfel ein kleines hausähnliches Gebäude zu erkennen. Nicht besonders groß, jedoch geschützt durch Äste und Zweige, war es nur schwer auszumachen und bildete dennoch eine Attraktion für den Jungen.
Noch nie hatte er ein Volk gesehen, das auf Bäumen im Wald lebt, und je länger er sich Gedanken über die seltsame Eigenart machte, desto suspekter wurde sie ihm.
„Was waren das für Menschen?“, ging es ihm dabei immer wieder durch den Kopf, während sie sich immer weiter auf das erspähte Baumhaus zubewegten. Doch je näher sie kamen, desto gewisser wurde, dass es sich nicht um ein Haus in den Bäumen, sondern lediglich um eine zerfallene Ruine, welche einst ein Haus gewesen sein könnte, handelte. Ein wenig enttäuscht über diese Erkenntnis lagerte die kleine Reisegruppe einige Minuten unter dem Schatten der Bäume, wobei sie ihre Blicke durch die Tiefen des Waldes schweifen ließ. Gekennzeichnet von riesigen Bäumen und einem durchwegs saftigen Grün bildete der alte Bergwald eine wunderschöne Oase zwischen Wasser und Stein, die einen Besuch lohnte.

Auch wenn am heutigen Tage keiner der Gruppe einen echten Waldmenschen zu Gesicht bekam, so waren dennoch der Anblick einiger grüner Warane und die Jagd auf Waldspringer, einem kleinen aber recht wendigen Tier, vergleichbar mit einem großen Hasen, ein besonderer Augenblick auf diesem Ausflug.
Auch Dexter und sein Vater erlegten gemeinsam eines dieser Wesen, indem sie es geschickt umzingelten und daraufhin in die Klinge des Generals jagten. So verließen sie etwa drei Stunden nach Eintritt in die grüne Oase jenen mysteriösen Ort und gesellten sich wieder auf ihren Katamaran, mit dem sie kurz darauf erneut in See stachen.

Es dauerte etwa eine Stunde, bis sie schließlich die erste Schneise hinter sich ließen um erneut die gewaltigen Fluten der Seenplatte zu beschiffen. Hierbei überkam den Rekruten große Bewunderung, als er seinen Blick

über die endlos scheinenden Gebirgsgipfel in der Ferne und die riesigen Waldgebiete direkt vor ihnen schweifen ließ. Es waren nicht viele andere Schiffe, die an jenem Tag die See befuhren, und so bildete es die Ausnahme, dass sie an jener Stelle, an welcher die Schneise letztlich in den zweiten See mündete, einen der Eisenerzlader erblickten.
Mindestens 50 Meter lang, aber von nur geringer Höhe waren diese Frachter, die durchwegs zwischen Esgoloth und den Minen von Lorio schipperten.
„Die Minen von Lorio!“, begann dabei der General. „Das wird auch unser nächstes Ziel sein. Schon viel hab ich von diesen gewaltigen Erdstollen gehört, aber noch nie hatte ich die Gelegenheit sie aus nächster Nähe zu erblicken“, sprach er weiter, während Dexter ihm gespannt lauschte.
„Wie lange dauert es noch?“, entgegnete er darauf und wartete auf eine Reaktion des Vaters, der ein wenig ratlos umherblickte. „Äh, keine Ahnung“, gestand dieser darauf, als einer der Matrosen, der zufälligerweise die Worte der beiden Männer vernommen hatte, ihm zu Hilfe kam. „Drei Stunden!“, ließ er verlauten, während er ein dickes Ankertau zusammenrollte und mit ihm im unteren Teil des Schiffes verschwand.

Ziemlich genau drei Stunden später war es auch tatsächlich so weit, dass die Shippa, wie der Katamaran benannt wurde, in Lorio vor Anker ging und die Reisenden einen erneuten Landgang hatten. Diesmal sollte er jedoch bis zum morgigen Mittag dauern, da die Besichtigung der Mine erst für morgen geplant war. So verbrachten sie vorerst die Nacht in einem der wenigen Gasthäuser, um am darauf folgenden Morgen die Tiefen der Erde zu erkunden. Doch nicht ohne Zwischenfall sollte sich diese Nacht abspielen.

Es war gegen Mitternacht, und die gesamte Familie lag in tiefen Träumen, als ein kaum erkennbares, kleines Boot in Lorio vor Anker ging und eine seltsam aussehende Gestalt schnell und zielsicher durch die Gassen schlich. Gekleidet in einen langen, dunklen Umhang und mit schwarz vermummtem Gesicht überquerte sie den Zaun eines Hauses und verschwand dann im Hinterhof jenes Gasthofes, in welchem auch Dexter und seine Begleiter Ruhe gefunden hatten. Mit nun verlangsamtem Gang und ohne ein Geräusch von sich zu geben öffnete die Gestalt die Hin-

tertür und machte sich dann mit Samtpfoten auf den Weg in das obere Geschoss, in dem die Gästezimmer untergebracht waren.
Mit ausgestreckter Hand schlich sie durch den Gang, als könne sie mit dieser sehen, was den Augen in dem dunklen Gemäuer verborgen blieb.
„Ah, Nummer vier!“, zischte das Wesen dann mit garstiger Stimme, als plötzlich ein lauter Schrei die Stille zerriss.
Mit einer Öllampe ausgestattet, hatte die Frau des Generals ihr Zimmer verlassen um ihren nächtlichen Harndrang zu lindern, als sie die vollkommen vermummte Gestalt vor ihren Augen sah. Diese sprang voller Schreck zurück und musterte die plötzlich erschienene Frau, während der General jener zu Hilfe eilte.
„Was ist los?“, fragte er mit besorgter Stimme, worauf Silvia mit einem ängstlichen Zittern in Richtung der Gestalt zeigte. Schnell schritt der General aus dem Zimmer um ebenfalls erkennen zu können, vor was sich seine Frau derart erschreckt hatte, als das Wesen plötzlich mit schnellen Schritten an der verängstigten Silvia vorbeistürzte und seinen Weg die Treppe hinab suchte.
So erhaschte der General nur einen kurzen Blick auf die sonderbare Gestalt, bevor diese mit klirrenden Scheiben aus dem Gasthof verschwand, als plötzlich auch die Tür zu Nummer vier aufging. Heraus kam ein vollkommen verschlafen dreinblickender Dexter, der ebenfalls vom lauten Schrei der Mutter erwacht war. Als er seine verängstigte Mutter mit der Öllampe in der Hand und den herbeikommenden General erblickte verschwand ein Teil der Müdigkeit aus seinen Augen, und er begann mit nervöser Stimme in Erfahrung zu bringen, was geschehen war.
„Also, da war eine schwarze Gestalt, und als du raus kamst, ist sie sofort abgehauen“, wiederholte er die Aussage seiner Mutter, während der General nervös im Zimmer auf und ab ging. „Seltsam, seltsam“, wiederholte er sich dabei immer wieder, während Dexter seine Mutter zu beruhigen versuchte. „Das war bestimmt einer, der sich im Haus geirrt hat oder sonst wer“, meinte er zu ihr, während die Müdigkeit langsam aber sicher in seinen Geist zurückkehrte.
So verließ er nach einigen Momenten das Zimmer der Eltern, wobei er eine sichtlich verschreckte Mutter und einen nervösen Vater zurückließ. Erst als er dann wieder im eigenen Zimmer war, erzählte Silvia ihrem Gatten schließlich die ganze Wahrheit. „Er hielt einen Dolch, Tirion!“,

flüsterte sie ihrem Mann zu, als er sich zu ihr an einen kleinen Tisch gesellte. „Und er wollte eindeutig in das Zimmer unserer Kinder, ich hab's gesehen", sprach sie weiter, worauf der General mit verdutztem Blick aufschaute. „Du meinst, er wollte dort einbrechen", rekapitulierte er, worauf Silvia bestätigend nickte. „Was war das bloß für eine Gestalt?", ging es ihr dabei immer wieder durch den Kopf, während sie gleichzeitig ihrer Sorge um Julia und Dexter Luft machte. Ich weiß nicht, ob es eine gute Idee war hierher zu kommen, Tirion. Du weißt, was sie über die Waldmenschen sagen, und du weißt, wer wir sind. Sie spüren es, Tirion. Sie wissen, wer wir sind", wiederholte sie ihre Worte, während der General tief in Gedanken versunken über jene Aussage grübelte.

Es war früh am Morgen, als sie am nächsten Tag das Gasthaus verließen um gemeinsam mit den restlichen Reisenden die Minen zu besichtigen. „Viele hundert Meter haben wir uns bereits in die Wurzeln der Erde gebohrt, und von Tag zu Tag befördern wir mehr Erz an die Oberfläche. Fast das komplette Eisen Ogirions wird in unserer Mine gefördert, und jährlich steigern wir unsere Ausbeute", erklärte einer der Minenaufseher der achtköpfigen Truppe, während ein jeder dieser Menschen mit bewunderndem Blick in die Tiefe des Hauptschachtes blickte.
Ein schier endloses, gewaltiges Loch, an dessen Rändern ein stark verzweigtes Brettersystem den nötigen Halt für den Weg hinab bot. Zwar waren die Stege nicht besonders breit, aber dennoch konnte man auf ihnen den langwierigen Gang hinab einigermaßen sicher beschreiten. Auf ihrem Weg über Brücken, Leitern und Stege trafen sie dabei immer wieder auf Arbeiter, die ihre gewaltigen Hacken immer und immer wieder in den harten Stein schmetterten um das kostbare Metall den Fängen der Erde zu entreißen.
Dexter beobachtete jene Männer voller Bewunderung, auch wenn er selbst nicht mit ihnen tauschen wollte. Zu monoton und kräfteraubend war diese Arbeit in seinen Augen, und er war nicht wenig überrascht, dass dennoch täglich über 800 Arbeiter die Mine bevölkerten. Erst als sie am unteren Ende angekommen waren, verstand er schließlich, dass nicht jeder Arbeiter freiwillig dem Dienst an der Hacke nachging. Soeben marschierte ein zehn Mann starker Trupp aus Zwangsarbeitern, durch Peitschen geführt, an den Besuchern vorbei, während jene gespannt das

kommende Szenario beobachteten. Mit gesenkten Häuptern und unmotivierten Gesichtsausdrücken wanderten die in Ketten gelegten Männer auch an Dexter vorbei und musterten ihn mit ausdruckslosem Blick, während dieser mit erbostem Blick auf die Peitsche des Aufsehers blickte. „Wieso zwingen sie die Leute zur Minenarbeit?“, war dabei das erste, was er den vor ihm stehenden General fragte, worauf dieser ihm eine ausführliche Erläuterung bot. „Das sind Verbrecher, mein Junge. Gesetzlose, die sich durch Mord, Raub oder Vergewaltigung an der Gesellschaft versündigt haben. Sie erhalten nur ihre gerechte Behandlung, mein Junge!“, erklärte er, was Dexter sogleich einleuchtete und sein Mitleid schwinden ließ, als plötzlich einer der Männer aus dem Konvoi ausbrach.
Mit einem Schrei und einem gewaltigen Tritt riss er einen der Aufseher nieder und stürzte so schnell er konnte in einen der noch nicht erschlossenen Gänge, als plötzlich ein gezielter Schuss der Flucht ein jähes Ende bereitete. Mitten durch den Hals ging das scharfe Geschoss, welches einer der Wachposten aus seiner Armbrust gelöst hatte, worauf der Flüchtling mit einem Röcheln zu Boden ging.
„Seht ihr, was passiert, wenn ihr hier versucht euch unseren Befehlen zu widersetzen“, hallte es darauf aus einem der Aufseher, während die Restlichen ihm mit einem lauten Grölen zustimmten.

Es dauerte noch einige Minuten, bis die Gruppe schließlich wieder ihren Weg hinauf beschreiten konnte, wobei sie voller Bewunderung den gigantischen Eisenerzberg im hinteren Teil des Schachtes bestaunten. Erst als der tote Körper ebenfalls seinen Weg auf dem Rücken eines noch lebenden Zwangsarbeiters hinauf beschritt, machten sich auch die acht Bootsleute auf ihren Weg aus den Minen, an deren Besuch sie sich, nicht nur aufgrund des Zwischenfalls mit dem Arbeiter, sicherlich noch lange erinnern würden.

So verließ das Schiff keine Stunde darauf den Hafen von Lorio, um sich auf den Weg zum letzten Reiseziel zu machen. Die Ruinen von Abalor, ein Bauwerk geschaffen von den Mächten des dunklen Zeitalters, welches eines der wenigen Bauten war, das die Verfolgung und Ausmerzung derer, die nicht zu nennen sind, überlebt hat.

Es war später Abend, als das Boot an dem kleinen, bewachsenen Steg vor Anker ging und die Besatzung jenes verließ. Es war kein weiter Weg zu dem zerfallenen Magiertempel, der im Schatten der Wälder die Jahrtausende überdauert hatte.
Mächtige Säulen, zerfallene Statuen und gewaltige Bauklötze waren hierbei die verbliebenen Zeugen dieser vergangenen Dynastie, die seit so langer Zeit unter der Verfolgung durch das Schwert beinahe ausgerottet worden war. So auch an jenem Ort, an dem außer den Tieren und Pflanzen des Waldes kein Lebewesen Unterschlupf suchte. Das Besondere an jenem Gebiet war in der Tat nicht das bewundernswerte Bauwerk, sondern etwas ganz anderes. Denn wenn man den Pfad zu den Ruinen hinter jenen fortsetzte, führte dieser einen zu einer kleinen Einmündung des Sees, der an dieser Stelle von drei gigantischen Wasserfällen gespeist wird. In diesem Teil des Sees, hat der General seinem Sohn vor ihrer Abreise verkündet, werden immer wieder Wasserdrachen gesichtet. Gewaltige Kreaturen, deren Flügel im Gegensatz zu den schwarzen Drachen verkümmert sind, da sie sich wie eine gewaltige Seeschlange durch die Tiefen des Sees bewegen. Nicht am Himmel, nein, unter den Wellen sind sie beheimatet, und im Gegensatz zu ihren geflügelten Verwandten sind sie des Öfteren Opfer von Drachenfängern und Glücksrittern, die mit dem Sieg über eines dieser uralten Geschöpfe ihre Fertigkeiten im Kampf unter Beweis stellen wollen.
Dexter hingegen war weit entfernt von jener Absicht, als er eines der kleineren Exemplare durch das entfernte Wasser gleiten sah. Ein gewaltiger Schwanz und ein gigantisches Maul mit überdimensionalen Reißzähnen waren hierbei die einzigen Ähnlichkeiten, die sie mit ihren geflügelten Verwandten hatten, und so bildeten sie für Dexter keine solch große Faszination wie die Feuer speienden und flügelschlagenden Wesen, welche sie eine Woche zuvor im Kampf beobachtet hatten.

Etwa zwei Stunden benötigten die Reisenden, bis sie schließlich vom Schiff zu den Wasserfällen und wieder zurück gefunden hatten, bevor der Katamaran den letzten Teil des Ausflugs, die Rückreise nach Esgoloth, in Angriff nehmen konnte. Zwölf Stunden würden sie ununterbrochen auf See sein und nochmals die wunderschöne und gewaltige Wald- und Berglandschaft an sich vorbei gleiten sehen. Auch der Rekrut war hierbei einer derer, die sich trotz des verschwindenden Feuerballs nicht vom Oberdeck wegbewegten, und somit konnte er in jener Nacht einen wundervoll leuchtenden Sternenhimmel bewundern. Gemeinsam mit seiner Schwester saß er in einer Art Liegestuhl und unterhielt sich mit ihr über die Ausflüge. Über die Mine, die Drachen und die Waldmenschen, von denen sie immer noch keinen zu Gesicht bekommen hatten, und über die nun folgenden Tage, die sie noch in Esgoloth verbringen würden.

Erst als die ersten Wolken den Himmel langsam in Dunkelheit hüllten, verschwanden die beiden in einer der kleinen Kabinen und legten sich einige Stunden aufs Ohr, als ein unerwarteter Kuss von seiner Schwester den Jungen zum Aufschrecken brachte.
„Es tut mir Leid!“, entschuldigte sie sich gleich darauf und blickte ihren Bruder mit großen Augen an. „Ich weiß, ich darf es nicht, aber ich muss dir etwas gestehen, Terean. Schon immer, seit du bei uns lebst, fühle ich ein tiefes Band der Verbundenheit zwischen uns. Ich weiß, es hört sich vielleicht seltsam an, aber ich liebe dich“, flüsterte sie ihm leise zu, wobei der Rekrut bei dem Wort „Liebe“ aufzuckte.
„Wie meinst du, du liebst mich?“, entgegnete er, worauf sie traurig ihr Haupt senkte. „Ich liebe dich, wie eine Frau einen Mann lieben kann. Schon so oft habe ich in meinen Träumen und Wünschen ein Leben mit dir angestrebt, aber jedes Mal hat der Verstand über das Herz triumphiert. Es darf einfach nicht sein. Wir sind Geschwister, und deshalb darf ich nicht so empfinden!“, sprach sie weiter und hob dabei erneut den Kopf um in die nun ebenfalls großen Augen ihres Bruders zu blicken.
Mit Schweigen hatte er seiner Schwester gelauscht und dabei über ihre Worte nachgedacht, als ihn plötzlich ein Gefühl der Erleichterung und der Freude überkam.
„Du liebst mich?“, wiederholte er ihre Worte und blickte daraufhin mit einem Lächeln in das unschuldige Gesicht seiner Schwester. „Du liebst mich!“, wiederholte er erneut und senkte dabei seinen Kopf langsam zu dem der Schwester. Zentimeter um Zentimeter näherten sich seine Lippen Julias Kopf, während ihm sein Herz mit festen Schlägen bis zum Halse schlug. Auch er hatte schon oft davon geträumt, gestand er seiner Schwester, als seine Lippen die ihren schon beinahe berührten. Schon oft hat er von ihrem wunderschönen Gesicht und den roten Lippen ge-

träumt und wie es sich anfühlen würde sie zu küssen. All dies ging ihm nun durch den Kopf, als Julia ihm plötzlich zuvorkam und ihre Lippen auf seine presste. Ein wenig überrumpelt, zog er dabei den Kopf zurück und blickte seine Schwester erschrocken an, als ihm plötzlich klar wurde, wie wundervoll jenes Erlebnis gewesen war. Mit einem Lächeln senkte er deshalb seinen Kopf erneut und tauchte ein in einen Traum, wie er ihn schon so oft geträumt hatte.

Erst Stunden später war es so weit, dass die beiden Arm in Arm aus ihren Träumen erwachten und sich erschrocken ansahen. Im Gegensatz zu der Mischung aus Lust und Liebe, wie sie in der romantischen Stimmung der Nacht gelegen hatte, war im Schein des Tages Pein und Moral an deren Stelle gerückt, und sie ließ die beiden Geschwister das Vergehen, welches sie begangen hatten, verstehen. Mit schlechtem Gewissen nahm Dexter den Arm von der Schwester und blickte vorwurfsvoll auf sie hinab, als allmählich jegliches negative Gefühl aus seinem Körper verschwand.
„Was hatten sie schon getan?“, ging es ihm durch den Kopf, als er die noch immer schlafende Julia betrachtete. Schließlich waren sie streng genommen nicht einmal vom gleichen Blut, und somit war das, was sie getan hatten, kein Vergehen. Sie waren nur auf dem Papier Bruder und Schwester, und sowohl Dexter als auch Julia wussten dies. So entstand in jener Nacht zwischen ihnen eine Bindung, wie der Knabe sie nie zuvor zu einer Frau gehabt hatte.

Die letzten Tage in Esgoloth vergingen von da an wie im Fluge, und so geschah es, dass zehn Tage nach ihrer Ankunft die letzten Stunden ihres Aufenthalts angebrochen waren. Auf Bitten von Mutter und Vater hatten sich Dexter und seine Schwester bereit erklärt einige Dinge wie beispielsweise frischen Fisch vom Markt zu besorgen, und so machten sie sich einige Stunden vor der geplanten Abreise daran, jene schnellst möglich zu besorgen.
Es kostete sie an diesem Tag keine große Mühe den Markt ausfindig zu machen, und so waren sie bereits nach der Hälfte der Zeit auf ihrem Weg aus dem Zentrum der Stadt, als plötzlich ein erschreckendes Erlebnis das Geschwisterpaar heimsuchte. Es waren drei Männer, die plötzlich aus einer dunklen Gasse aufgetaucht waren und nun mit einer spitzen Klin-

ge sowohl Dexter als auch seine Schwester zum Mitkommen zwangen. Hilflos und vor Angst beinahe gelähmt folgten die beiden den Befehlen ihrer Angreifer, die sie in eine kleine Gasse zerrten und dort zu Boden beförderten.
„Was wollt ihr?“, schrie Dexter sie voller Angst und Zorn an, als ihm plötzlich die Traumbilder aus der vergangenen Woche durchs Gedächtnis zuckten. Mit Sorge blickte er dabei auf die neben ihm kauernde Julia, als einer der Männer einige Schritte auf sie zu machte und ihr hübsches Gesicht in die Hände nahm.
„Von dir wollen wir all dein Gold und deine Kleidung!“, schnauzte er dabei Dexter an, während er ihm einen grimmigen Blick zuwarf. „Aber von dir wollen wir ein wenig mehr!“, beendete er seine Anweisung, wobei er seine schmierigen Finger über den Hals in Richtung der wohl geformten Brüste gleiten ließ.
Zorn erfüllte dabei Dexters Gedanken. Zorn und Vergeltung betäubten die Angst und den Schrecken, während das zuvor erstarrte Blut mit einem Schlag in Wallungen geriet.
„Nimm die Finger von ihr!“, schnauzte er den Banditen an, worauf dieser den Blick wendete und mit einer Handbewegung den jungen Körper der Schwester zur Seite schob. „Was hast du da gesagt?“, fauchte er daraufhin Dexter an und setzte ihm die Klinge an die Brust, als der Rekrut ohne Vorwarnung plötzlich die locker gehaltene Klinge zur Seite schlug und mit einem gekonnten Sprung auf den Angreifer zustürzte. Vollkommen verwirrt blickte dieser in die blutunterlaufenen Augen des Knaben, der plötzlich mit einer flinken Bewegung die wellige Klinge des Dolches, den er seit dem Tag, an dem er ihn von General Tirion bekommen hatte, stets unter seinem Mantel verborgen bei sich trug, in den Unterleib des Banditen rammte.
Mit einem schmerzerfüllten Schrei fiel dieser darauf zu Boden, als Dexter die blutige Klinge aus der tief klaffenden Wunde zog. „Du... du...“, stammelte dabei der hilflose Bandit, wobei ihm der rote Saft des Lebens unaufhörlich aus Bauch und Mund strömte, bis er schließlich mit einem letzten Röcheln in das Reich der Toten einkehrte. Verdutzt und erschrocken beäugten die anderen beiden Banditen das sich vor ihnen abspielende Szenario und wollten gerade ihrerseits einen Angriff starten, als plötzlich eine weitere Stimme in der Gasse zu vernehmen war.

„Lasst die Waffen fallen, im Namen des Königs!“, hallte es aus dem Mund eines Soldaten, der soeben um die Ecke kam, woraufhin die Banditen sich mit einem entsetzten Gesichtsausdruck ansahen.
„Verdammt!“, schrieen sie im Chor, woraufhin sie mit einem gewaltigen Sprung über die nächste Mauer verschwanden. Langsam und mit beruhigtem Blick wendete der Rekrut dabei seinen Blick in Richtung des Soldaten und steckte behutsam die Waffe weg.
„Wir wurden überfallen!“, rief er ihm entgegen, woraufhin der erschienene Lebensretter einige Schritte näher kam um sowohl Dexter und seine Schwester als auch den toten Körper, der in einer gewaltigen Blutlache am Boden lag, besser im Blick zu haben. „Was ist hier los?“, sprach er den Jungen an, woraufhin er und seine Schwester dem Soldaten jedes Detail des Überfalls erzählten.
„Wisst ihr, wen ihr da umgelegt habt, junger Rekrut?“, meinte der Soldat mit verwundertem Kopfschütteln, der während der Erläuterungen einen näheren Blick auf den gefallenen Übeltäter geworfen hatte. „Dies ist Kreus die Krähe, einer der gefürchtetsten Banditen aus ganz Esgoloth. Wir sind ihm schon seit Monaten auf der Spur, aber immer wieder ist er uns entwischt!“, sprach er, woraufhin ein plötzliches Gefühl des Ruhmes durch den Körper des Rekruten zuckte. „Konnte es tatsächlich sein? Er, Dexter Spark, hatte einen Schwerverbrecher aus Esgoloth zur Strecke gebracht“, ging es ihm durch den Kopf, während er überrascht seine Schwester anblickte. Diese saß immer noch mit verängstigtem Blick auf dem Boden und blickte verstört von dem toten Banditen zu ihrem Bruder, der sie mit einem Lächeln ansah. „Es wird alles gut!“, meinte dieser darum zu ihr, woraufhin sie sich mit Tränen in den Augen um seinen Hals warf. „Du hast mich gerettet!“, weinte sie ihm ins Ohr, während der Soldat den leblosen Körper erneut inspizierte.
„Lass uns hier schleunigst verschwinden!“, war das Einzige, was Dexter in jenem Moment einfiel, und so verschwanden er und seine Schwester, ohne dass irgendwer den Namen des Rekruten erfuhr, der den berüchtigten Kreus die Krähe bezwungen hatte.

Ohne noch weitere Zeit zu verlieren begaben sich Dexter und seine Ziehschwester von dort aus auf dem schnellsten Weg ins Hafengebiet, wo ihre Eltern bereits ungeduldig auf sie warteten. „Ihr seid spät!“, kritisierte der

General die Geschwister, worauf die ihm voller Aufregung verkündeten, was soeben geschehen war.
„Und du hast ihn einfach so überwältigt?“, fragte der General am Ende ihrer Ausführungen mit überraschtem Blick, worauf Julia ein freudiges „Ja!“ verlauten ließ. „Er hat mich gerettet, Vater!“, sprach sie zu General Tirion, woraufhin jener seine Tochter, in deren Augen immer noch die Tränen der Angst beheimatet waren, und Dexter mit einem Gefühl der Erleichterung fest an seine Brust drückte.

Erst einige Tage darauf, als das Schiff den Surius zur späten Stunde verließ und Dexter allein auf dem Oberdeck saß um die vorbeifließende Landschaft zu bewundern, wurde ihm plötzlich klar, dass er vor einigen Tagen zum ersten Mal in seinem Leben den Tod eines Menschen verschuldet hatte. Er ganz allein hatte das Leben eines Verbrechers beendet und dabei das seinige und das seiner Schwester gerettet. Ihm allein war es zu verdanken, dass die berüchtigte Krähe nicht länger durch die Gassen Esgoloths wandelte.
„Meisterhaft!“, schoss es ihm dabei durch den Kopf, auch wenn er keine wirkliche Ahnung hatte, wer der berüchtigte Kreus eigentlich war. Aber schließlich war jener Mann ein gesuchter Verbrecher gewesen, und es war nur seinen Fertigkeiten zu verdanken, dass jener nicht länger Unheil verbreiten konnte.

Etwa eineinhalb Tage später geschah es, dass Dexter zum ersten Mal seit drei Wochen die feuerrote Festung Thorgars in der Ferne erblickte, während die Sonne langsam hinter dem Horizont zu verschwinden drohte. Das gewaltige Bauwerk schimmerte noch kurz im letzten Leuchten des untergehenden Feuerballs, bis die Nacht mit ihren ersten sanften Zügen die Mauern der Hauptstadt umschloss.

Eine Stunde dauerte es von da ab noch, bis das Passagierschiff langsam aber sicher vor Anker ging und Dexters Familie ihren Weg hinaus aus dem Hafenviertel beschreiten konnte.
Müde und ausgelaugt von der langen Fahrt, bei der diesmal wegen der kürzeren Dauer keine Übernachtung inbegriffen war, setzten sie sich beim Verlassen des Hafens in eine der Passagierkutschen, die sie auf schnells-

tem Wege zu ihrem Zuhause brachte, wo sie nach einigen Minuten des Erzählens allesamt in ihre Betten verschwanden, um dort in einen tiefen und festen Schlaf zu fallen.

Kapitel 6 - Die Ausbildung geht weiter

Es war früh am Morgen, als die Stadtglocke am darauf folgenden Tag den Schlaf der Familie beendete und für Dexter den ersten Tag des zweiten Ausbildungsabschnitts einläutete. Voller Aufregung und Nervosität gesellte er sich zu einem letzten, ausgiebigen Morgenessen mit der Familie, bei dem sie die letzten drei Wochen Revue passieren ließen und zu dem Entschluss kamen, dass es einem jeden sehr gefallen hatte. Auch Dexter und seine Schwester behielten den Urlaub in sehr guter Erinnerung, auch wenn die Begegnung mit den Banditen besonders für die zarte Julia eine erschreckende Erinnerung blieb.
So verstrich die Zeit in der gemütlichen Runde, bis sich der Rekrut letztlich von der Familie verabschiedete und seinen Weg zurück in die Festung beschritt.

Mit einem Lächeln auf den Lippen und einem Herz voller Tatendrang marschierte er den langen, steinigen Pfad hinauf um daraufhin mit festem Schritt durch das geöffnete Tor zu schreiten. Auch wenn es kein einfaches Leben war, das man als Rekrut führte, so konnte er sich dennoch nichts Schöneres vorstellen. Schon immer war es einer seiner Träume gewesen, ein großer Krieger zu werden, und so war es mit das Schönste, was er sich vorstellen konnte, täglich den Umgang mit Schwert und Bogen zu verbessern sowie den Vorträgen der Generäle zu lauschen. Lediglich die verschiedenen Pflichten, wie beispielsweise der Küchen- oder Putzdienst, waren dem Rekruten schon immer ein Dorn im Auge, weshalb er sich noch mehr freute endlich die erste Ausbildungshälfte hinter sich gelassen zu haben. Denn im Gegensatz zu den Erstlingen hatten die Rekruten der zweiten Stufe keine derartigen Dienste mehr zu verrichten.
Aber nicht nur im Bereich Pflichten, nein auch im theoretischen sowie praktischen Unterricht würden im zweiten Ausbildungsabschnitt ganz neue Dinge auf sie zukommen, das wusste er bereits von den Erzählungen ihres einstigen Generals.
So durchschritt der junge Rekrut voller Neugierde und einer immer noch vorhandenen Nervosität die Tore zwei und drei, bis er auf die ersten Rekruten seiner Stufe stieß. „Na, Asad, alles klar?“, sprach er dabei einen

der drei an, woraufhin dieser ihn mit einem freundlichen Handschlag begrüßte. „Alles klar, und bei dir?“, entgegnete er, während Dexter die anderen beiden begrüßte.
Melar und Nesad waren ihre Namen, wobei die beiden eher zu den Schüchternen gehörten. Sie hielten sich meist im Hintergrund und wechselten nur selten ein Wort mit ihm oder einem anderen der Einheit, wogegen Asad ein sehr aufgeschlossener Rekrut war.
„Ja, bei mir auch alles fit. War gerade drei Wochen im Seenland, und du glaubst gar nicht, was ich da alles gesehen habe“, begann Dexter seine Erzählung, die von da an über schwarze Drachen, Ruinen, Seedrachen und die Minen von Lorio so ziemlich alles beinhaltete, was der Rekrut in den letzten drei Wochen erlebt hatte. Auch die Geschichte von dem Überfall berichtete er seinen Kollegen, die ihn daraufhin voller Erstaunen und mit einem Funken Bewunderung anblickten.
„Was du alles erlebst!“, entgegnete er ihm dann, als jener mit seiner Erzählung zum Ende gekommen war. „Ich war gerade mal eine Woche in Namiba bei meiner Familie, aber außer ein paar Fischen und Krebsen, die wir beim Angeln rausgeholt haben, gab es dort nix Interessantes. Ich glaube, das nächste Mal, wenn wir frei haben, fahre ich lieber bei dir mit.“
Mit einem vergnüglichen Lächeln lauschte Dexter dem Kameraden, als er plötzlich Petro und Seren im Hintergrund erspähte. „Wir sehen uns später!“, meinte er daraufhin zu den drei Rekruten und verschwand dann mit schnellem Schritt in Richtung seiner besten Freunde.

„Na, was macht ihr denn da?“, fuhr er sie darauf von hinten an, als diese hinter einer Hecke gebückt miteinander sprachen. Erschrocken fuhr daraufhin ein jeder der beiden auf, was dazu führte, dass sie verwirrt und verärgert in Dexters Gesicht blickten.
„Mann, musst du uns so einen Schrecken einjagen?“, schnauzte ihn Seren an, woraufhin ein kleines Lächeln durch den zornigen Blick funkelte.
„Wegen dir hab ich das Kraut fallen lassen“, sprach nun auch Petro, der mit hastigen Bewegungen versuchte irgendetwas vom Boden in einen kleinen Lederbeutel zu stopfen.
Überrascht und verwirrt von der schroffen Begrüßung blickte Dexter zunächst ungläubig von Seren zu Petro und dann auf das am Boden liegen-

de Kraut. „Was ist das?“, ging es ihm gleich durch den Kopf, als Petro den Beutel verschloss und ihn mit einem breiten Grinsen ansah. „Glück gehabt, dass nur ein bisschen rausgefallen ist“, grinste er dabei Dexter an und hielt ihm daraufhin die Hand zum Gruße hin.
Immer noch verwirrt schlug der Rekrut Terean Troles ein, worauf auch Seren ihn begrüßte. „Was ist das für ein Zeug?“, war hierbei die erste Frage, die Dexter an seine Freunde richtete. „Das wirst du noch früh genug sehen“, grinste ihm dabei Petro ins Gesicht, woraufhin Seren zu einer kurzen Erklärung ausholte.
„Ich war doch mit meinen Eltern im Hochland und da hab ich das gefunden“, meinte er, woraufhin Dexter weiter nachhakte. „Es ist ein Kraut zum Rauchen. Aber ich zeig es dir erst später. Wir müssen jetzt los“, gestand ihm daraufhin Petro, wobei das Grinsen nicht von seinen Backen verschwand.
Mit immer noch leicht verwirrtem Blick betrachtete Dexter dabei die beiden Freunde. Er war sich nicht so ganz sicher, was er davon halte sollte. „Irgendein Kraut zum Rauchen?“, ging es ihm immer wieder durch den Kopf, als sie ihren Weg ins Innere der Festung beschritten um dort ihre Einheit und alles weitere in Erfahrung zu bringen.

„Terean Troles!“, hallte die Stimme des General Digus schließlich nach schier endloser Warterei durch die kleine Halle, in welcher die insgesamt 128 Rekruten auf ihre Einweisung warteten. Jeder von ihnen wurde einzeln aufgerufen und hatte sich dann in die Kammer des Kriegsrates zu begeben, der über ihr weiteres Schicksal entscheiden würde.
So kam nun auch Dexter an die Reihe, weshalb er sich mit nervösem Blick von der kalten Steintreppe erhob und sich auf den Weg quer durch die Halle und den Gang hinab machte. Es dauerte nicht lange, bis er schließlich mit festem Griff die Klinke betätigte und sich Einlass in den Raum verschaffte.
„Terean Troles?“, fragte dabei einer der Ratsmänner, worauf Dexter mit einem deutlichen „Ja!“ zustimmte. „Sehr gut!“, entgegnete darauf einer der Männer, woraufhin ein anderer das Wort ergriff.
„Also, wir haben deine Bewertung von General Arathon erhalten und sind mehr als zufrieden mit deinen Leistungen. Wie bereits besprochen wirst du den von dir gewünschten Weg des Kampfes gehen dürfen“, sprach er,

als Dexter sich auf dem für ihn bereitgestellten Stuhl niederließ.
„Da im Kampf besonders die praktische Komponente deiner Ausbildung von Bedeutung ist, liegt es nun an dir deine gewünschten Waffenarten auszuwählen. Da dies jedoch ein klein wenig von der Art deiner Ausbildung abhängt, liegt es vorerst an uns festzustellen inwieweit du für welche Waffen geeignet bist. Aufgrund der Bewertungen und einem Gespräch mit General Arathon sind wir diesbezüglich zu der Entscheidung gekommen, dich in die Einheit General Estebans aufzunehmen. Er leitet dieses Jahr die Eliteeinheit."
Mit ungläubigem Blick musterte der Rekrut seine Gegenüber, als er erkannte, dass sie es tatsächlich ernst meinten.
„Die Eliteeinheit?", fragte er mit nervöser Stimme, woraufhin der Ratsangehörige zustimmend nickte. „Richtig!", meinte er dabei, woraufhin er nach einer kurzen Pause seine Stimme erhob.
„Wie du sicher weißt, bist du in dieser Einheit ungebunden, was die Wahl deiner Waffenarten anbelangt, und deshalb bitte ich dich nun, dir genau zu überlegen, welche du in den kommenden zwei Jahren deiner Ausbildung erlernen willst, und dies auf dem Pergament vor dir zu unterzeichnen." Schnell richtete Dexter seinen Körper auf und blickte mit freudigen Augen auf das vor ihm liegende Pergament. Auf diesem war eine Liste zu erkennen, die er mit konzentriertem Blick durchging.
„Kampf mit dem Stab, Kampf mit der Lanze, Kampf mit dem einhändigen Schwert, Kampf mit dem zweihändigen Schwert, Kampf mit zwei einhändigen Schwertern, Kampf mit der einhändigen Axt, Kampf mit der zweihändigen Axt, Kampf mit zwei einhändigen Äxten, Kampf mit dem Bogen, Kampf mit der Armbrust", wiederholte er die geschriebenen Worte langsam in seinem Kopf, wobei er die einzelnen Kampfstile im Kopf durchging.
Er benötigte einige Momente, bis er schließlich das letzte der insgesamt fünf Kreuze hinter einen der Schriftzüge gesetzt hatte und der oberste Ratsmann ihm jenes aus den Händen nahm. „Gut, dann wirst du die kommenden Jahre im kompletten Schwertkampf, sowie im Stab- und Bogenkampf ausgebildet", fasste er das Dokument zusammen und legte es dann wieder zurück an seinen vorherigen Platz.
„Als Nächstes kommen wir zu den theoretischen Fächern. Aufgrund des Großteils an praktischem Training bleibt die Theorie in den folgenden

zwei Jahren auf ein Fach beschränkt. Dies ist die Überlebenskunde, wogegen Landeskunde und Geographie sowie Geschichte wegfallen. Neben diesem theoretischen Teil und dem praktischen Training gibt es einen weiteren praktischen Teil, der sich auf die Erlernung eines Berufes konzentriert. Hierbei sollst du an jedem Freitag und jedem Mittwoch deine Konzentration auf einen für Soldaten wichtigen Berufszweig richten. Hierbei kannst du dich entscheiden, welcher dir am besten liegt und am meisten zusagt, wobei du unter folgenden auswählen kannst: Schmied, Bogner, Jäger oder Koch."
Mit interessierten Augen folgte Dexter den Ausführungen des Mannes und ging daraufhin erneut in Gedanken die einzelnen Berufe durch. Schon immer hatte er sich für den Bereich der Schmiedekunst interessiert, wobei er auch für das Berufsbild des Jägers große Begeisterung aufbringen konnte.
„Und ich darf nur einen auswählen?", richtete er dann die Frage an den Rat, als er langsam in den Zwiespalt zwischen Schmied und Jäger kam, woraufhin dieser ihn überrascht anblickte. „Hm, normalerweise konzentrieren sich die Rekruten auf einen bestimmten Beruf, den sie zwei Jahre ausführen, aber es spricht auch nichts dagegen jedes Jahr einen anderen zu wählen."
Mit einem erfreuten Grinsen nahm Dexter diese Worte auf und begann dann zu sprechen. „Gut, dann glaube ich, werde ich mich im ersten Jahr für die Schmiede eintragen und im zweiten bei der Jagd. Ginge das?"
Bestätigend nickte darauf der ältere Mann, der in seiner gewaltigen Robe auf der gegenüberliegenden Seite des großen Schreibtisches saß, wobei ein Gefühl der Erleichterung über den Rekruten kam.
Er wusste nicht wieso und weshalb, aber aus irgendeinem Grund wollte er sich nicht zwischen der Bearbeitung von rohem Metall und der von gejagtem Tier entscheiden, und so war er mehr als erfreut, dass er keines dem anderen vorziehen musste.
„Gut, dann ist jetzt nur noch das Formale zu klären. Du wirst von morgen an jeden Morgen von neun bis zehn theoretischen und von elf bis zwölf praktischen Unterricht haben. Zudem hast du mittags von zwei bis fünf Uhr praktisches Training, wobei zur Mittagsstunde wie gewohnt Mittagessen ist. Jeden Freitag bist du ganztägig in der Schmiede Nummer, äh, lasst mich kurz nachsehen, drei beschäftigt. Außerdem erwartet dich der

Schmied wie bereits gesagt auch mittwochs. Kaserne und Zimmer bleiben gleich. Das war alles", und mit einem Lächeln beendete der Ratsmann seine Ausführungen, worauf Dexter sich höflich verabschiedete und mit schnellen Schritten aus der Kammer verschwand um seine Freunde, welche bereits vor ihm dran gewesen sind, in der Kaserne aufzusuchen um in Erfahrung zu bringen in wessen Einheit sie eingeteilt wurden.

„General Esteban?", schlug Dexter sogleich die Frage ins Gesicht, als er seinen Fuß in das Innere ihrer Kammer setzte. Ein wenig überrascht aber mit fröhlichem Lächeln nickte er daraufhin und sah sich sogleich mit einigen Jubelschreien konfrontiert. „Wir auch!", sprachen Seren und Petro wie aus einem Munde, woraufhin das Grinsen Dexters immer breiter wurde. „Sehr gut! Was habt ihr für Waffen?", sprach er sie sogleich an und so unterhielten sie sich einige Minuten über die Waffenarten, die jeder Einzelne von ihnen gewählt hatte. Letztlich stellte sich heraus, dass Petro und Dexter bis auf Stabkampf, wo jener Armbrust gewählt hatte, die gleichen Kampfarten gewählt hatten, wogegen Seren nur im Stabkampf an Dexters Seite trainieren würde.

„Und jetzt erzählt mal, was das für ein Zeug ist!", begann dieser dann nach einigen Minuten von neuem, worauf sowohl Seren als auch Petro abermals ein Grinsen über das Gesicht huschte.
„Also, wie gesagt ist es aus den Bergen des Hochlandes. Als wir dort auf einer Wanderung waren, sind wir auf ein seltsames Dorf getroffen. Eingeborene, wie sie unser Führer nannte, die mit einer erstaunlichen Freude und Gelassenheit ihr tägliches Werk vollbrachten. Als ich den Führer daraufhin ansprach, meinte er, es liege an dem Zeug, das sie immer rauchen. Irgend so ein Bergkraut, das sie anbauen, hat er gemeint, und als ich das hörte, wurde ich neugierig. Na ja, auf jeden Fall waren wir noch etwa eine Stunde in diesem Dorf, und während dieser Stunde habe ich mit einem der Leute dort das Kraut gegen meine Schuhe getauscht. Meinen Eltern habe ich erzählt, ich wäre in einen Sumpf getreten und hätte dabei die Schuhe verloren. Der Typ hat mir jedenfalls erzählt, dass man davon in einen vollkommen anderen Zustand gelangen würde. Eine Art höhere Bewusstseinsebene, hat er gesagt." „Na, das können wir ja testen", unterbrach ihn daraufhin Petro, der mit einem freudigen Lächeln

am Kraut schnupperte. Mit einem Grinsen nickte daraufhin Seren und blickte dabei gespannt auf seinen Freund Terean. „Was schaust du mich so an?“, fragte dieser verwirrt und nahm dann das Kraut aus Petros Händen. Mit unsicherem Blick öffnete er das Täschchen und nahm ein wenig des getrockneten Stoffes heraus.
„Hm, riecht ja nicht schlecht“, meinte er dabei lächelnd, während er ein klein wenig davon zwischen seinen Fingern zerrieb. „Aber meint ihr wirklich, das kann man rauchen?“ „Nicht, wenn man keine Pfeife hat“, grinste ihm darauf Seren ins Gesicht, wobei Dexter die Gedanken des Freundes klar wurden.
„Eine Pfeife?“, wiederholte er die Worte, wobei ihm General Digus einfiel. Er war einer der wenigen Generäle, der dem Genuss von so genanntem Tabak verfallen war und somit zu jeder Zeit eine kleine Holzpfeife mit sich herumführte. „Ihr meint, wir sollen uns die von Digus schnappen?“, fragte er auf diese Gedanken hin seine Freunde, die bestätigend nickten. „Nun gut, dann will ich ja mal nicht der Spielverderber sein“, meinte er daraufhin und lächelte Seren und Petro an, die dies mit einem Grinsen aufnahmen.

Beim Abendessen des gleichen Tages wollten die Rekruten schließlich ihren schnell erdachten Plan in die Tat umsetzen, und so machten sie sich etwa eine halbe Stunde vor Beginn der Essensausgabe für Rekruten und Soldaten auf den Weg um den General rechtzeitig abzufangen.
Wie in vielen anderen Kasernen war es auch in dieser üblich, dass die Generäle und Offiziere, welche ständig in der Festung beheimatet waren, ihr Essen vor den restlichen Militärsangehörigen bekamen, was die Sache für Dexter und seine Komplizen nicht wesentlich einfacher machte. In dem Getümmel und Lärm bei der normalen Essensausgabe wäre es sicherlich nicht schwer gefallen, das kleine Rauchgerät unbemerkt aus dem Gürtel zu stehlen, wogegen dieser Vorgang in der ruhigen Atmosphäre des Generalsessens beinahe unmöglich schien. Darum hatten die drei Freunde beschlossen General Digus nach seinem Abendessen abzufangen und ihn in ein Gespräch zu verwickeln.
So vergingen die Minuten, ohne dass der General irgendwelche Anstalten machte den Speisesaal zu verlassen, bis er etwa zehn Minuten vor Beginn des normalen Betriebs die ersten Anzeichen für den Aufbruch machte.

„Ah, warte, Digus, ich komm mit!“, meinte darauf General Oreus, woraufhin Dexter das Herz in die Hose rutschte. „Für zwei Generäle war ihr Plan nicht ausgelegt“, schoss es ihm durch den Kopf, woraufhin er den neben ihm wartenden Petro entmutigt ansah.
„Was jetzt?“, fragte er mit verunsicherter Stimme, als Petro plötzlich aufsprang und mit einem Augenzwinkern das Versteck in Form eines Busches verließ.
Mit schnellen Schritten marschierte er in Richtung Tür, aus welcher die beiden besagten Generäle gerade herauskamen und richtete das Wort an sie. „Seid mir gegrüßt, General Oreus, seid mir gegrüßt, General Digus. Ich hoffe, sie hatten genauso erholsame zwei Wochen wie ich.“ „Ah, Petro!“, meinte daraufhin General Digus, woraufhin General Oreus das Wort übernahm. „Na ja, als General hat man zwar nicht wirklich Erholung, aber es war doch entspannend zwei Wochen von ihren andauernden Fragen befreit zu sein.“
„General Oreus, freundlich wie immer“, entgegnete Petro darauf und wendete sich General Digus zu. „Herr General, ich hätte eine Frage bezüglich unserer neuen Rüstungen.“ „Und zwar?“, erwiderte jener, woraufhin Petro in einen ausgiebigen Redeschwall über die Funktion und Beschaffenheit der neuen Rüstungen fiel. Erst ein Räuspern des General Oreus ließ ihn für kurze Zeit verstummen. „So schön es auch ist euch bei der Fachsimpelei über eure Rüstungen zuzuhören…“, begann er, „so habe ich dennoch Wichtigeres zu tun. General Digus, Petro“, und mit einem grimmigen Blick beim letzten Wort verschwand er in eiligen Schritten in Richtung Lehrtrakt.
Dies war exakt der Moment den Dexter und Seren abgewartet hatten. Wie auf Kommando sprang ein jeder hinter einem Busch hervor, sobald General Severas verschwunden und General Digus wieder in das Gespräch mit Petro verwickelt war, und sie marschierten mit grimmigem Blick aufeinander zu. Gleichzeitig fingen sie plötzlich das Fluchen an und schmissen sich zu Boden, wobei sie sich gegenseitig mit Faustschlägen eindeckten.
Mit Empörung wurde dies von General Digus bemerkt, der sich mit verärgertem Blick von der Diskussion mit Petro abwendete um nach dem Rechten zu sehen. Exakt dies war der Moment, auf den Petro die ganze Zeit hingearbeitet hatte, und so ließ er im Bruchteil einer Sekunde die

Finger nach vorne schnellen und nahm mit geschickter Handbewegung die kleine Holzpfeife aus ihrem Platz am Gürtel des Generals. Ohne dass Digus es hätte merken können, verstaute er jene mit schnellem Griff in einer seiner Hosentaschen, während jener mit einigen Schritten auf das kämpfende Duo zuging. Als Dexter und Seren dies bemerkten, beendeten sie auf einen Schlag ihre kleine Auseinandersetzung und verharrten stillschweigend auf der Erde.
„Was soll das?“, schlug ihnen dabei die Stimme des Generals entgegen, was jedoch lediglich zu zwei verwirrten Gesichtern führte. „Was soll was?“, entgegneten sie ihm nach einigen ratlosen Blicken, woraufhin der General langsam zu toben begann.
„Dass ihr hier rumschreit und euch prügelt!“, führte er seine Beschuldigung weiter aus, woraufhin sowohl Dexter als auch sein Freund das Lachen anfingen. „Ach so“, begannen sie darauf im Chor. „Wir haben uns nur um ein Mädel gestritten.“ „Ein Mädel? Wegen so etwas so ein Tamtam?“, motzte er sie mit ärgerlichem Blick an und wendete sich dann kopfschüttelnd von den beiden ab.
„Oh Mann, Kinder in der Pubertät. Es gibt nichts Schlimmeres“, meinte er währenddessen zu sich selbst und suchte dann nach Petros Angesicht, den er einfach so mitten in der Unterhaltung stehen gelassen hatte. Da dieser aber inzwischen verschwunden war, machte sich der General allein auf den Weg ins Innere der Festung, wobei er nicht davon abließ über die Pubertätsphase der Jugend zu schimpfen.

Mit einem breiten Grinsen kam zu jener Sekunde der verschwundene Petro hinter einem der Büsche hervor und eilte zu den noch immer am Boden sitzenden Freunden. „Na, hast du sie?“, schoss es sogleich aus Seren heraus, als er diesen sich nähern sah, wobei das Grinsen des Jungen noch breiter wurde. „Klar!“, bestätigte er seine Mimik und zog dabei das kleine Holzpfeifchen aus der Tasche. Mit bewunderndem Blick betrachteten sowohl Dexter und Seren als auch Petro das schöne Stück, während die ersten Soldaten auf dem Weg ins Innere der Speisesäle waren. „Lasst uns erst mal futtern gehen und danach widmen wir uns unserer Beute“, grinste Dexter seinen Kumpanen ins Gesicht und verschwand dann gemeinsam mit ihnen im Inneren des Nahrungsquartiers.

Erst eine Stunde später war es dann so weit, dass sie gemeinsam mit Renus, der sie zufällig mit dem Kraut in der Kammer gesehen hatte, in einem kleinen Kreis am äußeren Rand des Ringes standen.
Hinter der letzten Kaserne, geschützt von einigen Fässern und Kisten, warteten sie hierbei gespannt auf das sich gleich ereignende Spektakel. Voller Euphorie, aber dennoch mit Nervosität im Magen war Seren der erste, der sich an dem mitgebrachten Kraut erfreuen durfte. Mit schnellen und zittrigen Fingern ließ er ein Streichholz über einen seiner Feuersteine gleiten und entzündete somit eine kleine Flamme, die er nun behutsam über das voll gestopfte Köpfchen der Pfeife hielt.
Mit nervösen Augen nahm er dabei einen großen Zug, woraufhin er mit lautem Ächzen das Husten begann. „Verdammt, haut das rein!“, war dabei das Einzige, was er mit verzogener Stimme rausbrachte, woraufhin er sich einem erneuten Hustenanfall widmete. „Zeig mal her!“, meinte darauf plötzlich Petro und nahm nun seinerseits die Pfeife an sich. Auch er nahm das Holzteil in den Mund und machte einen kräftigen Zug, woraufhin auch bei ihm ein leichtes Husten zu vernehmen war.

So war Dexter der Nächste in der Runde und nahm daher mit zittrigen Fingern die hölzerne Pfeife in die Hand. Mit Verwirrtheit über das Gehuste seiner Freunde sowie mit einem Gefühl der Neugierde setzte er langsam das Mundstück an die richtige Stelle und begann mit sanftem Zug den ersten Rauch seines Lebens in die Lungen zu ziehen. Auch bei ihm dauerte es nicht lange, bis das kratzige Gefühl im Hals die Überhand nahm und die ersten Huster aus seiner Kehle entfleuchten. Erst ganz unregelmäßig steigerten sie sich kontinuierlich bis zu einem letzten Würger, nach welchem er verwundert aufblickte um erneut einen Zug von dem weißen Rauch zu inhalieren.
Nach ihm kam Renus an die Reihe, wonach die Runde von neuem losging, als Dexter langsam aber sicher die Wirkung dieses berüchtigten Krautes in den Schädel stieg.
Wieder und wieder schossen ihm unsinnige Gedanken durch den Kopf, wobei er keinen einzigen festhalten konnte, und wieder und wieder machten sich ein breites Grinsen gefolgt von lauten Lachern in ihm breit. „Verdammt, was ist das für ein Zeug“, meinte plötzlich Petro, der vollkommen hilflos auf dem Boden lag und vor Lachen kaum sprechen konnte.

„Keine Ahnung!“, entgegnete ihm Seren, der seinerseits auf dem Boden lag und mit verwirrtem Blick umherschaute. „Ich fühl mich als würde mein ganzer Körper abheben“, meinte Dexter dazu, woraufhin Renus bestätigend nickte. „Ja, Mann, aber wir dürfen nicht so laut sein“, fiel jenem plötzlich auf, woraufhin schallendes Gelächter aus den Mündern der restlichen drei kam. Ohne zu wissen warum, hatte diese Aussage bei ihnen ein unwirkliches Gefühl des Amüsements bewirkt, in welches letztlich auch Renus fiel. Gerade noch besorgt über die Generäle und Soldaten lag er nun lachend auf dem Boden und wälzte sich wie die drei anderen im saftigen Gras.

So verstrich die Zeit gemächlich aber stetig, und nur langsam schafften es die Rekruten das andauernde Gelache und den schiefen Gang abzulegen, so dass sie sich trauten zurück in ihre Kaserne zu gehen.
Beinahe hatten sie dabei das Pfeifchen vergessen, das nach dem letzten Zug Petros immer noch im Gras lag. Auch das Kraut verpackten sie daraufhin sicher und machten sich so auf ihren Weg zurück. Mit wackeligem Gang und schrägem Blick benötigten sie dafür eine kleine Weile, bis sie mit einem lauten Lachen in das eigene Zimmer stürzten.

„Wo wart ihr?“, schnauzte sie dabei eine laute Stimme an, welche jedoch zu ihrer aller Glück nur zu ihrem Zimmerkameraden Tion gehörte.
„Wir waren unterwegs“, lachte ihm daraufhin Renus ins Gesicht, der mit schnellem aber unsicherem Schritt in sein Bett stürzte. Auch die anderen drei taten es ihm gleich und machten sich auf den Weg in ihre Betten, als ein plötzliches Magenknurren für eine neue Runde Gelächter sorgte.
„Oh Mann, hab ich einen scheiß Kohldampf“, meinte plötzlich Dexter, als er auf seinem Bett saß und seinem Magen lauschte. „Oh ja, nicht nur du!“, bestätigten daraufhin die restlichen Kameraden bis auf Tion, der sie verdutzt anblickte. „Was ist los mit euch?“, fragte er sie mit verwirrtem Blick, woraufhin Renus ihm von dem Kraut erzählte.
„Ha, ihr habt bestimmt Wendelkraut geraucht“, sprach dieser dann, woraufhin der Rest des Zimmers ihn verwundert anblickte. „Ja, ich kenne das Zeug. Hatte selbst mal ein bissel was aus dem Hochland mitgebracht. Ist ganz schön stark, oder?“, sprach er in die Runde, woraufhin Dexter mit einem Lachen antwortete. „Oh ja, das isses!“ „Das dacht ich mir. Zu

schade, dass das Zeug hier verboten ist!", meinte er daraufhin zu den übrigen Zimmergenossen, die ihn mit verwundertem Blick ansahen. „Verboten?", wiederholten sie seine Worte im Chor, woraufhin jener erneut die Stimme erhob. „Habt ihr das nicht gewusst? Das Zeug ist verboten. Was glaubst du, warum es hier nirgends so ein Zeug zu kaufen gibt. Aber bitte fragt nicht, warum es verboten ist. Das weiß ich nämlich selbst nicht", sprach er in schnellen Worten, woraufhin ein jeder der Berauschten ungläubig in die Runde blickte.
„Was soll's", meinte auf einmal Seren, woraufhin sie allesamt in Gelächter ausbrachen. „Wie kann man so was Tolles verbieten?", entgegnete darauf Dexter, während er sich mit einem Seufzer ins Bett fallen ließ. So taten es ihm auch die übrigen gleich und vergruben ihre Köpfe im sanften Federkissen, wobei einem jeden die verrücktesten Gedankengänge durch den Schädel zuckten.

Es war früh am Morgen, als sie am nächsten Tag durch die Stadtglocke geweckt aufwachten, und im Vergleich zu dem Tag, nach dem sie einst ihren ersten Alkohol getrunken hatten, fühlte sich ein jeder quicklebendig. „Mann, bin ich fit!", schoss es aus Dexter, der mit einem Sprung aus dem Bett aufstand.
Voller Elan und Tatendrang machte er sich schnell daran seine Kleidung anzuziehen um daraufhin gemeinsam mit seinen Freunden die Stube zu verlassen. Nach ihrem ersten Morgenessen in der Kaserne verschwanden sie gemeinsam in Richtung der Lehrsäle, wo sie den langwierigen Vorträgen von General Pletus lauschen durften um danach die ersten praktischen Übungsstunden des zweiten Ausbildungsabschnitts zu genießen.

Gemeinsam mit fünf anderen waren Dexter, Petro und Seren in der Einheit des Estebans, der sie gleich zu Beginn mit harten Worten auf die in seinen Augen noch fehlende Disziplin der Rekruten hinwies. Nach einer darauf folgenden kurzen Vorstellung seiner Person machte er sich dann daran die einzelnen Rekruten in ihre Waffengattung einzuführen. Alle zehn Kampfarten erläuterte er exemplarisch und mit großer Begeisterung, woraufhin ein jeder seine ersten Erfahrungen mit ihnen machen durfte. Insgesamt zwei von jeder Sorte hatte der General mitgebracht und so konnte sich ein jeder ein kurzes Bild machen, um danach seine Wahl

nochmals zu bestätigen. In eine kleine Liste wurde dies eingetragen, woraufhin die Stunden des Vormittags bereits beendet waren. Am Mittag des gleichen Tages war es dann so weit, dass jeder einzelne Rekrut seine komplette Ausrüstung erhielt.
„Ein Kampfstab, zwei Einhänder, ein Zweihänder und ein Bogen", meinte der General zu Dexter, woraufhin ein kleiner Mann, der gemeinsam mit dem General erschienen war, jenem besagte Kampfgeräte überreichte. Voller Begeisterung musterte Dexter dann seine neuen Waffen und ließ den Blick über die scharfe Klinge bis hinab zum Griff gleiten. Auch dem Stab und dem Bogen schenkte er einiges an Bewunderung, während der General dem letzten Rekruten seine Ausrüstung verliehen hatte, so dass das erste Training beginnen konnte.
„Im Gegensatz zu den einhändigen Schwertern, mit denen ihr die letzten zwei Jahre gekämpft habt, sind die Zweihänder größer und schwerer. Ihr habt somit eine größere Reichweite und einen festeren Schlag, braucht aber zur gleichen Zeit auch zwei Hände um die Waffe zu führen sowie einiges mehr an Körpereinsatz. Wenn man einen Einhänder noch ohne Probleme nur mit der Armmuskulatur schwingen kann, so braucht es bei einer zweihändigen Waffe viel Körpereinsatz und Körperschwung. Denn nur mit einem optimalen Schwung kann es euch gelingen die Waffe perfekt zu führen. Nur mit ausreichend Schwung könnt ihr garantieren, dass die Waffe sich eurem Willen unterwirft und nicht dauernd wegknickt oder so was."
Mit einem tiefen Atemzug beendete der General seine kurze Einleitung und blickte daraufhin in die Runde. Als er die Neugierde in den Blicken der Schüler erkannte, nahm er seinen eigenen Zweihänder vom Rücken und vollführte einige schnelle Angriffsschläge sowie einige gekonnte Körperdrehungen, die in einem Angriff endeten. Mit Staunen wurde dies von den jungen Rekruten beobachtet, woraufhin sie selbst ihre Waffen nahmen um ihr eigenes Können unter Beweis zu stellen. Es war hierbei nicht verwunderlich, dass keiner es schaffte die Klinge sauber und richtig zu führen, da einem jeden lediglich der Kampf mit der Einhandwaffe geläufig war.
So begann die erste richtige Trainingsstunde, in welcher sie sich hauptsächlich mit der Haltung, den Grundpositionen sowie der korrekten Führung beschäftigten, und sie verlief in einer Abfolge aus Kampfeswillen,

Unmut und Begeisterung, bis sie zur fünften Stunde des Mittags schließlich vom General beendet wurde.

„Das war doch gar nicht so übel für den Anfang", meinte er am Ende, woraufhin er mit einer erneuten Ansprache die Aufmerksamkeit der Einheit auf sich zog.
„Von nun an habt ihr jeden zweiten Tag sowohl zweihändiges Schwert als auch Axt sowie Bogen und Armbrust dabei. An allen anderen Tagen bringt ihr Stab und Lanze sowie eure einhändigen Waffen mit. Verstanden?", und mit grimmigem aber dennoch gutmütigem Blick schaute der General von einem zum nächsten. Als keiner irgendetwas entgegenzusetzen hatte, erhob er erneut die Stimme und begann zu sprechen.
„Gut, dann sehen wir uns morgen!", sagte er kurz und knapp, woraufhin er sich vergnügt abwendete und von den Trainingsplätzen verschwand.

„Ein seltsamer Kauz", meinte Seren, als die drei Freunde dabei waren ihren Weg zurück in die Kaserne zu beschreiten. Bestätigend nickten hierbei Dexter und Petro, woraufhin sie eine kurze Diskussion über die Einheit abhielten, bis sie etwa eine Stunde später ihr wohl verdientes Abendessen einnahmen. Gemeinsam mit den übrigen fünf Kollegen unterhielten sie sich dabei über ihre Erlebnisse in den vergangenen zwei Jahren, bis Dexter, Petro und Seren zum Ende hin allein in Kaserne drei, Zimmer sieben verschwanden.

Da der folgende Tag ein Donnerstag war, machte sich Dexter noch vor dem Morgenessen daran seinen zukünftigen Arbeitsplatz aufzusuchen, da er schon vor Freitag einen ersten Blick hinter die Kulissen der Schmiedekunst werfen wollte. Da jene jedoch zu dieser Zeit noch nicht geöffnet war, ließ Dexter seinen Plan fallen und wendete sich seinem normalen Tagesprogramm zu.
Nach einer recht amüsanten Stunde Überlebenskunde, in der sie wichtige Heilkräuter und deren Wirkung durchgingen, war die Zeit des Stabkampfes gekommen, und so machte sich die Einheit des Estebans daran, den Umgang mit jener vollkommen neuen Waffenart zu studieren. „Ihr greift sowohl Stab als auch Lanze in der Mitte der Waffe an der mit Lederstriemen besetzten Fläche mit beiden Händen, wobei ihr sie genau so

umschließen müsst“, und mit einer kleinen Vorführung verdeutlichte er seine Ausführung und machte sich dann daran ihnen die ersten Schlagtechniken näher zu bringen. Sowohl Dexter als auch Seren machten in dieser neuartigen Kampftechnik keine besonders gute Figur, so dass sie zum Ende des Tages die ersten waren, die zum Spaß der restlichen Einheit ihre erlernten Fähigkeiten in einem kurzen Kampf beweisen durften.

Mit nervösem Zittern umschloss Dexter dabei die etwa mannsgroße Waffe und versuchte den soeben erlernten Verteidigungsschlag nachzuahmen, als Petro mit einem Überkopfschlag auf ihn zustürmte. Gekonnt ließ er die angreifende Waffe über seinige abgleiten, um daraufhin dem Gegner einen leichten Schlag gegen den Kopf zu verpassen. „Au!“, schrie dabei Petro auf und wankte einige Schritte zurück, während der Rest der Einheit, der General inbegriffen, mit amüsiertem Lachen zusah.
So vollführten sie abwechselnd einige Kampfaktionen, bis etwa zehn Minuten später beide mit kleinen blauen Flecken und etlichen Schrammen eingedeckt waren und der General das Training beendete.

Am Morgen des darauf folgenden Tages war es dann das erste Mal, dass Dexter nicht wie sonst üblich zum normalen Unterricht ging, sondern seinen Weg in die Schmiede Nummer drei beschritt. Voll Euphorie und mit aufgeregtem Herzen durchschritt er die hölzerne Tür um sich daraufhin einem etwas kleineren, aber dennoch offensichtlich sehr kräftigen Mann gegenüber zu sehen.
„Ah, du bist bestimmt der Rekrut, den sie mir dieses Jahr zugeteilt haben“, begrüßte dieser den Jungen mit freundlichem Grinsen, woraufhin jener ihm die Hand entgegenstreckte.
„Terean Troles mein Name“, sprach er, wobei er dem Schmied die Hand drückte. „Du hast einen kräftigen Gruß. Das kann dir hier bei mir sicher von Nutzen sein“, begann daraufhin der Schmied und fing an ihm die erste Einweisung zu geben.
„Also, mein Junge, wie du sicher weißt, bin ich Waffen- und Rüstungsschmied. Ich stelle sowohl die Schwerter und Äxte als auch die verschiedensten Rüstungen her. Wenn du immer gut aufpasst und dich ordentlich anstrengst, wirst du nach diesem Lehrjahr fähig sein, dein eigenes Schwert zu schmieden sowie deine eigene Rüstung zu hämmern. Also,

lass uns keine Zeit verlieren und uns gleich zum Wesentlichen kommen. Das hier, mein Junge, ist der Rohstahl, den wir täglich aus der Stadt geliefert bekommen“, wobei er mit einem Lächeln einen der handgroßen, rechteckigen Eisenblöcke aus einer der Kisten nahm und Dexter vorzeigte. „Dieser wird im Heizofen heiß gemacht, bis er die richtige Temperatur von ungefähr 1000 Grad besitzt. Hat er die, kann man ihn mit Hilfe von Hammer und Amboss langsam formen, bis er wieder zu kalt ist und erneut in den Ofen muss. Dies macht man so lange, bis die gewünschte Form und Größe erreicht ist. Nach einer punktgenauen Abkühlung und anschließender Härtung kann man die so entstandene Klinge nun nach Belieben schleifen und schärfen, wonach anschließend der Griff montiert wird. Alles verstanden?“, und mit erwartungsvollem Blick schaute der Schmied seinem neuen Lehrling in die Augen.
„Im Großen und Ganzen schon“, erwiderte dieser, woraufhin er mit seiner ersten Aufgabe, dem korrekten Feuermachen, betraut wurde. Es war nicht sonderlich leicht, mit den primitiven Mitteln von Streichholz und Kohle ein ausreichend heißes Feuer zu entfachen, doch nach etwa einer halben Stunde und einiger Hilfestellung des Schmiedes schaffte es der Rekrut, woraufhin die Schmiedearbeit endlich beginnen konnte.

Es war spät am Mittag, als Dexter das erste Mal aus der stickigen, kleinen Schmiede kam, um sich eine kurze Pause an der frischen Luft zu gönnen. Es war sichtlich keine einfache Arbeit, das verrieten die Schwielen an den Händen und der Schweiß auf dem Gesicht, aber dennoch erfüllte sie ihn mit einem Gefühl der Zufriedenheit.

Daher machte er sich kurz darauf wieder daran seinem Schmiedemeister zur Hand zu gehen, der gerade damit beschäftigt war, die vier Schwerter, welche sie am heutigen Tage gefertigt hatten, im hinteren Lagerraum zu verstauen. „Nicht schlecht für den ersten Tag“, meinte er darauf, wobei er den Rekruten mit stolzem Blick ansah. Dieser erwiderte den Blick, wobei ein Gefühl der Manneskraft in ihm aufstieg.

Er war mehr als stolz auf sich. Nicht nur, dass er das erste Mal in seinem Leben rohes Metall mit der Kraft des Feuers und der seiner Arme bearbeitet hatte, nein, er hatte es auch geschafft aus einem rohen Klumpen die ersten Anzeichen eines brauchbaren Schwertes zu schmieden. So verließ er schließlich mit einem tiefen Gefühl der Zufriedenheit die Schmiede um sich daraufhin mit seinen Freunden beim Abendessen über deren Berufe zu unterhalten.

So begann der zweite Lehrabschnitt für den jungen Dexter, in dem er über die letzten Geheimnisse und Fähigkeiten, die es benötigt um ein wahrhaftiger Krieger zu werden, belehrt wurde um so eines Tages den Abschluss seiner Rekrutenlaufbahn zu meistern.

Es vergingen drei Monate, in denen er über die Grundzüge der neuen Kampftechniken und der Metallbearbeitung aufgeklärt wurde, bis eines Abends ein groß angelegter Ball zu Ehren des Königs die neu aufgetauchte Routine durchbrach.
Wie der Rest der zweiten Lehrstufe musste auch Dexter einige der Pflichten des Festes übernehmen, und so fand man ihn ab der siebten Stunde des Mittags in edler Robe im Inneren der großen Halle, wo er für die Vielzahl der angereisten Gäste Speis und Trank servieren musste.

Es war ein wichtiger Anlass, der 50. Geburtstag des Königs, so dass neben den Oberhäuptern des Seenlandes und des Hochlandes auch Vertreter aus dem benachbarten Westreich zu Besuch waren. Gemeinsam mit 300 anderen Gästen verbrachten diese den Abend im Inneren des Schlosses, wo sie mit Speis und Trank sowie Musik und Tanz die Stunden dahin schreiten ließen.

Wie Petro und Seren waren auch Dexter und der Rest der Einheit Estebans dazu auserkoren ihren Dienst mit Teller und Tablett zu leisten, wodurch sie an jenem Abend Zugang zu den Kellerbereichen hatten, in denen sich die verschiedenen Lagerräume des königlichen Palastes befanden. Dies machte das Trio mehr als glücklich, da sie so die Möglichkeit hatten im Schnapskeller des Schlosses einigen guten Tropfen ihre Aufmerksamkeit zu widmen.
So verbrachten sie die kleine Pause, welche sie gegen zehn Uhr bekamen, allein in dem edlen Keller und testeten die zuvor zur Genüge verteilten Schnäpse. Da beinahe jeder dieser mindestens 40 % Alkoholgehalt auf-

wies, war es kein Wunder, dass die drei es nach ihrer Pause kaum mehr schafften aufrecht umherzugehen.
„Mann, bin ich hacke“, schoss es dabei aus Dexters Mund, als er gerade damit beschäftigt war seinen Körper aufzurichten und die Kleidung zurechtzumachen. „Das kannst du laut sagen“, pflichteten ihm Seren und Petro bei, die noch immer auf einer der Kisten saßen und versuchten ihren Verstand zu ordnen. Gerade als auch diese sich dazu in der Lage sahen, ebenfalls dem aufrechten Gange Herr zu werden, erzeugte die plötzliche Bewegung der Türklinke ein Gefühl des Schreckens in den Geistern der jungen Männer.
„Verdammt!“, schoss es dabei Dexter durch den Kopf, der mit verwirrtem Blick in die Gesichter seiner ebenfalls geschockten Freunde schaute. Da dies jedoch nichts half, geschah es, dass sich zu jener Sekunde die Tür öffnete und ein erschrockener Soldat ins Innere des Raumes trat. Sichtlich in Hast schloss er jene sofort, nachdem er sie durchschritten hatte, und blickte dann mit Angst erfüllten Augen in die Gesichter der drei Rekruten.
„Wer seid ihr?“, begann Dexter nach einigen Sekunden des Schweigens, woraufhin der Soldat ihn sogleich mit einem Finger vor dem Mund zum Schweigen anhielt. Verwirrt blickte Dexter darauf von dem verstörten Gesicht in das seiner Freunde, von denen ein ebenfalls ratloser Blick in seine Richtung ging. „Was war hier los?“, ging es ihnen allen dreien durch den Kopf, als der Soldat plötzlich einen Sprung an die geschlossene Tür machte, um dort mit gespitzten Ohren nach außen zu lauschen. Doch wegen des Lärms, der im oberen Teil des Schlosses herrschte, konnte er nicht einmal das Klappern der an der Tür vorbei schreitenden Rüstungen vernehmen, so dass er sich erst nach vielen Minuten des Lauschens dazu entschied, dass die Luft rein sei.
„Verdammt, so ein Mist!“, schoss es plötzlich aus ihm hervor, als er sich mit niedergeschlagenem Blick zu Boden setzte und das Gesicht in den Händen vergrub. „Was ist mit euch?“, meinte daraufhin Dexter, was dazu führte, dass jener Soldat erschrocken aufsprang und mit verwirrtem Blick die im Raum anwesenden Personen beäugte. „Wer seid ihr? Was macht ihr hier?“, schoss es dabei sofort aus ihm hervor, woraufhin Seren dem sichtlich verängstigten Soldaten erklärte, dass sie für die Feier der Königs Schnaps holen sollten.

„Verdammt, ihr müsst mir helfen!“, meinte plötzlich der Soldat, wobei er mit langsamen Bewegungen den Körper aufrichtete und näher auf die drei Freunde zuging.
„Er... er hintergeht sie. Uns. Uns alle...“, begann er daraufhin und blickte mit verstörten Augen in das Gesicht Dexters.
„Wer betrügt wen?“, entgegnete dieser darauf. „Er, der König. Er kennt die Wahrheit. Er weiß, was es mit dem Land auf sich hat. Er weiß es!“, sprach er mit zittriger Stimme, als plötzlich erneut die Klinke gedrückt wurde und zwei schwer bewaffnete Soldaten den Raum betraten.
Erschrocken wendeten sowohl der eingeschüchterte Soldat als auch die drei Freunde den Blick, worauf einer der Neuankömmlinge sofort die eiserne Klinge aus seiner Scheide nahm und mit einigen Schritten auf sie zukam. „Wer seid ihr und was habt ihr hier zu suchen?“, schnauzte er sie alle an, woraufhin Seren erneut vortrug, dass sie Rekruten der königlichen Armee seien und Schnaps für das Fest holen sollten. Ohne eine Miene zu verziehen hörten sich die beiden Soldaten dies an und wendeten sich dann dem Mann aus ihren Reihen zu.
„Und du?“, schnauzten sie ihm ins Gesicht, woraufhin jener sich erschrocken zurückzog. „Ich... ich...“, fing er dabei zu stottern an, als einer der Soldaten ihn abrupt unterbrach und ihm die Klinge an den Hals setzte.
„Wir wissen, wer du bist“, und mit einer schnellen Bewegung nahm der von Dexter aus weiter rechts Stehende die linke Hand des Soldaten und zwang ihn mit einer geschickten Hebelbewegung in die Knie. „Auf Befehl des Königs. Ihr seid verhaftet“, rief ihm dabei der andere zu und richtete dann seine Aufmerksamkeit auf Dexter und seine Freunde.
„Ihr sagt also, ihr sollt Schnaps holen?“, meinte er mit emotionsloser Stimme, woraufhin alle drei mit einem stummen Nicken antworteten.
„Dann würde ich sagen, ihr lasst die Herrschaften oben nicht warten“, meinte er weiter, worauf er mit einem Grinsen den Blick von ihnen abwendete und seine Aufmerksamkeit erneut dem inzwischen mit einer Handschlinge gefangen genommenen Soldaten widmete.
„Gehen wir“, sprach er darauf zu seinem Kollegen, woraufhin dieser dem Gefangenen einen Schlag in den Rücken gab, so dass er vor ihnen und mit schmerzerfülltem, verängstigtem Blick den Raum verließ. Zurück blieben drei sichtlich eingeschüchterte Rekruten, die nicht fassen konnten, was gerade geschehen war.

„Was war das?“, begann Seren dann sofort, als die Tür geschlossen war. „Keine Ahnung!“, entgegnete ihm Petro, woraufhin Dexter das Sprechen begann. „Was meint ihr, wollte er uns sagen? Ihr wisst schon von wegen, dass der König die Wahrheit kennt. Welche Wahrheit meint er?“
Doch mehr als ein Kopfschütteln und einen ratlosen Blick erhielt er für jene Frage nicht, so dass er betrübt den Kopf hängen ließ.
So verging ein kurzer Moment des Schweigens, bis Petro von neuem ansetzte. „Vielleicht war der nur irgendwie ‚plemplem‘ im Kopf, und die Soldaten haben deswegen nach ihm gesucht?“ „Das glaub ich nicht“, entgegnete darauf Dexter, woraufhin Seren das Wort ergriff. „Oh Mann, wieso muss so was passieren. Durch das ganze Adrenalin und die Aufregung merk ich fast gar nix mehr von den Schnäpsen.“ Mit einem Nicken stimmte ihm Petro zu, woraufhin der Rekrut Terean seinen Blick durch die Vielzahl an unterschiedlichsten Schnäpsen und Likören schweifen ließ, um dann bei einem zu stoppen.
Mit wackligem Schritt bewegte er sich schnell auf gesuchte Stelle zu, woraufhin die Hand keine zwei Sekunden später nach der Flasche griff. „Dann trinken wir eben noch einen“, meinte er dabei mit frechem Grinsen, woraufhin er mit erhobenem Haupt die mit goldener Farbe verzierte Flasche ansetzte und mit einem großen Schluck die Gedanken an den „verrückten“ Soldaten hinunterspülte.

Es dauerte eine ganze Weile, bis die drei Freunde schließlich mit schwankendem Gang und roten Backen ihren Weg hinauf in das wilde Treiben suchten.
Beladen mit einer Vielzahl an Flaschen unterschiedlichster Farbe und Form betraten sie die Küche und sahen sich einem Aufgebot an Rekruten des ersten Lehrjahres gegenüber.
Wie Dexters Stufe, so hatten auch sie ihre Pflichten beim Fest zu erfüllen, und so waren mindestens 30 von ihnen dabei viele hunderte beschmutzte Teller und Gläser zu reinigen. An der Seite waren einige der älteren Rekruten damit beschäftigt für Nachschub an Speis und Trank zu sorgen, und so machten sich auch Dexter, Seren und Petro daran, ihnen zur Hand zu gehen. Die mitgebrachten Schnäpse stellten sie zu den übrigen, so dass sie die Hände frei hatten um den letzten Gang des Abends zu servieren.

Es war ein seltsames Gefühl für Dexter, die ersten Schritte ins Innere der Halle zu wagen, wobei sein vernebelter Blick und sein schiefer Gang nicht gerade hilfreich waren. Es kostete ihn einige Bemühungen die beiden Teller, welche er mit sich herumführte, ohne Kollision an ihren angestammten Platz zu befördern, aber dennoch schaffte er es letztlich. Während er so die beiden Teller vor einer jungen Dame mit blondem Haar und einem weitaus älteren Herren, in dessen Gesicht sich das Abbild vieler Jahre widerspiegelte, platzierte, musterte er mit unsicherem Blick das Gespann.
„Sind bestimmt Vater und Tochter", meinte er darauf zu sich selbst und wendete sich ab, als er plötzlich im Augenwinkel erkannte, dass die Frau dem Mann einen Kuss gab und ihm einen „Guten Appetit, mein Schnuckel" wünschte.
Verdutzt und verwirrt wendete sich der Rekrut nun komplett ab und machte sich auf den Weg zurück durch das laute Getobe und Geschmatze in Richtung Küche, wobei ihm immer wieder das Gesicht der hübschen Frau und ihrem alten Geliebten durch den Schädel zuckte.

Noch öfters sah er im Verlaufe des Abends jene beiden, bei denen es sich, wie er später von einem der Rekruten erfuhr, um Mister und Misses Fondes handelte. Gemeinsam wandelten sie durch die Halle, wo sie sowohl auf dem Parkett als auch sonst den Anschein einer glücklichen Verbindung machten. Ohne jegliche Schüchternheit fielen sie allerorts über sich her und küssten sich leidenschaftlich, was nicht nur in den Reihen der Rekruten einiges an Gelächter heraufbeschwor.

Es war gegen Mitternacht, als Dexter das erste Mal seit ihrem Ausflug in den Schnapskeller den Weg in Richtung Toiletten aufsuchte und dabei eine sehr überraschende Begegnung machte. „Hi!", sprach ihn jene Blondine, welche zuvor offen ihre Beziehung zu Mister Fondes bezeugte, an, woraufhin er mit einem freundlichen „Hallo" antwortete.
„Na, so ganz allein hier?", sprach sie weiter, wobei sie sich mit einem netten Lächeln näher auf Dexter zu bewegte. „Äh, ja", stammelte dieser mit einem unsicheren Gefühl, woraufhin jene die Hand nach ihm ausstreckte. „Was wollt ihr?", schoss es dabei sofort aus ihm heraus, woraufhin jene die Hand zurücknahm und ihn mit großen Augen ansah.

„Ich habe hier gewartet. Auf dich“, begann sie, woraufhin Dexter sie verwundert anblickte. „Auf mich?“ „Ja, auf dich! Schon als du vorhin das Essen gebracht hast, hab ich dich bemerkt“, sprach sie weiter und lächelte ihm dabei ins Gesicht.
„Was wollte die nur von ihm?“, ging es ihm dabei durch den Kopf, als er seinen Blick von den großen blauen Augen hinab gleiten ließ. Langsam begannen die schönen Lippen, welche den Mund der blonden Dame zierten, erneut zu sprechen, wobei sie Dexters Blick wie durch Hypnose an sich fesselten.
„Die ganze Zeit schon habe ich darauf gewartet, dass du aus dem Tumult verschwindest und ich dich allein treffen kann. Die ganze Zeit habe ich in Gedanken durchgespielt, was für aufregende und erotische Dinge ich mit dir spielen könnte, und die ganze Zeit hat mich der Gedanke an deinen wohl geformten Körper hoffen lassen“, und während sie dies verkündete streckte sie von neuem die Hand aus und ließ sie über Dexters Brust gleiten. „Was... was tut ihr da?“, entgegnete dieser erschrocken, schaffte es jedoch nicht seinen Körper von der sanften Hand fortzureisen. Als diese ihm nicht antwortete und stattdessen begann mit der anderen Hand die Arme des Rekruten zu liebkosen, kam ihm plötzlich der alte Mann an ihrer Seite ins Gedächtnis. „Was ist mit eurem Mann?“, fragte er empört, woraufhin diese von ihm abließ und mit emotionslosem Blick und verärgerter Stimme antwortete.
„Was kümmert mich der? Der alte Sack schafft es nicht mal mehr einer Frau wie mir zu geben, was sie braucht. Also verschwende keine Gedanken an ihn“, und sobald sie diesen Satz beendet hatte, begannen ihre beiden Hände erneut die Züge des Rekrutenkörpers nachzufahren. Mit unsicherem Gefühl ließ Dexter dies über sich ergehen, als er plötzlich erkannte, dass die junge Frau mehr von ihm wollte als bloß seinen Körper zu berühren.
Mit langsamen Bewegungen suchte sie sich den Weg zwischen seine Beine, wo sie mit festem Griff die entstandene Auswölbung fasste. Dexter wusste nicht, wie ihm geschieht und blickte mit einer Mischung aus Neugierde, sexueller Erregung, Alkoholrausch und Verwirrung auf die sich immer mehr an ihn annähernde Misses Fondes.
„Komm mit!“, flüsterte sie ihm leise ins Ohr, und ohne dass er Zeit gehabt hätte sich zu verweigern, sah er auch schon, wie seine Beine den

Weg hinter der jungen Dame hergingen. Mit einer sanften Bewegung führte sie ihn in einen kleinen Raum, der normalerweise als Abstellraum genutzt wurde, und wies ihn an, die Tür hinter sich zu schließen.
Als er tat wie ihm geheißen wurde, ließ sie plötzlich von seinem Teil ab und stürzte sich wie eine wild gewordene Nymphomanin auf den wehrlosen Jungen. Voller Erregung und Leidenschaft küsste sie ihn und verzwirbelte ihre Zunge mit der des Rekruten, wobei sie immer wieder über die inzwischen recht große Auswölbung der Hose strich. Auch bei Dexter schaltete das sexuelle Verlangen nach und nach jeden Gedanken des Zweifels aus, bis er sich dabei ertappte, wie er mit kräftiger Hand über den schönen Hintern der blonden Frau streichelte und dabei den Körper der Frau an sich herandrückte. Die Blondine nahm dies mit einem Grinsen auf, woraufhin sie Dexter hieß, ihr Kleid zu öffnen. Da sich dies als nicht sonderlich schwer herausstellte, half er ihr gleich darauf aus jenem herauszuschlüpfen. Durch das wenige Licht, was aus dem äußeren Gang in die Kammer drang, konnte er nur mit unscharfem Blick den schönen Körper inspizieren, so dass er, sofort als sie das Kleid zur Seite geschmissen hatte, begann mit den Händen über die wohl geformten Brüste zu streicheln.
Es dauerte nicht lange, bis diese sich schließlich nicht mehr halten konnte und damit begann Dexter mit schnellen Griffen seiner Kleidung zu entledigen. Dieser nahm ihr das letzte noch verbleibende Kleidungsstück, ihr Höschen, ab und so konnten er und Misses Fondes gemeinsam in den unvergesslichen Strudel aus sexueller Lust eintauchen. Es war ein gutes Gefühl, das den Körper der zwei Liebenden dabei durchströmte, als sie den Höhepunkt hinter sich ließen und mit einigen Küssen das Schauspiel aus Lust und Geilheit beendeten.

Erst jetzt kam Dexter ins Gewissen, was sie eigentlich getan hatten. „Er, ein Rekrut der königlichen Armee hat mit einer verheirateten Frau geschlafen“, ging es ihm durch den Kopf, als er sich von dem Wäschetrog, den sie für ihren Akt verwendet hatten, erhob.
Ohne viele Worte begann er sofort seine Kleidung überzustreifen, wobei ihn die Blondine mit immer noch erregtem Blick bewunderte. Zwar konnte sie wegen des fehlenden Lichts nur wenig sehen, aber dennoch hielt sie dies nicht davon ab allerlei Komplimente über den Körper des

Rekruten zu machen. „Danke“, sprach sie dann am Ende, worauf Dexter sich überrascht umsah. „Danke für das Abenteuer“, bedankte auch dieser sich und wollte daraufhin den Raum verlassen, als diese sich schnell auf ihn zubewegte und mit sanftem Griff zurückhielt. „Bitte, sagt meinem Mann nichts. Er würde mich verstoßen“, flehte sie den Rekruten an, der gerade über jenes gerätselt hatte. „Werd ich nicht“, versprach er, woraufhin sie ihm einen letzten Kuss voller Liebe und Zuneigung gab, bevor er die Kammer verließ und eine nackte, wunderschöne Blondine allein zurückließ.

Es dauerte etwa eine viertel Stunde, in der Dexter mit Alkoholverteilung beschäftigt war, bis er jene erneut erblickte. Sie machte sich gerade daran ihren Weg aus den Toilettengängen in Richtung ihres Tisches zu beschreiten, als sie den Blick des Jungen einfing und mit einem Lächeln antwortete. Von da an verstrich die Zeit wie im Flug, bis zur frühen Morgenstunde schließlich die letzten Gäste ausgefeiert hatten und das Fest beendet wurde.

Erst später, als Dexter bereits in seinem Bett lag und mit einem Gefühl der Ruhe und Sorglosigkeit an die Geschehnisse des Abends dachte, kam ihm der Soldat aus dem Schnapskeller wieder in Erinnerung. „Was er wohl gemeint hat?“, fragte er sich selbst, wobei ihm die Worte des Mannes ins Gedächtnis kamen.
„Der König kennt die Wahrheit“, rekapitulierte er, als ihm plötzlich ein weiteres Detail einfiel. „Welches Land hat er wohl gemeint?“, schoss es ihm durch den Kopf, doch da ihm hierzu keinerlei Antwort einfallen wollte, beendete er seinen Gedankenflug nach einigen sinnlosen Momenten des Grübelns und machte sich daran, diesen ereignisreichen Tag mit einigen letzten Erinnerungen an die wunderschöne Blondine und ihren vollzogenen Akt abzuschließen.

So vergingen die nächsten Tage, Wochen und Monate in ihrer üblichen Routine, in welcher Dexter seine Fähigkeiten im Umgang mit Zweihänder, Stab und Bogen weiter verbesserte, bis eines Tages die Zeit gekommen war, dass er den Beruf des Schmiedes gegen den des Jägers eintauschen würde. Ein komplettes Jahr war er nun der Tätigkeit in der

Schmiede nachgegangen, in dem er alles vom Pfeilspitzen herstellen bis zur Fertigstellung eines kompletten Schwertes erlernt hatte. Doch nicht ohne eine letzte Abschlussprüfung ließ ihn Horus, der Schmied, von dannen ziehen, was dazu führte, dass der Rekrut Terean am frühen Morgen des drittletzten Tages vor seinem Eintritt in das vierte Lehrjahr seinen Weg hinauf zur Schmiede Nummer drei beschritt.

„Morgen!", grüßte ihn Horus mit freundlichem Grinsen, während er gerade die Tür betrat. Auch Dexter grüßte ihn höflich und lauschte dann den Ausführungen des Schmiedes. „Also, wie bereits die letzten Tage angekündigt, werden wir heute eine kleine Prüfung abhalten um zu testen, was du so alles gelernt hast. Deswegen bekommst du eine Liste mit Gegenständen, die du herstellen sollst und ich erwarte, dass du sie alle schmiedest. Am Ende des Tages werden wir dann sehen, wie viel und wie gut du alles erledigt hast. Alles klar?", und ein nervöses Nicken des Rekruten zeigte dem Schmied, dass er bereit war.
„Fertigungsprozesse...", las er dann in der obersten Zeile, als er das Stück Pergament überreicht bekam, und begann dann die einzelnen Zeilen zu studieren. Insgesamt waren es drei Fertigungsprozesse und drei Reparaturarbeiten, die er vollführen musste, und so begann er ohne langes Zögern mit seiner Arbeit.

Mit schnellen Griffen nahm er einen großen, einen mittleren und einen kleinen Metallklotz aus den jeweiligen Kisten und legte sie sich neben dem bereits vom Schmied zum Glühen gebrachten Ofen zurecht. Nur den kleinsten platzierte er direkt im Feuer, da er diesen zuerst bearbeiten wollte. Es dauerte einiges an Zeit, bis der circa ein Kubikzentimeter große Metallwürfel endlich zu glühen begann und somit langsam bereit war, bearbeitet zu werden.
So nahm Dexter ihn mit einer gewaltigen Zange heraus und platzierte ihn auf dem Amboss. Da das Metallstück wegen der geringen Größe nicht greifbar war, nahm der Rekrut eine kleinere Zange zur Hilfe, mit welcher er den glühenden Klumpen festhielt. Schnell nahm er daraufhin den neben dem Amboss liegenden Hammer und begann mit den ersten Schlägen den noch weichen Rohstoff zu bearbeiten. Wieder und wieder ließ er den Schmiedehammer mit geringer Kraftanstrengung und in leichter

Schräglage niederprallen, wobei er die Zange mit geschickter Bewegung langsam drehte. Erst als das Metall zu sehr abgekühlt war, stoppte er diesen Prozess und legte es zurück ins Feuer um es erneut zum Glühen anzuregen.
Es brauchte schließlich fünf Glühvorgänge, bis aus dem kleinen Würfel eine ansehnliche Pfeilspitze geworden war. Besonders die kleine Metallkerbe, mit der die Spitze letztlich auf dem Pfeil befestigt wurde, hatte ihm dabei einige Schwierigkeiten gemacht, da sie besonders exakt geformt werden musste. Dennoch schaffte er es letztlich, so dass er mit erleichtertem Blick das erschaffene Mordwerkzeug in einen der Wassereimer versenken konnte, in dem es einige Minuten ruhen sollte.
Danach machte der Rekrut sich daran den mittleren Metallklumpen in die glühende Hitze zu befördern, woraufhin er sich erneut der Pfeilspitze zuwendete, die nun aus dem Wasserbad in ein kleineres Feuer gelegt werden musste. „Hier kann sie ruhen und durch die Hitze kann sich das bearbeitete Metall komplett entspannen“, hatte Horus ihm einst erklärt, und so tat er, wie ihm gelehrt wurde. Da dieser Entspannungsvorgang etwa eine halbe Stunde dauerte, wendete sich Dexter dem nächsten Objekt zu.
Ein Messer sollte es werden, und so machte sich der Rekrut mit großem Eifer daran. Wieder nahm er das glühende Metall heraus und platzierte es auf dem Amboss, woraufhin er mit kräftigeren Schlägen als zuvor begann die Form des Messers zu modellieren. Zwölf Glühvorgänge und hunderte Hammerschläge dauerte es schließlich, bis auch diese Waffe bereit war, ihre Entspannungsphase in Wasser und Feuer anzutreten.
Die Pfeilspitze hatte Dexter derweilen nicht vergessen und darum befand sie sich nun auf dem Tisch für fertige Gegenstände. Als nächstes machte sich der Rekrut daran den größten der drei Metallklumpen aus den heißen Gluten zu holen und ihn auf dem Amboss niederzulegen.
Ein einhändiges Schwert stand als nächstes auf der Liste, und so begann er mit eisernen Hammerschlägen auf das glühende Metall einzuwirken. Kräfteraubend war diese Arbeit, und die gewaltige Hitze, die aufgrund der Feuer im Inneren der Schmied herrschte, war auch nicht sehr fördernd, wenn es darum ging mit aller Kraft auf das sich langsam verformende Metall einzuwirken. Insgesamt 25 Glühvorgänge und viele hundert Hammerschläge brauchte der inzwischen mehr als erschöpfte Dexter

um aus dem rohen Metallklumpen eine Schwertklinge herzustellen. Mit erleichtertem Blick nahm er daraufhin die Klinge vom Amboss und hob sie mit einem speziellen Handschuh, der die immer noch vorhandene Wärme der Klinge abfing, in die Lüfte. Kurz schwenkte er sie, woraufhin er bestätigend nickte und die eiserne Waffe in einem der Wasserbecken abkühlte.
„Gut gemacht, mein Junge“, sprach auf einmal Horus, den Dexter im Trubel seiner Arbeit beinahe vergessen hatte und der nun einige Schritte auf ihn zu machte. „Du schlägst dich wacker“, sprach er weiter und blickte dabei dem erschöpften Rekruten in die müden Augen.

„Noch drei Stunden hast du. Also halt dich ran“, meinte er daraufhin, was Dexter einen kleinen Schrecken einjagte. Nicht nur Horus, nein, auch die Reparaturvorgänge waren irgendwo zwischen den aberhundert eisernen Schlägen untergegangen, und so machte er sich nun schnell daran, die drei Teile zu inspizieren.
Es waren Teile einer Rüstung, die alle durch verschiedene Waffen beschädigt waren, und so nahm Dexter die erste Rüstungsplatte, durch die sich einst ein Pfeil gebohrt hatte und platzierte sie im Feuer. Außerdem nahm er eine der Flickplatten aus ihrer Kiste und platzierte sie ebenfalls im Feuer. Insgesamt 20 Minuten brauchte er um die erste Rüstungsplatte komplett auszubessern und so machte er sich gleich darauf an Nummer zwei und drei.

Das geschaffene Schwert hatte derweilen seinen Platz im Entspannungsfeuer gefunden und so reparierte der Rekrut auch die letzten beiden Platten ohne große Probleme, bis er sich nach einigen Minuten der Pause daran machen konnte den vorletzten Abschnitt der Fertigungsprozesse einzuläuten.
Noch über eine Stunde hatte er Zeit um zunächst jedes einzelne Stück an dem gigantischen Schleifstein scharf zu machen um dann mit einigen geschickten Handgriffen die Halterungen und den Knauf aufzustecken. Beides erhält die Schmiede bereits vorgefertigt, und so benötigte Dexter nicht sonderlich viel Zeit um aus den geschärften Metallklingen ein Messer und ein Schwert zu fertigen.

So geschah es, dass fünf Minuten vor Ende der Zeit sechs Metallgegenstände auf dem Tisch Platz gefunden hatten, um auf eine Bewertung vom Schmiedemeister zu warten.
Mit prüfendem Blick musterte dieser jedes einzelne Objekt ganz genau und machte einige Härtetests. Beispielsweise schlug er mit dem Einhänder auf einen Holzbalken ein oder testete die Schnittkraft des Messers, indem er damit einen mitgebrachten Apfel zerhäckselte. Außerdem setzte er die Pfeilspitze auf einen Pfeil und ließ diesen mit einem kleinen Kurzbogen durch die Schmiede zischen. Als dieser sich tief in die auf der anderen Seite gelegene Holzwand bohrte, legte Horus den Bogen zur Seite und machte sich an die übrigen Teile.
„Sehr gut!", meinte er dann mit freudigem Lächeln, als er auch die drei Rüstungsteile inspiziert hatte und klatschte dabei seinem Lehrling auf die Schulter. „Selten einen gehabt, der innerhalb von einem Jahr das gelernt hat, was manch anderer nicht einmal in zwei Jahren schafft. Ich bin echt stolz auf dich."

Mit einem Gefühl der Freude und des Stolzes vernahm Dexter jene Worte und blickte dabei in die alten und mitgenommenen Augen des Horus.
Er war ein netter älterer Mann. Einst selbst aktiver Soldat gewesen, wurde er bei einem Einsatz am Knie verwundet. Seitdem schwingt er den Hammer. Schon 15 lange Jahre, hat er ihm einst erzählt. Auch wenn er nicht der Gesprächigste gewesen war, so konnte der Rekrut ihn dennoch oder vielleicht gerade deswegen sehr gut leiden. Aber nichtsdestotrotz würde er ihn aller Wahrscheinlichkeit nach nicht so schnell wiedersehen. Am nächsten Mittwoch würde er bereits mit einem der Jäger durch den Wald kriechen um dort nach irgendwelchem Wild und ähnlichem Getier Ausschau zu halten.
„Du darfst das Zeug, was du heute erstellt hast, behalten", meinte plötzlich der Schmied, womit er Dexter aus seinen Gedanken an die Jagd riss. Es war ein Gefühl großer Freude, welches dabei den Körper des Rekruten durchfuhr. Nie zuvor hatte er einen kompletten Waffensatz ohne die Hilfe seines Lehrmeisters geschmiedet, weshalb er voller Stolz auf die vor ihm liegenden Objekte blickte.
„Ich darf die echt behalten?", sprach er dabei mit leicht unsicherer Stimme, woraufhin der Schmied seine Zweifel zerschlug und die Frage be-

stätigte. „Die hast du dir wirklich verdient“, meinte er dabei, woraufhin Dexter einige Schwünge mit seiner neuen Einhandklinge vollführte. „Sie liegt sauber in der Hand und lässt sich sehr gut führen“, ging es ihm dabei durch den Kopf, woraufhin er sie mit tiefer Zufriedenheit in seinem Gürtel versenkte.
„Gut, dann kommen wir mal zum Förmlichen“, begann daraufhin der Schmied und lenkte damit die Aufmerksamkeit des Rekruten auf sich.
„Ich, Horus, Waffenschmied der königlichen Armee, erlasse euch, Terean Troles, Rekrut der königlichen Armee, aus dem Lehrdienst als Schmied. Ich bezeuge, dass ihr die Grundzüge der Schmiedekunst beherrscht und von nun an den Titel eines Hilfsschmiedes tragen dürft“, und mit der Geste zu einem letzten Händedruck streckte der Schmied seine Hand aus und blickte dabei mit erfreuter Miene auf den Jungen. Dieser tat es ihm gleich und beendete somit seine Laufbahn als Lehrschmied, woraufhin er Horus den Rücken zuwendete und fröhlich jauchzend die Schmiede verließ.

„Na, wie ist es gelaufen?“, kam es Dexter sogleich entgegen, als er den ersten Fuß ins Innere seines Zimmers setzte. „War ziemlich anstrengend, aber hat alles super geklappt“, entgegnete dieser und ließ sich dann mit einem Seufzer zu Bett fallen.
Erst nach einigen Minuten der Ruhe und Entspannung fühlte er sich schließlich frisch genug um sich erneut in eine aufrechte Position zu bringen und seinen Freunden Genaueres zu erzählen.
„Hier, hab sogar die Waffen geschenkt bekommen“, sprach er, während er Messer und Schwert vom Gürtel nahm und in der Runde rumreichte.
„Sieht nicht schlecht aus“, meinte daraufhin Seren, als er die Klinge des Messers auf dem Holzboden testete. „Hm, schenk ich dir, wenn du willst“, entgegnete Dexter daraufhin und grinste seinem Freund ins Gesicht. Dieser blickte verwundert auf und musterte den Freund mit scharfen Augen. Erst als dieser seinen Drachendolch aus einer der Bettschubladen nahm, verstand Seren, dass Terean es tatsächlich ernst meinte, und so bedankte er sich vielmals bei ihm und machte sich wieder daran den Boden mit der Klinge zu bearbeiten.
Auch das Schwert erhielt großen Beifall von der Gruppe, und besonders Tion, der selbst zwei Jahre in der Schmiede gewesen war, konnte nur Gu-

tes von sich geben. „Wann habt ihr eigentlich eure Vereidigung?“, kam es Dexter auf einmal in den Sinn, weshalb er die Frage an Tion und Renus, der nun seinerseits die Klinge musterte, richtete. „Übermorgen!“, entgegneten sie im Chor, woraufhin die drei übrigen sie neidisch ansahen.
Sie hatten es geschafft. Sie hatten vier harte Jahre des Trainings und des Lernens durchgemacht und waren nun kurz davor in die Reihe der Soldaten aufgenommen zu werden.

„Na ja, wir brauchen leider noch ein Jahr“, meinte daraufhin Dexter und blickte dabei in die Gesichter von Seren und Petro, die ihren Kameraden Tion und Renus ebenfalls neidische Blicke zuwarfen. „Na ja, zumindest haben wir dann mehr Platz hier drin“, sprach Petro dann nach einigen Augenblicken der Stille, weshalb sowohl Seren als auch Dexter ihn überrascht ansahen. „Meinst du wirklich?“, entgegneten sie dabei im Chor, woraufhin ein Schulterzucken des Freundes verriet, dass jene Aussage mehr auf Hoffnung als auf Tatsachen beruhte.

Kapitel 7 - Terean Troles - Soldat der königlichen Garde

Wie sich drei Tage später herausstellte, war diese Hoffnung zum Bedauern der drei Freunde nicht begründet, und so mussten sie miterleben, wie sich an einem schönen Montagabend der erste und am darauf folgenden Mittwoch der zweite Neuling ins Zimmer Nummer sieben traute.
Marek und Oles waren ihre Namen, und beide kamen sie aus dem Hochland.

Just an diesem Tag war es auch so weit gewesen, dass Dexter zum ersten Mal in seinem Leben an der Seite eines Jägers dessen Handwerk erlernen durfte, und so machte er sich früh am Morgen gemeinsam mit Samua, einem der Jäger, auf den Weg aus der Festung hinaus durch die Straßen der Stadt um so schließlich die Stadt Thorgar hinter sich zu lassen.
Auf einem schwarzen Hengst, den Dexter ab jenem Jahr als Reittier zur Verfügung gestellt bekommen hatte, durchschritt er das gigantische Tor um sich daraufhin in den Ausläufern eines kleineren Waldes wiederzufinden.
Im Gegensatz zu den Wiesen und Feldern auf der Westseite der Stadt herrschten hier lang gezogene Baumflächen und grün schimmernde Buschlandschaften vor, die sich seit Jahrtausenden entlang des Eriniors ausbreiten konnten.
„Was der Fluss für einen Einfluss auf die Flora hat“, ging es dabei dem Rekruten durch den Kopf, während sie die Rücken ihrer Pferde verließen und sie in einem kleinen Gehege, welches extra für die Pferde der Jäger errichtet worden war, einsperrten.
Zu Fuß machten sie sich nun daran tiefer in das dunkle Grün einzudringen um dort eines der Geschöpfe des Waldes vor ihre Bögen zu bekommen.
Es dauerte etwa eine halbe Stunde, bis sie das erste Mal fündig wurden und in etwa 60 Metern Entfernung eine Wildschwein im Boden wühlen sahen. „Wir schießen gemeinsam bei drei“, meinte Samua, wobei seine Augen keine Sekunde das Antlitz des Schweins verließen. Schnell und hektisch nahm Dexter daraufhin einen der Pfeile aus dem am Rücken befestigten Köcher und legte ihn in die Sehne, wonach Samua langsam das zählen begann. „Eins... zwei... drei!“, und bei der letzten Silbe schnellten

zwei straff gespannte Sehnen aus ihrer Spannung und katapultierten zwei tödliche Geschosse durch die Luft.
Wie zwei rasende Kometen durch das All schnitten diese durch die Baumlandschaft, bis sie sich mit großer Kraft in den Körper des Schweins bohrten. Ein lautes Quicken war das Letzte, was der Eber daraufhin von sich gab, bevor der steigende Blutverlust durch die Wunden an Bein und Herz sein Leben beendete.
„Wir haben ihn!", sprang der Rekrut dabei freudig auf und eilte mit schnellen Schritten in Richtung des toten Tieres, als ihn sein Jäger schlagartig zurückhielt.
„Warte!", flüsterte er ihm entgegen und zeigte dann mit seiner Hand in die Ferne. „Siehst du es?", fragte er den Rekruten, der mit verwundertem Blick in gezeigte Richtung schaute. „Ah, da!", stieß es plötzlich aus ihm hervor, als er in der Ferne zwei Scavens grasen sah.
„Scavens", sprach er in leisem Ton zu dem Jäger, welcher bestätigend nickte und einen Pfeil in die Sehne legte. „Bei drei. Ich den Linken, du den Rechten", sprach er darauf erneut zu seinem Begleiter, der hastig einen weiteren Pfeil in die Sehne nahm und sie unter gewaltige Spannung setzte. Leise vernahm er im Hintergrund die Zahlen, wobei er mit seinem Pfeil das Herz des kleinwüchsigen Tieres ins Visier nahm.
Etwa kniegroß waren jene flugunfähigen Geschöpfe, die mit ihrem gewaltigen Schnabel in der Erde wühlten, als plötzlich auf einen Schlag zwei Pfeile aus den Bögen der Jäger beschleunigt wurden und mit großer Geschwindigkeit durch die frische Luft des Waldes schnitten, um letztlich unter lautem Geschrei ihr Ziel in den Körpern der Scavens zu finden. „Scheinbar haben wir sie nicht richtig erwischt!", meinte auf einmal Samua mit einem Quant Nervosität in der Stimme, woraufhin er einen weiteren Pfeil in die Sehne nahm um jenes Geschoss gleich darauf aus seiner Spannung brechen zu lassen.
Mit rasendem Tempo durchglitt es erneut die Lüfte und fand letztlich sein Ziel im Hals des herumkreischenden Geschöpfes, das daraufhin mit einem letzten Röcheln zu Boden ging.
Erst jetzt machten sie sich gemeinsam daran das getötete Schwein und die beiden vogelähnlichen Geschöpfe an einem langen Haselnuss-Ast, von denen in jenem Waldstück mehr als genug zu finden waren, zu befestigen, wodurch sie die Beute leichter transportieren konnten. Zumindest

nutzten sie diese Methode, bis sie jenes kleine Gehege erreicht hatten, in welches sie zuvor ihre Rösser gesperrt hatten. Hier befestigten sie die Kadaver auf einem kleinen Karren, den der Jäger hinter seinem Pferd mit sich geführt hatte und machten sich dann auf den Weg zurück ins Innere der Stadt. Aber nicht in die Festung, sondern in eine Fleischerei, in der sie die Tiere fein säuberlich zerlegten und dem Fleischermeister gleich das gewonnene Fleisch zum Kauf anboten. Zurück behielten sie das Fell, etliche Reißzähne, Hufen, Hauer und die großen Federn, die man auf dem Markt gegen gutes Gold eintauschen konnte. Zwar war es nicht viel, was solch kleine Tiere an Gewinn brachten, aber schließlich war es der erste Tag des Rekruten, und so wollte der Jäger nicht gleich auf die Jagd nach Wölfen oder Raptoren gehen.
Aber das stand Dexter ganz gewiss noch bevor, so viel versprach Samua seinem neuen Schützling, als sich gegen Mittag ihre Wege trennten und der Rekrut sich wieder ins Innere der Festung begab, wo er sich gemeinsam mit den restlichen Rekruten im Nahrungsquartier einfand, um dort einen ordentlichen Happen zu sich zu nehmen.

„Es hat schon was Gutes, wenn man früh morgens auf die Jagd geht“, meinte er hierbei zu seinen Kameraden, die gerade aus ihren Berufen an den Mittagstisch kamen.
Petro, der ebenfalls mit einem Jäger unterwegs war, bestätigte dies mit kleinlautem Beifall, woraufhin er seine Stimme erhob. „Jeden Mittag frei!“, meinte er mit einem verstohlenen Grinsen, wobei er in das Gesicht Serens blickte. „Wieso bist du eigentlich Koch?“, fragte er ihn, woraufhin dieser emotionslos aufblickte. „Warum nicht?“, entgegnete er mit knappen Worten und wendete sich dann wieder seinem Nudeleintopf zu. Von dieser Antwort abgewiesen blickte Petro wieder in das Gesicht Dexters, als ihm plötzlich ein genialer Einfall kam.
Mit verstohlenem Grinsen formte er in der Luft die Züge des kleinen Holzpfeifchens nach, das sie zuletzt vor einigen Monaten benutzt hatten, woraufhin Dexter sofort begriff und daher das Wort an Seren richtete. „Hey, Seren, kannst du uns einen Gefallen tun?“, begann er mit einem freudigen Lächeln und klärte daraufhin seinen Freund darüber auf, dass er ihnen doch bitte etwas von dem geheimnisvollen Kraut leihen sollte. Widerwillig und nur mit einem Murren, dass er nicht mehr viel habe,

stimmte er letztlich ein und öffnete somit seinen Freunden die Tore für einen erholsamen Mittag im Rausch des Krautes, welches im Laufe des letzten Jahres, seit sie das erste Mal dem Genuss jenes Mittels erlegen waren, nichts von seiner Wirkung verloren hatte.
Stunden verbrachten die zwei Freunde deshalb mit rumblödeln, lachen und unsinnigem philosophieren, bis nach einiger Zeit auch der Koch Seren zu ihnen stieß und sich in die Runde gesellte. „Hab gemeint, mir ist schlecht“, gestand er seinen Freunden und nahm dann einen kräftigen Zug von der neu aufgefüllten Pfeife um ebenfalls in den lieblichen Zustand des Rausches zu gelangen.

Es war eine anstrengende Zeit, das vierte Lehrjahr, das hatten bereits Tion und Renus ihnen beinahe täglich mitgeteilt, aber dennoch hatten sie nicht mit solch einer Vielzahl an zusätzlichen Stunden gerechnet. Neben den normalen Trainingsformen musste die Einheit Estebans auch den Kampf zu Pferd lernen, um ihrer Ausbildung als Eliteeinheit gerecht zu werden. Schließlich waren sie es, die in einer möglichen Schlacht auf den Rücken ihrer edlen Rösser kämpfen würden, und so verbrachte Dexter in jenen ersten Wochen und Monaten einen großen Teil des Tages auf dem Rücken des schwarzen Hengstes, den er seit der Jagd als seinen Freund entdeckt hatte. Natürlich war es nur ein Pferd, das wusste auch Dexter, aber je mehr Zeit er mit ihm verbrachte, desto enger wurde die Verbindung zwischen Terean Troles und Andolas, dem Schatten des Ostens, wie Dexter ihn zu Beginn ihres Trainings benannt hatte.

Es war zum Ende des zweiten Monats, als Dexter und der Jäger Samua zum ersten Mal eine Reitjagd veranstalteten. Von den Rücken ihrer Pferde aus wollten sie in den nördlichen Grassavannen auf die Jagd nach Kojolas gehen, und so durchschritten sie zur siebten Stunde des Mittags, als die Sonne bereits langsam hinter den fernen Gipfeln des Hochlandes zu verschwinden drohte, das Tor, durch welches Dexter zehn Jahre zuvor in die Stadt gekommen war.
„Wir werden zurück sein, ehe die letzten Strahlen der Sonne versiegt sind“, munterte der Jäger dabei den Rekruten auf, dem nicht ganz geheuer dabei war, zu solch später Stunde auf die Jagd zu gehen. Aber da die nachtaktiven Kojolas nur zu diesen Zeiten durch die Gegend streifen,

hatten sie keine andere Wahl, und so beschleunigten sie das Schritttempo ihrer Pferde und machten sich mit einem schnellen Galopp auf den Weg über die am Stadtrand gelegenen Weiden und Wiesen, bis sie letztlich nach etwa einer Stunde in das dürre Savannengebiet an der Küste des riesigen Ozeans kamen. Dort angekommen brauchten sie nicht lange, bis sie in der Ferne das erste Rudel ausmachen konnten.
Fünf Tiere waren es, die ihre blutverschmierten Mäuler im Kadaver eines toten Wüstenscavens wetzten, wobei deutlich zu erkennen war, dass nicht jeder Kojolas das gleiche Fressrecht besaß. Immer wieder wurde der Hierarchiekampf deutlich, wobei ein jeder versuchte möglichst viel des erbeuteten Fleisches für sich selbst zu gewinnen. Mit bewunderndem Blick beobachteten derweilen die beiden Menschen das Schauspiel und nahmen daraufhin ihre Bögen vom Rücken.
„Das Wichtigste ist...“, begann auf einmal der Jäger, „dass du niemals die Kontrolle über dein Pferd verlierst. Falls du einen der Kojolas triffst, wird das Rudel auf dich aufmerksam, und es kann sein, dass dein Pferd Angst vor ihnen bekommt. Vorausgesetzt natürlich, sie werden uns jagen. Und glaub mir, das werden sie. Auf jeden Fall darfst du ihn nicht scheuen lassen. Nimm deinen Bogen zur Seite, wenn du merkst, dass du mit ihm nichts mehr ausrichten kannst, und schnapp dir deine Klinge. Gib deinem Gaul die Sporen, und dann zeig mir, wie du diese Bestien mit deiner Klinge in die Welt der Toten beförderst.“

Mit ernstem Blick und einem Gefühl der Aufregung vernahm der Rekrut die Ansprache des Jägers und konzentrierte sich dann darauf, nichts falsch zu machen.
Schon oft hatten sie im Training den Kampf aus vollem Lauf geübt, aber dennoch würde es hier etwas ganz anderes sein. „Das Pferd könnte scheuen oder mich abwerfen“, ging es ihm durch den Kopf, als er die fünf Kojolas musterte. „Nein, Andolas, du machst so was nicht, oder?“, flüsterte er daraufhin seinem Pferd in die Ohren, woraufhin er den ersten Pfeil aus dem Köcher nahm und in die Sehne seines Bogens legte.
Es brauchte nur einen kurzen Augenblick der Konzentration, bis er auf das Signal Samuas hin jene losließ und den Pfeil auf sein Opfer zurasen ließ. Mit einem Schlag durchbrach jener die Schädeldecke eines der Kojolas, während ein anderer den Pfeil des Jägers durch die Brust gebohrt

bekam. Unter Knurren und Jaulen nahmen dies die restlichen drei auf und suchten mit scharfem Blick die Angreifer. Es dauerte nicht lange, bis sie daraufhin von dem ausgefleischten Kadaver Abstand nahmen und mit Knurren und gefletschten Zähnen auf die zwei berittenen Menschen zuschritten. Erst langsam spurteten sie plötzlich los, woraufhin der Jäger einen zweiten Countdown startete, an dessen Ende sowohl Dexter als auch er selbst ihren Pferden die Sporen gaben um in rasendem Galopp auf die Kojolas zuzustürmen.
Wie wild gewordene Raubtiere stürzten Pferd und Bestie aufeinander zu, als die beiden Reiter plötzlich ihre Schwerter zogen und mit einigen schnellen Schnitten die Leben der drei Geschöpfe beendeten.
Drei Mal durch die Kehle waren die beiden Klingen gewandert, so dass das Blut nur so durch die Gegend spritzte und die Rüstungen der beiden Jäger besudelte. Doch auch dies konnte ihre Freude nicht mildern, der sie den ganzen Rückweg über, auf welchem sie Krallen, Zähne und die Felle der fünf Beutetiere bei sich hatten, freien Lauf ließen.
Im Gegensatz zu seinem Schmiedemeister Horus war der Jäger, mit dem sich Dexter in den letzten Wochen angefreundet hatte, ein sehr geselliger Mensch und genoss es sichtlich den Rekruten zu unterrichten.
Mit großem Eifer und großer Begeisterung erzählte er ihm eine Floskel nach der anderen, bis sie letztlich die Tore zur Stadt durchschritten und sich ihre Wege trennten. Im Gegensatz zu den Jägern der Armee war Samua ein freier Jäger. Er stand nicht unter dem Banner der königlichen Garde, sondern hatte sich vor vielen Jahren, nachdem er als Rekrut das Berufsbild des Jägers entdeckt hatte, dazu entschlossen einer dieser zu werden. So verließ er die Ausbildung einige Tage vor der Vereidigung und ließ sich in der äußeren Stadt nieder. Hier verbrachte er nun die Tage als freiberuflicher Jäger, wobei er im Auftrag verschiedenster Fleischer stand, für die er das benötigte Fleisch organisierte. Auch durch den Handel mit Krallen, Zähnen und insbesondere Fellen hatte er sich hierbei einen guten Namen gemacht, so dass das Militär wieder auf ihn aufmerksam wurde und ihn Dexter als Lehrmeister vorsetzte.
„Die bezahlen mich auch noch dafür“, hatte er einst mit Lachen gemeint, als Dexter ihn auf dieses ansprach, wodurch dem Rekruten klar wurde, dass er hier nicht fehl am Platze war.

„Also, wir sehen uns dann am Mittwoch!“, meinte Samua schließlich, als seine Gasse gekommen war und wies dabei sein Pferd an, die Hauptstraße zu verlassen. „Ja, bis dann!“, entgegnete ihm der Rekrut mit freudigem Lächeln und machte sich dann in einem etwas schnelleren Tempo daran die Hauptstraße hinter sich zu lassen um möglichst vor Schließung der Tore in die Festung zu gelangen.

Es war ein Monat später, in welchem Dexter seine Einblicke in die Reit-, Kampf- und Jagdkunst weiter vertiefen konnte, als eine sonderbare und zugleich sensationelle Neuigkeit die Stadt in Aufruhr versetzte.
„Land, wir haben Land entdeckt!“, hallte es durch die von Schaulustigen belagerten Straßen, durch welche die Mannschaft der Arius Watus II. marschierte. Voller Euphorie und Begeisterung verkündeten sie die fantastische Botschaft auf ihrem Weg hinauf in die Festung, wo sie vom König höchst persönlich empfangen wurden.

„Ihr, Kinder Ogirions, habt geschafft, was niemandem zuvor gelungen ist. Ihr habt es geschafft den gewaltigen Ozean, welcher unseren Kontinent umgibt, zu durchbrechen und die Pforten in eine neue Welt zu öffnen. Ich und das ganze Land sind stolz auf eure Leistung“, und sobald der König die Stimme ausklingen ließ, setzte ein gewaltiger Jubelsturm im Inneren der Festung ein. Hunderte und aberhunderte waren gekommen, um die Neuigkeiten aus erster Hand zu erfahren und die neuen Eroberer zu feiern. Erst als sich der Jubelsturm langsam legte, war auch Manuk, Offizier und Kapitän der Arius Watus II., dazu in der Lage einige Worte an die Menge zu richten.
„Tage und Nächte, Wochen und Monate sind wir gesegelt. Durch eisige Winde und gewaltige Wellenfronten haben wir unser Schiff gelenkt, wobei viele unserer Mannen ihr Leben verloren. Aber dann. Dann auf einmal sahen wir es. LAND!“, brüllte er in die nun erneut tobende Menge hinaus. „Viele tausend Jahre dachten wir, wir wären der einzige Kontinent auf dieser Welt. Aber jetzt... jetzt haben wir den Beweis, dass dies nicht stimmt“, begann er, als die Meute sich kurzzeitig beruhigt hatte, um daraufhin in erneuten Jubel zu fallen.
Auch Dexter, Seren und Petro befanden sich zu jener Zeit in der Halle und konnten aus dem hinteren Bereich das Geschehen verfolgen. Auch

wenn sie nicht genau erkennen konnten, wie die einzelnen Gesichter der beim König stehenden Mannschaft aussahen, so empfanden sie dennoch ein Gefühl der Ehre und Hochachtung für diese Männer. Es waren elf an der Zahl von insgesamt 24, welche den Hafen vor zwei Jahren verlassen hatten, so verkündete es zumindest der Kapitän. Den Rest haben entweder Seuche, Wellen oder Sonne dahingerafft.
Sie dauerte noch lange, die Erzählung des Offiziers, der immer wieder von einer johlenden Menge unterbrochen wurde, bis sie nach zwei Stunden mit der Auszeichnung mit einem Stern der Ehre beendet wurde. Noch lange blieb danach die sensationelle Neuigkeit von der neuen Welt in den Mündern der Bewohner Thorgars und verbreitete sich von da aus über das ganze Land.

Auch die drei Freunde Dexter, Seren und Petro sowie die übrigen Rekruten sprachen noch viele Tage und Wochen über die neuen Ereignisse, wobei Dexter besonders eine ganz bestimmte Frage quälte. Viele Monde war es bereits vergangen, aber dennoch erinnerte sich der Rekrut an die Worte jenes Soldaten, welchen sie einst im Schnapskeller getroffen hatten. „Die Worte über die Wahrheit und das Land. Konnte es tatsächlich sein, dass jener unscheinbare Mann bereits Monate zuvor wusste, was es mit dem neuen Land auf sich hatte? Oder war es überhaupt nicht jenes neu entdeckte Land, von welchem er gesprochen hatte? Aber wenn doch, was hatte der König mit all dem zu tun?“
Fragen über Fragen wanderten dem Rekruten in jenen Tagen durch den Kopf, wobei ihm jedoch zu keiner Zeit eine plausible Antwort einfallen wollte.

Die erste Jagd auf Raptoren bildete im achten Monat des vierten Lehrjahres einen der Höhepunkte in der Ausbildung des Rekruten.
Als der Frühling langsam aber sicher die ersten Fühler ausstreckte und den Winter in seine Schranken wies, machte sich Dexter gemeinsam mit seinem Lehrmeister Samua und zwei weiteren Jägern und deren Schülern, unter welchen sich auch sein Freund Petro befand, zur frühen Morgenstunde eines Dienstags Morgens auf die dreitägige Reise in Richtung Westen. Etwa neun bis zehn Stunden würden sie brauchen, bis sie die ersten Ausläufer des Hochlandes erreichen würden, in dessen Höhlen und

Steppen sich zu jener Jahreszeit eine Vielzahl dieser altertümlichen Echsen tummelten. Dort wollten sie zu sechst auf die Jagd nach diesen lukrativen Objekten gehen um den Lehrlingen zum einen den Kampf gegen sie beizubringen und zum anderen eine Menge Gold für die sehr geschätzten Häute, Krallen und anderen verwertbaren Dinge einzustreichen.

Im Gegensatz zu dem langwierigen und sehr eintönigen Ritt gestaltete sich die Wahl und Errichtung des Lagerplatzes, der letztlich aus einigen Zelten und einer kleinen Höhle bestand, um einiges interessanter.
Es war gegen sechs Uhr am Mittag, als sie dann nach einem kurzen Happen aufbrachen, um dem eigentlichen Sinn des Ausfluges nachzugehen. Dem Jagen.

Mit Zweihänder, Einhänder und Bogen bewaffnet machte sich der Rekrut Dexter zu Fuß auf, um gemeinsam mit seinen Begleitern, die nicht weniger bewaffnet waren, die ersten Raptoren aufzuspüren.
Es dauerte nicht lange, bis sie dabei fündig wurden und in einigen hundert Metern Entfernung eine kleine Herde Raptoren ausmachen konnten.
Es waren vier Stück an der Zahl, die alle gut zwei Meter maßen und einem jeden der Rekruten, die noch nie zuvor solche Wesen in der freien Wildbahn gesehen hatten, gehörigen Respekt einjagten.
„Also, wie bereits auf dem Weg hierher gesagt, passt auf, wenn ihr euch mit einem Raptor anlegt. Sie sind groß, kräftig und sehr wendig. Außerdem können sie schneller laufen als ihr, und sie haben ein Gebiss, mit dem sie euch ohne Probleme den Kopf zermahlen können. Deswegen passt auf, und dreht einem Raptor niemals den Rücken zu. Ihr müsst immer hell wach sein, und ihr dürft euch von nichts, aber auch gar nichts ablenken lassen. Kapiert?“, warnte einer der Jäger die Lehrlinge nochmals eindringlich, woraufhin diese mit einem Nicken zustimmten.
„Gut! Ich denke, wir sollten sie aus der Ferne mit dem Bogen angreifen und uns dann die Heranstürmenden mit den Klingen vornehmen“, sprach er weiter und musterte dabei die Ausrüstung jedes Rekruten.

Derleg, sein eigener Schützling, trug eine schwere zweihändige Axt und einen Bogen, wogegen Petro mit einer leichten Armbrust und einer zweihändigen Schwertklinge in die Schlacht zog. Auch Dexter trug solch eine

gewaltige Schneide, wobei er an Stelle der Armbrust ebenfalls einen Bogen mit sich führte. „Also, wir nehmen uns beim ersten Schuss eines der Biester vor. Da sie eine dicke Schuppenhaut haben, ist es nicht leicht sie zu verwunden und daher konzentrieren wir unsere Fernkampfwaffen zunächst auf den Tod des am weitesten auf der rechten Seite Stehenden. Erst wenn sie herankommen, hat jeder freie Schussbahn bzw. kann jeder den Raptor angreifen, den er will. Wichtig ist nur, dass immer alle Raptoren in Kämpfe verwickelt sind und keiner die Möglichkeit hat unerkannt einen Angriff zu starten. Alles kapiert?“, und wiederum erhielt der Jäger ein bestätigendes Nicken von Seiten der Rekruten, die inzwischen wie die beiden anderen Jäger ihre Fernkampfwaffen vom Rücken genommen hatten.
Mit geschickter Bewegung nahm ein jeder zusätzlich einen Pfeil und spannte ihn in die Sehne, wobei der gesamte Trupp langsam aber sicher auf die Raptoren zumarschierte. Erst als noch knapp hundert Meter zwischen ihnen und der Beute lagen, gab Samua den Countdown zum Abschuss, wobei auf drei auf einen Schlag sechs Pfeile durch die Luft schnitten und ihre Stahlspitzen in die Schuppenhaut der rechtesten Echse bohrten.
Mit lautem Gebrüll sprang diese auf und ließ einen lauten Schrei durch die Stille hallen, woraufhin sie mit großen Schritten auf die sechs Angreifer zustürmte.
„Verdammt, nachladen!“, reagierte Samua sofort, woraufhin sechs weitere Pfeile in die Sehnen kamen und nach eigenem Ermessen auf die Echse gefeuert wurden. Mit einem dumpfen Schlag und einem markzerreißenden Schrei ging diese dabei aus vollem Lauf zu Boden, wo die gewaltige Echse in Totenstille verharrte.

Ganz im Gegensatz jedoch zu den restlichen drei Raptoren, die nun wie wild gewordene Orkane auf die Gruppe zufegten. Näher und näher kamen sie, bis sie sich plötzlich aufteilten und von verschiedenen Richtungen auf den Jagdtrupp zustürmten.
„Schnell! Bögen weg und Klingen raus“, schrie dabei der Anführer der Gruppe und machte sich selbst daran den Bogen auf seinem Rücken zu befestigen und mit schnellem Griff die eiserne Metallklinge aus der Scheide zu ziehen.

Auch Dexter tat wie ihm gewiesen wurde und befestigte den Bogen am Rücken, woraufhin er seinen eisernen Trainingszweihänder aus der Halterung nahm und in Lauerposition auf den ersten Raptor wartete.
Es dauerte nur wenige Sekunden, bis dieser mit einem gewaltigen, letzten Sprung auf ihn zustürmte, wobei der Rekrut sich durch einen gekonnten Sprung zur Seite gerade in letzter Sekunde retten konnte. Schnell rappelte er sich auf und blickte sich suchend nach dem Gegner um, der allem Anschein nach seinem Lehrmeister Samua in die Klinge gelaufen war. Mit blutverschmiertem Säbel stand dieser einige Meter von der Bestie entfernt und blickte seiner Beute scharf in die Augen, als sich auch sein Schüler wieder aufrappelte und mit gezogener Klinge auf den Raptor losstürmte. Abgelenkt von Samua war es diesmal die Bestie, die gerade so in Deckung ging, als Dexter mit einem kräftigen Schwungschlag den ersten Angriff startete, um daraufhin immer wieder auf das gigantische Wesen einzudreschen.
Es war ein harter und anstrengender Kampf, der von da an zwischen Mensch und Raptor entbrannte, bis die gewaltige Echse schließlich unter der Wucht eines heftigen Querschlages zu Boden ging, wo Samua sie mit einem gekonnten Stich ins Reich der Toten manövrierte. Als Dexter daraufhin seinen Blick umherschweifen ließ, um nach anderen Opfern zu suchen, die er mit seiner Waffe niederschmettern konnte, erkannte er, dass auch Petro und die restlichen Begleiter zwei tote Raptoren aufzuweisen hatten, und so widmete er sich mit einem Grinsen dem selbst erlegten. Auch Samua kam nun näher und machte ihn mit den Feinheiten des Zerlegens eines Raptors vertraut, während die anderen Jäger- und Rekrutenpaare das Gleiche taten.
„Du musst mit einem Messer tief in das dicke Fleisch schneiden, um die Krallen richtig auslösen zu können“, begann der Lehrmeister, während Dexter ihm mit gespannten Ohren lauschte wie man Krallen, Schuppenpanzer, Zähne und verwertbares Fleisch aus der Beute heraustrennte.

Etwa eine halbe Stunde später war es schließlich so weit, dass sie sich auf den Weg zurück zum Lagerplatz machten um dort ihre Beute zu verstauen, daraufhin brachen sie erneut auf um vor der Dunkelheit einen weiteren Jagdzug zu starten.

Es dauerte diesmal knapp eine Stunde, bis sie im Schatten der untergehenden Sonne eine weitere Herde Raptoren erblickten. Diese waren gerade dabei einigen Wüstenfüchsen den Garaus zu machen, als sechs heranbrechende Pfeile den leichten Kampf unterbrachen.
So entbrannte erneut ein heftiger Kampf zwischen Raptor und Mensch, wobei auch diesmal der Mensch als Sieger hervorging. Besonders Dexter konnte in diesen Kämpfen zwischen Mensch und Tier zum ersten Mal sein wirkliches Können im Umgang mit dem Zweihänder unter Beweis stellen. Nicht wie im Training, wo er oftmals aus Rücksicht und um Verletzungen zu vermeiden nur mit geringem Einsatz kämpfte, sondern mit voller Härte und ohne Rücksicht konnte er hier den Kampf mit dem Feind aufnehmen, was dazu führte, dass er am Ende des Tages zwei Raptoren auf seiner Jagdliste zählte.
„Du bist wirklich talentiert", meinten dabei sogar die beiden anderen Jäger, die sichtlich beeindruckt von seinen Fähigkeiten waren.

So verbrachten sie den Rest des Tages an ihrem Lagerplatz, wo sie die Beute des Tages verstauten und mit einem kleinen Feuer und einem Teil der gewonnenen Fleischstücke ein fantastisches Grillgelage veranstalteten. Zwar hatten sie keinen Alkohol mitgebracht, da sie aufgrund der ständigen Gefahr vor herumstreunenden Tieren stets wachsam sein mussten, aber dennoch entwickelte sich der Abend zu einer lustigen Runde voller guter Laune und Fröhlichkeit, bis zur späten Stunde, als der Mond bereits seine Bahnen auf der Welt beschritt, ein jeder in sein mitgebrachtes Zelt verschwand, um dort den Rest der Nacht im Schlaf zu beenden.

Es war früh am Morgen, als sie sich am darauf folgenden Tag erneut aufmachten um nach einem kurzen Morgenessen einen weiteren Jagdzug zu veranstalten.
Wie jeder Raptorenjäger, so wussten auch sie, dass zur frühen Morgenstunde die meisten Raptoren noch langsam und träge waren, da sie noch nicht genügend Sonnenlicht abbekommen hatten um ihre kaltblütigen Körper zu erwärmen, so dass sogar ein Rudel mit acht Tieren keine allzu große Bedrohung für die Jagdtruppe darstellte. Erst gegen die Mittagszeit, als die Sonne bereits seit Stunden über der Atmosphäre gewandert war, erkannte das Sextett, dass es langsam Zeit wäre die Jagd abzubrechen, da

die zunehmende Erschöpfung ihrerseits und die zunehmende Aktivität der Riesenechsen zu einer immer größeren Bedrohung wurden.
Daher zerlegten sie gegen Mittag ihre letzten Raptoren, bei deren Angriff der Rekrut Derleg eine gewaltige Fleischwunde am Bein davongetragen hatte, und machten sich dann mit dem Rest der Ausrüstung, welche sie auf so genannten Zugwagen mit sich führten, auf eine diesmal unterhaltsamere Reittour zurück nach Thorgar, wo sie am Morgen des folgenden Tages eintrafen.

So verstrichen die Wochen und Monate in einer nicht enden wollenden Routine aus Kampftraining, Reitübungen und der Jagd nach wilden Tieren, bis eines Tages die Zeit gekommen war, in welcher Dexter endlich bereit war seine letzten und entscheidenden Prüfungen abzulegen.
„Montag Zweihandschwert, Dienstag Doppeleinhänder, Donnerstag Stab und Freitag Bogen“, stand auf dem kleinen Pergament, das ein jeder der Einheit des General Estebans von ihm in die Hand gedrückt bekam, während sie sich gerade daran machten das Training mit kurzem Auslaufen zu beenden.
„Endlich ist es so weit“, ging es Dexter dabei immer wieder durch den Kopf, wobei er mit einem Lächeln an die vergangenen Jahre zurückdachte. Viel hatte er hier gelernt, das konnte man mit Sicherheit behaupten, und viele Freunde hatte er hier gefunden.

„Habt ihr auch jeden Tag außer Mittwoch was?“, sprach einer von diesen, als sie sich nach dem Training erschöpft in ihre Betten fallen ließen um einige Minuten der Erholung zu erhaschen. „Ja, klar!“, entgegnete daraufhin Seren, der mit müdem Blick an die Decke starrte, woraufhin das Erscheinen ihrer nun seit beinahe einem Jahr vorhandenen Zimmerkameraden ihre Aufmerksamkeit auf sich zog.
Mit Dreck verschmiert und von einem ungeheuren Gestank begleitet betraten sie den Raum und blickten mit überraschten Augen in die Gesichter ihrer drei Zimmergenossen.
„Was ist denn mit euch passiert?“, begann Dexter sogleich, woraufhin er nichts als schallendes Gelächter zu hören bekam. „Bei uns gab es eine kleine Rangelei“, meinten sie synchron, wobei sie sich die eingesaute Kleidung vom Körper streiften. „Und deswegen seht ihr so aus und stinkt

wie ein paar Schweine, die sich im Scheißhaufen gewälzt haben?", entgegnete Petro daraufhin schroff und musterte die nun am Boden verstreuten Kleidungsstücke. „Na ja, wisst ihr, wir haben uns mit so einem Idioten aus unserer Einheit geboxt, und zur Strafe mussten wir die Pferdeställe ausmisten. Aber als der Penner dann vorbei kam um uns in unserer Schmach auszulachen, haben wir ihn uns noch mal richtig vorgenommen und ihn in den Misthaufen gezerrt. Zu unserer Überraschung hatte er aber noch zwei andere mitgebracht, und so haben wir auch einiges abbekommen", meinte daraufhin Oleg und grinste seinem Freund ins Gesicht, der jenes erwiderte. „Aber wir haben es ihnen trotzdem gezeigt", lachte er spöttisch, woraufhin sie beide erneut in schallendes Gelächter ausbrachen.
Mit einem Grinsen auf den Lippen blickte Dexter dabei seinen Freunden Petro und Seren in die Augen, welche sogleich verstanden, was er dachte. „Wisst ihr noch, als wir damals Diego im Misthaufen gebadet haben?", begann er mit einem Lacher auf den Lippen, woraufhin Seren und Petro ein Grinsen über die müden Lippen wanderte. „Ja, oder als wir erzählten, dass er aus der Einheit entlassen wurde, und er General Arathon eine riesige Szene gemacht hat", sprach Dexter und machte so den Auftakt zu einem amüsanten Abend, an dem sie ihre Zimmergenossen über ihre teils recht unterhaltsamen Taten aufklärten.
Mit Staunen und Bewunderung in den Augen lauschten diese dabei unentwegt den Geschichten ihrer älteren Zimmergenossen, bis zu später Stunde die Nachtglocke das Ende des Tages einläutete.

Drei Tage später war es schließlich so weit, dass der Rekrut Terean Troles in seiner ersten Kampfprüfung unter Beweis stellen musste, was er im Kampf mit der zweihändigen Waffe alles gelernt hatte. Insgesamt acht Rekruten waren es, die diese Prüfung ablegten und so dauerte es einige Zeit, bis Dexter nach fünf Prüflingen endlich an die Reihe kam. In Bezug auf seine Leistungen im Training erwartete General Esteban viel von dem jungen Mann, der mit sicherem und geschärftem Blick seine gewaltige Klinge vom Rücken nahm und in die Ausgangsstellung ging.
Es war ein meisterhaftes Schauspiel der Schwertkunst, welches den restlichen Rekruten bei jenem Kampf geboten wurde. Ohne Rücksicht und mit perfekt ausgefeilter Grazie krachten die beiden gewaltigen Klingen

immer wieder aufeinander und ließen Funken durch die Luft springen, bis der General nach etlichen Minuten das Ende des Kampfes ausrief. Sichtlich außer Atem stützte er sich auf seine eigene Waffe und lobte den Rekruten Terean in höchsten Tönen, während dieser sichtlich erleichtert und voller Stolz die Waffe in der Halterung am Rücken verstaute.
Auch bei Petro, der ebenfalls das zweihändige Schwert schwang, und Seren, der mit einer gewaltigen Axt angetreten war, lief die Prüfung ganz gut, und so machten sie sich allesamt gut gelaunt zum Abendessen, nach welchem sie frühzeitig zu Bett gingen, um für die folgenden Prüfungen ausgeruht zu sein.

Zur zweiten Stunde des Mittags war es dann so weit, dass sie sich der nächsten Hürde stellen mussten um zum einen ihre Fähigkeiten im Kampf mit zwei Einhändern, wie ihn Dexter ausübte, oder zum anderen mit einem, wie ihn die meisten anderen Rekruten bevorzugten, unter Beweis zu stellen. Diesmal wollte es der Zufall so, dass Dexter, der als Einziger aus der Einheit den Kampf mit zwei Schwertern beherrschte, als erster gegen den General antreten musste und so ohne ewige Warterei seinen Platz in der Kampfarena aufsuchen konnte.
Mit Adrenalin im Blut und Aufregung im Magen nahm er die beiden Klingen über Kreuz aus ihren Scheiden und positionierte sich dann in seiner eigens kreierten Ausgangsstellung. Mit einer Klinge über dem Kopf und einer hinter dem Rücken wartete er gespannt auf die erste Aktion seines Gegners, der ebenfalls mit zwei Einhändern kämpfte.
Es war der Bruchteil einer Sekunde, in welcher der General das Zeichen zum Anfangen gab, um daraufhin im kurzen Überraschungsmoment sofort mit schnellem Schritt den ersten Angriff zu starten. Es benötigte ihn jedoch keiner sonderlich großen Anstrengung dies vorherzusehen und so parierte er mit schnellen Schwüngen die heftigen Schläge des Estebans, der immer wieder versuchte eine Schwachstelle in der Verteidigung des Rekruten aufzudecken.
Erst nach einem beinahe geglückten Stich in den Oberschenkel ließ Dexter schließlich von seiner Verteidigungstaktik ab und begann nun seinerseits mit dem direkten Angriff. Immer wieder gelang es ihm mit einer der Waffen die klirrende Klinge des Estebans abzufangen und mit der anderen einen schnellen Angriff zu starten, bis sich plötzlich eine Lücke

in der Verteidigung des Gegners auftat und Dexter mit gekonntem Schlag die Oberarmrüstung des Generals zerschmetterte. Wie benommen taumelte dieser einige Schritte zurück und musterte das zerborstene Metall, während der Rekrut nicht von seinem Ziel abließ.

„Schon immer wollte er in einem fairen Kampf herausfinden, wer besser sei. Er oder der General? Und wann gäbe es einen besseren Zeitpunkt dies auszuprobieren als jetzt?“, schoss es ihm durch den Kopf, als er mit einer gekonnten Körperdrehung und einem anschließenden Kreuzschlag seine Klingen auf die schützend vor dem Körper gekreuzten Waffen nieder rasseln ließ.

„Ist ja schon gut!“, sprach auf einmal der General mit eingeschüchtertem Tonfall, woraufhin er einige Schritte von dem verdutzten Rekruten in Sicherheit ging und dann den Kampf beendete.

„Es ist wirklich beeindruckend, was alles in dir steckt, Terean“, sprach er darauf mit freudiger Stimme, als er den vor ihm stehenden Jüngling musterte. „Ihr seid wahrlich zu einem echten Soldaten herangereift und ich bin mehr als stolz euch in meinen Reihen zu wissen“, führte der General seine Laudatio fort und entließ dann den vor Stolz beinahe platzenden Dexter, der sich freudig grinsend zu den restlichen Männern der Einheit gesellte, während ein weiterer Rekrut den Kampf mit dem General aufnahm.

Im Gegensatz zu ihm gelang es sonst keinem, den erfahrenen General ernsthaft in Bedrängnis zu bringen, geschweige denn seine Rüstung zu beschädigen, so dass am Ende des Tages lediglich ein blauer Fleck am Oberarm das Verletzungsbild des Generals ausmachte.

„Da gab es schon ganz andere Geschichten“, meinte der Rekrut Petro, als sie am darauf folgenden Tage von der Prüfung sprachen. „Renus hat mir mal erzählt, dass einmal einer der Rekruten seinen General so schwer verletzt hatte, dass dieser noch am gleichen Tag an seinen Verwundungen gestorben war. Echt krass, oder?“

Mit erschrockenen Augen vernahm Dexter jene Worte, als er gerade damit beschäftigt war das Fleisch von einer der Scavenskeulen zu reißen.

„Da kann der alte Esteban ja froh sein, dass er so eine gute Panzerung hat“, meinte daraufhin Seren mit einem Lacher, woraufhin auch Dexter ein kleiner Lacher entfuhr. Er hatte sicherlich nicht vorgehabt den

General zu verwunden oder gar zu töten, aber dennoch gefiel ihm der Gedanke, dass er dazu fähig gewesen wäre. Ja, er war sich sicher, dass der General ihm sowohl im Einhändigen als auch im Kampf mit dem Zweihänder unterlegen war, und dieser Gedanke erfüllte seinen Geist mit einem tiefen Gefühl des Stolzes, welches erst am darauf folgenden Tag zerschmettert werden sollte.

Es war die Zeit gekommen, in der sie ihre Fähigkeiten im Stabkampf unter Beweis stellen mussten, und wenn es etwas gab, vor dem Dexter ein wenig Sorge hatte, dann war es diese Übung. Zu wenig hatte er sich mit der Materie dieser Waffe auseinandergesetzt und zu wenig Zeit hatte er im Training mit ihr verbracht, so dass er von Glück reden konnte, dass General Esteban nicht nachtragend war. Immer wieder überlistete er den Rekruten in seiner Prüfung und immer wieder hätte er ihm ernsthafte Verletzungen zufügen können, beließ es jedoch ein jedes Mal bei einem leichten Stoß.
„Ich denke, du solltest deine Kampffähigkeiten bei den Schwertern lassen“, meinte er mit grinsendem Blick, als er Dexter zum Ende der Prüfung einen heftigeren Schlag verpasste, so dass dieser das Gleichgewicht verlor und zu Boden ging.
Reumütig blickte er daraufhin dem General in die Augen, auch wenn er wusste, dass dieser Recht hatte. Zwar war der Stab eine recht nützliche Waffe, wenn man sich duellieren wollte, aber dennoch war sie in seinem Ermessen im wahren Kampf nur von untergeordneter Bedeutung, und so hatte er kein großes Problem dem Rat des Lehrmeisters zu folgen und den Pfad der Stabkampfkunst zu verlassen.

Im Gegensatz dazu zeigte der Rekrut Seren in jener Kampftechnik ein außerordentliches Geschick, so dass er diesmal derjenige war, der den besten Kampf der Prüfung ablegte.
„Glückwunsch!“, lobte auch Dexter ihn, als sie die Arena verließen und über ihre Leistungen philosophierten. „Ja, der Stabkampf liegt mir“, grinste dieser ihm darauf fröhlich ins Gesicht, woraufhin sich auch Petro einmischte. „Was war eigentlich mit dir los?“, fragte er Dexter, der jedoch keine große Lust hatte über dieses Thema zu reden. „Wie der General schon gesagt hat. Stabkampf liegt mir nicht“, entgegnete er seinem

Freund schroff und wendete sich daraufhin seinen eigenen Gedanken zu. Auch wenn er nach außen hin so tat, als würde ihm die schlechte Leistung nichts ausmachen, so musste er dennoch feststellen, dass sein Geist diese Demütigung nicht so leicht hinnahm. Zwar wusste er, dass keiner der restlichen Rekruten es wagen würde ein schlechtes Wort über seine minderen Fähigkeiten im Stabkampf zu verlieren, da sie zu großen Respekt vor seinen restlichen Kampfkünsten besaßen, aber dennoch sah er in den Augen jedes einzelnen, dass sie ihn innerlich ein klein wenig verspotteten.
Noch lange quälten den jungen Mann diese Gedanken, und je länger er in sich zurückgezogen darüber nachdachte, desto größer wurde seine Abneigung gegen den Stabkampf.
„Hat mich nur Zeit gekostet und letztlich nichts gebracht. Und außerdem, wie soll man sich mit einem Holzstab gegen eine Klinge zur Wehr setzten?", beendete er nach einigen Stunden des Grübelns und Nachdenkens jene schlechten Gedanken und konzentrierte sich dann auf die letzte noch folgende Prüfung.

„Guten Morgen, meine Herren!", sprach der General mit tiefer Stimme, als sich die komplette Einheit am darauf folgenden Tag auf dem Rücken ihrer Pferde vor dem Ausgang der Festung versammelte.
„In dieser Prüfung werden wir eure Fähigkeiten im Kampf mit Bogen und Armbrust testen, und da sich dazu nichts besser eignet als die Jagd auf ein paar Wölfe, werden wir dies tun. Also, folgt mir!", sprach er in lauter, klarer Stimme, woraufhin er seinen Schimmel in Bewegung setzte und als erster das gewaltige Festungstor hinter sich ließ.
Es dauerte einige Zeit, bis sie auch die Tore der Stadt hinter sich lassen konnten und langsam aber sicher in die Tiefen der Wildnis eintauchten.
Es war exakt eine halbe Stunde nach ihrem ersten Zusammentreffen, als der General langsam das Schritttempo zügelte und erneut einige Worte an seine Einheit richtete.
„Also, für die unter euch, die nicht dem Beruf der Jagd nachgehen, eine kurze Erklärung. Wölfe treiben sich hauptsächlich in den Ausläufern der Wälder herum, da sich dort besonders viele Scavens und Rehe aufhalten. Außerdem solltet ihr beachten, dass ihr euch nicht mit zu großen Rudeln anlegt. Nicht selten ist es schon vorgekommen, dass sich einige Rek-

ruten überschätzt haben und letztlich in den Mägen der Waldbewohner landeten. Also, passt auf mit wie vielen von den Biestern ihr den Kampf aufnehmt."
Mit diesen Worten im Hinterkopf erinnerte sich der Rekrut Terean an einige Jagdausflüge mit Samua. Oft waren sie hier gewesen und hatten eben benannte Bestien gejagt. Ihre Felle waren lukrative Tauschgegenstände und auch sonst war die Wolfsjagd einer der Hauptbestandteile der Jagd. Oft musste er mit seinem Lehrmeister im Auftrag von Bauern und Schäfern die Jagd nach diesen Räubern aufnehmen, da diese deren Viehbestand drastisch zu reduzieren vermochten.

Daher blickte er voller Selbstsicherheit auf die bevorstehende Prüfung und war mehr als erleichtert, als der General mit seinen Erläuterungen zum Ende kam und gemeinsam mit dem ersten Rekruten im Wald verschwand.
Es dauerte nicht sonderlich lange, bis sie erneut auftauchten und der nächste an der Reihe war. Jeder musste einzeln mit dem General in den Wald und dort jagt auf einige Wölfe machen. Dieser kontrollierte, inwieweit man dabei fähig war vom Pferd aus den Bogen oder die Armbrust, welche einige der Rekruten verwendeten, zu führen.
Es waren fünf Rekruten, die sich dieser Prüfung unterzogen hatten, bevor auch Terean Troles an der Reihe war und dem General beweisen konnte, dass er nicht nur im Umgang mit der Klinge großes Talent besaß. Mit langsamem Trab durchschritt sein schwarzer Hengst Andolas den mit Moos überwachsenen Waldboden, bis sie nach einigen Minuten der Sucherei auf die ersten Spuren stießen.
Es dauerte nicht lange bis sie drei Wölfe entdeckten, die sich am Kadaver eines vierten zu schaffen machten. „Ah, den hat Petro vorhin geschossen", meinte der General dabei mit lächelndem Blick, woraufhin Dexter seinen Bogen vom Rücken nahm und den ersten Pfeil in die Sehne setzte. Mit einem kräftigen Zug spannte er das Mordinstrument und fixierte das Herz des vordersten Wolfes, bevor er den Pfeil unter einem lauten Schnalzen aus der Sehne löste.
Wie ein Blitz durchschnellte er die kühle Waldluft und durchbrach dann mit einem Surren das Fell des Wolfes und bohrte sich tief in den gewaltigen Körper. Mit einem Jaulen ging das Biest daraufhin zu Grunde,

während die zwei anderen mit der Schnauze in der Luft nach einer Fährte witterten. Doch erst als ein zweiter Pfeil den Schädel eines weiteren Wolfes durchschlug, erkannte der letzte von wo aus der hinterhältige Angriff geführt wurde und machte sich dann mit gefletschten Reißern und großen Sprüngen auf in Richtung des offensichtlichen Wolfstöters.
Sofort erkannte Dexter dies und ohne weitere Zeit zu verlieren gab er seinem Pferd, das bisher ruhig verweilt hatte, die eisernen Sporen, so dass dieses wie ein wild gewordener Orkan durch die Bäume spurtete.
„Was hast du vor?“, rief ihm dabei ein sichtlich verwirrter General hinterher, als plötzlich ein weiterer Pfeil die Luft durchbrach und sein Ziel im Körper des Wolfes fand.
Mit einem lauten Jaulen ging dieser aus vollem Lauf zu Boden, wobei sein Körper einige Drehungen schlug, bis er letztlich mit einer gewaltig klaffenden Wunde zu Grunde ging.

„Wow! Du hast ihn durchschossen!“, meinte der General mit beeindruckter Stimme, als er den Kadaver des letzten Wolfes inspizierte, aus dessen linker und rechter Körperseite eine große Menge an Blut in die Tiefen des Waldbodens sickerte.
„Beeindruckend!“, sprach er erneut, woraufhin Dexter mit einem Gefühl des Stolzes herangetrabt kam. „Ich wollte ihn eigentlich erst ablenken und ein wenig durch den Wald jagen, aber dann hab ich gemerkt, dass er immer noch auf sie zustürmte, und darum hab ich ihn dann doch gleich getötet“, erklärte er General Esteban, als sie ihren Weg fortsetzten. Es waren insgesamt sieben Wölfe, welche der Rekrut im Laufe seiner Prüfung zur Strecke brachte, bis der General jene schließlich beendete und sie ihren Weg zurück zum Sammelplatz beschritten.

So endete die letzte Prüfung mit einem erneuten Gefühl von Stolz und Zufriedenheit, wie es der Rekrut Terean bereits am ersten und zweiten Tag der Woche erlebt hatte, weshalb er sich nicht länger Sorgen um den verpatzten Stabkampf machte, sondern seinen Blick in die Zukunft richtete. Noch eine Woche würde es dauern, bis er jenen letzten Weg seiner Ausbildung beschreiten musste. Die letzte Feierlichkeit, der er als Rekrut beiwohnen würde und an deren Ende er mit Leben und Tod im Dienste des Königs stehen würde.

Sechs Tage später geschah es, dass er mit einem Gefühl der Angst und Verzweifelung die Augen aufriss und sich verstört im Zimmer umsah. „Wo sind alle?“, schoss es ihm durch den Kopf, als er vier leere Betten um sich herum musterte, woraufhin er mit einem weiteren Schrecken auffuhr und durch das Fenster die Ziffern der Stadtuhr zu erkennen versuchte. „Verdammt!“, schrie er dabei laut auf, als er erkannte, dass jene bereits zur zehnten Stunde des Morgens vorangeschritten war, was dazu führte, dass er in größter Eile seine Kleidung überwarf um daraufhin mit schnellem Schritt in das Innere der Festungsanlage zu eilen.

„Ich sollte mich doch heute mit dem Kriegsrat treffen“, meinte er dabei verärgert zu sich selbst, als ihm plötzlich die Bilder vor Augen kamen, welche ihn so lange im Bett gefesselt hatten.
„Sie waren tot, ermordet von ihrem eigenen Fleisch und Blut“, ging es ihm dabei durch den Kopf, als er versuchte einen Sinn in dieser Traumbotschaft zu finden und die weitere Geschichte nochmals seinen Geist durchlief.
„Es waren hunderte, nein tausende, die mit Schwertern, Äxten und Bögen bewaffnet ein kleines Dorf stürmten und jeden einzelnen darin niedermetzelten. Ohne Rücksicht oder ein Gefühl der Reue machten sie nicht einmal vor den Frauen halt, was dazu führte, dass plötzlich direkt neben ihm ein Mädchen grausam niedergeschlachtet wurde.
„Was tut ihr hier?“, schrie er dabei selbst die Krieger mit einem Gefühl aus Zorn und Hass an, doch zu seiner Verzweiflung konnte niemand seine Worte hören. Es war das Gesicht seiner Mutter, das ihn plötzlich aus der Schlacht fort brachte und mit einem Lächeln die Sorgen von der Seele nahm, bis sie kurz darauf ebenfalls von einigen dieser Soldaten niedergemetzelt wurde und Dexter mit einem Schreck aus dem Schlaf auffuhr.“
„Was für ein verrückter Traum!“, schoss es dabei dem Rekruten durch den Kopf, als er das Tor zur großen Halle durchschritt um nach einigen Gängen mit einem kräftigen Klopfen seine Anwesenheit in der Kammer des Kriegsrates anzudeuten.

„Ihr kommt spät“, meinte einer der Männer, als er die Tür öffnete und den Rekruten ins Innere bat, woraufhin Dexter sich förmlich entschuldigte. „Nun gut, wie wir bereits durch General Esteban verlauten ließen, suchen

wir fähige Soldaten, die für einen Einsatz von äußerster Wichtigkeit in Frage kommen", begann er mit seiner Ansprache, welche der Rekrut mit gespitzten Ohren aufnahm.
„Also, wie unsere Kundschafter aus dem Süden berichtet haben, hat sich im Seenland eine Horde Wilder über die Minenanlage von Lorio hergemacht. Sie kamen zu hunderten und haben unsere Verteidigung überrannt", sprach der Ratsangehörige in ernstem Ton, woraufhin ein anderer sich ins Gespräch einschaltete.
„Wir dürfen das nicht auf sich beruhen lassen. Die Minen sind die wichtigste Eisenerzquelle unseres Reiches, und ich will mir nicht ausmalen was geschieht, wenn jene Quelle versiegt", meinte er mit verärgertem Tonfall, woraufhin Dexter einige Erinnerungen an seinen Urlaub im Seenland ins Gedächtnis kamen. „Und was, meint ihr, sollen wir tun?", fragte er mit unsicherem Blick, als keiner der Männer irgendwelche Anstalten machte ihn weiter einzuweisen.
„Wir, der Kriegsrat, sind zu der Entscheidung gekommen, dass wir eine Einheit aussenden, die dieses Problem beseitigen soll und die Quellen von Lorio wieder zum Sprudeln bringt", entgegnete daraufhin der erstere der Männer, woraufhin ein Gefühl der Euphorie in Dexters Körper aufstieg.
„Ein Einsatz. Ein wirklicher Einsatz", schoss es ihm durch den Kopf, während der Ratsmann ihm den Zeitpunkt ihres Gegenangriffs darlegte. In vier Tagen sollte es losgehen, und um die 200 Soldaten sollten es sein, welche im Auftrag des Königs ins Seenland reisen sollten. Dexter war hierbei einer der 50 beinahe vereidigten Soldaten, welche in jenem Einsatz ihr Können unter Beweis stellen sollten. „Gut, dann sehn wir uns in drei Tagen um alles Weitere zu besprechen", und mit einer Geste des Abschieds endete so die Unterredung mit dem Kriegsrat, und der Rekrut machte sich auf seinen Weg zurück zur Kaserne.

Am selben Tag zur späten Mittagszeit war es dann endlich so weit, dass er sich gemeinsam mit 112 weiteren Rekruten erneut ins Innere der Festung begab, um dort den feierlichen Eid vor König und Kriegsrat abzulegen. Jeder Rekrut musste einzeln den Weg hinauf auf das Podium beschreiten, wo sie alle den einen, wichtigsten Eid ihres Lebens ablegen würden, und so dauerte es eine ganze Weile, bis auch der Name des Terean Troles durch die Menge hallte und dieser sich mit schnellen Schritten und einem Gefühl zwischen Euphorie und Aufregung von seinem Platz entfernte und vor König und Kriegsrat niederkniete.

„Ich, Terean Troles, schwöre hiermit mein Leben und meinen Tod unter den Befehl unseres Königs zu stellen!“, sprach er mit klarer Stimme, als der König ihm das Wort erteilte, woraufhin jener dem Rekruten seinen Ringfinger entgegenstreckte, an welchem das Symbol königlicher Macht behaftet war. Der Kuss darauf besiegelte so den heiligen Schwur, so dass kurz darauf einer der Ratsmänner die Stimme erhob. „Von nun an seid ihr, Terean Troles, nicht länger Rekrut, sondern Soldat der königlichen Armee. Von nun an habt ihr jeglichem Befehl, den der König oder wir euch erteilen, folge zu leisten, bis ihr aus eurem Schwur entlassen werdet.“

Mit wackerem Herzen nahm Dexter jene Worte auf, woraufhin ein Gefühl der Erleichterung den frisch gebackenen Soldaten überkam. Endlich, ja endlich hatte er geschafft, was er sich seit so vielen Jahren vorgenommen hatte. Endlich war er ein wirklicher Bestandteil der königlichen Armee und endlich war er bereit in die Fußstapfen seiner Väter zu treten. Doch wie Dexter zu jener Stunde noch nicht klar war, waren diese Fußstapfen nicht die, für die er sie zunächst gehalten hatte.

Kapitel 8 - Die Schlacht um Lorio

Es waren drei ereignislose Tage, in denen der frisch gebackene Soldat Dexter alias Terean Troles seine Familie besuchte, bis er im Morgengrauen des vierten gemeinsam mit 199 weiteren Mannen die Tore der Stadt hinter sich ließ und in schallendem Galopp Richtung Süden reiste. Ausgerüstet mit einem Arsenal an Waffen und einer neuen Garderüstung, welche das Bild des Kriegers abrundete, begann so ein elftägiger Ritt, an dessen Ende sie zur späten Stunde die Tore Esgoloths passierten.

Es war ein vertrauter Anblick, den Dexter beim Ritt durch die Hauptstraße genoss, bis sie schließlich den großen Marktplatz erreichten, von wo aus sie ins Innere des Wasserschlosses ritten.
„Ich erinnere mich noch genau. Als ich das letzte Mal mit meiner Familie hier war, durften wir nicht mal ins Schloss, und jetzt rollt man uns sogar den roten Teppich aus", sprach Dexter dabei in ironischem Tonfall, als er neben Petro und Seren, die ebenfalls für diesen Einsatz ausgewählt wurden, die Brücke zum Schloss überquerte. „Tja. Da hatten sie auch noch mehr Soldaten", entgegnete ihm Petro, woraufhin er seine Bemerkung erläuterte. „Ich hab gehört, dass schon 300 Männer gefallen sind. Und dennoch ist es nicht gelungen die Minen zurückzuerobern", meinte er trocken, woraufhin Dexter ein wenig mulmig wurde.
Dies änderte sich auch nicht, als sie an jenem Abend die genauen Hintergründe und Auswirkungen der Belagerung von Lorio erhielten. „Es sind Wilde, Banditen und Piraten, die sich gemeinsam unter einem Banner vereint haben, um gegen den König zu kämpfen. Geführt von einem Mann, den sie als Chaba bezeichnen, haben sie vor drei Wochen bei Nacht die Verteidigung überrannt und sich seitdem in den Minen verschanzt. Wir vermuten, dass es circa 100 bis 150 Männer sind", sprach ein Offizier mit klarer Stimme, als die 200 eingetroffenen Soldaten zur Verköstigung im Speisesaal Platz genommen hatten.
Nach einem kurzen aber nahrhaften Mahl hatte er die Stimme erhoben und war nun dabei den Hilfstruppen aus Thorgar die Umstände ihrer Situation zu erklären.

„Ihre Einheit, Herr General...“, meinte er mit gleich bleibender Stimme, wobei er seinen Blick auf den Kommandeur der Truppen fixierte, „wird am morgigen Tage mit drei unserer Erzkutter über den See nach Alveus gebracht. Von dort aus können sie durch die Wälder nach Lorio gelangen. Ich wünsche ihnen allen viel Erfolg, und möget ihr siegreich sein“, meinte er mit schnellen Worten und ließ sich dann wieder auf seinem Platz nieder um mit dem kommandierenden General die Details durchzugehen.
Kurz darauf verließ der Großteil der Truppe den Saal und beschritt seinen Weg in Richtung der Kasernen. Diese befanden sich nicht weit vom Schloss entfernt, so dass Dexter und vier seiner Kameraden bereits nach einer viertel Stunde die Türe zu ihrer Kammer öffneten um zumindest ein wenig Erholung zu finden, bevor sie am darauf folgenden Tag erneut auf Marsch gehen würden. Da sie alle die vorherige Nacht auf dem kalten, harten Boden eines abgeernteten Kartoffelfeldes verbracht hatten, waren sie mehr als erfreut über die bequemen Betten, so dass es nicht lange dauerte, bis sie in einen tiefen Schlaf versunken waren.

Es war früh am Morgen, als sie am nächsten Tag vom Geläute der Stadtglocke geweckt wurden und ihre letzten Vorbereitungen für den bevorstehenden Auftrag trafen. Mit Sorgfalt überprüfte auch Dexter ein letztes Mal seine Klingen und den hart gespannten Langbogen, woraufhin er seine Rüstung anlegte und gemeinsam mit Seren und Petro den Weg zu den Stallungen machte. Sie überprüften kurz, ob ihre Rösser gut untergebracht waren, und dann machten sie sich zu Fuß auf den Weg ins Hafenviertel. Gegen neun Uhr geschah es dann, dass sie wie die restlichen Krieger auf einem der Transporter Platz fanden um schnellst möglich die gewaltige Seenplatte zu überqueren.

Das Antlitz hinter dicken Wolken verborgen schafften an jenem nebligen Morgen nur wenige Sonnenstrahlen den Weg zur Erde, bis sich gegen Mittag das Bild verdüsterte und ein gewaltiger Regenschauer über die See hereinbrach. Stundenlang schüttete es wie aus Eimern, und der raue Wind und die harten Wellen trübten zunehmend das Gemüt der Soldaten. „Was ist das für ein Sauwetter?“, hallte es aus allen Richtungen des Schiffes, während jenes sich langsam aber sicher seinen Weg durch die

Fluten suchte, so dass man bereits zur vierten Stunde des Mittags das schwankende Gefährt verlassen konnte um zu Fuß tiefer in das für die meisten Soldaten unbekannte Terrain vorzustoßen.

Es vergingen einige Stunden, in denen sie in langsamem Tempo durch die hohen Bäume der Wälder marschierten, wobei der Regen erst zur siebten Stunde des Mittags nachließ und die schwarzen Wolken langsam aber sicher in der Ferne verschwanden.
Sobald der Regen nachgelassen hatte, machte sich die Einheit des General Berbatons daran einen günstigen Lagerplatz auszukundschaften, so dass bereits nach kurzer Zeit die ersten Zelte den weichen Waldboden zierten. Da keiner der Soldaten an jenem Abend hungrig zu Bett gehen wollte, wurden insgesamt zehn Jäger losgeschickt, die sich um Grillfleisch kümmern sollten. Einer von ihnen war auch der Soldat Terean, und so machte er sich zu jener dämmrigen Stunde auf, um seiner Pflicht nachzugehen.

Mit dem Langbogen in der Hand bahnte er sich einen Weg durch das Gestrüpp des Waldes, bis er nach einigen Minuten die erste Beute ausmachen konnte. Es war ein einsamer Scavens, der orientierungslos durch die Gegend schritt, bis er durch einen gezielten Schuss des Soldaten zu Boden ging. Schnell kam der Schütze daraufhin näher und begutachtete die Beute, wobei er erkennen musste, dass dieses Geschöpf kaum genug Fleisch hergeben würde, als dass es sich lohnte ihn mit ins Lager zu bringen. So nahm er lediglich Schnabel und Klauen und ließ den restlichen, mageren Kadaver auf dem durchnässten Laub liegen. Es brauchte einige Zeit, bis der Soldat erneut auf eine mögliche Beute stieß.
Es waren zwei junge Wildsäue, die im letzten Schatten des roten Feuerballs, der gerade dabei war hinter den Bergmassiven zu verschwinden, mit ihren Hauern den Waldboden durchwühlten. Mit schnellem Griff nahm Dexter sofort einen Pfeil aus dem Köcher, woraufhin er jenen in die Sehne setzte und sie mit kräftigem Armzug spannte. Er benötigte nur ein paar Sekunden, bis er das Herz einer Wildsau ins Visier genommen hatte und schließlich die Spannung des Bogens lösen konnte.
Sofort nachdem das Geschoss die Sehne verlassen hatte, wiederholte er den Vorgang, bis nach einem dritten Pfeil zwei Wildschweine am Boden lagen. Mit stolzem Grinsen erkannte dies der Soldat und machte sich

dann daran die Beute zu schultern und mit schnellem Schritt zurück zum Feldlager zu gelangen. Zu seinem Glück waren es beide noch recht junge Exemplare, weshalb er sie gerade so stemmen konnte, aber dennoch war sein Rückweg im Gegensatz zum Hinweg eine schweißtreibende und kräftezehrende Aufgabe. Immer wieder musste er die schweren Kadaver zu Boden schmeißen, um sich einige Minuten der Erholung zu gönnen, bis er sie erneut schulterte und mit immer langsamer werdenden Schritten seinen Weg fortsetzte.

Es war bereits düster, als er endlich den Fackelschein des Lagers erspähte und mit letzter Kraft das Beutegut dorthin brachte.
„Hier!“, sprach er mit erschöpfter Stimme, als er einige Minuten darauf das tote Tier vor den Füßen Serens niederschmiss. Dieser war aufgrund seiner Ausbildung zum Koch für die Zubereitung des Fleisches zuständig und war nun derjenige, der das Tier zerlegte und das rohe und trockene Fleisch von den Knochen schnitt. Gut zwei Stunden dauerte es, bis auf diese Weise aus dem toten Vieh das erste Wildsauragout entstanden war, so dass die Soldaten, welche bisher noch nichts zu sich genommen hatten, mit hungrigen Mäulern vor dem gewaltigen Kochtopf anstanden, um letztlich doch etwas gegen ihre leeren Bäuche zu tun.
Auch Dexter nahm eine große Schüssel und gesellte sich daraufhin zu seinem Kollegen Petro, mit dem er über den bevorstehenden Angriff debattierte.

„Gibt’s schon irgendwas Neues von den Spähern?“, begann er mit gesättigtem Magen, nachdem er die komplette Schüssel verputzt hatte, woraufhin Petro mit emotionsloser Stimme sprach. „Ja, sie sagen die Minen sind komplett verbarrikadiert. Keiner kommt rein und keiner kommt raus. Scheinbar haben die vor länger da drin zu bleiben. Jedenfalls haben sie bisher keine Forderungen gestellt, und keiner weiß eigentlich, wieso sie das tun.“ „Hm, und was ist mit dem Rest Lorios? Also der Stadt an sich?“ „Da ist alles wie immer, nur dass die ganzen Arbeiter frei haben“, erwiderte Petro mit schnellen Worten, als auch Seren mit seiner Schüssel herankam. „So, endlich sind alle versorgt“, meinte er mit leichtem Grinsen, woraufhin er sich bei den Freunden niederließ und sich mit hungrigem Blick seinem Wildschweinragout widmete.

Als jener zu Ende gegessen hatte, kamen auch Dexter und Petro mit ihrer Unterhaltung zum Ende, so dass sie sich langsam aber sicher in ihre Zelte zurückzogen um einen letzten Quant Erholung zu erhaschen, bevor sie am morgigen Tage zum ersten Mal in eine wirkliche Schlacht ziehen würden.

Es war noch vor dem Morgengrauen, als am darauf folgenden Tag ein lauter Gong durch das Feldlager hallte und einen jeden der Soldaten zum Aufstehen zwang. Nach einem kurzen Morgenessen, das hauptsächlich aus den Resten des gestrigen Abends bestand, machten sie sich diesmal mit schnellerem Tempo auf den Weg nach Lorio, wo sie schließlich zur Mittagszeit eintrafen.

In einer Festhalle versammelte sich daraufhin die komplette Einheit, so dass der General ihnen die Einzelheiten ihres bevorstehenden Angriffs erläuterte. „Wie wir bisher wissen, sind die Rebellen stark bewaffnet und verschanzen sich im Inneren der Mine. Der Haupteingang ist mit über 30 Armbrustschützen bewacht, so dass es beinahe unmöglich sein dürfte auf diese Art in die Minen zu gelangen. Auch die Nebeneingänge eins und zwei sind von innen mit Armbrustschützen gesichert, so dass diese ebenfalls schwer zu durchbrechen sein dürften. Wie ich aus den Karten und Plänen in unserer Bibliothek in Thorgar in Erfahrung bringen konnte, gibt es jedoch noch einen weiteren Eingang. Einen geheimen, unbekannten Eingang, auf den wir in dieser Schlacht unsere Hoffnungen setzen werden. Er ist der kleinste und unseren Informationen nach der einzige, der seit Jahrhunderten nicht mehr genutzt wird, weshalb dieser Eingang die beste Möglichkeit ist, ins Innere der Minen zu gelangen. Wenn wir erst mal drin sind, wird es uns sicherlich ein Leichtes sein, ihre Verteidigung zu zerschlagen und Lorio zu befreien“, und mit einem Zeigestab zeichnete er während seiner Ausführung des geplanten Weg auf einer Skizze der Minen nach, bis er am Ende mit einem Schlag auf den Hauptschacht das Ende seiner Erläuterungen untermauerte.

Es war ein steiler und kraxeliger Weg, den sie im Anschluss beschreiten mussten, um zum erhofften Eingang im hinteren Teil der Mine zu gelangen. Dort angekommen wurde die Einheit in fünf Züge aufgeteilt, die

nacheinander alle zwei Minuten ins Innere der Mine stürmen sollten. So geschah es, dass der Soldat Terean in Zug Nummer zwei gesteckt wurde, wo er Seite an Seite mit Seren und Petro gegen den Landesfeind kämpfen würde.
Wie vom General richtig vorhergesagt war der seit vielen hundert Jahren nicht mehr verwendete Eingang in die Minen von den Rebellen unentdeckt geblieben. Lediglich einige alte und morsche Holzbretter und Stämme stellten sich den Soldaten beim Eintritt in den Weg, so dass sie nach deren Beseitigung mit schnellem, aber leisem Schritt ins Innere der Mine vordringen konnten.
Es dauerte einige Minuten bis auch Dexter mit seinem Zug losschritt und in der Dunkelheit der Berge verschwand. Es war ein langer und steiler Pfad in die Tiefen der Mine, bis sie plötzlich in weiter Ferne lautes Geschrei und das Klirren von eisernen Waffen vernahmen. Mit beschleunigtem Schritt und ohne Rücksicht auf das Geklapper ihrer Rüstung eilten sie weiter den Gang hinab um dem ersten Zug zur Hilfe zu kommen, wobei sie nach etwa einer Minute im fahlen Licht des Hauptschachtes die letzten Überlebenden erblickten.
Mit wackerem Schritt und tapferen Herzen umklammerten sie die Schäfte ihrer Bögen und Armbrüste, während andere damit beschäftigt waren mit ihren robusten Klingen die Reihen der Feinde zu zerschlagen. Es war gerade der richtige Moment, in dem Zug zwei auf den Plan trat und Dexter, wie viele andere neben ihm, mit gezogenen Klingen auf die Rebellen einstürmte.
Schlag um Schlag ließ er auf seine Feinde niederprasseln, während er mit festem Schritt und wackerem Herzen immer weiter in den Hauptschacht vordrang. An der Seite der unterschiedlichsten Krieger vollführte er so einen wahren Klingentanz, wobei ihm nicht sonderlich viel Zeit blieb über sein Handeln nachzudenken, als plötzlich ein gewaltiger Schlag in seiner Schulter ihn zwang, seine Waffe fallen zu lassen und mit geschocktem Blick auf die Einschlagswunde eines Pfeils zu starren.
„Verdammt!“, schoss es ihm dabei immer wieder durch den Kopf, während er sich aus der vordersten Angriffsreihe zurückzog und mit wackligen Schritten einen Weg durch die kämpfende Menge suchte. Dabei versuchte er krampfhaft den in seiner Schulter steckenden Pfeil herauszuziehen, was ihm jedoch nicht wirklich gelingen wollte. Höllische Schmer-

zen durchzuckten dabei seinen Körper, als er mit blut- und schweißverschmiertem Gesicht einen Weg durch die Kampfesreihen suchte, um sein Leben nicht in der Mine lassen zu müssen.
Es waren unglaubliche Schmerzen, wie er sie erst einmal zuvor gespürt hatte, die in jenem Moment den Geist Dexters durchzuckten, so dass es für den Soldaten schwer war einen klaren Gedanken zu fassen. „Er musste weg, raus aus der Mine. Raus aus der Schlacht“, war das Einzige, woran er dachte, da er genau wusste, dass es nichts nützte, wenn man sich mit einer Verwundung in den Kampf stürzte. So stolperte er ohne Bewaffnung zurück in den Schacht, aus dem sie gekommen waren, bis ihm plötzlich schwarz vor Augen wurde und er mit einem dumpfen Schlag auf den harten Steinboden aufschlug.

Es vergingen Stunden, bis er das nächste Mal seine Augen öffnete und sich inmitten einer Vielzahl an Betten wiederfand. „Wo bin ich?“, ging es ihm durch den Kopf, als ihm plötzlich der Freund Petro an der Seite des Bettes auffiel. Mit gesenktem Haupt saß er auf einem Stuhl und war allem Anschein nach eingenickt, weshalb er ihm einen kleinen Stoß verpasste, so dass dieser erschrocken auffuhr. „Ah, Terean!“, rief er dann erfreut, als er erkannte, dass der Freund erwacht war, woraufhin dieser mit schmerzverzogenem Gesicht den Oberkörper aufrichtete.
„Wie komme ich hierher?“, fragte er mit schmerzlicher Stimme, was den Freund dazu veranlasste ihm die Geschehnisse der letzten Stunden näher zu bringen.
„Als wir in den Hauptschacht kamen, habe ich mich bei den Armbrustschützen positioniert. Pfeil um Pfeil schoss ich auf die Rebellen, als ich plötzlich im Augenwinkel sah, dass du dich mit blutender Schulter in den Schacht, aus dem wir kamen, zurückgezogen hast. Die Schlacht tobte von da an noch etwa eine halbe Stunde, bis die restlichen Rebellen kapitulierten und ihr Anführer Chaba gefangen genommen werden konnte. Da ich dich, seitdem du in den Schacht verschwunden warst, nicht mehr gesehen hatte, wollte ich nachschauen, was mit dir ist, und als ich dann jenen Gang beschritt, erspähte ich dich, wie du bewusstlos am Boden lagst. Erst als ich dich näher inspizierte, bemerkte ich den Pfeil in deiner Schulter, und als ich merkte, dass du noch atmest, hab ich dich sofort zu einem der Kriegsärzte gebracht. Zum Glück war der Pfeil noch in der

Schulter, sonst wärst du mit Sicherheit schon längst verblutet. Mit den übrigen Verwundeten bist du dann hierher gebracht worden."
Geduldig und interessiert lauschte Dexter den Ausführungen seines Freundes und erkundigte sich dann nach ihrem Freund Seren, woraufhin Petro traurig das Haupt senkte und dem Freund mitteilte, dass jener gefallen sei. Es traf Dexter wie ein harter Schlag, als er jenes erfuhr, wobei sich tiefe Trauer über seine Seele legte.
„Wieso nur?", meinte er mit niedergeschlagener Stimme, woraufhin der Freund das Wort ergriff. „Mit erhobener Axt hat er gegen die Rebellen gekämpft, als ihn zwei Armbrustpfeile trafen. Einer hat die Rüstung an der Schulter zerschlagen und sich tief in den Körper gebohrt, während ein anderer Körper und Rüstung im Bauch durchschlug. Mit diesen Wunden war er nicht mehr fähig seine Waffe zu führen und wurde daraufhin von zwei Rebellen niedergekämpft. Er hatte keine Chance", sprach er mit verletzter Stimme, wobei Dexter verschiedenste Erinnerungen an den verstorbenen Freund durch den Kopf gingen.
Über vier Jahre kannten sie sich, und in der gesamten Zeit waren sie wie Brüder füreinander. Ein jeder half dem anderen, und man konnte sich immer auf die anderen verlassen. Auch Petro gingen diese Gedanken durch den Kopf, als ihre Trauer plötzlich von einem hereinkommenden Arzt unterbrochen wurde.
„Ah, ihr seid wach, Soldat, äh...", und mit schnellem Blick überflog er eine auf Pergament verfasste Namensliste um den Satz mit dem Namen Troles zu beenden. „Wie geht's euch?", fragte er Dexter, der mit einem „Ganz okay" antwortete. „Allem Anschein nach habt ihr einen Schock erlitten und seid deswegen umgekippt. Glück gehabt, dass der Pfeil noch in der Wunde steckte. Es dauert einige Tage, bis alles wieder zuwächst, aber wenn ihr versprecht euch nicht anzustrengen, könnt ihr den Krankenflügel verlassen und euch in eine der Kasernen zurückziehen", erläuterte er mit schnellen Worten, woraufhin er sich einem anderen Soldaten widmete, der mit schmerzerfüllten Worten aus dem hinteren Ende des Zimmers rief, so dass der Doktor mit schnellen Schritten zu ihm eilte.

Mit dieser freudigen Botschaft im Hinterkopf versuchte Dexter nun zum ersten Mal aus dem Bett aufzustehen, um letztlich das Krankenzimmer verlassen zu können. Zwar hatte er immer noch große Schmerzen, und es

war nicht leicht sich auf den Beinen zu halten, doch die Aussicht auf ein Bett entfernt von den vielen teilweise recht schwer verwundeten Kriegern ließ ihn durchhalten.
Es brauchte schließlich einige Minuten, bis sie mit einem letzten Blick zurück das Zimmer verließen und sich inmitten eines langen Korridors wiederfanden. Da die Verletzung glücklicherweise nur an der Schulter war, funktionierte das Laufen ganz gut, so dass sie schon nach wenigen Momenten die Festung verlassen konnten um sich nach einem kurzen Abendessen im Inneren einer kleinen Kammer wiederzufinden.
Da auch die Stadt Lorio über eine Kaserne verfügte, wurde die Einheit des General Berbatons, von der noch an die 100 Mannen am Leben waren, in jener untergebracht, so dass sie nicht in den mitgebrachten Zelten übernachten mussten. An Stelle dessen bekamen jeweils zwei von ihnen ein gemeinsames Zimmer, in welchem sie die kommenden Tage wohnen durften. Noch lange unterhielten sie sich an jenem Abend über die Einzelheiten der Schlacht, bis die Müdigkeit langsam aber sicher in die Körper der Freunde zurückkehrte und sie beide in einen tiefen Schlaf fielen.

Gegen zehn Uhr in der Früh öffnete Dexter am nächsten Tag die Augen, wobei ein stechender Schmerz durch die Schulter schoss. „Verdammt!“, murmelte er dabei in sich herein, während er den Körper erhob und mit aufrechtem Oberkörper im Bett saß. Hierbei erkannte er auch, dass das Bett seines Freundes leer war, bis plötzlich eben Benannter die Kammertür aufriss und mit breitem Grinsen herein trat.
„Ah, du bist ja endlich wach!“, meinte er zu Dexter, wobei er sich mit gekonntem Schwung auf sein Bett beförderte um dem Freund die neuesten Meldungen zu verkünden. „Wir reisen in sieben Tagen nach dem Morgenessen, sprich neun Uhr, ab. Bis dato hat jeder Soldat aus Thorgar freien Ausgang.“
Mit einem müden Lächeln vernahm Dexter dies, da er sich im Klaren darüber war, dass die sieben Tage Ausgang für ihn hauptsächlich Bettruhe bedeuteten. Nichtsdestotrotz war er froh darüber nicht gleich wieder zurück nach Thorgar zu müssen.
Er wusste zu diesem Zeitpunkt nicht wieso oder weshalb, aber auf irgendeine Weise wollte er nicht zurück in die Heimatstadt. Irgendetwas hielt ihn davon ab. Irgendeine seltsame Macht, welche dieser Ort aus-

strahlte. Eine Macht, die von den Bäumen und Bergen, den Flüssen und Seen ausging und eine Macht, die den Geist des jungen Soldaten langsam aber sicher in ihren Bann zu ziehen drohte.

Es war am Abend des dritten Tages, nachdem Dexter den Krankenflügel verlassen hatte, als er sich gerade auf dem Weg von der Speisehalle in Richtung ihrer Unterkunft bemühte. Mit müden und langsamen Schritten trottete er gedankenlos durch die schmale Gasse, welche ihn letztlich zu seinem Domizil bringen sollte, als sich plötzlich eine dunkle Gestalt dem Krieger in den Weg stellte.
„Seid mir gegrüßt, Soldat der königlichen Garde!“, sprach diese mit ironischem Tonfall, wobei sie ihr Wortbild mit einer graziösen Verbeugung untermalte. „Wer seid ihr?“, entgegnete der Soldat darauf mit überraschten Augen, als er die aufgetauchte Gestalt näher musterte. Ein schwarzer Umhang, tief unter die Augen gezogen, breitete sich über den kompletten Körper aus und hüllte die Erscheinung des Fremden in totale Dunkelheit. „Wer ich bin?“, fragte jener mit verwirrter Stimme, woraufhin Dexter dies mit einem kräftigen „Ja!“ bestätigte. „Mein Name ist Thearus, und ich bin ein einfacher Minenarbeiter. Ich wollte euch nur danken. Danken dafür, dass ihr unsere Mine zurückerobert habt. Und danken, dass ihr diese Rebellen besiegt habt“, erläuterte er mit erfreuter Stimme, wobei Dexter der Funke des Schreckens, welcher das Auftauchen des Unbekannten im Inneren des Soldaten entfacht hatte, aus seinen Gliedern rann und er mit erleichtertem Blick den Dank annahm. „Nun will ich euch nicht länger von eurem Wege abhalten“, fuhr die dunkle Gestalt fort, woraufhin er dem Soldaten die Hand zum Abschied entgegenstreckte. „Hat mich gefreut, ehrenwerter Soldat“, beendete er seine Worte, woraufhin Dexter ihm die rechte Hand reichte, als auf einmal etwas geschah, was er noch nie zuvor erlebte hatte.
Just in jenem Augenblick, in welchem er die Hand des Fremden fasste, schoss ihm ein Gedankenblitz nach dem nächsten durch den Schädel.
„Die Schreie einer Frau, die mit blutiger Klinge durch ihre Rippen zu Boden ging. Gewaltige Blitze, Donner und Feuer, welche die Dunkelheit einer ansonsten pechschwarzen Nacht durchbrachen. Ein Mann, der sich schützend vor ein hilflos schreiendes Kind warf und die angreifenden Soldaten zu Boden schmetterte.“

Mit einem entsetzten Blick musterte Dexter seine Hand, welche er Sekunden zuvor dem Fremdling gereicht hatte. „Was war das? Was ist geschehen?“, schoss es ihm durch den Kopf, wobei ihm erneut die Traumbilder durch den Kopf wanderten. „Was war da los? Was waren das für Bilder?“, hämmerte es durch seinen Schädel, als ihm auf einmal auffiel, dass jene Gestalt so plötzlich verschwunden war, wie sie aufgetaucht war. Weit und breit war keine Spur von jenem mysteriösen Minenarbeiter zu sehen, auch wenn Dexter sicher war, dass jener vor nicht einmal einer Sekunde noch hier gewesen war.
„Seltsam, seltsam!“, murmelte er dabei zu sich, als er seinen Weg fortsetzte um endlich in die Unterkunft zu gelangen, wobei ihm jedoch zu keiner Sekunde das eben Erlebte aus dem Gedächtnis ging.

Es war zwei Tage später, in denen Dexter die ganze Zeit die verschwommenen Visionen durch den Kopf wanderten, als das nächste seltsame Ereignis den Soldaten zum Nachdenken anregte.
Es waren drei Menschen, die sich im Schatten einer Laterne und im Antlitz dreier Bierkrüge niedergelassen hatten und seine Aufmerksamkeit auf sich zogen. Gemeinsam mit Petro und vier weiteren Soldaten befand er sich in einer der hier in Lorio zahlreichen Kneipen und genehmigte sich ebenfalls einige Humpen des kühlen Gerstensaftes, wobei sein Blick immer wieder von den Gesichtern der Gefährten weg auf den in einer Ecke befindlichen Tisch der drei Unbekannten wanderte.
„Die tragen die gleichen Umhänge wie auch der komische Typ“, meinte er zu seinem Freund, als der ihn fragte, was denn los sei. Mit wackerem Lächeln wendete nun auch Petro seinen Blick und musterte die drei Gestalten in der Ecke. „Ach, das sind nur Waldmenschen“, meinte auf einmal einer der mitgekommenen Soldaten, woraufhin Dexter aufgeregt aufhorchte. „Waldmenschen, sagst du?“, entgegnete er, woraufhin der Soldat, der auf den Namen Torius hörte, bestätigend nickte.
Es war nicht viel, was Dexter über jene Gestalten wusste. Sie lebten hauptsächlich in den Wäldern des Seengebietes und in dem weitläufigen Grün des Minous, wobei sie aber auch schon in anderen Gegenden dieser Welt gesichtet wurden. Ein sonderbares Volk, welches aufgrund seiner merkwürdigen Rituale und Mythen den Abstand zu den Bewohnern Ogirions sucht.“ So viel hatte er noch aus den Erklärungen von Professor

Severas im Gedächtnis. Aber dass sie in einem Menschen Visionen und Traumbilder entstehen lassen konnten, das hatte er nicht gewusst.

„Aber wieso gibt der sich als Minenarbeiter aus?“, schoss es auf einmal aus ihm hervor, als er gemeinsam mit Petro im Zimmer lag und nochmals über die Geschehnisse nachgrübelte. „Keine Ahnung!“, entgegnete dieser, als ihm plötzlich doch eine Idee kam. „Hm, weißt du, vielleicht wollen die Waldmenschen langsam zurück aus ihrer Einöde und versuchen sich deshalb beim König einzuschmeicheln. Und, na ja, da der König ziemlich weit weg ist versuchen sie es halt bei uns“, meinte er mit einem Grinsen, als hätte er soeben eine höchst wissenschaftliche Entdeckung gemacht, woraufhin Dexter heftig den Kopf schüttelte. „Aber das erklärt nicht diese Bilder. Diese Visionen. Du kannst dir das nicht vorstellen. Sie waren so... so real!“, beendete er seine Worte und ließ dann den verwundeten Körper in das weiche Kissen sinken. „Hm, keine Ahnung!“, entgegnete daraufhin Petro und ließ sich ebenfalls in sein Kissen zurückfallen.
Es dauerte Stunden, bis der Soldat Terean in jener Nacht hinter den Vorhang der Träume verschwinden konnte. Noch lange plagten ihn die wildesten und verrücktesten Gedanken, bis er es irgendwann tief in der Nacht endlich schaffte die Welt des Wachseins hinter sich zu lassen.

Die letzten zwei Tage schritten schließlich ohne irgendwelche Zwischenfälle von dannen, so dass zur neunten Stunde des Mittags und nicht zur neunten Stunde des Morgens, wie Petro fälschlicher Weise behauptet hatte, drei Eisenerzschlepper die Stadt Lorio verließen und ihren Weg vorbei an der Seeschneise nach Esgoloth fanden. Es war eine ruhige und seichte See, welche sie auf ihrem Rückweg begleitete, so dass sie bereits zur frühen Morgenstunde in Esgoloth vor Anker liefen. Es dauerte einige Zeit, bis sie sich unter tosendem Beifall und lautem Gejubel eine Schneise durch die Gassen gebahnt hatten, und so zur späten Stunde des Morgens auf den Rücken ihrer Pferde die Stadtmauern hinter sich ließen.

Im Antlitz der glitzernden Sonne galoppierten sie durch dichte Wälder und weite Felder, bis sie nach einigen Stunden den Surius überquerten und in das Hoheitsgebiet Thorgars vorstießen. Entlang des gewaltigen

Flusses führte sie ihr Weg immer weiter Richtung Norden, wobei sie zur späten Stunde des Tages ihren Lagerplatz für die bevorstehende Nacht auskundschafteten.
In der Nähe des Surius gelegen, verbrachten sie eine kurze Nacht, bis sie am darauf folgenden Tag ihre Reise wieder aufnahmen.
Insgesamt neun weitere Tage brauchten sie, bis sie zur späten Stunde des Mittags schließlich die ‚Leuchtende Stadt' in der Ferne erblickten. „Wir sind wieder da!", hallte es dabei freudig durch die Reihen der Soldaten, die von plötzlicher Euphorie gepackt mit Schrei und Gesang auf die gewaltigen Mauern zustürmten.

Lob und Jubel waren hierbei das, was die Helden von Lorio, wie man sie von da an nannte, in den folgenden Tagen in großem Maße genossen. Denn auch wenn Esgoloth sehr weit entfernt war, so war die Nachricht von der Rückeroberung der Eisenquellen längst bis nach Thorgar gelangt.
Für Dexter war der Rummel und Jubel, der in den nächsten Tagen durch die Festung ging, ein wenig zu viel, so dass es immer öfters vorkam, dass er sich allein in seine Kammer zurückzog und nachdachte.
Wie einem jeden anderen Soldaten so wurde auch ihm eine eigene Kammer in einer der drei Soldatenkasernen zugeschrieben, in welcher er auf Kosten der Garde leben konnte. So hatte er nach vier Jahren Zimmerkameradschaft erstmals einen Raum ganz für sich allein, in dem er auf den knapp 20 Quadratmetern sein Hab und Gut unterbringen konnte. Ein bequemes Bett, ein Schrank, ein Tisch und zwei Stühle zierten hierbei den ansonsten kargen Raum, wobei die Waffen und Rüstungen des Soldaten im Inneren des Schrankes ihren Platz fanden. Auch die Kleidung Dexters hatte ihren Platz dort drin und so öffnete er jenen Stauraum, nachdem er einige Minuten schweigend und mit geschlossenen Augen auf dem Bett verbracht hatte, und nahm die Kampfrüstung, welche er in der Schlacht gegen die Rebellen getragen hatte, heraus.
Missmutig inspizierte er die Stelle, an der der Pfeil die Rüstung durchbohrt hatte und musste dabei feststellen, dass die leichten Metallplättchen, die in jener verarbeitet waren, vollkommen zersprungen waren. „Und das soll mich schützen?", meinte er dabei mit unsicherem Lacher, wobei er den Rest der Rüstung näher in Augenschein nahm. „Verdammt,

da sind ja überall Risse und Sprünge“, stellte er mit erschrockenem Blick fest, als er drei weitere defekte Stellen entdeckte. Auch wenn er noch nicht so genau wusste wie und woher, aber auf irgendeine Art und Weise musste er sich eine neue Rüstung beschaffen. Eine richtige Rüstung, wie sie einem Soldaten wie ihm gebührte.
„Kein dickeres Wollhemd mit ein paar Metallplättchen, sondern etwas Richtiges“, sprach er zu sich selbst, während er jene schwache Rüstung zurück in den Schrank beförderte und stattdessen ein helles Gewand herausnahm. Wie die restlichen 119 Soldaten, so würde auch er heute eine Auszeichnung für den Kampf gegen den Feind erhalten, weshalb er sich frohen Mutes der schmutzigen Kleidung, welche er seit einem kleinen Trainingskampf mit Petro vor drei Stunden an sich trug, entledigte und mit freudiger Erwartung das eben herausgeholte Gewand überstreifte. Schnell noch den Drachendolch befestigt und das Waffengespann angelegt, und ohne weitere Zeit zu verlieren machte er sich daraufhin auf um mit schnellen Schritten das Innere der Festung zu erreichen.

Unter immer noch anhaltendem Jubel nahm er an jenem Abend eine der Auszeichnungen entgegen. Kein Stern, wie ihn die Helden des Landes erhielten, sondern eine kleine Blankette, in der ein silberner Dolch eingraviert war, bekamen die 119 Helden von Lorio von den Vertretern des Kriegsrates an ihre Brust geheftet, wobei einem jeden die Ehre und Anerkennung, welche ihnen vom niederen Volk beigemessen wurde, ins Gesicht geschrieben stand. Auch der Soldat Terean Troles blickte hierbei mit sicherem Lächeln und tiefer Freude auf die jubelnde Menge herab, während einer der Ratsmänner ihm seinen Dank aussprach und ihm einen der insgesamt 119 silbernen Dolche an die Brust heftete.

Kapitel 9 - Die Tochter des Königs

Es war eine gemütliche Zeit, welche Dexter in den kommenden Wochen durchlebte. Aufgrund seiner Verwundung hatte er einen zweimonatigen Urlaub zugesprochen bekommen, so dass er ohne jegliche Pflichten die Tage durchleben konnte. Diese verbrachte er meist am Burgweiher, wo er die sonnigen Tage faul im saftigen Gras dahinstreichen lassen konnte.
Seinen Freund Petro traf das Los nicht so gut, was dazu führte, dass er bereits zwei Wochen nach ihrer Ankunft aus Lorio erneut in den Kriegsdienst eingezogen wurde. Angeblich gab es wiedereinmal einige Unruhen in Virona, weshalb der Kriegsrat einige Truppen dorthin entsendet hatte.
Mit sorgenverhangenem Blick dachte der zurückgebliebene Soldat in jenen Tagen immer wieder an den fernen Freund und fragte sich, ob er bereits das gleiche Schicksal erlitten hatte wie sein gefallener Freund Seren, als plötzlich eine junge Frau auf den Soldaten zuschritt und mit einem dicken Grinsen auf den Backen ein „Hallo!“ verlauten ließ.
Aus seinen Gedanken aufgeschreckt blickte Dexter mürrisch auf die hinter ihm erschienene Frau, als er auf einmal erkannte, dass es sich nicht um irgendjemanden x-Beliebigen handelte, sondern um die Tochter des Königs höchstpersönlich. „Verzeiht mir, Gnädigste!“, und mit einem Satz sprang der Soldat sofort auf und verbeugte sich mit einem tiefen Knicks, woraufhin jene ihn mit einem immer währenden Lächeln anblickte und das Sprechen begann.

„Wie kommt es, dass so ein gut aussehender Soldat, wie ihr es seid, jeden Tag faul in der Sonne liegt und ihr dabei beim wandern zusieht?“ Ein wenig überrascht über die Worte der Prinzessin blickte er ihr tief in die Augen und berichtete dann von der Verwundung im Kampf um Lorio.
„Der Arzt meinte, ich soll mich noch mal richtig auskurieren und möglichst keinen Finger rühren. Also, was bleibt mir anderes übrig, als meinen Körper in die Sonne zu recken und ab und zu mal auf eine gemütliche Abkühlung in den Weiher zu springen?“, grinste er ihr freudig ins Gesicht, woraufhin jener ein kleiner Lacher entfuhr.
„Und ihr, Prinzessin? Wie kommt es, dass ihr euch hier draußen, außer-

halb des Palastes, herumtreibt?“, meinte er nach einem kurzen Moment der Stille, woraufhin jene sich in das saftige Gras, in welchem der Soldat keine zwei Minuten zuvor noch gelegen hatte, setzte. „Ach, wisst ihr, normalerweise erlaubt mein Vater nicht, dass ich mich im äußeren Ring aufhalte. Er will nicht, dass ich mich mit irgendwelchen Soldaten oder Rekruten einlasse. Aber zum Glück ist mein Vater im Moment nicht hier, und darum bin ich aus dem Palast ausgerissen und will mir jetzt ein bisschen die Stadt ansehen. Und, na ja, da ich alleine schon ein bisschen Angst habe, wollte ich fragen, ob ihr mich vielleicht begleiten könntet?“, beendete sie ihre Erläuterung, woraufhin der Soldat ungläubig in die Augen der jungen Frau blickte.
„Was?“, meinte er erschrocken, woraufhin er energisch den Kopf schüttelte. „Prinzessin, ihr dürft nicht in die Stadt. Euer Vater. Wenn er das rausbekommt. Und außerdem ist es viel zu gefährlich für euch. Meint ihr, die Leute werden nicht auf euch aufmerksam? Ihr habt ein Gesicht, das ein jeder im Lande kennt, vergesst das nicht. Und wenn die falschen Leute dieses Gesicht alleine durch die Stadt wandeln sehen, werden sie diese Gelegenheit sicherlich nicht vergehen lassen. Versteht doch, es ist zu gefährlich“, sprach er mit schnellen Worten, wobei langsam das Lächeln aus dem Gesicht der königlichen Tochter entfleuchte. „Aber wenn ihr mitkommt, dann bin ich nicht allein!“, entgegnete jene plötzlich mit einem erneut zurückgekehrten Grinsen, woraufhin sie frohen Mutes aufsprang und den Soldaten zum Gehen animierte. „Verdammt!“, schoss es jenem dabei durch den Kopf, als er erkannte, dass das königliche Blut keinerlei Anstalten machte umzukehren, sondern immerzu schnurgerade auf das nächste Tor zumarschierte.

„Wie glaubt ihr, kommt ihr an den Wachen der Festung vorbei?“, meinte der Soldat, als er langsam aber sicher die Distanz zwischen sich und der Frau ausglich. „Ach, ich bin schon an den Wachen des Palastes vorbeigekommen. Glaubt mir, es hat große Vorteile, wenn man ein Mitglied des Königshauses ist“, grinste sie ihn mit breiten Backen an, woraufhin sie plötzlich den gekiesten Weg verließ und durch die Pfade zwischen den Rekrutenkasernen in Richtung hinterem Teil der Anlage marschierte.
„Da hab ich mal gewohnt!“, sprach Dexter plötzlich, als sie Kaserne Nummer drei passierten. „Wie heißt ihr eigentlich, Soldat?“, entgegnete

jene ihm darauf, woraufhin er den Namen Terean Troles verlauten ließ. „Was für ein seltsamer Name!“, entgegnete diese und lächelte dabei dem Soldaten ins Gesicht. „Aber hört sich irgendwie ganz gut an“, beendete sie ihren Satz und führte Dexter dann weiter an eine Stelle, die er seit langem nicht mehr zu Gesicht bekommen hatte.
Wie ein Geistesblitz tauchten plötzlich die Gedanken auf, wie sie alle gemeinsam, er, Petro und Seren an diesem Platz verweilt hatten und sich den Freuden der Jugend hingaben. „Was ist los?“, meinte auf einmal die Prinzessin, als sie im Augenwinkel erkannte, dass ihr Gefährte seine Schritte verlangsamte. „Ach, nichts!“, entgegnete jener trocken und ließ die Erinnerungen an den verstorbenen Freund zurück und folgte seiner Begleiterin. „Es ist nicht mehr weit“, meinte jene, als Dexter anfing nachzufragen, wo es denn überhaupt hingehen sollte, woraufhin sie kurz darauf eine geheime Klapptür unter einer alten Kiste öffnete.
„Und ich hab mich schon immer gefragt, warum niemand die Kisten wegräumt“, grinste der Soldat ihr mit überraschtem Blick ins Gesicht, woraufhin jene immer weiter in der Luke verschwand.
So blieb Dexter nichts anderes übrig, als es ihr gleich zu tun, so dass er sich kurz darauf in einem stockdunklen, etwas über einem Meter hohen Gang wiederfand.

„Ist ein geheimer Fluchtweg“, grinste sie ihm ins Gesicht, während sie eine kleine Kerze anzündete und den Marsch startete.
Es dauerte einige Zeit, und sie kam dem Soldaten aufgrund der ungünstigen Bedingungen ihrer Reise wie eine Ewigkeit vor, bis die Prinzessin auf einmal anhielt und sich fröhlich lächelnd umdrehte. „Sobald wir diesen Stein vor uns zur Seite geräumt haben, befinden wir uns auf der hinteren Hügelseite in einem kleinen Wäldchen. Es ist nur ein kurzer Weg, bis wir von dort aus wieder auf bewohntes Gebiet gelangen, und ich schlage vor wir halten unsere Identität geheim!“, meinte sie mit aufgeregter Stimme, woraufhin Dexter sich in ihre Planung einmischte.
„Verdammt, Prinzessin, wollt ihr das wirklich tun? Ich meine, wieso riskiert ihr das?“ „Soldat Terean, ihr könnt es verstehen oder lassen, aber wie würdet ihr es finden, wenn man euch ein Leben lang einsperrt? Wie oft, glaubt ihr, habe ich in den letzten 17 Jahren, die ich nun auf dieser Erde wandele, den Palast verlassen?“

Ratlos blickte Dexter in ihre Augen, als sie mit erregter Stimme weitersprach. „Ich werde euch sagen wie oft. Genau null mal. Denkt ihr nicht, ich habe ein Recht zu erfahren, was es außer den goldenen Mauern dort oben auf dem Berg noch gibt? Meint ihr nicht, ich habe das Recht zu erfahren, was in der Welt los ist?“, sprach sie mit ernster Stimme, wobei ihr bei den letzten Worten einige Tränen die Wange herab liefen.
„Ich verstehe ja, dass ihr euch eingesperrt fühlt“, meinte Dexter nach einigen Sekunden der Stille. „Aber denkt ihr wirklich, dass ihr etwas verpasst? Denkt ihr wirklich, diese Welt ist so wundervoll, dass sie es wert ist, solch ein Risiko, wie ihr es eingeht, zu wagen? Glaubt mir, junge Prinzessin, sie ist es nicht“, fuhr er fort, woraufhin er ihr mit tiefem Blick in die im Scheine der Kerze funkelnden Augen schaute. „Es ist eure Entscheidung, Prinzessin, aber ich rate euch davon ab, euer Leben auf solch dumme Weise zu riskieren. Glaubt mir, die Feinde eures Vaters sind zahlreich, und sie warten schon seit Ewigkeiten auf solch eine Gelegenheit.“

Mit ernsten Augen und sanftmütiger Stimme versuchte der Soldat ein letztes Mal die unerfahrene Erbin des Königreiches von ihrem Vorhaben abzuhalten, doch wie er einige Sekunden darauf erkennen musste, war dies erneut vergebens.
So sah er, wie die junge Frau mit durch Speichel befeuchteten Fingern die kleine Flamme löschte und mit heftigem Druck das Steintor zur Seite schob. Dahinter erhellten die wenigen schwachen Sonnenstrahlen, die durch die dicke Baumdecke fielen, den Ausgang, aus welchem kurz darauf eine verhüllte junge Dame und ein nur leicht bewaffneter Soldat krochen um daraufhin ihren Weg in die Stadt zu wagen.

Es war, wie von der Prinzessin vorhergesagt, kein langer Weg, den sie durch Gebüsch und Gestrüpp hindurch aus dem Wäldchen beschreiten mussten, bis sie wieder auf gepflasterten Untergrund kamen, wo Dexter sie ein letztes Mal zur Seite nahm. „Hört zu! Wenn euch etwas passiert, bin ich genauso dran. Also bitte versucht keine unnötige Aufmerksamkeit auf euch zu ziehen und macht bitte keine Dummheiten“, redete er ihr ein letztes Mal zu, woraufhin sie mit festem Schritt in Richtung Innenstadt ging.
Es war ein unglaubliches Erlebnis, welches der einzige königliche Nach-

wuchs an jenem Tage durchlebte. Sie sah Menschen, reich und arm. Sie sah Händler, Marktschreier und alles, was eine Großstadt wie Thorgar es war, zu bieten hatte, bis plötzlich von einer auf die nächste Sekunde all die Freude und all das Glück, welches den blaublütigen Körper durchfloss, zerschlagen wurden.
Gemeinsam und ohne besonders aus der Menge herauszustechen waren der Soldat und seine Begleitung durch die Menge des Marktplatzes getrottet, als plötzlich eine Gestalt Dexters Aufmerksamkeit auf sich zog. Es war eine Gestalt, bis zu den Füßen in tiefstes Schwarz gehüllt, die sich ihren Weg durch die Menschenmassen bahnte, wobei sie immer wieder ihren Blick in die Richtung des Soldaten gleiten ließ.
„Verdammt, ein Waldmensch!“, schoss es jenem dabei durch den Kopf, woraufhin er sich erschrocken nach der hinter ihm laufenden Frau umdrehte. „Hört zu, wir sind in Gefahr. Wir müssen schleunigst zurück“, flüsterte er ihr in das rechte Ohr, worauf sie ihn entsetzt ansah. „Wieso? Wir sind doch gerade erst gekommen“, entgegnete sie mit rüdem Ton, woraufhin sie mit sturem Blick an dem zum Stillstand gekommenen Soldaten vorbeischritt.
„Verdammt!“, schoss es diesem dabei durch den Kopf, woraufhin er seine Augen über die Menge schweifen ließ und den möglichen Angreifer auszumachen versuchte, als plötzlich ein Schrei durch den Markt schallte. „Terean, Hilfe!“, schrie die grelle Stimme der Prinzessin, als diese einige Meter vor dem Soldaten von einer in Schwarz gehüllten Person gepackt wurde und unter Schreien und unkoordinierten Fußtritten mitgeschleppt wurde. Mit einem Schrecken in den Gliedern sah Dexter das und machte sich sofort daran dem verängstigten Hilferuf nachzukommen, als er plötzlich erkannte, dass der Waldmensch nicht alleine war.
Im Zuge der Flucht tauchten zwei weitere auf, von denen einer der Prinzessin den Mund zuhielt, woraufhin der andere ein altes Laken über die Gefangene ausbreitete. So machte es für die Menge den Anschein, als ob gar nichts geschehen wäre, so dass Dexter vollkommen alleine dastand.

„Scheiße, Scheiße, Scheiße!“, schoss es diesem dabei immer wieder durch den Kopf, als er immer näher an die Entführer herankam und mit lautem Schrei auf sie zustürzte. Zu seinem Entsetzten jedoch hatten jene drei Männer mit diesem Angriff gerechnet, so dass einer von ihnen seine

Klinge aus der Scheide nahm und sich mit schneller Bewegung zwischen Dexter und die flüchtenden Waldmenschen aufbaute.
„Verdammt, was wollt ihr?“, schrie der Soldat jenen an, woraufhin sich in diesem ein verschmähendes Lachen aufbaute. „Was wir wollen?“, entgegnete er trocken, während seine Kameraden die Distanz zwischen sich und Dexter weiter vergrößerten. Mit nervösem Zucken und verärgertem Blick erkannte dies auch der Soldat, woraufhin er seine Waffe aus der eingegangenen Ruheposition schnellen ließ und den Angreifer mit schnellem Klingentanz in große Bedrängnis brachte.
„Was wollt ihr von ihr?“, schrie er seinen Kontrahenten immer wieder an, während er auf den unterlegenen Gegner die Kraft des Adrenalins niederprasseln ließ. Es dauerte nicht lange, bis jener durch die sich aufbauende Menge zurückstolperte und seine Waffe zu Boden fiel.
Mit tiefen, blutenden Schnittwunden und einer vom Kopf gezogenen Kapuze lag er im Dreck und starrte seinem Angreifer in die Augen. Dieser kam mit pochendem Herzen und gezogener Klinge auf sein Opfer zu, woraufhin er jene an die Kehle des Mannes drückte. „Wo wolltet ihr mit ihr hin? Wo habt ihr sie hingebracht?“, sprach er mit klarer und tief zorniger Stimme, woraufhin die schmalen Augen des alternden Waldmenschen den Soldaten musterten. „Nein, nein, ihr versteht nicht!“, brachte dieser aus dem blutspuckenden Mund hervor, woraufhin Dexter ihn mit erzürnten aber zugleich verwunderten Augen ansah.
„Was verstehe ich nicht?“, schnauzte er ihm ins Gesicht, wobei er näher an sein Opfer herankam um das letzte Geflüster, welches der Waldmensch von sich gab, verstehen zu können. „Wir wissen, wer ihr seid. Wir wissen, dass ihr nicht jener seid, für den ihr euch ausgebt. Und wir wissen außerdem...“, und mit einem letzten Röcheln endete der Satz und somit die Chance für Dexter zu erfahren, was der Mann damit meinte. Kopfschüttelnd hob er seinen Körper in die Höhe, wobei er sich kurz umsah.
Eine Menschentraube von etwa 20 Leuten hatte sich um die zwei Kontrahenten gebildet, und alle starrten sie mit unterschiedlichen Blicken auf den Soldaten. Einige jubelnd und grinsend, andere weinend und verspottend, versuchten sie näher an den Mann heranzutreten, der soeben einen anderen auf offener Straße getötet hatte.
„Ich bin Soldat, und das war ein Verräter des Königreiches“, brachte er

schnell mit klarer Stimme hervor und machte sich dann schleunigst aus dem Staub. Immer in die Richtung, in der er die beiden anderen Waldmenschen hat fliehen sehen, bis er sich nach etwa einer Stunde des erfolglosen Umherstreifens auf einem Straßenstein niederließ und die Geschehnisse erneut durchging.

„Wie hatte er die Prinzessin so lange aus den Augen lassen können?“, plagten ihn die Gedanken, als ihm plötzlich die letzten Worte des Waldmenschen durch den Kopf gingen. „Was hatte das zu bedeuten. Sie wussten, wer er war?“, quälte es den Soldaten, als ein plötzlicher Schrei den in Gedanken versunkenen Geist des Mannes weckte.
Es war ein Schrei, kaum hörbar, der leise aus dem Inneren eines Hauses auf die Gasse drang. Ein Schrei wie von einer Frau, die unfreiwillig festgehalten wurde, und ohne länger nachzudenken sprang Dexter auf und ging mit gespitzten Ohren in die Richtung, in der er das Geräusch vermutete. „Da, schon wieder!“, schoss es ihm auf einmal durch den Kopf, als er erneut einen Schrei wahrnahm und mit gezogener Klinge durch eine kleine Nebengasse schlich.
Mit pochendem Herzen und einem Gefühl tiefster Anspannung lauschte er in die kühle Nacht, als ein dritter Schrei die Vermutung des Soldaten bestätigte. Aus einem Haus keine 20 Schritt vor ihm drangen die Geräusche, was dazu führte, dass er sich mit schnellem und sicherem Schritt an eines der verriegelten Fenster stellte und einen Blick durch die Balken versuchte. Es war tiefe Dunkelheit, die im Inneren des Hauses herrschte, wobei lediglich ein sehr schwacher Lichtstrahl aus einem Schlitz im Boden schien. „Die haben sie bestimmt in den Keller verschleppt“, reimte sich der Soldat schnell zusammen, woraufhin er ein letztes Mal den Sitz seines Drachendolches kontrollierte und dann mit leisen Schritten auf den Eingang zuging.
Mit einem kaum hörbaren Knarren ließ die Tür sich ohne Probleme öffnen, so dass er schon kurz darauf die geheime Luke aufreißen wollte, um wie ein wilder Stier in die Manege zu springen, als plötzlich das Aufkommen verschiedenster Stimmen die Handlung des Soldaten unterbrach. Stattdessen ging er auf die Knie und presste sein Ohr gegen das verdreckte Holz des Bodens um möglichst viel von der Unterredung mitzubekommen.

„Also, Prinzesschen...", hallte es in sanften Wogen durch die Decke, „wir machen das nun zum letzten Mal, und ich garantiere dir, wenn du noch einmal das Schreien anfängst, dann schlitz ich dir eigenhändig die Kehle durch, hast du mich verstanden?", woraufhin ein wenig Gepolter eine schnelle Bewegung verlauten ließ. „Verdammt! Die haben die Prinzessin wirklich da unten", ging es Dexter erneut durch den Kopf, als ihre Stimme plötzlich die aufgekommene Stille durchbrach.
„Was wollt ihr von mir? Was hab ich euch getan?", sprach die königliche Tochter mit weinender Stimme, woraufhin einer der Männer sie rau unterbrach. „Frag nicht so einen Schwachsinn. Du weißt genau, weshalb du hier bist", meinte die tiefe Stimme jenes Mannes, woraufhin ein weiterer in das Gespräch mit einstieg. „Du bist die Tochter des Königs, und wir sind die Feinde des Königs. Also, was denkst du wohl, hübsches Mädchen, was wir mit dir anstellen werden?", sprach er mit schnellen Worten, woraufhin ein Wimmern der Königstochter verriet, wie sehr sie sich in jenem Augenblick fürchtete.

Es war gerade der richtige Zeitpunkt, als plötzlich die Luke in der Decke aufgerissen wurde und ein bewaffneter Recke in die Mitte des Raumes sprang. Mit einem stechenden Schmerz, der dabei seine Schulter durchfuhr blickte der tapfere Soldat mit verzogenem Blick in die vier Augenpaare der Waldmenschen. „Terean!", rief die Prinzessin ihm mit einem plötzlichen Gefühl der Erleichterung entgegen, woraufhin dieser mit fester Stimme das Wort ergriff.
„Im Namen des Königs, ihr seid verhaftet", rief er mit klaren Worten, woraufhin eine tiefe Stille den Raum ergriff. Erst das leicht erschrockene, aber auch leicht verächtliche Lachen von einem der Männer durchbrach auf einmal jene Ruhe, so dass Dexter mit festem Schritt und gezückter Klinge auf jenen zuschritt und ihm mit einer geschickten Streichbewegung die Kapuze vom Kopf strich. „Was lacht ihr? Waldmensch!", schnauzte er ihn mit zornerfüllten Augen an, woraufhin diesem ein weiteres Lachen entfuhr. „Weshalb ich lache? Gute Frage", begann jener sich zu rechtfertigen, als plötzlich auch die restlichen Waldmenschen in Gelächter ausbrachen und ihre Kapuzen von den Köpfen nahmen.
„Wie lange ist es her, junger Dexter, dass ich euch das letzte Mal zu Gesicht bekommen habe?", grinste der fremde Waldmensch ihm dabei ins

Gesicht, woraufhin er erschrocken auffuhr. „Wie... wie habt ihr mich gerade genannt?“, fragte er mit ungläubigen Worten, als ob jener Name nur noch ein Trugbild seiner Phantasie sei. „Woher? Woher wisst ihr das?“, fragte er weiter und nahm die Klinge aus ihrer Angriffsposition. „Was war hier los? Wer waren diese Wesen? Und woher kannten sie ihn? Woher wussten sie jenen Namen, den er seit Jahren nicht mehr verwendete? Woher konnten diese Wilden, diese Waldmenschen, wissen, dass er Dexter war?“, schoss es ihm durch den Kopf, als einer der Männer plötzlich einige Schritte auf ihn zu machte und ihm die Hand auf die Schulter legte. Erschrocken fuhr er dabei herum und musterte mit unsicheren Augen das Antlitz des Mannes.
Die langen, silbernen Haare, die unter den tiefen Mänteln verborgen die Abstammung dieser Männer verriet, glitzerten im Schein der Fackeln, während er mit ruhigen Worten das Sprechen begann.
„Lange ist es her, da erhielten wir den Auftrag nach euch zu suchen. Wir sollten einen Knaben finden, mit blauen Augen und goldenem Haar. Einen Knaben in dessen Geist das Wissen über seine Herkunft erloschen ist. Einen Jungen, der sein von Leid und Schrecken gezeichnetes Leben hinter sich gelassen hat und der im Schutze einer höheren Macht die Verfolgung und Vernichtung seines Volkes überstanden hat. Ihr seid es, junger Dexter, den wir aufgebrochen sind zu suchen, und ihr seid es, den wir nun endlich gefunden haben.“
Mit sanftem Tonfall beendete der Mann seine Ausführung und blickte in die groß gewordenen Augen des Soldaten. „Was? Warum?“, brach es aus diesem hervor, als er versuchte das eben Vernommene zu verstehen, woraufhin ein weiterer Mann auf ihn zukam. „Erinnerst du dich an die Nacht in Lorio? Der Minenarbeiter, der seinen Dank ausrichten ließ?“, entgegnete er dem leicht verstörten Dexter, der mit einem Nicken antwortete. „Er war einer unserer Männer, der an jenem Abend die tief in deinen Gedanken verborgenen Erinnerungen an deine einstige Heimat ausfindig machte“, und mit einem Lächeln auf den Lippen beendete auch dieser Waldmensch seine Ausführung, als plötzlich ein gewaltiger Lichtblitz den Raum erleuchtete und anstelle der verstörten Prinzessin ein etwa 30 Jahre alter, recht kleingewachsener Mann stand. Erschrocken erkannte dies Dexter und wankte daraufhin einige Schritte zurück. „Was war das?“, rief er der Runde entgegen, woraufhin die erschienene

Gestalt einige Schritte nach vorne machte und ebenfalls das Wort an ihn richtete.
„Es war alles ein Schauspiel. Die Prinzessin sitzt wie jeden Tag sicher und wohl behütet im Inneren des Schlosses. Aber wir wussten, dass es uns durch diesen Trick gelingen würde, dich aus der Festung zu locken“, sprach er zu dem Soldaten, der mit verstörtem Blick und gezogener Waffe gegen eine Mauer gelehnt dastand.
„Wie kann das sein? Was wollt ihr von mir?“, schrie er dabei die vier Waldmenschen und die seltsam gekleidete Figur in ihrer Mitte an, woraufhin jener erneut das Wort ergriff. „Versteht ihr denn nicht, Dexter? Ihr seid der Schlüssel. Wir brauchen euch. Ihr seid der, der das Gleichgewicht bringen wird. Ihr seid der, der das Schicksal der Welt in seinen Händen hält“, meinte er mit ernstem Tonfall, woraufhin Dexter ihn verschreckt anstarrte. „Was faselte dieser alte Typ dort? Was für ein Schicksal, und was für einen verdammten Schlüssel meint der bloß?“, ging es ihm dabei durch den Schädel, während er mit immer noch verstörtem Blick die Klinge auf die unbekannten Männer richtete.
„Versteht ihr denn nicht, junger Soldat? Wir sind nicht eure Feinde“, sprach der Mann weiter, wobei der Soldat keinerlei Anstalten machte seine Klinge zu senken.
„Woher soll ich wissen, dass ihr die Wahrheit sprecht. Wieso sollte ich euch glauben schenken. Ihr seid nichts als Überreste einer alten Zeit, die wahrscheinlich keine Sekunde zögern ihr Schwert gegen den König zu richten. Wieso sollte ich Waldmenschen wie euch vertrauen?“, sprach er zu ihnen mit zittriger Stimme, woraufhin sie alle verärgerte Blicke austauschten.
„Hört zu, junger Dexter. Auch wenn ihr es nicht glaubt, diese Welt steht am Abgrund. Es ist nur noch eine Frage der Zeit, bis der Krieg zwischen den Königreichen von neuem ausbricht, und es ist nur noch eine Frage der Zeit, bis auch ihr einseht, dass das Vertrauen in uns eure einzige Chance ist“, meinte der kleine Mann und blickte dabei Dexter mit ernsten Augen ins Gesicht, woraufhin ein Lichtblitz den Raum von neuem erhellte und Dexter mit pochendem Herzen und Schweiß auf der Stirn aus seinem Traum auffuhr.

„Verdammt, ich muss eingenickt sein“, sprach er mit verstörter Stimme,

während er den Blick durch die Gegend schweifen ließ und die Umgebung musterte. Weit und breit niemand zu sehen, lag er allein im dichten Gras neben dem Weiher, wobei die Sonne bereits die Hälfte ihres Weges am Horizont beschritten hatte.
Mit immer noch schnellen Atemzügen ließ er den Kopf zurück in das grüne Bett sinken, wobei ihm die Geschehnisse des Traumes erneut durch den Kopf gingen. Die Prinzessin, die Waldmenschen und der seltsam gekleidete Typ durchschritten immer wieder die Gedanken und Erinnerungen des Soldaten, wobei er sich nicht erinnern konnte, jemals einen so realen Traum gehabt zu haben.

„Es war einfach unglaublich. Es war so real, so wirklich“, sprach er zwei Tage darauf zu General Tirion, als er gemeinsam mit diesem am Küchentisch saß. „Verdammt, du hältst mich bestimmt für verrückt, aber ich schwör dir, das war so was von real, ich dachte, ich war wirklich in diesem Kellerloch“, meinte er mit ernster Stimme, während der General mit sorgenverhangenem Blick den Ausführungen des Soldaten lauschte. Schon lange hatte er so etwas befürchtet. Schon lange hatte er Angst vor dem Augenblick, an dem er dem Jungen sagen müsste, was er wusste. Schon lange hatte er sich Sorgen darüber gemacht, was mit dem Jungen, den er auf solche Weise in sein Herz eingeschlossen hatte, geschehen würde, wenn er die Wahrheit erfahren würde. Und schon so lange hat er es nicht geschafft. Er hatte es nicht übers Herz gebracht dem Pflegesohn die Wahrheit zu erzählen, und wie schon so oft, so verschwieg er sie ihm auch heute.

So verließ der Soldat Terean einige Stunden später ohne eine Art der Befriedigung oder Erkenntnis die Stube des Generals und machte sich auf seinen einsamen Weg hinauf in die Festung, wo er zurückgezogen in seiner Kammer der eigenen Fantasie freien Lauf lassen konnte.

Es geschah zwei Tage später, dass er wieder einmal alleine im saftigen Gras der Wiese am Weiher lag und seinen Körper in der Sonne brutzelte, als plötzlich etwas geschah, was den Geist des Soldaten aufs Tiefste schockierte. Völlig unerwartet und ohne irgendwelche Vorzeichen stand sie plötzlich da und versperrte ihm wie schon Tage zuvor die Sonne.

„Verdammt, was ist los?“, sprach er, während er sich langsam aufrappelte und erneut in das hübsche Gesicht der Königstochter blickte.
Es war ein wahrer Schock, der Dexter in jenem Moment ergriff, als er mit offenem Mund die Erbin des Königreiches vor sich sah. Wie Tage zuvor, sprang er erneut auf und zollte ihr angemessenen Respekt, wobei Fragen über Fragen durch den Schädel des Soldaten zuckten, bis letztlich die einzig wahre Lösung ein abruptes Ende seiner Gedankenflüge setzte.
„Ja, das musste es sein“, schoss es ihm durch den Kopf, als die junge Frau ihn erneut in ein Gespräch verwickelte und wie Tage zuvor sich nicht davon abhalten ließ, aus der Festung auszubrechen.
„Verdammt, was jetzt?“, überlegte er, als er wieder einmal den hübschen Körper der Königstochter in Richtung des nächsten Tores wandeln sah, bis ihm auf einmal eine folgenschwere Idee kam. Wie vor einigen Tagen folgte er ihr letztlich, wobei er diesmal kein bisschen überrascht über den Weg durch die Kasernen war.

Es geschah zur gleichen Zeit wie in seiner Vision, nur dass sich die Königstochter nicht aufgrund eines zum Stillstand gekommenen Soldaten ihren Marsch unterbrach, sondern weil die eiserne Spitze eines Einhänders sie dazu zwang.
„Was ist los?“, fragte sie daher mit verängstigter Stimme, woraufhin der Soldat näher kam und seinen Mund an ihr linkes Ohr hielt. „Wer seid ihr?“, flüsterte er mit sanfter Stimme, woraufhin die Frau vergeblich versuchte Dexter weiszumachen, dass sie die Erbin des Königreiches sei und dass er für diese Drohung unermessliche Strafen erleiden müsse.
„Du bist nicht Larena, Tochter des Sumunor, sondern ein dreckiger Lügner“, schrie er der vergebens winselnden Frau ins Ohr, woraufhin er sie mit einem gewaltigen Schubs gegen eine der Kisten schleuderte, auf der sie mit einem Wehschrei niederging.
„Ich frage euch ein letztes Mal, wer seid ihr?“, sprach Dexter mit erregter Stimme, wobei er mit grimmigem Blick auf die Frau zukam und die eiserne Klinge an ihre sanfte Kehle legte. „Verdammt, wie konntet ihr das wissen?“, begann plötzlich die junge Frau mit einer tiefen Männerstimme, woraufhin Dexter einige Schritte zurückging und mit ernstem Blick in die Augen der Frau blickte.
„Ihr wollt wissen, woher ich weiß, dass ihr mich aus der Festung locken

wolltet. Ihr wollt wissen, woher ich weiß, dass in der Stadt vier Waldmenschen lauern, die eure Entführung vortäuschen sollen. Ihr wollt wissen, warum ich weiß, dass ihr mich in einen Hinterhalt locken wolltet? Ich werde es euch sagen. Ich habe es gesehen!“, sprach der Soldat mit klarer Stimme, wobei seine letzten Worte das Erstaunen auf die Stirn seines Gegenübers zauberten. „Aber... aber...!“, wollte dieser mit stockenden Worten erwidern, ließ dann jedoch davon ab und richtete den niedergegangenen Körper auf.
„Ihr seid wahrhaftig ein einzigartiger Mensch, junger Dexter“, meinte er dabei mit ruhiger Stimme und schritt langsam aber zielstrebig auf den Soldaten zu. „Bleibt sofort stehen, wenn ihr nicht als Opfer meiner Klinge enden wollt“, sprach jener gleich, als er dies erkannte, woraufhin die Gestalt stehen blieb und das Wort erneut an den Soldaten richtete. „Hört mir zu, Dexter. Es ist anders als es euch im Moment erscheinen mag. Ich bin nicht euer Feind. Nein, ich bin vielmehr euer Freund“, sprach er mit sicherer Stimme, woraufhin Dexter mit einem Lachen reagierte.
„Ihr wollt mein Freund sein?“, meinte er mit abgeneigtem Tonfall, woraufhin die unbekannte Gestalt ihm gleich ins Wort fiel. „Ja, euer Freund. Und wenn ihr mir die Zeit und die Möglichkeit gebt, werde ich euch erklären, was ich damit meine.“

Mit unsicherem aber neugierigem Blick musterte Dexter die seltsame Gestalt. Eine Frau, die aussah wie die Tochter des Königs, sprach mit einer tiefen Männerstimme als würden sie sich seit jeher kennen. „Bevor ich darüber nachdenke, zeigt mir eure wahre Gestalt. Ich komme mir seltsam dabei vor mit einer männlichen Version der Königstochter zu sprechen“, meinte er nach einer kurzen Dauer der Überlegung. „Ja, ich denke, das ließe sich machen“, entgegnete jener, woraufhin er die Augen schloss und mit geballten Händen die Kraft der Götter durch seine Adern fließen ließ.
Es dauerte einige Sekunden, bis die Erscheinung von einem grellen Lichtkegel umgeben wurde und nach einigen weiteren Sekunden das Bild der Königstochter verschwunden und anstelle dessen die Figur des kleinen Mannes in seinem seltsamen Gewand erschienen war.
Mit großen Augen und einem Gefühl der inneren Anspannung und Aufregung bewunderte der Soldat jenes Schauspiel, an dessen Ende eine kom-

plett andere Gestalt vor ihm stand. „Wie... wie ist das möglich...?“, stotterte er mit hastigen Worten, woraufhin die tiefe Stimme des Mannes das Wort an sich riss. „Es ist die Macht unserer Götter, die uns dergleichen ermöglicht. Die Macht und der unaufhörliche Glaube daran“, sprach er mit ernster und heroischer Stimme, wobei Dexter das erste Mal in seinem Leben etwas von Göttern und deren Macht zu Gehör bekam.
„Was sind das, diese Götter?“, fragte er sogleich und brachte damit seine offenkundige Neugierde zum Ausdruck, woraufhin der alte Mann ihm jedoch lediglich mit einem Signal zum Schweigen entgegenkam. Verwundert blickte er ihn an, als plötzlich leise Stimmen aus dem Hintergrund die Stille durchbrachen und Dexter aufzeigten, was mit dem alten Mann los war. Ohne eine Sekunde zu verlieren, machte dieser sich sofort daran in die Tiefen der Meditation zurückzukehren, woraufhin er nach einigen Sekunden der Anspannung erneut die Gestalt wechselte. Gerade in letzter Sekunde, bevor zwei miteinander kommunizierende Soldaten den Mittelpunkt des Geschehens betraten und mit grimmigen und unhöflichen Blicken Dexter und den Soldaten neben ihm musterten.
„Verdammt, was macht ihr hier?“, begann der vordere sofort, woraufhin der Soldat Terean ihn mit gelangweiltem Blick ansah. „Na, red schon, oder soll ich dir Beine machen? Wir haben hier eine Frau schreien hören. Also, was ist hier los?“, sprach er mit aggressivem Tonfall weiter, wobei Dexter seinem merkwürdigen Begleiter einen bösen Blick zuwarf. Dieser blickte verschmäht auf und richtete dann plötzlich das Wort an die aufgetauchten Soldaten. „Also, wir wollten nur ein bisschen allein sein“, sprach er mit merkwürdig verdrehter Stimme, woraufhin Dexter ihn mit geschockten Augen ansah. Er wusste genau, worauf das hinaus laufen würde, und er war mehr als sauer darüber.

„Verdammt, wieso habt ihr denen erzählt, wir suchten körperliche Nähe? Seid ihr vollkommen bescheuert?“, meinte er später, als er und der immer noch in Gestalt eines jungen Soldaten gefangene Mann mit schnellen Schritten das Plätzchen verließen und in Richtung Soldatenkaserne eilten. „Jetzt darf ich mir jedes Mal, wenn ich einen von denen zu Gesicht bekomme, anhören, dass ich mit einem Mann rumgeflunkert hätte“, sprach er weiter, wodurch er versuchte einem Teil seines Ärgers Luft zu machen. „Was hätte ich sagen sollen? Dass ich ein seit Jahren gesuchter Magier bin, der dich in die Geheimnisse der Welt einweihen will?“, fauchte der Soldat plötzlich mit ernstem Ton zurück, woraufhin Dexter abrupt zum Stillstand kam. „Ein Magier?“, wiederholte er die Worte des Mannes, woraufhin dieser mit erregten Worten nachhakte, wieso er denn sonst die Gestalt wandeln könnte. „Woher soll ich bitte wissen, was ein Magier kann und was nicht?“, sprach der Soldat und versuchte damit sein fehlendes Wissen über diese Form der Menschen zu entschuldigen, woraufhin der fremde Mann nachgab und stattdessen versuchte das Schritttempo weiter zu steigern.

So kam es dazu, dass Dexter und sein Begleiter nach einem kurzen und schnellen Weg die Tür zur Kammer des ehemaligen Rekruten aufstießen und mit einem Gefühl der Erleichterung den Raum betraten. Sorgfältig schloss der Soldat daraufhin den Eingang, woraufhin ein erneuter Lichtkegel aufleuchtete und mit einem Schlag erneut der Magier vor ihm stand.

Kapitel 10 - Die Wahrheit!

„Jetzt will ich aber verdammt noch mal wissen, was hier los ist!“, sprach Dexter, nachdem der in einer weiten Robe gehüllte Mann sich auf einem der Stühle niedergelassen hatte. „Ich weiß, du dürstest nach Antworten, aber bevor ich dir darlege, was es mit alledem auf sich hat, will ich dir erst sagen, dass es kein leichter Weg sein wird“, entgegnete er mit ruhigen Worten, woraufhin er tief durchatmete und erneut das Wort ergriff.

„Was ich dir erzähle, ist nichts als die Wahrheit, auch wenn es dir nicht immer leicht fallen wird, sie zu verstehen. Es ist nicht einfach zu glauben was wir glauben, aber sei dir darüber bewusst, dass alles, was wir glauben auf die Existenz zweier Wesen zurückgeht. Wir wissen nicht genau, was sie sind oder woher sie kamen, doch lange bevor die Welt durch den Verrat von Thorion und Tales entzweit wurde, waren es diese beiden Geschöpfe, die den Urvätern meines Glaubens die Macht der Magie verliehen. Anor und Velur waren ihre Namen und gemeinsam kamen sie auf diese Welt, wo sie den Ursprung des Magierglaubens bildeten. Mit ihrer göttlichen Weisheit und der Macht diese unter den Menschen zu verbreiten, schufen sie eine Zivilisation voller Zufriedenheit und Wohlstand. Gelenkt von einem Rat höchster Magier, wie jene, denen die Götter einen Teil ihrer Macht verleihen, genannt werden, und geführt durch die geistige Verbindung zu den Magiern überall in der Welt wuchs und gedieh die Menschheit zu ihrer wahren Größe und besiedelte den Kontinent. Mächtige Bauwerke und gigantische Tempelanlagen verbreiteten sich als Zeugen der Macht, und überall im Lande herrschte Frieden, Eintracht und Wohlstand, bis eines verhängnisvollen Tages etwas geschehen sollte, was den Lauf der Dinge vollkommen veränderte. Denuis, der schwarze Gott wie er Jahrhunderte später genannt wurde, entsprang der Frucht der Götter, wobei er nicht allein, sondern gemeinsam mit seinem Bruder Atalis das Licht der Welt erblickte. Von da an sahen diese beiden Geschwister von Anor und Velur behütet herab auf die Welt. Jahre vergingen und im Königreiche verstrichen die Jahrhunderte und immerzu blickten die neugierigen Augen der göttlichen Söhne auf die Rasse, welche sie als Menschen kennen lernten.“

„Wir wissen nicht, wieso und weshalb, doch eines verhängnisvollen Tages begann der hitzköpfige Gottessohn Denuis die Menschheit, welche er stets mit Gleichgültigkeit betrachtet hatte, aufs Tiefste zu verachten. Anor und Velur, welche stets viel von der von ihnen geschaffenen Zivilisation hielten, tadelten ihren Sohn dafür, was dazu führte, dass er sich gegen sie wendete. Gegen seine eigenen Eltern“, und mit einem tiefen Seufzer ließ der Magier Areas, wie er sich Dexter vorstellte, einige Sekunden der Stille walten, bis er mit seiner Erzählung fortfuhr.

„Von da an ließ er keinen Versuch ungeachtet, ohne das Wissen seiner Eltern selbst einen Zugang zu den Seelen der Menschen zu finden, bis ihm dies eines Tages gelang. Mit seinen göttlichen Worten und dem Herz voller Zorn zwang er die, von denen er Besitz ergriffen hatte, sich selbst oder andere Menschen zu vernichten, was dazu führte, dass mit der Zeit immer mehr Menschen auf unnatürliche Weise ihren Weg in das göttliche Paradies fanden. Erst mit den Jahren erkannten Anor und Velur, worauf diese Ereignisse zurückzuführen waren und mit einem Donnerschlag verbannten sie ihre eigene Brut aus den Hallen der Götter.“
„Wir wissen leider nicht, was danach mit Denuis geschehen ist, aber wir wissen dafür, was einige Jahrhunderte später auf unserer Welt geschah. Es begannen die Tage, in denen die so genannten Draco Daktylo Einzug in unsere Welt hielten. Mit lodernden Fontänen und einer Kraft, wie man sie bei keinem anderen Wesen zuvor gesehen hatte, befielen sie unsere Welt. Von einer unnatürlichen Macht getrieben zerstörten sie ein Dorf nach dem anderen, ohne dass die Magier mächtig genug waren, jene aufzuhalten. Bis plötzlich zwei Männer die Aufmerksamkeit des Reiches auf sich lenkten.“
„Zwei Männer, mit Namen Thorion und Tales, selbst ehemalige Anhänger der Götter und Mitglieder des magischen Zirkels, denen es gelang die magischen Wesen zu bändigen und der Zerstörung ein Ende zu bereiten. Doch was sich zunächst als großer Sieg für die Macht der Magie darstellte, wandelte sich bald zu einer bitteren Niederlage. Denn jene Männer machten die Magier verantwortlich für die Zerstörung der Dörfer und den Tod so vieler Männer und Frauen. Sie machten unsere Vorfahren dafür Verantwortlich die Urheber jener Katastrophe zu sein, auch wenn sie selbst wussten, dass dies nicht der Fall war. Aber dennoch führten sie

gestützt vom einfachen Volk, welches in der Magie nicht bewandert war, einen erbitterten Krieg gegen den Glauben Anors und Velurs."
Mit weit aufgerissenen Augen und ohne jegliche Zweifel lauschte Dexter den Erläuterungen des Mannes, woraufhin dieser nach einer kleinen Atempause fortfuhr.

„So begann jener Krieg, welcher letztlich die Vertreibung der Macht der Götter mit sich führte. Genährt von dem Hass, welchen die beiden Führer in den Seelen der einfachen Menschen säten, und geführt durch die Klingen jenes Volkes waren es 13 Jahre voller Mord und Verrat, bis letztlich die wenigen überlebenden Magier kapitulierten und in das weitläufige Westgebirge flohen. Von da an waren es Thorion und Tales, die sich selbst als oberste Herrscher des Landes ausriefen und gemeinsam über den Kontinent herrschten. Wir wissen nicht genau, wieso Anor und Velur so lange untätig geblieben sind, aber wir wissen, dass von jenen Tagen an die allseits beliebten Volkshelden Thorion und Tales und mit ihnen der allmähliche Untergang der Menschheit Einzug in der Welt hielten."

Mit einem enttäuschten Blick zu Boden beendete der Mann seine Geschichte und blickte Dexter daraufhin an.
„Ihr meint also, dass diese beiden die Urheber waren. Die Urheber für den Untergang der Magie und so?", fragte er mit ungläubigem Blick, als ob er jenem Mann nicht ganz abkaufe, was er erzählte, was dazu führte, dass jener erneut sprach. „4000 Jahre waren es, in denen weder Krieg noch Hass zwischen den Menschen herrschte und erst als jene beiden Männer auf der Bildfläche auftauchten, wurde die Welt von einer Kette aus Tod und Verderben heimgesucht. Woher glaubst du, kommt das?"
Empört richtete er seine Augen auf den Soldaten, der wie geistesabwesend zu Boden blickte.
„Konnte es wirklich sein? Konnte es sein, dass alles, woran er bisher geglaubt hatte, nichts weiter als garstige Lügerei war? Konnte es sein, dass nicht die Zeit der Magier, sondern ihre Zeit eine Zeit der Dunkelheit war?", wanderten ihm die Gedanken durch den Kopf, während Areas erneut die Stimme erhob. „Auf jeden Fall sind in jenem ersten Krieg alle Magier entweder vernichtet oder vertrieben worden, was dazu führte, dass der Einfluss und die Einsicht der Götter immer weiter hinter einem

dicken Schleier verschwanden. Von da an wurde der Glaube an Anor und Velur mit dem Tode bestraft, und die Bauwerke, welche in jener neuen Zeit immer noch die Macht dieser vergangenen Dynastie beschworen, wurden zerstört und vernichtet."

„Und so geschah, was Denuis beabsichtigt und seine Eltern befürchtet hatten. Die Welt wuchs auf in einem Glauben, der keiner war. In einer Welt ohne die Macht der Götter, die von jenem Krieg an weder Einfluss noch Einsicht auf die Geschehnisse der Menschheit hatten. So verstrichen die Jahrhunderte und langsam aber sicher verlor sich auch die letzte Erinnerung an jene glanzvolle Epoche."

„Es waren nur wenige, die zu dieser Zeit den Verfolgungen der Truppen der neu gebildeten Königreiche Ogirion und Tigra entkamen und in der Zurückgezogenheit und Einsamkeit der Berge ihrem alten Glauben nachgingen. Sie waren es, die die letzte Bastion für den Willen der Götter bildeten und sie waren es, die dazu verdammt waren ein Leben im Exil zu führen. Weit entfernt von den Monumenten und Metropolen, welche sie einst unter dem weisen Auge der Götter errichteten und lenkten, überdauerten sie die Jahrhunderte und übermittelten ihr Wissen von einer auf die nächste Generation. Zunächst sehr wenige, wuchs ihre Zahl mit den Jahrhunderten stetig an, bis zuletzt vor 20 Jahren mehr als 500 Magier ihren Weg zurück gefunden hatten. Es war Aratheus, der Seher, der zu jener Zeit uns alle, die wir uns in den verschiedensten Regionen des Kontinentes versteckt hielten, unter einem Banner vereinigte. Er war es, der aus den alten Prophezeiungen und Erzählungen dazu auserwählt war, das Gleichgewicht wieder herzustellen. Doch wie bei vielen Menschen waren auch unter den Magiern Neid und Verrat verbreitete Formen menschlichen Charakters, was dazu führte, dass letztlich einer der unsrigen dem König die Wahrheit über unseren Verbleib darlegte."

„So erfuhr König Tratres von unserem Exil. Er war es, der daraufhin seine Truppen gegen die letzte Bastion der Magie führte, und er war es, der den Befehl gab einen jeden der Magier zu vernichten. Ob Mann oder Frau, Kind oder Großvater. Sie alle fielen durch die Klingen der Armee Tigras, und nur wenigen gelang es im Schutze der Nacht aus dem Dorf zu fliehen. Einer von ihnen war ich. Mit elf Jahren floh ich gemeinsam mit meinem Vater durch die Dunkelheit, als plötzlich jenes geschah, was nicht einmal Aratheus selbst vorhersehen konnte. Er war es, der als auserkorener Erlöser mit erbittertem Einsatz gegen die abertausend Soldaten Tigras kämpfe, bis die göttliche Kraft ihn letztlich verließ und auch er in das Reich der Toten einkehrte."

Mit neugierigem und von Staunen durchsetztem Blick lauschte Dexter immer noch angespannt den Ausführungen des Mannes, wobei er sich immer noch fragte, was das ganze eigentlich mit ihm zu tun hatte.
„Nun gut. Es gab also einen Anführer der Magier, der sie zurück an die Macht bringen sollte. Der ist aber getötet worden, und jetzt können die Magier nie mehr an die Macht, oder sehe ich das falsch?", sprach er mit hastigen Worten, woraufhin Areas wiederum die Stimme erhob. „Falsch!", sprach er zum Erstaunen Dexters, wobei er dem Soldaten freudig ins Gesicht lächelte. „Jahrelang haben wir uns gefragt, was wir jetzt tun sollten. Keiner von uns konnte mit den Göttern sprechen, denn du musst wissen, nur den Obersten und Mächtigsten unseres Zirkels ist dies möglich. Aratheus selbst war der erste seit sehr vielen Jahrhunderten. Ratlos saßen wir also da und grübelten über unser Leben und die Zukunft, bis wir uns eines Tages dazu entschieden, noch einmal die alten Schriften um Rat zu fragen. Stunden und Tage verbrachten wir damit die alten Bücher zu durchforsten, bis wir nach schier endloser Sucherei auf eine enorm bedeutende Entdeckung stießen. Es waren die Aufzeichnungen über eine Prophezeiung, die letztlich die Macht der Götter zurück ans Licht führen sollte, in der wir auf eine sonderbare Passage stießen. Eine Passage, welche in keinem anderen Buch jemals erwähnt wurde. Und in jener Passage, junger Dexter, ist von dir die Rede."

Überrascht und misstrauisch zugleich blickte er dem Magier in die Augen. „Was soll das heißen, von mir?" „Die ganzen Jahre und Jahrzehnte über hatten wir geglaubt, dass Aratheus, der Seher, derjenige war, von dem die Prophezeiungen gesprochen hatten, bis wir plötzlich erkannten, dass jener, wie so viele, nur eine kleine Figur im göttlichen Schachspiel bildete. Er war es, dessen Macht und Weisheit, von welcher er in der Tat große Mengen besaß, sich mit der Kraft des Schwertes vereinigen sollte und aus deren Verbindung die Zukunft der Götter geboren werden sollte. Gezeichnet von dem Gesicht seines Vaters und der Kampffähig-

keit seiner Mutter, der älteren Schwester des König Tratres, welche auf den Namen Maureena hörte, würde er den seit Jahrtausenden ersehnten Ausgleich bringen, so schreiben es die alten Schriften." „Aber was hat das alles, verdammt noch mal, mit mir zu tun?", unterbrach Dexter den Redner plötzlich mit lauten Worten, woraufhin jener müde lächelte.
„Verstehst du denn nicht? Du, Dexter. Du bist die Frucht aus Magie und Schwert. Du bist der, den wir seit Jahrtausenden erwartet haben. Du bist es. Du!", sprach er mit freudigem Blick, wobei der Schock über diese Botschaft schwere Zeichen auf dem Gesicht des Soldaten hinterließ.
„Nein!", meinte er dann plötzlich, nach einigen Sekunden des Schweigens, woraufhin Areas verstört aufblickte. „Was?", fragte er mit besorgtem Blick, worauf Dexter sogleich seine Gedanken preisgab. „Es kann nicht sein. Mein Vater. Mein Vater war kein Magier. Mein Vater war Offizier bei der königlichen Armee", erwiderte er mit ruhigem Ton, wobei die Erinnerungen an seinen Vater in seinen Geist zurückkehrten.
„Sheron Jackson Spark!", meinte daraufhin Areas, worauf er gespannt die überraschte Gestik des Soldaten abwartete, bis er dann, nach einem kurzen Moment der Stille, weitersprach. „Er war nicht dein Vater. Er war das Mittel, das wir brauchten um dich in Sicherheit zu bringen. Auch wenn wir zu jener Zeit noch nicht die Weitsichtigkeit unserer Tat im Visier hatten, so wussten wir dennoch, dass wir dich zu schützen hatten. Ein Nachkomme des Sehers war schließlich kein unkostbares Gut."
Verdutzt und noch verwirrter als vorhin blickte Dexter dem Magier in die klaren Augen, wobei es ihm schwer fiel all das zu glauben.
„Mytria, deine große Schwester, war es, die zu jener Zeit in einem Verhältnis zu einem Soldaten stand. Ein hoher General, der aus Ogirion angereist war, um in Onur einen Auftrag zu erledigen. Er war es, der sich in jene verliebte und sie zur Frau nahm. Natürlich ohne das Wissen der königlichen Truppen und ohne Wissen des Königs, der jeglichen Kontakt mit dem Volk der Magie ausdrücklich untersagte. Doch zu unserem Glück kennt die Liebe solche Gebote nicht, und so war er es, der deine Schwester und dich in jener schicksalhaften Nacht, in welcher unser Versteck vernichtet wurde, rettete und nach Ogirion brachte. Unter neuem Namen heiratete er sie dort und nahm dich als seinen Sohn in sein Haus auf, wo du von da an gemeinsam mit deinem Stiefbruder Marios, Sherons Sohn aus erster Ehe, aufgewachsen bist."

Es war wie ein Schlag ins Gesicht, als der Soldat jene Worte vernahm und wie in Trance verschiedenste Erinnerungen aus seiner Kindheit durch seine Gedanken wanderten.
„Konnte es wirklich wahr sein? Konnte es der Wahrheit entsprechen, dass Sheron nicht sein wirklicher Vater war?“ „Wie ich sehe, beginnst du langsam zu begreifen, Dexter“, sprach plötzlich der Magier und riss den Soldaten damit aus seinen Gedanken. „Ich weiß... ich weiß nicht“, stammelte er mit unsicheren Augen, wobei er sich neben der Fragerei um sein eigenes Schicksal fragte, was mit der ersten Frau von Sheron geschehen war. Daher richtete er die Frage an den Magier, der ihm erklärte, dass jene bei Marios Geburt ums Leben gekommen war und dieser von da an unter Obhut seiner Tante aufgewachsen war. Bis zu jenem Tag, an dem Sheron mit der neuen Mutter und dem neuen Bruder aus dem Westen kam. Sanftmütig lächelte Areas ihn dann an. „Mach dir keine Sorgen, mein Junge. Es wird alles gut werden. Jetzt, wo wir dich endlich gefunden haben.“
„Es wird nicht alles gut“, schrie Dexter plötzlich mit wutentbrannter Stimme auf und unterbrach dadurch die Worte des Magiers. „Was denkt ihr? Erst versucht ihr mich in einen Hinterhalt zu locken und dann erzählt ihr mir, dass alles, woran ich bisher geglaubt habe, eine Lüge ist?“ „Beruhigt euch, Dexter“, zischte plötzlich der Magier und unterbrach dadurch Dexter und dessen recht lauten Gefühlsausbruch.
„Hört mir doch zu. Es ist von äußerster Wichtigkeit, dass diese Unterredung geheim bleibt, hast du mich verstanden?“, fauchte er dem jungen Soldaten ins Gesicht, woraufhin dieser seine Entrüstung zügelte und erneut Platz nahm. „Aber... es ist einfach so schwer... schwer zu begreifen!“, sprach er mit zaghafter Stimme, woraufhin Areas ihn erneut anlächelte. „Kopf hoch!“, sprach er mit klaren Worten und erhob sich dabei aus seinem Stuhl.
„Sagt mir, was habt ihr mit eurem Leben vor, junger Dexter?“, begann er auf einmal, woraufhin dieser ihn ein wenig verstört anblickte. „Ich verstehe nicht?“, stammelte er mit unsicherer Stimme, woraufhin der Magier das Wort an sich riss. „Ihr wisst schon. Was wollt ihr in eurem Leben erreichen? Wieso seid ihr auf der Welt? Was denkt ihr? Wenn euch die Botschaft, welche ich euch mitteile, so sehr missfällt, dann sagt mir, wie stellt ihr euch eure Zukunft vor?“

„Nun ja...", begann er dann nach einem kurzen Moment der Ruhe. „Ich hatte mir vorgenommen ein Soldat zu werden wie mein Vater." „Stiefvater, vergesst das nicht!", unterbrach ihn dabei der Magier, woraufhin Dexter ihm einen verärgerten Blick zuwarf. „Stiefvater!", wiederholte er und führte dann seine Gedanken weiter aus.
„Ich wollte im Dienste des Königs gegen meine Feinde kämpfen um eines Tages ein mächtiger Krieger zu sein", beendete er die Erläuterung, wobei der Mann ihm ins Wort fiel. „Und wofür?", sprach er mit hitzigem Ton, wobei ihn der Soldat erschüttert ansah.
„Euer Leben riskieren wollt ihr für einen Mann und eine Welt, die seit Jahrhunderten zu Grunde gerichtet wird. Eine Welt, die weit entfernt von ihrem einstigen Glanz dahinvegetiert und in der es keine Hoffnung für das Überleben unserer Rasse gibt. Ja, ein tolles Leben habt ihr euch ausgesucht. Ein Leben im Dienste des Mannes, dessen Sippe sich seit Jahrhunderten gegen die Bestimmung der Menschheit verschworen hat", sprach er mit verärgerter Stimme, wonach er mit kräftigem Atemzug nach Luft rang. Eingeschüchtert blickte Dexter dabei in das schmale Gesicht, als er plötzlich mit einem Schlag erkannte, dass jener Magier, den er bis vor einigen Stunden nicht einmal gekannt hatte, Recht hatte. Auch wenn er nicht genau wusste wieso, so überkam ihn in jener Sekunde ein Gefühl tiefster Erleichterung.

„Ihr meint also, ich soll jetzt mir nichts dir nichts alles wieder in Ordnung bringen", meinte er darauf mit ironischem Tonfall, als sie nach einigen Minuten des Schweigens wieder das Gespräch aufnahmen. „Na ja, wenn ich ehrlich bin, hat dieser Gedanke mich die letzten zehn Jahre dazu gebracht tausende und abertausende Kilometer durch unsere Welt zu reisen", gestand er mit einem verschmitzten Lächeln auf den Backen, woraufhin der Soldat ihn entmutigt ansah.
„Ich meine, es gibt doch bestimmt einen Plan oder so was?", sprach er daraufhin, worauf der Magier ihn ernst ansah. „Alles zu seiner Zeit. Es muss noch viel geschehen, bis wir an der Zeit sind so etwas wie einen Plan auszuarbeiten. Viele Stunden des Studierens und der Meditation wird es brauchen, bis dein Geist fähig ist in seine Rolle als Erlöser zu schlüpfen", entgegnete er und wies somit dem Soldaten Dexter den Weg für seine neue Zukunft.

Es war ein plötzliches Klopfen, das in jener Sekunde die Unterredung störte und die Herzen der Männer höher schlagen ließ. „Verdammt!", zischten sie zugleich, woraufhin Dexter die Stimme erhob. „Ja, bitte?", fragte er mit gespielt genervtem Ton, woraufhin eine tiefe Männerstimme durch die Tür drang. „Es soll irgendwo in der Festung ein Spion sein. Der König hat befohlen, dass jeder anwesende Soldat beim Suchen helfen muss", sprach der Soldat von außerhalb, woraufhin Dexter das Wort ergriff. „Ich werde in zwei Minuten bereit sein. Hab gerade ein Nickerchen gemacht und nicht viel an", log er, woraufhin der Soldat vor der Tür abtrottete.
„Könnt ihr irgendwie von hier verschwinden?", meinte er dann sofort, als das Klimpern der Rüstung verschwunden war, woraufhin der Magier entspannt nickte. „Wir Magier beherrschen die Künste der Teleportation. Zwar kann man nicht einfach so von einem Ende der Welt an das andere gelangen, aber zumindest kann mich meine Kraft weit genug von hier fortbringen, so dass eure Suche aller Wahrscheinlichkeit nach erfolglos bleiben wird", grinste der Magier Dexter ins Gesicht, woraufhin er ein letztes Mal das Wort an den unsicheren Soldaten wendete.
„Hör mir zu, Dexter, bevor ich dich nun verlassen muss. Es gibt einen Mann in der Stadt, sein Name ist Sergon, und du findest ihn in der Schmiede bei Meister Eroth in der Schwenkgasse. Begib dich auf die Suche nach ihm, wenn du bereit bist, dich mit deinem Schicksal abzufinden. Lebe nun wohl und vertraue der Macht", sprach er mit hastigen Worten, woraufhin er einige Schritte in die Mitte des Raumes trat und danach, wie bereits bei der Gestaltwandlung, die Augen schloss und seine inneren Energien bündelte. Es war ein blauer Schweif, der die letzten Umrisse des Körpers einige Sekunden darauf aus dem Raum strich, bis nach einigen weiteren Sekunden keinerlei Anzeichen von dem seltsamen Besucher zu sehen waren.
Es war am Abend des gleichen Tages, als die sinnlose Suche letztlich aufgegeben wurde und Dexter allein in seine Kammer zurückkehrte. Müde aber mit einem Gefühl der inneren Unruhe setzte er sich auf seinem Bett nieder und blickte von da aus in die klar leuchtenden Sterne, die er durch das geöffnete Fenster erblicken konnte. Fragen über Fragen schossen durch seinen Kopf, wobei er eine halbe Ewigkeit so dasaß und ins Leere starrte.

„Vor zehn Jahren ist Sheron gestorben und vor elf Jahren haben sie herausgefunden, was es mit mir auf sich hat“, ging es ihm in dieser Zeit des Öfteren durch den Kopf, wobei er einige Zeit benötigte einen klaren Zusammenhang zwischen den Ereignissen zu knüpfen. „Irgendjemand hat dem König erzählt, was Sheron damals getan hat, und der hat ihn umgebracht“, sprach er plötzlich zu sich selbst, wobei er den Körper zurück in die Kissen warf. „Und bestimmt war es bei meiner Mutter genauso“, beendete er seinen Gedanken, woraufhin eine kleine Träne ihren Weg über seine roten Wangen fand und ins Betttuch tropfte. „Ich bin schuld. Ich bin an ihrem Tod schuld!“, sprach er darauf mit tränenden Augen, wobei er den Kopf in einem der Kissen vergrub.

Ein tiefes Gefühl der Trauer durchwanderte in jenen Augenblicken die Seele des Soldaten, woraufhin er nach einigen Momenten in Traurigkeit versuchte jene zu unterdrücken um mit klarem Geist seine Gedanken fortzuführen.

„Ich bin also der Sohn zweier Menschen, die ich noch nie im Leben gesehen habe und wahrscheinlich auch nie kennen lernen werde. Meine Eltern, ach nein, meine Schwester und Sheron, und mein Bruder, der scheinbar nicht mal mein richtiger Bruder war, starben wegen mir“, rekapitulierte er, woraufhin ihm einige Erinnerungen an den verstorbenen Marios durch den Kopf gingen. Doch bevor er mit einer erneuten Trauer seinen bei diesen Gedanken aufkommenden Gefühlen Ausdruck verleihen konnte, schoss plötzlich ein beinahe vergessenes Erlebnis aus der Vergangenheit durch seinen Kopf.

„Der Angriff. Dieser feige Mordanschlag, als er das erste Mal nach Thorgar kam. Das muss alles geplant gewesen sein“, formten sich die Worte in seinem Kopf, worauf er angestrengt versuchte sich an jedes einzelne Detail dieses Ereignisses zu erinnern. Die Vision, das alles durchdringende Läuten der Stadtglocke und die Verwundung bildeten hierbei das Gerüst jener Erinnerung, an deren Ende er sich im Hause des General Tirion wiederfand. „Das ist es!“, sprach er plötzlich mit lauter Stimme, woraufhin er sich vom Bett erhob und hastig seinen Schrank aufriss. „General Tirion“, wiederholte er immer wieder, während er eine leichte Rüstung anlegte und ohne weiteres Zögern mit schnellen Schritten das Zimmer verließ.

Ohne Zeit zu verlieren verließ er die Soldatenkaserne und machte sich auf schleunigstem Weg daran die Festung zu verlassen um seinen alten Ziehvater in der Stadt aufzusuchen.
Es war im Gesamten betrachtet ein recht langer Weg, den er in großer Eile beschritt, was dazu führte, dass er schließlich mit tiefen Atemzügen und pochendem Herzen vor der Haustür des Generals stand.
Vier kräftige Schläge waren es, die er gegen die hölzerne Tür hämmerte, woraufhin nach einigen Minuten ein verschlafener General aus einem der Fenster im ersten Stock blickte. „Was soll das?“, schnauzte er den ungeladenen Gast von oben herab an, bis er erkannte, dass es sich bei dem Besuch um seinen Ziehsohn handelte. „Was machst du denn hier?“, fragte er mit besorgtem Blick, woraufhin er das Fenster verließ und mit schnellen Schritten zur Haustür eilte.
„Was ist geschehen? Was treibt dich zu solch später Stunde hierher?“, fragte er erneut, wobei er den sichtlich verstörten Dexter ins Haus geleitete. „Sag es mir, mein Junge. Sag mir, was los ist!“, bat er weiter, als der Soldat plötzlich das Wort ergriff und dem General von seiner Begegnung berichtete. „Du weißt doch noch von dem Traum, den ich dir neulich erzählt habe. Den mit der Königstochter...“, begann er das Gespräch, wobei dem General bei jenen Worten bereits der Atem stockte, da er sich sicher war, dass nun der Zeitpunkt, den er seit so vielen Jahren gefürchtet hatte, gekommen war.

„Es tut mir so Leid!“, begann auf einmal der General, kurz nachdem sein Ziehsohn mit seinen Ausführungen von der Geschichte der Welt und den Bahnen seines Schicksals beim Tod Sherons angekommen war. Verwirrt blickte er daraufhin jenen an.
„Ich weiß, es wird ein schwerer Schock für dich sein, aber ich war es, der Sheron ermordet hat. Ich war es, der vom König höchstpersönlich den Auftrag erhielt deinen Vater aufgrund von Rassenbruch und Verrat am Vaterland dem Tode zuzuführen. Ich weiß, es ist ein Schock für dich, aber was hätte ich gegen den Befehl des Königs tun sollen? Er hat mein Leben wie das eines jeden Soldaten in seiner Hand!“, meinte der alte Mann, den Dexter daraufhin mit entsetzten Augen anstarrte.
Es war ein Gefühl der inneren Verachtung, welches dabei seinen Körper durchfuhr. „Ihr wart es?“, entgegnete er mit zorniger Stimme, woraufhin

der General sofort weiter sprach. „Es tut mir Leid, Dexter!“, flehte er seinen Sohn an, woraufhin dieser versuchte seinen Zorn zu bändigen und die Situation des Generals zu verstehen. „Und meine Mutter? Habt ihr die etwa auch ermordet?“, sprach er daraufhin mit immer noch erboster Stimme, woraufhin der General heftig den Kopf schüttelte. „Nein, niemals! Ich weiß nicht, was mit ihr geschehen ist. Ich weiß nur dass, der Befehl nicht von König Sumunor ausging. Denn wäre das der Fall gewesen, hätte ich sicherlich davon Wind bekommen“, entgegnete Tirion mit sicherer Stimme, was Dexter sofort einleuchtete.
So versank der Soldat einen kurzen Moment in seinen Gedanken und ließ die Erinnerungen auf sich wirken.

„Was hast du jetzt vor?“, begann er dann nach einigen Minuten des Schweigens, woraufhin sein Ziehsohn den Kopf schüttelte. „Ich weiß es nicht“, meinte er mit eingeknicktem Kopf, wobei er versuchte irgendwo tief in seinem Inneren eine Antwort auf die Frage des Stiefvaters zu finden.

„Wer du bist, also wer du wirklich bist, meine ich, weiß ich übrigens schon einige Zeit. Aber ein jedes Mal, als ich es dir beibringen wollte, fehlte mir der Mut. Ich wusste nicht, wie du reagieren würdest und was mit dir geschehen würde, und das Letzte, was ich wollte, war dich in Gefahr zu bringen“, sprach der General nach einigen Momenten der Stille, woraufhin Dexter ihn ein wenig überrascht anblickte.
„Du wusstest, dass ich der Sohn eines Magiers bin?“, fragte er mit ungläubiger Stimme, worauf der General nickte. „Es war damals, einen Tag nachdem meine Tochter dich auf dem Goldenen Platz gefunden hatte. Ich war gerade im Palast um einen Auftrag des Königs entgegenzunehmen, als ich von ihm höchstpersönlich erfuhr, dass am vergangenen Tag angeblich ein bedeutender Nachkomme der Magier gefallen sei. Der Sohn des Aratheus, einem mächtigen Seher, der vor vielen Jahren für große Unruhen im westlichen Königreich sorgte, sei es, der durch einen Hinterhalt ermordet wurde. Das hat er mir auf jeden Fall erzählt, und sofort wurde mir klar, wer jener mysteriöse Junge war, den meine Tochter gefunden hatte. Lange überlegte ich und fragte mich, ob mein Handeln falsch war. Ob ich melden musste, was ich getan hatte. Ob ich Bescheid sagen muss-

te, dass jener Junge unter dem Namen Terean Troles in meinem Haus lebt. Bis ich eines Tages schließlich erkannte, dass dies das Einzige war, was ich tun konnte um meine Schuld gegenüber der Gerechtigkeit auszugleichen. Ich nahm dich auf mit dem Wissen damit zu einem Verräter des Königs zu werden und der Gefahr jeder Zeit zum Tode verurteilt zu werden, wenn sie deine Identität aufdecken würden. Aber dennoch entschied ich mich dafür. Es tut mir Leid, dass ich dir die Wahrheit nicht schon viel früher gesagt habe, aber es geschah alles zu deinem Schutz, mein Sohn!", sprach er mit ergreifender Stimme, woraufhin Dexter sich langsam von seinem Stuhl erhob und den Tisch umrundete, bis er neben seinem Vater stand.

„Ich verzeihe dir, was du meinem Stiefvater Sheron angetan hast, und ich danke dir für all das, was du mir ermöglicht hast. Du warst es, dem ich zu verdanken habe, dass ich heute der bin, der ich bin, und ich verspreche dir, mein Vater, du wirst es nicht bereuen, dass du damals geschwiegen hast. Du wirst es nicht bereuen", und mit einem gefassten Lächeln und einigen Tränen auf den Wangen erhob sich nun auch der General und umarmte seinen Sohn ein letztes Mal.

Es waren nicht viele Dinge, welche Dexter in den folgenden zwei Tagen erledigte, und da er nicht wusste, ob er noch einmal zurückkommen würde, hielt er es für besser seinen Ausflug geheim zu halten. Er wollte nicht, dass ihm irgendwer auf die Schliche kam, und so quittierte er weder seinen Dienst noch gab er seine Bewaffnung und Rüstungsgegenstände zurück. „Schließlich wusste man nie, wo einen der Weg hinführen könnte", begründete er dies innerlich, während er einen letzten Blick in den kleinen Spiegel in seinem Kasernenzimmer warf.
„Wie er sich verändert hatte", ging es ihm dabei durch den Kopf. Und ja, verändert hatte er sich in der Tat. In den vergangenen viereinhalb Jahren war er vom Knaben zum Mann gereift, wobei nicht nur die kratzigen Stoppeln in seinem Gesicht einen Beweis hierfür stellten. Sein ganzer Körperbau hatte sich verändert, und wenn er bis vor seiner Ausbildung eher einem schwächlichen Kind ähnelte, spiegelte sein jetziges Bild das eines ausgewachsenen Kriegers wider.

Er war groß geworden, beinahe ein Meter und fünfundachtzig, und über seinen Körper zogen sich harte und starke Muskeln. „So vergeht die Zeit“, kommentierte er diese Erkenntnisse in seinem Inneren, woraufhin er sich kurz durch das mittellange bräunliche Haar fuhr, ehe er seine Gepäcktasche aufnahm und geschwinden Fußes in die Stallungen verschwand. Von hier aus nahm er letztlich den schicksalsschweren Weg in die Schwenkgasse zur Schmiede Meister Eroths auf.

Kapitel 11 - Die Stadt unter den Bergen

Auf dem Rücken seines treuen Pferdes und beladen mit einem Großteil seiner Ausrüstung trottete er mit langsamen Schritten durch die engen Gassen und Straßen, bis er nach einiger Zeit des Suchens den Schriftzug „Schwenkgasse“ auf einem Schild erblickte.

Mit nervösem Blick und vielen Gedanken, die ihm durch den Kopf schossen, stieg er vor einem kleinen, schäbigen Gebäude von Andolas’ Rücken und klopfte mit kräftigen Schlägen gegen die hölzerne Tür. Nach einem kurzen Moment der Stille öffnete plötzlich ein kleiner Junge, der gerade mal um die zehn Jahre alt schien, die Tür und blickte dem vor ihm stehenden Soldaten lächelnd ins Gesicht.
„Ja, bitte!“, sprach er mit schnellen Worten, woraufhin Dexter überrascht aufblickte. „Ähm, ist dein Vater da, Kleiner?“, sprach er nach einigen Sekunden der Stille, woraufhin eine Stimme aus dem hinteren Teil des Gebäudes die Aufmerksamkeit von dem Knaben ablenkte. „Wer seid ihr und was wollt ihr?“, sprach dieser, woraufhin der Junge die Tür ganz öffnete und ein recht groß gewachsener Schmied, der eine glühende Klinge in der Hand hielt, Dexters Blick auf sich zog.
„Mein Name ist Terean... äh, Dexter, und ich bin auf der Suche nach einem gewissen Sergon!“, entgegnete er mit nervöser Stimme, wobei sich der grimmige Blick aus dem Gesicht des Mannes fortstahl und ein breites Lächeln an dessen Stelle erschien. „Ah, Dexter!“, erwiderte er dabei mit freudigem Lachen, woraufhin eben benannter einige Schritte in den Raum trat und der Junge die Türe hinter ihm schloss.
„Ich wurde geschickt“, formte er die Worte in seinem Mund, als der Schmied selbst das Wort ergriff. „Ihr wurdet schon sehnlichst erwartet“, meinte er aufgeregt, woraufhin er einen Schritt zur Seite ging und den Weg auf eine verschlossene Tür im hinteren Teil des Raumes freigab.
„Er wartet oben“, sprach er weiter, wobei es Dexter klar wurde, dass

nicht der Schmied derjenige war, den er treffen sollte.

So bedankte er sich höflich und beschritt dann den Weg auf die noch verschlossene Pforte seiner Zukunft und öffnete sie.
Doch entgegen seinen Vermutungen befand sich dahinter kein Magier oder Ähnliches, sondern lediglich eine schmale Leiter, die ihn in die höher gelegenen Etagen des Hauses führte.
Mit einigem Misstrauen aber dennoch mit wackerem Herzen kletterte er jene empor, wobei sich am oberen Ende ein lang gezogener Gang befand. An dessen Ende erblickte er dann die Umrisse einer dunklen Gestalt, die in tiefster Meditation versunken auf einem Hocker saß. „Hallo?“, sprach der Soldat daher mit unsicherer Stimme, woraufhin die Gestalt die Augen öffnete. „Ah, du musst bestimmt Dexter sein“, entgegnete jener darauf, woraufhin er den Soldaten näher zu sich einlud. „Wer seid ihr?“, fragte dieser sogleich, während er näher auf die Gestalt zuschritt und dabei bemerkte, dass es sich allem Anschein nach ebenfalls um einen Magier handelte. Zumindest ließ die weite Robe darauf schließen.

„Ich bin Sergon, Magier des alten Glaubens, und derjenige, welcher euch aus dieser Stadt fortführen wird“, meinte jener dann mit trockenen Worten und wartete dabei nicht auf eine Reaktion Dexters, sondern begann sogleich mit seinen Erläuterungen. „Ich weiß nicht genau, wie viel Areas dir bereits erzählt hat, aber da du hier bist, gehe ich davon aus, dass du zumindest weißt, wo es hingeht“, sprach er, woraufhin der Soldat ein wenig erschrocken den Kopf schüttelte.
„Nein? Nun gut. Also, wir machen uns auf den Weg nach Westen!“, sprach er dann nach einigen Momenten des Grübelns. „Nach Tigra und, um ein wenig genauer zu werden, ins Westgebirge. Dort wird man dir alles Weitere erklären. Ich meine dein zukünftiges Leben betreffend“, sprach er mit breitem Lächeln und wartete auf eine Reaktion seines Gegenübers.
„Äh, ja, dann würde ich sagen, machen wir uns auf den Weg, oder nicht?“, entgegnete dieser, als er die Stille nicht weiter ertragen wollte, woraufhin der Magier ihn erneut anlächelte. „Bist kein Mann großer Worte?“, meinte er mit unberührtem Ton und machte sich dann daran einige Dinge aus einer Kiste neben ihm in seine Taschen zu stopfen.

„Nehmt das, das und das", meinte er dann nach einigen Sekunden des Wühlens, wobei er Dexter drei Gegenstände überreichte. Der erste war ein Ring mit einem blauen Smaragd. „Der kennzeichnet dich als einen der unsrigen. Solange du ihn trägst, wird jeder Magier dich als einen Mann unseres Glaubens zu identifizieren wissen. Wir Magier tragen einen ähnlichen mit rotem Smaragd", erläuterte er, während Dexter das gute Stück kurz musterte. Mit einem Gefühl der Ehre steckte der dann das Wahrzeichen an seinen Ringfinger und betrachtete die beiden übrigen Gegenstände.
Ein kleines Fläschchen mit einer blauen Flüssigkeit und eines mit einer roten. „Die beiden Flaschen sind so genannte präparierte Zauber. Sie besitzen einen kleinen Funken magischer Energie, wodurch auch solche, die in der Magie ungelehrt sind, einen Teil dieser ausüben können. Die rote Flüssigkeit ist ein Heiltrank. Du kannst ihn benutzen, wenn du dich im Kampf oder sonst wo verwundet hast. Er kann Brüche heilen und Schnittwunden flicken, aber das kann er nur, wenn du noch fähig bist ihn zu trinken, bevor dein Geist deinem Körper entschwindet", meinte er mit ironischem Lächeln, woraufhin er sich wieder seinem Gepäck widmete.
„Für was ist der Blaue?", begann Dexter dann nach einigen Sekunden, als er erkannte, dass der Magier ihm keine weiteren Erläuterungen gab, woraufhin dieser verdutzt rumfuhr.
„Äh, ach ja, der Blaue. Also, diesen Trank wirst du noch nicht brauchen", und mit schnellem Griff schnappte er sich das blaue Fläschchen von Dexters offener Handfläche. „Er hat etwas mit der Steigerung deiner inneren Energie zu tun, aber das wirst du alles in deiner Ausbildung lernen", meinte er mit schnellen Worten, woraufhin er sich aufrichtete und freudig grinsend in das Gesicht des leicht verdutzten Dexters blickte.
„Dann wollen wir mal aufbrechen!", meinte er dann, woraufhin er sich in Bewegung setzte und ohne weitere Worte zu verlieren losschritt. Vorbei an Dexter, die Leiter hinab, bis schließlich auch der Soldat den Gang aufnahm und ihm folgte. Als er dann am unteren Ende ankam, befand sich sein Führer bereits im Schmiederaum und verabschiedete sich mit freundlicher Umarmung von dem offensichtlichen Freund, der Dexter ebenfalls mit einem freudigen Lächeln verabschiedete.

So verließen die beiden Männer die Schmiede und machten sich dann auf den Rücken ihrer Pferde auf den Weg in Richtung eines der Stadttore. Es war das südliche, welches sie schließlich durchschritten, um am Erinior entlang den ersten Teil ihrer Reise zu bewältigen. Mit einem letzten Blick auf die gigantischen Mauern, die man durch das Dickicht des Waldes erkennen konnte, verließ der Soldat somit jene Stadt, in der er so lange Obdach und Zuflucht gefunden hatte.

Es war ein langer und dunkler Weg durch die Tiefen des Flusswaldes, bis sie nach einigen Stunden eine kleine Lichtung in der Ferne erblickten. Mit schnellem Schritt und ohne viele Worte zu verlieren waren sie bis dato gereist, als plötzlich der Magier die Stimme erhob.
„Ich denke, wir sollten da vorne eine kleine Rast machen“, meinte er, wobei Dexter bewusst wurde, dass er seit über acht Stunden nichts mehr gegessen hatte. „Gute Idee“, erwiderte er daher mit einem Lächeln, so dass sie einige Minuten später ihre Pferde an einem der letzten Bäume befestigten und sich dann im Zwischenspiel zwischen Schatten und Sonne niedersetzten.
„Du bist also der seit so langem gesuchte Nachkomme des großen Aratheus“, meinte der Magier nach einem kurzen Moment der Ruhe, woraufhin Dexter ihn emotionslos anblickte. „Das hat man mir erzählt“, entgegnete er ohne dabei seinen Blick von den Wolken, welche weit über ihnen schwebten, abzuwenden. Als der Magier daraufhin neugierig nachhakte, wusste Dexter nicht so recht, ob er ihm die Erlebnisse seiner Kindheit und all das, was er gehört hatte, erzählen sollte, und so kehrte ein erneuter Moment der Stille ein. „Nun erzähl schon“, meinte auf einmal sein Führer von neuem, wobei er ihm einen saftigen Apfel entgegenstreckte. „Kriegst auch einen Apfel!“, meinte er freudig lächelnd, wobei ein erneutes Magenknurren die Zweifel besiegte und der Soldat den Apfel ergriff und sogleich nach einem ersten kräftigen Bissen mit seiner Geschichte begann. Jene Geschehnisse, welche der Magier ihm in seinem Zimmer in der Kaserne erzählt hatte. Dass er der Sohn dieses Aratheus sei und die Tatsache, dass er von seiner Schwester und Sheron gerettet wurde, bis diese auch getötet wurden. Von seiner Flucht nach Thorgar, bis er letztlich wieder bei dem Magier, welcher ihn über die Wahrheit der Menschheit aufgeklärt hatte, angekommen war.

„Tut mir Leid, das mit deiner Schwester und Sheron. Sie waren beides tapfere Menschen“, meinte er nach einem kurzen traurigen Blick, woraufhin er seinen Körper in die Höhe erhob und schnell den Blick abwendete. „Es wird Zeit, dass wir weiter reiten. Ich will innerhalb der kommenden drei Tage mindestens noch bis Esath kommen“, meinte er mit einem leichten Gähnen bei den letzten Worten, woraufhin auch Dexter sich erhob und seinem Führer mit schnellen Schritten folgte.

So verging Stund um Stund, in denen sie auf den Rücken ihrer Pferde durch die letzten Ausläufer des Waldes und dann über die Felder Thorgars galoppierten. Mais, Gerste, Roggen, Weizen und gigantische Wiesen, auf denen riesige Bison- und Rinderherden grasten, passierten sie, bis sie zwei Tage darauf im Antlitz der feuerrot untergehenden Sonne die ersten Ausläufer des Hochlandes erreichten.
„Es sind noch etwa zwölf Stunden bis Esath“, sprach dabei der Magier, als sie in schnellem Trab einen kleinen Wasserlauf überquerten und die Felder hinter sich ließen. Es war eine kalte, trostlose Gegend, die sie nun durchquerten, worauf sie schließlich in einem kleinen Tal die Lichter der Stadt erblickten.
Sie war nicht sonderlich groß und im Vergleich mit der Größe Thorgars ein Fliegenschiss, aber dennoch verfügte sie über eine recht hohe Stadtmauer, die der Umrandung der Roten Festung sogar Konkurrenz machen konnte. „Ist wegen der wilden Tiere. Raptoren, Wölfe und alle mögliche Arten von Raubtieren treiben sich in der Gegend rum. Und außerdem gibt's hier recht viele Banditen“, erklärte ihm Sergon, während sie einem langwierigen Pfad in die Tiefe folgten, um so nach einigen weiteren Minuten die Tore der Stadt vor sich zu sehen.
Mit kräftigen Schlägen donnerte der Magier gegen die verschlossene Tür, woraufhin eine tiefe Stimme von der anderen Seite der Mauer sprach. „Wer ist da?“ „Wir sind zwei Reisende und wollen in Esath übernachten“, meinte darauf der Magier, woraufhin sich ein kleines Guckloch öffnete und zwei kleine, dunkle Augen die angekommenen Männer musterten. „Gut! Ihr könnt reinkommen“, meinte der Pförtner dann nach einigen musternden Blicken und öffnete mit einem lauten Knacken das Tor, womit er den beiden Männern Einlass nach Esath gab.

Es traf sich äußerst günstig, dass die beiden gerade zu dieser Zeit die Pforten zur Stadt durchschritten, da keine zwei Minuten nachdem sie ihren Weg zum „Zapfenkessel“ aufgenommen hatten ein schauriges Unwetter über das Tal hereinbrach. Hallender Donner und gigantische Blitze zuckten durch die schwarze Nacht, während Dexter und Sergon mit schnellem Galopp durch die schmalen Gassen heizten, so dass sie noch vor den ersten Regentropfen die Pferde im Stall verstaut hatten und mit schnellen Schritten in das Innere der Gaststätte eilten.

„Ah, Sergon!“, rief dabei der Wirt, der hinter einer kleinen Bar einige Krügc polierte, woraufhin der benannte Magier mit freudigem Lächeln auf jenen zuschritt. „Sei mir gegrüßt, mein Freund!“, sprach er den für Dexter fremden Mann an, woraufhin er näher an jenen heranschritt, um sich daraufhin mit ihm in ein Gespräch zu vertiefen. Dies war die Möglichkeit für ihn einen kleinen Einblick in das Treiben und Leben innerhalb des gemütlichen Gastraums zu erhaschen.

Es waren nicht sehr viele, höchstens 15 Leute, die sich an den runden Tischen ihrer selbst erfreuten, wobei keiner ihre Ankunft mitbekommen hatte. Daher wendete er seinen Blick ab und folgte nun mit langsamen Schritten seinem Führer, um zumindest ein bisschen was von dessen Unterredung mitzubekommen.

„Danke, alter Freund!“, war zu seinem Bedauern jedoch das Einzige, was er noch aufschnappen konnte, und so wartete er gespannt auf eine Erklärung des Magiers. Zur seiner Enttäuschung machte dieser jedoch keinerlei Anzeichen, ihm irgendwelche Details seiner Unterredung mitzuteilen, sondern wies den Soldaten nur dazu an, einen Tisch aufzusuchen.

Dieser Vorschlag, der in seinen Augen dafür stand, dass er endlich etwas Gescheites zwischen die Zähne bekam, vertrieb jedoch jegliches Gefühl von Enttäuschung, so dass er mit schnellen Augen den Raum durchforstete, um nach einem geeigneten freien Platz Ausschau zu halten. Im hinteren Teil der Kneipe fand er letztlich das Ziel seiner Suche, weshalb er mit großen Schritten auf den kleinen Rundtisch zuging und sich dort schweigsam niederließ.

Es dauerte einige Minuten, bis auch Sergon ihm folgte und sich mit zwei Bierkrügen in den Händen auf der gegenüberliegenden Seite des Tisches

niederließ.
„Bevor du fragst, Brathus bringt gleich etwas zu essen“, meinte er mit verschlagenem Lächeln, woraufhin er einen der Krüge vor seinem Begleiter platzierte.
„Prost!“, sprach er dabei mit fester Stimme, worauf auch der Soldat den Krug aufnahm, um den kühlen Gerstensaft nach einem kräftigen Stoßer in seine Kehle gleiten zu lassen. Es war ein erleichterndes, wolliges Gefühl, das sich dabei von der zuvor trockenen Kehle aus über Dexters gesamten Körper ausbreitete und ihn ein wenig zum Grinsen brachte.
„Nicht schlecht, das Zeug“, sprach er dann mit der erschienenen Fröhlichkeit auf den Backen und blickte dabei in die tiefen Augen seines Gegenübers, der ebenfalls seinen Krug absetzte.

„Es sind noch neun Tage, bis wir ins Westgebirge kommen“, begann dieser nach einigen Sekunden des Schweigens, wobei Dexter krampfhaft versuchte, sich an die Geographiestunden seiner Ausbildung zurückzuerinnern. „Vor ihnen lagen die gewaltigen Riesen des Hochlandes, ein gigantisches Bergmassiv, das über 1000 Quadratkilometer misst“, ging es ihm durch den Kopf, woraufhin er das Wort an den Magier richtete.
„Wie kommen wir durch die Riesen?“, fragte er mit kräftiger Stimme, woraufhin Sergon ihn lächelnd ansah. „Keine Sorge. Ich kenne einen Weg“, meinte er mit kurzen Worten, worauf der Soldat einen Vorschlag brachte. „Wir könnten doch durch das Hügelland zurück in die niederen Ebenen und dort den Erinior überqueren“, meinte er mit schnellem Satz, worauf der Magier sanftmütig den Kopf schüttelte.
„Und wie willst du den Erinior dort unten überqueren?“, fragte er mit ironischem Unterton, wobei Dexter erst jetzt dieses kleine aber nicht unwesentliche Hindernis bewusst wurde. „Unterhalb der Berggrenze bemisst der Fluss über 40 Meter und fließt mit einer ungeheuren Stärke“, erläuterte der Magier seine Aufregung, woraufhin der Soldat stumm nickte. „Wir müssen durch die Berge und den Erinior an seinen Wurzeln überschreiten. Nur so können wir sicher auf die andere Seite gelangen und unseren Weg unbeschadet weitergehen. Ich meine, wir könnten natürlich auch hinab in die Ebenen und dann über die namibische Brücke bis hinab nach Esgoloth, wo wir schließlich auch den Surius überqueren müssten. Aber dieser kleine Umweg würde uns mehr als 20Tage kosten und daher ziehe

ich es vor den Erinior hier oben zu bewältigen. Zudem sind wir hier weit entfernt von den neugierigen Augen unserer Feinde!", beendete Sergon seine Ausführung, als plötzlich einer der Kellner auf sie zuschritt und zwei gewaltige Teller vor ihnen absetzte.
Es war ein Gefühl der Erleichterung und Freude, die Dexter in jenem Moment überkam und einen jeden Gedanken an ihre Reise zunächst in den Hintergrund stellte.

„Mann, war das gut", meinte er etwa 20 Minuten später mit gefülltem Magen und Grinsen auf den Backen, als er das Besteck zur Seite legte und den beinahe leeren Teller betrachtete. Lediglich das Knochengerüst eines halben Huhnes, die Reste eines Koteletts und ein Film aus brauner Soße zierten hierbei die hölzerne Platte. „Da hast du Recht", stimmte ihm dabei der Begleiter zu, woraufhin er wie Dexter auch einen kräftigen Schluck aus seinem Krug nahm, um die letzten Reste des Mahles in seinen Magen zu spülen.
„Also, wir werden uns durch die Berge und die anschließende Salzwüste schlagen und dann die Grenze an ihrer Nordspitze passieren. Das Nordtor müsste ja normalerweise geöffnet sein. Wenn wir erst mal drüben sind, schlagen wir uns durch den Minou, bis wir letztlich ins Westgebirge kommen", sprach Sergon nach einem erlösenden Rülpser, wobei Dexter sich einen weiteren Schluck des köstlichen Gerstensaftes zu Munde trug.
So verstrich einiges an Zeit, in der sie über die Einzelheiten ihres Weges sprachen, bis sie nach einem zweiten Krug Bier schließlich beschlossen ihre nächtliche Ruhe zu suchen. „Ich komme morgen früh und wecke dich", sprach der Magier mit seinen letzten Worten und verschwand dann in seine Kammer und ließ Dexter allein im Gang zurück.
Dieser blickte sich kurz um und machte sich dann seinerseits daran, mit dem von seinem Führer erhaltenen Schlüssel die Tür zu Zimmer acht zu öffnen, um daraufhin in das Innere des kleinen Raumes vorzustoßen. Es brauchte ihn noch einen kurzen Moment, in welchem er die Türe verschloss und seine Kleidung ablegte, bis er letztlich in dem ersehnten Bett lag und mit einigen letzten, tiefen Atemzügen ins Reich der Träume fiel.

„Knock, knock!", hämmerte es zur frühen Morgenstunde gegen die höl-

zerne Tür, so dass der Soldat auf einen Schlag aus seinem Schlaf gerissen wurde. „Aufstehen, wir müssen los“, sprach dann die Stimme Sergons mit schnellen Worten, woraufhin Dexter seinem Begleiter mit einem „Komme sofort!“, zu verstehen gab, dass er wach war und verstanden hatte. Schnell streifte er seine Kleidung über und machte sich daran den Dolch und die einhändige Klinge, welche er nicht wie das restliche Gepäck bei den Pferden gelassen hatte, an seinem Gürtel zu befestigen. Mit sicherem Schritt verließ er daraufhin den Raum und gesellte sich zu Sergon an einen der Tische des Gastraumes, in welchem sie ein schnelles Morgenessen einnahmen.
Im Gegensatz zum vorherigen Abend waren sie die Einzigen, die in der morgendlichen Früh dort saßen und einige Brote verspeisten, so dass sie daraufhin unerkannt ihre Pferde aus den Ställen holen konnten und trockenen Fußes den Zapfenkessel hinter sich ließen. Es war ein kurzer Weg, den sie durch die Gassen der Stadt zum Tor auf der Westseite zu beschreiten hatten, so dass sie schon nach wenigen Minuten des langsamen Gangs die Mauern der Stadt hinter sich lassen konnten um den gefährlichen Weg durch die Berge auf sich zu nehmen.

Hoch hinaus über Stock und Stein führte sie ihr Weg aus dem Hügelgebiet in das tiefe Hochland, wo sie auf schmalen Pfaden die Meilen hinter sich ließen. Es war nach etwa zehn Stunden, als Dexter eine Geschichte einfiel, die er einst von seinem verstorbenen Freund Seren erzählt bekommen hatte. „Äh, Sergon“, meinte er daher mit lauter Stimme, so dass der vor ihm Reitende ihn verstehen konnte, woraufhin dieser mit einem „Ja?“ antwortete. „Ich habe einst gehört, hier soll ein Volk leben, das den ganzen Tag ein sonderbares Kraut rauchen soll und sich in die Tiefen der Bergwälder zurückgezogen hat“, meinte er, woraufhin der Magier hämisch lachte.
„Ja, Wendelkraut!“, entgegnete er dann, wobei er seine offensichtliche Freude, welche bei den Gedanken an dieses Kraut in seinem Geist auftauchte, nicht verbergen konnte.
„Ja, dieses Volk gibt es. Es sind Elrogs oder, wie man sie heutzutage bezeichnet, Waldmenschen“, führte er dann seine Gedanken weiter, wobei Dexter eine entscheidende Frage, die er damals bereits dem Magier in seiner Kammer stellen wollte, durch den Schädel zuckte.

„Was hat es mit denen eigentlich auf sich? Diesen Waldmenschen? Steht ihr mit denen in Kontakt?“, fragte er mit schnellen Worten, woraufhin der Magier die Gedanken an das Kraut beiseite schob und sich der Frage des Begleiters widmete.
„Diese Waldmenschen!“, sprach er mit gehässigem Ton, als missfiele ihm diese Bezeichnung aufs äußerste. „Sie sind ein Volk aus vergangenen Tagen. Schon seit Jahrtausenden sind sie auf unserer Welt beheimatet, aber erst seit den dunklen Tagen leben sie zurückgezogen für sich selbst in den Tiefen der Berge und Wälder. Früher, vor dem Krieg zwischen Magie und Schwert, in welchem im Übrigen ein Großteil jenes Volkes vernichtet wurde, lebten sie gemeinsam mit den Menschen auf dieser Welt. Du musst wissen, als die Welt noch jung war, herrschten nicht die Götter Anor und Velur. Es war ein Gott, den wir heute nur noch als Gefallenen Gott bezeichnen, der damals die Ursprünge dieser Welt säte. Er war es auch, der das Volk der Elrogs schuf. Doch entgegen seinen Absichten entwickelte sich jene Rasse nicht wie von ihm erwartet. Sie waren primitiv und dumm und vermochten es nicht den Glauben an jenen Gott aufrecht zu halten. In Höhlen und Löchern lebten sie wie Tiere, bis eines Tages die Götter Anor und Velur auf diese Welt kamen. Sie waren es, die den Elrogs die Fähigkeit der Evolution brachten, und sie waren es, denen es letztlich gelang aus den primitiven Höhlenmenschen ein Volk zu schaffen, welches zum Glauben fähig war. So bestand von Beginn an das Band des Glaubens zwischen den Elrogs und den Magiern, und bis heute ist dieses Band ungebrochen. Aber genau wie wir Magier wurde auch diese Reliquie des alten Glaubens verbannt und in die Wälder und Berge vertrieben. Weit ab von den Kriegen und Geschehnissen der Königreiche leben sie seither, zurückgezogen im Glauben an eine bessere Zukunft für sie und ihre Rasse.“

Es war eine geradezu rührselige Geschichte, die Sergon seinem Begleiter erzählte, so dass der Soldat nicht darum kam, sich selbst einige Gedanken über jene so ähnlichen Geschöpfe zu machen.
„Höhlenmenschen“, ging es ihm dabei immer wieder durch den Kopf, wobei er sich auszumalen versuchte, wie ihr Leben in jenen Zeiten ausgesehen haben könnte. Und auch wenn er noch einige Fragen mehr an seinen Führer hätte stellen können, beließ er es bei der Erklärung, die ihm

geliefert wurde und kam dann zurück auf das Wendelkraut.
Mindestens eine halbe Stunde war infolge dessen mit der Unterhaltung über dieses einzigartige Kraut abgedeckt, bis schließlich ein jeder der beiden seine Konzentration wieder auf den Weg richtete. Denn gerade zu jenem Zeitpunkt geschah es, dass sie den ersten Zufluss, der gemeinsam mit sieben weiteren Quellen die Wurzeln des gewaltigen Erinior bildet, erreichten. Es war hierbei kein Leichtes, das reißende, immerhin knapp zwei Meter breite Gewässer zu überqueren, doch nach einigen gewagten Sprüngen schafften sie es letztlich doch, was dazu führte, dass sie ihre Reise nach Westen fortführen konnten.
Es war ein gigantischer Anblick, der sich Dexter dabei geradezu aufzwang. Tausende Meter hoch, mit ihren riesigen, von weißem Schnee behangenen Gipfeln, die teilweise bis in die weit über ihnen schwebenden Wolken ragten, bildeten die Riesen das zweithöchste Gebirge in der ganzen Welt, wodurch es für Dexter und seinen Begleiter nicht leichter wurde ans andere Ende jenes überdimensionalen Hindernisses zu gelangen. Es vergingen Stunden, in denen sie durch geheime Pfade und über versteckte Wege immer weiter durch die Berge schritten.

Zu ihrem Glück war an jenem Tag keinerlei Anzeichen eines aufkommenden Gewitters, wie es am gestrigen Abend das riesige Gebirge heimgesucht hatte, zu erspähen, weshalb sie ohne Sorgen über Nässe und Kälte frohen Mutes durch den Sonnenschein ritten, als plötzlich ein gewaltiger Wetterumschwung die befürchteten Sorgen der Männer heraufbeschwor. Vom einen auf den anderen Moment zogen gewaltige schwarze Wolken hinter den riesigen Bergwänden hervor, und Donner und Blitz durchzuckten die Lüfte.
„Verdammt, wir brauchen irgendeinen Unterschlupf!“, rief plötzlich Sergon seinem Begleiter zu, als die ersten Regentropfen ihren Weg zu Boden gefunden hatten. Erst nur vereinzelt, prasselten sie plötzlich wie aus Eimern gegossen auf die beiden Reisenden herab, wobei es mehr als Glück war, dass sie nach einigen Momenten eine kleine Höhle erspähten.
„Schnell da rein“, rief der Führer sogleich Dexter entgegen, als er jene erkannte, woraufhin sie flinken Fußes von ihren Rössern sprangen und gemeinsam mit ihnen in der kleinen Felsöffnung verschwanden.

Es dauerte mehrere Stunden, bis der unaufhörliche Donner und die alles durchdringenden Blitze langsam aber sicher an Effektivität verloren und in der Ferne der Riesen verschwanden, so dass auch die beiden Reisenden ihren Weg wieder aufnehmen konnten. So setzten sie ihren Weg mit Donner und Blitz im Hintergrund fort, während Stunde um Stunde verging. Stets im Lauf des Feuerballes legten sie Kilometer für Kilometer zurück, bis sie schließlich, fünf Tage nachdem sie Esath verlassen hatten, die letzte der acht Quellen überquerten.

„So, von nun an geht's bald wieder in flachere Gegenden", meinte daraufhin Sergon mit einem Lächeln und führte dann sein Pferd mit langsamem Schritt in Richtung Südwest.
Vier Stunden dauerte es, bis wie vom Magier vorhergesagt die Berge langsam an Massivität verloren und ein beschleunigteres Tempo möglich war. Durch die hügelige Landschaft, in welcher nur wenige Menschen lebten, erreichten sie die nördliche Salzwüste, welche einen unausweichlichen Teil ihrer Reise bildete. Denn nur indem sie jenes Hitzegebiet durchquerten, war es ihnen möglich die gigantische Verteidigungsanlage, welche seit dem Ewigen Krieg den Kontinent in zwei Teile spaltete, zu erreichen. Über zehn Meter hoch und länger als das menschliche Auge zu blicken vermag erstreckte sie sich zwischen dem nördlichen Ozean und dem Meer der Toten, wie man den gigantischen See inmitten des Kontinents auch bezeichnet. Zwei gewaltige Tore, eines im Nordteil der Mauer und eines im Südteil, wie der Wallabschnitt zwischen Meer der Toten und Meer der Mitte genannt wird, gibt es, die den einzigen Übergang nach Tigra bildeten.
Zum Glück für Dexter und Sergon war es lange her, dass die Königreiche von Krieg entzweit wurden, und so konnten sie die geöffneten Tore nach einem langwierigen Marsch durch die Wüste ohne Probleme durchschreiten. Lediglich ein Soldat auf jeder Seite der Mauer war für irgendwelche Kontrollen zuständig, die sie jedoch nicht sonderlich ernst nahmen. So ließen der Magier und sein Begleiter lediglich zwei falsche Namen verlauten und bekamen darauf die Erlaubnis das Königreich Tigra zu betreten.

Wie auf der Ostseite, so umhüllte auch auf dieser Seite des gewaltigen

Walles eine weitläufige Wüstenlandschaft die Gegend, die im Gegensatz zu der östlichen jedoch schier kein Ende nehmen wollte.
Erst nach zwei ganzen Tagen schafften sie es schließlich das unendliche Gelb zu verlassen und in die ersten Ausläufer des Minous einzutauchen. Seit Ewigkeiten bestand dieser riesige Wald, der das komplette Westgebirge und die südlichen Ebenen in ein undurchdringliches Grün hüllte. Es waren drei Tage, die sie in jenem zurücklegten, wobei sie nur selten auf irgendwelches intelligentes Leben stießen, bis sie am Morgen des vierten Tages plötzlich inmitten eines Kreises aus fünf schwarzen Gestalten aufwachten.
Erschrocken fuhr Dexter dabei mit einem Schrei in die Höhe, worauf der neben ihm liegende Sergon ebenfalls aus dem Schlaf aufschreckte. „Was ist los?“, stammelte er mit verschlafener Stimme, als eine eiserne Klinge in seinem Gesicht plötzlich den Schlaf aus seinem Körper drängte. „Wer seid ihr?“, fragte er daher mit nervösen Augen, wobei er im Augenwinkel erkannte, dass Dexter ebenfalls eine Klinge an die Kehle gedrückt wurde.
„Die bessere Frage wäre wohl, wer seid ihr?“, entgegnete ihm einer der Männer mit grimmigen Worten, wobei zwei weitere Gestalten aus dem Gebüsch kamen. „Was machen zwei Männer allein hier im Wald?“, fragte er mit zornigen Worten, woraufhin zur Überraschung des Magiers sein Begleiter das Wort ergriff. „Es geht euch einen feuchten Dreck an, wer wir sind oder was wir machen“, sprach er mit ernster Stimme, worauf der Mann, welcher gerade noch zu Sergon gesprochen hatte, den Blick wendete und Dexter mit leuchtenden Augen musterte.
Es war jener Moment, den der Magier nutzte um seine Augen zu schließen und im Geiste zu sich selbst zu finden. „Was hast du gerade gesagt, du verdammter Penner?“, schrie der offensichtliche Kommandant der kleinen Gruppe aus Banditen Dexter an, als plötzlich ein gewaltiger Feuerball die Luft durchschnitt. „Verdammt, ein Magier!“, schrie plötzlich einer der Mannen auf, woraufhin sie mit verstörtem Blick den Feuer schleudernden Magier anstarrten. „Nichts wie weg hier!“, hallte plötzlich das Signal des Anführers, worauf ein jeder seine Beine in die Hand nahm und mit großen Schritten davoneilte.
„Was für Angsthasen!“, meinte darauf Sergon mit einem Lacher, wobei Dexter ihn überrascht ansah.

„Ich wusste nicht, was für eine Kraft in dieser Magie steckt. Ich wusste nicht, dass man dadurch zu solchen Dingen fähig ist“, meinte er dabei mit langsamen Worten, worauf Sergon einen weiteren Lacher verlauten ließ. „Es gibt vieles, was du noch nicht weißt. Aber sei dir gewiss, du wirst es erfahren. Alles wirst du erfahren, wenn wir in einigen Tagen die Pforten unseres Reiches durchqueren“, sprach er mit einem Lächeln auf den Wangen, woraufhin er sich daran machte, sein Gepäck aufzuladen, so dass sie einige Minuten darauf ihren Lagerplatz verlassen konnten, um langsam aber sicher die ersten Ausläufer des Westgebirges, die sie bisher geschickt vermieden hatten, in Angriff zu nehmen.

Es wurde ein zunehmend mühseligerer Pfad, welchen die ohnehin schon erschöpften Reittiere der beiden Reisenden infolge dessen zu beschreiten hatten, aber dennoch bahnten sie sich ihren Weg immer weiter und tiefer in das steinige Gebirge, als irgendwann, sechs Tage nach Beginn ihrer Bergtour, eine seltsame Erscheinung Dexters Aufmerksamkeit auf sich zog. „Was ist das dort unten?“, fragte er seinen magischen Begleiter mit staunendem Blick, wobei jener seinen Blick in Richtung eines kleinen Tales zur ihrer Rechten wendete.
„Das sind die Toten Felder“, sprach dieser dann nach einem kurzen Moment der Stille, wobei sowohl Angst als auch erbitterter Zorn seine Stimme untermalten. „Fast 18 Jahre ist es nun her, dass wir Magier an diesem Ort lebten. Es war ein ruhiger Platz, weit abgeschieden vom Einfluss des Königs, aber dennoch marschierten hier in jener verhängnisvollen Nacht viele tausend Soldaten Tigras in unser Land und verwüsteten alles, was ihnen in die Quere kam. Ob Alt oder Jung, Mann oder Weib, sie verschonten niemanden und vernichteten, was ihnen vor die Klingen kam. Nur wenige waren es, die jene Nacht überlebt hatten.“
Niedergeschlagen senkte der Magier seinen Kopf, wobei sie langsam aber sicher die Felder hinter sich ließen.

„Vor 18 Jahren?“, meinte Dexter auf einmal zu sich selbst, wobei er mit grübelndem Kopf die letzten Bilder der vorbeiziehenden Ruinen inspizierte. „Wenn es tatsächlich vor 18 Jahren geschehen ist, dann würde das ja heißen, dass dies der Angriff war, von dem ihm der Magier Areas in seiner Kammer in der Festung erzählt hatte. Der Angriff, bei dem sein Vater und seine Mutter getötet wurden. Der Angriff, in dem seine Schwester und Sheron ihn aus den brennenden Flammen gerettet hatten", gingen ihm die Gedanken durch den Kopf, während die Bilder der Ruinen schließlich hinter einer Felswand verschwanden und der Soldat seinen Blick wieder nach vorne richtete. „Sergon? Kann es sein, dass bei diesem Angriff auch Aratheus, der Seher, und seine Frau getötet wurden?", fragte er dann nach einigen Augenblicken des Grübelns, als er merkte, dass jene Gedanken ihn nicht loslassen wollten, woraufhin sein Führer, ein wenig überrascht den Gang verlangsamte um auf dem relativ breiten Gebirgspfad neben ihm zu reiten. „Ja!", meinte er dann mit den Augen voller Zorn, woraufhin er schlagartig das Thema wechselte.

„Es ist nun nicht mehr sonderlich weit, bis wir die Pforten unseres neuen Unterschlupfes durchschreiten werden, darum will ich dir noch einiges erklären", meinte er mit schnellen Worten, woraufhin er nach einem kleinen Seufzer seine Gedanken weiter ausführte.
„Also, wie ich dir vorhin gesagt habe, ist unser altes Versteck vernichtet worden. Der König dachte somit, er hätte alle Magier, inbegriffen Aratheus, den seit Urzeiten prophezeiten Retter der Magie, vernichtet. Was er nicht wusste, war, dass einige Magier das Gemetzel überlebt haben. Gemeinsam zogen sie sich tiefer in die Berge zurück und grübelten dort über einen Plan, wie man den Blick des Königs für immer von ihnen fernhalten konnte. Tag und Nacht grübelten sie in den tiefen Höhlen des Westgebirges, bis sie plötzlich erkannten, dass sie eigentlich schon gefunden hatten, wonach sie suchten. Seither verstecken wir uns in den Höhlen des Westgebirges. Aber es sind keine einfachen Höhlen. Es sind gigantische Tunnelsysteme, die die komplette Gebirgskette durchziehen. Die Höhlen von Verduin. Ja, so nennen wir sie seither", sprach er mit majestätischem Tonfall, wobei Dexter neugierig den Worten des Magiers lauschte. „Aber keine Sorge. Du wirst dir früh genug ein eigenes Bild machen können", grinste er dann mit breitem Gesicht, woraufhin er seinen Gang beschleunigte und in leichtem Trab den nächsten Pfad in Angriff nahm. Schweigsam aber mit nachdenklichem Kopf folgte ihm der junge Dexter und dachte dabei an das von Sergon erwähnte „Tunnelsystem".

Es dauerte etwa sechs Stunden, bis schließlich die Zeit für das „früh ge-

nug“ angebrochen war und der Magier langsam aber sicher seinen Gang drosselte und letztlich komplett zum Stillstand kam.
„Hier sind wir!“, meinte er mit einem fröhlichen Lächeln, woraufhin der Soldat sofort die Umgebung musterte. „Was soll hier sein?“, war aber das Einzige, was er nach etwa einer Minute des stumpfsinnigen Umhersuchens von sich geben konnte, weshalb der Magier mit noch breiterem Grinsen vom Pferd stieg.
Mit langsamen und sicheren Schritten entfernte er sich dann mit den Zügeln des Pferdes in der Hand von dem kleinen Pfad und schlug einen Weg quer durch die steinige Wildnis ein. „Komm schon!“, hielt er dabei seinen Begleiter an, der mit leicht verwirrtem Blick ebenfalls vom Pferd stieg und gemeinsam mit diesem dem Magier folgte.
Es dauerte einige Minuten, bis sie durch die unwegsame Umgebung das Ende ihres Pfades erreicht hatten und nun in direkter Nähe zu einer riesigen Steinwand standen. „Und jetzt?“, platzte es sogleich aus Dexter heraus, der ein wenig ungehalten schien, da er kurz zuvor das halbe Hosenbein an einer widerspenstigen Stacheldorne verloren hatte. Doch ohne ein Wort der Antwort zu verfassen schloss der Magier seine Augen und konzentrierte seinen Geist, als plötzlich ein großes Loch in der Wand erschien.
„Hier lang, wenn ich bitten darf!“, sprach er mit einem Lächeln, wobei er selbst mit schnellem Schritt in das Innere des Ganges trat. Mit dem Ausdruck tiefen Staunens folgte Dexter ihm schweigsam, als er nach einigen Schritten sah, dass Sergon erneut den Gang unterbrochen hatte.
In tiefer Konzentration verharrte der Magier dabei erneut, als plötzlich totale Finsternis in den Gang einkehrte und das magische Portal wieder verschlossen war. „Wie habt ihr das gemacht?“, fragte Dexter daraufhin, ohne auch nur einen kleinen Teil des Staunens zu verlieren, woraufhin der Magier nur leise lachte und daraufhin wieder in seiner Konzentration versank. Kürzer als zuvor dauerte es diesmal, bis plötzlich eine schillernde Kugel in den Händen des Magiers entstand.
Erschrocken und zugleich überwältigt bewunderte der Soldat das magische Schauspiel, während die Kugel langsam aus den Händen des Mannes über seinen Kopf wanderte und die nähere Umgebung der beiden Reisenden erleuchtete.
„Und ich hab mich schon gefragt, wie man hier etwas sehen soll und

mich schon geärgert, dass ich keine Fackeln dabei hab“, meinte Dexter daraufhin mit einem Lacher, woraufhin der Magier mit einem Lächeln die Zügel seines Pferdes aufnahm und in die Tiefen des Berges marschierte.

Es war ein schier endloser Gang, so kam es Dexter zumindest vor, bis sie einigen Stunden des Wanderns plötzlich einen flackernden Lichtschein in der Ferne erblickten. „Da ist es!“, sprach der Magier darauf und beschleunigte seinen Gang ein wenig. Voller Aufregung und Neugierde steigerte auch Dexter das Schritttempo, wobei er zu keiner Sekunde das flackernde Licht in der Ferne aus den Augen ließ.

Etwa zehn Minuten dauerte es schließlich, bis sie mit großem Schritt den dunklen Gang verließen und der Soldat mit großem Staunen den sich ihm aufdrängenden Anblick bewunderte.
„Dort, Dexter, siehst du die Höhlen von Verduin. Einst waren es gewaltige Flüsse und Seen, die unsere Welt hier unten formten, doch als sie sich verzogen hatten, hinterließen sie ein riesiges Tunnelsystem, in welchem wir unbemerkt von der Außenwelt und den Augen des Königs unseren Aufgaben und Plänen nachgehen können“, sprach der Magier mit heroischem Ton, wobei Dexters Blick nicht von der prächtig geformten Halle abließ. Mindestens 30 Meter hoch und über 200 Meter breit war sie, und gemeinsam mit den Hütten, Bauwerken und sonstigen Dingen, die sich in der Höhle befanden, bildete sie für ihn ein faszinierendes Gebilde.
„Eine Stadt unter der Erde!“, ging es ihm durch den Kopf, woraufhin er diesen Gedanken seinem Begleiter mitteilte. „Ja, nur dass wir dennoch nicht auf die Macht der Sonne verzichten müssen“, und mit einer graziösen Bewegung deutete er mit seinem Zeigefinger an die Decke der Halle, an welcher über den Köpfen der Menschen ein gigantischer Lichtball schwebte. Durch die Macht der Götter sind wir fähig auch hier unten, tief unter der Erde, nicht auf die Macht des Lichtes verzichten zu müssen“, meinte er mit stolzem Ton, wobei er langsam aber sicher wieder den Gang aufnahm, um mit dem Begleiter im Schlepptau einen Weg durch die recht belebte Halle zu finden.
Immer wieder sahen sie dabei Frauen, die mit ihren Kindern spielten oder Männer, die sich mit ihren Frauen unterhielten, wobei sie trotz der bescheidenen Lebensweise unter dem Berg allesamt in großer Harmonie

zu leben schienen. In kleinen Höhlen, die in den harten Fels geschlagen wurden, oder einfachen Holzhütten lebten sie hier im äußeren Bezirk der gewaltigen Höhlenanlage, wobei auf ihrem Weg durch das Dorf verschiedenste Impressionen Dexters Geist auf Trab hielt. Denn nicht nur Wohnhütten und Höhlen, sondern auch Stallungen und riesige Vogelkäfige zierten das Bild der Höhle, wobei besonders jene Käfige die Aufmerksamkeit des Soldaten auf sich zogen. „Die Vögel dienen unseren Magiern dazu Botschaften durch die Welt zu senden", erklärte ihm Sergon.

Bedächtig machten sie sich auf den Weg in die Stallungen, in denen sie ihre Rösser versorgten, um sich dann schließlich dem letzten und größten Bauwerk der Höhlen von Verduin zu nähern.
„Eine Halle aus Stein, geschaffen im Stein wird sie wie ein Stein für die Ewigkeit stehen", sprach der Magier dabei mit majestätischem Ton, während er mit seinem Finger einen altertümlichen Schriftzug über dem Eingang nachfuhr. Durch diesen schritten sie dann, woraufhin sie sich in einem langen Gang wiederfanden, an dessen Seiten sich eine Tür nach der nächsten reihte. „Hier sind die Gästeräume!", erklärte dabei Sergon seinem Begleiter, während sie den Gang hinter sich ließen und eine weitläufige Treppe an dessen Ende in Angriff nahmen. Diese führte sie letztlich in eine Art Rundgang, in welchem sich wieder einige Türen befanden. Da diese aber im Gegensatz zu denen im unteren Bereich mit Schildern behaftet waren, konnte Dexter erkennen, dass sich in jenem Bereich sowohl die Speiseräume als auch die Küche der Magier befanden.

So ließen sie auch jenen Rundgang hinter sich, indem sie über eine weitere Treppe in die nächste Ebene des Bauwerkes vorschritten. „Hier befinden sich nun die Räume der Magier, die stets hier unten leben", erklärte dabei Sergon dem Soldaten, während er mit dem Zeigefinger einen langen Gang mit etlichen Türen hinabdeutete. Eine jede ließen sie dabei hinter sich, während sie den langen Gang entlang schritten, bis sie über eine kleine Treppe in einen weiteren Korridor kamen, in welchem der Magier Sergon letztlich einige Schläge gegen eine der Türen setzte.

„Ja, ja, ich komm ja schon", hallte daraufhin eine tiefe Stimme aus dem Inneren des Raumes zurück, wobei einige immer näher kommende

Schritte zu vernehmen waren und schließlich ein alter Mann die Pforten öffnete. Mit einem Schrecken und einem Lächeln zugleich erblickte er den Magier Sergon und erhob dann freudig die Stimme. „Wen sehen meine trüben Augen da. Sergon, bist du es?“, sprach er mit freudiger Stimme, woraufhin der benannte Magier dem aufgetauchten Mann mit einem klaren „Ja, mein Vater!“ antwortete. Dies führte dazu, dass der alte Magier mit überschwänglicher Freude die Arme ausbreitete und dem Sohn eine Umarmung schenkte, als er auf einmal erkannte, dass jener nicht allein war. „Und wer seid ihr?“, meinte er darum mit leicht spöttischem Tonfall, woraufhin Sergon Dexter keine Zeit zur Antwort gab, sondern selbst das Wort ergriff.
„Seit etlichen Jahren lebe ich auf euren Befehl hin in Thorgar und lausche den Neuigkeiten Ogirions, bis vor wenigen Tagen eine sensationelle Nachricht an mein Ohr drang. Areas, der sich sonst meist in Esgoloth aufhält, war es, der mir verkündete, dass er den Nachkommen Aratheus’ gefunden hat. Ein Soldat in der königlichen Armee, ganz wie Sheron, soll er sein, und so kam es, dass jener junge Mann eines Tages an meine Tür klopfte“, meinte er mit ergreifender Stimme, wobei der alte Mann nicht aus dem Staunen heraus kam.
„Ihr wollt mir also sagen, dieser junge Mann ist der Nachkomme unseres Sehers?“, sprach er nach einigen Augenblicken, woraufhin Sergon bestimmend nickte und somit der Auslöser für ein breites Lachen des alten Magiers war. „Er ist es“, wiederholte dieser dabei immer wieder, woraufhin er kurz in Gedanken verschwand und dann das Wort an Sergon und Dexter richtete.
„Schnell, macht euch auf den Weg in den Tempel. Ich werde alle zusammenrufen. Wir treffen uns gleich im Inneren der heiligen Halle“, sprach er daraufhin mit schnellen Worten und schloss die Türe ohne eine Antwort jener Männer abzuwarten.
„Nun gut, dann auf in den Tempel“, meinte Sergon darauf mit trockenen Worten, woraufhin sie die vor ihnen liegende Treppe beschritten um noch tiefer in die Hallen aus Stein vorzudringen.
Insgesamt zwei Treppen und etliche Gänge, in welchen im Vergleich zu den ihm aus Gemälden bekannten Hallen der Könige keinerlei Prunk oder Reichtum ausgestellt waren, durchschritten die beiden Männer, bis sie nach einer kleinen Treppe schließlich auf einem weitläufigen Platz

inmitten des Gebirges standen. Rundherum durch kalten Stein begrenzt und von gigantischen Fackeln erhellt, bildete jener Platz eine Art Versammlungsplatz, wobei ein gewaltiges Bauwerk am Ende des Platzes den Höhepunkt göttlicher Macht bildete.
„Dies ist der Tempel unserer Götter", erklärte Sergon hierbei seinem Begleiter, während sie näher auf den gewaltigen Bau zuschritten. Es war ein gemischtes Gefühl aus Aufregung, Bewunderung und Angst, welches Dexter hierbei heimsuchte, während er mit langsamen Schritten seinem Führer folgte, bis dieser letztlich vor einem gewaltigen, verschlossenen Steintor seinen Gang stoppte. Tief in Konzentration versunken, bündelte dieser dabei seine Energien, als plötzlich ein blauer Schimmer von den Händen des Magiers aus die Blockade umgab. Diese geriet in Wallung und schob sich nach einem kurzen Moment zur Seite.
Mit Staunen bewunderte der Soldat dieses Schauspiel, wodurch der Weg ins Innere des tiefsten Heiligtums der Magier schließlich freigegeben wurde.

Was sich Dexter von außen her von der Tempelanlage ausgemalt hatte, widersprach jedoch aufs Drastischste der tatsächlichen Erscheinung jenes Raumes. Nicht einmal hier waren Anzeichen von Gold, Edelsteinen oder sonstigen Zeichen irgendeiner Macht sichtbar. Darum sprach er seinen Begleiter Sergon auf jene nicht vorhandenen Prunkstücke an, während er sich mit langsamen Schritten durch den Raum bewegte, um am anderen Ende auf einer Steinbank Platz zu nehmen.
„Gold? Edelsteine? Was wollen wir damit?", entgegnete dieser darauf schroff und blickte Dexter tief in die Augen. „Versteh doch. Es kommt nicht darauf an, wie etwas aussieht. Spürst du sie etwa nicht?", und verwirrt schüttelte Dexter mit den Worten „Was fühlen?" den Kopf. „Diese Macht. Diese außergewöhnliche Macht, welche von diesem Raum ausgeht? Hier ist es, das Herz unserer Welt. Und hier ist es, auch wenn es nicht mit Gold und sonstigen unnützlichen Spiegeln weltlicher Macht überfüllt ist. Diese sind nämlich nichts im Vergleich zu der Macht der Götter."

Mit starrem Blick und ergreifender Stimme ließ Sergon nicht von Dexters Augen ab, weshalb dieser sich zu einer kühnen Frage entschied.

„Aber wieso sitzt ihr dann hier unten in einem Loch und verkriecht euch, während die Herrscher der weltlichen Macht frei und ungestört ihr Leben leben können?", meinte er mit vorlautem Mundwerk, woraufhin der Magier ihn ein wenig überrascht ansah. Verwirrt schüttelte er seinen Blick ab und mustere dabei den Mann, der ihm gegenüber saß. „Ihr fragt kluge Fragen", erwiderte er dann nach einigen Momenten der Stille, woraufhin er seine Antwort fortführte. „Aber das ist eine Frage, welche euch der Rat erklären soll. Es ist nicht meine Aufgabe, mich in solche Belange einzumischen, und daher wird es der Rat der Magier sein, der euch in die Geheimnisse, Hintergründe und Geschehnisse unserer Welt einweihen wird. Und er wird es sein, der euch näher bringen wird, wie es letztlich dazu kam, dass unser Leben so aussieht, wie du es heute gesehen hast. Aber wenn du wirklich der bist, für den wir dich halten, dann hoffen wir alle, dass es nicht das endgültige Schicksal unseres Volkes sein wird", sprach er mit bewegter Stimme, wobei zugleich mit seinem letzten Wort plötzlich die gewaltigen Steinkolosse, mit welchen Sergon kurz nach ihrem Eintreten die Pforten zum Tempel versiegelt hatte, erneut in Vibration gerieten.

Diesmal jedoch mit wesentlich schnellerem Tempo schossen sie zur Seite und gaben den Weg für fünf Gestalten frei. Allesamt in gewaltige Roben gehüllt betraten sie nacheinander das Heiligtum der Götter, woraufhin ein jeder schweigend auf den im Kreis angeordneten Steinbänken Platz nahm.
„Gute Zeitplanung", sprach Sergon dabei zu seinem Vater, woraufhin er sich mit einem kameradschaftlichen Händedruck von Dexter verabschiedete, aus der Steinpforte schritt und jene mit einem donnernden Schlag versiegelte.

Kapitel 12 - Die Geheimnisse dieser Welt

„Ihr seid also der Sohn unseres Sehers Aratheus“, begann einer der Magier, nachdem auch der letzte seinen Platz gefunden hatte. „Es wurde mir gesagt, ja!“, entgegnete Dexter mit ruhiger Stimme, woraufhin ein anderer Magier in das Gespräch einstieg. „Wie alt bist du?“, fragte er mit knappen Worten, woraufhin der Soldat ihn ernst ansah. „Ich werde nächstes Jahr im Frühling 19!“, sprach er mit leicht verärgertem Tonfall, was jedoch keinem der fünf Männer aufzufallen schien, weshalb ein dritter Magier mit gleich bleibend leerem Informationsgehalt für den Soldaten in die Unterredung einstieg. „Gut, du bist 18 Jahre und wurdest aus der verbrannten Stadt gerettet, als du knapp ein Jahr warst. Daher würden wir gerne wissen, was in den letzten Jahren deines Lebens geschehen ist. Wie war deine Kindheit? Deine Jugend? Wie kam es dazu, dass du in Lorio gesichtet wurdest?“, sprach er mit klaren deutlichen Worten, wobei der ungeduldige Dexter nicht mit solch einer Frage gerechnet hatte.
„Wieso sollte er von sich erzählen? Er war es doch, der die Fragen hatte!“, ging es ihm durch den Kopf, als auf einmal der Älteste, der neben einer älteren aber dennoch hübsch aussehenden Frau saß und der Letzte des Rates war, der noch kein Wort an ihn gerichtet hatte, die Stimme erhob.

„Diese Zeit wird kommen, junger Dexter. Aber bevor wir dich über die tiefsten Geheimnisse unserer Gemeinschaft einweihen, müssen wir sicher gehen, dass du der bist, den wir suchen, und nicht irgendein dahergelaufener Spion des Königs in dir steckt“, sprach er mit langsamen Worten, wobei er die Augen des Soldaten nicht aus seinem Blick entließ.
„Das leuchtet ein, auch wenn ich weiß, wer ich bin“, entgegnete Dexter darauf, der sichtlich beeindruckt von der Kunst des alten Mannes war. Noch nie hatte er jemanden gesehen, der die Gedanken eines anderen Menschen lesen konnte, ging es ihm durch den Kopf, woraufhin er ver-

suchte in seine tiefsten Gedanken vorzudringen.
Es brauchte ihn einige Zeit, bis er plötzlich die Augen öffnete und in die Runde blickte. „Also...“, sprach er dann mit klarer Stimme, als die Frau ihn plötzlich schroff unterbrach. „Warte, bevor du uns von deinen Erinnerungen erzählst, will ich dir einen Rat geben. Wenn du der bist, den wir erhoffen, dann ist es wichtig, dass du uns alles erzählst. Alle Gedanken, alle Ereignisse. Einfach alles, was in deinem Leben geschehen ist und besonders das, auf was du noch immer keine Antworten hast“, sprach sie mit ruhiger Stimme, woraufhin der Soldat sie kurz anblickte und dabei stumm nickte.

„Also...“, begann er dann nach einem kurzen Moment der Stille, in welchem er über die kleine Unterbrechung nachdachte, erneut.
„Das Früheste, woran ich mich erinnern kann, ist das Leben mit Sheron, Mytress und Marios. Bis zu meinem achten Lebensjahr lebten wir in dem kleinen Dorf Grosaru in der Nähe des Hochlandes. Wir hatten ein Haus oder eher eine Villa“, sprach er, wobei ihm einige Bilder von jener Heimat ins Gedächtnis kamen. „Wir lebten ein fröhliches Leben. Auch wenn Sheron nicht sonderlich oft zu Hause war, da er wegen seiner Pflichten bei der königlichen Garde oft verreisen musste, so war die Zeit, welche ich mit ihm verbringen konnte, die schönste meiner Kindheit. Er hat mir und Marios oft stundenlang von seinen Abenteuern erzählt, und er war es, der den Traum, einmal selbst ein mächtiger Krieger zu werden, in mir aufleben ließ“, sprach er mit klarer Stimme, woraufhin er nach einem tiefen Atemzug mit seiner Erzählung fortfuhr. „Es war alles wunderbar, bis eines Tages, einige Wochen nach meinem achten Geburtstag, die Meldung seines Todes unser Haus erreichte. Bei der Ausführung seiner Pflicht sei er ums Leben gekommen, hatte man uns gesagt, aber das weiß ich nun besser“, sprach er, woraufhin die Magier ihn ein wenig überrascht ansahen. „Was heißt das?“, meinte der Vater Sergons, woraufhin Dexter erneut das Wort ergriff. „Es war an dem Tag, an welchem ein Magier namens Areas mir die Geheimnisse dieser Welt darlegte und zwei Tage bevor ich aus Thorgar verschwunden bin, als ich bei General Tirion war um mich von ihm zu verabschieden. Natürlich habe ich ihm auch erzählt, was mir von Areas mitgeteilt wurde, als er mir daraufhin gestand, dass er es war, der einst Sheron ermordet hatte. Auf Befehl des Königs,

der Sheron des Landesverrates verurteilt hatte, das hat er mir zumindest erzählt, auch wenn ich nun weiß, dass der Grund seines Ablebens auf meine Existenz zurückzuführen ist“, meinte er mit traurigem Unterton, woraufhin er fragend in die Runde blickte.
„Was ist dann passiert? Nachdem die Botschaft über den Tod Sherons euch erreicht hatte?“, sprach jener Magier weiter, ohne näher auf Dexters Aussage einzugehen, woraufhin der Soldat zurück zu seiner Geschichte kam.
„Traurige Tage waren es, die von da an wie ein undurchdringlicher Schleier über unserem Haus lagen. Es war schließlich am Tage der Beerdigung. Irgendwann mitten in der Nacht kam mein Bruder ins Zimmer gestürzt und riss mich aus dem Schlaf. Oder hatte ich gar nicht geschlafen? Ich weiß nicht mehr genau. Auf jeden Fall war von draußen lautes Geschrei zu hören und ohne lange Worte zu verlieren schnappte mich mein Bruder und floh mit mir in unser Geheimversteck.“ „Geheimversteck?“, wiederholte einer der Magier verwirrt. „Ja, es war eigentlich mal ein alter Schacht, in dem Kohle gelagert wurde, aber das war, bevor wir dieses Haus kauften. Damals war im oberen Geschoss noch eine zweite Wohnung. Als ich noch klein war, so hat es mir einst meine Mutter erklärt, haben wir in der Stadt gewohnt. Erst als ich zwei Jahre alt war, zogen wir dann nach Grosaru. Auf jeden Fall haben wir dann aus der oberen Wohnung Schlafräume gemacht und mein Bruder bekam die ehemalige Küche. Sheron und Mytress müssen gewusst haben, dass dieser kleine Kohleschacht einmal von Nutzen sein wird. Ich weiß nicht, ob es Vorhersehung meiner Eltern oder einfach nur Zufall war, aber wie schon gesagt, war es jener Kohleschacht, der mir und meinem Bruder das Leben rettete.“
„Als wir am nächsten Tag herauskamen, fanden wir unsere Mutter blutüberströmt in ihrem Bett. Dies war auch der Zeitpunkt, an dem ich und mein Bruder beschlossen das Haus so schnell wie möglich zu verlassen, und so flohen wir nach Thorgar, wo wir uns einen neuen Anfang erhofften. Ihr müsst wissen, an dem Tage, an welchem Sheron beerdigt wurde, kam ein General zu meinem Bruder und hat ihm erzählt, dass wir, falls wir irgendwann einmal in Schwierigkeiten stecken sollten, seine Hilfe aufsuchen konnten, da er ein guter Freund unseres Vaters war. Doch bevor wir Thorgar erreichten, wurden wir von Banditen überfallen, die mei-

nen Bruder töteten, so hat es mir zumindest General Tirion Monate später erzählt. Ich selbst fiel einige Sekunden zuvor aus reinstem Zufall aus dem Pferdewagen und schlug mir den Kopf am Boden auf, woraufhin ich bewusstlos wurde und nichts mehr mitbekam, bis tiefste Nacht über das Land hereingebrochen war. Alleine machte ich mich dann zu Fuß auf den Weg nach Thorgar und wandelte durch die Straßen, als plötzlich etwas Merkwürdiges geschah."

Mit neugierigen Blicken folgten die Augen der Magier den Bewegungen der Lippen des Soldaten, als dieser seine Rede kurz unterbrach um nach Luft zu schnappen.
„Ich ging auf den Goldenen Platz und blickte auf die Festung, als plötzlich seltsame Bilder meinen Kopf durchzuckten. Ich sah eine verhüllte Gestalt, die mit einem Messer auf mich zustürmte, und als die Vision zu Ende war und ich mich aufgrund dieser Eingebung zur Seite schleuderte, sah ich, dass tatsächlich gerade eine vermummte Gestalt herangestürmt kam und versuchte mir den Lebensatem auszuhauchen."

„Bemerkenswert!", platzte es auf einmal aus einem der Magier heraus, woraufhin Dexter ihn erstaunt anblickte. „Sagt, habt ihr so etwas öfters? Dass ihr Bilder der Zukunft seht?", führte er seine Gedanken aus, woraufhin der Soldat nickte. „Ja, Herr Magier!", meinte er mit klarer Stimme, worauf ein erstauntes Raunen durch die kleine Runde ging. „Beeindruckend!", wiederholte sich der Magier, woraufhin er Dexter hieß, mit seiner Geschichte fortzufahren.
„Der Angreifer hatte mich gerade verfehlt, da sprang er erneut auf mich zu und versuchte mich zu attackieren. Ich konnte zwar einige Male ausweichen, aber plötzlich raubte ein hallendes Läuten meine Aufmerksamkeit und der Angreifer schaffte es mich zu verwunden. Es war die Morgenglocke, erfuhr ich später, welcher ich diese Narbe zu verdanken habe", und mit schnellem Griff hob er seine Oberbekleidung und lichtete den Blick auf eine vier Zentimeter lange Narbe, welche auf seinem Bauch zu sehen war. Mit schnellen Blicken musterten die Magier das Zeichen der verheilten Verwundung, woraufhin Dexter fortfuhr.

„Drei Tage später wachte ich dann im Haus des General Tirion auf. Ich

erfuhr, dass Julia, die Tochter des Hauses, mich gefunden hatte und dass der Vater, General Tirion, der war, von dem mein Bruder gesprochen hatte. Dieser nahm mich an diesem Tage in seine Familie auf. Von da an lebte ich in Thorgar unter dem Namen Terean Troles." „Terean Troles?", wiederholte dabei die Frau seine Worte, worauf der Soldat die Frage erläuterte. „Der General hielt es für sinnvoll, dass meine Identität geheim bleibt. Er meinte, dass er keine Ahnung hatte, was mit meinen Eltern geschehen war und was es mit dem Anschlag auf sich hatte, aber dennoch hielt er es für richtig meine wahre Identität durch die des Sohnes seiner verstorbenen Cousine aus Esgoloth zu ersetzen", meinte er mit schnellen Worten, womit sich die Magierin zufrieden gab, so dass Dexter fortfahren konnte.
„Ich lebte also unter dem Namen Terean Troles in Thorgar und ging dort in die Schule. Ich lernte die Gründzüge der Mathematik und der Sprache sowie die Künste der Reiterei, bis ich an meinem vierzehnten Geburtstag die Erlaubnis erhielt mich für den Militärdienst einzuschreiben. Dort lernte ich in vier Jahren alles, was man benötigt, um ein wahrer Soldat zu werden, bis ich schließlich meinen Treueid am König schwor", sprach er mit leicht erregten Worten, wobei einer der Magier ihn unterbrach.
„Nicht so schnell. In diesen vier Jahren. Gab es da keinerlei Vorfälle, die nicht einer Erwähnung wert wären?", sprach er, worauf Dexter grübelnd nachdachte, bis er nach einigen Sekunden erneut den Mund öffnete.

Ich weiß nicht, im ersten Jahr weiß ich nicht mehr so genau, was alles passiert ist, aber es war nichts wirklich Wichtiges. Na ja, außer dass ich in diesem Jahr Petro und Seren kennen gelernt habe", sprach er, wobei ihm sein Freund Petro einfiel. Er hatte ihm weder eine Nachricht hinterlassen noch hatte er ihm auf sonst irgendwelche Weise mitgeteilt, was mit ihm los war.

„Petro und Seren? Wer sind die?", meinte auf einmal der alte Mann und riss Dexter dadurch aus seinen Gedanken.
„Es waren meine Freunde. Meine besten und einzigen Freunde. Sie waren in der gleichen Einheit wie ich, und wir machten fast alles gemeinsam", sprach er, wobei ihm verschiedenste Erinnerungen an die Zeit mit den Freunden in den Kopf kamen.

„Und was ist mit ihnen geschehen?“, meinte einer der Magier, als jener seinen Kopf in Gedanken zu verlieren schien, worauf dieser ein wenig aufschreckte und verkündete, dass Seren gefallen sei, während sie Lorio zurückeroberten und dass Petro auf einem Einsatz war, als der Magier ihn über all das hier aufklärte und er somit nicht mehr die Möglichkeit hatte sich von ihm zu verabschieden. Mit runzliger Stirn folgten die fünf Magier seinen Worten, als bei dem Wort Lorio plötzlich ein Stutzen durch die Runde ging. „Ihr wollt damit sagen, euer Freund hat in der Schlacht um Lorio gekämpft? Dann hat er es verdient, dass er gefallen ist“, sprach der Vater Sergons, worauf ein plötzlicher Zorn im jungen Dexter aufbrodelte.
„Was soll das heißen?“, schlug er dem alten Mann zurück, worauf dieser mit fester Stimme antwortete. „Nicht nur ihr habt Freunde in dieser Schlacht verloren. Auch wir verloren viele unserer Brüder und Freunde, aber im Gegensatz zu den eurigen sind die unsrigen für den Pfad der Gerechtigkeit gefallen und nicht, wie euer Freund Seren, für die falsche Seite“, und mit einem tiefen Seufzer beendete er seinen Satz und wartete auf eine Reaktion Dexters, der aber nur schweigsam den Kopf schüttelte und nach einem kurzen Blick zu Boden wieder zum Thema kam.

„Es verstrich das erste Jahr. Wir lernten und trainierten viel, bis eines Tages in der Tat etwas Merkwürdiges geschah“, und plötzlich kam die Erinnerung an den toten Ratsmann zurück in die Gedanken Dexters. „Ich war allein im Inneren der Festung, als plötzlich zwei Soldaten der königlichen Leibwache aus einem Zimmer kamen und fröhlich lächelnd an mir vorbei schritten und verschwanden. Aufgrund meiner Neugierde wollte ich einen Blick in die unverschlossene Kammer wagen, und so machte ich eine tödliche Entdeckung. Ein Mann, ein Mitglied des Rates, lag blutverschmiert am Boden und die ganze Einrichtung war demoliert. Natürlich meldete ich meinen Fund und erfuhr wenige Tage später, dass der Ratsmann angeblich unglücklich gestürzt war und infolge dessen gestorben ist. Aber ich glaube das nicht. Als ich nämlich den Gang fegte, hörte ich das Geräusch klirrenden Glases, und mit den Gesichtern der Leibwachen und der Tatsache, dass sie normalerweise nichts im Ratshaus verloren haben, zwang sich mir immer mehr die Vermutung auf, dass es Mord war. Mord im Auftrag des Königs“, meinte er mit prophetischer

Stimme, worauf die Magier ein wenig ins Grübeln kamen.
Aber ohne ein Wort zu verlieren lauschten sie gleich darauf erneut, als Dexter weitererzählte.

„So schritt die Zeit voran. Ich trainierte und lernte, trainierte und lernte, bis ich die erste Lernphase hinter mir gelassen hatte und nach einem zweiwöchigen Urlaub in Esgoloth, wohin ich gemeinsam mit General Tirion, dessen Frau und ihrer Tochter Julia reiste, in das nächste Lehrjahr einsteigen konnte.“ Bei diesen Worten kamen ihm auch die Visionen und Erlebnisse in Esgoloth wieder in den Sinn, die er sogleich dem Rat der Magicr verkündete.
„Nach den zwei Wochen begann der zweite Lehrabschnitt, den ich in der Elitekampfeinheit beendete. In diesen zwei Jahren geschah, glaube ich, nichts Wichtiges, außer dass wir ewig viel trainiert und gelernt haben. Falls mir aber doch noch etwas einfällt, erzähle ich es euch ganz bestimmt“, meinte er mit einem Lächeln, worauf er noch kurz auf die Vereidigung, den Einsatz in Lorio und die Vision mit dem Magier einging, wonach er mit trockener Kehle und einem Kopf voller Fragen in die Runde starrte.

„Hm, es sind mehr als interessante Fakten, welche ihr uns soeben mitteiltet, aber noch haben wir einige kleine Fragen. Zum Beispiel was in Lorio geschah. Du sagtest, du wurdest verwundet und kurz darauf habt ihr die Stadt verlassen. Aber wie kann es sein, dass Meister Areas gerade in diesen Tagen aufmerksam auf euch wurde?“, sprach einer der Magier mit hastigen Worten, worauf Dexter kurz ins Grübeln kam, als ihm plötzlich ein wichtiges Detail in den Sinn kam.

„Es geschah, als ich eines Abends auf dem Weg in mein Quartier war. Ein Mann, ich wusste nicht wer oder was er war, tauchte plötzlich auf und sprach mich an. Mit verhülltem Gesicht und komplett in Schwarz gekleidet erzählte er, dass er Minenarbeiter wäre und mir danken wolle, woraufhin er mir die Hand schüttelte. Aber in dieser Sekunde geschah etwas. Es war eine Vision, nein, eher ein Traum oder eine Erinnerung, welche ich seit vielen Jahren aus meinem Hirn verbannt hatte. Ich sah sie. Die brennende Stadt und meinen Vater, wie er sich gegen die Truppen des

Königs verteidigte. Und meine Mutter, die verzweifelt um mein Leben kämpfte. Und dann. Dann starben sie. Beide", meinte er mit Trauer in der Stimme, wobei ihm klar wurde, dass dies tatsächlich geschehen war. Seit dem Moment, in dem er die Hand des Fremden berührt hatte und die Bilder gesehen hatte, war ihm klar, dass dies keine Vision oder Ähnliches war, wie er sie schon des Öfteren erlebt hatte, sondern dass es eine Erinnerung war, die er seit Jahren vergessen hatte. Eine Erinnerung, über die er in frühen Jahren meist als Traum phantasierte, wurde somit zum Boten für die Wahrheit seiner Herkunft.

„Das erklärt natürlich einiges", sprach auf einmal die ältere Frau, womit sie Dexter aus seinen Gedanken riss. „Was meint ihr damit?", entgegnete dieser daraufhin und blickte ein wenig ratlos in die Runde, als Sergons Vater schließlich das Wort ergriff.

„Nun ja, dieser Minenarbeiter war kein Minenarbeiter, sondern einer der Waldmenschen, wie ihr sie heutzutage zu bezeichnen pflegt. Er war es, der deinen Verstand durchforstete und auf jene versteckte Erinnerung traf. Sofort erkannte er, wer du warst. Sofort erkannte er die Bilder, welche er in deinem Kopf sah, und sofort meldete er dies Meister Areas. Von Lorio aus über Esgoloth reiste dieser hinter euren Einheiten her, bis er schließlich in Thorgar landete. Nun ja, den Rest weißt du ja. Er hat versucht dich ausfindig zu machen und jetzt bist du hier."

„Darf ich euch nun einige Fragen stellen?", begann Dexter nach einigen Momenten der Stille, in welchen er die fünf höchsten Magier des Zirkels musterte. Vier Männer, die allesamt im fortgeschrittenen Alter waren und eine Frau, die diese Tage bald erreichen würde. Neben dem Vater Sergons und dem alten Mann, der allem Anschein nach die Gedanken des Dexters wie ein offenes Buch vor sich liegen hatte, gab es noch zwei Männer, die auf den ersten Blick wie Zwillinge aussahen. Bei genauerem Hinsehen erkannte man jedoch die kleinen aber feinen Unterschiede in der Krümmung ihrer Nasen oder der Menge ihrer Kopfhaare. Die einzige Frau hatte golden leuchtendes Haar, welches in Kombination zu ihrer feuerroten Robe wie eine brennende Fackel aussah.

„Nun gut, ich denke wir sind alle zu der Entscheidung gekommen, dass es uns endlich gelungen ist, den wahren Erben des Sehers ausfindig zu machen. Nach zehn langen Jahren der Suche wurde unsere Mission endlich von Glück gesegnet“, sprach der Älteste der fünf Magier mit leicht feierlichem Tonfall in die Runde, worauf ein jeder freudig nickte und der Mann sich wieder Dexter zuwendete. „Endlich haben wir dich gefunden, und endlich kann unser Kampf gegen die Unterdrückung beginnen“, meinte er mit prophetischer Stimme, woraufhin der Soldat einige Worte sagen wollte, was der alte Magier jedoch unterband, indem er selbst das Wort weiter führte. „Wir wissen, dass du viele Fragen hast, aber bevor du diese stellst, lass uns dir einen Einblick geben, was wirklich in unserer Welt los ist.“ „Aber Areas. Er hat mir schon erzählt, dass diese beiden Götter auf die Welt kamen und den Menschen die Magie gaben und 4000 Jahre Frieden und Wohlstand herrschten“, entgegnete Dexter daraufhin, was jedoch nur ein zynisches Grinsen des alten Magiers als Reaktion hervorrief.

„Hör zu, junger Dexter. Wenn du Fragen hast, dann rate ich dir, hör dir an, was wir dir zu erzählen haben. Es ist wichtig, dass du den Zusammenhang begreifst, bevor wir dich mit Einzelheiten über die Anwendung der Magie überschütten. Glaubt mir, du musst erst begreifen, bevor du verstehen kannst“, sprach der Mann mit hastigen Worten, wobei Dexter ein kleiner Schreck durch den Körper zuckte, da er gerade kurz zuvor über die Frage „Wie die Magie funktioniert?“ nachgedacht hatte. Doch aufgrund der Erläuterung des alten Magiers ließ er jene Fragen in seinem Kopf verschwinden und öffnete seinen Geist für die Ordnung dieser Welt.

„Es begann alles vor vielen, vielen Jahren. Wir wissen nicht genau wie lange, aber du kannst dir gewiss sein, dass es viele abermillionen von Jahren waren. In dieser Zeit geschah es, dass ein Planet geboren wurde. Dieser Planet, den wir als Erde bezeichnen“, sprach der alte Magier mit langsamen Worten, woraufhin die Frau das Wort weiterführte.

„Es verging die Zeit und mit jedem Jahrtausend machte die Welt einen weiteren Schritt in Richtung dessen, was sie heute ist. Es bildeten sich Land und Wasser. Doch nicht nur das Wasser des Ozeans, nein, auch aus den Bergen sprudelte der klare Saft jeden Lebens und ließ Wälder und Wiesen entstehen und verwandelte somit die raue Welt in ein Paradies. Dies war der Zeitpunkt, an welchem ein Gott auf diese Erde gesandt wurde.“

Und nach einigen Sekunden der Stille führte einer der scheinbaren Zwillinge das Wort fort. „Dieser Gott war es, der das erste Leben auf dieser Welt erschuf. Er schuf die Bewohner der Meere sowie die der Flüsse. Er schuf die Wesen der Berge sowie die des Waldes. Ein jedes Tier und eine jede Kreatur, welche auf dieser Welt wandeln, sind das Erzeugnis seiner Macht. Alle bis auf eines. Der Mensch. Er kam erst Jahrtausende später auf eine Weise, wie wir sie dir später erläutern werden. Aber zunächst war die Welt frei von dem Einfluss des Menschen. Es war eine Zeit, welche, im Vergleich zur Historie des Menschen, eine schier unendliche Geschichte darstellte, bis eines Tages etwas geschah, was den Verlauf dieser Welt für immer verändern sollte. Wie du wissen musst, gibt es in unserem Universum nicht nur diese eine Welt. Es gibt viele. Hunderte, die unendliche Weiten voneinander entfernt sind. Aber dennoch werden sie zusammengeführt von einem Mann."
„Ich glaube nicht, dass wir sagen können, dass es ein Mann ist", unterbrach darauf die Magierin ihren Kollegen mit gerümpfter Nase, woraufhin dieser um Pardon bat und in seiner Geschichte weiter ausholte.
„Nun gut. Dieses Wesen...", sprach er, wobei er die Frau mit ironischem Lächeln anblickte, „...ist das, was man als obersten Gott bezeichnen könnte. Du musst verstehen, wie wir Menschen auf dieser Welt, so leben auch die Götter in ihrer eigenen Welt. Einer Welt, geschaffen nach ihren Vorstellungen, in welcher die Seelen ihrer Gläubiger ihrem ewigen Schicksal entgegentreten. Doch neben dieser Welt war die Herrschaft über die normale Welt ein erklärtes Ziel der Götter. Ihr müsst wissen, wenn ein Mann ehrlich und aufrichtig an die Götter glaubt, so ist der Gott fähig, alles zu sehen, was dieser Mensch sieht. Die Menschen sind sozusagen so etwas wie die Augen der Götter. Ihre Augen für diese Welt", meinte er mit schnellen Sätzen, wobei Dexter nur wenig Zeit blieb um seine Gedanken zu ordnen, als der nächste bereits das Wort ergriff und der Soldat kurz um Pause bat.

„Wartet mal. Ihr wollt mir also erzählen, dass es viele hundert Welten wie diese hier gibt. Alle haben ihre eigenen Götter und ihre eigene Geschichte, wobei letztlich ein oberster Gott über alle anderen Götter herrscht?", sprach er mit verwirrtem Blick, als dem Vater Sergons ein kleiner Lacher entfuhr. „Er hat es begriffen“, sprach er mit freudigen Augen, woraufhin er selbst die Geschichte weiterführen wollte, jedoch nicht zu Wort kam. „Verdammt, woher habt ihr das alles? Ich meine, woher wisst ihr dass es noch andere Götter gibt, und woher wisst ihr, dass es andere Welten gibt?“, fragte er mit ahnungslosem Blick, worauf keiner der Magier zunächst eine Antwort parat zu haben schien. Der alte Magier war es letztlich, der Dexter aufklärte, dass sie das alles aus den alten Schriften erfahren haben. Die Schriften, die die alten Magier, welche noch die Macht besaßen Kontakt mit den Göttern aufzunehmen, anfertigten, erklärte er ihm, wodurch der Soldat sich ein wenig befriedigt fühlte und der alte Magier mit der Erzählung fortfahren konnte.

„Wie bereits erwähnt ist ein Gläubiger das Auge eines Gottes. Wir sind somit die Augen Anors und Velurs“, sprach er, als Dexter ihn wieder unterbrach. „Ihr habt doch die ganze Zeit von einem Gott geredet, der auf dieser Welt alles erschuf?“, frage er mit leicht irritiertem Blick, worauf der alte Mann ihn aufklärte.
„Verwechselt nicht die Zeit Anors und Velurs mit der Zeit, von welcher wir dir gerade berichten. Es liegen immer noch viele Jahrtausende dazwischen, bis der erste Mensch das Licht der Welt erblickt und Anor und Velur die Bildfläche betreten“, meinte er mit hastigen und leicht ärgerlichen Worten, worauf er tief durchatmete und die Erzählung weiterführte.
„Also, wir befinden uns nun wieder auf unserer Welt, vor vielen, vielen Jahrtausenden. Der Gott, den wir heute Damus nennen, hatte die Welt bevölkert. Doch zu seinem Bedauern war keines dieser unzähligen Wesen, die er erschaffen hatte, fähig, seine Augen in die Welt zu tragen. Sie alle waren zu primitiv und von zu geringer Intelligenz um auch nur ansatzweise so etwas wie einen Glauben aufzubauen. Daher entschloss jener Gott sich dazu eine allerletzte Rasse zu erschaffen. Eine Rasse, der es möglich sein sollte den Grund ihrer Existenz zu hinterfragen und somit eine Verbindung in Form des Glaubens zu schaffen.“
„So geschah es, dass die Rasse der Elrogs oder auch Waldmenschen, wie man sie heute oft bezeichnet, erschaffen wurde. Doch auch wenn Damus den letzten Rest seiner schöpferischen Kraft opferte, um ein möglichst fortschrittliches Wesen zu produzieren, so reichte diese Kraft nicht aus. Zu schwach war er im Laufe seiner Schöpfung geworden, und so entwi-

ckelte sich jene Rasse, welche eigentlich dazu dienen sollte, die Augen des Gottes in die Welt zu tragen, zu einer Gemeinschaft von ungläubigen Wilden, die, ohne Rücksicht auf die Geschöpfe seiner Welt, Mord und Totschlag über sie brachten."

„Mit Schrecken und Angst erfüllt erkannte der Gott schließlich, was er angerichtet hatte, und so kam er nicht darum den obersten Gott um Hilfe aufzusuchen. Aber dieser ging dem Hilferuf des Damus nicht nach. Er duldete weder Versagen noch Niederlagen, und so entsandte er zwei Götter, welche die Situation unter Kontrolle bringen sollten. Anor und Velur waren ihre Namen, und sie waren es, die jenen einen Gott verbannten. Sie verbannten ihn in eine leere Welt. Eine Welt, in der er bis an sein Lebensende einsam und allein dahinvegetieren sollte. Eine Welt tief unter der Erde. Eine Unterwelt. Ein Nirwana, wie wir es heute nennen", sprach der alte Magier mit langsamen und einleuchtenden Worten, worauf die Frau die Worte des Mannes weiterführte.

„So traten Anor und Velur auf das Podest dieser Welt. Sie sahen, was geschehen war, und sie erkannten, dass die Schöpfung der Elrogs in ihrer jetzigen Form, ein gigantischer Fehler gewesen war. Mordend und plündernd zogen sie über den Kontinent und brachten Verderben über die bis dato wundervolle Schöpfung des Damus. So suchten sie einen Weg, wie sie jenem Verderben ein Ende bereiten konnten, und sie fanden diesen Weg schließlich in einem einfachen Trick. Ein Trick, durch welchen es auch ohne die Vernichtung der Rasse der Elrogs möglich sein sollte, die Schöpfung des Damus zu wahren. Dieser Trick lag letztlich in der Kraft der Evolution, welche die Götter Anor und Velur jenem Volke verliehen. Sie gaben ihnen die Kraft selbst einen Fuß aus ihrem primitiven Dasein zu setzen, und somit schafften es jene Götter mit einer minimalen Kraftaufwendung jenes Unheil abzuwehren."

„So geschah es, dass sich die Elrogs aus ihrem primitiven Höhlenleben befreiten, wobei mit diesen Tagen der Glaube Einzug in diese Welt hielt. Aber nicht der Glaube an ihren Schöpfer, sondern der Glaube an jene Götter, welche ihnen die Fähigkeit der Evolution verliehen hatten", sprach sie, während der Soldat ein wenig betrübt in die Runde blickte.

„Aber wieso gibt es dann überhaupt Menschen? Schließlich hatten Anor und Velur doch ein Volk, welches mit dem Glaube an sie die Welt bevölkern konnte“, sprach er mit kleinlauter Stimme, worauf die Magierin erneut die Stimme erhob. „Um das zu verstehen, ist es wichtig, dass du verstehst, wodurch ein Gott fähig ist seine Kraft zu steigern. Wenn ein Gott ein Wesen erschafft, dann gibt er einen Teil seiner Schöpfungskraft ab. Je nachdem in welchem Entwicklungsstadium sich das Wesen befindet, ist hierfür mehr oder weniger nötig. Ein Frosch beispielsweise braucht viel weniger dieser Kraft als ein Pferd. Wogegen ein Pferd viel weniger benötigt als ein Wesen wie zum Beispiel der Mensch. Verstehst du?“, und mit einem Nicken bestätigte Dexter die Frage.

„Gut. Wenn ein Wesen also weit genug entwickelt ist um zum Glaube an seinen Schöpfer fähig zu sein, so ist jenes Wesen nach seinem Tod fähig in die Hallen des Gottes einzugehen. Dadurch erlangt ein Gott einen Teil jener Kraft, die er bei der Erschaffung jenes Wesens aufgebracht hat, zurück. Infolge dessen ist ein Gott fähig, falls er eine Rasse erschafft, die sowohl dem Glaube an ihn verfallen ist als auch eine große Population hervorbringen kann, seine Kraft ins Unermessliche zu steigern. Denn je mehr diese Wesen an den Gott glauben und je mehr im Glaube an ihn irgendwann sterben, desto mehr Kraft bekommt er.

Bei Anor und Velur und der Rasse der Elrogs gab es nun aber das Problem, dass jene Geschöpfe nicht aus ihrer Schöpfungskraft entstanden sind. Sie waren die Erzeugnisse eines anderen Gottes und daher würden sie niemals dazu dienen können ihre Kraft zu steigern. Unabhängig davon, ob sie nun an jene beiden Götter glaubten oder nicht. Somit sahen sich Anor und Velur vor dem Problem, dass sie zwar diese Welt beherrschen sollten und auch einen großen Einblick in sie besaßen, aber ihre Kraft zu keiner Zeit ansteigen konnte. Und da es das ist, wonach es einem Gott von Grund auf dürstet, entschlossen sie sich schließlich dazu eine weitere Rasse zu schaffen.“ „Die Menschen!“, unterbrach plötzlich der Soldat die Ausführung, woraufhin ein jeder der Runde bestätigend nickte. „Richtig!“, meinte dann der Älteste von ihnen, worauf er die Erzählung fortführte. „Somit schufen Anor und Velur also die Menschen. Eine Rasse, der es möglich sein sollte, über alles, was zuvor erschaffen wurde, zu gebieten und die fähig sein sollte, mit dem Glaube an ihre Schöpfer die Welt zu besiedeln. Es gab nun jedoch zwei Probleme, mit denen sich

die beiden Götter konfrontiert sahen. Denn sie wussten, dass eine jede Rasse mit einer bestimmten Entwicklungsstufe irgendwann den Pfad ihrer Götter verlassen würde, falls sie keinen direkten Beweis für deren Existenz erhielten. Denn mal ehrlich. Wieso sollte man an die Existenz solcher Wesen glauben, wenn es doch keinerlei Beweis dafür gibt, dass sie wirklich existieren? Das andere Problem bezog sich auf die Rasse der Elrogs. Denn sowohl Anor als auch Velur wussten, dass die Fähigkeit der Evolution ein bedeutendes Mittel darstellte, durch welches es jener Rasse irgendwann möglich sein könnte, ihre eigene Schöpfung zu übertrumpfen. Daher entschlossen sich jene beiden Wesen zu einer Lösung, durch welche sowohl das erste als auch das zweite Problem ein Ende finden sollten. Und diese Lösung, das sind wir", sprach er, während er mit majestätischem Tonfall die Stimme erhob.
„Wir?", wiederholte der Soldat, woraufhin er verwirrt in die Runde blickte. „Ja, wir!", entgegnete dann der Vater Sergons, wonach er dieses „wir" näher erläuterte.

„Wir Magier. Eine Vereinigung von Menschen, denen die Götter einen Teil ihrer Kraft verliehen haben und denen es möglich sein sollte zu jeder Zeit die Macht ihrer Schöpfer widerzuspiegeln. Verbunden durch dieses magische Band schafften es jene beiden Wesen stets im Kontakt zu ihrer Schöpfung zu stehen und für Jahrtausende Wohlstand und Friede über ihre Welt zu bringen. Doch nicht nur zu ihrer Rasse, nein, auch zu der Rasse der Elrogs hatten sie so stets Kontakt, bis jene sich Jahrtausende nach der Erschaffung der Menschheit langsam aber sicher von jenen distanzierten. Erst langsam verschwanden sie mit den Jahrhunderten in immer größeren Mengen in den unbelebten und unbewohnten Gebieten des Kontinents, wo sie seither im Glaube an Anor und Velur und die Schöpfung ihres eigenen Schöpfers verweilten."

„Die Menschen im Gegensatz vermehrten sich und breiteten sich aus über diese Welt, wo sie unter der Leitung unserer magischen Vorfahren eine glanzvolle Epoche einläuteten."

„Doch wie du inzwischen gemerkt haben dürftest...", sprach der eine Zwillingsbruder, woraufhin der andere den Satz vollendete „ ...ist von

dieser Macht heute nicht mehr viel zu sehen. Sie ist gestürzt und beinahe vergessen und du fragst dich sicher, wie das geschah. Wie es geschah, dass eine ganze Welt ihren Glauben verlor und sich voller Hass und Verzweiflung in ihren Untergang stürzte?"
Mit sanftem Nicken folgte Dexter der Ausführung des Mannes, wobei er von einer ungeheuren Neugierde gepackt wurde. „Erzählt schon", rief er mit erregter Stimme, als Sergons Vater wieder einmal das Wort ergriff.

„Viele Tausend Jahre waren es, in denen sich die Elrogs durch die Kraft der Evolution, welche Anor und Velur ihnen verliehen hatten, aus den Höhlen und Erdlöchern befreiten. Viele Tausend Jahre, in denen diese altertümliche Rasse gemeinsam mit dem Volk der Menschen auf der Erde wandelte und in welchen Anor und Velur großen Wohlstand über ihr neu geschaffenes Volk kommen ließen, bis es eines Tages geschah, dass jene beiden höheren Wesen sich dazu entschlossen Nachwuchs in die Welt zu setzen. Denn wie jedes Wesen, so sterben auch Götter irgendwann, und so war es ihnen wichtig ihre Welt in sicheren Händen zu wissen."

„So zeugten sie ein Kind, doch zu ihrer Überraschung schenkten sie nicht nur einem, sondern gleich zwei Knaben das Licht der Welt, Denuis und Atalis. Zwei Brüder wie sie unterschiedlicher kaum sein konnten. Der eine, Atalis, der Zweitgeborene, war gut und gewissenhaft, ehrlich und treu. Ein Nachkomme wie ihn sich die beiden Götter immer gewünscht hatten. Aber der andere, der war seltsam. Seit seinen Tagen als Kleinkind studierte er mit neugierigen Augen die Geschehnisse der Welt seiner Eltern. Doch was er dort sah, erfüllte sein Herz mit tiefster Verachtung und tiefstem Hass. Wie wissen nicht warum, noch fanden wir in den alten Schriften irgendetwas darüber, weshalb er die Menschheit von Beginn an so hasste."
„Aber während die Jahrhunderte auf der Welt langsam aber sicher dahinschritten und die jungen Götter in das Jugendalter kamen, machten sie auch die ersten Entdeckungen, welche Macht sie besaßen. Eine Macht, wie sie sich kein Mensch oder irgendeine Kreatur auf dieser Welt jemals erträumen konnte, und so kam die Zeit, in der jener Gott seine Macht testen wollte. Ja, er testete sie!", sprach der Magier, wobei er nachdenklich den Kopf schüttelte.

„Er befiel die Seelen der Menschen und richtete großes Unheil in der Welt an. Er verschuldete Kämpfe und Morde, und viele hunderte waren es, die in jener Zeit durch seine Hand starben, bis eines Tages Anor und Velur herausfanden, was ihr Sohn anrichtete.
So kam der Tag, an dem sie ihn aus ihren Hallen verbannten, auf dass er nie wieder dorthin zurückkehren konnte. So verschwand er aus ihrem Blick. 500 Menschenjahre hörten und sahen sie nichts von ihm, bis eines Tages etwas geschah, was den Glaube an die Magier und ihre Götter aufs Tiefste erschütterte.“

„Es waren Geschöpfe, wie sie kein lebendiges Wesen jemals zu Gesicht bekommen hatte. Riesige Kreaturen, die mit gewaltigen Flügeln und einem Atem aus Feuer Unheil und Verwüstung über das Land brachten. Drachen, würde man sie heutzutage nennen, doch in jener Zeit war dieser Name noch lange nicht gebräuchlich. Niemand hatte zuvor derartige Wesen gesehen. Königlicher und mächtiger als man es sich damals erträumen ließ, verwüsteten sie Städte und Dörfer, und SIE waren es, die von jenen Tagen an das Unheil über unser Land brachten. Kein Magier schaffte es sie zu bändigen und zurückzuschlagen. Keiner schaffte es diese magischen Wesen auch nur im Ansatz zu verwunden, bis eines Tages zwei Männer ihr Wort erhoben, und von da an sollte ihre Stimme nicht mehr schweigen. Thorion und Tales. Zwei Männer, die selbst zum Zirkel der Magier gehörten, richteten ihren Zorn gegen ihre Götter. Sie verfluchten die Magie und ihre Anhänger. Sie machten die Götter für diese Drachen verantwortlich, und sie machten uns Magier dafür verantwortlich, dass wir und unsere Götter zu schwach seien, es mit jenen Kreaturen aufzunehmen. Und die Menschen glaubten ihnen. Ja, so verrückt es auch klingt, sie glaubten ihnen. Sie überzeugten die Menschheit, dass sie ihr Schicksal nicht länger in die Hände irgendwelcher übernatürlicher Wesen legen sollten, auch wenn sie wohl wussten, dass diese Wesen ihre einzige Chance waren. Ja, du hörst ganz richtig. Diese Männer wussten davon. Sie wussten, dass es nur eine Frage der Zeit war, bis die Menschheit ohne die Leitung einer göttlichen Macht ihren eigenen Untergang heraufbeschwören würde. Und wie Recht sie hatten“, sprach er mit niedergeschlagenem Seufzer, worauf der Älteste erneut das Wort ergriff.

„Nun gut, es gab nun also eine Welt, die in ihrer Harmonie und Perfektion viele Jahrtausende überdauert hatte. Eine Welt, in der die gesamte Menschheit von einer Magierelite geführt wurde. Ähnlich dem heutigen System hatte jeder Magier seine speziellen Aufgaben. Natürlich waren wir damals viele hunderte mehr, wodurch es uns möglich war in jedem Teil dieser Welt den Glaube an Anor und Velur zu verkünden, was letztlich jedoch dazu führte, dass die Menschheit zwar geführt wurde, aber keinen direkten Draht zu ihren Göttern fand. Es war immer nur ein Magier, wie mächtig auch immer, der ihnen den Willen der Götter verkündete, was dazu führte, dass im Laufe der Jahrtausende große Teile der Bevölkerung dcm Glauben nicht gerade mit Offenheit gegenüber standen. Diese waren nur allzu leichte Opfer für die Lügen, welche Thorion und Tales in die Welt brachten. Alles gestützt auf einer eigenen, riesigen Lüge, welche seit jenen Tagen über den Köpfen des Königshauses schwebt. Sie selbst waren es, die die Drachen befehligten. Sie waren es, die jene Geschöpfe auf die Menschheit lossendeten, und sie waren es, die den Fall der Götter heraufbeschworen. Und weißt du, wer diese Männer waren, junger Dexter?“, sprach er auf einmal Dexter direkt an, der mit einem gespannten „Nein!“ auf eine Antwort auf diese Frage wartete.
„Wie ich dir vorhin bereits gesagt habe, verschwand der erstgeborene Sohn unserer Götter in seinen Jugendtagen und wurde von da an nie wieder gesehen. Wir vermuten, dass er irgendwie die Pforten zwischen den Welten durchschritten hat und somit unter dem Namen Thorion in den Verlauf der Geschichte eingebrochen war“, erklärte der alte Magier, woraufhin Dexter sofort die Frage nach Tales stellte.
„Ist es nicht offensichtlich, junger Dexter?“, entgegnete darauf der alte Mann, als dem Soldat plötzlich der verbannte Gott in den Sinn kam. „Ihr meint der, den sie in die Unterwelt verbannt hatten?“, entgegnete er mit unsicherem Blick, was der alte Magier mit einem kräftigen „Ja!“ bestätigte. „Du musst das verstehen. Diese Wesen, diese Drachen, sie besaßen eine solch übernatürliche Macht. Eine Macht wie sie kein Magier, welcher in jenen Tagen auf der Welt wanderte, aufzubringen vermocht hätte. Nur Göttern konnte es möglich gewesen sein, diese Wesen zu beherrschen. Nur Götter besitzen genug Kraft, um solch ein Wesen zu kontrollieren“, und mit dieser Folgerung endete die Ausführung des alten Mannes und ließ Dexter mit einem kleinen Aha-Gefühl einige Sekunden in seinen Ge-

danken verweilen, bis plötzlich die Frau wieder das Wort ergriff.
„Es geschah also, dass diese beiden Verräter es schafften, aus der Angst und Furcht, welche die Menschheit vor den geflügelten Flammen hatten, ihren Nutzen zu ziehen und sich als die einzigen und wahren Retter und Herrscher über diese Welt vorzustellen. Natürlich versuchten wir unser Möglichstes dies zu verhindern, doch mit ihrer Fähigkeit die Drachen zu beherrschen und somit auch diese zu vernichten, kämpften sie sich in die Herzen der Menschheit und ließen den Gedanken an die Macht der Götter mehr und mehr aus dem Bewusstsein der Menschen verschwinden. Es dauerte insgesamt 30 Jahre, von denen beinahe die Hälfte im Krieg verstrichen, bis die Macht der Götter letztlich geschlagen wurde und die Magie von da an auf Befehl der neu ernannten Könige Thorion und Tales für immer aus den Köpfen der Menschheit verbannt wurde.“

„Aber was ist mit den Elrogs? Ihr sagtet, sie haben Hand in Hand mit der Menschheit gelebt. Wie kann es sein, dass sie einfach so zugesehen haben, wie der Glaube an jene Götter, denen sie selbst dienten, vernichtet wurde?“, entgegnete Dexter darauf, was zu einem kurzen Schweigen in der Runde führte.

„Es sind gute Fragen, die ihr stellt und mich erkennen lassen, dass ihr anfangt zu begreifen“, sprach dann auf einmal die einzige Frau in der Runde, woraufhin der Soldat gespannt die Ohren spitzte. „Um diese Frage zu beantworten, ist es wichtig zu erklären, wie es mit den Elrogs weiterging, nachdem Anor und Velur ihrer Rasse die Kraft der Evolution verliehen. Wie vorhin bereits erwähnt, war dieses Volk vor dem Erscheinen unserer Götter lediglich eine Art primitives aber mächtiges Raubtier. Auf Kosten der restlichen Schöpfung breiteten sie sich auf dem Kontinent aus, bis sie letztlich erkannten, wie falsch ihr Handeln gewesen war.“
„So kam es dazu, dass sie durch die Kraft ihrer neuen Fähigkeit letztlich jenen blutrünstigen Pfad verließen und sich zu einer fortschrittlicheren Rasse wandelten. Ähnlich den Menschen, auch wenn in Geist und Verstand unterlegen, breiteten sie sich so nicht länger auf Kosten der alten Schöpfung aus, sondern entwickelten ein Gespür dafür, was es bedeutete friedsam zu leben. Wie die Menschen, so bearbeiteten sie den Boden und ließen die Früchte der Erde aus ihm sprießen, und es vergingen Jahrhun-

derte voller Harmonie."
„Doch nicht für immer sollte diese Eintracht walten. Denn mit den Jahrtausenden der Entwicklung und der unaufhörlichen Ausbreitung der Rasse Mensch erkannte das alte Volk, dass auch diese neu erschaffene Rasse ihre Fehler hatte. Gier, Hass, Verrat und der Wille zur unaufhörlichen Ausbeutung der Natur waren hierbei die vier Eigenheiten, die das Volk der Elrogs mit den Jahrhunderten immer mehr zu verachten gelernt hatte, was letztlich dazu führte, dass sie sich zu einem Leben der Isolation entschlossen. Entfernt von den Massen der Menschen wollten sie in den Ursprüngen der alten Welt verharren. Tief zurückgezogen in die gigantischen Berg- und Waldlandschaften verbrachten sie seither die Tage im stillen aber aufrechten Glaube an jene Götter, die die einzige Verbindung mit dem Volk der Menschen war."

„Es war der Krieg, der jene beiden Rassen schließlich wieder vermischte. Denn auch wenn sie lange voneinander getrennt waren, so hatte jenes alte und mittlerweile weise Volk nicht vergessen, dass es die Magier sind, welche den Willen ihrer Götter repräsentieren."
„So kam es dazu, dass sie aus den Wäldern und Bergen auszogen, um in jenem gewaltigen Krieg, der zwischen der Magie und dem Rest der Menschheit entbrannt war, ihren Tribut zu zollen. Ihren Tribut im Namen der Götter Anor und Velur, welchen letztlich viele tausend von ihnen mit dem Leben zahlen mussten. Es waren nur wenige, hauptsächlich jene, welche zu alt oder zu jung zum Kämpfen waren, die letztlich die Jahre des Krieges überstanden. Sie waren es, die sich infolgedessen von den Banden ihrer alten Götter lösten und einen neuen Glauben anstrebten. Einen Glauben, welcher nicht nur Anor und Velur, sondern auch die Kraft der alten Schöpfung und die der Natur in sich vereinte. So entwickelten sich die Elrogs zu jenem Volk, das sie heute sind. Zurückgezogen aus den Augen der Menschheit verbringen sie ihre Tage im Einklang mit Natur und Glaube."

„Das ist ja eine sehr interessante Geschichte", begann Dexter nach einigen Momenten der Stille, als er auf einmal unterbrochen und zum Schweigen angehalten wurde.
„Wartet mit eurem Urteil bitte, bis wir auch die Geschichte der Mensch-

heit dargelegt haben“, sprach der alte Magier, während der Vater Sergons sich daran machte die Geschichte fortzuführen. „So verging die Zeit. Die Bauten und Denkmäler, welche überall im Land die Macht der Götter repräsentierten, wurden niedergerissen und zerstört. Die Magier und die Anhänger dieser alten Macht wurden verfolgt und vernichtet. Viele Jahrhunderte lang herrschten Verfolgung und Hass, der nicht nur zwischen alter und neuer Macht, sondern auch zwischen den neuen Königreichen wuchs. Lange haben wir gegrübelt wieso und weshalb dies geschah. Wieso und weshalb eine Zivilisation langsam aber sicher ihr eigenes Grab schaufelte. Doch eines Tages erkannten wir, dass das Motiv nur allzu offensichtlich war. Das Motiv, welches seit jenen Tagen ohne den Einfluss der göttlichen Macht den Ablauf der Geschehnisse erklärt. Krieg. Krieg und Vernichtung, welche letztlich das Antlitz der Menschheit von dieser Welt befreien sollten. Gemeinsam mussten Thorion und Tales diesen Plan gefasst haben und beide wussten sie, dass die Verwirklichung dieser Pläne nur möglich wäre, wenn man den Einfluss Anors und Velurs von dieser Welt verbannen würde.“

„Als dies geglückt schien, errichteten sie zwei Reiche, eines von der gleichen Größe wic das andere, und in insgesamt 3400 Jahren vergifteten sie die Seelen und Geister der Menschen, bis alles in einem gewaltigen Fegefeuer unterzugehen drohte. Ein Krieg, von dem du gewiss bereits in deiner Ausbildung gehört hast. Ein Krieg, der 130 Jahre lang diese Welt bis in ihre Grundfeste erschütterte, und ein Krieg, den die Menschheit 130 Jahre lang mit dem Leben ihrer Männer und Frauen unterstützte. Es waren nur noch wenige, so an die 10.000, die nach diesen vielen Jahren des Kampfes auf dieser Welt wandelten. Nicht mehr lange sollte es dauern, und die Ausrottung des Parasiten Mensch sollte vollendet sein, als etwas geschah, mit dem keiner zu dieser Zeit gerechnet hatte.“

„Es war für Anor und Velur, die auf der Welt zwar vergessen waren, aber die im Geheimen immer noch ihre Anhänger besaßen, die Zeit gekommen, in der sie ihren letzten Trumpf ziehen mussten, um letztlich das Ende ihrer Tage abzuwehren. Es war ihr Sohn Atalis, der in jenen Tagen die Pforten des göttlichen Reiches verließ, um seinem Bruder und dem verbannten Gott, welche immer noch in der Gestalt der Königslinie Thorions und Tales’ auf dieser Welt wandelten, in einer letzten Schlacht entgegenzutreten. Mit seinem Leben wollte er diese Welt von dem Hass

und der Zwietracht der verbannten Götter befreien, die in einer letzten Schlacht das Ende der Welt besiegeln wollten. Eben in jener Schlacht erschien nun der göttliche Atalis, dem es zu gelang die Feinde niederzuwerfen und dem Krieg ein Ende zu bereiten."
„Und so endete schließlich die Geschichte der Brüder Atalis und Denuis, und der Hass, welcher so lange die Reiche entzweite, verließ langsam aber sicher die Köpfe der Menschen. Doch auch wenn die Menschheit langsam erkannte, wie unsinnig und widersprüchlich der Hass zwischen den Reichen gewesen war, so änderte dies nichts an der Spaltung des Reiches. Im Gegenteil, sie sollte mit einem riesigen Grenzwall besiegelt werden, auf dass nie wieder ein Mann von West nach Ost oder von Ost nach West schreiten würde."
„So vergingen Jahrhunderte, und mit der Zeit entwickelte die Menschheit zum ersten Mal in ihrer Geschichte eine Zivilisation vollkommen ohne den Einfluss göttlicher Macht. Beide Königreiche brachten infolge dessen ihre eigenen Völker hervor, wobei der göttliche Glaube durch den Glaube an den eigenen Verstand ersetzt wurde", sprach er, worauf er einen kurzen Moment der Stille einkehren ließ, bis dann einer der Brüder das Wort weiterführte.

„Doch es sind schwere Zeiten angebrochen. Zeiten, welche wir seit Jahrhunderten fürchten. Zeiten, in denen der Hass von neuem aufzubrechen droht, und Zeiten, in denen die Menschheit erneut auf ein alles verschlingendes Gemetzel zusteuert", sprach der Magier mit nahezu apokalyptischem Tonfall, wobei Dexter den Worten gespannt lauschte.
„Ihr meint also, es wird wieder Krieg geben? Aber warum?", entgegnete er dann am Ende der Ausführung und wartete wissbegierig auf eine Antwort des Mannes.
„Nun ja, wenn wir ehrlich sind, müssen wir gestehen, dass wir momentan nicht genau wissen warum", sprach dieser darauf mit zögerlichen Worten, was Dexter ein Gefühl der Verwirrung bescherte. „Wie, ihr wisst es nicht? Aber woher wisst ihr dann, dass es einen Krieg geben wird?", entgegnete der junge Mann, woraufhin ein jeder der Magier in ein kurzes Schweigen fiel. „Es war eine Vision", begann plötzlich der älteste Anwesende, woraufhin er kurz Luft holte, um dann seine Andeutung weiter auszuführen. „Eine Vision deines Vaters, in der er den Untergang der

Menschheit sah. Sie kamen mit schwarzen Schiffen und überrollten alles. Jeden Ort und jede Stadt, und sie hinterließen nichts als brennende Erde", sprach er, wobei Dexter ein Schreck durch die Glieder fuhr.
„Eine Vision. Von seinem Vater", und mit einem Mal wurden dem Soldaten die Befürchtungen der Magier bewusst. „Ihr meint also, dass unsere Welt von einer fremden Macht überrannt wird und deren Ziel es ist, die Menschheit zu vernichten? Und wann denkt ihr, geschieht das?", meinte er mit leicht flapsigem Ton, worauf die Frau sofort antwortete.
„Wir wissen nicht, wann es geschieht, noch wissen wir, woher diese Wesen angeblich kommen sollen. Wir wissen nicht, wer sie schickt oder was sie vorhaben, aber wir wissen, dass sie Jagd machen werden. Jagd auf die Menschen und das, was sie geschaffen haben", sprach sie mit ernster Miene, wobei ein mulmiges Gefühl durch den Körper des Soldaten ging.
„Und können wir gar nichts tun?", entgegnete er dann nach einigen Minuten des Grübelns und des Gedankenspiels, worauf der älteste Magier erneut das Wort ergriff. „Das, junger Dexter, ist es, was wir erhoffen. Du musst verstehen. Aratheus, dein Vater, hatte diese Vision vor vielen, vielen Jahren. Wie bei den meisten Visionen war auch jene Vision ein Abbild zukünftiger Ereignisse unter gegenwärtigen Umständen. Das heißt, wenn sich die Umstände ändern, kann auch der Ausgang dieses Krieges verändert werden", sprach er, wobei Dexter nervös auf seiner Bank hin- und herrutschte. „Und wie?", entfuhr es ihm sogleich, als die Stimme des Mannes vertönt war, woraufhin auf einmal ein Lächeln durch die Magierrunde ging.
„Das ist die Stelle, an der du endlich ins Spiel kommst", meinte der Vater Sergons nach einem kurzen Augenblick des Lächelns, wobei die Botschaft Dexter wie einen Schlag traf. „Wie meint ihr das?", fragte er mit aufgeschreckter und nervöser Stimme, woraufhin der alte Mann ihn zur Ruhe anhielt. „Mach dir keine Sorgen. Wir sind uns gewiss im Klaren darüber, dass diese Botschaft ein Schock für dich sein mag, aber dennoch ändert es nichts an den Umständen. Du bist, wer du bist, junger Dexter, vergiss das nicht", sprach er, wobei dem Soldat auffiel, dass der Magier erneut in seine Gedanken geblickt hatte.

So kehrte ein erneuter Moment des Schweigens in den Tempel ein, bis

Dexter plötzlich die Stille durchbrach und das Wort an die Magier richtete. „Gut, ich bin also der, der die Umstände so verändern kann, dass die Menschheit gerettet wird, aber könnt ihr mir, verdammt noch mal, auch sagen, wie ich das tun soll?“, sprach er mit einiger Aggressivität in der Stimme, worauf die Frau sich daran machte auf seine Frage einzugehen. „Dies soll im Moment nicht dein Belangen sein. Bis du so weit bist, dürfte es wenig Sinn haben irgendeine Art von Versuch zu starten.“ „Bis ich so weit bin?“, wiederholte der Soldat mit unsicherer Stimme die Worte, worauf einer der Zwillinge seinen Mund öffnete.
„Bis du deine Ausbildung abgeschlossen hast. Du musst wissen, es dauert Jahre, bis man fähig ist, seine inneren Energien so zu bündeln, dass man sie als Mittel verwenden könnte. Es braucht Jahre an Meditation und Übung, bis du deinem Schicksal entgegentreten kannst“, woraufhin der andere Zwilling an die Reihe kam.
„Fünf Jahre sollst du in der Obhut einer unserer Meister den Umgang mit der Macht der Götter erlernen. Fünf Jahre, in denen du dein Wissen über die Welt mehren kannst, bis wir letztlich den alles entscheidenden Weg in deine und unsere Zukunft beschreiten können“, meinte er mit prophetischer Stimme, wobei ein Gefühl der Erleichterung im Soldaten aufkam. Er hatte schon befürchtet, er müsse gleich in die Schlacht ziehen und die schwarzen Schiffe ganz alleine besiegen, was dazu geführt hatte, dass seine Stimmung mit einer leichten in Aggressivität getränkten Angst untermalt wurde. Doch nun wusste er, dass er zunächst in die tiefsten Tiefen dieser längst vergessenen Form der Macht vorstoßen konnte um so eines fernen Tages die Umstände so zu verändern, dass die Menschheit weiterhin unter der Sonne dieser Welt wandeln kann.

Kapitel 13 - Der Weg des Schicksals

Es war das Geräusch reibenden Steines, das in jenem Moment die Stille durchbrach und verlauten ließ, dass die gewaltige Steinpforte erneut geöffnet wurde. Es war wieder ein Magier, der daraufhin mit schnellen Schritten in das Innere des Tempels kam und hinter sich die gewaltigen Kolosse aus Stein erneut an ihren Platz beförderte.
„Ah, Meister Isidron, pünktlich wie immer", meinte dabei der älteste Magier, der frohen Mutes seinen Körper aufrichtete und näher auf den Ankömmling zuschritt.
Mit einem freundschaftlichen Handschlag begrüßte er ihn, worauf er ihm einige Worte ins Ohr flüsterte, während die Magierin den Ankömmling vorstellte. „Das, Dexter, ist Meister Isidron. Er ist einer der Hohen Magier und derjenige, der in den kommenden Jahren deine Ausbildung begleiten wird. Er wird dein Lehrmeister in den Künsten der Magie werden, auf dass wir eines Tages einer besseren Zukunft entgegenschreiten können", meinte sie, während der Hohe Magier neben dem Ältesten Platz nahm und Dexter zum Gruße die Hand ausstreckte.
Mit einem unsicheren Lächeln entgegnete der Soldat die Begrüßung, woraufhin der Magier selbst das Wort ergriff. „Seid mir gegrüßt, junger Mann. Wie ich von Meister Zenos soeben gehört habe, bist du derjenige, welchen ich in den kommenden Jahren unterrichten werde", sprach er, wobei sein lächelndes Gesicht nicht von dem Dexters abließ.
„Es ist mir eine Ehre!", entgegnete dieser darauf und erwiderte dabei den Gesichtsausdruck seines neuen Lehrmeisters. „Gut, da nun dies geklärt wäre, wollen wir noch einige Nebensächlichkeiten erläutern", sprach auf einmal einer der Zwillinge, worauf sein Bruder erneut die Ausführung für ihn beendete. „Es ist von äußerster Wichtigkeit, dass niemand erfährt, wer du bist, junger Dexter. Weder die Magier, noch die Elrogs und Menschen draußen vor den Toren unserer Hallen, noch sonst wer."
Ein enttäuschter und irritierter Blick war darauf das Einzige, was Dexter

zu entgegnen wusste, weshalb die Magierin die Ausführung ihres Vorgängers näher erläuterte. „Ihr müsst verstehen, wir Magier sind noch immer ein verhasstes Volk. Besonders die Regierung von Tigra misstraut unserer Rasse aufs Äußerste und setzt alles daran uns ein für allemal aus dieser Welt zu vertreiben“, sprach sie, wobei Dexter langsam einleuchtete, weshalb seine wahre Identität wieder einmal ein Geheimnis bleiben sollte. „Ihr meint, falls irgendwelche Spione oder so mitbekommen, wer ich bin“, sprach er nach einigen kurzen Augenblicken der Stille, worauf Meister Zenos, wie der älteste der Magier allem Anschein nach genannt wurde, ihn in seiner Vermutung bestätigte. „Ich will mir nicht ausmalen, was geschehen wird, wenn der König erfahren würde, dass Aratheus' Erbe gefunden wurde“, führte er seine Ansprache zu Ende, woraufhin er abrupt das Thema wechselte. „Nun gut, wegen eben erwähnter Risiken bleibt deine Identität als Dexter, Sohn des Aratheus, geheim. Niemand außer diesem Rat und natürlich Meister Isidron sollen wissen, wer du wirklich bist.“

Ohne Zögern oder einen Moment des Nachdenkens bestätigte der Soldat die Forderung des Rates, worauf Meister Zenos seine Worte weiterführte. „Nun gut, so sollt ihr von nun an bekannt sein unter dem Namen Seleas, Sohn des Manus“, und mit einer prophetischen Geste untermauerte er die Schaffung dieser neuen Identität und nahm ihn weiterhin mit den magischen Worten des Bundes in die Reihe der Padavane auf, jene Mitglieder des magischen Glaubens, die an der Seite eines Hohen Magiers die Künste der Magie erlernen dürfen.

Es vergingen einige Augenblicke, bis der frisch gebackene Padavan Seleas an der Seite Meister Isidrons den Tempel verließ und einen sichtlich positiv gelaunten magischen Rat hinter sich ließ. Auf ihrem kurzen Weg, den sie von da aus über einige Gänge und Steintreppen bis in eine weitläufige Bibliothek zurücklegten, sprachen sie kein einziges Wort, was sich mit Erreichen des Raumes schlagartig änderte.
„Also, Seleas!“, begann Meister Isidron, wobei er seinen neuen Schüler leicht grinsend anblickte. „Wie bereits vom magischen Rat erwähnt, werde ich in den kommenden Jahren dein Lehrmeister sein. Ich werde dir alles lehren, was es braucht, um die magischen Kräfte der Götter zu

beherrschen. Du wirst bei mir lernen, wie du es schaffst deine inneren Energien zu bündeln um mit ihrer Kraft Unvorstellbares zu vollbringen. Du wirst bei mir lernen, was es bedeutet ein Magier zu sein. Was es bedeutet, die Kraft der Götter in sich zu spüren“, sprach er mit schnellen Worten, wobei Dexter neugierig lauschte. „Vorher gibt es jedoch noch eine Sache, welche jeder Neuling, der nicht in unseren Reihen aufgewachsen ist, mitmachen muss. Wie du sicher gemerkt hast, leben wir hier unten, tief versteckt vor den Augen der Menschheit. Seit der Vernichtung unseres letzten Fluchtortes denkt der König, dass er uns Magier vollkommen zerschlagen hätte und dass wir keinerlei Bedrohung darstellen würden. Zumindest war es so, bis vor zehn Jahren einer unserer Männer geplappert hat. Seitdem ist er wieder auf der Suche nach uns, und daher ist es von äußerster Wichtigkeit, dass kein Wort über diesen Ort an die Außenwelt dringt. Keiner darf davon erfahren, dass wir hier tief unter der Erde überlebt haben, verstehst du?“, worauf Dexter kräftig nickte und mit einem „Ja!“ seine Geste der Zustimmung untermauerte.
„Es ist wichtig, dass du keinem erzählst, wo du bist. Es ist wichtig, dass du jegliche Kontakte zu deinem alten Leben abbrichst. Keiner darf erfahren, wer du bist und was mit dir geschehen ist“, sprach Meister Isidron weiter, wobei Dexter die Gesichter einiger alter Freunde durch den Schädel gingen.
Die Ziehschwester Julia, mit der er gemeinsam aufgewachsen war. Petro, der wahrscheinlich noch nicht einmal mitbekommen hatte, dass er aus dem königlichen Leben verschwunden war und somit seinen Eid am Vaterland gebrochen hatte. Auch das Gesicht von General Tirion und seiner Frau Silvia oder die Gesichter seiner alten Schmiede- und Jagdmeister schossen ihm hierbei durch den Kopf, als ihm klar wurde, dass er all diese Menschen wahrscheinlich nie wieder sehen würde. Es war ein Gefühl der Traurigkeit, welches sich dabei über sein Gemüt legte, als er dem Magier versprach, wonach jener verlangt hatte. Doch auch wenn er es zu jener Zeit nicht wusste, so würde dieses Versprechen nicht für immer einen Keil zwischen ihn und seine Vergangenheit treiben.

Von jenem Tage an begann zum ersten Mal seit der Zeit seiner Ausbildung wieder ein geregeltes Leben für den ehemaligen Soldaten. Jeden Tag traf er sich zum Morgenessen mit Meister Isidron und verbrachte den

ganzen Tag mit ihm, bis man sich nach dem Abendessen wieder verabschiedete. Die Abende verbrachte er meist allein in seinem kleinen Zimmer, in dem er außer einem recht gemütlichem Bett und einem Schrank nichts Interessantes hatte, was dazu führte, dass er sich beinahe wöchentlich neue Schriften und Dokumente aus der Bibliothek der Magier auslieh. Auch wenn er in jenen Schriften nicht sonderlich viel neues Wissen erhaschen konnte, so gelang es ihm zumindest sein bereits vorhandenes Wissen weiter zu vertiefen und besser in seinem Gedächtnis zu behalten.
Es verstrichen die Tage und Wochen, in denen er die ersten Grundzüge der Magie kennen lernte.
Er erfuhr beispielsweise, was es mit der so genannten inneren Energie auf sich hatte. Dass sie eine Kraft ist, die in jedem Menschen in unterschiedlicher Menge vorhanden ist, aber dass nur wenige fähig sind diese Kraft zu erkennen und zu nutzen. Dass es nur in tiefster Meditation möglich ist, den Eingang zu jener inneren Kraft zu finden und dass manche Menschen Jahre brauchen, bis ihnen das gelingt.
So verbrachte er selbst viele Stunden mit Meister Isidron, in welchen sie unter tiefer Stille in das Innere ihres Geistes vorschritten. Viele Stunden, in denen der Magier versuchte seinem Padavan den Weg in die Tiefen seiner Seele zu zeigen und ihn zu lehren, was die innere Energie alles bewirken kann.

„Bevor du begreifst, was genau diese Energie ist, junger Padavan, ist es nötig, dass du ein wenig mehr über die Beschaffenheit dieser Welt erfährst“, hatte Meister Isidron einst gesprochen und darauf den Schüler in die Geheimnisse jenes Mysteriums eingeweiht.
„Alles, was du siehst, was du fühlst oder was du hörst, geschieht im Wesentlichen aufgrund der Reaktion verschiedener Elemente. Im Allgemeinen sind es vier, die wir hierbei unterscheiden. Wasser, Luft, Erde und Feuer. Natürlich wissen wir, dass es auf unserer Welt viele weitere Untergliederungen dieser Elemente gibt, wie beispielsweise dass das Element Erde aus Stein, Sand oder Eisenerz bestehen kann, aber im Wesentlichen sind es diese vier Elemente, die alles zusammenhalten. Flüssig, gasförmig, fest und das Ergebnis ihrer Reaktion, die Flamme“, sprach er, wobei Dexter leicht verwirrt von der Erläuterung des Meisters schien. Aber dennoch fuhr jener ohne einen Moment des Zögerns fort.

„Lange dauerte es, bis die alten Magier verstanden, wie ihre Macht eigentlich funktioniert, aber dennoch haben sie es eines Tages herausgefunden. Denn ob Feuer, Wasser, Luft oder Erde, das Wesentlichste, was ein jedes dieser Elemente in sich birgt, ist Energie. Ja, Energie, welche in einer bestimmten Reihenfolge angeordnet ist, wodurch das jeweilige Element entsteht. Mit dieser Erkenntnis war es ihnen ein Leichtes den Zusammenhang zwischen ihrer inneren Energie und der magischen Erscheinung des Feuers zu finden. Es ist ihre Energie, die sie mit Hilfe uralter magischer Formeln und höchster Konzentration in einer bestimmten Reihenfolge anordnen, um mit dieser Ordnung die verschiedensten magischen Erscheinungen zu produzieren. Ob Feuerball, Sturmfaust oder ein Blitzschlag. Ob Telekinese oder Pyrokinese. Ob Teleportation oder sonst eine Form der Magie. Sie alle werden erschaffen durch die Bündelung der inneren Energie zu einer in bestimmter Reihenfolge angeordneten Energiekette“, erklärte der Meister seinem Schüler, der voller Faszination und Begeisterung den Erklärungen seines Lehrers lauschte.
„Das heißt, alles, was ich machen muss, ist den Eingang zu meiner inneren Energie zu finden, bevor ich die Fähigkeit der Magie beherrschen kann“, entgegnete Dexter nach einigen Momenten des Schweigens, wobei er mit leicht pessimistischem Blick seine Einstellung untermalte.

Seit über zwei Monaten saß er nun hier unten in der Dunkelheit der Berge, und alles, was er seitdem gelernt hatte, war, wie man still in einer Ecke sitzt und versucht den Weg in die tiefsten Tiefen seiner Seele zu finden, was ihm jedoch bis heute nicht gelingen wollte.
Und auch an diesem Tag sah es mehr als schlecht aus, weswegen er etwa eine halbe Stunde nach der Erläuterung über die Wichtigkeit der inneren Energie aufgrund vorgetäuschter Magenschmerzen den Trainingsraum verließ. Auch wenn Meister Isidron wusste, dass es seinem Schüler bis auf sein fehlendes Vertrauen an nichts mangelte, entließ er ihn aus seiner Obhut, weshalb Dexter an jenem Tag bereits zur Mittagszeit in seiner Kammer lag und mit offenen Augen das Muster der Steindecke anstarrte.
Er wusste nicht weshalb, aber irgendwie schaffte er es nicht den richtigen Weg in seine Seele zu finden.
So oft er es auch versuchte und so oft er auch kurz davor stand, so sicher war er sich ein jedes Mal, dass er doch scheitern würde. Es war wie ein

innerer Schalter, der ab einem bestimmten Zeitpunkt seine Konzentration raubte und somit den Abbruch seiner Reise in sein Inneres verschuldete. Ein seltsames Gefühl, welches bei jeder Gedankenreise aufs Neue in ihm aufstieg und sich so seinem Weg in die Quere stellte. Es vergingen viele Stunden, in welchen er an jenem Tage stumm an die Decke über seinem Bett starrte und ein Gedanke nach dem anderen durch seinen Kopf zuckte. Die vielen Stunden, in denen er stillschweigend mit Meister Isidron in einer der Ecken innerhalb der Bibliothek gesessen hatte und in denen sein Herz stets von Dunkelheit belagert wurde, zogen an ihm vorüber, als ihm plötzlich klar wurde, dass er bereits seit über zwei Monaten in diesem unterirdischen Versteck vor sich dahinvegetierte.
Zwei lange Monate, in denen er wie die Restlichen im Exil nur wenig zu essen bekam und in denen sein Körper immer mehr von den angestauten Reserven verbrauchte. Zwei Monate, in denen er weder Sonne noch Mond gesehen hatte. Und als jene Gedanken durch seinen Kopf wanderten, wurde ihm klar, dass er hier raus musste. Nicht lange und nicht weit, aber er musste aus dieser unterirdischen Gefangenschaft entfliehen, um draußen in der Wildnis den Ursachen seines sich immerzu wiederholenden Konzentrationsabfalls auf den Grund zu gehen.

Ohne zu zögern richtete er daraufhin seinen Körper auf und fixierte mit festem Blick den Schrank vor ihm. Mit schnellen Griffen nahm er die Padavankleidung, welche ein jeder Padavan stets zu tragen hatte, ab und streifte seine alte Kleidung, welche er aus Thorgar mitgebracht hatte, über. Auch seinen Einhänder und seinen Drachendolch befestigte er am Gürtel, woraufhin er mit schnellen Schritten seine Kammer verließ und sich aufmachte in Richtung der Magierräume.

Ein kräftiges Pochen gegen die Tür des Meisters Isidron verriet jenem, dass er Besuch hatte, und so öffnete er die Tür, um seinen Schüler Seleas vor der Tür zu erblicken. „Na, geht es deinem Magen besser?“, begrüßte dieser ihn mit einem ironischen Lacher, worauf Dexter ins Innere der Kammer trat und er hinter ihm die Türe schloss.
„Ich habe nachgedacht, Meister Isidron, und ich habe beschlossen, dass ich einige Tage fort von hier will. Ich brauche einige Tage der Stille und Ruhe, in denen ich zurückgezogen für mich selbst einen Weg finden kann

meine inneren Energien zu befreien. Ich denke, ich habe inzwischen ausreichendes Wissen um ohne eure Hilfe in die Tiefen meiner Seele vorzudringen, aber bevor ich dies schaffe, brauche ich eine Weile der Entspannung. Entspannung unter den Strahlen der Sonne und dem Flackern der Sterne und nicht in der tiefsten Dunkelheit des Gebirges. Daher bitte ich euch mich zu den äußeren Pforten zu begleiten und mich dort drei Tage später, im Morgengrauen, wieder zu erwarten. Ich verspreche euch, ich werde keiner Menschenseele auch nur ein Wort von meinem Wissen über uns sagen, und ich verspreche, dass ich es schaffen werde meine innere Schranke zu überwinden, um endlich den Zugang zu den Tiefen meiner Seele zu öffnen.“

Mit überraschtem und zugleich mitfühlendem Blick lauschte der Meister den Worten seines Padavans. „Du sagst also, dass du glaubst außerhalb dieser Hallen den dir noch immer verschlossenen Weg zu finden. Nun gut, ich weiß zwar nicht, wie du darauf kommst, aber dennoch werde ich dir die Erlaubnis erteilen unser Reich zu verlassen. Sei in etwa einer Stunde am Eingang der Höhle, ich werde dort auf dich warten“, entgegnete Meister Isidron nach einigen Augenblicken der Stille, wobei ein Gefühl der Erleichterung durch Dexters Körper ging.

So verabschiedete er sich frohen Mutes und verschwand aus jenem Gang in Richtung seiner Kammer. Während er den Weg hinauf zu Isidrons Zimmer beschritten hatte, waren ihm nämlich noch einige Dinge eingefallen, die er in den kommenden Tagen sicher brauchen würde, und so suchte er seinen Raum noch einmal auf und verschwand darin. Es dauerte etwa eine viertel Stunde, bis er darauf mit leichtem Kettenhemd, Bogen, einem Köcher voller Pfeile und einem weiten Umhang bekleidet erneut die Türe öffnete um daraufhin aus dem unterirdischen Palast der Magier zu entfliehen.

Etwa eine weitere halbe Stunde später kam er nach einem kurzen Besuch in den Stallungen, wo sein treuer Weggefährte zusammen mit den Reittieren der Magier untergebracht war, endlich an den Ausgang der Höhle, wo jedoch weit und breit kein Zeichen von seinem Meister zu sehen war.
Es war also nicht der Meister, der auf seinen Padavan, sondern der Pa-

davan, der auf seinen Meister wartete, bis sie dann endlich gemeinsam ihren Weg aus dem Labyrinth beschreiten konnten.
Im Gegensatz zu seiner Einreise war es diesmal nur etwa ein Drittel des Weges, so dass sie deutlich schneller zu einer der magischen Barrieren kamen, welche das Reich der Magier von dem des Königs trennte. Wie vor einigen Monaten Sergon, so öffnete auch Meister Isidron die Schranke durch die Kraft seiner inneren Energie, wodurch er den Weg für seinen Padavan Seleas freigab.
„In drei Tagen, im Morgengrauen. Vergiss nicht!", waren die letzten Worte, die er daraufhin an seinen Lehrling richtete, bevor zwischen ihm und Dexter eine mächtige Felswand aus dem Boden wuchs, die von nun an den Zugang zum Berg verschloss.

Dexter wendete seinen Blick von der grauen Wand ab und ließ ihn mit tiefen Atemzügen durch die Gegend gleiten. Zu seinem Bedauern jedoch war die Sonne derzeit nicht auf ihren Bahnen über ihrer Welt, weshalb er nur wenig von der gigantischen Umgebung erblicken konnte.
Daher nahm er mit konstantem Blick den vor ihm im Dunklen liegenden Weg ins Visier und schritt langsam aber sicher den Pfad hinab in das sich vor ihm erstreckende Tal. Es dauerte etwa eine Stunde, bis er langsam die ersten Ausläufer einer der Wälder, die sich überall zwischen den gigantischen Felsgebilden befanden, erreichte, wo er zum ersten Mal zur Rast kam.

Erst jetzt kam ihm langsam in den Sinn, dass er seit dem Morgenessen nichts gegessen hatte, und so war es nur eine Frage von Minuten, bis sein Magen die ersten Laute des Hungers ausstieß. Erst nur leise und unauffällig begann der Hunger nach einigen weiteren Minuten, in denen er seinen Blick zu den weit über ihm hängenden Sterne richtete, immer stärker zu werden, weshalb er sich vom Himmel abwendete und sich mit ungutem Gefühl in Richtung der sich vor ihm auftuenden Dunkelheit des Waldes aufmachte.
Es war mehr als ein Zufall, als er plötzlich keine 20 Meter von sich entfernt ein Rascheln im Dickicht vernahm. Ohne eine Sekunde zu zögern nahm er den neben ihm liegenden Bogen auf und schritt mit einem Pfeil in der gespannten Sehne auf das Geräusch zu. Langsam und leise näherte

er sich Sekunde um Sekunde dem sonderbaren Rascheln an, als plötzlich ein seltsames Wesen hinter einem der Büsche hervorsprang. „Nein, nicht töten!“, schrie es dabei mit wimmernder Stimme. Dexter nahm die Spannung aus der Sehne und musterte erstaunt das Wesen. „Wer... oder besser gesagt, was bist du?“, entgegnete er mit irritiertem und zugleich verwirrtem Blick, wobei er sich einige Schritte von der wimmernden Kreatur entfernte, die sich keine zwei Meter vor ihm auf den Boden geworfen hatte und dort mit tränenden Augen um Gnade winselte.
Überrascht blickte es bei jenen Worten auf, wobei die Tränen aus seinem Gesicht verschwanden und durch ein kleines Lächeln ersetzt wurden. „Seid so großzügig, junger Herr!“, entgegnete das etwa ein Fuß große Wesen mit großen Augen, wobei es einige Sprünge nach vorne machte und mit Küssen auf die Füße des Kriegers versuchte seiner Dankbarkeit Ausdruck zu verleihen. Der Padavan hielt es jedoch kurz davor zurück, wobei er in die Knie ging und das kleine Geschöpf zum ersten Mal genauer betrachten konnte.
Im fahlen Mondlicht schimmerten die kleinen, gelb funkelnden Augen wie reines Gold, und im Weiteren kennzeichneten ein kurzes aber dichtes Fell sowie große Ohren das kleine Geschöpf. „Also, was bist du?“, wiederholte Dexter seine Worte, wobei er das kleine Wesen wieder aus seinem Griff entließ, das daraufhin langsam den Mund öffnete. „Ich... ich seien Gringod!“, sprach der kleine Kerl, worauf Dexter überrascht aufblickte. „Ein Gringod?“, schoss es ihm dabei durch den Kopf, was dazu führte, dass er sich an eine seiner Landeskundestunden erinnerte. „Kleine, sonderbare Wesen, die in Gebirgswäldern leben“, kamen ihm die Worte seines Generals in den Kopf, wobei das kleine Geschöpf erneut den Mund öffnete. „Vielen Dank für lassen Meriad leben“, sprach er mit einem erfreuten Quicken, wobei kleine Reißzähne an den Seiten seines Maules aufblinkten. „Na ja, ich hatte Hunger, und als ich das Rascheln im Gebüsch hörte, habe ich gedacht, da wäre irgendein verirrter Scavens oder so was. Aber na ja, dann wart nur ihr es“, entgegnete er darauf mit lockerem Unterton, worauf der Gringod den Satz weiterführte. „Und ihr habt leben lassen“, sprach er mit bewegter Stimme, woraufhin er mit schnellen Sprüngen aus Dexters Sichtfeld verschwand und in die Dunkelheit des Waldes eintauchte.

Ein wenig überrascht, aber dennoch nicht getroffen, richtete dieser sich daraufhin auf und ließ seinen Blick in die Ferne schweifen, wo er weit hinten, hinter einem gigantischen Bergmassiv die ersten Anzeichen der aufgehenden Sonne erblickte. Zwar würde es noch einige Zeit dauern, bis man genug sehen konnte, um auf die Jagd zu gehen, aber dennoch erfüllte ihn der Anblick der ersten Strahlen mit einem tiefen Gefühl der Wärme, als ein leises Knistern plötzlich erneut seine Aufmerksamkeit einnahm.

Diesmal war er mindestens genauso überrascht, als er auf einmal wieder die Umrisse des kleinen Geschöpfes erkannte, das mit einem Schatten in den vorderen Klauen aus dem Dickicht gekrochen kam und erhobenen Hauptes auf den etwa sechs Mal so großen Menschen zuging.

Mit einem plumpsenden Geräusch ließ es den Schatten auf den Boden fallen und sprach hastig. „Hattet Hunger, aber habt nicht Meriad gegessen. Dafür Meriad bringen euch totes Kaninchen“, sprach er mit hastigen Worten, wobei Dexter erkannte, dass es sich bei dem Schatten tatsächlich um ein Kaninchen handelte.

Mit Dank und Lob ging er tiefer in die Knie, wobei er das tote aber dennoch warme Tier aufnahm und musterte.

Es war zwar kein fetter Stallhase, aber dennoch war es mehr als genug für ein deftiges Morgenessen, weshalb er das Tier beiseite legte und sich daran machte einige Stöcke aufzulesen. Der nette Gringod, der sich über den Dank und das Lob des Menschen mehr als geschmeichelt fühlte, ging ihm auch dabei zur Hand, so dass sie nach nicht einmal zwei Minuten genug trockene Hölzer beisammen hatten, um mit zwei Feuersteinen, die er ständig mit sich führte, einige Funken zu schlagen und die Hölzer in Brand zu stecken.

„Was ihr machen in Wald alleine?“, begann auf einmal das kleine Geschöpf, das sich wie Dexter auch neben dem Feuer positionierte und an einem kleinen Stück Holz lutschte. „Wenn ich ehrlich bin, weiß ich das auch nicht so genau. Ich hoffe hier etwas zu finden, das ich wo anders nicht gefunden habe“, entgegnete jener, worauf das Wesen ein wenig ins Grübeln kam. „Schwierig!“, meinte es dann nach einigen Augenblicken des Nachdenkens, worauf Dexter sein Gegenüber mit sanftem Lächeln ansah. „Weißt du...“, begann er dann nach einigen Momenten der Stille,

„ich bin an einem Punkt in meinem Leben angekommen, wo es Zeit für mich wird etwas Neues, Größeres zu tun. Aber so sehr ich es auch will, irgendwie schaffe ich es nicht diese größere Sache zu beginnen. Irgendwas hindert mich."
Verwirrt und ohne eine wirkliche Ahnung zu haben, von was der Mensch eigentlich sprach, blickte das kleine Geschöpf Dexter mit großen Augen an, woraufhin er erneut das Wort ergriff. „Meriad hoffen ihr findet, was ihr sucht", sprach der Gringod und beendete damit die Unterhaltung mit dem Padavan.
„Kaninchen lecker!", meinte der kleine Meriad dann, während Dexter das an einem Stock befestigte Kaninchen wendete, so dass es von beiden Seiten angebraten wurde. Es dauerte noch etwa zehn Minuten, bis er das leicht angekohlte Kaninchen schließlich vom Feuer nehmen konnte, um es auf dem Boden abkühlen zu lassen.
Mit seinem Drachendolch teilte er daraufhin die Beute in zwei etwa gleich große Stücke, wobei er den Gringod bat mit ihm zu essen. Dieser entgegnete der Aufforderung des Menschen mit großer Dankbarkeit und wollte sich schon wieder daran machen die Füße Dexters zu küssen, was dieser jedoch verhinderte. An Stelle dessen schnitt er ein kleines Stück aus dem Fleisch und zerfetzte es mit kräftigen Bissen in seinem Mund.
„Na ja, ein bisschen verkokelt und ein bisschen zäh, aber besser als nix", sprach er darauf mit leicht enttäuschter Miene und machte sich dann daran auch den Rest des Kaninchens in das Innere seines Magens zu führen. Der Gringod tat es ihm gleich, wobei sein Magen jedoch schon nach etwa der Hälfte des halben Kaninchens gefüllt war, so dass Dexter dessen Rest ebenfalls verschlingen konnte.
Mit einem kräftigen Rülpser und einem Schluck Wasser aus einer seiner mitgebrachten Flaschen beendeten sie so nach etwa einer Stunde des Beisammenseins das Morgenessen, worauf das kleine Geschöpf aufsprang und Dexter mit großen Augen ansah. „Feuerball kommen, darum ich nun gehen", sprach er mit schnellen Worten, wobei der Padavan seinen Blick in Richtung Osten wandern ließ, wo die ersten Rundungen der Sonne über dem Bergmassiv auftauchten.
Mit einem Lächeln erkannte er dies und wollte sich daraufhin von dem netten Wesen verabschieden, als er erkannte, dass dieses bereits mit schnellen Sprüngen im noch immer düsteren Wald verschwand.

So begann ein neuer Morgen für den jungen Krieger, der nun mit festem Schritt und erhobenen Hauptes den Blick schweifen ließ. Da nun von Minute zu Minute mehr von der gewaltigen Feuerkugel zu sehen war, strahlte immer mehr Wärme durch das tiefe Tal, wobei ein seit zwei Monaten verloren gegangenes Gefühl den Körper des Padavans durchdrang. Ein Gefühl von Hoffnung und Erleichterung. Ein Gefühl von Wärme und Heiterkeit, das ihn die ganze Zeit auf seiner kleinen Reise begleitete.

Auch wenn er am gestrigen Tag noch nicht gewusst hatte, wohin ihn sein Weg eigentlich führen würde, so tauchte in jenen Momenten ein entfernter Gedanke in seinem Kopf auf, was dazu führte, dass er sich abrupt für das Ziel seines Ausfluges entschied. Der Gedanke und die Erinnerungen an die brennende Stadt waren es, die in jenem Moment seine Entscheidung auslösten, weshalb er seinen Gang ein wenig beschleunigte, um noch am selben Tag die Überreste der zerstörten Magierstadt zu erreichen.
Stunde um Stunde bahnte sich der junge Krieger so seinen Weg durch die geheimen Pfade des Gebirges, bis er schließlich im Schimmer der untergehenden Sonne die Umrisse der Ruinen erblickte.

Voll neuer Euphorie setzte er seinen Weg fort, wobei er zunächst ein kleines Waldstück, welches ihn neben einem breiten Geröllfeld von den Ruinen seiner einstigen Heimat trennte, durchschreiten musste. Hierbei hielt er stets die Augen offen, um so möglicherweise noch ein schmackhaftes Abendbrot ausfindig zu machen.
Schritt um Schritt durchquerte er mit gezücktem Bogen die Bäume, als ihn plötzlich ein merkwürdiges Geräusch aufschrecken ließ. Es war etwa 50 Meter entfernt, im Dickicht der Bäume, wo er zwei Scavens erblickte, die sich allem Anschein nach um ein Stück Beute stritten. Mit schrillen Kreischern und heftigen Schnabelattacken versuchte ein jeder Vogel den anderen zu unterwerfen, als plötzlich ein surrendes Geräusch die Luft durchschnitt und den Kampf beendete. Einer der gewaltigen Vögel ging dabei mit einem dumpfen Röcheln zu Boden, wogegen der andere mit einem lauten Schrei und einer toten Ratte im Schnabel aus dem Sichtfeld rannte. Mit schnellen Schritten verließ der Schütze daraufhin den schmalen Waldweg und näherte sich dem Beutetier an, als plötzlich drei Wölfe

aus dem Dickicht auftauchten.
Mit lautem Geheule und einem Furcht einflößenden Knurren näherten sie sich aus verschiedenen Richtungen dem Beutetier des Jägers, wobei dieser abrupt seinen Gang unterbrach und die Geschöpfe mit starrem Blick musterte. Sie waren groß, weitaus größer als die Wölfe, die er aus den Wäldern Thorgars kannte, aber dennoch verlor er nicht den Mut. Geschickt wanderten seine beiden Hände an die jeweiligen Scheiden, welche sowohl zu seiner rechten als auch zu seiner linken Körperseite angebracht waren, und umklammerten mit festem Griff die Schäfte zweier Klingen, die kurz darauf mit einem eisigen Surren aus ihren Hüllen gezogen wurden. Doch keinem der Wölfe schien jener Mut auch nur im Geringsten zu imponieren.
Sie ließen den toten Scavens hinter sich und kamen mit sicheren Schritten und in einem weiten Kreis auf Dexter zu.
Es war ein Moment von Sekunden, in dem plötzlich ein jeder Jäger auf den Menschen zustürmte und mit aufgerissenem Kiefer das Opfer ins Visier nahm, als plötzlich sechs schnelle Schwertschnitte durch die Luft glitten und auf ihrem Weg das Ende der Wölfe besiegelten.
Blut spritzte und Tiere jaulten, als die eisernen Klingen ihre Opfer niederstreckten, wobei auch der Mantel des Kriegers mit etlichen Blutspritzern eingedeckt wurde. Dieses kümmerte ihn jedoch recht wenig, als er mit erleichtertem Blick die toten Kadaver musterte und freudig feststellte, dass er die gewaltigen Wölfe erledigt hatte.

„Wie ein wahrer Krieger!“, meinte er dabei zu sich selbst, während er mit gekonnten Griffen die Klingen wegsteckte und sich daran machte mit seinem Drachendolch das Fell von den Körpern der Tiere zu lösen. Wie in Thorgar so waren auch im Versteck der Magier verwertbare Überreste von Tieren sehr gefragt, weshalb er sich die Zeit nahm die drei schönen Felle sorgfältig abzuziehen, um sie im Inneren der Höhlen für gutes Gold beziehungsweise für gutes Essen tauschen zu können. Es benötigte ihn einige Zeit, bis er sich auf den Weg zu seiner eigentlichen Beute machen konnte, die er dann mit schnellem Griff über die Schulter warf, so dass er ohne weitere Verzögerungen aus dem kleinen Waldstück verschwinden konnte.

Es waren nur gut 200 Meter, welche sich noch immer zwischen ihm und seinem Ziel erstreckten, weshalb er sich dazu entschloss vorerst eine kleine Rast einzulegen, in welcher er sich über die geschossene Beute hermachen konnte.
So sammelte er wie am Morgen des gleichen Tages ein wenig Feuerholz, was er dann entzündete um daraufhin einen Teil des rohen Fleisches genießbar zu machen.
Zwar konnte man es auch roh essen, das wusste der ehemalige Soldat aus seiner Ausbildung, aber wenn man die Möglichkeit hatte es zu braten, so war diese Methode der anderen mehr als vorzuziehen. Er verbrachte gut eine Stunde, bis er den letzten Knochen beiseite schmiss und sich mit einem langen Strecker gegen die von der nun verschwundenen Sonne gewärmte Felswand lehnte.
Von hier aus ließ er seinen Blick kurz durch die aufkommende Dunkelheit gleiten, wobei dieser schon nach einigen wenigen Momenten in Richtung Himmel wanderte. Es war ein klarer, wolkenfreier Tag gewesen, weshalb nun auch die Nacht den vollen Blick auf das nächtliche Funkeln freigab. Es waren hunderte, nein tausende Lichter, die allesamt am Nachthimmel standen und mit sanften Tönen die ansonsten dunkle Welt erhellten.
Es dauerte einige Minuten, bis er schließlich seinen Blick von der Unendlichkeit des Universums abwenden konnte und sich wieder auf das vor ihm liegende Ziel konzentrierte. Infolgedessen erhob er seinen müden Körper langsam und machte sich dann daran seinen Weg in die zerstörte Stadt fortzusetzen.

So geschah es, dass Dexter mit etwa 19 Jahren zum ersten Mal seit seinem ersten Lebensjahr die Stadt seiner Geburt oder besser gesagt, das, was noch davon übrig war, betrat und mit traurigem Blick den sich ihm hier offenbarenden Anblick musterte.
Häuser, die bis auf die Grundmauern, von welchen aufgrund der Zeit nur noch wenige aufeinander standen, abgebrannt waren, bildeten hierbei den Großteil dieses Anblicks. Es war ein Gefühl der Trauer, das in jenen Momenten seinen Körper ergriff und ihn so schnell nicht wieder loszulassen versprach. Überall verkohlte, schwarze Steine und verbrannte Erde, in deren Dreck die letzten Überreste dieser untergegangenen Stadt von den Ausläufern neuen Lebens durchsetzt waren. Wie ein durchwachsener

Teppich überwucherten verschiedenste Gräser und Schattengewächse die alten Ruinen, und es war nur eine Frage der Zeit, bis jene zerfallene Stadt wie so viele andere Ruinen der alten Welt vollkommen in die Wogen der Natur eingebunden war.
Ohne einen Teil seiner Traurigkeit zu verlieren, setzte er daraufhin seinen Weg fort, als er nach einiger Zeit an eine gewaltige Ansammlung schwarzer und zerstörter Steine kam. Es waren viele hunderte, teilweise mit Moos besetzte Felsblöcke, welche sich dort vor ihm ausbreiteten und die letzten Überreste eines gewaltigen Bauwerkes widerspiegelten.
„War bestimmt der Tempel oder so was", meinte der ehemalige Soldat dabei zu sich selbst, während er durch die zerstreuten Felsen schritt und versuchte die Ausmaße dieser Anlage zu schätzen. Aber so sehr er sich auch bemühte, so kam er dennoch zu keiner wirklichen Lösung, weshalb er sich entschied den Tempelsteinen den Rücken zuzukehren und weiter durch die verwüsteten Gassen dieses untergegangenen Platzes der Macht zu schreiten. Doch außer dem ihm bereits bekannten Anblick zerstörter Mauern und verbrannter Erde konnte er nichts Eindrucksvolles entdecken, weshalb er sich letztlich dazu entschied die Stadt hinter sich zu lassen und zu seinem vorherigen Lagerplatz zurückzukehren.

Hier hatte er die Wolfsfelle sowie den Rest des Scavens hinterlassen, weshalb er nun dorthin zurückschritt und so den Ort seiner Geburt wieder einmal verließ.
Es dauerte einige Zeit, bis er seinem erschöpften Körper schließlich den kurzen Weg abgerungen hatte, nach welcher er sich erneut an der Steinwand niederließ und seinen Blick schweifen ließ. Dabei fiel ihm die noch immer glimmende Glut auf, weshalb er einige der noch verbleibenden Stöcke hineinwarf, um einigermaßen gewärmt in den Schlaf zu fallen, was ihm keine fünf Minuten später auch gelang.

Es war eine helle, majestätische Stimme, die ihn plötzlich aus jenem Schlaf zu reißen schien, als sie mit langsamen Worten sprach. „Seid gegrüßt, junger Dexter", begann sie, worauf der Padavan sich überrascht aufrichtete und seinen Blick umhersuchen ließ. Doch was er hier sah, erfüllte sein Herz mit einem Gefühl der Furcht, denn er befand sich nicht mehr unter der Felswand an seinem kleinen Lagerfeuer, sondern inmitten

eines riesigen, weißen Raumes.
„Wer spricht da?“, entgegnete er daher mit Angst in der Stimme, als plötzlich ein majestätisches Geschöpf in den Vordergrund trat und den Blick des Padavans auf sich lenkte. „Wer ich bin?“, entgegnete jenes Geschöpf mit heller Stimme, wobei seine langen, weißen Haare über seine Schulter fielen und mit einem erhellenden Schein Dexters Augen verzauberten. „Die Frage ist nicht, wer ich bin, junger Dexter, sondern die Frage ist, was dich davon abhält deinen Weg zu deiner inneren Kraft zu finden“, sprach sie weiter, wobei Dexter mit einem Mal klar wurde, um wen es sich bei dieser Gestalt handelte.
„Ihr... ihr seid... ihr seid Velur!“, stotterte er mit eingeschüchterter Stimme, worauf ein sanftes Lächeln auf dem Gesicht der Frau erschien. „Euer Verstand ist ebenso geschärft wie euer Kampfesmut!“, sprach sie daraufhin mit erhellender Stimme, worauf der Padavan sie staunend ansah.
„Es konnte nur sie sein. Solch absolute Reinheit und Macht“, schoss es ihm dabei durch den Geist, als sie näher auf ihn zuschritt und mit langsamer Bewegung ihre Hand auf seine Schulter legte.
„Du fragst dich, weshalb du deinen Weg in dein Inneres nicht findest. Du fragst dich, wieso du es nicht schaffst die Pforten zur Magie zu durchschreiten“, sprach sie dabei, während ein göttliches Gefühl der Macht von den weichen Händen aus durch den Körper Dexters zog. Ohne ein Zeichen der Antwort blickte sie ihm daraufhin tief in die Augen und öffnete erneut ihren Mund, wobei ihre liebliche und sinnige Stimme Dexter wie in Trance zog. „Bevor dir das gelingt, junger Padavan, ist es nötig, dass du anfängst zu glauben. Zu glauben an die Macht, welche von uns Göttlichen ausgeht. Zu glauben an die Macht, welche sich tief in deinem Inneren verbirgt. Denn bevor du nicht anfängst zu glauben, wird es dir nie gelingen.“ „Aber ich glaube doch!“, entgegnete Dexter darauf mit flehenden Worten, worauf das göttliche Wesen ruhig das Haupt schüttelte und erneut ihre Stimme erklingen ließ. „Nein! Was du tust, ist nicht glauben. Glaube ist tief. Tiefer als jegliches Gefühl, was du bisher gefühlt hast. Tief aus deinem Inneren muss jener Glaube entspringen. Mit deinem ganzen Herzen und jeder Faser deines Körpers musst du glauben. Erst dann bist du fähig in die Tiefen unserer Welt vorzudringen“, und plötzlich, mit dem Ende dieser Worte, fuhr Dexter aus seinem Schlaf auf und fand sich inmitten seines Lagerplatzes wieder.

„Verdammt, wer, wie?“, sprach er in jenem Moment verwirrt zu sich selbst, als er auf einmal weit über sich den gewaltigen Feuerball erblickte. Erst jetzt realisierte er, dass er geträumt hatte, auch wenn er sich sicher war, dass dies kein normaler Traum war. Immer wieder gingen ihm dabei die Worte der Frau durch den Kopf. „Was sollte das alles bedeuten? Konnte es wirklich sein, dass die Göttin Velur höchstpersönlich zu ihm gesprochen hatte?“, wanderte es ihm durch den Schädel, als er langsam die Wolfsfelle, welche er sich des Komforts wegen unter den Körper gelegt hatte, zusammenrollte und in seiner Tasche verstaute.

Noch lange durchwanderten ihn jene Gedanken, während er seinen Weg zurück in die Tiefen des Gebirges beschritt. Im Morgengrau des kommenden Tages musste er wieder an der Pforte sein, sonst würde er Meister Isidron verpassen, was dazu führte, dass er seinen Marsch beschleunigte und so bereits zur Abenddämmerung vor jener Felsmauer stand, aus welcher er zwei Tage zuvor gekommen war. Um nicht zu viel Aufmerksamkeit darauf zu legen, schritt er von da aus einige Meter ins Gebüsch, wo er sich hinter einem Dornengestrüpp einen kleinen Lagerplatz schuf.

Er breitete die drei Wolfsfelle dabei erneut vor sich aus und legte seinen Körper auf das raue Fell, von wo aus er mit starrem Blick den Himmel fixierte, als ihm plötzlich klar wurde, was die Worte der Göttin zu bedeuten hatten.
Es waren Erinnerungen, Träume und Fantasien, welche er noch immer mit sich herumtrug. Erinnerungen an das teilweise sehr schöne Leben in der Armee. Träume von ihm, in denen er als Krieger des Königs auf den Schlachtfeldern dieser Welt umherfegt. Fantasien, in denen er sein Leben im Auftrag des Königs führte, ganz wie sein Vater Sheron, als ihm plötzlich klar wurde, dass all diese Bilder nichts als Schall und Rauch waren. Es waren naive Ideen eines unreifen Knaben, der es sich nicht hätte träumen lassen, dass die komplette Ordnung, für die er zu kämpfen bereit war, nichts als leere Worte waren. Die leeren Worte einer naiven Gesellschaft, in der weder der Glaube, noch die Macht der Göttlichen die Seelen der Menschen behelligten.
Es war jene Sekunde, in der er selbst sein Leben als Soldat für beendet

erklärte und welche den Wendepunkt in seiner Entwicklung ausmachen sollte. Es war ein Gefühl der Befreiung und Erleichterung als wäre ihm ein ewig schwerer Stein vom Herzen gefallen, als er jene Gedanken dachte und sich mit einem Lächeln an die Worte der Göttin erinnerte.
„Ja, sie hatte Recht!“, sprach er dabei zu sich selbst, woraufhin er das erste Mal seit seiner Flucht aus den Magierhallen den Mut aufbrachte einen Versuch zu wagen. Einen Versuch endlich in die Tiefen seines Geistes vorzudringen um endlich die Macht der Götter in sich zu entfesseln. Es war ein Gefühl absoluter Macht, was dabei seinen Körper durchfuhr, als plötzlich geschehen war, was er seit zwei Monaten vergeblich versucht hatte.
Endlich war der Schalter, welcher die ganze Zeit über sein Ringen um die Energie unmöglich gemacht hatte, ausgeschaltet, und endlich schaffte er es, die Macht, welche sich so lange in ihm verborgen hatte, zu entfesseln.

Es war ein Gefühl der inneren Wärme, welches den Körper des Padavans in jenem Moment durchfuhr. Ein Gefühl absoluter Geborgenheit, Sicherheit und Macht. Ein Gefühl, welches ihm von tief in seinem Inneren die Fähigkeiten zur Erlernung der Magie der Götter mit sich brachte, weswegen der ehemalige Soldat voller Zuversicht in seine nun kommende Zukunft blickte. Nicht einmal der Gedanke, dass er die Sonne, welche bereits lange hinter den Hügeln verschwunden war, wahrscheinlich in den nächsten Jahren nicht wieder zu Gesicht bekommen würde, konnte dieser Zuversicht etwas anhaben, weshalb der junge Krieger in jener Nacht mit einem tiefen Gefühl der Zufriedenheit in das Reich der Träume verschwand.

Es war die Stimme seines Meisters, welche ihn am nächsten Morgen aus dem Schlaf riss und mit einer freundlichen Begrüßung aufweckte. Dexter fuhr dabei mit einem kleinen Schreck auf und blickte dem Ankömmling in die freundlichen Augen.
„Ah, ihr seid es, Meister Isidron!“, sprach er dann mit hellwacher Stimme, wobei er sich vom Boden aufrichtete. „Und war dein kleiner Ausflug erfolgreich?“, entgegnete darauf der Magier, der seinen Schützling mit ernsten Augen ansah. Als dieser jene Worte vernahm, ließ er abrupt da-

von ab, die Wolfsfelle in seiner Tasche zu verstauen und erinnerte sich an den vorherigen Abend. „Es war solch eine Kraft. Solch eine Macht!“, erwiderte er dann, als er die Gedanken durchgegangen war, worauf Meister Isidron freudig lächelte. „Du hast es also tatsächlich geschafft!“, sprach er dabei, während der Padavan sich wieder seinem Gepäck widmete, so dass sie langsam aber sicher aufbrechen konnten. Den relativ kurzen Weg schafften sie in etwa 40 Minuten, bis Dexter das erste Mal seit drei Tagen die gewaltigen steinernen Hallen und die künstliche Sonne aus reiner Energie erblickte.
Schon oft hatte er jenes Gebilde, welches direkt unter der Steindecke der riesigen Höhle schwebte, betrachtet, doch noch nie hatte ihm jemand erklärt, was das eigentlich genau für ein Ding war. Daher richtete er in jenem Moment die Frage an seinen Meister, dessen Blick nun ebenfalls an der gewaltigen Kugel haften blieb.
„Weißt du, als wir uns damals entschieden in die Berge zu fliehen, mussten wir mit dieser Flucht die wärmende Energie unserer Sonne aufgeben. Du musst verstehen, wenn ein Magier seine Energie einsetzt, wird die Menge seiner inneren Energie von Mal zu Mal geringer. Daher kann ein Magier nicht einfach beliebig lang zaubern oder sich abertausende Kilometer durch den Raum teleportieren. Wenn nun ein Magier seine innere Energie verbraucht hat, kann er nicht mehr die Macht der Magie anwenden, weshalb es ungeheuer wichtig ist, dass diese innere Energie wieder aufgefüllt wird.“ „Und das tut sie nicht?“, unterbrach der Padavan nach jenen Worten seinen Meister, worauf dieser ihn ein wenig verärgert anblickte. „Lass mich doch erst mal zu Ende erzählen, bevor du irgendwelche albernen Fragen stellst“, entgegnete er mit ernster Stimme, worauf er mit seiner Erklärung fortfuhr.
„Also, zu deiner Frage, sie füllt sich wieder auf, aber ohne die Einwirkung der äußeren Energie macht sie das nur sehr langsam. Du musst verstehen, es gibt in unserer Lehre zwei Energien. Die innere und die äußere. Die innere ist jene, welche ein Magier im Regelfall benutzt um die Magie der Götter zu nutzen. Sie entsteht in seinem Inneren und wird, wenn sie geleert wurde, wieder von äußerer Energie gefüllt. Es herrscht quasi ein Kreislauf. Ein Magier entsendet durch die Kraft der Magie einen Teil seiner inneren Energie, und im Gegenzug füllt die äußere Energie jene verloren gegangene Energie wieder auf. Wie schnell das geht, hängt davon

ab, wo man sich gerade befindet. Du musst verstehen, jedes lebendige Wesen, jeder Baum, alles, was sich auf dieser Welt ausbreitet, besitzt eine innere Energie. Dies ist die Kraft, welche unsere Welt zusammenhält. Immer und überall versucht sie sich in einem Gleichgewicht zu halten. Auch wenn das stark schwanken kann, so reicht die Energie, welche allgemein in dieser Welt verbreitet ist, aus, um ein Geschöpf wie beispielsweise einen Magier, der gerade seine letzten Energien verbraucht hat, wieder mit Energie zu füllen. Es ist also nicht mehr und nicht weniger als ein ständiger Kreislauf, der zwischen innerer und äußerer Energie herrscht, verstehst du?"
Ein wenig verwirrt und eingeschüchtert von seinem vorherigen Unterbrecher öffnete Dexter dann nach einem kurzen Moment der Stille erneut seinen Mund. „Ja schon, aber eines verstehe ich nicht, was hat das alles mit meiner Frage zu tun?", sprach er mit hastiger Stimme, worauf der Magier ihn ein wenig desillusioniert ansah. „Frage?", wiederholte er das Wort, worauf plötzlich der Gedanke in seinen Kopf zurückkehrte. „Natürlich, wo hab ich nur meinen Kopf vergessen", sprach er dann mit erleuchteten Augen, worauf er mit der Erklärung fortfuhr.

„Wie bereits gesagt, herrscht ein Unterschied in der Geschwindigkeit, mit der dieser Ausgleich vonstatten geht. An belebten Orten wie in einer Stadt geht es beispielsweise um einiges schneller als in der Wüste. In einem Wald füllt sich der Speicher schneller als im Gebirge. Und bei Tag, ja bei Tag füllt er sich schneller als in der Nacht. Weißt du, woran das liegen könnte?", sprach er mit klaren Worten, worauf der Padavan kleinlaut den Begriff Sonne benannte.
„Ja, die Sonne!", wiederholte Meister Isidron die Worte, wobei ein Gefühl der Sehnsucht in ihm aufstieg. „Die Sonne ist es, welche im Allgemeinen betrachtet den größten Teil der äußeren Energie ausmacht, weshalb es gerade sie ist, deren Abwesenheit wir besonders bedauerten. Deshalb starteten wir einen Versuch uns unsere eigene Sonne zu schaffen. Eine Sonne aus Energie, welche unser dunkles Schicksal unter den Bergen erleuchten sollte und durch die es uns möglich sein sollte unsere inneren Energien auch hier aufzufüllen. Aber wir scheiterten", sprach er, worauf er den Kopf ein wenig senkte.
„Aber wieso schwebt dann diese Kugel über unseren Köpfen?", entgeg-

nete Dexter darauf, während sie gemeinsam durch die kleine Gasse auf den Bau der Magier zuschritten. „Du verstehst nicht, was wir schaffen wollten, war ein Energieball mit der Fähigkeit Energie zu verstreuen. Ein Energieball, der die Speicher unserer Energien füttert, aber alles, was dabei raus kam, war eine gigantische Leuchtkugel, die 24 Stunden am Tag über unseren Köpfen schwebt. Eine Leuchtkugel, die jeden Tag nach neuer Energie trachtet und die jeden der zuständigen Magier einen Teil seiner Kraft kostet. Es sind insgesamt acht, nein, ich glaube sieben von uns, welchen dieses Schicksal auferlegt wurde. Jeden Tag müssen sie aufs Neue ihre Energien opfern, um so das Licht unserer Dunkelheit am Lodern zu halten“, sprach Isidron mit drohender und zugleich bedauernder Stimme, wobei Dexter klar wurde, was das Problem mit dieser Kugel ist. „Sie spendete zwar Licht und bildete somit einen Hoffnungsschimmer in der ansonsten kalten Dunkelheit, aber anstatt den Magiern ihre Energievorräte aufzufüllen, raubt sie ihnen jene“, bildeten sich die Gedanken im Kopf des Padavans, der von jenem Tage an den Energieball über ihren Köpfen mit gemischten Gefühlen betrachtete.
„Auch wenn ich zugeben muss, dass die einfachen Menschen...“, sprach der Magier dann weiter, während er seinen Blick durch die Häuser und Höhlenreihen der nicht magischen Bewohner dieses Versteckes gleiten ließ, „sicherlich mehr als erfreut sind, dass sie hier unten eine zweite Sonne besitzen, so ist es in den Augen von uns Magiern ein teuerer Preis, den wir für jenes Licht bezahlen müssen!“, und mit einem leicht betrübten Blick senkte Meister Isidron daraufhin sein Haupt, während sie gemeinsam die Treppe zum Bau der Magier emporstiegen und nebeneinander in den relativ breiten Gang schritten.

So kam schließlich die Zeit, in welcher auch der Lehrmeister die Ausmaße der seit so vielen Wochen verzweifelt gesuchten inneren Energie seines Schülers erkennen wollte, weswegen sie nach einem kleinen Morgenessen, welches aus zwei Stück trockenem Brot und einer Scheibe fadem Käse bestand, sofort in die Meditationsräume gingen.
„Nun wollen wir doch mal sehen, was in dir steckt, junger Padavan“, meinte dabei Meister Isidron, als sie sich in dem kleinen Raum wiederfanden, in welchem außer einigen Kissen und drei Kerzen nichts weiter war. Ohne eine Sekunde des Zögerns ließ Dexter sich sofort, nachdem er

die Türe hinter sich schloss, auf den kleinen Kissen nieder, um daraufhin seinem Meister zu beweisen, dass er endlich bereit war. So verstrichen einige Momente, in denen der Padavan stillschweigend auf dem Boden saß und mit geschlossenen Augen in sein Inneres blickte, als plötzlich ein Gefühl gewaltiger Macht den Raum durchfegte. Mit erschrockener und zugleich erstaunter Miene betrachtete dabei der Magier seinen Schüler, der inzwischen die Augen wieder geöffnet und seine Energie wieder eingesperrt hatte „Seht ihr, Meister!", sprach er dabei mit einem Lacher auf den Lippen, woraufhin er erneut in die Tiefen der Meditation verfiel und seine Kräfte abermals befreite.
„Solche Energie. Wie ist das möglich?", formte Meister Isidron dabei die Worte in seinem Mund, was dazu führte, dass Dexter seine Konzentration erneut verlor und die Energie mit einem Schlag aus seinem Körper entschwand. „Was habt ihr gesagt?", richtete er das Wort an seinen Meister, dessen Blick sich nun zu einem sanftmütigen Lächeln gewandelt hatte.
„Gar nichts, mein Junge. Ich bin nur beeindruckt. Du hast es tatsächlich geschafft deine Energie zu befreien. Gratulation!", meinte er mit freundlichen Worten, woraufhin dem Jungen ein kleiner Lacher entfuhr. „Können wir jetzt endlich anfangen", sprach er daraufhin mit hastigen Worten, während Meister Isidron noch immer über die Ausmaße jener Macht nachgrübelte und nur mit einem Ohr hinhörte.
„Alles in Ordnung?", fragte er darauf, als er keine Antwort von seinem Meister erhielt, woraufhin dieser seine Gedanken beiseite schob und das Wort an seinen Schüler richtete. „Ja, wir werden anfangen. Aber nicht heute. Ich habe einige Dinge zu erledigen. Wir sehen uns morgen früh nach dem Morgenessen in der Bibliothek", sprach er mit schnellen Worten, worauf ein Gefühl der Erleichterung in Dexter aufstieg.
„Endlich hatte er es geschafft. Endlich durfte er jene Gedanken ausleben, welche ihn die letzten zwei Monate hier unten gehalten hatten. Die Gedanken an die tiefen Geheimnisse der magischen Energie und der Gedanke daran sie zu nutzen."

Es war ein kurzes Morgenessen, welches sich nicht sonderlich von dem des vorherigen Tages unterschied, nur dass an Stelle des Käses nun ein mageres Stück Schinken zwischen den Brotlappen lag, nach welchem Dexter frohen Mutes in Richtung Bibliothek spazierte.

Es war ein kurzer Weg vom Speiseraum zu seinem Ziel, weshalb er schon nach wenigen Momenten vor der dicken Eichentür stand und sie mit einem Druck auf die Klinke öffnete. Schon öfters war er in den vergangenen Wochen hier gewesen und hatte sich Bücher über die Geschichte der Welt und Ähnliches ausgeliehen. Hierbei versuchte er stets sein bereits vorhandenes Wissen über diese Welt zu vertiefen.

Hier traf er auf seinen Lehrmeister Isidron, der ihn herzlich empfing und anwies an einem kleinen Tisch im hinteren Teil der Bibliothek Platz zu nehmen. Als er dieser Anweisung nachging, verschwand Meister Isidron kurz, um nach einigen Minuten mit einem Stapel von etlichen Büchern wiederzukommen. Mit einem Knall platzierte er sie direkt vor den Augen des Padavans, der den dicken Stapel Papier leicht aufgeschreckt und argwöhnisch musterte.
„Da du nun endlich fähig bist deine innere Energie zu nutzen, können wir nun endlich zur Magie kommen. Wie du sicherlich weißt, definiert sich die Magie der Götter, wie wir sie so treffend bezeichnen, als die Kraft Energie zu nutzen. Energie, die sowohl aus dem Inneren als auch aus dem Äußeren kommen kann. Wie ich dir gestern bereits ausführlich erläutert habe, besitzen alle Lebewesen Energie. Ein Magier ist ein Mensch, der fähig ist seine eigene Energie zu nutzen und in die Außenwelt zu katapultieren. Dies geschieht in Form von Zauberei“, begann er mit schnellen Worten, wobei er seinen Blick stets auf die Augen Dexters richtete.
„Es gibt viele verschiedene Zauber, wie beispielsweise den Lichtzauber, welchen wir nutzen um unseren Weg zu erleuchten oder den Zauber der Teleportation, durch welchen wir fähig sind unseren Körper durch den Raum zu transportieren“, sprach er weiter, woraufhin er kurz durchatmete um dann seine Erläuterungen fortzuführen.
„Aber jeder einzelne Zauber funktioniert auf die gleiche Art und Weise. Wenn ein Magier einen Zauber sprechen will, dann muss er vorher seine innere Energie befreien. Sobald ihm dies gelingt, hat er all seine Konzentration auf jene zu legen und muss es schaffen einen Teil dieser aus seinem Körper entweichen zu lassen. Je nachdem in welcher Reihenfolge die Energien angeordnet werden, kommt ein anderer Zauber raus“, sprach er, wobei Dexter aufmerksam den Worten seines Meisters lauschte.
„Im Allgemeinen unterscheiden wir zwei Arten der Magie. Die Magie

der Elemente, wie wir all jene Zauber bezeichnen, welche auf der Macht der Elemente basieren, und die Magie des Geistes, wie wir die zweite und kompliziertere Methode der Magie bezeichnen. Außerdem gibt es noch den Lichtzauber, der eigentlich zu keiner der beiden anderen Gruppen gehört. Er ist das, was passiert, wenn ihr eure Energie ohne Anordnung aus eurem Körper entweichen lasst. Ein leuchtender Energieball, der je nach Stärke der benutzten Energie stets über dem Haupt des Erschaffers schwebt, wo er langsam aber sicher verglüht, bis er schließlich komplett in den Bereich der äußeren Energie übergetreten ist. Verstehst du?", woraufhin Dexter nickte. „Dann kannst du mir ja sicher sagen, weshalb der Lichtzauber keiner der beiden anderen Arten untergeordnet werden kann?", entgegnete darauf Meister Isidron, wobei er seinen Padavan mit einem verschmitzten Lächeln ansah.
Dieser verharrte einen kurzen Moment in Stille, in welcher er versuchte die richtige Antwort ausfindig zu machen, bis er nach einiger Zeit den Mund öffnete. „Äh, ja, ich denke, weil die Energie, die beim Lichtzauber frei wird, keine geordnete Reihenfolge besitzt", sprach er, wobei sein Meister ihm mit einem Lächeln zustimmte. „Genau richtig. Du merkst also, es ist von äußerster Wichtigkeit, dass man seine Energien richtig aufbaut. Dies ist der Schlüssel zu wahrhaft großer Macht", sprach er, wobei er bei den letzten Worten prophetisch die Stimme erhob.

„Wenn du so weit alles verstanden hast, werde ich dir nun erklären, wie du deine Energien richtig anordnest. Es ist ein komplexer Vorgang, der für seine Ausführung einige wichtige Dinge benötigt. Erstens, absolute Konzentration. Du musst mit all deinen Sinnen bei dir sein. Mit allen Gedanken und allen Gefühlen. Zweitens und damit auch schon letztens, brauchst du die heiligen Worte der Götter. Worte, welche dir die Fähigkeit geben deine Energien zu bündeln, um somit die Macht unserer Schöpfer auf Erden zu repräsentieren", sprach er weiter, woraufhin er das oberste der Bücher vom Stapel nahm und in der Mitte aufschlug.
„Feuerball, Kategorie Feuerzauber...", las er von der aufgeschlagenen Seite vor, wobei die Aufmerksamkeit Dexters auf den großen Stapel Bücher fiel. Sie besaßen keinerlei Beschriftung auf der Rückseite, weshalb er nicht genau ausmachen konnte, um was es sich bei jenen Werken handelte, aber allem Anschein nach waren es Bücher, in welchen die

verschiedensten Zaubersprüche erläutert waren. Dies schloss der junge Padavan zumindest aus den Vorlesungen seines Meisters, in welchen es gerade um die Details des Feuerball-Zaubers ging. „...machen den Feuerball somit zu einer tödlichen Waffe!“, las Meister Isidron die letzte Zeile jenes Abschnittes vor, woraufhin er das Buch abrupt zuschlug und wieder auf den Stapel legte.
„Was du hier vor dir siehst, sind die gesammelten Werke über einen jeden Zauberspruch, über die wir Magier verfügen. Im Genaueren wären dies auf Seiten der Magie der Elemente: Feuerblitz, Eisblitz, Feuerball, Eisblock, Blitzschlag, Windfaust, Sturmfaust, Granithaut, Rost und Holzverdrehung, wogegen auf Seiten der Magie des Geistes der Teleport, die Telekinese, die Pyrokinese sowie Heilzauber und Schlafzauber stehen. In diesen Büchern sind alle Zauber aufs Genaueste erläutert und erklärt sowie mit ihren jeweiligen göttlichen Worten versehen. Ich erwarte von dir, dass du in den kommenden Wochen jedes dieser Bücher gelesen hast und dass du fähig bist mir jedes einzelne göttliche Wort aufzusagen“, sprach der Magier mit ernsten Worten, wobei es Dexter so vorkam, als ob der Stapel Bücher während jener Anweisung immens in die Höhe schießen würde. „Da werde ich ja eine Weile beschäftigt sein“, entgegnete er darauf, während er seine Freude über diese Botschaft mit einem gespielten Lächeln darbot.
„Grundkenntnisse Magie 1, Grundkenntnisse Magie 2, Feuerzauber, Erdzauber, Luftzauber, Wasserzauber, Magie des Geistes“, sprach er, wobei er das mit Abstand dickste Buch auf den Stapel legte, der sich nun vor dem Padavan bildete.
„Das war’s! Ich wünsche dir die kommenden Monate viel Spaß, und wir sehen uns dann, wenn du mir sagst, dass du bereit dazu bist die nächste Stufe deiner Entwicklung in Angriff zu nehmen. Aber vergiss nicht. Jedes Buch und jedes göttliche Wort“, meinte er mit ernstem Ton, wobei der Padavan sich erhob und den Stapel Bücher in die Hände nahm.

Rasch verabschiedete er sich von seinem Lehrmeister ehe er sich mit dem schweren Stapel unter dem Arm aus der Bibliothek fortstahl, um sich in der Behaglichkeit seiner Kammer dem tieferen Studium der göttlichen Magie zu widmen.

So verstrichen die Tage. Aus Tagen wurden Wochen und aus Wochen Monate, in denen er nichts anderes tat, als in den Büchern der Magier sein Wissen über die verschiedensten Zaubersprüche auszuweiten.
Er lernte, wie es einem Magier möglich ist, die Energien in seinem Körper folgerichtig aufzubauen und wann die einzelnen Sprüche am besten anzuwenden sind. Er erfuhr, was es mit der Sturmfaust und den Feuerbällen auf sich hatte, und er gewann einen tiefen Einblick in die theoretische Zerstörungskraft eines Magiers, bis er nach insgesamt fünf Monaten schließlich vor der Tür zur Kammer seines Meisters stand und mit leichtem Klopfen um Einlass bat.
Dieser kam daraufhin sogleich an die Tür und durfte dort mit einem Lächeln feststellen, dass sein Padavan endlich zurückgekehrt war. Zurück aus den Tiefen der Bücher, welche ihn die Monate über in ihrem Bann gehalten hatten und zurück aus den Zeiten der theoretischen Vertiefung. „Du hast also deine Aufgabe vollendet“, sprach er nach einer kurzen Begrüßung, wobei Dexter ihn lächelnd ansah. „Ja, Meister!“, erwiderte er, woraufhin er ins Innere der Kammer gebeten wurde. Er trat sogleich ein und ließ sich auf einem kleinen Sessel nieder.

Nach einem Moment der Stille war er es dann selbst, der jene durchbrach und die Worte an seinen Meister richtete. „Fünf lange Monate waren es, in denen ich die Bücher, welche ihr mir gabt, studiert habe. Einen jeden einzelnen Zauber habe ich aufs Tiefste verinnerlicht, aber dennoch muss ich gestehen, dass ich glaube, dass ich es nicht schaffe die Magie der Götter anzuwenden“, sprach er mit betrübter Stimme, worauf sein Meister ihn verwirrt anblickte.
„Wisst ihr, Meister...“, sprach er dann ohne eine weitere Reaktion seines Lehrers abzuwarten. „Es vergingen viele Stunden, in denen ich versuchte auszuprobieren, was ich lernte. Aber jedes Mal, wenn ich einen Versuch startete, scheiterte ich. Noch kein einziges Mal ist es mir gelungen einen der vielen Zauber zu sprechen. Nicht einmal einen Feuerblitz oder einen Lichtball hab ich hinbekommen“, sprach er mit hastigen und verwirrten Worten, als Isidron ihn plötzlich mit einem lauten „Schweig!“ unterbrach.
„Denkst du wirklich, du müsstet nur deine Energie konzentrieren und einige Worte sagen, und dann könntest du zaubern?“, sprach er ohne eine

Sekunde zu verlieren, woraufhin Dexter ihn überrascht ansah.
„Es erfordert weit aus mehr als das. Die Energie und die Worte sind nur die Grundlage, du Narr. Und bevor ich dir zeige, was ich damit meine, wollen wir erst mal überprüfen, ob du wirklich einen jeden Zauberspruch aufs Tiefste verinnerlicht hast", sprach er mit ärgerlichen Worten weiter, woraufhin der Padavan mit betrübtem Gemüt zu Boden blickte und in einen kurzen Moment der Scham verharrte, in welchem er versuchte seine Gedanken zu ordnen um den fragenden Meister nicht zu enttäuschen.

„Also, dann lass mal hören, was du so alles weißt", meinte der Magier nach einem Moment der Stille, welchen er seinem Schüler zugestand um das Wissen über die Magie in seinem Kopf zu ordnen, woraufhin Dexter den Mund öffnete.
„Es gibt zwei Arten der Magie. Die Magie der Elemente und die des Geistes. Zu der Magie der Elemente gehören all jene Zaubersprüche, deren Erscheinung auf die Grundlage der Elemente zurückgeht. Dies wären im Allgemeinen Feuerzauber, Wasserzauber, Luftzauber und Erdzauber, wobei jede Kategorie verschiedene Arten der Zauber beinhaltet. So gibt es zum Beispiel in der Kategorie Feuerzauber sowohl den Feuerblitz als auch den Feuerball, die sich sowohl in ihrem Schwierigkeitsgrad, das heißt in der Menge der aufzubringenden Energie, als auch in ihrer Erscheinung unterscheiden. Des Weiteren kennt die Magie noch die Wasserzauber: Eisblitz, Blitzschlag und Starre sowie den Erdzauber der Granithaut, einen sehr effektiven Schutzzauber, den ein geübter Magier zeitgleich mit den verschiedensten Angriffszaubern anwenden kann. Zusätzlich gibt es noch die Wind- und Sturmfaust auf Seiten der Luftzauber. Ein jeder Spruch besitzt dabei seine eigene Reihenfolge der inneren Energie, welche mit Hilfe der göttlichen Worte, die uns unsere Götter vor vielen Jahrtausenden überlieferten, geschaffen werden kann."

„Gut, da du schon mal dabei bist, nenn mir bitte einmal jedes dieser Wörter, bevor du mit der Lehre über die Magie des Geistes fortfährst", unterbrach Meister Isidron seinen Padavan, womit dieser jedoch bereits gerechnet hatte, weshalb er sogleich seine Worte fortführte.
„Also, wenn man einen Zauber des Feuers sprechen will, kann man entweder den ‚ardor calor bienda' oder den weniger schwierigen ‚ardor ca-

lor lessat‘ verwenden. Um einen Eisblitz zu schleudern, benötigt man die Worte ‚helado lessat‘, wogegen ein Blitzschlag mit ‚lessat extendo‘ benannt ist. Die Starre, welche durch die drastische Abkühlung eines Körpers erzielt wird, wird mit ‚afriendo inledat‘ erzeugt. Daneben gibt es noch die ‚tarmenda fiestas‘ sowie die ‚viento fiestas‘, welche sich als Sturm- bzw. Windfaust äußern. Als letztes gibt es dann noch die ‚sierres amaras‘, die Granithaut, welche den Körper eines Magiers wie eine dicke Rüstung umschließt“, sprach Dexter mit freien Worten, worauf das ernste Gesicht, welches der Magier zuvor aufgelegt hatte, langsam aber sicher einem Lächeln wich.

Ohne eine weitere Reaktion seines Meisters abzuwarten, fuhr der Padavan mit seiner Erläuterung fort.
„Wie bereits erwähnt, gibt es neben dieser Elementmagie noch eine höhere Stufe der Magierkunst. Als Magie des Geistes wird jene bezeichnet, und zu ihr gehören die Sprüche der Telekinese, durch welche ein Magier fähig ist durch die Kraft seiner Gedanken jegliche Gegenstände oder Personen durch die Luft schweben zu lassen, und die Pyrokinese. Diese hohe Kunst der Magie ist die Fähigkeit eines Magiers ohne äußerlich sichtbare Anzeichen die inneren Energien eines Feindes zu verbrennen und ihn somit zu vernichten. Daneben gibt es noch den Teleport, durch welchen ein Magier je nach Größe seiner Energien unterschiedliche Strecken durch den Raum reisen kann, und die Gestaltwandelung, durch welche ein Magier die Gestalt einer jeden anderen Person einnehmen kann. Zuletzt gibt es noch den Schlafzauber und den Zauber der Heilung, mit welchem ein Magier selbst schwerste Verwundungen in Windeseile heilen kann, vorausgesetzt, er besitzt ausreichend innere Energie, versteht sich“, erläuterte der junge Padavan mit schnellen Worten, wobei das Grinsen auf dem Gesicht seines Meisters von Wort zu Wort ein kleines Stückchen breiter zu werden schien.
„Sehr gut. Wenn du mir jetzt noch die göttlichen Worte für diese sechs Zauber nennen kannst, sehe ich diese Stufe deiner Ausbildung als beendet, so dass wir uns daran machen können die viele Theorie endlich in die Praxis umzusetzen.“

Mit einem fröhlichen Lächeln nahm Dexter diese Worte auf, wobei ein

Gefühl der Spannung und Vorfreude seinen Geist befiel. So brauchte er nur wenige Sekunden des Erinnerns, bis er sich in der Lage sah, jene wichtigen Worte zu benennen. „Telekinese beschwört ein Magier mit den Worten ‚objecto venir'. Die Pyrokinese mit ‚espiritus incendio' und den Teleport mit ‚transportare cuerpo'. Außerdem kann ein Magier mit den Worten ‚estatua transformatica' seine Gestalt wandeln und mit den Worten ‚curacion cuerpo' und einer Handauflegung ein anderes Lebewesen heilen. Als letztes gibt es noch den Zauber des Schlafes, durch welchen ein Magier jedes andere Wesen, welches auf dieser Erde wandelt, mit dem göttlichen Wort ‚sueno' in einen tiefen Schlaf zwingen kann", sprach er, wonach sein Meister lobend in die Hände klatschte und sich von seinem Sessel erhob. „Sehr gut, mein Padavan!", sprach er dann mit freudiger Stimme, worauf Dexter ihn mit stolzer Brust ansah.
„Du besitzt nun also das Wissen, welches du brauchst um jene Zauber ausführen zu können, und die innere Energie, welches dies überhaupt erst möglich macht. Das Letzte, was dir nun fehlt, ist das Wissen und die Fähigkeit diese geordneten Energien aus deinem Körper zu katapultieren. Denn nur dadurch wird es dir möglich sein die Magie nicht nur in deinem Kopf entstehen zu lassen", erklärte Meister Isidron darauf, wobei die Augen Dexters neugierig seinen Lippen folgten. „Bevor wir also nun damit beginnen werden diesen so wichtigen Vorgang einzustudieren, will ich von dir wissen, ob du noch irgendwelche Fragen hast. Irgendwelche Fragen über das, was du in den vergangenen Monaten gelernt hast."

Es brauchte Dexter kurz, bis er verstand, was sein Meister von ihm wollte, woraufhin er begann in den Erinnerungen aus den vergangenen Monaten zu wühlen. Stets auf der Suche nach irgendwelchen Fragen, die ihn zu dieser Zeit beschäftigt haben könnten. Aber je mehr er in den aberhundert Informationen, die er in den vielen Büchern aufgesaugt hatte, forschte, desto klarer wurde ihm, dass er keinerlei Fragen mehr hatte. Daher schüttelte er den Kopf und ließ mit einem klaren „Nein!" verlauten, dass der Meister mit seiner Ausbildung fortfahren konnte.

„Sehr gut. Dann denke ich, können wir morgen anfangen", sprach er darauf mit freudiger Stimme, wodurch der Padavan ein klein wenig in seiner Vorfreude gedämpft wurde.

„Ich dachte, wir fangen gleich an“, erwiderte er darauf, um seiner Enttäuschung ein wenig Luft zu machen, woraufhin der Magier ihn lächelnd ansah. „Es ist ein langer Weg von hier aus in die Höhlen der Magie“, meinte er dabei, weshalb ihn der Dexter überrascht ansah. „Höhlen der Magie?“, wiederholte er die Worte des Mannes, wodurch Meister Isidron klar wurde, dass der junge Padavan in all den Monaten noch nichts von jenen Höhlen gehört hatte.
„Hast du dich noch nie gefragt, wo eigentlich die ganzen anderen Padavane sind?“, entgegnete der Magier darauf, was bei dem Schüler jedoch lediglich noch größere Verwirrung produzierte. „Andere Padavane?“, wiederholte er erneut seinen Meister, der ihn darauf mit bekanntem Lächeln ansah.
„Du wusstest also nicht einmal, dass es noch mehr Padavane gibt, welche gerade im Begriff sind die Lehren unserer Magie zu studieren? Circa 13 sind es meines Wissens momentan, die sich jedoch alle bereits mindestens im zweiten Jahr befinden. Daher kommt es nur sehr selten vor, dass sie hier in den Wohnhöhlen aufzufinden sind. Die meiste Zeit verbringen sie woanders. In den so genannten Höhlen der Magie. Wie diese hier, so befindet sich auch die der Magie tief unter dem Gebirge. Da es jedoch zu gefährlich war junge Padavane, welche gerade dabei sind ihre Energien zu erfahren, inmitten der Wohnanlage trainieren zu lassen, entschieden wir uns für ein Areal einige Kilometer entfernt. Es war rein zufällig, dass einige der Magier auf einer Wanderung durch das Gebirge auf jene Höhlen stießen. Wie hier in Verduin ist auch die Höhle der Magie durch die Kraft unterirdischer Flüsse entstanden. So fanden wir einen nahezu perfekten Platz für die magische Ausbildung unserer Padavane, die dort in aller Ruhe und ohne die Gefahr, dass ein Zauber, falls er außer Kontrolle geriete, Schaden anrichten könnte, die Macht in sich selbst kennen lernen konnten“, sprach darauf Meister Isidron mit für Dexter einleuchtenden Worten.
„Daher brechen wir erst am morgigen Tag auf!“, beendete er seine Erläuterung, woraufhin der Padavan mit einem leisen „Ich verstehe!“ anmerken ließ, dass er sich damit abfand.

So verabschiedeten sich Schüler und Lehrmeister mit einem kräftigen Handschlag, bei welchem der Magier seinem Padavan noch mitteilte, dass er am folgenden Morgen nach dem Morgenessen mit all seinem Gepäck an den Treppen des Magierbaus auf ihn warten sollte, woraufhin Dexter mit gemischten Gefühlen die Kammer verließ.

So geschah es, dass sie am folgenden Morgen die Hallen von Verduin verließen, um einen langen und verschlungenen Pfad durch das Gebirge in Angriff zu nehmen.
Es war Meister Isidron, der dabei immer wieder anmerken ließ, dass die Magier diesen Weg gewöhnlich mit der Teleportation zurücklegen würden, wodurch Dexter ersichtlich wurde, dass die lange Strecke seinen Meister wesentlich mehr verärgerte als ihn selbst.

So verstrichen Stunde um Stunde, in welchen sie durch die tiefe Finsternis der Gebirge wanderten, bis Dexter in weiter Ferne auf einmal die ersten Anzeichen von menschlichem Leben erspähte. Es war ein schwaches, flackerndes Licht, welches bis in den tiefen Gang leuchtete und die Gemüter der beiden Reisenden höher schlagen ließ.
„Endlich!“, war dabei der Gedanke, der sowohl dem Padavan als auch Meister Isidron durch den Kopf schoss, während sie mit beschleunigtem Schritt versuchten den letzten Rest ihres Weges möglichst schnell hinter sich zu bringen.
Nach wenigen Augenblicken fanden sie sich schließlich inmitten einer etwas größeren Höhle wieder. Für Dexter war es ein freudiger Moment, als sie endlich ihren Fuß aus dem Gang setzen konnten und mit großen Schritten durch die Höhle wanderten. Überall an den Wänden waren große Holzfackeln zu erkennen, die in einer immer wiederkehrenden Harmonie ein sanftes Licht in das Innere des Raumes abstrahlten.
Dies war auch mehr als wichtig, da hier aufgrund der fehlenden Sonne und dem fehlenden Energieball ansonsten totale Finsternis herrschen würde. Auf ihrem Weg durch die lang gezogene, relativ flache Höhle sah Dexter nun zum ersten Mal seit seiner Ankunft in den Hallen von Verduin andere Padavane, die gemeinsam mit ihren Meistern versuchten die Macht der Magie zu nutzen. Es waren etwa zehn Lehrpaare, die hierbei im Raum verteilt ihren Übungen nachgingen, von welchen ein jedes die Neuankömmlinge aufs Schärfste musterte.
Es war ein seltsames Gefühl, welches Dexter dabei durchfuhr, und so war

er erleichtert, als sie die Halle hinter sich ließen und erneut in einen Gang spazierten. Da dieser im Gegensatz zu ihrem vorherigen auch beleuchtet war, ließ den Padavan Seleas vermuten, dass hier die Schlafkammern untergebracht waren. Wie sich später herausstellte, waren es insgesamt sieben Räume, die im Anschluss an die Trainingshöhle in den Stein gehauen waren, von welchen sechs Schlafräume darstellten und ein siebter eine Art Gemeinschaftsraum. In jedem Schlafraum waren mindestens zwei Personen untergebracht, was die kleinen, etwa neun Quadratmeter großen Räume nicht attraktiver machte.

„Also, wie du dir sicher schon gedacht hast, wirst du die nächsten Monate beziehungsweise Jahre hier verbringen. Du wirst hier essen, schlafen und trainieren", sprach auf einmal Meister Isidron, als sie langsam durch den Gang schlenderten und schließlich vor einer kleinen Tür halt machten. „Hier wirst du schlafen!", sprach er dabei weiter, während er die Türe mit einem Druck auf die Klinke öffnete und den Blick auf das kleine Räumchen freigab.
Es war kühl und düster, wobei im Schatten der Fackeln, welche den Gang erhellten, lediglich zwei große Schatten zu erkennen waren. Dies führte dazu, dass der Magier eine der Fackeln aus ihrer Halterung nahm und damit den Raum ins Licht setzte. Doch entgegen seinen Hoffnungen konnte Dexter im Flackern der Fackel auch nicht wesentlich mehr sehen als dass die beiden großen Schatten auf zwei Betten zurückzuführen waren, weshalb er den Blick vom Zimmer ab zu den Augen des Meisters wendete.
„Was ist mit euch? Werdet ihr jeden Tag diesen Weg auf euch nehmen, oder bleibt ihr auch hier?", fragte er, worauf Meister Isidron ein kleiner Lacher entfuhr. „Nein, ich reise jeden Tag zurück in die Hallen von Verduin. Wie ich aber auf unserem Hinweg schon des Öfteren angedeutet habe, werde ich dies nicht per Fuß, sondern durch die Macht der Teleportation tun", entgegnete er, worauf Dexter ihn neidisch anblickte.
Von seiner jetzigen Situation aus, in der er ein karges, kleines Zimmer mit einer Person teilen musste, kam ihm das kleine Zimmer im Bau der Magier wie ein Palast vor, was dazu führte, dass seine Begeisterung die kommenden Jahre hier zu verbringen von Sekunde zu Sekunde weiter abnahm.
Doch nach einigen Minuten der Gedankenfahrt schluckte er jene letztlich

runter und blickte von neuem in dem kleinen Zimmer umher. Erst jetzt erkannte er, dass eines der Betten bewohnt zu sein schien, was er aus den Schuhen, welche ein wenig unter dem Bett hervorragten, schloss. „Das bedeutet dann also, das hier ist meins“, sprach er letztlich mit einem Quantum Ironie in der Stimme, woraufhin er sein Gepäck auf dem freien Bett niederfallen ließ, als Meister Isidron das Wort an ihn richtete.
„Bevor wir nun gleich mit deinem praktischen Unterricht anfangen, will ich dir noch kurz einige Dinge sagen“, begann er, wobei Dexter ihn aufmerksam ansah. „Ich will dich nochmals daran erinnern, dass du keinem der anderen von deiner wahren Identität berichtest. Für die bist und bleibst du ein neuer Padavan mit Namen Seleas aus dem Königreich Ogirion. Zumindest ist es das, was die anderen von ihren Meistern mitgeteilt bekommen haben. Also, was auch immer du tust, bleib bei dieser Geschichte. Außerdem ist es wichtig, dass du einige Regeln befolgst. Erstens, verlasse die Höhlen niemals ohne Erlaubnis. Glaub mir, es gibt noch weitaus gefährlichere Geschöpfe als uns Magier, die hier unten in den Tiefen des Gebirges Zuflucht gefunden haben, und ich rate dir, halte dich fern von ihnen. Zweitens, und damit bin ich auch schon am Ende, befolge immer die Anweisungen, welche dir von einem höheren Magier aufgetragen werden. Auch wenn sie nicht immer ganz einleuchtend für dich sein mögen“, sprach er mit schnellen aber klaren Worten, woraufhin er seinem Schüler ernst ins Gesicht blickte.
„Alles verstanden?“, meinte er schließlich mit klarer Stimme, worauf Dexter bestätigend nickte. „Gut!“, entgegnete darauf der Magier, dessen ernste Miene sich langsam zu einem Lächeln wandelte, während der Padavan seine Waffen ablegte und zusammen mit seinem restlichen Gepäck in einem Schubkasten unter seinem Bett verstaute.

So verging ein wenig Zeit, nach welcher sie aus dem kleinen Raum verschwanden, die Fackel wieder in ihre Halterung steckten, um daraufhin aus dem Gang in die weitläufige Höhle zurückzukehren. Hier schritten sie erneut an einigen Meistern und deren Padavane vorbei, die diesmal jedoch keine Sekunde von ihren Übungen abließen, woraufhin sie in einen kleinen Gang zu ihrer linken abbogen.
Auch dieser war beleuchtet und ließ dadurch an seinen Seiten drei Türen erkennen, die allesamt in die gleiche Richtung ausgerichtet waren. „Das

hier sind die Räume, in welchen wir zunächst die Grundlagen erlernen werden. Erst wenn du deine Macht richtig zu kontrollieren vermagst, werden wir gemeinsam mit den restlichen Padavanen in der äußeren Halle trainieren. Doch vorerst...“, sprach er, wobei er eine der Türen öffnete, als plötzlich ein gewaltiger Lichtblitz aus dem Inneren des Raumes schoss. Erschrocken unterbrach der Magier bei dieser Erscheinung seine Worte, woraufhin er schnell die Türe schloss und Dexter ein wenig verunsichert anlächelte.
„Scheinbar besetzt“, meinte er darauf mit einem kleinen Lacher, woraufhin er einige Schritte zur Seite ging und die nächste Tür öffnete. Da diesmal kein Lichtblitz durch den Raum zuckte, als er die Türe ein kleinen Spalt öffnete, schlug er sie mit einem Male ganz auf und eröffnete so dem Padavan einen Blick auf einen etwa vier Meter hohen und fünf auf fünf Meter großen Raum, in welchem außer einem Tisch, einem kleinen Regal und zwei Hockern nichts untergebracht war.
„Da wären wir“, sprach Meister Isidron dabei, der mit langsamen Schritten und einer Fackeln in der Hand in den Raum trat und jene an einer Halterung am anderen Ende befestigte. „Komm nur herein und schließ die Tür hinter dir“, meinte er daraufhin mit freundlicher Stimme, weshalb Dexter tat wie ihm gewiesen wurde.

„Wir sind also hier um dir die Grundlagen der Magie zu übermitteln. Wie du bereits weißt, kannst du Magie nur mit Hilfe deiner inneren Energie erschaffen. Dabei ist es das Wichtigste, dass du deine Energie absolut konzentrierst. Sie muss zu jeder Sekunde einsatzbereit sein. Da dies mit das Wichtigste ist, werden wir, bevor wir das reale Zaubern erlernen, die nächsten Tage erst mal damit verbringen deine Energie zu kontrollieren. Darum bitte ich dich, dich zu konzentrieren und deine Kraft zu entfalten“, sprach der Meister, woraufhin sein Padavan langsam die Augen schloss und versuchte seinen Blick tief in sein Innerstes zu lenken.
Es brauchte ihn einige Zeit, bis es ihm schließlich gelang sämtliche nebensächlichen Gefühle abzuschalten und seine Konzentration voll und ganz auf diesen einen Weg zu lenken, bis nach einigen Momenten plötzlich wie durch eine Explosion in seinem Inneren die Kraft entfacht wurde. Erneut führte dies bei Isidron zu großem Staunen, der sich davon jedoch nichts anmerken ließ, während er den Schüler mit seinen Worten

leitete. „Sehr gut, das Wichtigste ist nun, dass du deine Konzentration nicht verlierst“, sprach er, woraufhin plötzlich die Kraft aus dem Körper Dexters verschwand und dieser seinen Meister verwirrt anblickte.
„Wie soll ich mich ganz und gar auf mein Inneres konzentrieren, während ihr mit mir redet?“, fragte er dabei den Magier, der ihn mit ernster Miene anblickte. „Du musst ganz einfach versuchen die tiefe Konzentration nicht von äußerlichen Erscheinungen ablenken zu lassen. Du musst lernen mich und meine Worte wahrzunehmen sowie selbst Worte zu verlieren, auch wenn deine Konzentration nicht dabei ist. Eine Art zweites Bewusstsein brauchst du!“, sprach er, worauf Dexter ein wenig verunsichert dreinblickte.
„Zweites Bewusstsein?“, ging es ihm durch den Kopf, während er versuchte sich darüber klar zu werden, was das sein könnte. Erst als der Magier weitersprach, verstand der Padavan schließlich, dass es nichts anderes war als das Unterbewusstsein.
„Er musste durch sein Unterbewusstsein die Geschehnisse der Außenwelt aufnehmen, während sein Bewusstsein auf der Konzentration der inneren Energie liegen würde“, schoss es ihm durch den Kopf, woraufhin er sogleich versuchte jenes in die Tat umzusetzen.
Doch entgegen seiner Hoffnung wollte dies nicht so wirklich funktionieren, was dazu führte, dass er an jenem Tage über 50 Versuche startete, sein Unterbewusstsein stärker einzuschalten. Es dauerte lange und war zunehmend anstrengender, aber letztlich gelang es ihm endlich.
Wie ein jedes Mal zuvor war er auch bei diesem Versuch in eine tiefe Konzentration gefallen und hatte seine innere Energie erweckt, die sich dann schlagartig in seinem Körper ausbreitete. Wie ein jedes Mal zuvor, so hatte auch der Magier diesmal das Wort ergriffen, um die Aufmerksamkeit auf sich zu lenken, aber anders als bei den Versuchen zuvor bildeten die Worte des Magiers diesmal nur die Rolle eines unwichtigen Gedankens, der irgendwo im Kopf des Padavans umherfegte. Auch wenn es ihm zu jener Zeit noch nicht gelang selbst Worte durch sein Unterbewusstsein zu äußern, so schaffte er es zumindest die Worte des Magiers aufzunehmen ohne seine Konzentration von der Energie, welche seinen Körper durchströmte, abzuwenden. Dies war ein großer Schritt, den er an jenem Tage in Richtung der Anwendung dieser Magie gemacht hatte, was dazu führte, dass er einige Stunden später mit einem Gefühl der

Zufriedenheit den Übungsraum verließ. Gemeinsam mit Meister Isidron schritt er durch die lange Halle zurück zu den Wohnräumen, wo sich die beiden letztlich verabschiedeten und der Magier in einer Wolke aus blauem Dunst verschwand.
Als die letzten Zeichen dieses Zaubers verschwunden waren, machte sich auch der Padavan Seleas daran seine Schlafkammer aufzusuchen, wo er ganz unerwartet auf seinen neunen Zimmerkollegen traf.
„Ah, du bist der Neue!“, sprach dabei eine kratzige Stimme, sogleich als Dexters Kopf in der Türe zur Schlafkammer erschien. Sie stammte von einem Jungen, so um die 18 Jahre, der mit einem Brot in der Hand auf seinem Bett lag und immer wieder einen kleinen Brocken abriss und in seine Mundöffnung katapultierte. „Ja, ich bin Seleas!“, entgegnete Dexter darauf, als er komplett in dem kleinen Raum war und die Türe hinter sich schloss. „Würde mir an deiner Stelle erst noch was zu futtern holen, bevor es nix mehr gibt“, sprach der Padavan, als er erkannte, dass sein neuer Zimmergenosse sich ebenfalls auf seinem Bett niederlassen wollte. Als diese Worte jedoch an sein Ohr drangen, erinnerte Dexter sich auf einmal an den knurrenden Magen, der ihn schon seit einigen Stunden begleitet hatte, weshalb er sogleich dem Rat seines Zimmerkameraden nachging.
Wie er von Isidron bereits bei ihrer Anreise erfahren hatte, gab es sowohl morgens als auch abends Essen, wozu jeder Padavan für den Tag eine Art zusätzliches Lunchpaket bekam. Dieses konnte man sich dann für den Tag einteilen. Da es dieses jedoch bereits zum Morgenessen gab, hatte Dexter an jenem Tag nichts davon abbekommen, was dazu führte, dass er mit recht großem Hunger den Raum hinter sich ließ und mit großen Schritten in den Gemeinschaftsraum eilte.
Da hier zu jener Stunde außer einem alternden Magier, der das Essen ausgab, keiner zu sehen war, bewegte Dexter sich schnell auf diesen zu und holte sich sein verdientes Abendbrot.
Danach kehrte er in seine Kammer zurück. Hier verschlang er nun mit großem Genuss die drei Scheiben Brot, welche er hatte absahnen können, wobei er wie sein Zimmerkamerad, der im Übrigen auf den Namen Dekust hörte, das Essen in seinem Bett zu sich führte.

„Diese kleinen Räume hier sind echt das Letzte!“, sprach auf einmal der

junge Mann, welcher seit seinem Rat mit dem Essen nichts mehr von sich gegeben hatte. Ein wenig überrascht wendete sich Dexters Blick in seine Richtung, wobei er im faden Schein der kleinen Kerze, welche auf einem Nachttisch zwischen ihren Betten stand, nur wenig von dem Gesicht auf der anderen Zimmerseite erkennen konnte. „Wie lang bist du schon hier?“, war dann die Frage, mit der Dexter letztlich das Eis zwischen ihnen brach und woraus eine lang andauernde Unterhaltung entstand.
In dieser erfuhr er, dass Dekust seit zwei Jahren hier war und dass er der Sohn zweier Magier sei. Sein Vater war ein Hoher Magier, der gerade selbst einen anderen Padavan unterrichtete, und seine Mutter war eine Magierin, die im Moment auf einer Mission in Ogirion sei.
Dexter selbst erdichtete sich seine eigene kleine Geschichte, die er Dekust äußerst glaubwürdig verkündete. Er erzählte, dass er ebenfalls der Sohn zweier Magier sei, die jedoch auf Befehl des Königs getötet wurden. Im Untergrund hatten sie gelebt, immer in der Angst vor dem König von Ogirion, bis sie verraten wurden und seine Eltern ihr Leben lassen mussten. Von da an lebte er alleine und ohne Ziel in seinem Leben, bis er auf einer seiner Reisen auf Menschen gestoßen war, die wie seine Eltern Magier waren. Diese brachten ihn dann hierher und seitdem studiere er hier die Macht der Magie.

Auch wenn er im Nachhinein einige Stellen erkannte, aus denen ein Kenner Parallelen zu seinem wahren Leben hätte ziehen können, so war er sich dennoch sicher, dass Dekust ihm glaubte, weshalb der Zauber der Unterhaltung für einige weitere Stunden auf den beiden jungen Männern haftete, bis letztlich die Müdigkeit einen jeden in das Reich der Träume versinken ließ.

So begann für den jungen Padavan schließlich die Ausbildung zum Magier. Es waren unzählige Stunden, die er unter der Aufsicht seines Lehrmeisters verbrachte. Tage vergingen, Wochen verstrichen, bis es Dexter eines Tages gelang das erste Mal seine innere Energie so zu kontrollieren, dass er sie durch seine Hände in die Außenwelt schleudern konnte. Es war keine geordnete Energie, kein wirklicher Zauber, sondern einfach eine Kugel aus Energie, die von jenem Moment an noch öfters über dem Haupt des Padavans schweben sollte.

So vergingen weiterhin die Wochen. Aus Wochen wurden Monate und aus Monaten Jahre, in denen Dexter ohne Ausnahme die Einzelheiten der Magie und die Anwendung dieser verinnerlichte.
Nicht immer unter der Aufsicht seines Meisters Isidron wurde so aus dem jungen Soldaten ein Anhänger des alten Glaubens, der nach drei Jahren hartem und kräftezehrendem Training zum ersten Mal die Höhlen der Magie verließ. Es war ein ungeheuerliches Gefühl, das bei jener Aktion seinen Körper durchfuhr.
Zum ersten Mal seit der Erlernung vor etwa sechs Monaten sollte er einen Teleportzauber mit ganzer Kraft anwenden, und so verschwand er für einige Sekunden in tiefster Meditation, bis ausreichend Energie für den Teleport in die Höhlen von Verduin den Körper durchschweifte. Darauf öffnete er sofort die Augen und formte langsam die Worte „transportare cuerpo" in seinem Geist, wobei er mit aller Kraft an den Vorplatz des Tempels dachte. Auch wenn die Bilder schon arg verschwommen waren, zeigten sie dennoch der magischen Kraft das Ziel des Mannes, weshalb er seine Hände ausstreckte, als befände sich eine Kugel in ihrer Mitte, die er mit aller Kraft festzuhalten versuchte.
Erst jetzt setzte plötzlich der Moment ein, an dem die Auswirkungen seiner insgesamt vierjährigen Ausbildung deutlich wurden.
Durch die gewollte Aussendung der inneren Energie bildete sich eine kleine, blau leuchtende Kugel inmitten der beiden Hände des Padavans, die von Sekunde zu Sekunde anwuchs, bis sie plötzlich mit einem Schlag über die Ränder der Finger sprang und sich in einem Zug über seinen Körper ausbreitete. Blitzschnell, ohne dass es das menschliche Auge so wirklich wahrnehmen könnte, zerfiel die Gestalt des Körpers, wobei nichts weiter als seine von blau schimmerndem Nebel gestalteten Umrisse zurückblieben.

Kapitel 14 - Dexters Bürde

Es war ein Moment wahrhaftiger Zauberei, als plötzlich eine kleine, blau leuchtende Energiekugel inmitten des Tempelvorplatzes erschien, aus der sich letztlich die Gestalt des Padavan Seleas bildete. Überdeckt von einem sanften Schimmern stieg in diesem ein tiefes Gefühl der Erleichterung auf, als er das erste Mal seit drei Jahren auf den sich vor ihm erstreckenden Tempel blickte.
„Geschafft!", schoss es ihm dabei durch den Kopf, als plötzlich etwa zwei Meter neben ihm die Gestalt seines Lehrmeisters erschien.
Dieser blickte seinen Schüler mit einem Lächeln an, wobei Dexter nicht darum kam jenes zu entgegnen. „Harte Jahre liegen nun hinter dir, mein junger Schüler, und ich muss sagen, ich bin mehr als stolz auf dich. Auch wenn ich am Anfang so meine Zweifel hatte, muss ich nun im Nachhinein sagen, dass du mit Abstand einer der talentiertesten jungen Männer bist, welche ich jemals in der Welt der Magie gesehen habe. Keinem ist es bisher gelungen seine Ausbildung nach nicht mal ganz vier Jahren zu beenden und keiner hat es bisher geschafft alle Sprüche unserer Magie in gerade einmal drei Jahren zu erlernen. Ich bin wahrlich stolz auf dich", sprach er mit einem Funken Traurigkeit in der Stimme, welche zum Ende der Rede langsam zu einer kleinen Flamme anwuchs.
Dennoch erhob er von neuem die Stimme, nachdem er einige Sekunden in Stille verbracht hatte. „Ich hoffe, du wirst nun in die Fußstapfen deiner Zukunft treten können, mein junger Padavan. Im Übrigen, diese Bezeichnung wirst du nicht mehr sonderlich lange tragen. Bereits morgen, hat mir der Rat mitgeteilt, sollst du in einer feierlichen Zeremonie in die Reihen der Magier aufgenommen werden, wodurch deine Ausbildung ihren Abschluss finden wird."

Es war ein kleiner Schock, der bei jenen Worten Dexters Geist durchfuhr. „Morgen?", entgegnete er mit überraschter Stimme, woraufhin sein

Lehrmeister bestätigend nickte.
„Morgen?“, ging es Dexter dann durch den Kopf, als ihm klar wurde, dass nun die Zeit gekommen war, in der er beweisen musste, ob er den ganzen Aufwand tatsächlich wert war. Ob er wirklich derjenige war, der die Wende dieser Welt bestimmen sollte oder ob alles nichts als reine Fiktion war. Noch lange quälten ihn diese Gedanken an jenem Tag, auch als er sich bereits von seinem Lehrmeister verabschiedet hatte und nach einem kurzen Gang durch die Tunnel in seinem kleinen Zimmer lag.

Mit unsicherem Blick und einem unruhigen Gefühl im Magen lag er dort auf seinem Bett und wanderte durch seine Gedanken. Noch kein einziges Mal hatte er sich in den vergangenen drei Jahren seiner Ausbildung mit jenem Moment auseinandergesetzt. Noch nie hat er sich gefragt, was passieren würde, wenn er das Wissen der Magie, welches er nun besaß, kennen würde. Noch nie hatte er sich darüber Gedanken gemacht, was nach der Ausbildung auf ihn zukommen würde. Noch nie hatte er einen Gedanken daran verschwendet, wie er überhaupt im Namen der Götter einen Weg finden sollte, das Schicksal, welches ihm so viele zusprachen, zu erfüllen. Doch nun, als er so in seiner stillen Kammer lag, schossen ihm all diese Gedanken durch den Kopf und schufen eine große Verwirrung darin. Denn wenn er ehrlich war, hatte er keine Vorstellung davon, wie es ihm gelingen sollte, den seit Jahrtausenden herrschenden Konflikt zwischen Magie und Schwert zu beenden.

So quälte ihn diese Frage an jenem Tag noch lange, bis schließlich die Müdigkeit langsam aber sicher die unruhigen Gedankenfahrten beendete und der tiefe Schleier der Träume über ihn fiel.

Es war ein hämmerndes Klopfen, das jenes Schauspiel am nächsten Morgen beendete und ihn mit einem Schrecken aus seinem Schlaf riss. „Wer könnte das sein?“, ging es dabei dem Padavan durch den Kopf, als er auf einmal die Stimme seines Lehrmeisters vernahm. „Aufstehen, Seleas!“, rief dieser durch die Tür, woraufhin er seinem Schüler verkündete, dass in nicht einmal einer halben Stunde die Zeremonie beginnen würde.
Dies führte dazu, dass Dexter wie von einer Wespe gestochen aus dem Bett sprang, sich schnell einige Kleider überwarf um daraufhin seinem

Lehrmeister die Tür zu öffnen. „Komm, wir essen noch schnell was, und dann machen wir uns auf den Weg zum Tempel", sprach dabei jener, als Dexter ihn mit einem Lächeln begrüßte. Da der Padavan zu jenem Moment nicht wenig Hunger hatte, begrüßte er diesen Vorschlag sehr, was letztlich dazu führte, dass er die gewaltigen Steinblöcke erst kurz nach eigentlichem Beginn der Zeremonie mit seiner eigenen Kraft zur Seite schob und damit den Weg ins Innere des Tempels freigab.

Auch wenn der sich ihm hierbei aufdrängende Anblick sich nicht sonderlich von seinem ersten unterschied, so ging er dennoch frohen Mutes ins Innere, wo am anderen Ende eine Gruppe von fünf Leuten auf ihn wartete. Wie bei seiner Ankunft vor vier Jahren waren es die fünf Mitglieder des Rates, die allesamt in prächtig schillernden Roben auf den Steinbänken saßen und mit einer zynischen Bemerkung das Zu-spät-Kommen bewerteten. Doch Dexter ließ sich davon kein bisschen seiner inneren Freude und Anspannung nehmen, so dass er mit festem Schritt durch das geöffnete Steintor schritt und sich auf die fünf Magier zubewegte.
Diese hießen ihn auf der einzig verbleibenden Steinbank Platz zu nehmen, was er auch befolgte und von da aus mit schnellen Blicken die Gesichter seiner Gegenüber musterte. Sie hatten sich zu seinem Erstaunen nicht wirklich verändert und schienen um keinen Tag gealtert zu sein, was ihn in den ersten Sekunden in leichtes Grübeln fallen ließ. Dies wurde jedoch sofort abgebrochen, als der älteste der Magier, Meister Zenos, die Stimme erhob und das Wort an ihn richtete.

„Vier Jahre ist es her, dass du unsere geheimen Hallen betreten hast, und vier Jahre lang hast du seither das Wissen über unsere Magie in dir angereichert. Wie uns Meister Isidron...", sprach er, wobei er mit einem kleinen Handschwenker auf den im Hintergrund stehenden Lehrmeister Dexters deutete, „mitgeteilt hat, ist es dir gelungen die Magie und ihre Anwendung zu beherrschen, wodurch heute der Tag gekommen ist, an dem du deine Ausbildung und das Leben als Padavan hinter dir lässt und in die Reihen der Magier aufgenommen wirst. Es liegt nun an uns diese Aufnahme durchzuführen!", sprach er mit feierlichem Ton, woraufhin er sich von der Bank erhob und mit prophetischer Geste die Hände über Dexter ausbreitete.

Wie auf Kommando taten ihm dies die vier anderen Ratsmitglieder gleich, worauf Meister Zenos erneut die Stimme erhob. „Du, Dexter, Sohn des Aratheus, sollst von nun an einer der unsrigen sein. Im Namen Anors und Velurs ernennen wir dich in ihrem Namen zu einem Magier ihres Glaubens. Von nun an sollst du in unseren Reihen und für unsere Sache die Macht der Magie vertreten“, sprach er mit noch feierlicherer Stimme als zuvor, wobei ein jeder der anderen Magier seine Worte wiederholte. Es war ein Gefühl der inneren Nervosität, gepaart mit einem Gefühl der tiefen Freude, welches in jenem Moment Dexters Körper durchfegte.
Mit weit aufgerissenen Augen und offenem Mund bewunderte er das Schauspiel, wobci ihn zum Ende der fünffach gesprochenen Worte letztlich ein Gefühl der Erleichterung ergriff. „Endlich war er ein wahrhaftiger Magier!“, ging es dabei durch seinen Kopf, während einer der Magier ein Stoffbündel, welches hinter einer der Bänke gelegen hatte, aufnahm und es in die Höhe hielt.
„Dies ist die Robe eines Magiers“, sprach dabei Meister Pelebas, dessen Bruder die Robe ausgestreckt vor sich in die Höhe hielt, woraufhin Serillia das Wort ergriff. „Von nun an soll sie dich auf deinen Wegen durch unsere Welt schützen und deinen Körper vor den Waffen deiner Feinde verteidigen. Geschaffen durch die Macht der Götter und versehen mit magischen Formeln und Beschwörungen ist sie das Wichtigste, was ein Magier neben seiner Magie zum Schutze braucht“, sprach sie, wobei Meister Esentas Dexter die Robe übergab.
Schon viel hatte er in den vergangenen Jahren von jenen Roben gehört. Wie von Meisterin Serillia gesagt waren es unsichtbare Verteidigungen, welche jene unscheinbare Robe umgaben und sie damit zu einer wahrhaftigen Rüstung machten. Eine Rüstung, die entgegen einer normalen Rüstung kaum Gewicht besitzt und somit eine optimale Bekleidung für den Magier darstellte. Zudem lassen sich in ihrem Inneren alle Arten von Tränke unterbringen wie beispielsweise die für einen Magier so wichtigen Energietränke, welche dem Körper auch unter Abwesenheit äußerer Energie helfen die innere Energie zu steigern.

Neben der Robe bekam Dexter wie jeder neue Magier fünf dieser Tränke, die er kurz bewundernd ansah und sie dann neben der Robe auf der Steinbank ablegte. In diesem Moment geschah es auch, dass der komplette Rat

ebenfalls Platz nahm und Meister Zenos von neuem die Stimme erhob. „Du bist nun einer von uns. Ein Magier des alten Glaubens und ein Magier von Anor und Velur. Daher übergebe ich dir nun diesen Ring“, und mit einer geschickten Handbewegung nahm er einen kleinen, goldenen Ring aus seiner rechten Tasche und hielt diesen ausgestreckt vor sich. „Der dich als einen der unsrigen zeichnen wird“, fuhr er dabei fort, während Dexter mit aufgeregtem Blick das kleine kostbare Schmuckstück inspizierte. Da dies jedoch um einiges besser funktionierte, wenn er den Ring in den eigenen Händen hatte, nahm er ihn gleich, als Meister Zenos Stimme verklungen war, wobei er sich höflich bei dem Rat bedankte. Hierbei fiel ihm nun zum ersten Mal auf, dass ein kleiner, rot leuchtender Smaragd das Antlitz des goldenen Ringes zierte, und mit dem Gedanken, dass er nun endlich ein wahrhaftiger Magier war, steckte er das Symbol der Glaubensbrüder an seinen rechten Ringfinger.
Schließlich war es dann Meister Maros, der nach einem kurzen Moment feierlicher Stille erneut das Wort ergriff. „Wie du dir sicherlich denken kannst, ist nun endlich die Zeit gekommen, in der wir uns ernsthaft damit auseinander setzen müssen, wie es weiter gehen soll. Wie wir es schaffen können das zu ändern, was seit Jahrtausenden Bestand hat. Natürlich haben wir uns in den vergangenen Jahren selbst Gedanken gemacht, wie es denn weitergehen könnte...“, sprach jener, als er einen kurzen Moment der Ruhe verstreichen ließ, in welchem ein kleiner Hoffnungsschimmer in Dexter aufblühte.

Seit gestern hatte er sich seine eigenen Gedanken darüber gemacht, wie es denn weiter gehen sollte, aber zu seinem Bedauern war er bisher zu keinerlei Lösung gekommen, weshalb er mit einem Gefühl der Freude aufnahm, dass der Rat allem Anschein nach bereits eine Vorstellung parat hatte. Daher lauschte er aufmerksam dem Magier, der nach einem tiefen Seufzer das Gespräch fortführte. „...aber bei allen Gedankengängen und Ideen sind wir letztlich nur zu der Entscheidung gekommen, dass Krieg der einzige Weg sein wird. Krieg im Namen der Magie gegen die Truppen der Könige um letztlich ihre Macht in die Hände der Magier zu legen“, sprach er mit ernster Stimme, wobei Dexter ein Gefühl der Unsicherheit befiel. „Krieg?“, ging es ihm durch den Kopf, wobei er sich mit der Aussichtslosigkeit dieses Planes befasste.

„Ihr wollt wirklich Krieg führen? Krieg gegen die Könige?“, fragte er dann ungläubig, wobei er seinen Blick unsicher durch die Runde schweifen ließ. „Die Truppen des Königs von Ogirion zählen mindestens 15.000 Mann wenn nicht sogar noch mehr, und ich denke nicht, dass die Armee Tigras viel kleiner ist. Wie, verdammt noch mal, wollt ihr es mit solch einer Übermacht aufnehmen?“, sprach er weiter, als keiner ihm eine Antwort liefern wollte, woraufhin die Hohe Magierin Serillia ihre Stimme erhob. „Wir wissen, dass ihre Kapazitäten die unsrigen weit übersteigen, und deshalb hatten wir eine bestimmte Art des Krieges ins Auge gefasst. Es ist nur die oberste Führungsschicht, gegen welche unser Kampf gerichtet ist. Die Magier dringen mit Teleportzauber in das Innerste der Regierung ein und vernichten die Spitze des Königreiches gemeinsam mit ihren Beratern. Sind die erst mal ausgeschaltet, ist es nur eine Frage der Zeit, bis es uns gelingt, durch die Verbreitung der alten Mythen und der Wahrheit über die Zeit der Götter unseren Rückhalt in der Bevölkerung zu sichern, womit wir letztlich unsere Macht zurückbekommen werden“, sprach sie, wobei Dexter bei jedem ihrer Worte tiefer ins Grübeln fiel.

So kam es, dass er nach ihren Worten kurz in Gedanken verharrte und dann selbst das Wort ergriff.
„Ihr wollt mir also erzählen, ihr wollt einen gewaltsamen Regierungsumbruch schaffen, indem ihr die komplette oberste Schicht eliminiert? Und was dann? Denkt ihr, die Bevölkerung wird einfach so mir nichts, dir nichts die Macht an eine längst vergessene Vereinigung abgeben, von der sie seit mehr als vielen Jahrhunderten glaubt, dass sie der Abschaum der Menschheit ist? Denkt ihr, die vergessen einfach, was sie seit so vielen Jahren über unsere Magie und dergleichen gehört haben?“, sprach er mit erregter Stimme, worauf ein kurzes Schweigen und ein ratloser Blick die Gesichter der Ratsmagier zierten und Dexter plötzlich erneut das Wort ergriff. „Und was ist mit der Armee? Die haben ihren Eid auf die Verteidigung der königlichen Werte gegeben. Denkt ihr, die werden einfach so zuschauen, wenn die oberste Spitze IHRES Glaubens ausgelöscht wird? Glaubt mir, das werden sie nicht. Ich war selbst einst ein Soldat im Auftrag des Königs, und ich kann euch versprechen, dass keiner dieser Männer einfach so zuschauen wird, wenn irgendeine dahergelaufene Bande von Magiern die Spitze ihres Glaubens stürzt.“

Es war eine immer größer werdende Sorge, die bei jenen Worten Dexters Seele befiel. „Sie würden die Magier jagen und diesmal endgültig vernichten!“, bildeten sich die Gedanken in seinem Kopf, wobei er diese Worte lieber für sich behielt.
Es war schließlich Meister Zenos, der die Stille brach und das Wort ergriff. „Eure Bedenken sind in der Tat nicht außer Acht zu lassen, doch was haben wir für eine andere Wahl? Ihr sagt selbst, dass die Bevölkerung uns die Macht nicht einfach so überlassen wird, also, wie sollen wir sonst jene an uns bringen? Wie sollen wir sonst die Macht in die Hand der Götter zurücklegen und die Welt vor ihrem unheilvollen Ende schützen?“, entgegnete er, wobei Dexter auffiel, dass es das erste Mal war, dass selbst der höchste Magier der Götter keinen Rat mehr wusste.

„Ich weiß nicht, aber es muss einen anderen Weg geben“, erwiderte Dexter nach einigen Augenblicken der Gedankenfahrt, wobei er immer wieder der Frage „Wie?“ nachging. „Ich weiß es nicht!“, wiederholte er sich nach einigen weiteren Momenten, woraufhin er sich plötzlich von seiner Bank erhob und in die erstaunten Gesichter der Ratsmagier blickte. „Ich weiß es nicht. Ich weiß nicht, wie und wodurch, aber wenn ihr Recht habt mit dem, was ihr vermutet, dann bin ich wohl derjenige, der diese Fragen beantworten muss“, sprach er mit fester Stimme, wobei er selbst ein wenig überrascht über die Auswirkung seiner Worte war. Mit großen Augen und offenem Mund blickte ein jeder der fünf Magier den jungen Mann an, wobei dieser glaubte, sogar eine kleine Träne im Augenwinkel von Meister Zenos zu erblicken.

„Du bist wahrhaft ein tapferer, junger Magier“, sprach dann nach einigen Sekunden, die in kompletter Ruhe verstrichen, Meister Pelebas, woraufhin sein Bruder das Gespräch weiterführte.
„So soll es also sein. Die Prophezeiung soll sich durch die Kraft deines Geistes erfüllen. Du bist wahrhaft ein tapferer Magier“, sprach er, woraufhin Dexter sich wieder niederließ und den Blick zu Meister Zenos schweifen ließ. Es dauerte einen kurzen Moment, bis auch dieser sich gefasst hatte und das Wort an Dexter richtete.
„Es soll sein, wie ihr es für richtig haltet. Ihr seid derjenige, auf den wir diese Bürde legen, darum sollt ihr auch derjenige sein, der den Weg

unseres Schicksals entscheidet. Geht nun! Findet einen Weg, den ihr für begehbar haltet, und der Rat und die Anhänger der alten Götter werden eurem Weg folgen“, sprach er mit ernster und prophetischer Stimme, wobei ein Nicken durch die Runde ging; nicht nur von den vier anderen Magiern, sondern auch von Dexter, der durch jene Worte inspiriert einige Augenblicke darauf den Kreis des Rates verließ und alleine aus dem innersten Heiligtum der Magier schritt. Da Meister Isidron, der nach der Magierweihung den Tempel verlassen musste, nirgendwo auf dem Tempelvorplatz zu sehen war, verschwand Dexter alleine im schwach erhellten Gang, der ihn vom Tempel hinunter in die Schlafgemächer der Magicr führen sollte.

Dort verschwand er in einem der Zimmer am oberen Ende, welches er von nun an bewohnen durfte. Schließlich war er nun ein Magier. Und ein Magier lebt nun mal im Magiergang. So holte er in den kommenden Minuten die wenigen Dinge aus seiner alten Kammer und ließ sich dann mit pochendem Herzen und einem Kopf voller Gedanken auf seinem neuen Bett nieder. Starr verharrte hierbei sein Blick an der Decke, wobei sein Anblick an den eines Toten erinnerte. Für seinen letzten Gang aufgebahrt lag er auf der Matratze, während in seinem Schädel ein Gedanke den nächsten jagte. Gedanken über die Königreiche, über die Menschen und über all das, was er in den vergangenen Jahren erfahren hatte, bis er zu einer späten Stunde des Tages plötzlich über die so sehnlichst gesuchte Idee stolperte. Wie ein Geistesblitz bildeten sich plötzlich die Gedanken in seinem Kopf, als wäre er gerade auf einen bisher verschlossenen Eimer gefüllt mit Wissen gestoßen, was dazu führte, dass er wie von einer Tarantel gestochen aufsprang und in raschem Tempo den Raum verließ. Den Gang hinab, die Treppe hinauf und wieder den Gang hinab führten ihn seine flinken Beine, bis er nach nicht einmal einer Minute vor einer hölzernen Tür am Ende eines breiten Ganges zur Ruhe kam.

„Meister Zenos!“, rief er mit aufgeregter Stimme, während er mit harten Schlägen gegen die Zimmertür klopfte. Dies führte dazu, dass der Priester der Magie mit raschem Tempo an die Tür eilte und diese mit ärgerlicher Miene über die Lautstärke des Ankömmlings öffnete, als er plötzlich beim Anblick Dexters sofort den Ärger verdrängte und ein klei-

nes Lächeln auf seinen Lippen auftauchte.
Doch ohne dass er auch nur ein Wort der Begrüßung sprechen konnte, eröffnete der frisch gebackene Magier das Wort. „Meister Zenos, ich hab's. Ich habe eine Idee. Eine Idee ohne Krieg!“, sprach er, als plötzlich die Tür auf der gegenüberliegenden Seite des Raumes aufging und ein groß gewachsener Magier auftauchte. „Alles in Ordnung?“, meinte er mit leicht irritiertem Blick, als er dort Dexter und den Priester sah, woraufhin Meister Zenos ihn beruhigte, was dazu führte, dass er wieder in seine Kammer verschwand und die beiden Magier alleine zurückließ.
„Bereas ist immer gleich in großer Sorge, wenn irgendwas Unerwartetes passiert“, meinte darauf der alte Magier, woraufhin er Dexter ins Innere seiner Kammer führte um weitere Blicke anderer Magier zu vermeiden.

Es war ein Gefühl des Erstaunens, als Dexter dabei das Innere der recht geräumigen Kammer musterte. Neben einem Bett und einem kleinen Schrank, wie er es auch selbst in seiner Kammer besaß, waren hier ein großer Tisch mit Stühlen sowie einige Regale mit verschiedensten Büchern untergebracht. „So lässt es sich bestimmt aushalten“, meinte er dabei ein wenig zynisch, woraufhin der Magier ihn schweigsam anlächelte, während er gerade dabei war eine Tasse Tee abzufüllen. „Ich habe gerade Tee gemacht, willst du auch?“, fragte er darauf und goss nach einem „Ja!“ Dexters noch eine Tasse ein. „Nun erzähl mir, was du rausgefunden hast“, meinte er dann, während er die Kanne mit heißem Wasser abstellte und Dexter einen Platz zuwies. Dieser ließ sich dort dankend nieder und begann dann dem obersten Priester der Magie der Götter seine Idee zu eröffnen.

„Als wir heute Morgen im Tempel waren, habt ihr mir gesagt, dass ihr wisst, dass das Volk dieser Welt euch seit Jahrtausenden verachtet und demzufolge wahrscheinlich keiner Machtergreifung von eurer Seite aus zustimmen wird“, sprach er, woraufhin der alte Magier stumm nickte und Dexter seine Gedanken weiter ausführte. „Aber was ist, wenn der König selbst eure Machtergreifung ausrufen würde?“, sprach er, worauf er einen überraschten Blick von Zenos einfing. „Wieso denkt ihr, sollte der König das tun?“, fragte er dann, als der frisch gebackene Magier einen kurzen Moment der Ruhe verstreichen ließ, woraufhin er erneut das Wort an den

Priester richtete.
„Was ist eigentlich passiert, als das letzte Mal ein Magier mit dem König gesprochen hat?“, meinte er, wobei der alte Magier ein wenig unsicher den Kopf schüttelte. „Ich verstehe nicht...“, sprach er dabei, „wie, mit ihm gesprochen?“ „Ich meine, hat je ein Magier versucht Kontakt zu der Regierung aufzunehmen? Hat jemals einer von euch versucht vor den König zu treten und versucht ihm klar zu machen, dass die Welt ohne die Macht der Götter dem Untergang geweiht ist?“, sprach er, wonach er einen weiteren Moment der Stille verstreichen ließ.

„Wisst ihr, ich habe am heutigen Tage lange dagelegen und mir Gedanken darüber gemacht, wie es dazu kam, dass die Macht von Anor und Velur aus unserer Welt verschwunden sind. Ich habe lange über die Geschehnisse des Krieges Schwert gegen Magie gegrübelt und habe mir viele Gedanken zu jenen Männern, die wir heute Thorion und Tales nennen, gemacht. Und wisst ihr, da ist mir etwas Entscheidendes aufgefallen. Seit jenem Tage, an dem diese beiden Männer auf das Podium der Geschichte getreten sind, hat der Untergang der Götter begonnen. Wie ich bei meiner Ankunft und seither in etlichen Büchern erfahren habe, glauben wir, dass jene beiden Männer keine gewöhnlichen Männer waren. Sie waren Götter. Götter, die es geschafft haben einen Weg aus ihrer in unsere Welt zu finden. Sie und ihre Nachkommen waren es, die von da an die Macht und den Glauben an Anor und Velur aus den Köpfen der Menschheit gehämmert haben, und sie waren es, die den Untergang ihrer Macht beschworen hatten“, sprach Dexter in schnellem Tempo, woraufhin er einen kleinen Schluck von dem inzwischen ausreichend gezogenen und abgekühlten Tee nahm.
„Ja, und wie soll uns das helfen einen Weg aus dieser Misere zu finden?“, erwiderte der Priester darauf mit unwissendem Ton, woraufhin Dexter einen weiteren, kleinen Schluck nahm und dann die Tasse abstellte und erneut die Stimme erhob.
„Wie wir ebenfalls aus unserer Geschichtsschreibung wissen, waren sie es, die letztlich die Welt in den 130-jährigen Krieg führten. Doch entgegen ihren Plänen waren es diesmal die Götter oder besser gesagt war es ihr Sohn, dem es gelang der Schöpfung seiner Eltern durch die Hingabe seines Lebens das Schicksal der kompletten Vernichtung zu ersparen. Er

war es, der Denuis, seinen Zwillingsbruder, in Form des Thorion und dessen Nachkommen, und Damus, in Form des Tales und dessen Nachkommen, niederstreckte und die Welt von dem Hass, den jene Wesen seit Jahrhunderten in den Köpfen der Menschen seines Reiches verbreitet hatten, befreite", sprach er, worauf er erneut mit einem kleinen Schluck Tee seine Kehle befeuchtete und dann seine Gedanken weiter ausführte. „Wieso glaubt ihr also, dass es uns nicht möglich ist, mit den heutigen Königen Kontakt aufzunehmen? Auch wenn unser Volk aufgrund der Lügen, die Jahrhunderte über uns verbreitet wurden, sicherlich keinen guten Stand bei ihnen haben wird, so besteht doch zumindest die Möglichkeit, dass die Könige unseren Worten Glauben schenken und wir gemeinsam mit ihnen die Welt in eine sichere Zukunft lenken können. Was spricht dagegen?", sprach er mit immer lauter werdender Stimme, wobei der Magier gegenüber ihm stets aufmerksam lauschte, bis er am Ende der Worte in leisen Beifall ausbrach.
„Es ist waghalsig, und es wird sicherlich nicht einfach werden, aber ich glaube, du könntest Recht haben. Wenn wir die Könige darüber aufklären, was es wirklich mit uns und unserem Glauben auf sich hat, dann werden sie zuhören. Und wenn nicht, werden wir sie zwingen zuzuhören", sprach er mit leichter Aggressivität in der Stimme, worauf Dexter ihn ernst ansah. „Es ist unsere einzige Chance ein gigantisches Blutbad zu vermeiden. Und für den Fall, dass sie uns nicht zuhören und unseren Worten keinen Glauben schenken, so haben wir immer noch die Möglichkeit mit Hilfe eures Plans unserem Ziel näher zu kommen. Aber im Namen der Götter hoffe ich, dass uns das erspart bleibt", meinte er mit abschließenden Worten, nach welchen er den letzten Rest seines Tees die Kehle hinunter fließen ließ.
„Und wie hast du dir vorgestellt, dass das nun gehen soll?", meinte dann Meister Zenos, woraufhin Dexter ein wenig verunsichert aufblickte. Dies führte dazu, dass der alte Magier seine Worte ein wenig näher erläuterte. „Ich meine, wie sollen wir zum König kommen? Es ist nicht so einfach eine Audienz oder so was bei ihm zu bekommen. Besonders nicht für einen Magier", meinte er mit leicht sarkastischem Ton, worauf sein Gegenüber ihn mit ernstem Blick ansah.

„Das, Meister Zenos, ist es, was wir nun noch herausfinden müssen. Ich hatte bisher noch keine Zeit mir Gedanken darüber zu machen wie genau die Erfüllung meiner Idee aussehen soll, aber ich kann euch versprechen, ich werde daran arbeiten“, sprach er mit hastigen Worten, woraufhin er sich langsam vom Tisch erhob und sich von dem Hohen Priester mit einigen letzten Worten verabschiedete. „Es ist nun spät, und mein Geist verlangt nach ein wenig Ruhe. Deshalb werde ich mich nun verabschieden. Aber seid euch gewiss, Meister Zenos, ich werde euch und unsere Rasse nicht im Stich lassen. Ich werde einen Weg finden, der es uns ermöglicht zu den Königen Tratres und Sumunor zu sprechen und ihnen die Wahrheit über die Welt zu eröffnen. Und wenn es die Götter wollen, so werden sie uns glauben und nun endlich, Jahrtausende nach der Vergiftung der Geister des menschlichen Volkes, erkennen, dass die Welt ohne die Macht ihrer Schöpfer zu Grunde gehen wird!“, sprach er, woraufhin er seine Beine in Bewegung setzte und mit einem letzten Nachtgruß den Schlafsaal des Priesters verließ.

Es war eine lange, schlaflose Nacht, in welcher Dexter über Bücher und Pläne der Stadt gebeugt in einer Ecke der Bibliothek saß. In einer der Taschen der Robe, welche er übergestreift hatte, als er sich nach der Zeremonie auf seinem Zimmer befand, hatte er schon heute Mittag einen Schlüssel für die Räumlichkeit entdeckt, der ihm einen unbegrenzten Zutritt zu den Lehrstätten des Wissens ermöglichte.
So war er gleich nach seiner Unterredung mit dem obersten Priester hierher aufgebrochen, wo er seitdem einige Geschichtsbücher und Karten der Hauptstädte Thorgar und Onur verinnerlichte und analysierte.
Viele Tage und Nächte bestimmte dieses Verhalten das Leben des Magiers, wobei langsam aber sicher ein Plan im Kopf des Magiers entstand, der von Stunde zu Stunde weiter ausreifte. Auch seine Erinnerungen an das Leben auf der Festung waren hierbei keine schlechte Unterstützung, da ihm dadurch ein Großteil des königlichen Lebens bekannt war. Er wusste, wie und wo die Leibgarde des Königs stationiert war, und er kannte aus eigener Erfahrung die meisten Orte innerhalb der Festung, was sich besonders auf die Fähigkeit des Teleports positiv auswirken würde. Ganz anders sah es jedoch bei der Stadt Onur aus. Nie zuvor war er leibhaftig dort gewesen, noch hatte er irgendetwas in seiner Ausbildung darüber erfahren, was dazu führte, dass er seit etlichen Tagen versuchte aus

den verschiedensten Quellen und Lageplänen der Stadt einen Teil dieses mangelnden Wissens nachzuholen. Doch es war mehr als schwierig aus den Geschichtsbüchern irgendwelche nützlichen Informationen zu erhalten, was zu einer sehr mühseligen Suche führte.
Es war irgendwann spät in der Nacht, achtzehn Tage nachdem Dexter zum Magier geweiht worden war, wobei außer dem Magier Dexter ein jeder Bewohner dieses versteckten kleinen Reiches im Schlaf versunken schien, als auf einmal ein blau schimmernder Lichtblitz auf dem Vorplatz des Tempels aufleuchtete.
Es war ein Magier, teleportiert durch die Macht der Götter, der von da aus im fahlen Licht des Energieballs seinen Weg in die Gänge des Magierbaus aufnahm. Doch als der verhüllte Magier durch eben jene Gänge schritt, fiel ihm plötzlich auf, dass im Inneren der Bibliothek das Flackern einiger Kerzen zu sehen war, was dazu führte, dass er mit festem Griff die Tür öffnete und durch die gewaltigen Bücherreihen schritt um nach dem Verursacher dieses Lichtes Ausschau zu halten.

Es war Dexter, der plötzlich die Stille durchbrach, da er durch das Klacken der Klinke und die leisen Schritte auf den Neuankömmling in der Bibliothek aufmerksam wurde.
„Hallo, ist da jemand?“, rief er durch den Raum, was dazu führte, dass die verhüllte Gestalt schnellen Schrittes auf ihn zukam und das Wort ergriff. „Magier Areas mein Name!“, sprach er mit freundlicher Stimme, als er zur gleichen Sekunde um die letzte Bücherreihe kam und sein Gesicht im fahlen Licht der Kerzen erschien. „Areas!“, rief Dexter dabei überrascht auf, wobei er vor Überraschung aus seinem Stuhl aufsprang. „Dexter?“, entgegnete dieser mit ungläubiger Stimme, woraufhin er einige Schritte näher auf ihn zuging um sein Gesicht zu mustern. „Tatsächlich, Dexter!“, sprach er dann mit erfreuter Stimme, wobei ihm die letzten Bilder, die ihm von dem jungen Soldaten noch im Gedächtnis behaftet waren, durch den Kopf gingen. „Ihr habt es also geschafft die Ausbildung zum Magier abzuschließen“, meinte er dann mit immer noch freudiger Stimme, woraufhin Dexter freudig nickte. „Ja, Areas!“, entgegnete er, woraufhin dieser noch einige Schritte näher kam und aus seinen Augenwinkeln heraus begutachtete, was der Magier zu solch später Stunde hier trieb.

„Ihr informiert euch über Onur?“, sprach er dann, nachdem er einige Informationen auf einem Stück Pergament erkannte, woraufhin Dexter ein wenig betrübt bejahte. „Weißt du...“, meinte er dann, „als du mich damals gefunden hast, hattest du allem Anschein nach Recht. Die halten mich hier auch alle für den Auserwählten. Und na ja, im Moment versuche ich, wie schon die vergangenen, ach, ich weiß schon gar nicht mehr wie viele Nächte, meiner offensichtlichen Bestimmung zufolge einen Weg zu finden, wie es uns gelingen kann, die Macht der Götter wiederherzustellen.“
„Und du meinst, die Antwort findest du in Onur?“, entgegnete dann der Magier, woraufhin Dexter ein wenig unsicher den Kopf schüttelte.
„Weißt du, es gibt schon eine Idee, aber ich weiß nicht, ob ich dir davon erzählen kann. Nicht einmal Meister Isidron, ein Hoher Magier, der mich noch dazu ausgebildet hat, durfte Genaueres von unseren Plänen wissen“, sprach er, wobei sich ein Gefühl des Unbehagens in ihm ausbreitete. „Nun ja, wenn nicht mal ein Hoher Magier irgendetwas wissen darf, dann ist es wohl besser, du behältst die Sache für dich. Auch wenn ich dir sicherlich mit deinen Problemen in Bezug auf Onur hätte weiterhelfen können. Aber na ja, was soll's“, sprach er mit leicht ironischer Tonlage, woraufhin er sich abwendete und seinen Weg aus der Bibliothek in Angriff nahm.
„Wartet!“, schoss es plötzlich aus Dexter hervor, woraufhin Areas sich mit kalkuliertem Grinsen umdrehte. „Was meint ihr, ihr könntet mir helfen?“, sprach er weiter, woraufhin der Magier wieder zwei Schritte auf ihn zuging und das Wort ergriff.
„Na ja, allem Anschein nach habt ihr keine Ahnung, wie Onur ausschaut. Wie auch, ihr wart ja noch nie dort“, sprach er, wobei Dexter in den Sinn kam, auf was der Magier anspielte. „Und ihr meint, ihr könnt mir helfen“, entgegnete er dann, woraufhin er Areas keine Sekunde zur Reaktion gab, sondern ihm gleich einen Platz neben ihm anbot. Dieser nahm dankend an, woraufhin Dexter erneut das Wort ergriff und dem Magier von seinen bisherigen Ideen berichtete.

„Also, ich habe eine Idee, für die wir in das Innere der königlichen Paläste von Onur und Thorgar eindringen müssen. Ich habe mir überlegt, dass wir am besten mitten in der Nacht per Teleportzauber in das Innere der Paläste eindringen und dort den König überraschen. Weißt du, ich und Meister Zenos vermuten, dass die Möglichkeit besteht, dass die Könige Sumunor und Tratres uns Gehör schenken, wenn wir sie über die Wahrheit unserer Geschichte aufklären. Auf jeden Fall müssen wir dazu eine Art Audienz bei den Königen erzwingen. Ich habe mir überlegt, dass ich aufgrund meiner Kenntnisse über die Festung in Thorgar durch die Kraft der Teleportation in das Innere des Palastes eindringen kann. Von da aus schlage ich mich durch die zwei Leibwachen, die ständig vor den Türen der königlichen Gemächer postiert sind, und zwinge den König, wenn es sein muss dazu, mit mir zu reden. Jetzt bräuchte ich aber noch mindestens zwei andere Magier, die gemeinsam mit mir in die Burg kommen. Sie müssen durch die Gestaltwandlung die Position der erledigten Leibgarden einnehmen und den Anschein der vollkommenen Ruhe vermitteln."

„Das hört sich doch gut an", antwortete Areas darauf, nachdem Dexter keine Anstalten des Weiterredens machte.
„Ja, aber das alles geht nur in Thorgar. Was ist mit Onur? Ich habe noch keine wirkliche Idee, wie wir dort in den Palast eindringen könnten", entgegnete er darauf und schüttelte dabei ein wenig niedergeschlagen den Kopf. „Wie du dir sicher denken kannst, war ich noch nie in Onur. Ich habe keine Ahnung, wie viele Wachen dort positioniert sind, geschweige denn wie es im Inneren des Palastes aussieht", meinte er dann mit gleich bleibender Stimmlage, woraufhin der Magier kurz in Gedanken verschwand und dann das Wort an Dexter richtete.
„Weißt du, wir Magier halten uns für gewöhnlich draußen in der Welt auf. Wir leben in den Städten der Königreiche und versuchen dort stets auf dem Laufenden zu sein. Ich selbst war erst in Lorio, wo ich für die Auskundschaftung der Erzförderung und so was zuständig war. Nur aufgrund der Tatsache, dass einige unserer Verbündeten euch in jener Schlacht in Lorio sahen, führte mich mein Weg letztlich nach Thorgar, wo ich euch in die Grundzüge der Wahrheit einwies. Nun ja, früher jedoch, bevor ich meine Lehre als Padavan aufnahm und von da aus nach Esgoloth kam, lebte ich in einem Ort in der Nähe der Hauptstadt Tigras. Ich war zwar noch nicht oft dort, aber ich bin sicher, ich kann euch zumindest ein wenig weiterhelfen. Ihr müsst verstehen...", sprach der Magier, als Dexter ihn plötzlich unterbrach, da ihn eine Kleinigkeit an der Aussprache des

Magiers störte. „Hör doch mit diesen Förmlichkeiten auf, wir kennen uns doch", sprach er mit freundlichem, aber dennoch leicht aggressivem Ton, worauf der Magier Areas kurz lächelte und dann wieder das Wort aufnahm.
„Weißt du, bevor du überhaupt versuchst einen Plan für Onur zu entwickeln, will ich dir ein paar Dinge erzählen, die du nicht in den Geschichtsbüchern findest. Als ich früher in Tigra lebte, da erfuhr ich schon früh von den Mächten der Magie. Aber nicht auf die Art, wie du jetzt vielleicht denkst, sondern auf eine weit aus schlimmere Art und Weise. Seit Kindheitsalter bekam man dort zu hören, dass die Magie etwas Fürchterliches sei und dass jeder Magier den Tod verdient hätte. Du musst wissen, in Tigra geht es anders zu als in Ogirion. Ich wette, dort wo du aufgewachsen bist, kannte man das Wort Magier nicht einmal. Ich weiß nicht warum und wieso, aber auf irgendeine Art sind der Hass und die Verachtung, welche die beiden Verräter vor Jahrhunderten in den Geistern der Menschen gesät hatten, in den Köpfen der Menschen Tigras nicht verschwunden. Ein jeder hasst und verachtet die Magie, und ein jeder würde alles daran setzen die Magie zu vernichten. Es sind seltsame Menschen, die in Tigra, und ich bin mehr als froh, dass ich bereits mit neun Jahren über die Wahrheit der Welt aufgeklärt wurde und dass Meister Esentas mich damals erkennen ließ, dass der Hass auf die Magie nicht so gerechtfertigt war, wie er betrieben wurde."

Mit gespanntem Blick lauschte Dexter den Ausführungen Areas', wobei er die Emotionen, die den etwa 30 Jahre alten Magier dabei durchdrangen, beinahe spüren konnte.
„Du meinst also, dass die Menschen dort anders sind als die in Thorgar?", entgegnete er dann nach einigen Momenten der Ruhe, woraufhin Areas antwortete. „Nicht nur anders. Sie hassen die Magie. Sie verachten sie. Und sie würden es niemals zulassen, dass ein Magier die Macht über ihr Reich innehat. Hast du dich eigentlich noch nie gefragt, warum damals nach dem Ewigen Krieg jene gewaltige Mauer gebaut wurde?", fragte er dann, worauf Dexter unsicher den Kopf schüttelte und einige Worte von sich gab. „Ich dachte halt, damit es keinen Krieg mehr gibt", entgegnete er, woraufhin Meister Areas nur müde lächelte.
„Denkt ihr wirklich, solch eine Mauer kann wahrhaftig einen Krieg ver-

hindern? Diese Mauer wurde gebaut um das Königreich Tigra und somit auch das Königreich Ogirion voneinander zu isolieren. Abzuschotten, so dass jeglicher Kontakt zwischen Ost und West verhindert werden konnte. Was glaubt ihr, wieso sonst haben sich auf unserem Kontinent zwei solch unterschiedliche Völker gebildet? Eines von Hass erfüllt und eines, das seit Jahrhunderten die Vergangenheit vergessen hat, und in dem nur noch ein Funke der einstigen Feindseligkeiten übrig geblieben ist."
„Aber warum?", entgegnete Dexter darauf mit fragendem Blick.
„Das, mein Freund, kann auch ich dir nicht sagen. Ich weiß es ganz einfach nicht. Und ich habe auch keine Ahnung, warum es so ist. Das Einzige, was ich weiß, ist, dass damals, als der wahre Sohn unserer Götter vom Himmel stieg und seinen Bruder und den gefallenen Gott niederstreckte, der Krieg beendet wurde, und die wenigen Überlebenden aus Tigra, die zur damaligen Zeit nicht mehr als etwa 10.000 zählten, beschlossen eine gewaltige Mauer zu errichten, wodurch sie sich für immer vor dem Königreich des Ostens geschützt sahen", meinte er, wobei Dexter zu verstehen versuchte.

„Auf jeden Fall...", sprach Areas dann nach einigen Augenblicken der Stille weiter, „wollte ich dir damit sagen, dass du in deinen Plänen berücksichtigen musst, dass das Volk von Ogirion nicht auf die gleiche Weise behandelt werden kann wie das Volk aus Tigra. Es braucht weitaus mehr Überzeugungskraft bei einem König aus Tigra, da will ich was wetten, und ich kann euch auch sagen, dass ein Einbruch in die Festung von Onur nicht einfach werden wird. Auch wenn König Tratres die strammen Zügel seines Regiments in den letzten Jahren ein wenig gelockert hat, so zählt allein seine Leibgarde mindestens noch 300 Soldaten, die ihn Rund um die Uhr bewachen", sprach er mit ernstem Ton, wobei Dexter die Auswirkung dieser Umstände klar wurde. Er würde viel mehr Magier brauchen, die gemeinsam mit ihm in das Innere der Eisernen Festung, wie jener Verteidigungsbau genannt wurde, eindringen müssten.
Sorgenbehangen ließ er dabei seinen Blick über die zweidimensionale Skizze der Stadt gleiten, als der Magier Areas wieder das Wort ergriff. „Nun lass mich dir noch kurz von meinem Wissen über Onur berichten", sprach er, wobei Dexter seinen Blick nicht von dem Lageplan abwendete, sondern im Gegenteil versuchte auf der Karte den Erläuterungen des

Magiers zu folgen.
„Die Stadt Onur besteht im Wesentlichen aus zwei Teilen. Ersterer ist die normale Wohn- und Arbeitsgegend. Hier leben die Bewohner der Hauptstadt, und hier gehen sie ihrer täglichen Arbeit nach. Dieser Teil unterscheidet sich im Wesentlichen nicht von anderen Städten, mit dem einzigen Unterschied, dass es hier keine Stadtmauer gibt. Keine Mauer, die die Stadt bei einem Angriff schützen könnte“, sprach er, wobei Dexter ein wenig stutzig wurde. „Aber was ist dann das?“, fragte er mit irritierter Stimme, wobei er seinen Finger auf einer durchgezogenen, braunen Linie an der Nordseite Onurs haften ließ.
„Das, mein Freund, ist keine Stadtmauer, sondern eine Verteidigungsmauer. Aber nicht für das Volk Onurs, sondern einzig und allein für die Festung des Königs. Eiserne Festung wird sie genannt, und diese riesige Verteidigungsmauer schließt den Kreis, den auf den übrigen Seiten gewaltige Felsmauern beginnen. Wie genau es nun in der Festung aussieht, kann ich dir nicht sagen, da es einem jeden normalen Bürger verboten ist, auf die andere Seite der Verteidigungsmauer zu gehen. Nur Soldaten und solche, die eine eigens dafür ausgestellte Genehmigung besitzen, dürfen in das eiserne Heiligtum“, sprach er, wobei Dexter mit gespannten Ohren lauschte.
„Wieso heißt die eigentlich Eiserne Festung?“, entgegnete er dann nach einem kurzen Moment der Stille, woraufhin der Magier Areas erneut die Stimme erhob. „Weißt du, die Festung Onurs ist keine gewöhnliche Festung. Es ist eine Festung, die der Überlieferung nach in den Fels des Gebirges geschlagen wurde. Hunderte Meter tief und durch ein gigantisches Bergmassiv hindurch erstreckt sich die Festung des Westens, wobei die königlichen Hallen angeblich von ganz oben, der Spitze des Berges, ihre Blicke über das Land schweifen lassen“, sprach er mit beeindruckender Stimme, worauf er keine Anstalten machte seine Erläuterungen fortzuführen.
Auch wenn dem Magier durch diese Erklärung nicht so ganz klar geworden war, weshalb man die Festung nun als eisern bezeichnete, so wollte er nicht weiter nachfragen, da er sich sicher war, dass der Magier nicht viel mehr wusste.

So dauerte es auch nicht lange, bis dieser daraufhin verkündete, dass er keine weiteren Informationen für ihn hatte, woraufhin er sich mit einem freundschaftlichen Handschlag verabschiedete und dann den Weg aus der Bibliothek beschritt.

Schließlich blieb Dexter wieder alleine zurück und machte sich nun daran einen Weg zu finden, wie genau man am besten in die Eiserne Festung eindringen konnte, als ihm ganz plötzlich die Lösung auf eine andere Frage kam. Seit Stunden schon hatte er sich im Hinterkopf mit der Frage herumgeschlagen, welchen König sie zuerst aufsuchen sollten, und erst jetzt entschied er sich schließlich für den Herrscher des Westens. Auch wenn er wusste, dass diese Reise aufgrund der Erläuterungen Areas um einiges schwieriger werden würde, so war letztlich ein Gedanke ausschlaggebend dafür, dass er sich für die Hauptstadt des Westens entschied. Sie waren es, das Volk von Tigra, welches damals die Abtrennung wollte. Sie sind es, in deren Köpfen Hass und Verachtung für die Werte der Magie herrschen. Sie sind es, die damals das Dorf der Magier überfallen haben. Und sie sind es, bei denen Dexter sich auf die Suche nach der Frage „Wieso?“ machen wollte, um so möglicherweise die Ursache für die so unterschiedliche Entwicklung zwischen Ost und West zu finden.

Es waren diese Gedanken, die ihn letztlich dazu brachten mit seinen Planungen zu Ende zu kommen, weshalb er die insgesamt sechs Karten zusammenfaltete und sie gemeinsam mit den Büchern an ihrem jeweiligen Platz in den Regalen verstaute. Von da aus machte er sich auf den Weg in seine eigene Kammer, wo er mit einigen letzten Gedanken an die ihm aufgelegte Bürde langsam aber sicher in einen unruhigen Schlaf fiel.

Es waren viele Stunden, die er abgeschottet von dem Rest der Welt durch verschiedene Dimensionen seiner Träume wandelte, bis ein lockeres Klopfen und die Stimme von Meister Isidron ihn zurück in hiesige Welt brachten.
„Ich komme!“, entgegnete er darauf ruhig, während er kurz umherblickte und dann seinen Körper aus dem Bett erhob. Schnell streifte er sich einige Kleidungsstücke über, öffnete die Tür und blickte einem lächelnden Meister in die Augen.
„Glückwunsch nachträglich zur Magierweihe. War die vergangenen Tage

schon öfters mal hier gewesen, aber da warst du allem Anschein nach nicht da. Oder zumindest hast du nicht auf mein Klopfen geantwortet. Wie auch immer. Herzlichen Glückwunsch!“, sprach er, wobei die Informationsflut den noch verschlafenen Verstand Dexters ein wenig überforderte. „Wie spät haben wir es?“, entgegnete er dann nach einem harten Augenzwinkern, worauf sein ehemaliger Lehrmeister ihm eröffnete, dass bereits die dritte Stunde des Mittags angebrochen war.
Ein wenig überrascht über den langen Schlaf öffnete er dem Hohen Magier ganz die Tür und ließ sich auf dem nicht weit entfernten Bett nieder. „Hab die vergangenen Tage fast ausschließlich in der Bibliothek verbracht und daher nicht sonderlich viel geschlafen“, meinte er, während der Hohe Magier ins Innere des Raumes kam und die Tür hinter sich schloss.
„Ich wollte deinen Schlaf auch gar nicht stören, aber ich wollte dir Bescheid sagen, dass am morgigen Tag eine Versammlung abgehalten wird. Auf dem Tempelvorplatz werden sich alle Magier und Angehörige unserer Götter einfinden, und Meister Zenos wird eine Bekanntmachung geben. Und wie mir zu Ohren gekommen ist, bist du der Auslöser dieser Versammlung. Meister Zenos erwartet dich morgen zur zehnten Stunde des Morgens in seiner Kammer“, sprach Meister Isidron mit schnellen Worten, woraufhin er auch sogleich wieder verschwand.
„Habe noch viel zu erledigen“, erklärte er sein rasches Aufbrechen, auch wenn Dexter vermutete, dass er nur verschwand, weil seinem ehemaligen Padavan immer wieder die Augen zufielen. „Gut, dann sehen wir uns morgen!“, antwortete er ohne so wirklich zu realisieren, von was Meister Isidron eigentlich gesprochen hatte, woraufhin er sich zurücksinken ließ und erneut einschlief.

Es war wieder Meister Isidron, der ihn am kommenden Morgen aus dem Schlaf riss, auch wenn der Magier diesmal mehr als glücklich darüber war. Den kompletten gestrigen Tag und die Nacht hatte er durchgeschlafen, so dass er sich nun sputen musste um rechtzeitig bei Meister Zenos zu sein. Da Isidron wie die meisten höheren Magier eine Uhr hatte, wusste er, wann Dexter wo zu sein hatte, und so war er rechtzeitig bei seinem ehemaligen Schüler aufgetaucht um ihm noch die Möglichkeit eines Morgenessens zu eröffnen. So machen sie sich gemeinsam auf den Weg in den Speiseraum, wo sie ein recht üppiges Mahl zu sich nahmen,

woraufhin Dexter den Weg in Richtung der Kammer des obersten Priesters alleine in Angriff nahm. Dort angekommen setzte er einige kräftige Klopfzeichen gegen die Tür, um nach Aufforderung des Meisters Zenos in das Innere der Kammer zu schreiten.
„Na, hast du mit deinen Planungen Erfolg gehabt?“, begann der alte Magier sogleich, als die Türe hinter ihm geschlossen wurde, woraufhin dieser nickte und dem obersten Priester von seinen Ideen berichtete. Auch wenn sie noch nicht vollkommen ausgereift waren, so war doch ein klarer Ansatz darin zu erkennen. Und zwar, dass etwa fünf Magier gemeinsam mit ihm nach Onur aufbrechen müssten um dort den ersten Streich des Planes auszuführen.

Als er dann nach einigen Minuten zum Ende seiner Ausführungen kam, nickte Meister Zenos heftig und eröffnete ihm Näheres darüber, weshalb genau er hierher gebeten wurde.
„Es wird eine Versammlung geben. Ich habe alle Magier hierher berufen um ihnen endlich mitzuteilen, dass Aratheus’ Erbe aufgetaucht ist. Deshalb bitte ich dich gemeinsam mit mir auf den Hügeln des Tempels zu stehen und unseren Anhängern einen Blick auf dich zu gewähren“, sprach er, wobei ein mulmiges Gefühl die Magengegend Dexters heimsuchte. „Ich dachte, meine Identität soll geheim bleiben?“, entgegnete er ein wenig überrascht, was dazu führte, dass der alte Magier heftig den Kopf schüttelte. „Nein, nein. Es war nur nötig eure Identität geheim zu halten, solange ihr noch in der Ausbildung ward. Nun, da ihr der Macht der Magie Herr seid, ist es nicht länger nötig“, antwortete dieser darauf, als ein Klopfen gegen die Tür die kleine Unterhaltung beendete.
„Ah, da sind sie ja schon. Kommt, wir müssen gehen“, sprach daraufhin Meister Zenos, der sich geschwind zu Tür begab und sie öffnete. Außerhalb des Raumes warteten die restlichen vier Mitglieder des Rates, weshalb auch Dexter in die Gänge kam und gemeinsam mit dem obersten Quintett der Magierwelt hinauf auf den Tempelplatz schritt.
Es war ein lautes Raunen gepaart mit freudigem Klatschen und Rufen, als sie so aus den Gängen schritten und den Blick auf sich freigaben. Dabei war Dexter weniger überrascht von der freudigen Begrüßung als vielmehr von der hohen Anzahl der Magier. Nie zuvor hatte er so viele auf einem Platz gesehen.

So bahnten sich die fünf Mitglieder des Gremiums gemeinsam mit Dexter ihren Weg durch die Masse, bis sie letztlich am Fuße der steinernen Treppe angekommen waren, durch welche der Tempelplatz mit dem Tempelhügel verbunden war. Diese beschritten sie nun, wobei freudige Stimmen ihren Weg beschallten, bis letztlich oben angekommen Meister Zenos, der oberste Priester des göttlichen Glaubens, seine Arme über die Anhänger ihrer Religion ausbreitete.

Mit einem Mal kehrte absolute Stille ein, was dazu führte, dass Meister Zenos mit festen Worten die Stimme erhob.
„Seid mir gegrüßt, Magier des alten Glaubens. Ich bin mehr als froh euch alle hier vereinigt zu sehen und bin noch erfreuter über die Neuigkeiten, welche ich zu verkünden habe. Seit den Tagen, als die Truppen Tigras unsere Heimat in den Bergen niederwalzten, leben wir hier versteckt in der Unterwelt. Weit weg von der Kraft der Sonne und dem Leben der Welt“, woraufhin er eine kleine Pause einlegte um daraufhin erneut die Stimme zu erheben.
„Sicher erinnert ihr alle euch noch daran, wer uns zu jenen Tagen geführt hat. Der geistige Vater, welcher damals der Magie eine neue Blüte schenkte. Aratheus, der Seher, war dieser Mann, der jedoch zu unserem Bedauern in einem hinterhältigen Angriff niedergestreckt wurde. Doch auch wenn jener Magier von uns gegangen war, so hat er uns doch ein wahrhaft kostbares Geschenk hinterlassen. Einen Sohn. Einen Sohn von seiner Liebsten, der Schwester von König Tratres, die in jener verhängnisvollen Nacht ebenfalls getötet wurde.“
„Doch was dabei das Entscheidende ist, ist, dass jene Gabe der Nachwelt erhalten blieb. Gerettet durch seine Schwester und einen Soldaten aus Ogirion überlebte der Knabe und floh in den Osten, wo er aufwuchs und das Leben eines Soldaten einschlug. Erst vor wenigen Jahren haben wir ihn durch einen Zufall wieder entdeckt. Als Soldat der königlichen Truppen kam er damals vor vier Jahren zu uns um seiner wahren Bestimmung zugeführt zu werden. Die alten Prophezeiungen haben es gesagt. Der Sohn aus Schwert und Magie. Der Nachkomme der Vorsehung. Er ist es, der uns aus unserer düsteren Zukunft befreit, und er ist es, der uns in ein neues Licht führen wird“, sprach der oberste Priester, wobei seine

Worte beinahe prophetischen Charakter annahmen.

Es war eine totale Euphorie, die dabei von seinen Worten ausgelöst durch den Raum schwebte. Natürlich kannte ein jeder der Magier die Erzählungen der alten Prophezeiungen, und da ein Großteil von ihnen selbst viele Jahre mit der Suche nach dem Erben des Sehers verbracht hatte, war es nicht sonderlich überraschend, dass nach den ersten Jubelschreien auch die Frage auftauchte, wer nun dieser ominöse ehemalige Soldat sei.
Es war Dexter, der sich bei diesen Worten ein Herz fasste und sich von seinem Platz, den er wie die vier übrigen Ratsmitglieder etwas versetzt hinter Meister Zenos eingenommen hatte, erhob.

Mit pochendem Herzen und nervösem Gang schritt er neben Meister Zenos, wobei plötzlich absolute Stille in den Raum einkehrte. „Sagt etwas!“, schubste ihn plötzlich Meister Zenos an, als ein Gefühl der Unruhe durch den Raum ging.
„Mein Name ist Dexter, Sohn des Aratheus“, sprach er dann mit fester Stimme, woraufhin ein jeder der Magier in Jubel ausbrach. Nun gut, nicht jeder Magier. Dekust beispielsweise, mit dem er etwa drei Jahre ein Zimmer geteilt hatte, blickte mit überraschten und ungläubigen Augen auf den neuen Erlöser.
Es dauerte einige Zeit, bis sich die Menge beruhigt hatte und Meister Zenos wieder das Wort ergriff.
„Schon in wenigen Tagen werden die Wasser beginnen zu tröpfeln, und es wird nur eine Frage der Zeit sein, bis aus einem kleinen Rinnsal ein reißender Fluss wird“, sprach er mit lauter Stimme, worauf ein erneutes Klatschen durch den Raum ging. „Zwei Tage werden wir noch brauchen, bis wir alle Vorbereitungen getroffen haben und der Umbruch beginnen kann, und solange bitte ich einen jeden von euch innerhalb dieser Höhlen zu verbleiben. Diejenigen, die dazu auserwählt werden unserem Erlöser bei seiner kommenden Reise beiseite zu stehen, werden ich und der Rat in den kommenden Tagen ansprechen. Dem Rest wünsche ich gute Heimkehr, und behaltet die Neuigkeiten auf jeden Fall für euch“, sprach er mit schnellen Worten, womit er die Ankündigung beendete und gemeinsam mit Dexter und dem restlichen Rat das Podium verließ.

Kapitel 15 - Die Erfüllung des Schicksals

Es waren diese zwei Tage, die Dexter und hauptsächlich Meister Zenos dazu nutzten um die Einzelheiten ihres bevorstehenden Weges durchzugehen und die fünf Begleiter auszuwählen. Die Wahl fiel dabei letztlich auf die Magier Sergon und Areas sowie Meister Isidron und Meister Pelebas, die gemeinsam mit Dexter und Meister Zenos ihren Weg in die Hauptstadt Tigras beschreiten würden und gemeinsam versuchen sollten die Rückkehr der Macht der Götter in die Welt einzuläuten.

So verging die Zeit in einer großen Hektik und Aufregung, bis am Morgen des vierten Tages sechs Magier mitsamt ihren Reittieren, mit welchen sie den langen Weg nach Onur beschreiten wollten, aus einem sich auftuenden Spalt inmitten einer gigantischen Felswand kamen. „Da wären wir also!“, sprach dabei Meister Zenos, während Meister Pelebas seine innere Energie nutzte um das magische Portal zu schließen. „Auf dem Weg in unsere Zukunft!“, entgegnete darauf Dexter, der draußen angekommen sofort sein treues Ross Andolas bestieg und aufbruchbereit auf die restlichen Magier wartete.
So kam es, dass ein jeder der fünf Glaubensbrüder Dexters ebenfalls sein Pferd bestieg und die Gruppe ihre Reise in den Süden in Angriff nahm. Es war ein langer und steiniger Weg, den sie zunächst durch die Berge zurücklegen mussten, bis sie nach einigen Tagen aus den dichten Gebirgswäldern in die flacheren und fruchtbareren Gegenden des Minous kamen.
„Ein gigantisches Meer aus undurchdringlichem Grün“, ging es dabei Dexter durch den Kopf, während sie Stunde um Stunde durch den riesigen Wald trabten.

Insgesamt sechs Tage brauchte es sie schließlich, bis sie die Dunkelheit des Minous verlassen konnten, wobei sie in jenem Moment mit blinzeln-

den Augen das Antlitz der Sonne auf ihrem Gesicht spürten.
Es war Meister Pelebas, der zugleich seine Stimme erhob und einige Worte an die Gemeinschaft richtete.

„Es dauert nun nicht mehr lange, bis wir das erste Ziel unserer Reise erreicht haben. In Mirinon werden wir heute Nacht verweilen. Dort sind wir in der Unterkunft eines Magiers namens Mirus untergebracht. Morgen dann werden wir unsere Reise nach Onur fortführen, wobei unser Weg uns an der Küste des Westmeeres entlang bis zum Nelion führen wird. Diesem folgen wir bis zum Weißen Gebirge, von wo aus wir weiter nach Süden vordringen werden, Bei Enoth werden wir dann den Irenias-Strom überschreiten, und von dort aus ist es nur noch ein Zweitagesritt bis in die Hauptstadt. Ach ja, bevor ich's vergesse. Einer unserer Verbündeten, Magier Gabonus, wird uns ab dem morgigen Tag begleiten. Normalerweise verbringt er seine Zeit in der Hauptstadt selbst, aber aufgrund unseres kleinen Abenteuers habe ich ihn gebeten nicht bis nach Onur, sondern nur bis nach Mirinon zu reisen, wo er auf uns warten soll, so dass wir unseren Weg gemeinsam fortsetzen können. Aufgrund seiner Kenntnisse von der Stadt wird er uns sicherlich eine große Hilfe sein, wenn es darum geht einen Plan für die bevorstehende Aktion zu entwickeln."
„Ein Plan!", ging es Dexter dabei durch den Kopf, da er in den vergangenen Tagen, die sie hauptsächlich in Stille auf den Rücken ihrer Pferde verbracht hatten, im Grunde genommen an nichts anderes gedacht hatte.
„Dann würde ich mal sagen, sehen wir zu, dass wir schleunigst nach Mirinon kommen!", meinte daraufhin Magier Sergon, in welchem langsam aber sicher ein gigantisches Hungergefühl wuchs. Da einem jeden der anderen Gleiches auf dem Magen lastete, stimmten sie freudig nickend zu, woraufhin Dexter der erste war, der sein Pferd dazu anspornte die riesigen Felder und Wiesen, welche in diesem Teil der Welt das Angesicht der Erde prägten, in vollem Galopp anzugehen.

Es waren letztlich etwas mehr als vier Stunden, bis die erschöpften Tiere langsam das Tempo drosselten und die Magier die Grenzen der Stadt Mirinon im roten Feuer der untergehenden Sonne erblickten.
„Endlich!", rief dabei Sergon freudig lächelnd aus, wobei ein lautes Magenknurren die Ursache dieser überschwänglichen Freude untermalte.

So erreichten sie die ersten Häuser der äußeren Stadtbezirke, bis sie letztlich in einer der Gassen am Rande des äußeren Ringes verschwanden.

Wie von Meister Pelebas vorhergesagt, verbrachten sie die Nacht im Haus eines gewissen Mirus, bei welchem auch Gabonus untergebracht war.
„Da seid ihr ja endlich!“, sprach dieser sogleich, als er das Gesicht von Meister Zenos erblickte, woraufhin dieser ihn begrüßte. „Ebenfalls!“, entgegnete er darauf mit leicht verärgerter Stimme, woraufhin er einen Schluck aus einer Tasse nahm, die vor ihm auf dem offensichtlich für sieben Personen gedeckten Esstisch stand.
Es war Sergon, der bei dem Anblick der Speisen, die auf dem großen Tisch aufgetischt waren, alle Förmlichkeiten vergaß und seinen Hintern sogleich auf einem der freien Stühle platzierte. Da auch in den Mägen der restlichen Mitglieder der Gemeinschaft große Leere herrschte, tat es ein jeder der Gruppe seinem Glaubensbruder gleich und ließ sich auf jeweils einem der bereitgestellten Stühle nieder. Es war ein genüssliches und wohl schmeckendes Abendmahl, welches von da an etwa eine halbe Stunde die vollkommene Aufmerksamkeit eines jeden fesselte, bis Gabonus auf einmal das Orchester schmatzender Münder unterbrach und das Wort an die Gruppe richtete.

„Wie von Meister Pelebas befohlen, habe ich hier auf euch gewartet, aber dennoch wäre es mehr als freundlich, wenn ihr mich kurz darüber aufklären könntet, weshalb ich eigentlich hier warten sollte.“ Es war Meister Zenos, der seinen Mund als erster geleert hatte und auf die Frage des Magiers einging.
„Wisst ihr, Gabonus, der Grund, weshalb ihr hier auf uns warten solltet, liegt darin, dass wir eure Hilfe brauchen. Wie ihr sicher mitbekommen habt, planen wir einen Umsturz der Macht zu unseren Gunsten, doch damit dieser Umsturz erfolgreich sein kann, müssen wir einen Weg finden in das Innere der Eisernen Festung einzudringen. Und da ihr nun mal für die Überwachung Onurs zuständig seid, ist es eure Aufgabe uns von der Lage der Stadt zu berichten. Ihr wisst schon, den Aufbau, die Überwachung und all so was“, sprach er, wobei Gabonus sichtlich anzumerken war, dass er kleine Zweifel an den Worten des Ältesten hatte.

Mit leicht entsetztem Blick und seltsam verzogenem Mund lauschte er, woraufhin er mit einem plötzlichen Lacher seinen Gedanken freien Lauf ließ. „Ihr wollt also in das Innere des Palastes eindringen!“, meinte er mit ironischem Tonfall, wobei ein jeder der Magier für einen kurzen Moment innehielt und Gabonus überrascht anblickte. „Was ist daran so lustig?“, erwiderte auf einmal Dexter, woraufhin der Magier aus der westlichen Hauptstadt wieder das Wort ergriff. „Ihr habt keine Ahnung, wie es in Onur aussieht, oder?“, entgegnete er mit plötzlich todernster Miene, wobei ein jedes Anzeichen von Freude aus seinem Gesicht verschwand.

„Onur ist nicht einfach eine Stadt. Sie ist nicht nur ein gigantischer Komplex menschlichen Lebens, wie sie es in den alten Tagen war, sondern sie ist mehr. Wisst ihr, König Tratres und die Königslinie, welche ihn hervorgebracht hat, ist schon seit Jahrhunderten darauf bedacht in jedem denkbaren Zustand in Sicherheit zu verweilen. Früher, bevor die Nachkommen der zwei Verräter die Länder beherrschten, war die Stadt Onur nicht mehr als ein kleines Fischerdorf am Rande des Ozeans. Erst mit dem Krieg und der Spaltung des Reiches wuchs aus jenem Dorf langsam aber sicher das, was es nun darstellt. Das Zentrum Tigras am Rande des Kontinents, welches aller Vermutung nach aufgrund seiner Lage in Bezug auf die Hauptstadt Thorgar genau dort errichtet wurde. Macht von Thorgar bis ans andere Ende der Welt war es, was die beiden Brüder damals verkündeten, und so erhoben sie das kleine Fischerdorf Onur zur Metropole des Westens. Doch im Gegensatz zu Thorgar, welches vor Jahrtausenden durch den Einfluss der Götter entstand, entwickelte sich die Stadt nicht aus der Festungsanlage, sondern die Festungsanlage aus der Stadt.“

„Wisst ihr, Thorgar, so riesig und weitläufig es heute ist, war vor Jahrtausenden nicht mehr als die Rote Festung. Erbaut auf einem rot leuchtenden Felsen bildete sie den Mittelpunkt der Regierung, wobei jene lediglich den innersten Kreis bewohnte. In den äußeren, die heute der Ausbildung der Armee dienen, lebten die Bewohner der Stadt. Die Köche, Schmiede, Schreiner und Tischler, die sich von Jahr zu Jahr in größerer Zahl in Thorgar niederließen. Dies führte dazu, dass langsam aber sicher die Festung aus allen Nähten zu platzen drohte, weshalb man sich dafür entschied das Leben der Stadt aus den schützenden Mauern der Ro-

ten Festung zu verbannen und es stattdessen rund um den Festungshügel anzusiedeln. Es dauerte Jahrhunderte, bis auf diese Weise langsam aber sicher die heutigen Ausmaße der Stadt erreicht wurden, in welcher die gigantische Festungsanlage den Mittelpunkt bildet."
Mit diesen Worten unterbrach der Magier kurz seine Erläuterungen, in denen sich Dexter einigen Erinnerungen aus seinem Leben in der Stadt widmete.
Bilder der Festung und des Palastes, der gigantischen Stadtmauern und des Goldenen Platzes. Alle schossen sie ihm durch den Schädel, bis Gabonus nach einigen Schlucken aus seiner Tasse erneut das Wort ergriff.
„Wenn wir uns nun Onur anschauen, dann werdet ihr feststellen, weshalb ich den Plan in die Stadt beziehungsweise nicht in die eigentliche Stadt, sondern die Festungsanlage einzudringen für so amüsant halte. Wie ich euch bereits erzählt habe, war Onur in den Tagen der Magie nicht mehr als ein kleines Fischerdörfchen. Weit abgelegen von dem Einfluss Thorgars und ohne rechte Beziehung zu der magischen Ordnung, die damals das Reich beherrschte, vegetierte es Jahrtausende vor sich hin, bis eines Tages der Krieg zwischen Magie und Schwert ausbrach. Als die Magie besiegt war und Thorion und Tales das Reich untereinander aufteilten, geschah es, dass jenes bis dato unbedeutende Dörfchen zur Hauptstadt des Westreiches emporstieg. Im Laufe der kommenden Jahrhunderte formten die Nachkommen des Königs von Tigra die neue Hauptstadt, wobei einem jeden eine Stadt von der Größe Thorgars vorschwebte. Eine Stadt, so riesig und gigantisch, so dass ein jeder Mensch, welcher diese Stadt erblickt, seine Augen reiben muss, um zu verstehen, dass er nicht im Traume den Weg ins Reich der Götter gefunden hatte. Eine Stadt, die allein durch ihre Größe einen gigantischen Spiegel der königlichen Macht darstellen sollte, wodurch dem menschlichen Verstand ein offensichtliches Zeichen gesetzt werden sollte, dass die Macht der Könige von den östlichen Grenzen der Welt bis ans andere Ende des Kontinents nicht schwächer wurde. So wuchs und wuchs die Stadt mit den Jahrhunderten, wobei eine Kleinigkeit sie eindeutig von der Hauptstadt des Ostens abheben sollte."
„Schon in der Zeit des Krieges, in welcher besonders die Stadt Thorgar stark in Mitleidenschaft gezogen wurde, hatte sich herausgestellt, dass die unmittelbare Nähe von Hauptstadt und Regierungssitz fatale Auswir-

kungen auf die Sicherheit eines Landes haben konnte. Auch wenn es sich vielleicht seltsam anhört, da man vielleicht eher vermuten würde, dass ein gigantischer Ring aus Wohnhäusern und Bauwerken die Festung im Kriegsfalle besser sicher könnte, so hat sich bei den Angriffen auf Thorgar herausgestellt, dass gerade diese scheinbare Sicherheit eine riesige Sicherheitslücke darstellt. In den Zeiten des Krieges war es kein Problem bis in das Innerste der Stadt vorzudringen, da man in deren allgemeinem Trubel meist unbemerkt umherwandeln konnte. Keiner achtete auf euch, und keiner kann auf euch achten. Wie auch, wenn es dann noch tausende gäbe, die man ebenfalls bewachen müsste. Ihr seht also, je größer eine Stadt ist, desto leichter ist es sich unerkannt in ihr fortzubewegen. Genau das war es, was damals im Krieg zum Untergang Thorgars führte. Sie kamen vereinzelt, doch waren es hunderte, die ohne Probleme bis vor die Tore der Festung schreiten konnten. Da in jenen Tagen dazu noch keinerlei Sicherheitsmaßnamen wie beispielsweise Wachposten den Weg in die Festung sicherten, war es ein Leichtes in das Innere der Roten Festung einzudringen und sich der Regierung zu nähern."
„Nun gut, bevor ich nun wieder in Erzählungen über Thorgar abschweife, will ich mal zum Punkt kommen. Anders als in Thorgar sind in Onur die Wohngebiete von den Festungsanlagen getrennt. Das alte Dorf zwischen dem Reselas-Strom und dem Weißen Gebirge bildet hierbei das Gebiet der eigentlichen Stadt, wobei diese durch eine gigantische Verteidigungsanlage von der Eisernen Festung getrennt ist. Ein jeder, der von der Stadt in die Festung will, wird aufs Schärfste kontrolliert und nur wer eine Genehmigung besitzt, darf die Pforten zur Festung beschreiten."

Es war ein kleines, langsam aufbrodelndes Gefühl der Unruhe, das dabei Dexters Körper durchwanderte. Auch wenn er durch die Erklärungen des Gabonus einige Fragen, die er in den letzten Tagen mit sich herumgetragen hatte, beantworten konnte, halfen ihm diese Antworten weniger als dass sie seinen Geist weiter mit Unsicherheit behafteten. Doch ohne diesem Gefühl Ausdruck zu verleihen versuchte er, es für einen Moment zu vergessen, während Gabonus seine Worte fortführte.
„Wisst ihr, seit Jahren habe ich nun schon versucht auf alle möglichen Arten in die Festung zu kommen. Ich habe mich zum Bauer verwandelt, der eine Nahrungslieferung in die Festung bringen sollte, oder ich habe

versucht durch einen Teleport hinter die Mauern zu kommen, aber ein jeder meiner Versuche ist fehlgeschlagen. Als Bauer lud man das mitgebrachte Essen ab und schickte mich wieder fort, und von dem Teleport will ich erst gar nicht erzählen", meinte er, woraufhin Areas' Wissensdurst am größten schien, da er es war, der weiter nachhakte. „Wisst ihr, ich habe keine Ahnung warum oder wodurch, aber ein jedes Mal, wenn ich versucht hatte einen Teleport zu vollbringen, der mich auf die andere Seite der Mauern transportieren sollte, endete mein Weg direkt vor ihnen. Kein einziges Mal ist es mir gelungen ins Innere einzudringen, auch wenn ich durch meine Aktion als verwandelter Bauer einen kleinen Blick hinter die Mauern werfen konnte und damit einen Eindruck davon hatte, wo das Ziel meines Teleportes sein sollte."
„Aber wieso kamt ihr nicht hinüber?", entgegnete Meister Areas ungeduldig, woraufhin Gabonus leicht verärgert die Nase rümpfte. „Sicherlich nicht, weil ich es nicht kann!", entgegnete er zynisch, wobei seine Stimmung von einer ernsten Traurigkeit behaftet war.
„Wie bereits gesagt, weiß ich es nicht, aber ich habe eine Vermutung. Es ist ein Kraftfeld wie eine magische Mauer, das die Festungsanlage umgibt und ein Eindringen mit der Kraft der Teleportation unmöglich macht. Auch wenn es sich vielleicht ein wenig verrückt anhört, so glaube ich, dass dieses, ich nenne es jetzt mal Kraftfeld, bewusst errichtet worden ist. Ich weiß zwar nicht wer und mit welcher Kraft, aber ich weiß, dass die Eiserne Festung von einer unsichtbaren Mauer aus reiner Energie umschlossen wird!", sprach er mit ernster Stimme, woraufhin Schweigen in die Runde einkehrte. Ein jeder blickte dabei mit teilweise überraschten, teilweise besorgten Augen umher, wobei die Idee einer magischen Mauer mehr als absurd schien.

Es war letztlich Meister Zenos, der das Wort ergriff. „Ich danke euch, Gabonus, für die kurze Einweisung in die Geschichte unserer Hauptstädte, auch wenn manche eurer Worte seltsam klingen. Doch wie ich in euren Augen sehe, so sprecht ihr die Wahrheit, und eure Vermutungen sind es, die mein Herz mit Sorge erfüllen. Mit diesem neu gewonnenen Wissen wird es sicherlich nicht einfacher unseren Plan auszuführen", sprach er, wobei sein Blick vom Magier Gabonus weg auf Dexter fiel, der stillschweigend in seine eigenen Gedanken vertieft schien.

Es verging der restliche Abend in einer für den Auserwählten recht unterhaltungslosen Runde, in der er nur wenig an den aufkommenden Gesprächen teilnahm, da seine Gedanken stets auf die bevorstehende Aufgabe fixiert blieben. Erst zur späten Stunde entschied die Gruppe schließlich, dass es Zeit sei die Betten aufzusuchen, und so versank ein jeder der sieben Reisenden auf einer Matratze am Boden des Wohnzimmers in das Reich der Träume.

Es war gegen acht Uhr, als sie am kommenden Tag gemeinsam mit Gabonus die Stadt verließen und ihren Weg nach Onur fortsetzten. Dexter war es, der dabei in den folgenden Tagen immer wieder verschiedenste Fragen an den ortskundigen Magier richtete, wodurch der Sohn des Aratheus sich weitere Informationen für einen möglichen Plan sicherte. Stunde um Stunde verstrich somit in einer nicht enden wollenden Reise, auf der sie im Scheine des um sie herum wandernden Feuerballes durch die schier endlosen Weidelandschaften Tigras ritten.
Vorbei an grünen Wiesen und goldenen Weizenfeldern. Vorbei an schier endlosen Maisplantagen und gigantischen Rübenäckern bahnten sie sich ihren Weg immer weiter in Richtung Süden, bis sie zur späten Stunde schließlich die Ufer des Westmeeres erreichten. Von da an führte sie ihr Weg an der Küste jenes Gewässers entlang, bis sie nach einigen Tagen auf den Irenias trafen. Diesem folgten sie flussaufwärts, bis sie, fünf Tage nachdem sie Mirinon verlassen hatten, die ersten Ausläufer des Weißen Gebirges erblickten. „Seht nur!“, rief dabei Gabonus auf, der mit seinem Zeigefinger die riesigen Bergmassive in der Ferne fixierte. Dexter schenkte diesem monströsen Anblick als Einziger keine Beachtung, da er viel zu sehr damit beschäftigt war einen möglichen Angriffsplan zu erstellen. Einen Plan, wie sie unbemerkt in die Festungsanlage eindringen konnten und einen Plan, durch den sie die Möglichkeit bekamen mit König Tratres persönlich zu reden.

So verstrich weiterhin die Zeit, bis sie schließlich zur Abenddämmerung Enoth erreichten. Eine kleine Bergstadt, die weniger berühmt für ihre Größe als für ihren unermesslichen Reichtum war. Wie Lorio im Osten, so bildete diese Stadt den Knotenpunkt des Bergbaus für das Königreich

Tigra. „Eisenerz, Kohle und sogar Gold werden hier gewonnen“, erläuterte Gabonus, während sie durch die schmalen Gassen der kleinen Stadt ritten, um an ihrem anderen Ende einen sichern Übergang über den Irenias zu finden.
Als sie nun so durch die Straßen trotteten, geschah es, dass Meister Pelebas auf einmal seinen Platz aus der Reihe verließ und sich in einem geschwinden Trab neben dem anführenden Dexter positionierte und das Wort an ihn richtete. „Sieh doch, dort!“, sprach er mit erregter Stimme, wobei er mit seinem Zeigefinger auf einen großen Gebäudekomplex auf der gegenüberliegenden Seite des Platzes deutete. Aber es war nicht der Komplex, der die Aufmerksamkeit des Hohen Magiers fesselte, sondern die Tatsache, dass acht schwer gepanzerte Rösser vor diesem Bauwerk angebunden waren.

„Das sind die Pferde von Soldaten, bestimmt Steuereintreiber oder so was. Wenn wir die abfangen und ihre Gestalt annehmen, kommen wir sicherlich unbemerkt in die Festung“, sprach er, woraufhin er ohne einen weiteren Ton von sich zu geben wieder zurück an seine ursprüngliche Position kehrte. „Er hat Recht!“, schoss es Dexter durch den Kopf und seine langwierige Planerei kam endlich zu einem Ende.

Es war Meister Zenos, an den er sogleich das Wort richtete, um die Aufmerksamkeit des obersten Priesters auf die gepanzerten Reittiere zu lenken. „Wenn wir die Soldaten vor der Stadt abfangen und dann an ihrer Stelle mit dem Gestaltwandlungszauber nach Onur reisen, können wir vielleicht an den Verteidigungsanlagen vorbeischlüpfen und in das Innere der Festung eindringen. Ich kann mir nicht vorstellen, dass ein Trupp Soldaten, der mit zahlreichen Goldmünzen für die königlichen Schatzkammern daherkommt, nicht in die Festungsanlage eingelassen wird“, sprach er zu Meister Zenos, der Dexters Worte mit einem stummen Nicken verfolgte. Es war ein schwaches, aber dennoch sehr erfreut wirkendes Lächeln, das im Anschluss daran das Gesicht des Magiers erhellte, als dieser mit freudiger Stimme die Idee lobte. „Es war Meister Pelebas’ Einfall!“, erwiderte der Auserwählte darauf, wobei er sich nach jenem Magier umdrehte, um jedoch zu erkennen, dass dieser bereits wieder in den hinteren Reihen ihrer Gruppe verschwunden war.

So kam es dazu, dass die sieben Magier, sobald sie den Irenias über die Stadtbrücke hinter sich gelassen hatten und die Stadt langsam aber sicher hinter ihnen verschwand, ihre Reise unterbrachen und einige Meter entfernt von der Straße in Deckung gingen. Stunde um Stunde verweilten sie dort, während die verschiedensten Menschen die Straße belebten. Bis auf einmal das dumpfe Geräusch schwer gepanzerter Reittiere die Aufmerksamkeit der Magier auf sich zog.
Hinter einigen Büschen und einem kleinen Hügel waren sie in Deckung gegangen und behielten dabei stets die Straße im Auge, als auf einmal die acht Rösser die Straße entlang getrottet kamen.
Es war Dexter, der in jenem Augenblick das Signal des Angriffs gab und ein jeder der drei Magier, die mit ihm gewartet hatten, im Schatten der Dunkelheit näher an die Straße kamen. Just in dem Augenblick, in dem die schwer bewaffneten Mannen an ihnen vorbei ritten, war es wieder Dexter, in dessen Händen plötzlich eine Kugel aus roter Energie wuchs und die Aufmerksamkeit der Mannen Tigras auf sich zog. Wie er selbst so ließen auch die anderen Magier die Kräfte ihrer Energie zwischen ihren Händen fließen, bis plötzlich ein Ball aus brennenden Flammen durch die Luft flog und einen der Soldaten mitsamt Pferd in eine lodernde Fackel verwandelte.
Aufgeschreckt und ahnungslos ging dabei ein Gefühl der Todesangst durch die Reihe der tapferen Männer, die mit zittrigen Händen nach ihren Waffen griffen und in die Dunkelheit riefen. Doch statt einer Antwort zuckte diesmal ein donnernder Blitz durch die kalte Luft und streckte mit eisiger Härte einen der Soldaten nieder. „Was ist das?", waren plötzlich die Rufe der Soldaten zu vernehmen, die mit verängstigten Augen um sich blickten. Erst als mit einem Schlag zwei weitere Blitze das Ende zweier von ihnen herbeiführten, wurde ihnen bewusst, dass dies eine Macht war, welche weit über die ihre hinausging, was dazu führte, dass anstatt der unruhigen Stimmen plötzlich schallendes Hufenschlagen die Nacht durchhallte. „Flieht!", tönte dabei die Stimme des Anführers durch die Luft, wobei Dexter den Davonstürmenden mit einem Lächeln nachblickte. „Nur zu gut, dass ihr nicht weit kommt!", sprach er dabei mit einem Grinsen auf den Lippen, als plötzlich etwa hundert Meter entfernt einige Feuerbälle die Luft durchbrannten und aus ihren Opfern hilflos

schreiende Fackeln machten, die unter tosendem Lärm zu Grunde gingen. Es waren Meister Zenos, Meister Pelebas und Meister Isidron, die einige hundert Meter entfernt gewartet hatten, um eine mögliche Flucht der Soldaten zu verhindern.
So kamen Dexter, Areas, Sergon und Gabonus erleichtert über den gelungenen Angriff näher auf jene zu, die mit abgewendetem Blick um einen letzten Überlebenden standen. Mit ängstlicher Stimme und tränenden Augen flehte dieser im Anblick der neben ihm zugrunde gehenden Kameraden um sein Leben, als Meister Pelebas mit einem letzten Blitzschlag auch jenem Soldaten den Lebensatem aushauchte.
„Was für eine gewaltige Macht!“, ging es Dexter dabei durch den Kopf, während er selbst ein wenig erschrocken über die offensichtliche Grausamkeit des Magiers war. „Aber war er selbst besser? Schließlich hatte er gerade auch einen Mann mit einem Blitzschlag niedergestreckt. Ohne Rücksicht oder Reue...“, wanderte es ihm durch den Schädel, während die restliche Gemeinschaft wieder zusammenkam, weshalb Dexter seine Gefühlsverwirrung beiseite schob, um ihnen die weiteren Einzelheiten seines Planes bekannt zu geben.
„Ein jeder nimmt nun die Gestalt von einem der Soldaten an“, wobei er das Wort bewusst nicht an Gabonus richtete, da dieser sie lediglich bis in den Stadtbereich Onurs begleiten würde. „Mit den Steuergeldern werden wir Einlass in die Festung bekommen, und dort werden wir dann einen Weg finden, wie wir bis zum König vordringen können.“
Da Dexter genauso wenig wie die restlichen Magier Ahnung hatte, wie genau es im Inneren der Festung mit der Bewachung und dergleichen aussah, konnte er sich zu jenem Zeitpunkt keinerlei Bild davon machen, wie es weitergehen würde, sobald sie die erste Verteidigungsanlage hinter sich gelassen hatten, aber dennoch blickte er frohen Mutes auf die bevorstehenden Geschehnisse.
„Zur Not kämpfen wir uns den Weg bis zum König frei“, meinte er dabei mit einem Grinsen zu sich selbst, als er jedes einzelne der Opfer anging um ihre Gestalt zu mustern. Wegen der teilweise recht schweren Verbrennungen war dies zwar nicht sonderlich einfach, aber dennoch fand er insgesamt sechs Soldaten, deren Gesichter ausreichend Material für eine Gestaltwandlung hergaben.

Entgegen ihrer eigentlichen Planung vor dem Einritt in die Stadt eine weitere Nacht unter dem Zelt des Himmels zu verbringen, beschlossen sie angesichts der neuen Lage ihren Weg sofort aufzunehmen. Daraufhin konzentrierte ein jeder der Gemeinschaft seine Energien und veränderte mit den Worten „estatua transformatica“ seine Gestalt. Die zwei zu sehr verkohlten Leichen führten sie auf den beiden einzigen überlebenden Pferden mit sich. „Wartet es nur ab, wenn wir denen erzählen, dass wir auf unserem Weg von Magiern angegriffen wurden und die unsere ‚Kameraden' getötet haben, kommen wir umso schneller in die Festung“, sprach Dexter dabei, während sie ihre eigenen Rösser mit den Panzerungen der toten tigranischen Reittiere eindeckten und dann ihren Weg aufnahmen.

Noch zwei Tage brauchte es sie schließlich, bis sie die gigantische Ebene zwischen den beiden Bergketten des Weißen Gebirges hinter sich gelassen hatten und Onur in ihr Blickfeld rückte.
Hierbei sollte es sich gleich herausstellen, dass der Plan der Magier mehr als richtig gedacht war. Nicht nur, dass sie ohne Probleme durch die eigentliche Stadt kamen, nein, es kostete sie auch keinerlei Mühen durch die Verteidigungsmauer zu gelangen. Es war der Anblick eines drohenden Schattens zwischen den Bergen, der die Blicke der sechs auf sich zog.
Auch wenn in der mondlosen Nacht die Umrisse der Anlage nur schwach auszumalen waren, so bildete sie dennoch einen faszinierenden Anblick für die Augen der Magier.
Es war eine etwa 300 Meter breite Fläche aus nichts außer steinigem Geröll, der zwischen der gewaltigen Mauer und dem drohenden Schatten lag, wobei bei jedem Schritt neue Details auftauchten. „Seht euch das an!“, sprach Dexter dabei, als er als einer der ersten das gigantische Tor, welches langsam vor ihnen sichtbar wurde, ausmachte. Mindestens zehn Meter hoch und mindestens zehn Mal so breit war es, wobei es als letztes Hindernis den Zugang zum Inneren der Festung versperrte. Bewacht von etwa 15 Mann, die am oberen Ende der Festungsmauer umherwanderten und mit ihren Blicken die Umgebung auskundschafteten. Es waren diese Soldaten, die den Steuereintreibern letztlich die Pforte öffneten und damit den Weg für die Zukunft der Magie eröffneten. So hoffte es zumin-

dest ein jeder der Eintretenden.
Es war erneut Meister Zenos, der dabei das Wort an jene Wächter wendete und ihnen klar machte, dass sie die Steuergelder aus Enoth bei sich hatten und auf ihrem Weg zurück überfallen worden waren. „Es waren Magier!“, rief er den Soldaten entgegen, in deren Köpfen sofort ein für sie allzu begründeter Hass entbrannte.
„Lasst sie ein!“, rief darauf einer der Torwächter, woraufhin die gewaltige zweiflügelige Tür unter knarrendem Ächzen aufging und den Blick auf das Innere der Festung freigab. „Erinnert mich an zu Hause“, lächelte dabei Meister Pelebas auf, der in Gestalt jenes Soldaten, den er zuvor mit einem Blitzschlag niedergestreckt hatte, auf dem Rücken seines Pferdes, dem die Panzerung eines der Reittiere der Armee übergeworfen worden war, weiter auf den unscheinbar anmaßenden Bau heranschritt.
Ja, unscheinbar, das war sie in der Tat, die Eiserne Festung, aber dennoch konnte man schon von den Umrissen des ausgehöhlten Berges erkennen, welch gigantische Größe die Festungsanlage innehatte. Überall konnte man fensterartige Furchen und dergleichen erkennen, woraus Dexter schloss, dass die Festung tatsächlich das komplette Bergmassiv, welches sich vor ihnen ausbreitete, durchzog.

„Da seid ihr ja endlich!“, sprach schließlich die Stimme eines fein gekleideten Mannes, der mit schnellen Schritten auf die Gruppe zuging und damit die Aufmerksamkeit der Magier auf sich lenkte. Es dauerte einen kurzen Moment, bis er schließlich erkannte, dass zwei der acht Soldaten regungslos auf ihren Pferden lagen, weshalb er sogleich aufgeregt die Stimme erhob.
„Was ist passiert?“, fragte er mit entsetztem Blick, der bei der Erklärung Dexters, der die Gestalt des Anführers eingenommen hatte, immer entsetzter wurde. „Magier?“, wiederholte er dabei mit Hass erfüllter aber dennoch verängstigter Stimme, als Dexter von dem Überfall erzählte, dem die beiden zum Opfer gefallen sind. „Das ist furchtbar. Eine Katastrophe!“, wiederholte er dabei immer wieder, während Dexter und der Rest der Gemeinschaft von ihren gepanzerten Rössern stiegen, um auf Anweisung des Mannes jenem zu Fuß ins Innere der Festungsanlage zu folgen, nachdem sie ihre Pferde in den direkt angrenzenden Stallungen untergebracht hatten.

„Ihr müsst diese Nachricht sofort dem König überbringen, General Matheus“, sprach dabei der ältere Mann, wobei Dexter im ersten Augenblick gar nicht verstand, mit wem dieser eigentlich sprach. Erst nach einigen Augenblicken realisierte er, dass er oder besser gesagt der Soldat, dessen Gestalt er eingenommen hatte, offensichtlich auf den Namen Matheus hörte, weshalb er den Mann in seiner Aussage bestätigte. Es war ein inneres Gefühl der Freude, das ihn dabei befiel. Es lief alles, wie es besser gar nicht hätte laufen können. Sie waren unerkannt nach Onur gelangt. Sie hatten die erste und zweite Verteidigungsmauer hinter sich gelassen, und sie waren drauf und dran ins Innerste der Eisernen Festung einzudringen, als plötzlich etwas geschah, womit keiner der Magier gerechnet hatte.
Es war der alte Mann, der kurz nach einer kleinen Halle mit vielerlei Ausgängen ihren Marsch unterbrach und mit verärgerter Stimme das Wort an die hinter ihm und General Matheus laufenden Soldaten richtete. „Was sucht ihr noch hier?“, sprach er, wobei diese ihn leicht verwirrt anblickten. „Ihr wisst genau, dass ihr im Inneren des Palastes nichts zu suchen habt!“, führte er seine Anklage weiter aus, wobei die Verwirrung nicht aus den Köpfen der Magier verschwand. Dennoch taten sie, als hätten sie verstanden, und schritten mit wackligen Schritten zurück aus dem breiten Gang in die kleine Halle, womit sie aus Dexters Blickfeld verschwanden.
„Wieso können sich diese Idioten nicht an die Vorschriften halten?“, meinte der alte Mann daraufhin mit einem verstohlenen Grinsen, wobei Dexter klar wurde, dass er nun ganz alleine das tun müsse, wofür sie gemeinsam aufgebrochen waren. Doch weder konnte ihn diese Vorstellung recht schocken, noch machte er sich Gedanken darüber, was geschehen würde, wenn er gleich dem König gegenüberstehen würde, als er an der Seite des fremden Mannes tiefer und tiefer in den gewaltigen Verteidigungskomplex im Inneren des Berges eindrang.

Stets seinen Begleiter im Blick ließ Dexter seine Augen wiederholt durch die Gegend schweifen, wobei er die Grundzüge der Anlage musterte. Es waren etliche Soldaten und königliche Leibwächter, die hierbei die Räume belebten und den Blick des getarnten Magiers auf sich zogen, bis das Duo unzählige Treppen und Gänge später letztlich vor einer dicken

Eichentür verharrte. „Wartet hier, ich werde den König auf eure Ankunft vorbereiten", sprach dabei der alte Mann, der daraufhin mit schnellen Schritten hinter dem Tor verschwand und Dexter alleine zurückließ.

So verstrichen einige Augenblicke, in denen der Magier nervös die nähere Umgebung auskundschaftete, bis der alte Mann von innen her die Tür öffnete und den Blick Dexters auf das Innere der königlichen Hallen freigab. Gold, Silber, Statuen und Gemälde waren dabei das Offensichtlichste, was ihm gleich zu Beginn ins Auge stach, während er an der Seite des alten Mannes über den steinernen Boden schritt.
Aber nicht nur diese leblosen Spiegel königlicher Macht, sondern auch die Präsenz der königlichen Leibgarde zeugten von einer ungeheuren Größe weltlicher Macht und der Würde des tigranischen Königshauses. Es waren 15, nein mindestens 20 Männer, die Dexter dabei alleine in der großen Halle zählte, während am Ende jener auf einem emporragenden Podest die Umrisse einer Königsfigur auf einem Thron erkennbar wurde.

„Seid gegrüßt, General!", eröffnete dieser sogleich das Gespräch, als sie nur noch wenige Meter von ihm entfernt ihren Gang stoppten, um mit einer Verbeugung dem gespielten Respekt Ausdruck zu verleihen. „Wie mir zu Ohren gekommen ist, habt ihr berichtet, ihr seid von Magiern angegriffen worden. Stimmt das?", führte König Tratres seine Gedanken aus, wobei er mit erhobenem Haupt, welches von einer Gold schimmernden Krone geziert wurde, von seinem Thron auf den General herabblickte. „Ja, mein König, das ist wahr! Wir waren auf dem Weg von Enoth zurück, als plötzlich ein gewaltiger Ball aus Feuer die Luft durchbrach und zwei meiner Männer tötete", entgegnete Dexter mit fester Stimme, woraufhin der König plötzlich die Faust ballte und mit einem festen Schlag auf die Lehne seiner Aggression freie Bahn ließ.
„Diese Magier! Seit Jahren machen sie mir das Leben zur Hölle. Dieses verlogene Dreckspack!", meinte er darauf mit erregter Stimme, wobei Dexter die tiefe Verbitterung in seiner Stimme auffiel. „Wie viele waren es?", sprach er dann nach einem kurzen Moment der Stille, worauf der Magier knapp mit drei antwortete. „Drei!", wiederholte der König mit verärgerter Miene die Antwort des Soldaten, woraufhin er seine Fragerei

fortsetzte. „Und was ist mit den Steuergeldern? Habt ihr sie sichern können?“, was dazu führte, dass General Matheus die schwere Tasche, die er die ganze Zeit unter seinem Reitmantel mit sich herumgetragen hatte, ablegte und zu Füßen des Königs platzierte.
„Sehr gut!“, sprach dieser, wobei ein kleines Grinsen über seine Backen huschte.
„Ich danke euch, General, für eure Treue und bitte euch nun mich zu verlassen, da es vieles gibt, was ich erledigen muss“, meinte er daraufhin, wobei Dexter ein plötzlicher Moment der Panik durchfuhr. Er konnte jetzt nicht gehen. Unmöglich. Erst musste er dem König von all dem, weswegen sie aufgebrochen waren, erzählen. Er konnte jetzt nicht einfach ohne einen Versuch der Annäherung zwischen Magie und Schwert das Feld räumen.

Dies führte dazu, dass er dem Wunsch des Königs nicht nachkam und stattdessen das Wort an den Führer des Landes richten wollte, als dieser plötzlich von seinem Thron aufsprang und ihn mit verachtender Stimme anschrie. „Was ist los, wollt ihr meine Befehle verweigern?“, schrie er, wobei sich ein ungutes Gefühl in der Magengegend des Magiers ausbreitete. „Denkt ihr wirklich, ihr könnt einfach so in das Innerste dieser Festung eindringen ohne erkannt zu werden?“, gingen die erregten Worte des Königs weiter, als dieser plötzlich einen Schritt auf Dexter zukam, der jenen Mann mit überraschten und verwirrten Augen beäugte. „Was meint ihr, König Tratres?“, entgegnete er dabei, als plötzlich etwas geschah, womit er zu keiner Sekunde seiner Überlegungen gerechnet hatte.

Es war eine Macht, wie er sie nie zuvor erlebt hatte, die sich mit einem Schlag in den Händen des Königs bildete und von da aus ihren Weg auf den sichtlich überraschten Dexter fand, der mit einem Schrei zu Boden ging. „Wer... wer seid ihr?“, meinte er dabei mit stechenden Schmerzen in Brust und Schulter, woraufhin der König unter lautem Lachen näher auf sein Opfer zuschritt. „Lasst uns allein!“, hallte dabei sein Befehl durch die Halle, woraufhin ein jeder der Soldaten sowie der alte Mann, der zuvor an der Seite Dexters gestanden hatte, den Raum verließen.

„Du fragst tatsächlich, wer ich bin?“, entgegnete er dann mit einem gehässigen Lachen in der Stimme, wobei ein weiterer Energieball seinen Weg auf den am Boden liegenden General Matheus fand, der mit einem schmerzerfüllten Schrei erneut zu Boden sackte. „Bei all der Ignoranz und Dummheit, den die Götter in die Gemüter der Menschheit gelegt haben, seid ihr wahrlich die Spitze dieser Schöpfung. Hierher zu kommen, allein und ohne Unterstützung“, sprach er, wobei er näher auf Dexter zuschritt, der versuchte sich unter großen Schmerzen erneut aufzurichten. Kein Energieball, sondern lediglich die Klinge eines eisernen Schwertes war es, die der Magier daraufhin an seiner Kehle zu spüren bekam, weswegen er zum ersten Mal zu verstehen begann, was gerade geschehen war. „Woher wisst ihr, wer ich bin?“, sprach er dabei mit zittriger Stimme, wobei der König erneut auflachte. „Wer du bist? Ich weiß nicht, wer du bist! Aber ich weiß, was du bist!“, sprach er mit einem Grinsen, wobei er Dexter mit einem Tritt zu Boden beförderte.

Erst jetzt kam der Zeitpunkt, in dem der Magier die Aufrechterhaltung seines Gestaltwandlungszaubers aufgab und wie durch eine magische Explosion das wahre Gesicht Dexters den am Boden liegenden Körper schmückte. Ohne Verwunderung und mit einer berechneten Gestik nahm dies auch der König wahr, der daraufhin erneut die Klinge an die Kehle seines Feindes setzte. „Und jetzt, Magier, kehrt ein in das Reich, welches mir einst genommen wurde!“, sprach er, als Dexter plötzlich ein Gedankenblitz durch den Schädel zuckte, woraufhin er sich mit einer schnellen und gezielten Rückwärtsbewegung vorläufig in Sicherheit brachte. „Ihr wart es. Ihr seid es!“, warf er dabei dem König mit zorniger Stimme entgegen, der daraufhin ein erneutes Lachen vernehmen ließ. „Wie ich sehe, versteht ihr langsam zu begreifen, Magier!“, meinte er mit verachtender Stimme, wobei ein loderndes Feuer in seinem hasserfüllten Blick angefacht wurde. Es war Dexter, der in jenen Sekunden begriff, was es mit dem mysteriösen König Tratres auf sich hatte, und er war es, der in jener Sekunde alle Pläne, die er in den vergangenen Tagen geschmiedet hatte, über den Haufen warf. „Ihr seid es. Ihr seid der Grund für den Hass. Ihr seid der Grund für das Massaker an meinem Volk! Ihr!“, sprach er mit vor Zorn bebender Stimme, wobei zu keiner Sekunde das verächtliche Lachen aus dem Gesicht des Königs verschwand. „Wie ich sehe, seid ihr gar nicht so dumm und ignorant, wie ich die ganze Zeit vermutet habe.

Denkt ihr wirklich, ich lasse es zu, dass ihr mein Vorhaben einfach so vereiteln könnt? Ich weiß, wer ihr seid, Magier! Und ich weiß, was ihr vorhabt. Dachtet ihr tatsächlich, die Augen der Eisernen Festung sind so blind, dass sie euer Kommen nicht vorausgesehen hätten?“, entgegnete er mit gleich bleibender Miene, wobei er langsam auf den nach hinten ausweichenden Dexter zuschritt. „Denkt ihr tatsächlich, ihr werdet diese Hallen lebend verlassen?“, sprach er dann mit verärgerter Tonlage, womit er dem Magier eindeutig zu verstehen gab, dass sein Leben nicht mehr viel länger zwischen ihm und der Erfüllung seiner finsteren Pläne stehen sollte.
„Ja, schließt schon mal eure Augen, damit ihr eurem Tod nicht direkt ins Gesicht blicken müsst!“, war dabei das Letzte, was jener König von sich gab, als er jene Geste des Magiers sah, woraufhin er die eiserne Klinge mit gezieltem Stoß nach vorne schnellen ließ, als diese plötzlich wie durch göttliche Fügung von Dexters Kehle abprallte und der Körper des Königs plötzlich von einer heftigen Windfaust gepackt durch die Halle geschleudert wurde. Mit einem schmerzerfüllten und verächtlichen Schrei stürzte er daraufhin zu Boden.

„Es wird sich noch zeigen, wer dem Tod ins Gesicht blicken wird!“, meinte Dexter dabei, als er sich unter Schmerzen aufrappelte und mit eingeknickter und schmerzender Schulter auf den am Boden liegenden König zuschritt. „Wie konntet ihr das tun? Ihr seid ein Verräter. Ein Verräter an dieser Welt“, sprach er darauf mit hasserfüllter Stimme, woraufhin er erneut eine Windfaust auf den sich hilflos aufrappelnden König schleuderte. Unter einem erneuten Schrei ging dieser daraufhin zu Boden, während der Magier wieder die Stimme erhob.
„Ihr werdet nun büßen für all das, was ihr meinem Volk angetan habt. Ihr werdet büßen für den Verrat an Anor und Velur, und ihr werdet büßen für den Hass, den ihr in diese Welt geboren habt.“
Doch gerade in jenem Moment, in dem er zu seinem letzten, alles entscheidenden Schlag ausholen wollte und eine gigantische Feuerkugel in seinen Händen wachsen ließ, geschah es, dass plötzlich die Tore der Halle aufschlugen und schallendes Gepolter die Konzentration des Magiers ablenkte.
Es waren mindestens zehn Soldaten, die von dort aus mit gezückten

Waffen auf ihn zustürmten, wobei er die feurig lodernde Waffe in seinen Händen in letzter Sekunde auf die Angreifer schleuderte, wodurch er gerade so dem Tod durch eine metallene Klinge entging.
Doch sowie er seine Aufmerksamkeit von König Tratres nahm und sich der neuen Angreifer erwehrte, richtete sich jener auf und schritt mit einem grimmigen, hasserfüllten Blick auf den kämpfenden Dexter zu. Da dieser im Zuge der Gestaltwandlung und des Feuerballs all seine inneren Energien verbraucht hatte, zog er mit schnellem Griff seine Klinge, die er an der rechten Seite seines Körpers befestigt hatte, und nahm so den Kampf mit den Soldaten auf, die abermals durch das geöffnete Tor in die Hallen kamen. Es war ein hektischer Klingentanz, den Dexter daraufhin vollführte, als ein plötzlicher Schlag in seinen Rücken mit einem Male den Kampf beendete und ihn unter Schmerzen zusammenfallen ließ. Es war König Tratres, der dabei mit verächtlichem Lachen hinter ihm auftauchte, als plötzlich ein gewaltiger Donnerblitz den Raum durchfegte und einen der Soldaten niederstreckte.
„Isidron, Zenos!“, sprach Dexter dabei mit letzten Kräften, als er im Hintergrund die Gesichter jener Magier erblickte, die sich unter donnernden Blitzen ihren Weg zu ihm bahnten. Doch bevor sie ihn erreichten, traf ihn plötzlich ein erneuter Energieschlag, woraufhin er leblos aus dem Reich des Bewusstseins entschwand.

Kapitel 16 - Damus, der gefallene Gott

Es waren wilde und verrückte Traumbilder, die in jenem Dämmerzustand zwischen Leben und Tod Dexters Geist durchzuckten, bis dieser plötzlich mit einem gewaltigen Schreck zurück in die Welt der Lebenden fuhr. Mit pochendem Herzen und Schweiß auf der Stirn öffnete er verschreckt die Augen, wobei er affektartig seinen Körper in die Höhe riss.
„Was ist passiert? Wo bin ich?“, rief er mit zittriger Stimme, während er seinen verängstigten Blick durch den kargen Raum gleiten ließ. Er befand sich inmitten eines etwa drei auf drei Meter großen Raumes auf einem Bett aufgebahrt, wobei der Raum lediglich von einer kleinen Kerze erhellt wurde.

Verstört wendete er dabei seinen Blick, als er plötzlich einige dumpfe, miteinander kommunizierende Stimmen vernahm, die sich hinter einer verschlossenen Tür auf den Raum zu bewegten. „Ich glaube, er ist erwacht!“, vernahm der Magier, wobei seiner Meinung nach die Stimme nur einer einzigen Person zuzuordnen war.
„Meister Zenos!“, rief er daraufhin erfreut auf, als eben jener die hölzerne Tür öffnete und mit einer weiteren Kerze ins Innere des Raumes schritt. „Ah, meine Vorahnung hat mich nicht getäuscht“, sprach dieser darauf, während er näher an das Bett kam um den aufgeschreckten Fragen Dexters Gehör zu schenken.
„Was ist passiert? Wo sind wir?“, sprach dieser mit zittrigen Worten, woraufhin Meister Zenos ihn mit einem freudigen Lächeln ansah. „Keine Angst, mein Junge, wir sind in Sicherheit. Auch wenn es nicht die einfachste Flucht war, die ich in meinem langen Leben mitgemacht habe, so war unser Weg doch von Erfolg gekrönt“, sprach er, was dazu führte, dass der Schrecken in Dexter, der immer noch die letzten Bilder, bevor er das Bewusstsein verlor, in seinem Schädel umherschweifen sah, ein wenig nachließ.

Es war Meister Zenos, der daraufhin erneut die Stimme erhob. „Gleich nachdem dieser eine Soldat uns befohlen hatte euch allein zu lassen, füllte sich mein Geist mit Besorgnis. Ich konnte nicht sagen weshalb, aber auf irgendeine Art und Weise sagte mir meine Menschenkenntnis, dass hier irgendetwas faul war. Darum sind ich, Meister Isidron und Meister Pelebas dir und dem Soldaten gefolgt. Areas und Sergon haben sich derweilen zu den Stallungen aufgemacht, wo sie unsere Pferde für eine möglichst schnelle Flucht bereithalten sollten. Ich, Pelebas und Isidron folgten euch also bis in die Nähe der königlichen Halle, wo wir uns zunächst im Verborgenen aufhielten. Die ganze Zeit über versteckten wir uns in einer kleinen Abstellkammer, als plötzlich das Geräusch eines aufschlagenden Tores an unser Gehör drang. Als wir nun nach draußen blickten, sahen wir, dass ganz plötzlich eine Vielzahl von Soldaten ins Innere der Hallen stürmten, und als ob das nicht genug sei, drang plötzlich der Schrei eines sterbenden Mannes an unser Ohr. Sofort sprangen wir aus der Kammer und überwältigten die vor der Halle stehenden Soldaten, wobei wir plötzlich dein lebloses Gesicht am Boden sahen. Es war ein Gefühl der Angst und des Zornes, das dabei unsere Kräfte wachsen ließ und es uns ermöglichte die Leibwache des Königs zu überwältigen."

„Und König Tratres, was ist mit König Tratres?", unterbrach Dexter dabei den Hohen Priester, worauf dieser ein wenig überrascht aufblickte.
„König Tratres?", erwiderte er, wobei er seinen überraschten Blick durch die ebenfalls ahnungslosen Gesichter der anderen außer Dexter anwesenden Magier wandern ließ. „Er war nicht in der Halle, oder zumindest hat keiner von uns ihn gesehen", entgegnete er darauf, was zu noch größerer Verwirrung in Dexters Kopf führte.
„Er muss da gewesen sein. Ich habe ihn gesehen. Ich habe mit ihm gekämpft, und er war es, der mich zu Boden geschleudert hat", entgegnete er dann, wobei große Verwirrung und Verzweiflung aus seiner Stimme herauszulesen war. „Du sagst, du hast mit dem König gekämpft?", erwiderte Meister Zenos, in dessen Blick sich nun ebenfalls große Verwirrung widerspiegelte.

Dies führte dazu, dass Dexter sich zurück in sein Bett fallen ließ und

dann nach einem kurzen Moment der Stille, in dem er mit geschlossenen Augen an die vergangenen Geschehnisse dachte, den Hohen Priester darüber aufklärte, was genau in den Hallen geschehen war, nachdem sie ihn aus den Augen verloren hatten.
Es war ein Gefühl der Angst, des Schreckens und der Verzweiflung, das sich bei diesen Erläuterungen in den Gemütern der anwesenden Magier ausbreitete.

„Ihr denkt also, dass der Geist des gefallenen Gottes noch immer auf dieser Welt wandelt und er sich im Körper des Königs befindet“, entgegnete dann Meister Zenos nach einigen Augenblicken der absoluten Stille, woraufhin Dexter mit einer ungewissen Traurigkeit in den Augen nickte. „Aber wie kann das sein? Den Überlieferungen zufolge sind die Nachkommen Thorions und Tales' in der letzten Schlacht des Ewigen Krieges gefallen. Durch die Hand des wahren Erben göttlicher Macht, der dadurch die Menschheit von dieser jahrhundertelangen Pein befreit hat!“, sprach er mit einem Quant Euphorie in der Stimme, woraufhin Dexter plötzlich wieder die Bilder aus seinen Träumen durchs Gedächtnis huschten. „Seht ihr denn nicht, Meister Zenos!“, begann er dann nach einigen weiteren Augenblicken absoluter Ruhe, woraufhin neben Meister Zenos und den mit ihm angekommenen Magiern auch der Rest der Gemeinschaft die Ohren spitzte.

„Es passt doch alles haargenau zusammen. Stellt euch einfach mal vor, in jener letzten Schlacht tauchte plötzlich der Sohn der Götter auf um mit seinem Bruder abzurechnen und ihn für seinen Verrat büßen zu lassen. Damus erkannte dies und nutzte die Zeit, in der jene Brüder ihren Kampf austrugen, um seinen Geist rechtzeitig vor der Vernichtung des königlichen Körpers in Sicherheit zu bringen. Es war General Seramus, wie wir aus den Erzählungen wissen, der nach dieser Schlacht als einer der wenigen Überlebenden zurück nach Onur kam und den Krieg als beendet erklärte. Er war es, der die Befehle für die Errichtung des Grenzwalles gab, und er war es auch, der von da an als neu ernannter König die Geschicke Tigras lenkte. Kann es nun nicht sein, dass der Geist des gefallenen Gottes in jenem General einen neuen Körper gefunden hatte um von da an als letzter überbleibender Veteran des Planes, der vor Jahrtausenden von ihm

und Denuis geschmiedet wurde, an ihm festzuhalten?"
Es waren erstaunte und überraschte aber zugleich gläubige Blicke, die Dexter bei einem jeden Wort, welches seinen Mund verließ, empfing, bis er für einen kurzen Moment eine Pause einlegte, um daraufhin mit seinen Gedanken fortzufahren. „Wisst ihr, während ich bewusstlos war, schossen mir alle möglichen Erinnerungen durch den Kopf. Erinnerungen aus meinem ganzen Leben, von denen ich dachte, dass es jene Bilder wären, von denen man sich erzählt, dass man sie sehe, kurz bevor man in das Reich der Toten hinüber schreitet. Doch erst jetzt, wo ich merke, dass dies nicht jene letzten Erinnerungen waren, beginnen die Bilder langsam einen Sinn zu geben", sprach er, worauf er eine erneute Pause einlegte.

„Was waren das für Erinnerungen?", begann plötzlich der Magier Sergon, in dessen Stimme die Neugierde mehr als sichtbar wurde, weshalb Dexter sich dazu entschloss die Gruppe weiter in seine Gedanken einzuweihen.

„Ich erinnerte mich an die Nacht, in welcher meine Mutter, nein, meine Schwester, getötet wurde. Mein Bruder oder besser gesagt mein Stiefbruder kam in mein Zimmer und flüchtete mit mir in ein kleines Versteck, welches sich in seinem Zimmer befand. Dort verbrachten wir beinahe die ganze Nacht, während um uns herum das Haus durchsucht wurde. Ich wusste damals nicht, nach was sie suchten und warum sie hier sind, aber heute ist mir klar, dass jene Männer auf der Suche nach mir waren. Es dauerte auf jeden Fall Stunden, bis sie unser Haus verließen und das Klappern schwer gepanzerter Pferde, die in höchster Eile durch die Gassen galoppierten, langsam in der Ferne verschwand. Als ich dann zu jener Zeit nach Thorgar kam und das Leben bei General Tirion in Angriff nahm, verschwanden jene Erinnerungen für lange Zeit aus meinem Kopf, bis ich eines Tages erfuhr, dass jener General Tirion es war, der im Auftrag König Sumunors den Mann, den ich lange Zeit als Vater bezeichnete, niederstreckte. Natürlich ging ich damals davon aus, dass der Mord an meiner Schwester auch auf den Befehl des Königs erfolgt ist, auch wenn eine Kleinigkeit stets mein Gemüt erregte. Es war eine Kleinigkeit, ja geradezu banal, die mich jetzt erst erkennen ließ, wer tatsächlich der Urheber des Mordes an meiner Schwester war. Ihr müsst wissen, als ich damals meine Ausbildung zum Soldaten durchlebte und in all der Zeit,

die ich im Dienste des Königs verlebt habe, ist mir niemals ein gepanzertes Pferd vor die Augen gekommen“, sprach er, woraufhin er sich einen Moment Zeit ließ, um die aufgeklärten Gesichter seiner Kameraden zu mustern.
Doch entgegen seiner Vermutung bekam er keine Blicke der Erkenntnis, sondern empfing lediglich noch verwirrtere. „Versteht ihr denn nicht? Ich bin immer davon ausgegangen, dass es König Sumunor war, der den Mord an meiner Schwester verschuldet hatte. Auch wenn General Tirion mir einst erzählt hatte, dass dies nicht der Fall sei, so war ich dennoch stets davon überzeugt. Seit ich die Wahrheit über meine Herkunft kenne, war ich immer der Meinung, dass er es war, der damals seine Soldaten ausgesendet hatte, um mich zu töten, bis in einem meiner Träume plötzlich die Bilder der acht gepanzerten Rösser, die wir in Enoth gesehen haben, auftauchten. Erst jetzt erkenne ich, dass meine Vermutungen falsch gewesen sind. Er war es, König Tratres, der den Befehl gegeben hatte, mich zu vernichten, und er war es, der über das Geheimnis, welches meine Person umgibt, Bescheid wusste.“

Erst jetzt erhielt der Magier die von ihm erwünschten Blicke, woraufhin nach einigen Augenblicken Meister Isidron die Stimme erhob.
„Und das ist der Grund, weshalb du denkst, dass der Geist des Gefallenen noch immer auf dieser Welt wandelt?“, sprach er mit einem Funken Sarkasmus in der Stimme, worauf Dexter klar wurde, dass seinen Kameraden nicht ganz ersichtlich wurde, was ihn zu seiner Annahme führte.

„Einer von vielen Gründen!“, entgegnete er dann, woraufhin er nach kurzer Pause seine Gedanken weiterführte.
„Aber es spricht noch vieles mehr dafür. Der Grenzwall zum Beispiel. Seit ich damals in meiner Ausbildung das erste Mal von ihm gehört habe, verstand ich nicht so recht, wieso König Seramus damals so hartnäckig darauf bestanden hatte jene Grenze zu ziehen. Aus den Geschichtsbüchern wissen wir, dass der damals neu gewählte König Thorgars es strickt ablehnte, das Land auf solch rapide Weise zu trennen. Aber dennoch erließ König Seramus, der Ursprung der Königslinie, zu welcher sich auch der heutige König Tratres zählt, den Befehl diese Grenzmauer zu errichten. Seit ich damals in meiner Magierausbildung von dem Untergang der

Erben Thorion und Tales, die jahrhundertelang die Seelen der Menschen ihres Reiches mit Hass erfüllten, gehört habe, hab ich mich gefragt, wie es dazu kam, dass nach ihrem Untergang jener Hass in den Köpfen der Menschen fortlebte. Bis mir vor wenigen Tagen plötzlich der Schlüssel zu jenem Mysterium mehr oder weniger durch Zufall in die Hände fiel. Auch wenn ich zu diesem Zeitpunkt noch nicht reif genug war, mit ihm das Schloss dieses Geheimnisses zu öffnen. Es war Gabonus, der mir den entscheidenden Hinweis auf diese so wichtige Frage gab. Wie hat er gesagt? Es gibt ein Unterschied zwischen Ost und West. Während im Osten das Vergessen und die Verdrängung der Vergangenheit im Vordergrund stehen, wodurch es den Menschen möglich war das erste Mal seit Jahrhunderten in wirklicher Freiheit zu leben, blieb diese Art der Bewältigung im Westen außer Acht. Hier suchte man nach Schuldigen. Nach den Übeltätern für jene Tragödie. Es waren die Magier, die letztlich wieder einmal als Sündenböcke für die grausamen Pläne der beiden Verräter herhalten mussten. Sie waren es, die König Seramus in jener Zeit öffentlich für den Untergang Tigras verantwortlich machten, und sie waren es, auf die von da an der Hass des Landes gelenkt wurde. Diese kleine Ausführung bringt mich nun wieder zu meinem eigentlichen Punkt. Dem Grenzwall. Nach dem Krieg gebaut, blieb er jahrhundertelang für den Weg von West nach Ost verschlossen, wogegen ein jeder Mann aus dem Osten ohne Probleme in den Westen gelangen konnte, bis er vor etwa 20 Jahren zum ersten Mal auch für den Weg in den Osten freigegeben wurde. Zufälligerweise genau zu der Zeit, als die Heimat meines Vaters von den Truppen des Königs niedergebrannt wurde!“, sprach er, worauf er erneut eine kurze Atempause dazwischenschob, bis er die unruhig und neugierig dreinblickenden Gesichter seiner Kameraden weiter erhellte.

„Sehen wir die Sache nun mal aus der Sicht des König Seramus beziehungsweise des gefallenen Gottes. Er hat einst einen Plan mit Denuis ausgebrütet, welcher letztlich die Vernichtung der Menschheit zur Folge haben sollte. Ihr erstes Ziel war es die Macht der Götter Anor und Velur zu verbannen, was sie auch großenteils schafften. Danach mussten sie die Welt trennen und Hass in die Seelen der Menschheit pflanzen, der sich letztlich in einem schier endlosen Krieg ausleben sollte. Doch entgegen den Vermutungen der beiden Verräter zog sich dieser schier endlose

Kampf über viele Jahrhunderte hinweg, bis er letztlich durch das Eingreifen von Anor und Velur beendet wurde. Es war wie ein Stich in den Rücken, den die beiden Verräter in jenem Moment erhielten, da es nur einer Kleinigkeit zu verdanken war, dass jene Götter noch immer die Macht besaßen in die Geschicke der Welt einzugreifen. Die Magier. Jene Rasse, die vor Jahrhunderten die Welt beherrschte und die seither unerbittlich gejagt wurde. Doch einige wenige überlebten diese Jagd und überdauerten die Jahrhunderte in der Abgeschiedenheit des Westgebirges, wo der Einfluss des Königs keine Bedeutung mehr hatte. Diese Magier waren es, durch die Anor und Velur das Leid, welches auf der Welt herrschte, erblickten, als ihnen mit einem Schlage klar wurde, was der verhasste Sohn und der gestürzte Gott vorhatten. So sendeten sie den Erben ihrer Macht hinab auf die Welt, um durch seine Kraft ihre Fehler der Vergangenheit auszugleichen und den Hass, den ihre Widersacher auf der Erde versprüht hatten, zu vernichten. Doch entgegen den alten Überlieferungen glaube ich nun, dass ihr Plan, den Plan der Verräter zu vereiteln, gescheitert war. Auch wenn Denuis und sein Bruder die Welt verlassen haben, so lebten der Geist und mit ihm der Hass des gestürzten Gottes weiterhin in den Seelen der Menschen des Westens. Doch auch wenn das Vorhaben Anors und Velurs gescheitert war, so hatten sie den Plänen der Verräter dennoch einen gewaltigen Rückschlag verpasst. Einer von ihnen war gefallen, während der andere zwischen den Trümmern ihrer Pläne in einem Land voll unerhoffter Träume fortlebte. Doch wie ich vermute, fand sich der Verräter nicht damit ab, die Trümmer seiner Visionen zu betrauern, sondern widmete sich an Stelle dessen neuen Plänen. Pläne, durch die es ihm letztlich doch gelingen könnte die Schöpfung Anors und Velurs und damit ihre Existenz aus seinem einstigen Reich zu verdrängen. Ein Plan, der diesmal die vorherige komplette Vernichtung der Magier in sich miteinschloss, da er glaubte nur so letztlich die Erfüllung seiner Visionen realisieren zu können. So kam es dazu, dass er nicht nur sein Reich von dem freien des Ostens abkapselte, sondern gleichzeitig auch die wenigen Magier, welche in jenen Tagen in der Zurückgezogenheit des Westgebirges lebten, in seinem Reich einschloss“, sprach er, wobei er mit geradezu prophetischem Tonfall seine Erklärung beendete.

Natürlich wusste auch Dexter, dass es für all diese Vermutungen, die er seiner Gemeinschaft gegenüber verkündete, keine stichfesten Beweise gab, aber dennoch war er in den Tiefen seiner Seele davon überzeugt, dass dies die Wahrheit war. Die Wahrheit über die Welt und die Wahrheit über das Land Tigra. Es war erneut Meister Zenos, der daraufhin nach einigen Momenten der Stille das Wort ergriff. „Aber wieso sollte er uns in seinem Reich einsperren?“, entgegnete er, wobei Dexter ein sonderbares Gefühl der Überheblichkeit durch die Glieder ging.

„Verstehen die denn gar nix!“, schoss es ihm dabei durch den Kopf, während er geduldig auf den Priester blickte.

„Seht doch mal. Die Welt ist in zwei Königreiche getrennt. In einem ist der Hass, welchen Denuis in den Seelen seines Volkes verbreitet hatte, verschwunden und an Stelle dessen tritt die eigentliche Natur des Menschen. Friedfertig, zukunftszugewendet und beschäftigt mit dem eigenen Leben. Im anderen dagegen lebt weiterhin der Hass in all seinen Formen und Ausprägungen fort. Da der Gefallene aber wusste, dass sich der Hass nicht länger gegen den Osten richten durfte, da jener Hass in dem schier endlosen Krieg mehr als zermürbt worden war, entschied er sich für eine neue Strategie.“

„Er suchte sich einen Sündenbock, auf den er den Hass der Vergangenheit lenken konnte. Einen Sündenbock, auf den er die Schuld an Krieg und Vernichtung laden konnte, ohne dass dieser eine Möglichkeit hatte dies abzuwenden. So fand er in der Rasse der Magier letztlich jenen Bock, der von da an zum personifizierten Bild für Tod, Verbrechen und Vernichtung wurde. So begann der neue Plan des Gottes. Ein manipuliertes Volk, durch dessen Hilfe er zunächst seine ärgsten Widersacher, die Magier, ausrotten wollte um letztlich der Erfüllung seiner Pläne gerecht zu werden“, sprach er, wobei es Meister Isidron war, der diesmal dazwischensprach. „Es sind wahrlich klare Bilder, die du uns hier eröffnest“, meinte er, wobei Dexter ein Gefühl der Erleichterung erfasste.

„Zumindest einer hat verstanden!“, schoss es ihm dabei durch den Kopf, während Meister Pelebas die Stimme erhob.

„Gehen wir also mal davon aus, dass du mit dem, was du sagst, Recht hast. Sagen wir, König Seramus’ Seele war befallen vom Geist des gefallenen Gottes, und trotz der Niederlage für ihn und Denuis wollte er weiterhin an seiner Vision festhalten. Er kapselte sich vom Osten ab und schürte den Hass gegen die Magier. Aber was nun? Denkt ihr tatsächlich,

er ist immer noch von dem Gedanken besessen das Antlitz der Menschen von dieser Welt zu verbannen?", sprach er, wobei Dexter kurz ins Grübeln kam, als ihm ein plötzlicher Gedankenblitz das letzte Puzzleteil zu jenem Rätsel brachte.
„Das ist es!", rief er dabei mit einem Gefühl zwischen Euphorie und Schrecken auf, woraufhin er den verdutzten Magiern seine Gedanken näher brachte. „Ja, Meister Pelebas, das denke ich!", meinte er dabei mit schnellen Worten, woraufhin er seine restlichen Gedanken ausführte.

„Damals, in der Nachkriegszeit, war unsere Welt verwüstet und zerstört. Zahllose Ruinen und Leichen zierten das Antlitz der Königreiche, und es dauerte Jahrhunderte, bis die ‚Blüte' der einstigen Tage wieder Einzug in die Welt hatte. Natürlich wusste auch Damus, der gefallene Gott, dass letztlich nur ein Krieg die Entscheidung bringen könnte. Ein Krieg, der letztlich das beenden sollte, was er damals mit seinem Verbündeten Denuis begonnen hatte. Doch wie ich bereits gesagt habe, war jenem die Macht der Magier, die noch immer auf der Welt wandelten, ein Dorn im Auge, so dass er den Hass seines Volkes gegen sie lenkte. Mit ihrer Hilfe und der Tatsache, dass er mit der Errichtung des Grenzwalles jegliche Flucht unterbinden konnte, schaffte er es letztlich die Magier vollkommen zurück ins Westgebirge zu treiben. Hier wollte er sie dann in einer letzten, alles entscheidenden Schlacht ein für alle Mal von dieser Welt verbannen. Vor 22 Jahren, in jener Nacht, als mein Vater getötet wurde, sah König Tratres, dass jene Zeit gekommen war, und so entsendete er seine Truppen um die letzten Überbleibsel der göttlichen Macht zu verbannen."
„Doch entgegen seinen Vermutungen waren es nicht alle Magier, die er damals vernichtet hat. Auch wenn es ein harter Schlag gegen unsere Rasse war und mehrere hundert ihr Leben ließen, so schafften es doch einige wenige aus der untergehenden Stadt zu fliehen. Doch in den Augen des Königs war zu jenen Tagen der Kampf gegen die Magier gewonnen, so dass er letztlich den Rest seiner Visionen würde realisieren können. Doch während er so Schritt für Schritt näher auf den Tag hinarbeitete, an dem er letztlich das Ende der Menschheit besiegeln wollte, kamen ihm eines Tages seltsame Gerüchte zu Ohren. Gerüchte über den Erben des Sehers, welcher nach den alten Prophezeiungen die Macht besitzen sollte das

Gleichgewicht der göttlichen Macht wiederherzustellen. Gerüchte, dass der Erbe der Magie durch die Hand eines Soldaten aus dem Osten gerettet worden sei.“

„Ich weiß nicht, ob es der Realität entspricht, aber ich vermute, dass dies die Zeit war, in der Sheron, jener Soldat, der nach Angaben der Regierung des Ostens als Einziger in Frage kam, des Verrates am Vaterland bezichtigt wurde, wodurch sein Tod mehr als beschlossene Sache wurde. So fand König Tratres letztlich jenen Erben. Mich! Doch entgegen seinen Hoffnungen schaffte er es nicht mein Schicksal zu beenden. Er scheiterte erst im Hause meiner Kindheit und dann auf dem Goldenen Platz Thorgars. Doch wie General Tirion mir vor einigen Jahren erzählt hatte, war der Angriff auf dem Goldenen Platz im Augenschein beider Könige von Erfolg gekrönt, was dazu führte, dass König Tratres sein Augenmerk wieder auf die letzten Schritte seines Planes lenkte. Es war die Zeit, in der ich meine Ausbildung aufnahm, bis ich dann als Soldat die Wahrheit über mein Leben erfuhr. Oft habe ich mich seither gefragt, wie es mir gelingen sollte zu vollbringen, was man von mir erwartete, und erst jetzt wird mir langsam ersichtlich, wie es uns gelingen kann das Gleichgewicht der Macht wiederzuerlangen.“

Es waren fünf angespannte und neugierige Augenpaare, die bei jedem Wort ihres Auserwählten fragend auf seinen Lippen verharrten und nun mit Spannung abwarteten, zu welcher Entscheidung ihr Erlöser gekommen war. Es war just dieser Augenblick, als Dexter plötzlich in seinen Gedanken fortgerissen wurde und entsetzliche Bilder seinen Schädel durchbohrten. Bilder von marschierenden Truppen, die unter dem Befehl des Königs von Tigra ihre Klingen gegen das Volk des Ostens erhoben. Bilder von schreienden Kindern und Frauen, die auf brutalste Weise niedergemeuchelt wurden und Bilder von einem schwarzen Heer, das auf einmal aus der Ferne über den Kontinent hereinbrach und die Menschheit ein für alle Mal vernichtete.

Es war die Stimme des Meisters Zenos, die ihn plötzlich aus jenen Visionen riss, als er erkannte, dass er allem Anschein nach aus dem Bett gefallen war. „Dexter, Dexter!“, sprach dieser mit erregter Stimme, wobei

er den Körper des Magiers aufrüttelte.
Es war ein Gefühl der Erleichterung, als dieser plötzlich die Augen aufschlug und seinen Blick durch die verängstigten und geschockten Gesichter seiner Kameraden schweifen ließ. „Den Göttern sei Dank!“, sprach dann Meister Zenos, als er erkannte, dass dem Auserwählten nichts passiert war, woraufhin dieser sich ein wenig benommen aufrichtete und erneut in die Runde blickte.
„Es wird geschehen. Krieg! König Tratres wird seine Truppen gegen den Osten führen“, sprach er dann mit einer Mischung aus Angst, Zorn und Sorge in der Stimme, woraufhin er den Blick senkte und versuchte einen klaren Kopf zu bewahren.

Dies war nun auch der Zeitpunkt, an dem die restlichen Magier der Gemeinschaft verstanden, was all die Erklärungen Dexters zu bedeuten hatten. Auch wenn seine Worte nicht jeden völlig überzeugten, so zeigte sich dennoch ein jeder gewillt ihm weiterhin die Treue zu halten und ihn auf seinem Weg zu begleiten, als er es war, der ihre Hilfe ablehnte.
„Nein!“, entgegnete er bestimmt auf die Aussagen der Magier, woraufhin Verwirrung in den Köpfen der Gemeinschaft emporstieg. „Nein!“, wiederholte er seine Entscheidung, woraufhin er kurz durchatmete und dann erneut die Stimme erhob.

„Es ist meine Aufgabe die Welt des Ostens zu warnen, und es ist meine Aufgabe einen Weg zu finden die Pläne des gefallenen Gottes zu vereiteln. Ihr dagegen kehrt zurück zu unserem Volk und verbreitet unter ihnen die Neuigkeiten. Ein jeder soll wissen, was es mit dem Reich des Westens auf sich hat und ein jeder soll sich bereithalten.“ „Bereit wofür?“, erwiderte darauf Meister Zenos, wobei die Unsicherheit ihm deutlich ins Gesicht geschrieben stand.
„Bereit für meine Rückkehr und bereit für den Krieg!“, sprach er, wobei die Botschaft die Gemüter der Magier schockierte. „Für den Krieg?“, wiederholte Meister Pelebas unsicher die Worte, worauf Dexter heftig nickte und damit die Bestätigung seiner Aussage bekannt gab.
„Für den Krieg, in den wir hoffentlich nicht alleine ziehen müssen“, wiederholte er sich, woraufhin er sich das erste Mal zu seiner vollen Größe aufrichtete und in die verschreckten Augen der Gemeinschaft blickte. Es

war letztlich Meister Zenos, der nach einigen Momenten der Spannung die Unterredung beendete. „Wie bereits in Verduin gesagt...“, begann er, „werden ich und unsere Rasse eurem Weg in unsere Zukunft folgen. Darum werden wir uns auf den Weg zurück in die Höhlen machen und unser Volk vorbereiten. Vorbereiten auf das, was dein Weg uns bringen wird, koste es, was es wolle“, sprach er, wobei er Dexter eine letzte Umarmung schenkte.
„Und du, geh nun, und spurte dich auf deiner Reise in den Osten“, sprach er, wobei Dexter erkannte, dass der alte Mann erneut in seine Gedanken geblickt hatte, als ein plötzliches Krachen von außerhalb des Raumes die Aufmerksamkeit der Magier auf sich lenkte.

„Verdammt!“, ging es dabei einem jeden außer Dexter durch den Kopf, worauf Meister Zenos einige letzte hastige Worte an den Auserwählten richtete. „Die Soldaten, sie haben uns gefunden. Scheinbar ist unsere Flucht aus den Hallen des Königs nicht unvergessen geblieben“, sprach er mit einem sarkastischen Grinsen, woraufhin plötzlich die laute Stimme eines Mannes von außerhalb zu vernehmen war.
„Im Namen von König Tratres befehle ich euch herauszukommen. Wir haben euer Versteck umstellt, und es gibt keine Möglichkeiten der Flucht“, rief jene, wobei Dexter nun derjenige war, der am entsetztesten dreinblickte. „Ich dachte, wir wären hier in Sicherheit?“, sprach er in die Runde, worauf Sergon kurz versuchte ihm die Umstände ihrer Flucht und somit die Wahrheit um den Faktor Sicherheit zu verdeutlichen.
„Weißt du, als die Meister Zenos, Isidron und Pelebas plötzlich durch einen Teleport vor dem Pfad ins Gebirge auftauchten, kamen wir nicht darum einige Soldaten niederzustrecken. Auf jeden Fall sind wir dann schleunigst aus der Festung galoppiert, wobei es uns nur mit einigen Feuerbällen und Sturmfäusten gelang, die Tore der Verteidigungsmauer zu durchbrechen und durch die Straßen Onurs aus der Stadt zu fliehen. Aber da wir nicht durch die Kraft der Teleportation geflohen sind, haben die Soldaten es scheinbar geschafft unsere Fährte aufzunehmen!“, sprach er mit schnellen Worten, wobei Dexter letztlich doch noch die Einzelheiten über ihre Flucht bekannt wurden.

Es war Meister Zenos, der daraufhin ein allerletztes Mal das Wort an ihn

richtete. „Wir sind hier in einer Jagdhütte in einem kleinen Waldstück in der Nähe von Onur. Andolas und die restlichen Pferde befinden sich in einem kleinen Gehege nicht weit von hier. Folge einfach dem Reselas etwa 200 Schritte und du findest sie. Aber nimm den Hinterausgang“, sprach er mit schnellen Worten, worauf er Dexter mit einem letzten Augenzwinkern alleine zurückließ. Gemeinsam mit den restlichen Magiern der Gemeinschaft schritt er aus der Kammer in einen größeren Raum, von wo aus er das Wort an die Soldaten außerhalb richtete. „Wir kommen heraus!“, sprach er, wobei ein kleiner Schreck im Körper Dexters aufbrach.
„Spinnt der? Wieso wollen die sich ergeben?“, schoss es ihm durch den Kopf, während der Hohe Priester langsam die Tür öffnete und hinaus in die Dunkelheit schritt. Es war ein unsicheres Gefühl, mit welchem der Auserwählte nun auch Isidron, Pelebas, Sergon und Areas aus dem Haus gehen sah, als ihm ein plötzlich durch die Luft zuckender Blitz klar machte, dass Meister Zenos sicherlich nicht so einfach den Befehlen des Königs nachkommen würde.
Just dieser Moment und das anschließende Gefecht zwischen den fünf Magiern und den Soldaten Tigras war es, den er nutzte um durch den Hinterausgang aus dem Hause zu verschwinden um im Schatten der Nacht letztlich der Erfüllung seines Schicksals einen entscheidenden Schritt näher zu kommen.

Es war kein langer und schwieriger Weg, den er durch das Dickicht am Flussrand zurücklegen musste, während im Hintergrund die tobenden Schreie eines verzweifelten Kampfes die Impressionen des Magiers bestimmten, bis er auf einmal in naher Ferne die schwarzen Umrisse eines majestätischen Geschöpfes erspähte.
Es war Andolas, sein treuester Freund, der dort im Schatten der Nacht auf seinen Herren wartete um daraufhin unter schallendem Galopp in Richtung Osten aufzubrechen.

Es war ein nicht enden wollender Kampf mit der Dunkelheit, der letztlich nur durch die Kraft der Sonne für Dexter entschieden werden konnte, wobei sich dieser Kampf viele Male abspielte, während der Magier unentwegt ostwärts galoppierte. Gestärkt durch Dexters heilende Kräfte

schaffte es der treue Andolas diese gewaltige Anstrengung zu überstehen, wobei es nur selten vorkam, dass jenes Reittier eine kurze Pause bekam. Es waren alle möglichen Gedanken und Vorahnungen, die auf jenem Weg durch die Hügelgebirge des Weißen Gebirges und später entlang der Ackerflächen Tigras den Verstand Dexters heimsuchten, wobei es letztlich der Anblick der Flussstadt Ratesat war, dem es zum ersten Mal gelang die Gedanken des Auserwählten auf die vor ihm liegende Reise nach Thorgar zu konzentrieren. „Er musste die Stadt hinter sich lassen um schließlich am anderen Ende sicher über den Iniad zu gelangen!", ging es ihm dabei durch den Kopf, woraufhin ihm einige Erinnerungen aus seinen alten Tagen beim Militär durchs Hirn wanderten.
„Der raterische Übergang ist der einzige Weg auf die andere Seite des Iniads. Und danach. Danach folgen unendliche Weidelandschaften, die sich bis nach Meleas ziehen", erinnerte er sich, wobei er stets hoffte, dass jene Grenze noch begehbar war.

So durchquerte der Auserwählte auf schnellem Fuße die Flussstadt Ratesat. Nicht viele Menschen waren es, die zu jener Zeit die Straßen belebten, aber allesamt wunderten sie sich über den magischen Krieger, der in höchster Eile durch ihre Straßen fegte.
Doch weder kümmerten jenen die Blicke dieser Menschen, noch veranlassten sie ihn seinen Gang zu drosseln, so dass er schon nach kurzer Zeit das Ende der Stadt erreicht hatte und nun in schnellem Trab über den gewaltigen Strom kam. Es war eine nicht enden wollende Weidelandschaft, die im Anschluss an den Fluss wieder die Oberhand über die Vegetation errang, wobei der Magier schließlich sieben Tage brauchte, bis er die letzte fruchtbare Oase vor der Grenze erreicht hatte.

Meleas hieß dieser Ort, und frohen Mutes erblickte der Magier Dexter diesen, der den Gang seines Rosses nun ein wenig drosselte um keinerlei Aufmerksamkeit zu erregen. Auf diese Weise gelang es ihm schließlich auch jenes Hindernis hinter sich zu lassen, so dass er ohne Probleme die andere Seite dieser Welt betreten konnte.

Doch im Gegensatz zu Tigra grenzte im Osten eine riesige Salzwüste an die gewaltige Grenzmauer, welche dem Magier und seinem treuen Ross

in den folgenden drei Tagen sehr zusetzte.
Schier unerträglich war hierbei die Hitze, die von der gewaltigen Feuerkugel über ihm ausging und die komplette Umgebung in totale Dürre tränkte. Dexter war demzufolge mehr als erleichtert, als er im Laufe des vierten Tages nach Grenzübertritt den gewaltigen Surius in der Ferne erblickte. „Endlich", sprach er dabei seinem Ross zu, während sie Schritt um Schritt weiter in die fruchtbaren Gebiete Ogirions vorstießen.

Es dauerte schließlich noch sieben Tage, bis der Magier zum ersten Mal seit vielen Jahren die gewaltigen Mauern Thorgars erblickte, zum ersten Mal seit ihrem Aufbruch vor mehr als drei Wochen schwappte hierbei ein Gefühl der Erleichterung in ihm auf.

Daher beschleunigte er den Gang seines Reittieres vom Trab in den Galopp um möglichst vor dem Verschwinden der Helligkeit die Stadt zu erreichen. Dabei kamen ihm nochmals alle Ideen in den Kopf, die er in den vielen Tagen der Reise gesammelt hatte, um den König des Ostens davon zu überzeugen, was für eine Gefahr ihm und seinem Volk drohte.

So erreichte der Magier die Tore der Stadt noch vor der Dunkelheit der Nacht, wobei er in Gestalt eines seit langem verschwundenen Freundes Eintritt nach Thorgar erhielt. Die Gestalt des Serens war es, die ihm dabei dienlich war und durch die es ihm gelang ohne Aufsehen in das Innere der Metropole einzudringen, von wo aus er seinen Weg in ihr Zentrum fortführte. Wie in seinen Planungen wollte er mit der Kraft der Teleportation in das Innere der Festung eindringen und wie in seinen vorherigen Ideen wollte er bei Nacht den Einbruch in den königlichen Palast wagen um dort den König in der Stille der Dunkelheit über die Ereignisse der Zukunft aufzuklären.
Doch bevor er dies alles tun konnte, gab es einige wichtige Dinge, die erledigt werden mussten. Das Wichtigste davon war die Unterbringung seines treuen Andolas, was ihn letztlich das erste Mal seit vielen Jahren zur Unterkunft eines alten Freundes führte.
Einen Freund, der der Macht des Königs stets mit Skepsis gegenübergetreten war und bei dem er hoffentlich sicher sein konnte, dass Andolas dort in guten Händen sei. Samua, der ehemalige Jagdlehrmeister des Re-

kruten Terean Troles, war dieser jemand, und so führte ihn sein Weg in die Gasse, in welcher jener Mann seine Unterkunft besaß.
Es war ein gewaltiger Schock, gefolgt von einem Gefühl der Freude, das daraufhin den Körper Samuas durchfuhr, als er ohne jegliche Vorahnung über die Art des Besuchers auf das Klopfen Dexters hin die Tür öffnete.
„Terean? Bist du es?“, kam es dabei mit ungläubiger Stimme aus diesem hervor, woraufhin er erfreut auflächelte.
„Ja, du bist es tatsächlich!“, sprach er darauf voller Euphorie und erkundigte sich neugierig nach dem Verbleib seines ehemaligen Schülers.
„Weißt du, ich bin viel gereist und habe viel durchlebt, aber davon kann ich dir derzeit leider nichts erzählen. Aber dennoch hoffe ich, dass ich mich auf einen alten Freund verlassen kann, wenn ich seine Hilfe benötige“, und auch wenn der Jäger nicht gerade begeistert über Dexters Worte war, bestätigte er jenen in seiner Vermutung und versprach ihm seine Hilfe.

So kam es dazu, dass Dexter dem Jäger die Obhut über Andolas gab, so dass er sich nun ganz auf sich gestellt aufmachen konnte um jenen entscheidenden Grund seiner Reise in Angriff zu nehmen.

Es war ruhig an jenem späten Abend, als der Magier in einen weiten, dunklen Mantel gehüllt durch die Gassen Thorgars ging, bis er plötzlich die Straßen verließ und in einer kleinen Seitengasse verschwand.
Hier konnte er unbemerkt seine innere Kraft konzentrieren, um mit ihrer Hilfe und den Worten der Götter seinen Körper ins Innere der Festung zu transportieren. Es war ein bestimmter Ort, den er dabei im Sinn hatte, was dazu führte, dass kurz darauf ein blau leuchtender Schimmer hinter der letzten Rekrutenkaserne und zwischen einigen alten Kisten auftauchte, woraus sich kurz darauf die Umrisse des Magiers entwickelten.
Es war die Stelle, die er gemeinsam mit Seren und Petro in ihren früheren Jahren aufgesucht hatte und an der sie des Öfteren der Versuchung des sonderbaren Wendelkrautes erlegen waren.

So geschah es nun, dass Dexter viele Jahre später als ein Anhänger des alten Glaubens an jenen Ort zurückkehrte und von da aus im Schatten der Nacht seinen Weg ins Innere der Festung bahnte.

Unbemerkt von den wenigen umherstreifenden Soldaten der Garde drang er immer tiefer in das Heiligtum königlicher Macht, bis er auf einmal, als er den letzten Ring durchbrochen hatte, den prunkvollen Anblick des königlichen Hauses vor sich sah.
„Dann wollen wir mal unsere Mission erfüllen", meinte er dabei zu sich selbst, woraufhin er seinen Weg fortsetzte, als ihm plötzlich eine Idee kam. Bislang hatte er sich stets Gedanken darüber gemacht wie genau er eigentlich in den Palast des Königs eindringen wollte und war bislang zu keiner wirklich guten Lösung gekommen, weshalb er sich besonders freute, als ein schon beinahe vergessener Gedanke in seinen Schädel zurückkehrte.
Es war die Erinnerung an einen Ball im Palast. Beinahe die einzige Situation, in der er im Inneren der königlichen Hallen war, ließ ihn dieser Gedanke an einen Ort zurückkehren, wo ihm einst mysteriöse Geschehnisse das Adrenalin durch den Körper pumpten.
Der Schnapskeller war es, an welchen er in jenem Moment dachte, woraufhin er versuchte die genaue Beschaffenheit des Raumes in seinem Kopf aufzubauen. Es brauchte ihn einige Minuten, in denen er sich an einer der äußeren Mauern hinter einem größeren Holunderstrauch versteckt hielt, wobei er versuchte das Bild in seinem Kopfe zu schaffen, um daraufhin seinen Körper durch die Kraft der Teleportation verschwinden zu lassen.

Kapitel 17 - Ein Funke Hoffnung

Inmitten eines dunklen Raumes geschah es in jenem Moment, dass plötzlich ein blauer Funke die Schwärze durchschnitt, aus der sich explosionsartig Dexters Umrisse bildeten. Ein wenig unsicher über die momentane Lage geschah es, dass jener einen weiteren kleinen Teil seiner Kräfte nutzte, um mit einer weiß leuchtenden Kugel aus reiner Energie der Dunkelheit den Garaus zu machen.
So erkannte er erst jetzt, dass sein Zauber tatsächlich von Erfolg gekrönt war, als er sich inmitten von zahlreichen Regalen wiedersah, in denen alle möglichen Sorten von Weinbränden, Schnäpsen und Likören gelagert waren. „Sehr gut!“, schoss es ihm dabei durch den Kopf, woraufhin er sich mit schnellen Schritten auf die Tür zubewegte, die durch das noch immer über seinem Kopf schwebende Licht erkennbar wurde.
Zum seinem Pech musste er jedoch gleich darauf feststellen, dass dieser Ausgang allem Anschein nach verschlossen war. „Verdammt!“, ging es ihm dabei durch den Kopf, während er einen Schritt zurück machte und die Tür aus einiger Entfernung betrachtete. Es dauerte einige Minuten, in welchen in seinem Inneren ein Gedanke den nächsten jagte, als ihm die Lösung des vor ihm liegenden Problems plötzlich klar wurde. „Wie konnte ich das nur vergessen?“, meinte er dabei zu sich selbst, während er sich mit schnellem Schritt in Bewegung setzte und vor der Tür in die Knie ging, um durch das Schlüsselloch zu kontrollieren ob seine Idee funktionieren konnte.
Da sich wie erwartet kein Schlüssel oder Sonstiges im Inneren des Schlosses befand, führte dies dazu, dass Dexter seinen Drachendolch, den er stets bei sich trug, aus dem Gürtel nahm und mit größter Konzentration versuchte mit der schmalen, gebogenen Spitze in das Innere des Schlosses einzudringen, um dort durch gezieltes Hebeln den Mechanismus des Schlosses in Gang zu setzen.
Es dauerte einen kurzen Moment, in dem der Magier mit schweißender Stirn vor der Tür verharrte, bis das Schloss plötzlich ein klackendes

Geräusch von sich gab und mit einem Mal aufsprang. Daher steckte der ehemalige Schmied Dexter den Drachendolch zurück in seinen Gürtel, betätigte fröhlich grinsend die Klinke und verließ dann mit schnellen, aber vorsichtigen Schritten den Raum.
Auch wenn es schon Jahre her war, so war ihm der Weg aus den Kellerräumen trotzdem noch bewusst, weshalb er, auch als das Licht seines Energieballes verglüht war, mit sicherem Schritt den Weg bis an den Treppenbeginn, welcher ihn schließlich in das Erdgeschoss des Palastes bringen sollte, fand.
Mit langsamen und vorsichtigen Schritten erklomm er nun die 24 Treppenstufen, bis er an deren Ende an einer dicken Holztür angekommen war, die sich zu seiner Freude diesmal ohne Schwierigkeiten öffnen ließ.
So kam es, dass er inmitten der Küche des Palastes stand und dort mit gespannten Ohren und scharfem Blick die nur durch das von draußen hereindringende Mondlicht erleuchtete Werkstätte für die Verpflegung der Königsfamilie musterte. Zugleich versuchte er, wie auch die ganze Zeit über auf dem Weg aus dem Schnapskeller, noch einmal den Aufbau des königlichen Palastes in seinen Gedanken abzurufen.
„Wenn ich jetzt in der Küche bin, dann komme ich über diesen Gang...“, ging es ihm durch den Kopf, wobei sein Blick auf eine Tür am Ende des Raumes fiel, „in die Festhalle des Palastes. Und wenn ich mich recht entsinne, dann ist das hier der Weg in die normalen Speiseräume, aus denen ein Weg hinauf in die königlichen Gemächer führt“, rekapitulierte er weiter, woraufhin er mit vorsichtigem Gang seinen Weg auf die Tür hin fortsetzte.

Mit langsamer Bewegung betätigte er auch hier die Klinke und gab sich somit den Weg in einen breit gebauten Gang frei. Da dieser wie vorausgesagt letztlich in den Speisesaal führte, aus dem er ohne Probleme über einen Treppenbau in die höheren Ebene gelangen konnte, kam es, dass er keine drei Minuten später mit leisen Sohlen den Weg hinauf in das zweite Geschoss gefunden hatte.

Frohen Mutes wollte er gerade den ersten Fuß aus dem Treppenbau setzten, als plötzlich die Stimmen zweier sich unterhaltender Soldaten an seine Ohren drangen. Mit einem Schreck unterbrach er dabei seinen Gang

und presste sich mit gespannten Ohren an die kalte Steinwand neben dem geöffneten Durchgang zwischen Treppenbau und zweitem Geschoss. Es war keine Sekunde zu spät, denn gerade als er aus dem Blickfeld der Tür verschwunden war, erblickte er im seitlichen Augenwinkel die Gestalt zweier gepanzerter Soldaten, die in flüsterndem Ton den Gang passierten. „Delus ist so ein Idiot. Ein jedes Mal kommt er mir mit der gleichen Scheiße. Der sollte doch inzwischen wissen, dass ich keinen Bock darauf hab", meinte dabei einer der Männer, dessen Gesicht der Magier im Augenwinkel erkennen konnte, woraufhin der andere ebenfalls einige Worte an seinen Kameraden richtete, die Dexter jedoch aufgrund der zunehmenden Entfernung nicht mehr verstehen konnte.
Ein Gefühl der Erleichterung stieg dabei in ihm auf, als die beiden Stimmen hinter der nächsten Abbiegung verschwunden waren, wobei ihm auf einmal ein cleverer Einfall kam. Sofort schloss er daraufhin wieder einmal seine Augen, wobei er mit den Worten „estatura transformatica" plötzlich seine Gestalt verlor und einen kurzen Augenblick darauf die Gestalt des von ihm erkannten Soldaten sich über seine Seele legte.

Mit schnellem Schritt marschierte er nun in den von Kerzen und Öllampen erhellten Gang und machte sich ohne weiter Rücksicht auf jegliche Geheimhaltung seiner Person zu nehmen auf in die Richtung, aus welcher sein jetziges Ebenbild soeben gekommen war.
Es waren etwa 100 Meter, die er so durch einige mit rotem Teppich besetzte Gänge schritt, an deren Seiten allerlei Spiegel königlicher Macht den Blick des Magiers auf sich zogen.
Prunkvolle Rüstungen und gewaltige Porträts ehemaliger Könige bildeten hierbei die Hauptbestandteile jener Repräsentanten, wobei seine Aufmerksamkeit letztlich von jenen ab auf ein prunkvoll gestaltetes Tor am Ende des Ganges fiel. Zwei Wachen waren es, die auf beiden Seiten des Tores positioniert waren, und nicht nur deren Erscheinung ließ den Magier plötzlich erkennen, dass er das Ziel seiner Reise gefunden hatte. Er kannte dieses Tor. Oder besser gesagt, er wusste aus den Plänen, die er in den Hallen der Magie studiert hatte, um was es sich bei dem Tor handelte. Dies war der Eingang in die königlichen Gemächer, wobei sich hinter dem breiten Tor zunächst ein weitläufiges Wohnzimmer befand, aus welchem fünf große Türen in weitere Räume führten. Dies waren

sowohl Schlaf- als auch Waschräume der einzelnen Mitglieder jenes Königshauses, wobei sich Dexter auf einen dieser Räume konzentrierte. Doch bevor er jene erreichen konnte, galt es, ein nicht gerade unerhebliches Problem aus dem Weg zu räumen.
Es waren die Wachen, die inzwischen die Gestalt der königlichen Leibwache erblickt hatten und mit spöttischer Stimme das Wort an ihn richteten.
„So schnell wieder da? Hast du dich doch entschlossen meine Schicht zu übernehmen?“, sprach dabei einer der Soldaten mit spöttischem Ton, als Dexter plötzlich die Worte seines Ebenbildes in den Sinn kamen.
„Delus ist so ein Idiot. Jedes Mal kommt er mir mit der Scheiße“, ging es ihm durch den Kopf, wobei jene Aussage in Kombination mit den Worten der Wachen auf einmal einen Sinn ergab.
„Weißt du, ich habe es mir anders überlegt. Ich habe jetzt schon so oft nein gesagt, darum werde ich heute doch deine Schicht übernehmen“, log der Magier dann, als der Soldat nochmals nachhakte, was die Leibwache hier verloren hatte, wobei ein überraschtes Grinsen durch das Gesicht jenes Mannes huschte.
„Ist das dein ernst?“, entgegnete er darauf, wobei sowohl er als auch die Wache, die auf der anderen Seite des Tores saß, Dexter, beziehungsweise in ihren Augen einen der königlichen Leibwache, mit unsicherem Blick musterten.
„Wenn es nicht mein ernst wäre, wäre ich wohl kaum hier! Also, was ist, wenn du nicht willst, kann ich auch gerne wieder gehen, Delus!“, sprach er daraufhin, was dazu führte, dass ein erneutes Grinsen über die Backen der Wache huschte.

So kam es, dass sich jener ohne weitere Worte zu verlieren von seinem Platz erhob und mit einem Gruße zum Abschied aus dem Gesichtsfeld der beiden Männer schritt. Es war der andere Soldat, der daraufhin das Wort ergriff und an den sich auf dem frei gewordenen Stuhl niederlassenden Dexter richtete.
„Seit wann machst du freiwillig Extraschichten, Galus?“, sprach er mit überraschter Stimme, wobei sein Gegenüber keinerlei Anstalten machte die Frage zu beantworten. Stattdessen schloss er seine Augen und versuchte einen weiteren Teil seiner Energie zu befreien, woraufhin plötzlich wieder die Stimme des anderen Soldaten den Raum durchdrang.

„Ach ja, du denkst, du übernimmst die Schicht, und dann kannst du dich hier schlafen legen, während ich alleine Wache schiebe? Ich glaube, du spinnst!“, sprach er mit ärgerlichem Tonfall, woraufhin plötzlich ein seltsames Ereignis den Blick der Leibwache einfing.
„Es war, als würde sich ein Mensch in einen anderen verwandeln“, erklärte er Tage später seinen Kameraden, wobei er nicht wusste, dass er in jener Sekunde das erste Mal die Macht des alten Glaubens zu Gesicht bekam. Es war Dexters Gestalt, die daraufhin plötzlich anstelle des Soldaten Galus auf dem kleinen Stuhl saß und die zur größten Verwunderung bei der einzig verbleibenden Wache führte.
„Verdammt, wer oder was bist du?“, rief dieser dann mit aufgeschreckter Stimme, wobei er sich von seinem Stuhl erhob und seine Klinge aus der Scheide riss, während der Magier nichts anders tat als von neuem seine Augen zu schließen. Weder Antworten noch eine Reaktion bekam der Soldat, weshalb er sofort wieder seine Stimme erhob und um größere Aufmerksamkeit zu erhalten diesmal die Klinge auf Dexters Brust setzte. „Ich frage nur noch einmal. Wer oder was bist du?“, wiederholte er daraufhin mit lodernder Flamme in den Augen, wobei jene Aufforderung diesmal von einem lang gezogenen Gähnen abgerundet wurde.
Es dauerte keine Sekunde, bis mit einem Schlag die Energie aus dem Körper des Mannes wich und er mit schläfrigen Augen sowohl seine Klinge als auch seine aufrechte Körperhaltung fallen ließ. Mit einem dumpfen Schlag fiel er auf den roten Teppich, wo er von einer auf die andere Sekunde von maximaler Aufregung in die tiefsten Tiefen des Schlafes eingekehrt war.

Es war Dexter, der dies mit einem Lächeln kommentierte, woraufhin er das erste Mal seit Wochen eines der blauen Fläschchen in die Hände nahm und den magisch leuchtenden Inhalt mit einem Male seine Kehle hinabstürzen ließ. Dies führte dazu, dass ein Gefühl der Wärme und Erfrischung in seinen Körper eindrang, womit ein Teil seiner verbrauchten Energien erneuert wurde und er mit frischer Kraft die Tore in die Gemächer der Königsfamilie öffnete.

„Endlich!“, ging es ihm dabei durch den Kopf, als er die Tür wieder schloss und sich nun im Raum umsah.

Es war nur ein schwacher Blick, den er im fahlen Licht nur weniger Kerzen vom Eingang der großräumigen Eingangshalle aus wahrnehmen konnte, so dass er keinen Augenblick damit verschwendete den einzelnen prunkvollen Einrichtungsgegenständen nähere Beachtung zu schenken, sondern an Stelle dessen sofort mit schnellen aber vorsichtigen Schritten auf die größte Tür auf der gegenüberliegenden Seite des Raumes zuschritt.
Dort angekommen presste er zunächst das Ohr gegen jene um dadurch die Gefahr, dass der König noch nicht im Reich der Träume wandelte, auszuschließen. Als er nach etwa einer Minute des Lauschens keinerlei Laute vernehmen konnte, entschloss er sich dazu mit vorsichtigem Griff die Klinke zu betätigen, wobei ein plötzliches Gefühl der Unsicherheit durch seinen Körper zog.
„Verdammt!", ging es ihm durch den Kopf, als er mit Entsetzen feststellte, dass die Tür verschlossen war. Sofort prüfte er daraufhin, ob sich ein Schlüssel im Schloss befand, was sich dabei als Tatsache herausstellte.
„So ein Mist!", formten sich dabei die Gedanken in seinem Kopf, woraufhin ihm klar wurde, dass der Trick mit dem Dolch hier sowieso nicht funktioniert hätte. „Viel zu laut", sprach er im Flüsterton zu sich selbst, wobei er krampfhaft versuchte eine andere Möglichkeit zu finden, durch welche er die verschlossene Tür öffnen konnte. So vergingen einige Augenblicke, in denen er grübelnd vor der Tür verharrte, als ein plötzlicher Geistesblitz seinen Schädel durchzuckte.

„Das ist es!", formten sich die Gedanken in seinem Kopf, woraufhin er seinen Blick erneut auf den kleinen Schlüssel, welcher von der anderen Seite der Tür jene verschloss, richtete.
Mit aller Konzentration schloss er seine Augen und eröffnete einem Teil seiner Kraft den Weg in die Freiheit, wobei er durch die Worte „objecto venir" und mit der vollen Konzentration seines Unterbewusstseins auf den kleinen Schlüssel den Zauber der Telekinese anwendete.

So geschah es, dass plötzlich eine winzige Verbindung aus blau leuchtenden Energiefäden durch die Spalten des Loches drang und den kleinen eisernen Gegenstand zur Drehung zwang. Mit einem kaum wahrnehmbaren Klicken sprang daraufhin das Schloss aus der Verankerung, womit

der Weg in das Gemach des Königs frei wurde.
Mit nervösem Gemüt und vorsichtigen Schritten ging der Magier in das Innere des großen Raumes, wobei er seinen Blick kurz durch die Dunkelheit gleiten ließ.
Es war hierbei kein überraschender Anblick, dass der König ohne weibliche Begleitung in seinem Bett lag, da die Königin des Reiches bereits bei der Geburt ihrer nun 18 Jahre alten Tochter ums Leben gekommen war.
Mit diesen Erinnerungen im Kopf schloss er dann die Türe hinter sich und verriegelte das Schloss von neuem.
König Sumunor lag in einem majestätischen Bett inmitten einem Meer aus Kissen und Decken und jagte mit regelmäßigem, leisem Schnarchen durch die Welt seiner Träume.

Der Augenblick, den Dexter seit Tagen sehnlichst herbeigeeifert hatte, war gekommen, als ein plötzliches Gefühl der Sorge in ihm aufbrodelte. Bisher war er immer davon ausgegangen, dass der König seinen Worten Glauben schenken würde, aber was würde geschehen, wenn er das nicht tat? Was würde geschehen, wenn König Sumunor nicht bereit war der Wahrheit Glauben zu schenken? Diese Zweifel waren es, die in jenem Augenblick den Magier zögern ließen. Dennoch wusste er, dass es nur eine Möglichkeit gab, um dies herauszufinden.

So versank er erneut für einen kurzen Augenblick in tiefster Konzentration, woraufhin er einen Energieball aus seinen Händen über seinen Kopf schweben ließ, der nun den kompletten Raum in ein dumpfes, aber ausreichendes Licht hüllte.

Es war König Sumunor, der daraufhin ohne großartige Verwunderung die Augen öffnete und seinen Blick an die Decke des gigantischen Himmelbettes richtete.
„Ist es etwa schon morgen? Ich fühle mich, als hätte ich kaum geschlafen", sprach er dabei mit unsicherer und verschlafener Stimme zu sich selbst, während er seinen Körper aufrichtete und plötzlich den in schwarzem Mantel gehüllten Magier erblickte, über dessen Haupt die Quelle jenes Lichtes, das er für das Licht der aufgehenden Sonne gehalten hatte, schwebte.

„Wer seid ihr? Wie kommt ihr hierher?“, formten sich dabei die Worte in seinem Mund, während er erschrocken und entsetzt in die blauen Augen des Magiers blickte.

„Mein Name ist Dexter, Sohn des Aratheus!“, eröffnete daraufhin jener Magier wahrheitsgemäß das Gespräch, wobei ein noch größeres Entsetzen durch das Gesicht des Königs wanderte.
„Aber macht euch keine Sorgen, König Sumunor, ich bin nicht gekommen um euch etwas anzutun, sondern weil ich oder besser gesagt weil die gesamte Menschheit eure Hilfe braucht.“ „Ihr braucht meine Hilfe? Wieso? Weshalb?“, stotterte dieser darauf zurück, während sein erschrockener Blick nicht vom Gesicht des Magiers abließ.
„Ich will ehrlich zu euch sein. Es wird Krieg geben. Krieg zwischen den Königreichen. Aber kein normaler Krieg, nein, ein Krieg, der letztlich die Vernichtung der Rasse Mensch zur Folge haben soll“, sprach der Magier mit glaubwürdiger Stimme, wobei sich großes Entsetzen auf der Stirn des Königs Sumunor widerspiegelte. „Auch wenn ihr es nicht wahrhaben wollt, so muss ich euch bitten mir zuzuhören. Denn alles, was ich euch erzähle, ist die Wahrheit und nichts als die Wahrheit“, sprach der Magier dann mit prophetischem Tonfall, wobei er einige Schritte auf das Bett des Königs zuging.
„Ihr müsst mir zu hören, und ihr müsst versuchen mir zu glauben. Denn von eurem Glauben hängt es ab, ob die Menschheit siegreich aus dem letzten Krieg dieser Welt gehen wird.“

So eröffnete der Magier das Gespräch und ließ den König eintauchen in das Wissen über die Wahrheit dieser Welt. Er verkündete ihm die Wahrheit über Thorion und Tales und die Wahrheit über die Ursprünge ihrer Zivilisation. Er eröffnete dem König des Ostens die Wahrheit über die Ursprünge der Teilung des Kontinents, und er überbrachte ihm die Wahrheit für den Unterschied zwischen Ost und West.

Es waren teils bewundernde, teils ungläubige und teils Blicke der Lächerlichkeit, die der König dabei dem Magier entgegen warf, der nichtsdestotrotz unbehindert mit seinen Erläuterungen fortfuhr, bis er letztlich da angekommen war, wo König Sumunor und die Ereignisse der Zukunft

eine Rolle spielten.
„Darum bin ich mir sicher, dass König Tratres seine Truppen gegen das Reich des Ostens wenden wird. Ihr werdet sehen, König Sumunor, es wird nicht mehr lange dauern, bis die Truppen des Westens euer Reich stürmen und alles daran legen werden Ogirion dem Erdboden gleichzumachen. Und dann, verehrter König, ist es nur eine Frage der Zeit, bis die Menschheit vom Antlitz dieser Erde vernichtet sein wird. Denn auch wenn ihr es mir nicht glaubt und wenn ihr es für hirnverbranntes Gerede haltet, die schwarzen Truppen werden kommen, und sie werden diese Welt nicht verlassen, bis auch die Letzten der Schöpfung von Anor und Velur von dieser Erde verbannt worden sind“, sprach er mit nahezu euphorischer Stimme, wobei ein entsetzter Blick über die Visage des Königs huschte.

Es war ein Moment des Schweigens, welcher infolge der Erläuterungen des Magiers zwischen jenem und dem König des Ostreiches einkehrte, bis dieser letztlich von einer unsicheren Stimme des obersten Führers Ogirions beendet wurde.
„Gut, angenommen ihr habt Recht mit dem, was ihr sagt. Angenommen die Macht eurer Götter ist das Einzige, was diese Welt retten kann, und angenommen es ist wahr, dass König Tratres den Hass seines Volkes gegen euch erhoben hat, wieso sollten wir uns in diese Geschicke einmischen?“, sprach er, wodurch Dexter ersichtlich wurde, dass sein Gegenüber allem Anschein nach nicht ganz verstand, worauf er hinauswollte.

„Versteht ihr denn nicht, König Sumunor? In den Augen von König Tratres stellen die Magier an sich keine Bedrohung dar. Auch wenn er durch unseren Besuch in seinen Hallen sicherlich überrascht war, dass unsere Rasse noch immer auf dieser Erde wandelt, so könnt ihr mir glauben, wird er trotzdem nicht von seinen Plänen abweichen. Ihr müsst wissen, in den alten Schriften, welche wir in unseren Hallen besitzen, gibt es eine Prophezeiung. Eine Prophezeiung, die allem Anschein nach auch König Tratres kannte. Eine Prophezeiung, dass eines Tages jemand kommen wird, der das Gleichgewicht der Macht wieder herstellt. Ein Knabe, geboren aus Schwert und Magie, durch dessen Schicksal sich das Schicksal dieser Welt wenden soll. Ein letzter Rettungsversuch der Göttlichen,

durch den die Welt schließlich in eine neue Ära geführt werden soll. Der Knabe, den ihr vor 14 Jahren beinahe durch ein Attentat getötet hättet."
„Und ihr wollt mir sagen, ihr seid dieser jemand? Ihr?", unterbrach der König auf einmal mit unsicherer Stimme, woraufhin Dexter wieder das Wort an sich riss. „Ja, König Sumunor, ich bin dieser jemand. Und ich bin es auch, den König Tratres als jenen ausmachen konnte. Und genau das ist es, was mir solche Sorgen bereitet. Wenn der König weiß, dass jener, welcher den Überlieferungen nach die Macht der Götter zurückbringen soll, seinen Mordanschlägen entkommen ist, so wird er nun alles daran setzen seine Pläne zu erfüllen, bevor mir ein Weg einfällt, jene zu durchkreuzen", sprach er, als in jenem Moment plötzlich auch dem König der Ernst der Lage klar wurde.
„Ihr denkt also, er wird tatsächlich einen Krieg entfachen? Einen Krieg zwischen Tigra und Ogirion?", fragte er mit leichtem Zittern in der Stimme, woraufhin Dexter schweigsam nickte.

Es war ein erneuter Moment der Stille, der zwischen ihm und König Sumunor einkehrte, wobei es diesmal der Magier war, der sie durchbrach.
„Ihr müsst mir glauben, mein König, dass mir nichts ferner liegt als einen Krieg zu provozieren, aber seid euch gewiss, wenn ihr eure Truppen nicht rüstet und die Heerschau ausruft, werden bald dunkle Tage über euer Königreich hereinbrechen. Tage, wie sie zuletzt vor Jahrhunderten in den Jahren des Ewigen Krieges das Antlitz dieser Welt prägten. Ihr seid der Einzige, der die Möglichkeit besitzt etwas gegen diese Dunkelheit zu tun, König Sumunor. Ihr seid es, der die Möglichkeit besitzt den Truppen Tigras entgegenzutreten um den Untergang dieser Welt so lange herauszuzögern, bis ich und meine Mannen einen Weg gefunden haben den Ursprung und die Quelle des Übels, welches in den Seelen der Soldaten Tigras verwurzelt ist, auszumerzen", sprach er, wobei der König sich auf einmal von seinem Bett erhob und im Nachgewand bekleidet durch das Zimmer schritt.

Ein wenig überrascht folgte dabei Dexters Blick dem Führer des Ostens, als dieser nach einigen Momenten des Grübelns seinerseits das Wort an den Magier richtete. „Wisst ihr, vor einigen Jahren kam schon einmal ein Mann zu mir, der mir eröffnete, dass König Tratres angeblich einen

Krieg entfachen wird. Es war ein Mann aus dem Rat des Krieges mit Namen Balin, der mir verkündete, dass er bei einem Besuch jenes Königs zufälligerweise ein Gespräch mitbekommen hat. Ein Gespräch, in welchem König Tratres einen Krieg gegen Ogirion prophezeite", sprach er, wobei Dexter eine beinahe vergessene Erinnerung durch den Schädel zuckte. „Balin?", formte er in seinem Schädel, als ihm plötzlich jene Geschehnisse im zweiten Lehrjahr ins Gedächtnis kamen. „Das Ratsmitglied, welches er tot in dessen Kammer gefunden hatte", bildeten sich die Gedanken, worauf er selbst die Stimme erhob.
„Und ihr habt ihn töten lassen, anstatt seinen Worten Glauben zu schenken", sprach er, worauf König Sumunor ihn erschrocken anblickte. Doch es war nur ein kurzer Schreck, der über sein Gesicht huschte, woraufhin er betrübt sein Haupt senkte. „Ja, das tat ich!", erwiderte er dann.

Es war Dexter, der die nun aufkommende Stille erneut durchbrach. „Aber macht diesen Fehler nicht noch einmal", meinte er, wobei er seinem Gegenüber ernst in die Augen blickte. Es dauerte einen kurzen Moment, bis jener das Wort ergriff.
„Auch wenn ich bereits seit über 40 Jahren den Thron dieses Königreiches innehabe und auch wenn mir seit meiner Geburt die angeblichen Werte und Wahrheiten dieser Welt gelehrt wurden, so konnte mir dennoch keiner sagen, wie es eigentlich dazu kam, dass die Menschheit auf dieser Welt wandelte. Keiner hatte das Wissen, wie es dazu gekommen war", sprach er mit einem Quant Bitterkeit in der Stimme, woraufhin er schließlich seinen Gang auf und ab durch den Raum stoppte und dem Magier ins Gesicht blickte.
„Ihr seid der erste, den ich getroffen habe, der mir auf diese Fragen eine Antwort geben konnte, und daher seid ihr es, dessen Worten ich glauben schenken will", sprach er, wobei dem Auserwählten ein gigantischer Stein vom Herzen fiel, was sich in einem breiten Lächeln äußerte. „Eure Worte erfreuen mein Herz, König Sumunor!", sprach er dabei, woraufhin der König wieder das Wort ergriff. „Ich bitte euch also gemeinsam mit mir Platz zu nehmen, so dass wir über unsere weitere Vorgehensweise beraten können", sprach er, während er den Blick von Dexter ab auf eine kleine Sitzgruppe in der Ecke des Raumes schweifen ließ.

So kam es dazu, dass der König des Ostens dem Nachkomme des Sehers Glauben schenkte und sie gemeinsam in der Stille der Nacht die Einzelheiten der zukünftigen Geschehnisse durchsprachen, bis der Magier sich etwa fünf Stunden, nachdem er geheim in das Innerste des Palastes eingedrungen war, verabschiedete und das Gemach des Königs mit Hilfe der Teleportation verließ, noch bevor die ersten Strahlen der Sonne die Welt berührten.

Das Ziel seiner magischen Reise bildete hierbei ein Ort, welchen er sich bereits vor seiner Reise ins Innere der Festung ausgesucht hatte. Ein Platz, den er einst in einer Vision zum ersten Mal gesehen hatte. Ein kleines Waldstückchen am Rande der Festung war dieser Platz, an welchem er just in der Sekunde erschien, in der er aus dem Palast des Königs verschwunden war.
Mit einer tief liegenden Euphorie und einem Herz voll neuer Hoffnung verließ er daraufhin im Antlitz der ersten schwachen Sonnenstrahlen, die in der Ferne des Ozeans langsam aus ihrer Nachtruhe hervorbrachen, das kleine Wäldchen und setzte seinen Weg in den belebteren Teil der Stadt fort. Immer wieder schossen ihm dabei verschiedenste Erinnerungen an sein Leben in Thorgar durch den Kopf, als plötzlich auch die Bilder von General Tirion und im besonderen die seiner Tochter Julia durch seinen Schädel zuckten.

Seit Jahren hatte er sie nicht gesehen, und seit Jahren hatte er nichts über ihren Verbleib erfahren, was dazu führte, dass er sich im Antlitz der ersten Rundungen des gigantischen Feuerballes, der gerade aus dem schier unendlichen Wasser des Ozeans herauswuchs, auf den Weg machte eben jene Person aufzusuchen.
Es dauerte nicht lange, bis er über die noch leeren Straßen der Stadt in jene Gasse hinter dem Goldenen Platz kam, in der sich das Haus seines zweiten Stiefvaters befand. Mit pochendem Herzen ging er so Schritt um Schritt näher auf das Bauwerk zu, bis er sich letztlich vor der hölzernen Eingangstür befand, woraufhin er mit festen Faustschlägen seine Ankunft kundtat.

Es war seine Stiefmutter Silvia, die infolgedessen einige Minuten darauf

von innen her an die Türe geschritten kam und jene öffnete, als sie zunächst mit ungläubigem und irritiertem Blick den Mann ansah, den sie einst bei sich aufgenommen hatten.
„Sei mir gegrüßt, Silvia!“, schlug es dem Magier sogleich aus dem Mund, als sie plötzlich erkannte, dass es tatsächlich Dexter war, der dort vor ihrer Tür stand. „Dexter!“, rief sie darauf mit erfreuter Stimme, woraufhin sie mit freudigem Lächeln die Arme ausstreckte und ihren Sohn willkommen hieß. Denn ihr Sohn, das war jener in ihren Augen immer gewesen, auch wenn sie wusste, dass er nicht die Frucht ihrer Lenden war. Aber dennoch hatte sie den jungen Knaben stets wie ihr eigen Fleisch und Blut behandelt, was dazu führte, dass ihr während der Umarmung einige Freudentränen die Wange hinab liefen.
„Du bist also am Leben, mein Junge!“, flüsterte sie ihm dabei ins Ohr, woraufhin sie ihn ins Innere des Hauses bat, da in jenem Moment gerade die Glocken der Stadt den Tag einläuteten.

„Wir dachten schon, du wärst in irgendeiner Schlacht gefallen“, sprach sie weiter, woraufhin Dexter plötzlich stutzig wurde.
„Hat euch General Tirion nichts gesagt? Ich meine, wo ich hinging?“, entgegnete er, was dazu führte, dass erneut einige Tränen über die Wangen Silvias rollten, die aber diesmal im Ermessen des Magiers nicht auf ein Gefühl der Freude zurückzuführen waren.

„Was ist los?“, fragte er, woraufhin seine Stiefmutter ihm mit trauriger aber ernster Stimme mitteilte, dass sich General Tirion vor etwa vier Jahren umgebracht hatte. Es war ein Schock, der dabei den Magier durchfuhr, während welchem ihm die letzten Erinnerungen an den General ins Gedächtnis schossen. Die Nacht, in der er ihn über die Wahrheit seines Handelns aufgeklärt hatte. Die Nacht, in der der General ihn aufklärte, dass er der Mörder seines Vaters Sheron war, und die Nacht, in der er den General das erste Mal, seit er ihn kannte, weinen sah. Es war ein seltsames Gefühl der Bindung, das ihm dabei durch den Kopf ging. Ein Gefühl, dass vermutlich er es war, der den General in seinen Selbstmord getrieben hatte, auch wenn er davon seiner Stiefmutter nichts erzählte.

„Ich war in Tigra die vergangenen Jahre!“, sprach er darauf, als er sich

nach einigen Momenten wieder gefasst hatte, woraufhin eine ihm wohl bekannte Stimme ihn plötzlich unterbrach. „Guten Morgen, Silvia, so früh schon auf den Beinen!“, hallte es dabei von der oberen Treppe herunter.
Es war wie ein Schock der Freude, der dabei von einem Moment auf den anderen Dexters Geist ergriff, als er die Stimme dem Gesicht jenes Menschen zuordnen konnte, der einst wie ein Bruder für ihn war. „Petro?“, rief er dabei mit nicht ganz sicherer Tonlage, als das Gesicht des alten Freundes plötzlich hinter dem kleinen Vorbau, der bisher den Blick auf den Soldaten versperrt hatte, auftauchte.
Mit überraschter Miene und leichter Verwirrung wendete dieser daraufhin den Blick zur Seite, wodurch ihm zum ersten Mal bewusst wurde, dass die Witwe des Generals nicht alleine war.
„Ja, aber wer will das wissen?“, entgegnete er daraufhin der verhüllten Gestalt, die von einer auf die andere Sekunde die Kapuze vom Kopf zog und den Blick auf ihr Gesicht freigab.
Es war ein sichtlich ungläubiges „Terean?“, welches daraufhin den Mund Petros verließ, als ihm plötzlich klar wurde, dass diese seltsam verhüllte Gestalt tatsächlich sein alter Freund Terean war. „Terean, du bist es!“, rief er dann plötzlich wie vom Geistesblitz getroffen, woraufhin er die letzten Stufen mit einem Sprung hinter sich ließ und mit ausgebreiteten Armen auf den verschollenen Freund zuschritt.
„Sei mir gegrüßt, mein alter Freund!“, sprach er dabei, während dieser seine Umarmung entgegnete. Es war der Magier, der im Anschluss an das freudige Willkommen den Mund öffnete.
„Was machst du eigentlich hier?“, fragte er seinen ehemaligen Freund, woraufhin plötzlich eine weitere Stimme die Unterhaltung durchbrach. Es war seine Stiefschwester Julia, die nun mit schnellen Schritten die Treppe herunter gestürmt kam, um am unteren Ende mit freudigem Blick die Runde zu mustern. Dies war der Augenblick, in dem sie das erste Mal seit ihrem Urlaub in Esgoloth das Gesicht ihres Stiefbruders erblickte, woraufhin sie mit einem freudigen „Du bist es wirklich!“ auf ihn zusprang und ihn freudig lächelnd mit einer Träne in den Augen umarmte.

So fand Dexter nach vier Jahren der Trennung erstmals wieder in die Runde der Menschen, die ihm so lange gefehlt hatten. Seine Stiefmutter

Silvia, die ihn all die Jahre, die er in ihrem Haus lebte, wie einen echten Sohn behandelt hatte, und sein bester Freund und seine beste Freundin, die zur Überraschung des Magiers verheiratet waren.
„Weißt du, damals, als ich von meiner Mission in Esath zurückkam, musste ich mit großem Bedauern feststellen, dass du nicht mehr in der Festung aufzufinden warst. Tagelang hab ich nach dir gesucht und alle möglichen Soldaten nach deinem Verbleib befragt, aber keiner konnte mir auch nur einen kleinen Hinweis darauf geben, was geschehen war. Aus diesem Grund versuchte ich mit General Tirion Kontakt aufzunehmen, weshalb ich seinen Wohnsitz in Erfahrung brachte und letztlich hierher kam. Es war deine Schwester hier...", wobei er mit einem liebevollen kurzen Kuss ihre Wange streichelte, „die mir damals die Tür öffnete und mich einließ. Seit diesen Tagen, in denen große Trauer über dem Haus lag, da nicht nur der General einige Tage zuvor gestorben war, sondern auch du unauffindbar warst, haben wir uns lieben gelernt, bis wir schließlich vergangenes Jahr heirateten und ich aus der Kaserne hierher zog", erklärte Petro, wobei Dexter den alten Freund und seine neue Frau mit interessierten Augen inspizierte.

Es waren verschiedene Erinnerungen, die dabei seinen Verstand durchwanderten. Erinnerungen an die vergangene Zeit und die Gespräche mit seiner Schwester. „Sie ist eine wunderschöne Perle!", ging es ihm dabei durch den Kopf, während sein Blick über die schlanke Taille und den üppigen Busen in das hübsche Gesicht wanderte. „Es ist wahrlich eine freudige Botschaft, die ihr mir hier macht!", sprach er daraufhin, was er dazu nutzte ihnen seine nachträglichen Glückwünsche für ihre Hochzeit auszusprechen. Auch wenn er in jenem Moment mit seinen Gefühlen nicht ganz im Einklang war, freute er sich dennoch für die beiden. „Es war besser so. Einfacher!", wanderte es ihm durch den Schädel, worauf Petro wieder das Wort erhob.

Es vergingen einige Momente in lebhafter Unterhaltung, bis letztlich die Frage nach seinem Verbleib in der Runde aufkam, wobei dieser sich nur langsam dazu bewegen konnte seinen besten Freunden die Wahrheit über die vergangenen vier Jahre zu erzählen.
„Wenn ich es euch erzähle, werdet ihr es mir eh nicht glauben", kommen-

tierte er, wobei weder Petro noch sonst einer der kleinen Runde sich mit dieser Antwort zufrieden gab.
„Komm schon. Du kannst nicht erwarten, dass du nach vier Jahren Abwesenheit einfach so wieder kommen kannst, ohne uns zu erzählen, was du die Zeit über getrieben hast. Wir lieben dich, Mann, also erzähl uns schon, was los ist“, erwiderte daraufhin der Soldat, wobei Dexter mehr als gerührt zu sein schien.
„Danke!“, entgegnete er deshalb kurz, wonach er mit den Worten „Als du damals in Esath warst...“ begann, die letzten Jahre vor den Augen seiner Familie Revue passieren zu lassen.

Es waren große Verwunderung, Ungläubigkeit und Staunen, welche während der ganzen Zeit des Vortrages die Gemüter von Silvia, Julia und Petro befielen. Sie konnten es nicht fassen, dass es ein Volk von Magiern gab und dass Dexter jenem angehörte, aber dennoch lauschten sie mit aufmerksamen Augen, bis sich die Erzählung langsam dem Ende näherte. „Und nach der Unterredung mit König Sumunor bin ich hier hergekommen um euch zu sehen“, beendete er sie letztlich, woraufhin ihm drei mehr oder weniger entsetzte Gesichter gegenübersaßen.

„Du meinst also, es wird Krieg geben?“, fragte seine Schwester Julia mit zittriger Stimme, wobei sie sich in die schützenden Arme ihres Mannes schmiegte. Stumm nickte Dexter daraufhin, wobei ein jeder der Runde betrübt den Blick senkte. „Wie kann das alles nur sein? Wie kann es sein, dass die ganzen Jahrhunderte über keiner etwas davon gewusst hat? Dass keiner es hat kommen sehen?“, kam es auf einmal aus Petros Mund, der seinen Freund mit Bitterkeit in den Augen ansah.
„Weil die, die es wussten, mehr als ein Jahrtausend gejagt und ermordet wurden“, entgegnete er daraufhin knapp, was Petro zum Kopfschütteln brachte. „Aber trotzdem. Wieso sollte jemand einen Nutzen davon ziehen, wenn die Menschheit vernichtet wird? Was nützt es diesen Göttern, wie du sie nennst?“, erwiderte er dabei, woraufhin auch der Magier zunächst keine Antwort parat zu haben schien.

Erst nach einigen Augenblicken der Stille entschloss er sich dann doch einige Worte bezüglich der Frage des Freundes von sich zu geben. „Weißt

du, als jener Gott einst die Erde beherrschte, erschuf er all das, was auf unserer Welt existiert. Die Bäume und Sträucher, Gräser und Kräuter. Die Vögel des Himmels und die Fische des Meeres. Die Tiere des Waldes und die der Steppe. Die Savannentiere und die, die den Sumpf ihre Heimat nennen. Es ist nun aber so, dass die Augen des Gottes trotz der gewaltigen Schöpfung keinen Blick für die Erde hatten. Nur ein Wesen mit Geist und Seele vermag es, die Augen der Götter für die Welt zu öffnen, und so kam es dazu, dass Damus eine Rasse schuf, die von da an seine Augen in der Welt darstellen sollten."
„Elrogs wurden sie einst genannt, auch wenn wir sie heute besser unter der Bezeichnung Waldmenschen kennen. Doch als jener Gott vor vielen, vielen Jahrtausenden die Rasse der Elrogs schuf, erkannte er schon bald, dass sie nicht fähig waren seine Augen in die Welt zu tragen. Sie waren zu primitiv, zu mittellos und von zu geringer Intelligenz."

„So wandelten sie in ihrem primitiven Dasein über diese Welt, wobei sie mehr Ähnlichkeit mit Tieren besaßen als mit den heutigen Menschen. Sie lebten in Höhlen, kannten nur die Jagd und Sammlerei und waren nicht fähig, sich aus diesem Stadium weiter zu entwickeln, bis eines Tages etwas geschah, womit keiner hätte rechnen können. Es waren zwei Götter, die vom obersten aller göttlichen Wesen auf diese Welt gesendet wurden, wo sie mit Schrecken feststellten, wie primitiv es in der Welt zuging.
So kam es dazu, dass nunmehr sie den Auftrag erhielten, über jene Welt zu herrschen. Sie sollten den Gott Damus verbannen und durch die Macht ihrer Schöpfung eine Rasse schaffen, die ermöglichen sollte, was ihrem Vorgänger nicht gelungen war."

„So kam es dazu, dass jene beiden Götter mit Namen Anor und Velur die Herrschaft über unsere Welt einnahmen und von da an die Entwicklung der Welt vorantrieben. Zunächst versuchten sie sich an der Rasse der Elrogs. Sie gaben ihnen zunächst die Macht das Feuer zu beherrschen und verliehen ihnen jene Seele, welche sie brauchten, um sich aus ihrem primitiven Dasein zu befreien und sich durch die Kraft der Evolution in eine fortschrittliche Gesellschaft zu entwickeln. Doch neben diesem Volke hatten die beiden Göttlichen stets im Sinn eine eigene Rasse zu erschaffen. Eine Rasse, die allen anderen der Art überlegen sein sollte, auf

dass sie uneingeschränkt über die Welt herrschen konnte. Eine Rasse, die von höherer Intelligenz und Wissensbildung war als jedes sonstige Wesen, das bislang auf dieser Welt wandelte. Eine Rasse, geschaffen nach ihrem Abbild, die von dort an die Welt in ihrem Sinne beherrschen sollte. So entstand schließlich und letztlich jene Rasse, die wir als Menschen bezeichnen. Menschen, die gelenkt durch die Kraft ihrer Schöpfer die Welt beherrschen", sprach Dexter mit prophetischem Ton, wobei die Augen seiner Zuhörer mit gespanntem Blick auf ihm ruhten.
„Um zu deiner Frage zurückzukommen", sprach er dann mit sanftmütigem Lächeln. „Wenn es ihm gelingt die Menschheit zu vernichten, ist all das, was die Götter Anor und Velur geschaffen haben, und all das, worin ihre Macht liegt, verschwunden. Ihr müsst verstehen auch ein Gott ist nicht unbegrenzt mächtig. Auch wenn die Kapazität ihrer Kraft enorm unterschiedlich sein kann, so besitzen alle Götter eine Art, wie soll ich das erklären, oberes Kraftlimit. Darum kann ein Gott nicht beliebig viele Dinge erschaffen, sondern es gibt eine Art Begrenzung. Je nachdem, ob ein Gott ein Wesen höherer oder niedrigerer Intelligenz erschafft, verliert er einen größeren beziehungsweise kleineren Teil seiner Kraft, die jenem Wesen bei seiner Erschaffung zugute kommt. Als damals der gefallene Gott diese Welt belebte, war es ihm nur möglich solch eine Vielfalt in seine Schöpfung zu legen, weil er nur einfaches Leben schuf. Anor und Velur dagegen legten all ihre Kraft in ihre eine große Schöpfung. Eine Schöpfung, der es möglich sein sollte, über alles, was der verstoßene Gott zuvor erschaffen hatte, zu gebieten. Doch wenn es Damus gelingen wird, diese enorme Schöpfung auszulöschen, bedeutet dies gleichsam, dass die Schöpfer dieser Schöpfung ausgelöscht werden. Und somit wird es dem gefallenen Gott wieder möglich den Thron dieser Welt zu erstürmen", erklärte Dexter in recht ausführlicher Weise die Frage des Freundes, wobei dieser mit interessierten Augen und geschärftem Verstand zu verstehen versuchte, was sein alter Freund ihm verkündete.

Es war Julia, die daraufhin als erste ihren Mund öffnete und eine weitere Frage ansprach. „Aber was bringt ihm das? Was bringt es ihm, wenn er wieder auf dem Thron ist? Dann schickt der oberste Gott halt wieder einen neuen Gott, der ihn wieder vertreibt. Was hat er davon?", entgegnete sie, was dazu führte, dass der Magier zum ersten Mal einsehen muss-

te, dass er diese Frage selbst nicht beantworten konnte. „Ehrlich gesagt, weiß ich es nicht, aber ich werde dir versprechen, dass ich es herausfinden werde!“, war das Einzige, was er dazu seiner Schwester entgegnen konnte, die mit einem stummen „Aha!“ das Haupt senkte.
So verstrichen einige Minuten in regloser Stille, woraufhin Dexter noch einmal kurz das Wort ergriff. „Wie ich euch gesagt habe, hatte ich eine Unterredung mit dem König. Darum kann ich euch jetzt schon sagen, dass ihr in den kommenden Tagen noch einmal hören werdet, was ich euch soeben erzählte“, sprach er, wobei ein jeder der Runde erneut das Haupt senkte. „Ja, es ist traurig, aber im Moment ist keine Zeit sich dieser Trauer hinzugeben. Es ist an der Zeit, dass wir kämpfen und unsere alten Laster hinter uns lassen. Wir müssen aufstehen, die Ärmel nach hinten krempeln und diesem verdammten Verräter in den Allerwertesten treten“, sprach er dann beim Anblick seiner betrübten Familie, woraufhin er sich mit einer letzten Umarmung von jenen Liebsten verabschiedete, um daraufhin möglichst schnell aus der belebten Stadt zu kommen, so dass er selbst beweisen konnte, was er soeben von seiner Familie eingefordert hatte.

„Aufstehen und die Ärmel hoch krempeln!“, ging es ihm dabei immer wieder durch den Kopf, während er seinen treuen Kameraden Andolas abholte, um mit schallendem Galopp durch die Straßen der Stadt zu brechen und möglichst schnell aus den Toren hinaus in Richtung Westen zu gelangen.

Kapitel 18 - Die Schlacht der Magie

So verstrichen etliche Tage, in denen Dexter in Richtung Westen durch das Land Ogirion reiste. Auf dem gleichen Pfad wie er ihn einst mit Sergon beritten hatte, führte ihn sein Weg weiter und weiter nach Westen, bis er am Abend des zwölften Tages eine überraschende Beobachtung machte.

Es war eine Hand voll Soldaten, die einige Dünen vor ihm mit schnellem Schritt auf das gigantische Tor hinter der schier ewigen Wüstenfläche zugaloppierte. „Das sind bestimmt die Späher des Königs", ging es dem Magier dabei durch den Kopf, wobei er sich an die Worte des Königs Sumunor erinnerte.
„Ich werde einige meiner treuesten Soldaten aussenden, um einen letzten Beweis zu erhalten, ob ich eurem Wort tatsächlich trauen kann", hatte er gegen Ende ihrer Unterredung gesagt, und so war sich der Magier sicher, dass eben jene Soldaten, die er soeben gesehen hatte, die Späher des Königs waren.
Er beschleunigte seinen vorherigen, ruhigen Gang, den sein Freund Andolas aufgrund der Überanstrengung der letzten Tage mehr als nötig gehabt hatte, und überquerte mit zügigem Trab die Dünen, als plötzlich ein unerwarteter Anblick seine Seele in Aufruhr brachte.

„Wenn sie sterben, wer soll dann dem König beweisen, dass ich die Wahrheit gesprochen habe?", wanderte es ihm durch den Kopf, als er vor sich das gigantische Tor sah, welches gerade dabei war geschlossen zu werden und in dessen Vordergrund drei Soldaten mit rasendem Galopp in seine Richtung eilten.
Verfolgt von einem Hagel aus Pfeilen, der bereits zwei Mannen Ogirions mitsamt ihren Reittieren zu Boden geworfen hatte.

„Verdammt, verdammt!", schoss es dabei dem Magier durch den Kopf,

während er versuchte die Fassung zu bewahren. Er musste eine Möglichkeit finden, den drei Soldaten eine sichere Rückkehr zu ermöglichen. So verharrte er einige Augenblicke in totaler Stille, wobei am Ende seiner Überlegungen ein weiterer Soldat den eisernen Spitzen der Pfeilgeschosse erlag. In Eile öffnete Dexter seinen Geist, befreite seine Kräfte und gab seinem Pferd den Befehl zum Galopp. Als wüsste er um die Dringlichkeit, vergaß der tapfere Andolas all die Müdigkeit, welche in seinem Körper hauste, und sprintete nach einem gewaltigen Sprung über die letzte Düne auf das riesige, verschlossene Holztor zu.
Währenddessen ballte der Magier seine Kräfte und ließ mit den Worten „ardor calor bienda" einen gewaltigen Feuerball in seinen Händen wachsen.

Es war ein Gefühl großer Verwirrung und großen Schreckens, das daraufhin die Gesichter der Soldaten Tigras, die auf der kompletten Mauer verteilt positioniert schienen, heimsuchte, als die gewaltige Kugel aus reinem Feuer die Hände des Magiers verließ und mit einer ungeheuren Geschwindigkeit auf den riesigen Torbau zuschoss.

Unter einem gewaltigen Feuerschlag, bei dem hunderte kleiner Flammen wegschossen, krachte das Geschoss schließlich auf die gigantische Pforte, woraufhin ein jeder der Soldaten seine Armbrust von den fliehenden Soldaten weg auf den heranstürmenden Feind konzentrierte.
Da es genau das war, was der Magier erreichen wollte, war er nicht sonderlich geschockt, als plötzlich etliche Bolzen auf ihn zuschossen, sondern ließ an Stelle dessen mit einem Grinsen auf den Lippen einen weiteren Zauber walten. „Sierres amaras" waren die Worte, die er dabei in seinem Innersten konzentrierte, wodurch es sich zur Verwunderung der Soldaten Tigras abspielte, dass ein jeder ihrer Bolzen und Pfeile wie von einer Steinmauer an Dexters Körper abprallte.

Mit einem letzten Feuerball, den der Magier benötigte um das hölzerne Tor unter Ächzen und Krachen aufzusprengen, brachte er letztlich sowohl sich als auch den inzwischen hinter etlichen Dünen verschwundenen Spähern eine sichere Flucht.

Es dauerte nicht lange, bis er schließlich einen ausreichenden Abstand zwischen sich und die Grenzanlage gebracht hatte und Andolas langsam sein Tempo verringerte. „Guter Junge!“, lobte ihn hierbei der Magier, der sichtlich beeindruckt von der gewaltigen Ausdauer seines Pferdes war. „Wie lange schon waren sie beinahe durchgehend auf der Reise?“
Dexter wusste es nicht genau, und er wollte es auch nicht genau wissen, denn das Einzige, was ihm in jenen Tagen durch den Kopf ging, war der Gedanke an all das, was bald kommen würde.

Einen ganzen und einen halben Tag brauchte er, bis er schließlich die ewige Dürre hinter sich lassen konnte und mit hoffnungsvollem Herzen in die Tiefen des Waldes eintauchte.
Stets die Augen auf sein Ziel gerichtet, brauchte es ihn letztlich neun Tage, bis er eines Abends vor der Pforte Verduins stand. Es war ein letzter Zauber, durch welchen er schließlich einen Spalt aus der Mauer beschwor und geschwinden Fußes in das Innere des gewaltigen Felsens verschwand.

„Da bin ich wieder. Und ich muss sowohl mit euch als auch mit dem Rest des Rates sprechen“, waren die ersten Worte, die er an Meister Zenos richtete. Etwa eine Stunde hatte er gebraucht um vom Eingang des Gebirges bis vor die Tür des Hohen Priesters zu gelangen, weshalb es ihn nun zu größter Eile trieb.
„In zehn Minuten im Tempel!“, beendete er seine Ausführung, woraufhin er ohne ein Wort der Verabschiedung aus der Tür des Raumes verschwand und mit schnellen Schritten in die oberen Stockwerke des Magierbaues schritt. Von dort aus verließ er das Bauwerk über den Tempelvorplatz und eilte mit schnellem Schritt zu dem Tempel seiner Götter.
Kurz verharrte er dort in Front der gigantischen Felsblöcke, bis er schließlich die Kraft der Telekinese anwendete und sich ein Weg in das Innere des heiligen Baus freigab.

„Seid mir gegrüßt!“, sprach er zu den fünf Mitgliedern des Rates, die einige Minuten später ebenfalls durch die magische Steinpforte in das Innere des Tempels kamen. „Ah, ihr seid also noch am Leben!“, entgegnete daraufhin Meister Pelebas, der sich genau wie die anderen Magier in dem

gewohnten Kreis aus steinernen Bänken niederließ. „Also, was habt ihr uns zu berichten? Wie hat der König reagiert?“, führte dann gleich Meister Zenos das Wort weiter, der Dexter dabei genau wie Serillia, Maros, Esentas und Meister Pelebas mit gespanntem Blick beobachtete.
„Also!“, begann dieser dann nach einigen Augenblicken der Stille. „Um das Wichtigste vorweg zu nehmen, König Sumunor hat meinen Worten Glauben geschenkt, und wir haben eine gemeinsame Lösung gefunden, wie wir gegen den neuen und alten Feind vorgehen wollen“, sprach er mit freudiger Stimme, wobei ein Gefühl der Erleichterung durch die Runde schwappte. „Sehr gut!“, meinten dabei die Ratsmagier im Chor, woraufhin Dexter mit einem Lächeln zustimmte und dann mit seinen Erläuterungen fortfuhr.
„Wir haben uns darauf geeinigt, dass es nur eine Möglichkeit gibt die Truppen Tigras zu bezwingen. Da die Anzahl der Soldaten Tigras in etwa doppelt so hoch ist, hielten wir es beide für ausgeschlossen, dass die Truppen Ogirions jenen sehr lange standhalten werden. Darum kamen wir zu dem Entschluss, dass ein Krieg im Osten zum Großteil zur Ablenkung des Feindes dienen kann. Auch wenn es eine sehr menschenfressende Ablenkung ist, so können wir davon ausgehen, dass die Truppen Tigras zu jener Zeit zum größten Teil in Ogirion sind. Nur wenige werden in dieser Zeit die Eiserne Festung bewachen, und nur wenige werden in den schützenden Mauern ihrer Festung verharren. Darum liegt es an uns diese Zeitspanne des Krieges zu nutzen, um in die Eiserne Festung einzudringen und das Einzige zu tun, was der Lage der Welt eine entscheidende Wendung geben könnte. Wir müssen ihn vernichten. Ihn und mit ihm all den Hass und all die Verzweiflung, die in den Menschen des Westen herrscht. Nur so kann es uns gelingen den Siegeswillen des Westens zu brechen um letztlich den Kampf gegen Tigra doch noch für uns zu entscheiden“, sprach er mit ernster Stimme, wobei sich die Ernsthaftigkeit auch in den Gesichtern der anderen Magier widerspiegelte.

„Aber was ist, wenn wir ihn vernichten? Ist es nicht so, dass, wenn die Schöpfung eines Gottes zu Grunde geht, auch der Gott zu Grunde geht? Kann es nicht auch sein, dass dieses Prinzip auch anders herum funktioniert?“, entgegnete Meister Maros nach einem Moment der Stille, der im Anschluss an Dexters Worte zwischen ihnen eingekehrt war, woraufhin

dieser ein wenig betrübt das Haupt schüttelte.
„Nein, oder besser gesagt, ich hoffe nicht. Wisst ihr, Meister Maros, über diese Frage habe ich mir auf meiner Reise selbst viele Gedanken gemacht, aber es gibt eine Sache, die mir das Gefühl gibt, dass ich mit einem ‚Nein' auf eure Frage Recht behalte. Wie ihr alle sicherlich wisst, besitzt ein Gott eine gewisse Macht oder Energie, durch die es ihm möglich ist, seiner schöpferischen Natur freien Lauf zu lassen. Erschafft nun ein Gott ein Wesen von welcher Macht auch immer, so geht ein Teil der Gotteskraft in jenes Wesen über. Je nachdem, wie sehr sich dieses Wesen nun vermehrt und wie viele Nachkommen es zeugt, desto größer wird die vorhandene Macht des Gottes. Stirbt das Lebewesen, so geht diese Kraft für den Gott jedoch verloren, weshalb es für göttliche Wesen nur möglich ist, so lange zu existieren wie die Schöpfung aus ihrer einstigen Macht existiert. Im Gegenzug betrachtet, besitzt die Schöpfung ja bereits die Macht des Gottes, dürfte also, falls ‚nur' der Gott nicht mehr existiert, weiter existieren, da sie ja immer noch ihre ursprüngliche Energie besitzt", sprach Dexter mit komplizierten Worten, woraufhin er nicht verwundert darüber war, dass nicht alle Mitglieder des Rates gleich verstanden, was er damit zu erklären versuchte.

„Auf jeden Fall können wir meines Erachtens den Verräter niederstrecken, ohne dass seine komplette Schöpfung mit ihm zu Grunde geht", wiederholte er seine Erläuterungen in einem abschließenden Satz, womit seine fünf Gegenüber befriedigt schienen. Daher führte er die Frage vom ‚Ob' zum ‚Wie'.

„Was mir viel mehr Sorgen macht als ob wir ihn überhaupt vernichten können, ist die Frage, wie wir ihn vernichten sollen. Als ich damals allein in den Hallen des Königs war, war es eine ungeheuerliche Macht, die von ihm ausging. Ich weiß nicht, ob ihr es noch mitbekommen habt...", sprach er, wobei er Meister Zenos und Meister Pelebas ansah, „aber auf irgendeine Art und Weise kann er auch die Kräfte unserer Welt beherrschen", beendete er seine Worte, woraufhin große Verwunderung und Kopfschütteln durch die Runde gingen.
„Wie meint ihr das? Meint ihr, er kann auch die Magie anwenden?", entgegnete darauf Esentas mit ungläubiger Stimme, woraufhin Dexter

schweigend nickte um daraufhin erneut die Stimme zu erheben.
„Wisst ihr, als ich damals die Einzelheiten über die Macht und die Götter kennen lernte, habe ich auch gelernt, dass ein Gott umso stärker ist, je größer die Energie seiner Schöpfung ist. Und die Energie der Schöpfung setzt sich erstens aus der Anzahl und zweitens aus der Entwicklungsstufe der Wesen zusammen, die von jenem Gott geschaffen wurden. Es ist also möglich, dass jener, den wir als gefallenen Gott bezeichnen, heute nicht mehr die Art von Gott ist, der er einst war. Dass er nicht mehr länger nur ein schwaches, primitives Wesen unter den Göttern ist, dem es nicht gelang eine Welt oberhalb der Primitivität zu erschaffen. Ich vermute, dass er durch die Kraft, welche die Wesen dieser Welt ihm verleihen, zu größerer Macht gelangt ist als er sie jemals zuvor hatte. Und auch wenn er diese nicht nutzen kann, um seine Schöpfung weiter voranzutreiben, so wird er sie sicherlich für andere Zwecke nutzen wollen. Dies ist der Grund, weshalb ich glaube, dass er eine ganz eigene Version der Magie besitzt, und das ist der Grund, weshalb mich die Frage nach dem Wie so sehr beschäftigt", sprach er mit für die Magier einleuchtenden Worten, woraufhin ein erneuter Moment der Stille in der Runde einkehrte.

„Nichtsdestotrotz habe ich mit König Sumunor die Vereinbarung getroffen, dass ich und die Anhänger unseres Glaubens am zwanzigsten Tage, nachdem ich sein Haus verlassen habe, unseren Weg in Richtung Onur antreten werden um in dieser letzten entscheidenden Schlacht, die zum ersten Mal in der Geschichte dieser Welt an zwei Fronten geschlagen werden muss, das Schicksal der Menschheit weiter offen zu halten", sprach er, woraufhin Meister Zenos das Wort ergriff.
„Wie ihr uns bei unserer letzten gemeinsamen Begegnung aufgetragen habt, haben wir in der Zeit, in welcher ihr in Thorgar wart, die Vorbereitungen für diese Schlacht getroffen. Wir haben sie alle kommen lassen. 57, die fähig sind mit der Kraft der Magie in den Kampf zu schreiten, 57, die auf euren Befehl hin ihr Schicksal in eure Hand legen", sprach er, wobei Dexter die Worte des Priesters mit freudigem Herzen aufnahm.

„Sehr gut!", entgegnete er, wonach er das Thema kurz von ihrer Schlacht weg zu den Truppen Ogirions führte.
„Da die Späher, die der König zur Absicherung meiner Worte nach Tigra

gesendet hatte, vor den Toren des Landes beinahe komplett niedergestreckt wurden, denke ich, es wird nur eine Frage der Zeit sein, bis auch das Volk Ogirions von dem jahrtausendelangen Verrat erfährt und bis die Heerschau im Lande ausgerufen sein wird“, sprach er, wobei ihm ein seltsames Gefühl im Magen lag. „Ich hoffe, das ist noch rechtzeitig!“, waren die Gedanken, die dabei sein Unterbewusstsein durchstreiften, woraufhin er kurz Luft holte und dann erneut die Stimme erhob.
„Es sind circa 18.000 Mannen, die der König von Sumunor in seiner Garde besitzt, wobei die Frage, wie viele davon rechtzeitig eintreffen werden und wie viele in der Unterlegenheit ihrer Städte gegen die heranrollenden Truppen ihr Leben lassen werden, davon abhängt, wann die Truppen Tigras ihren Sturm auf den Osten beginnen“, sprach er mit ernstem Ton, woraufhin er kurz das Haupt senkte um daraufhin seinen Blick durch die Gesichter der Magier gleiten zu lassen.
Es waren faltige, sorgenbesetzte Mienen, die seinen Blick erwiderten. Als keiner das Wort ergriff, war es letztlich erneut Dexter, der die Stimme erhob um einige letzte Worte von sich zu geben. „Am morgigen Tag werde ich auf das Podium des Tempelplatzes treten und unseren Brüdern von den kommenden Ereignissen berichten. Zwei Tage darauf werden wir dann gegen Mittag die Pforten Verduins verlassen um unseren letzten und alles entscheidenden Weg zu beschreiten“, sprach er, woraufhin er sich erhob und mit festem Schritt die Hallen des Tempels verließ.

Es war am Mittag des darauf folgenden Tages, als er erneut den Tempelvorplatz beschritt, wobei dieser an jenem Tage mit den verschiedensten Magiern angefüllt war. 57 waren es, die Dexter bei seinem Weg hinauf auf das steinerne Podium zählte, an die er kurz darauf das Wort richtete. Mit einer Geste, der von Meister Zenos gleich, streckte er die Hände über seine Brüder aus, woraufhin tiefes Schweigen in der Runde einkehrte.

„Seid mir willkommen, meine Brüder und Schwestern, all ihr Anhänger des alten Glaubens. Viele Tage ist es her, seit ich das letzte Mal zu euch gesprochen habe, und viel ist seit diesen Tagen geschehen...“, und mit diesen Worten begann er ihnen in lauter und ernster Stimme zu verkünden, was in den vergangenen Wochen geschehen war.
Es gingen dabei immer wieder Raunen und Blicke des Entsetzens durch

die Runde, als er ihnen verkündete, dass es der Geist des gefallenen Gottes ist, der in Gestalt des Königs Tratres die Vernichtung der Menschheit plane. „Es wird Krieg geben, meine Brüder, und wir sind es, die hierbei einen entscheidenden Anteil leisten müssen. Auch wenn wir keine Möglichkeit haben etwas gegen die zehntausende Soldaten des Westens auszurichten, so sind wir es, die letztlich entscheiden werden, ob dieser Krieg für oder gegen das Überleben unserer Rasse ausgeht“, meinte er, woraufhin er die restlichen Magier ebenfalls in die Unterredung mit König Sumunor einweihte.

„Ihr seht also, die Hoffnung ist noch nicht verloren. Gemeinsam mit den Truppen des Ostens wird es uns möglich sein die Armee Tigras in Schach zuhalten, während wir Magier unter meiner Führung in die Stadt Onur reiten werden und dort einen gewaltsamen Umsturz der Macht herbeiführen werden. Es ist unser Schicksal die Verteidigungsanlagen der Festung niederzureißen und gemeinsam das Ende des gefallenen Gottes herbeizuführen. Nur so wird es uns möglich sein, dem Hass, der seit Jahrtausenden unaufhörlich in den Seelen der Menschen des Westens gedeiht, die Wurzeln zu kappen, wodurch es uns schließlich möglich sein wird nicht nur diesen Krieg für das Überleben der Menschheit zu gewinnen, sondern auch die Welt in ihre einst so glorreiche Zeit unter dem Banner der Götter zurückzuführen“, sprach er mit majestätischer Stimme, woraufhin ein leiser Jubelschwall durch die Reihen der Magier ging.
„So fordere ich euch nun auf, meine Brüder und Schwestern, gemeinsam mit mir unserem Weg in ein hoffentlich ruhmreiches Schicksal zu folgen“, sprach er dann mit euphorischer Stimmlage, wobei diesmal ein erneuter Jubelschwall über den Tempelvorplatz zog. Es war Dexter, in welchem sich bei diesem Anblick eine große Freude breit machte, während er mit einem Lächeln auf den Lippen den Blick über die Köpfe der Magier schweifen ließ, woraufhin er nach einigen Momenten des Schweigens erneut die Arme erhob um seine Brüder zur Ruhe aufzufordern.
„So soll es also geschehen, dass wir uns am Morgen des übernächsten Tages erneut hier einfinden, um von der Quelle der Macht unserer Götter aus unseren Weg in ein neues Schicksal zu beschreiten“, sprach er, woraufhin die Ansprache ein Ende fand und rege Konversation zwischen den einzelnen Magiern ausbrach.

Der Auserwählte dagegen verließ das steinerne Podium gemeinsam mit dem Rat, der die ganze Zeit über auf den Steinbänken im Hintergrund Platz genommen hatte, und machte sich dann alleine auf den Weg in seine Kammer.
So verstrichen die folgenden zwei Tage in den letzten Vorbereitungen jedes Einzelnen, wobei Dexter sich besonders mit einer Sache zu beschäftigen wusste.
Es war die Schaffung zweier neuer Waffen, wie er es damals in seinem Lehrjahr bei Horus in der Schmiede am Hof des Königs des Ostens erlernt hatte. Daher machte er sich gleich am nächsten Morgen daran, irgendwo im Bereich der Nichtmagier eine Schmiede ausfindig zu machen, in der es ihm möglich sein würde seine handwerklichen Fähigkeiten unter Beweis zu stellen. Vorbei an den Stallungen und etlichen Hütten führte ihn sein Weg schließlich in eine kleine Steinhütte am hinteren Ende der Höhlen von Verduin, wo er mit der Kraft des Feuers und der Macht seiner Körperkraft in unzähligen Stunden alles daransetzte, aus einem rohen klumpen Metall zwei neue Einhandklingen zu schaffen.
Denn Schwerter, da war er sich mehr als sicher, die würde er in der kommenden Schlacht dringend brauchen.

Zwei ganze Tage verstrichen, bis schließlich jener Moment angebrochen war, welchen der Auserwählte in seiner Rede als den Zeitpunkt ihrer Abreise bekannt gegeben hatte, was dazu führte, dass gegen zehn Uhr alle Magier des alten Glaubens vor der Höhle eingetroffen waren und ihre Reise begannen. Angeführt von dem Magier Dexter, dessen Anblick eine Mischung aus Magier und Krieger darstellte.
Mit der langen, dunkelblauen Magierrobe gepaart mit einem weiten schwarzen Umhang, dessen Kapuze dem Auserwählten bis tief ins Gesicht hing, schritt er mit insgesamt drei metallenen Klingen bewaffnet den langen Gang entlang, wobei eine Energiekugel über dem Kopf Meister Zenos, der neben ihm ging, ein wenig Licht in die Dunkelheit brachte.

Durch das magische Portal und die Tiefen des Gebirges führte sie ihr langer und teilweise beschwerlicher Weg, bis sie nach vier Tagen im roten Leuchten der untergehenden Sonne ihre ersten Schritte in das minouische Flachland setzten.

Vorbei an zahllosen Bäumen und Sträuchern, die im Inneren des Waldes die Ausmaße riesiger Bauten aus Holz besaßen, verließen sie erst nach weiteren drei Tagen inmitten einer tiefen und finsteren Nacht die letzten Ausläufer des Waldes, woraufhin sie sich im Schutze der Dunkelheit an den Grenzen Mirinons vorbeischlichen. Immer weiter und weiter nach Süden führte sie der Auserwählte, bis sie einige Tage darauf gegen zwei Uhr in der Nacht am Ufer des gewaltigen Westmeeres eine lange Rast einlegten. Mindestens elf Stunden wollten sie hier verweilen und ihre verlorenen Energiereserven und besonders die ihrer Reittiere wieder aufzufüllen, was dazu führte, dass beinahe ein jeder der Gruppe die Zeit nutzte um zumindest einen kurzen Schlaf hinter sich zu bringen.
Auch Dexter kam nicht darum einige Stunden in das Reich der Träume zu verschwinden, da seine Müdigkeit langsam aber sicher die Oberhand über seinen Geist gewonnen hatte.

Es verstrichen die Stunden, indem die ‚Einheit' der Magier an den Ufern jenes Gewässers kampierte, bis letztlich am späten Morgen nach einem ausgiebigen Morgenessen, das sich hauptsächlich aus gegrillter Scavenskeule und mitgebrachtem Reis zusammensetzte, die Reise wieder aufgenommen werden konnte und die edlen Rösser mit frischer Kraft den Wald in Richtung Süden in Angriff nahmen.

Immer weiter und immer tiefer in das Land des Feindes, in welchem sich der Hass und die Verachtung selbst in der Natur widerspiegelten.
Es waren kahle, zerfallene Bäume oder solche, deren Blätter in ein dunkles Grün getaucht waren. Dies brachte Dexter dazu diesen Gebilden einige Augenblicke der Bewunderung zu schenken, als plötzlich Meister Zenos seine Gedankenflüge unterbrach.
„Vier bis maximal fünf Tage werden wir noch brauchen, Dexter!", sprach er, wobei der benannte Magier abrupt von den sonderbaren Bäumen abließ und mit einem Quant Nervosität in die Augen des neben ihm reitenden Priesters blickte. „Meinst du, dass es uns gelingen kann?", führte dieser dann seine Worte fort, wobei Dexter seinen Blick von ihm abwendete und mit unsicherem Gefühl in seine eigenen Gedanken blickte.

„Wisst ihr, Meister Zenos!", begann er dann nach einigen Augenblicken des Schweigens. „Wenn ich das nicht glauben würde, dann würde ich es nicht wagen dem gefallenen Gott gegenüberzutreten. Denn auch wenn die Anzahl unserer Magier begrenzt ist, so glaube ich, dass die Macht unserer Schöpfer ausreichen wird, um diesen faulen Zauber, der seit Jahrtausenden über dieser Welt liegt, endlich zu beenden“, sprach er, wobei sein Blick auf einen brückenähnlichen Übergang in einiger Entfernung fiel. „Da vorne kommen wir auf die andere Seite“, sprach er dabei, wodurch ein Gefühl kleiner Erleichterung in seinem Inneren aufleuchtete. Er hatte bereits gefürchtet, dass es an dieser Stelle des Nelions keinen Übergang gab, aber dank der Natur hatte er letztlich doch einen gefunden.

Geschaffen aus Eis, bildete ein breiter Brocken einen sicheren Übergang, wobei dieser sich bis hinauf in das angrenzende Gebirge zog.
„Beeindruckend wie weit die Eiswüste im Winter kommt“, schoss es Dexter bei der Überquerung durch den Kopf, woraufhin sie ihre Reise durch die triste Kaltsteppe fortsetzten.

Bis an die Ufer des Irenias-Stromes führte sie dieser Weg, an dessen Ende sie sich letztlich allesamt von ihren Reittieren verabschieden mussten. Denn da es mit Ausnahme Enoths keinerlei Übergang über jenen gewaltigen Strom gab, hatten die Magier bereits im Vorfeld beschlossen, dass sie ihre Pferde in dem schmalen Flusswald zurücklassen wollten.
Sie selbst reisten durch die Kraft der Teleportation auf die andere Seite, wo sie nun zu Fuß die restlichen Kilometer bewältigten.

Es war eine seltsame Gefühlsmischung aus Angst, Wut und Zorn, die auf jenen letzten Kilometern die Gedanken der meisten Magier bestimmte. Auch der Auserwählte wurde davon heimgesucht, wobei er unentwegt an die nun vor ihm stehende Prüfung denken musste. Es war ein riskantes Unterfangen, welchem er seine Führung zugesprochen hatte, wobei er selbst wahrscheinlich eine der schwer wiegenden Aufgaben innehatte. Gemeinsam mit Meister Zenos, Meister Isidron und Meister Pelebas und all denen, die wie er selbst die Möglichkeit besaßen anhand der Kraft der Teleportation in das Innere der königlichen Hallen einzudringen, würde er jenen Weg beschreiten, an dessen Ende hoffentlich die Vernichtung des gefallenen Gottes stand. Doch bevor sie dazu in der Lage waren,

mussten sie mit den anderen Magiern erst einmal die Verteidigungsanlagen der Festung durchbrechen. Denn erst am Eingang der Festung wird es ihnen möglich sein, sich durch die Kraft ihrer Götter einen Weg in die Hallen des Königs zu bahnen.
Mit diesen Gedanken im Hinterkopf vergingen die letzten zwei Tage, ehe die 58 tapferen Mannen in jenem kleinen Wald verschwanden, in welchem die Gemeinschaft um Dexter vor einigen Wochen Zuflucht gefunden hatte.
„Zumindest bis die Soldaten kamen", ging es ihm durch den Kopf, als er jene Jagdhütte, in der sie damals umzingelt wurden, erblickte.
Auch verschiedenste Überbleibsel des magischen Kampfes, wie beispielsweise verschmorte Blätter, angebrannte Bäume und die Leichen einiger Soldaten, die im Schimmer ihrer gepanzerten Rüstungen langsam aber sicher von den Insekten des Waldes zersetzt wurden, waren zu erspähen, während die Gruppe Magier eine letzte Rast einlegte.

Es dauerte schließlich zwei Stunden, bis die Vereinigung das kleine Waldstück hinter sich ließ und die ersten Ausläufer der Stadt in Angriff nahm. Immer weiter und tiefer drangen sie unbemerkt in das Innere der Stadt ein, wobei einem jeden die Anspannung geradezu ins Gesicht geschrieben stand. „Nie zuvor ist so etwas probiert worden", ging es Dexter dabei immer wieder durch den Kopf, als ein plötzlicher Anblick ein seltsames Gefühl in ihm aufbrodeln ließ.
Es war der Anblick dreier Männer, die am Straßenrand standen und argwöhnisch die ankommende Gruppe inspizierten. „Sieh doch. Das sind Magier!", vernahm er die Worte von einem der Männer, woraufhin die anderen beiden mit erschrockenem und entsetztem Blick einige Schritte zurückwichen.
Doch weder Dexter noch ein anderer Magier machten irgendwelche Anstalten der Reaktion der Bevölkerung Beachtung zu schenken, obwohl jener Blick infolge ihres Erscheinens von Minute zu Minute öfters auf sie traf.
Immer mehr Menschen spähten aus den Fenstern ihrer Häuser und immer mehr Leute tratschten am Wegesrand über die Gruppe vermummter Gestalten, wobei keiner irgendwelche Anstalten machte sich ihnen in den Weg zu stellen. Denn auch wenn sie alle von Geburt an eingehämmert

bekommen hatten, dass die Magier böse und verschlagen sind, so wussten sie auch, dass man es niemals wagen sollte, den Kampf mit einem dieser Rasse aufzunehmen. Und natürlich erst recht nicht, wenn es über 50 von ihnen waren.
So verlief das Ende ihres langen Weges unter hunderten verächtlicher und erschrockener Blicke, wobei es Dexter war, der die große Gemeinschaft schließlich mit dem Heben seiner Hand anwies den Gang zu unterbrechen, woraufhin er sich mit leichter Sorge in den Augen an Meister Zenos wendete.
„Meint ihr, es hat irgendwas zu bedeuten, dass die Tore versperrt sind und keine Wachen zu sehen sind?“, sprach er zu dem Hohen Priester der Götter, als auch dieser die unbewachten aber verschlossenen Eingänge der gigantischen Verteidigungsmauer erblickte.

Es waren noch gut 200 Meter, die die Gruppe von den Toren trennten, weshalb sie langsam aber sicher ihren Weg wieder aufnahmen, wobei jedoch ein seltsames Gefühl in Dexters Magengegend pulsierte. Er wusste nicht warum und wie, aber auf irgendeine Weise fühlte er, dass die unbewachten Tore kein Grund zur Freude sein würden.

So näherten sie sich Schritt um Schritt, als plötzlich, keine 30 Meter von den Toren entfernt, ungefähr 40 Bogen und Armbrustschützen am oberen Rand der Mauern auftauchten und ihre Geschosse auf die Magier richteten. „Stopp, im Namen des Königs!“, schrieen sie daraufhin aus einem Halse, wodurch Dexter in seiner Sorge bestätigt wurde.
„In die Häuser!“, schallte daraufhin seine Stimme mit erregtem Tonfall durch die Reihen der Magier, was dazu führte, dass sich die geballte Vereinigung göttlicher Macht auf einen Schlag auflöste und ein jeder versuchte möglichst schnell einen sicheren Unterschlupf am Rande der breiten Hauptstraße zu finden.
Es war das Geräusch luftdurchschneidender Geschosse, das dabei Dexters Ohren erreichte, als er gemeinsam mit Meister Zenos in ein anliegendes Wohnhaus eindrang, um dort vor den tödlichen Geschossen in Sicherheit zu gehen. „Verdammt, ich wusste es doch! Dieser verdammte Tratres. Er hat unsere Ankunft erwartet. Verdammt!“, sprach er dabei mit unsicherem Zucken und ärgerlichem Blick zu dem Hohen Priester, wo-

raufhin er sofort versuchte eine möglichst gute Strategie zu entwickeln. So vergingen einige Augenblicke in totaler Stille, während die Straßen wie leer gefegt waren, woraufhin dem Auserwählten auf einmal ein guter Einfall kam, den er sogleich Meister Zenos verkündete.
Gemeinsam mit diesem ließ er dann einen kurzen Moment der Konzentration verweilen, woraufhin sie das kleine Haus im Schutze der Steinhaut verließen.

Es waren unzählige Geschosse, die durch die Luft surrten, wobei in den Augen der Feinde wie durch ein Wunder kein einziges die Magier traf. Es war Dexter, der daraufhin seine Stimme erhob um den Soldaten mit lauter und ernster Stimme ihre letzte Möglichkeit zur Kapitulation zu geben.
„Im Namen Anors und Velurs, der Götter, die den Anspruch über die ihnen geraubte Welt erheben, fordere ich euch auf, Soldaten von Tigra, eure Waffen niederzulegen und die Kapitulation eures Volkes auszurufen", sprach er, woraufhin nichts als höhnisches Gelächter von den noch immer bewaffneten Soldaten auf Dexter und Meister Zenos niederschallte. „Ich fordere euch auf, uns euren Führer, König Tratres, auszuhändigen und kein unnötiges Blutvergießen heraufzubeschwören", sprach er unbeeindruckt von der amüsierten Reaktion der Soldaten weiter, woraufhin jedoch keiner der Soldaten irgendwelche Anstalten machte seiner Forderung nachzukommen, bis plötzlich einer auf dem obersten Podest über dem gewaltigen Torbau auftauchte.
„Wer seid ihr, dass ihr uns mit solch einer lächerlichen Vereinigung unbewaffneter Männer zwingen wollt, unsere Macht abzugeben? Wer seid ihr, dass ihr es wagt vor die Tore meiner Festung zu treten, um meine Auslieferung zu erzwingen? Wer seid ihr, dass ihr denkt auch nur den Funken einer Chance zu besitzen jemals wieder die Pforten dieser Stadt zu durchschreiten?", sprach er mit majestätischer Stimme, wobei Dexter zum Ende seiner Rede hin in einen kurzen Moment der Konzentration versank, um daraufhin mit einem Schlag seiner kompletten Kraft den Weg durch seinen Körper zu eröffnen.

„Ich...", hallte es plötzlich aus seinem Mund, „bin der, der euren Plänen ein Ende bereiten wird. Ich bin der, der euch für euren jahrtausendelan-

gen Verrat endlich zur Rechenschaft ziehen wird, und ich bin der, der von den Göttern begünstigt einen Weg finden wird eure Herrschaft ein für alle Mal zu beenden!“, schrie der wutentbrannte Magier, woraufhin kein Augenschlag nach seinen letzten Worten plötzlich ein gewaltiger Blitz durch die Luft zuckte und aus den Händen heraus jenen Soldaten niederschmetterte.
Es war wie der Beginn der Apokalypse, als kurz darauf eine Horde entfesselter Magier auf die breite Straße stürmte und mit dem Schrei der Unterdrückten ihre magische Kraft den Feinden entgegenhämmerte.

Eisblitze und Feuerblitze. Wind und Sturmfäuste sowie die gewaltige Kraft einschlagender Blitze und Feuerbälle waren es, die aus den Händen der Magier ihren Weg auf die Verteidigungsmauer der Festung und deren Bewacher fanden und unter tosendem Geschrei die bewaffneten Mannen niederstreckten.
Es war Dexter, dem dabei wieder das Erlebnis an den Grenztoren einfiel, woraufhin er selbst unter der Kraft der Steinhaut, die noch immer seinen Körper umgab, die Worte „ardor calor bienda“ formte, wodurch es ihm möglich war eine gewaltige Kugel aus reinem Feuer in seinen Händen wachsen zu lassen. Immer weiter und weiter dehnte sie sich aus, gefüttert durch die nach außen strömende innere Energie des Magiers, bis er das Geschoss letztlich mit einer gewaltigen Wurfbewegung auf die dicken, hölzernen Tore der Festungsmauer krachen ließ.
Es war ein gigantischer Funkenregen, der beim Aufprall des Feuerballes aus diesem entstand, wobei ein lautes, ächzendes Geräusch die Kampfesruhe durchbrach. „Mehr Feuerbälle!“, schallte daran anschließend die Stimme des Auserwählten durch die Reihen der Magier, von denen die meisten erkannten, was Dexter mit jenen Worten meinte.

So konzentrierten auch sie ihre magischen Kräfte auf die Erschaffung eines Feuerballes, den sie dann auf das hölzerne Tor schleuderten, das beim Auftreffen der gigantischen Kraft in tausend Teile zersprang.

Es war ein Gefühl großer Erleichterung, das in jenem Moment den Geist des Auserwählten durchzuckte, welches jedoch sofort wieder aus ihm wich, als sich der Staub und der Funkenregen langsam legten und ein ungeheuerlicher Anblick großes Entsetzen in den Augen der Magier schuf.

„Verdammt, das sind hunderte, wie sollen wir da durchkommen?“, hallte es aus verschiedenen Kehlen, als ein jeder erblickte, was ihr Führer sah. „Ja, es waren hunderte. Viel mehr, als er erwartet hatte“, ging es ihm dabei durch den Kopf, als er mit entsetztem Blick die Reihen der Soldaten hinter den Toren musterte.

„Verdammt!“, schoss es ihm dabei immer wieder durch den Kopf, während die Flut aus der Macht des Königs immer noch hinter den Mauern verharrte. „Sie wollen wohl, dass wir rein kommen“, meinte er mit einem ironischen Lachen, wobei er sah, dass den meisten seiner Begleiter sichtlich nicht nach Lachen zu Mute war. Darum war er es, der schließlich als erstes seinen inneren Schweinehund überwand und das Wort an seine Mannen richtete.

„Niemand hat gesagt, dass es einfach werden wird, meine Brüder und Schwestern. Niemand hat gesagt, dass es ein Leichtes wäre, den Kampf um die Macht aufzunehmen, und dennoch ist ein jeder von euch meinen Worten blind gefolgt. So bitte ich euch nun, meine Freunde, lasst euer Herz nicht versagen und vertraut mir, wenn ich euch sage, dass wir diesen Krieg gewinnen werden. Es wird hart und brutal, und ein mancher wird vielleicht sein Leben geben müssen, aber vergesst niemals, für wen und was ihr das tut. Vergesst nie, dass nicht nur das Schicksal der Menschheit, sondern auch das der Götter und dieser Welt in euren Händen liegt, meine Brüder und Schwestern!“, sprach er mit preisenden Worten, woraufhin er eine der an seinem Gürtel befestigten Flaschen in die Hand nahm um mit einem großen Schluck zumindest einen Teil seiner Kraft aufzufüllen.

„So, kommt nun, und betretet mit mir das Ende unseres Weges!“, rief er mit einem abschließenden Angriffsschrei, woraufhin er gemeinsam mit der Horde Magier die zersplitterten Tore der Festung passierte und unter eisigen Blitzen und hämmernden Schlägen auf die gigantische Leibgarde des Königs traf. Rüstungen splitterten und Menschen zerbarsten, als die Macht göttlicher Kraft auf die Truppen des Königs traf, wobei es ein Mann war, der hierbei seine Truppe wie einen Keil durch die Soldaten

trieb. Mit der Kraft der Magie, durch die jener Krieger den Weg für ihr Schicksal bahnte, und mit der Macht des Schwertkampfes kämpfte er sich durch die Reihen der Feinde, wobei er die Magier immer weiter in Richtung Eiserner Festung führte.
Ohne einen Blick zurück und ohne Gedanken an den Tod kämpften sich die tapferen Jünger von Anor und Velur durch die Reihen ihrer Feinde, wobei ein jeder der Magier dem Ruf ihres Auserwählten gefolgt war und sich ebenfalls inmitten der Soldatenreihen wiederfand.
Mit feurigen Blitzen und der Macht des Windes schleuderten sie ihre magische Kraft gegen die Truppen Tigras, wobei für Dexter zum ersten Mal die Risiken der Magie offen gelegt wurden. Denn auch wenn es eine absolut vernichtende Kraft war, die ein Magier zu kontrollieren wusste, und auch wenn es für einen Menschen mit diesen Fähigkeiten beinahe unmöglich war inmitten seines Kampfrausches gestoppt zu werden, so kommt auch für den besten Magier einmal der Zeitpunkt, an dem all seine Energien verbraucht sind. Und wenn dieser Zeitpunkt einmal gekommen ist, dann gibt es keine Steinhaut mehr, die ihn beschützt, wenn ein eisernes Geschoss auf seinen Körper prallt, und es gibt keine Feuerblitze mehr, mit denen ein Magier fähig ist sogar aus großer Distanz seinen Kampf zu vollführen. Wenn dieser Zeitpunkt gekommen ist, dann ist ein Magier seinem Feind meist unterlegen, was in den meisten Fällen bedeutet, dass der Sohn der Magie durch die Hand eines Schwertkämpfers oder die Kraft eines Armbrustbolzen zu Grunde geht.
So geschah es auch in dieser Schlacht, dass nach einem gigantischen Magiegewitter zu Beginn des Kampfes, in dem viele Soldaten des Königs ihr Leben ließen, ein unfairer Kampf zwischen energielosen Magiern und geschulten Soldaten ausbrach, in dem nicht selten auch ein Magier sein Leben verlor.

Doch ohne einen Gedanken daran zu verschwenden waren es Meister Zenos, Meister Isidron, Meister Pelebas und allen voran Dexter, die unentwegt ihren Kampf durch die Reihen der Soldaten fortführten und einen nach dem anderen zu Boden schmetterten, auch wenn die wussten, dass viele ihrer Brüder in dieser Schlacht ihr Leben lassen mussten.
Trotzdem stürmten diese vier Mannen immer weiter und weiter über den sandigen Wüstengrund, wobei besonders der Auserwählte eine der wich-

tigsten Waffen der Götter bildete. Denn aufgrund seiner Ausbildung zum Soldaten, in welcher er den Schwertkampf mehr als perfektioniert hatte, war er auch ohne die Kraft der inneren Energie ein todbringender Bote ihres Glaubens.
Mit geschickten Körperdrehungen und Figuren wie man sie sonst nur aus Erzählungen kannte, ließ er seine im Schatten der untergehenden Sonne glänzenden Klingen durch die Luft streichen, wobei sie sich auf ihrem Weg durch die Rüstungen vieler Soldaten schnitten. Stets geschützt durch die Kraft der Steinhaut kämpfte er sich von Zorn getrieben weiter und weiter, wobei die benannten Magier stets seiner Spur folgten. Seiner Spur in Richtung des Einganges der Festung, von wo aus sie letztlich mit der Kraft der Teleportation in das tiefste Heiligtum königlicher Macht eindringen wollten.

So brannte der unaufhörliche Kampf zwischen der Macht des gefallenen Gottes beziehungsweise der Kraft seiner Garde und der Macht von Anor und Velur, wobei Dexter und seine Begleiter letztlich die ersten waren, die ohne den Verlust ihres Lebens das Schlachtfeld hinter sich ließen und mit drei gewaltigen Feuerbällen die Tore zur Festung aus einiger Entfernung aufsprengten.
Es war großes Entsetzen, welches dabei die Mienen jener Soldaten zierte, die der Sicherung der zweiten Verteidigungsmauer zugeschrieben waren, was dazu führte, dass sie Dexter, Meister Zenos, Meister Isidron und Meister Pelebas mit eiligen Schritten nachstürzten.
„Stopp, im Namen des Königs, haltet ein!“, schrieen sie den vier Magiern hinterher, auch wenn sie wussten, dass diese Aufforderung genau wie die Armbrustbolzen, die sie ihnen hinterherfeuerten, sinnlos war. Ohne einen Blick zurück konzentrierten diese nämlich ihre Macht, wodurch vier blau leuchtende Lichtkugeln die Körper jener Männer mit einem Schlag aus der Umgebung strichen.

Er war ein nützlicher Zauber, der Teleport. Ein Zauber, durch den die vier tapferen Männer mit einem Schlag durch die räumliche Ausdehnung der Welt schritten, woraufhin sie keine Sekunde später an jener Stelle auftauchten, von welcher sie einige Wochen zuvor durch gleichen Zauber verschwunden waren.

Es war Dexter, dem hierbei gleich auffiel, dass sie allem Anschein nach aus dem Regen in die Traufe gekommen waren, da zu ihrer Überraschung und Verwunderung nicht nur der König am Ende der Hallen auf seinem Thron zu sehen war, sondern auch ungefähr 30 Soldaten, die ringsherum im kompletten Raum positioniert waren und von denen ein jeder eine Armbrust auf die vier erschienenen Gestalten gerichtet hatte. „Verdammt!“, schoss es dabei einem jeden durch den Kopf, woraufhin es plötzlich König Tratres war, der die aufgekommene Stille durchbrach.

Mit einem lauten Klatschen und einem sarkastischen Lachen erhob er sich langsam von seinem Thron und ging mit erhabenen Schritten auf die Gemeinschaft der vier Magier zu, wobei stets der schallende Kampfeslärm von der draußen tobenden Schlacht in die Halle des Königs tönte.

„Da seid ihr ja endlich!“, sprach König Tratres dann mit gleich bleibend verräterischer Gestik, wobei er musternd um die Gruppe herumschritt. „Ich habe mir schon gedacht, dass ihr es auf diese Weise versuchen würdet, jetzt, wo ihr wisst, wer ich wirklich bin!“, meinte er weiter, wobei sein Blick auf den Augen Meister Pelebas' haften blieb.
„Ich danke euch, Meister Pelebas!“, sprach er daraufhin, wobei Dexter sich mit verwirrten Augen in die Richtung jenes Mannes umdrehte. Es war ein tiefer Schock, der in jenem Moment seinen Geist durchfuhr, als jener Meister Pelebas mit sicherem Schritt aus dem Magierkreis austrat und dem König die Hand zum Gruße reichte.
„Was soll das? Was geht hier vor?“, meinte der Sohn des Sehers dabei mit empörter Stimme, wobei die gleichen Gedanken in Meister Zenos und Meister Isidron aufkochten. „Pelebas, du warst es! Du warst es, der uns verraten hat!“, rief dann plötzlich der oberste Priester mit zornerfüllter Stimme, während jener mit einem ebenfalls sarkastischen Lächeln den Blick auf Zenos richtete. „Ja, ich war es! Wie hätte ich sonst der Gefangenschaft Tigras entrinnen sollen?“, sprach er, wobei seine Miene sich zu einer hasserfüllten Gestik wandelte.

„Wisst ihr noch? Damals, als die Truppen unsere Heimat niederbrannten. Zu hunderten wurden die Mannen unseres Glaubens getötet. Aber nicht alle, Meister Zenos. Einige kamen in Gefangenschaft und wurden

in unzähligen, qualvollen Stunden ihres eigenen Willens beraubt. Habt ihr euch nie gefragt, wo ich die zwei Jahre war, bevor ich auf eure Vereinigung in den Höhlen von Verduin stieß? Ihr seid ein Narr zu glauben, ich hätte mich aus eigener Kraft befreien können", sprach Pelebas, während er den obersten Priester verächtlich ansah. „Aber wieso? Wieso habt ihr uns verraten?", entgegnete jener darauf, woraufhin der Verräter wutentbrannt aufschrie.
„Wisst ihr, wie es sich anfühlt, Wochen und Monate hindurch den Qualen einer Folterung ausgesetzt zu werden? Ihr habt ja keine Ahnung, zu was solch ein Schmerz alles führen kann. Ihr habt keine Ahnung, wie gefügig solch cinc Bchandlung macht. Daher offenbarte ich meinem neuen Meister von der Prophezeiung des Atalis. Ich erzählte ihm, was es mit dem Sohn des Aratheus auf sich hat, und ich verkündete ihm, dass jener aus der brennenden Stadt gerettet wurde", sprach er mit immer noch erboster Stimme, wobei ein erneuter Schock durch Dexters Seele wanderte.

Ein Schock, der sich letztlich in der grausamsten und gleichsam gewaltigsten Gefühlskraft menschlicher Emotion äußerte. Hass. Hass und tiefster, wutentbrannter Zorn, der bei einem jeden Wort des Verräters weiter aufbrodelte, bis der Auserwählte der Kraft in seinem Innersten plötzlich mit einem entfesselnden Schrei nachgab und mit einem unvorhersehbaren Schwertzug Pelebas' Leben beendete. Mit einem Schrecken, der sich jedoch sogleich wieder legte, sah König Tratres dies aus einigen Metern Entfernung, woraufhin das vorherige, sarkastische Lachen wieder Einzug in ihm hielt.

„Wie schön. Ihr erledigt auch noch meine Drecksarbeit!", grinste er dabei auf, worauf die noch immer voller Wut triefenden Augen des Auserwählten auf den König wanderten, wo er mit Zorn in der Stimme das Wort an jenen richtete. „Ihr wart es, der seinen Geist verhext hat", sprach er mit bebender Stimme, wobei er einige Schritte mit erhobener Klinge auf ihn zuging, als der König plötzlich den Arm hob, woraufhin ein jeder der ungefähr 30 Leibwachen des Königs seine Waffe auf den Magier richtete.

„Nicht so schnell. Du hast Recht, wenn du behauptest, dass ich es war, der einst den Geist eures Freundes unter meine Fittiche genommen hat.

Doch zu deinem Bedauern gibt es nichts, aber auch gar nichts, was du dagegen tun kannst", sprach er, wobei er Dexter verächtlich angrinste, als dieser plötzlich mit Schrecken erkannte, worauf der König anspielte. Denn gerade als jener Auserwählte infolge der verächtlichen Worte des Königs den Steinhaut-Zauber auflegen wollte, um so den letzten und entscheidenden Kampf zu beginnen, erkannte er, dass der vorherige Teleportzauber den letzten Rest seiner Energie geraubt hatte. „Verdammt!", schoss es ihm dabei erneut durch den Kopf, während der König des Westens plötzlich mit einem lauten Lacher die Hand sinken ließ und damit seinen Mannen den Befehl zum Angriff gab.

So geschah es, dass Dexter im Bruchteil einer Sekunde zur Seite sprang, wobei eine plötzliche Sturmfaust von Meister Isidron die Aufmerksamkeit der Armbrustschützen auf sich zog. Just diesen Moment nutzte der Auserwählte, um mit geschickter Handbewegung eine der blau leuchtenden Tinkturen aus seiner Robe zu nehmen, welche er daraufhin mit großen Schlucken seine Kehle hinabfließen ließ. Es war eine große Wohltat, die dabei seinen Körper durchzog, als er mit einem Schlag seiner Kraft freien Lauf ließ und sich geschützt durch die Macht der Steinhaut gegen die auf ihn zustürmenden Soldaten zur Wehr setzte.
Es waren das Donnern aufschlagender Kugeln aus Feuer und die Macht gewaltiger Sturmböen, die dabei die prunkvollen Hallen des Königs durchschlugen und in deren Mitte sich die drei Magier mit all ihren Kräften zur Wehr setzten, als Dexter plötzlich im Augenwinkel erkannte, dass sich der verhasste König allem Anschein nach aus dem Staub machen wollte.
So bahnte er sich mit einer gewaltigen Windfaust einen Weg durch zwei Soldaten, woraufhin er den fliehenden König mit einem donnernden Blitzschlag zu Boden schleuderte.
Schnell befreite er sich infolge dessen von einem erneut anstürmenden Soldaten, woraufhin er mit wutentbrannter Seele auf den sich langsam wieder aufrappelnden König zuschritt.

Zenos und Isidron waren es, die währenddessen mit aller Kraft versuchten die Leibgarde in Schach zu halten. Dies war jedoch kein leichtes Unterfangen, da deren Anzahl unentwegt durch von außerhalb der Halle

hereinstürmende Soldaten gefüttert wurde.
Mit Hass und Zorn erfüllt setzte der Magier Dexter derweilen einen Fuß vor den anderen, während er voller Verachtung das erschrockene Gesicht von König Tratres musterte, als dieser plötzlich eine gewaltige Energiekugel auf ihn zuschleuderte. Es war großes Glück, durch welches der Magier gerade so in letzter Sekunde ausweichen konnte, woraufhin er im Gegenzug seine eigenen Energien konzentrierte und die Macht seiner Götter offenbarte.

Es war eine Art magisches Duell, das infolge dessen zwischen dem Auserwählten und dem Gefallenen ausbrach, wobei auch der Verräter seine eigene Form dieser zerstörerischen Macht besaß.

So geschah es, dass auch Dexter von einem heftigen, schwarzen Blitz getroffen zu Boden geschleudert wurde, wo er regungslos verharrte.
Es war ein ungeheuerlicher Schmerz, der dabei seinen Körper durchzog, während er mit verzogener Miene am Boden lag und nur langsam fähig war einen klaren Gedanken zu fassen.
„Wie sollte er etwas gegen solch eine Macht ausrichten? Wie sollte er den Gefallenen bezwingen?“, bildeten sich die Fragen in seinem Kopf, als ihn ein fürchterlicher Anblick plötzlich all seine Angst und all seinen körperlichen Schmerz vergessen ließ.

Es waren Meister Zenos und Meister Isidron, von denen Zweitgenannter bereits ohne Bewegung auf dem kalten und blutverschmierten Steinboden lag, während Zenos sich mit einer Sturmfaust drei auftauchenden Soldaten erwehrte. Doch zum Entsetzen des Auserwählten war jener Hohe Priester nicht der Einzige, der sich die Macht der Magie zu Nutze machte, sondern auch König Tratres, der allem Anschein nach von ihm selbst abgelassen hatte um den letzten noch verbleibenden Magier zur Strecke zu bringen.
So geschah es, dass der Gefallene gemeinsam mit sechs Soldaten Schritt um Schritt näher auf den Magier zuging, woraufhin ein plötzlicher Blitzschlag den Priester mit einem Male zu Boden warf, wo er das Opfer sechs heranstürmender Klingen wurde.

„Nein, neeeeeeeeiiiiiiiinnnnnn!“, schoss es Dexter bei diesem erschreckenden Anblick durch den Kopf, wobei ein entsetzliches, nie zuvor erlebtes Gefühl von Rache durch seine Adern pulsierte. Ein Gefühl, dass er das Leben seines Meisters und das des Hohen Priesters rächen musste. Ein Gefühl, dass er das Leben der Magier, welche ihres in der Schlacht vor den Toren ließen, nicht unentwertet hinnehmen konnte.

So kam es, dass er seinen Körper mit blutunterlaufenen Augen und einem tiefen Vergeltungsgefühl erhob, woraufhin er mit einigen Schlucken des blauen Elixiers den Rest seiner Kräfte mobilisierte.

Es war ein kleiner Schreck, der dabei in den noch wenige Sekunden zuvor auflachenden König fuhr, als er umherblickte und mit Entsetzen erkannte, dass seine Feinde noch nicht am Ende waren. Es waren die sechs Soldaten, die daraufhin einen Versuch starteten den letzten überlebenden Magier zu seinen Kameraden zu senden.

Mit lautem Kampfesschrei und erhobenen Zweihandklingen stürmten die tigranischen Soldaten auf jenen zu, wobei dieser die zwei eisernen Klingen mit schneller Bewegung von seinen Seiten nahm und daraufhin einen tödlichen Klingentanz startete.

Rauf und runter, über den Kopf und aus der Drehung prasselten die einhändigen Schwerter auf die Feinde nieder, wobei es einem keinen der Angreifer gelang selbst einen Schlag auszuführen, was dazu führte, dass sie wenige Augenblicke darauf unter den Schreien des Todes den Weg auf die andere Seite bestritten und ihre leblosen Körper ebenfalls den mit unzähligen Leichen gespickten Steinboden zierten.
„Du bist zäher, als ich dachte!“, war es daraufhin die Stimme des Königs, die Dexter entgegenschlug, in dem weiterhin das Gefühl tiefer Rache brodelte.
„Aber du bist ein Narr, wenn du denkst, dass mein Tod etwas an eurem Schicksal ändern kann. Das Einzige, was mein Tod euch bringt, ist Zeit. Zeit, bis die schwarzen Truppen den Weg über das Meer gefunden haben und bis eure Rasse unter schallendem Geschrei zu Grunde geht“, sprach er weiter, wobei ein verächtliches Grinsen die zornig funkelnden Augen

untermalte. Und auch wenn jene Worte in der Zukunft für viele Grübeleien verantwortlich sein sollten, so sah Dexter in jenem Moment nicht die Zeit dafür, weshalb er auf einmal seine eisernen Klingen zur Seite warf und seinerseits die Stimme erhob.
„Du bist es, der den Verrat an unserer Rasse verübt hat, und du bist es, der mit seinem Leben dafür büßen wird!“, rief er mit bebendem Zorn in der Stimme, woraufhin plötzlich ein gewaltiger Blitzschlag aus seinen Händen geboren auf den Körper des Königs zuraste und diesen mit einem gewaltigen Schlag zu Boden schleuderte.
Es war ein schmerzerfüllter Schrei, den jener dabei von sich gab, woraufhin er den Auserwählten mit verzogener Miene ansah.
„Haltet doch ein. Lasst einen alten Tor leben. Lasst Gnade walten!“, flehte er mit zittriger und weinerlicher Stimme, als plötzlich ein gewaltiger Energieschlag die Hülle seines Körpers zerfetzte und ein seltsam schimmerndes, weißes Nebelwesen aus den Überresten jenes Königs aufstieg.
„Damus!“, rief der Magier dabei erschrocken, während er einige Schritte zurücktrottete und mit verwirrtem Blick das sich ihm eröffnende Szenario betrachtete.
Es waren unzählige Gedanken, die ihm in jenem Moment durch den Kopf zischten, während er das in weißem Dunst aufsteigende Wesen nicht aus den Augen ließ. Immer weiter und weiter in die Höhe schwebte jenes, bis der Magier plötzlich mit zornigen Augen die Fäuste ballte. „Nein!“, schrie er dann auf, woraufhin er mit den Worten „espiritus incendio“ den gewaltigsten und mächtigsten Zauber aussprach, den ein Magier zur Verfügung hat.

Es war eine gelbe Flamme, die sich hierbei von Dexters Händen aus über die Umrisse des Geisterwesens legte, bis mit einem Schlag plötzlich die Energien aus jenem Wesen gebrannt wurden.
Es waren ungeheuerliche Schreie, die dabei den Gefallenen verließen, während Dexter mit voller Konzentration die Kraft, die im Inneren des Verräters gebunden war, aus ihrer Hülle löste und unter dem Einsatz seiner Macht verbrannte.
Hoch in der Luft schwebte dabei der lodernde Geist, aus dessen Innerstem eine unaufhörliche Flamme jegliche Energie verbrannte, bis die feurige Hülle plötzlich vom einen auf den anderen Moment ausbrannte und

die Umrisse des Geisterwesens sich mit einem Schlag auflösten.

„Es ist geschehen. Es ist geschafft!“, schoss es dabei dem Magier durch den Kopf, während er mit kraftlosem Körper in die Knie ging und in seinen Gedanken zu realisieren versuchte, dass er tatsächlich den gefallenen Gott bezwungen hatte. Es waren zwei Tränen, die sich hierbei ihren Weg aus seinen Augen bahnten, als ein plötzliches, leises Röcheln die Stille des Raumes durchbrach und Dexter aus seinem Inneren zurückholte.
Es war ein Hoffnungsschimmer, der im Auserwählten aufflammte, als er erkannte, dass das Röcheln von seinem Lehrmeister Isidron stammte. Ohne eine Sekunde zu verschwenden erhob er sich deshalb von dem kühlen, von Blut und Asche getränkten Boden und begab sich auf den zuvor für Tod erklärten Körper des Magiers.

„Isidron, Isidron!“, rief er mit aufgeschreckter Stimme, woraufhin er seine Robe durchwühlte um möglicherweise noch einen letzten Trank der Energie ausfindig zu machen. Es war ein großes Glück, als er plötzlich die Umrisse eines gläsernen Fläschchens erfühlte und dieses mit schnellem Griff aus der Robentasche nahm.
Ohne eine Sekunde zu verlieren stürzte er den blau leuchtenden Inhalt dann seine Kehle hinab, woraufhin er seine Konzentration auf die Macht der Heilung legte. „Curacion cuerpo“, formte er die Worte in seinem Kopf, während er seine energiegetränkten Hände langsam über den verwundeten Körper seines Lehrmeisters gleiten ließ.
„Bitte, lass es mich schaffen!“, ging es ihm dabei durch den Kopf, als Meister Isidron plötzlich die Augen aufriss und seinen ehemaligen Schüler mit einem erfüllten Gesichtsausdruck ansah. „Ihr lebt!“, rief Dexter dabei freudig auf, woraufhin er den Zauber beendete und dem Magier auf die Beine half.
„Es ist vollbracht, Meister!“, sprach er dabei, woraufhin er Isidron mit einem Fingerdeut die Überreste des Königs vor Augen führte.
„Der Geist des Gefallenen wollte entfliehen, aber ich habe ihn durch die Macht der Pyrokinese vernichtet“, sprach er mit erleichterter Stimme, wobei sein Blick plötzlich auf einen silbern glänzenden Schlüssel fiel. Befestigt an einer dicken Kette lag er zwischen den toten Körpern und zog Dexters Neugierde auf sich. „Was ist das?“, wanderte es dem Magier

durch den Kopf, woraufhin Isidron ihn fröhlich anlächelte.
„Ihr seid wahrlich der Erlöser unseres Volkes“, sprach er, ohne auch nur Notiz von der Entdeckung Dexters zu nehmen, worauf dieser einen schnellen Schritt auf den umketteten Schlüssel machte und ihn mit einer schnellen Bewegung in seiner Robe verstaute. Es dauerte nicht lang, bis Meister Isidron sich infolge der Heilung aufrappelte und die beiden durch die Kraft der Teleportation auf das Schlachtfeld unterhalb der Eisernen Mauern zurückkehren konnten.

Es war ein überraschender Anblick, der dem Auserwählten in jenem Moment die Augen für die Weitläufigkeit seiner Tat öffnete, wobei es die Ratsmagierin Serillia war, die ihm später erklärte, dass mit einem Male ein jeder der Soldaten aufgehört hatte zu kämpfen.

„Wie durch ein Wunder legten sie allesamt ihre Waffen nieder und beendeten die Schlacht!“, hatte sie ihm voller Euphorie mitgeteilt, als er mit überraschtem Blick die Ergebnisse des Kampfes sah. Es waren viele hunderte toter Körper, unter denen auch mindestens 20 Magier waren, die an jenem Tage die Wüstenebene zwischen den Verteidigungsmauern bedeckten. Doch auch wenn ihre Chancen zu Beginn der Schlacht mehr als schlecht gewesen waren, so war es den Jüngern der Magie zum Ende hin doch möglich, die gegnerischen Truppen niederzuschmettern und sich selbst die Plakette des Sieges an die Brust zu heften.

So geschah es, dass Dexter, Sohn des Aratheus, letztlich dem seit Jahrtausenden tobendem Verrat ein Ende setzte und mit einem Schlage den Ursprung allen Übels, welches in den Seelen der Bewohner Tigras brodelte, zerschlug. Mit einem Mal verbannte er den Geist des gefallenen Gottes aus der Welt der Menschen und zerschlug damit jenen Hass, der seit so vielen Jahrhunderten den Kontinent gespalten hatte.

Da jedoch auch der Auserwählte wusste, dass dieser bedeutende Schlag zunächst keinen Einfluss auf die Vernichtung Ogirions haben würde, war er es, der noch in der gleichen Nacht unter schallendem Tempo die Stadt hinter sich ließ um sich gemeinsam mit vier Magiern an seiner Seite auf die lange Reise nach Osten zu machen.

Serillia und die übrigen Magier verblieben derweilen in der Stadt und sie waren es, die von da an den Oberbefehl über Onur und das Land Tigra an sich rissen.
Sie waren es auch, die von da an den Verrat und den Untergang des Königs bekannt machten, und sie waren es, denen es gelang dem letzten Funken Hass, der in den Herzen der Westmenschen verankert war, ein Ende zu bereiten.

Kapitel 19 - Der letzte Krieg

(Sicht des Petro)

Zu jenem Zeitpunkt, als Dexter vor 35 Tagen das Haus der Familie Tirion verlassen hatte, war alles, was er zurückließ, drei verzweifelte und verängstigte Seelen, die gerade erfahren hatten, dass ihre Welt einem ungewissen Schicksal entgegentreten würde. Einem Schicksal angefüllt mit Krieg, Tod und Zerstörung, wobei eine dieser verängstigten Seelen zu dem Soldaten Petro gehörte. Jenem Soldat, der gemeinsam mit Dexter beziehungsweise Terean Troles in der Ausbildung am Hofe des Königs seine Fertigkeiten im Kampfe erlernt hatte und der von da an treu in der Garde jenes Herrschers gedient hatte. Einem Soldat, der seit über fünf Jahren den Befehlen des Königs nachging, wobei er in jenem Augenblick das erste Mal realisierte, was es für ihn heißen würde, wenn es tatsächlich zum Krieg kommen würde.
Er würde ausziehen müssen. Hinaus in die Schlacht um an der Seite seiner Kameraden dem letzten und größten Kampf, den diese Welt seit Jahrhunderten erlebt hatte, entgegenzutreten. Und auch wenn er diesen Gedanken nur mit Angst und Sorge denken konnte, so war er sich dennoch gewiss darüber, dass er bereit sein würde. Er würde bereit sein, wenn der König vor seine Armee tritt, um ihnen zu verkünden, dass sie in den Krieg ziehen mussten um in einer letzten, gewaltigen Schlacht das Überleben ihrer Rasse sicherzustellen.

So geschah es auch, dass jener Soldat zwei Wochen später wie ein jeder andere auch auf den Goldenen Platz berufen wurde. Dort auf den gewaltigen Ausläufern jenes Platzes sammelte sich das Volk Thorgars und lauschte den weit über den Platz hallenden Worten ihres Herrschers.

„Vor 14 Tagen...“, begann hierbei der König, dessen Stimme durch acht gewaltige Hörner verstärkt über den Platz hallte, „geschah es, dass ein

Mann aus dem Westen an mich herantrat. Ein Mann, der schlimme Nachrichten zu überbringen hatte. Ein Mann, der mich davon in Kenntnis setzte, was sich in den vergangenen Jahrhunderten auf unserer Welt abgespielt hat", sprach der König, womit er den Anfang einer langwierigen und teilweise schwer zu verstehenden Erklärung machte, mit welcher er versuchte das Volk Thorgars von der Wahrheit zu überzeugen. Auch der Soldat Petro lauschte hierbei gemeinsam mit dem Rest seiner jetzigen Familie, während diesen auffiel, dass es genau die Worte waren, die auch Dexter ihnen zuvor verkündet hatte.

„Er hatte also tatsächlich Recht!", flüsterte dabei Julia, die hübsche Tochter des Generals Tirion ihrem Mann ins Ohr, woraufhin dieser zustimmend nickte, als der König gerade dabei war seinem Volk zu verkünden, dass Krieg aufziehen würde.
Es waren entsetzte Schreie und verzweifelte Rufe, die dabei aus den Reihen der Zuschauer heraus über den Platz fegten, wobei in einem jeden große Verzweiflung herrschte. Es war König Sumunor, der dann nach einem kurzen Moment der Stille erneut das Wort ergriff.
„Natürlich war ich sehr besorgt, als diese Nachrichten an mein Ohr drangen. Ich sendete Späher aus und prüfte, ob das Land des Westens uns tatsächlich feindlich gesinnt ist. Doch von den fünf Mannen, welche ich aussandte, schafften es lediglich zwei zurück. Die übrigen wurden an den Grenzen von den Truppen Tigras niedergemetzelt", sprach er, worauf er eine kleine Pause einsetzte, bevor er von neuem die Stimme erhob.
„Deshalb sind ich und der Rat des Krieges zu der Entscheidung gekommen, dass wir in den Krieg ziehen müssen. Ein jeder tapfere Mann und eine jede tapfere Frau, die hierbei gewillt sind unseren Truppen Beistand zu leisten, werden deshalb aufgefordert sich in den kommenden zehn-Tagen einzuschreiben, auf dass wir gemeinsam eine Chance haben, der heranrollenden Bedrohung des Westens entgegenzutreten. Denn eins, dessen seid euch gewiss, Bewohner von Thorgar, kampflos werden wir unseren Untergang nicht hinnehmen. Nein. Wir werden kämpfen und uns mit unserer ganzen Kraft gegen den Feind stellen", sprach er, wobei tosender Applaus durch die Menge ging. Denn auch wenn nun jeder der anwesenden Bürger wusste, wie es mit ihrer Zukunft aussah, so wussten sie auch, dass sie für das, was sie geschaffen hatten, kämpfen würden.

Und so geschah es, dass sich die Kunde von da aus über das Land Ogirion ausbreitete, wobei gleichsam die Heerschau über das Land ausgerufen wurde.
Doch während das Land des Ostens noch damit beschäftigt war, seine Truppen zu sammeln, geschah es am elften Tage, nachdem die Nachricht sich ihren Weg über das Land bahnte, dass die gewaltigen Tore der Grenzmauer sowohl im Süden als auch im Norden ihre Schranken öffneten und durch jedes ein schier endloses, schwarzes Heer hindurchmarschierte.
Eines im Norden und eines im Süden, die auf ihrem alles vernichtenden Kreuzzug eine jede Menschenseele niederwarfen, die sich ihnen in dcn Weg stellte.
Zehntausende an der Zahl waren es, die hierbei ohne Rücksicht auf irgendeine Form menschlichen Lebens mordend und plündernd durch das Königreich Ogirion zogen und deren Erscheinen das Land in größte Verzweiflung stürzte.

„Wir werden alle sterben. Alle!“, schrie Silvia eines Abends, zehn Tage nachdem die Truppen Tigras in das Land einfielen, als ihr Schwiegersohn Petro ihr verkündete, dass die Stadt Esgoloth in einer gewaltigen Schlacht gefallen sei. „3000 Mann waren es, die die Stadt sicherten, aber auch sie konnten nichts gegen das 20.000 Mann starke Südheer des Feindes ausrichten“, hatte er erklärt, woraufhin seine Frau Julia mit ängstlichem Blick die Stimme erhob. „Wann glaubst du, werden sie hier sein?“, sprach sie mit zittrigen Worten, während Petro seinen Blick kurz in sein Inneres schweifen ließ.
„Sie werden nicht bis hierher kommen!“, sprach er dann mit gespielter Fröhlichkeit, woraufhin er versuchte seinen Kommentar näher zu erläutern. „Morgen früh werden wir ausreiten und uns dem Feind stellen. Es sind 11.000 Mann, die vor den Mauern unserer Stadt lagern, und wir haben noch mal 4.000, die sich in der Nähe von Esath zusammengezogen haben. Und weitere 3000, die in Namiba lagern. Wenn es uns gelingt unsere Truppen rechtzeitig zu vereinigen, können wir es schaffen. Wir können sie aufhalten!“, sprach er mit einem Quant Euphorie in der Stimme, worauf er ein gutmütiges Lächeln von seiner Frau erhielt.
„Ich liebe dich!“, sprach diese dabei, während sie ihm einen letzten Ab-

schiedskuss gab, bevor der Soldat sich auf seinen Weg aus den Toren Thorgars machen musste. Im Scheine des untergehenden Feuerballs erkannte er so, als er die gewaltigen Tore der Stadt hinter sich ließ, ein schier unendliches Meer aus Zelten, wobei ein kleiner Hoffnungsschimmer in ihm aufbrodelte. „Wir können es schaffen!“, ging es ihm immer wieder durch den Kopf, während er erhobenen Hauptes auf dem Rücken seines Pferdes durch die Zeltreihen ritt, um sich seiner eigenen Einheit anzuschließen.

120 Mann waren es, die die fünfte Einheit ausmachten, wobei ein jeder der Soldaten einen Teil der insgesamt 700 Mann starken Kavallerie ausmachte. Auch Petro war einer dieser Mannen, was dazu führte, dass er am kommenden Morgen den Weg in die Schlacht als einer der vordersten in Angriff nahm.

„Wir reiten den Erinior entlang, bis wir ihn in drei Tagen bei Namiba überqueren. Dort vereinigen wir uns mit den Truppen, die dort lagern, und dann führt uns unser Weg in die letzte, entscheidende Schlacht, die das Schicksal unserer Rasse entscheiden wird“, sprach dabei der oberste Kommandant der Truppen, kurz bevor der Marsch eingeläutet wurde, was dazu führte, dass ein jeder der Soldaten wusste, wo jene entscheidende Schlacht stattfinden würde. „Auf den Feldern Asalaths!“, ging es dabei auch Petro durch den Kopf, woraufhin er sein Pferd in Bewegung setzte und Seite an Seite mit seinen Kameraden in Richtung Westen ritt.

Immer entlang des Eriniors, der durch eine breite Baumgruppe, die sich in den Jahrtausenden entlang des gewaltigen Stromes entwickelt hatte, von dem ziehenden Heer getrennt war, führte sie ihr Weg schließlich bis an den gewaltigen namibischen Übergang.
Über 13 Meter breit und gesichert durch gigantische Pfosten bildete diese Brücke den einzigen Übergang des Eriniors und war somit ein unausweichlicher Part ihres Marsches. Denn in einem, da waren sie sich aufgrund der schrecklichen Nachrichten, welche von Esgoloth durch die Welt gingen, sicher. Sie mussten Namiba erreichen, bevor die Truppen des Westens die Grenzen der Stadt erspähen konnten. Nicht noch einmal wollte man solch erschreckende Botschaften wie aus dem Land der Seen

verkünden müssen. Nicht noch einmal wollte man sich eingestehen, dass eine ganze Stadt dem Erdboden gleichgemacht werden konnte. Und nicht noch einmal wollte man den Tod von vielen tausend Männern, Frauen und Kindern in Kauf nehmen.
So beeilte sich das gewaltige Heer um rechtzeitig die Vereinigung mit den namibischen Verbündeten einzugehen, um die Schlacht so weit es nur ginge von den Toren der Stadt wegzutragen.
An vorderster Spitze war auch der Soldat Petro, der wie einer der vielen anderen Mitglieder der Kavallerie die Vorhut der über 10.000 Infanteristen bildete. Genau dieser Soldat war es auch, der als einer der ersten erblickte, was sie so sehr gefürchtet hatten.

„Eine Schlacht! Verdammt! Sie sind schon da!“, schoss es diesem in jenem Moment durch den Kopf, als sein Blick auf das belagerte Namiba in einiger Entfernung fiel. Es war ein schier endloses Heer schwarzer Soldaten, die in disziplinarischer Militärsordnung vor den Mauern der Stadt verharrten. Unzählige Katapulte waren derweilen damit beschäftigt die steinernen Mauern Namibas niederzureißen. Aber nicht nur Katapulte bildeten einen Gefahrenpunkt für die Bewohner der Stadt, nein, auch die gewaltigen Belagerungstürme, die sich immer weiter und weiter auf die Mauern zubewegten. Angefüllt mit unzähligen Soldaten fungierten diese Türme als eine Art Treppenhaus für die Truppen Tigras. Durch ihre Hilfe konnten sie die Mauern der belagerten Stadt erklimmen und sie stürmen ohne die Schutzmauern niederzureißen. Beinahe hilflos versuchten die wenigen Soldaten Namibas sich mit Bogen und Armbrust gegen die heranrollende Gefahr zu wehren, auch wenn ihre Versuche recht sinnlos waren. Zu gut geschützt waren die tigranischen Soldaten im Inneren der Belagerungstürme, und so war es nur eine Frage der Zeit, bis jene Instrumente letztlich den Sturm auf die Stadt besiegeln würden.

„Verdammt, sie sind schon da!“, hallte es infolge dessen von ihm aus durch die Reihen der Mannen, wobei es König Sumunor war, der als oberster Heerführer seiner Streitmacht den Befehl zur Einhalt gebot.
„Haltet ein, meine treuen Mannen!“, hallte von ihm aus die majestätische Stimme durch die Reihen.
„So ist der Tag gekommen, an dem die Streitmacht von Thorgar ihre

Klingen gegen das Heer von Tigra ziehen wird. Es sind unsere Mannen, die dort in der Schlacht fallen. Unsere Mannen und unser Volk! Darum lasst Mut und Tapferkeit in euren Herzen wachsen und richtet euren Zorn gegen unsere Feinde. Auf dass wir ruhmreich einkehren in die Hallen unserer Vorfahren!", rief der König mit ergreifender Stimme durch die Reihen seiner Soldaten, während er seinen Blick in die Ferne schweifen ließ. Erst mit den letzten Worten stieß er dann einen gewaltigen Kampfesschrei aus, woraufhin er gefolgt von den euphorischen Kriegern Thorgars mit schallendem Galopp losstürmte.
Immer weiter und immer näher in die tobende Schlacht, um möglicherweise eine Wende beizuführen in dem ungleichen Kampf Namibas gegen das zerstörerische Südheer Tigras.

So begann letztlich jener Krieg, welcher das Schicksal der Menschheit entscheiden sollte. Jener Krieg, in welchem die Völker des Kontinents in einer gigantischen Schlacht den Ausgang ihres eigenen Schicksals entscheiden würden.
Jene Schlacht, in der auch der Soldat Petro mit vollem Galopp und gezogener Axt immer weiter auf das Heer des Feindes zustürmte, bis die Reiterei des Ostens mit einem plötzlichen Schlag in die Verteidigungsstellung des Westens krachte. Blut spritzte, Rüstungen splitterten und Männer schrieen, als die erste Hut mit vollem Karacho in die verwirrten Gesichter der tigranischen Soldaten sprang und sie den Kampf nicht mehr länger nur an der Stadtfront führen mussten. Es war große Angst, die hierbei durch die Reihen Tigras zog, als mit einem Male das gewaltige Heer Thorgars erschienen war.

Schlag um Schlag richteten diese ihren Zorn gegen das westliche Heer, und Schlag für Schlag rächten sie die Toten des Seenlandes. Auch Petro ließ hierbei immer wieder seine Axt durch die Lüfte kreisen, während er auf dem Rücken seines treuen Pferdes versuchte, nicht von den angreifenden Soldaten getroffen zu werden.
Doch es war nicht er, sondern sein Pferd, das plötzlich eine gewaltige Klinge durch das rechte Hinterbein bekam und daraufhin mit lautem Wiehern und schmerzerfülltem Zucken zu Boden ging. „Verdammt!", schoss es dabei dem Soldaten durch den Kopf, während er mit geschick-

tem Sprung aus seinem Sattel glitt und nun versuchte sich als Infanterist gegen den Feind zu stellen.
Immer wieder ließ er hierbei die gewaltige zweihändige Axt, welche er, sofort nachdem er von dem verwundeten Pferd gesprungen war, von seinem Rücken genommen hatte, durch die Lüfte kreisen und zerschmetterte damit die Leben seiner Feinde. Seite an Seite mit Asad, einem Mitglied seiner Einheit, und hunderten anderen ließ der Soldat hierbei seine Kräfte walten, als in einer fatalen Sekunde etwas geschah, was den Verlauf seines Kampfes aufs Dramatischste verändern sollte.
Es war eine silberne Einhandklinge, die plötzlich wie aus dem Nichts aufgetaucht war und mit einem gekonnten Frontalstich die metallenen Platten seiner Rüstung durchbrach. Es war ein ungeheuerer Schmerz, gepaart mit einem Gefühl der Panik, als der Soldat daraufhin seine Axt zu Boden fallen ließ und mit entsetztem Blick die Einschlagsstelle erblickte. „Blut!", schoss es dem Soldaten dabei durch den Schädel, als er im Augenwinkel erneut die silbrige Klinge auf sich zurasen sah.
Gerade so und in letzter Sekunde rettete er sich daraufhin mit einem Sprung zur Seite, woraufhin er ohne eine weitere Sekunde zu verlieren eine der einhändigen Klingen aus ihrer Scheide nahm und mit einem Gefühl aus Schmerz, welcher jedoch durch das pochende Adrenalin des Kampfrausches überdeckt wurde, und Zorn auf den Angreifer zustürmte. Er war ein Soldat wie er selbst. Nur gering kleiner und selbst mit einer einhändigen Klinge bewaffnet, aber dennoch stürzte der verwundete Petro mit gezogener Klinge auf ihn zu, woraufhin er mit einigen gekonnten Schwertzügen plötzlich die metallene Klinge durch die Kehle des Tigraners bohrte. Doch auch wenn der eine geschlagen war, so waren an Stelle seiner noch tausende, das wusste auch Petro, weshalb er sich mit einem Kampfschrei umdrehte und dann mit frontalem Angriff auf einen weiteren Schwertkämpfer Tigras zustürmte.

Rechts, links, hoch und runter wanderte dabei die metallene Klinge, als ihn plötzlich ein gewaltiger Seitschlag in seine Rippen zu Boden zwang. Aber nicht von jenem Soldaten, mit dem er gerade gekämpft hatte, sondern von einem zweiten, der soeben mit einer gewaltigen, zweihändigen Keule von der Seite her angestürmt kam und diese dem Soldaten Ogirions in die Seite rammte.

Mit schmerzverzerrtem Gesicht versuchte dieser sich gleich darauf aufzurappeln, als plötzlich erneut eine metallene Klinge auf seinen Schädel zuraste, wo sie unter gewaltigem Scheppern auf das harte Metall seines Helmes traf. Es war wie ein alles durchreißender Ton, der dabei Petros Kopf durchhallte, woraufhin dieser ein wenig benommen nach hinten taumelte, als er inmitten seines Deliriums plötzlich erkannte, dass die gewaltige Keule des zweiten Soldaten erneut auf ihn zuraste und ihn diesmal mit einem gewaltigen Bauchschlag zu Boden beförderte.

Regungslos und mit durchgängigen Schmerzen im gesamten Körper lag der Soldat nun auf dem Boden, wobei er trotz der Schmerzen erkannte, dass der Schwertkämpfer immer noch nicht von ihm abgelassen hatte. Mit schnellen Schritten und gezogener Klinge stürzte dieser auf den am Boden liegenden Krieger zu, als plötzlich ein vorbeifegender Soldat seiner Einheit das Ende jenes Soldaten bedeutete.
Mit einem kräftigen Schwertschwung trennte er den Körper vom Kopf, wodurch das Ende jenes Feindes besiegelt wurde.

„Danke!“, ging es Petro dabei durch den Kopf, während er selbst inmitten einiger toter Soldaten regungslos auf dem Boden lag. Ungeheuere Schmerzen durchzogen ihn dabei, während langsam das Tönen aus seinen Ohren verschwand und der noch immer um ihn herum tobende Kampfeslärm wieder sein Gehör erfüllte.
„Aber was sollte er tun?“, ging es ihm durch den Kopf, woraufhin er versuchte einen Blick auf seine Verletzungen zu erhaschen. Es war eine gewaltige Delle mit etlichen Rissen, die hierbei inmitten seiner Bauchplatte klaffte, wobei seine seitlichen Rippen sicherlich gebrochen waren. Zumindest folgerte er das aus den gewaltigen Schmerzen, die von jener Seite des Körpers ausgingen. Doch die schlimmste und verhängnisvollste Verletzung offenbarte sich dem Soldaten erst bei einem Blick auf seine Schulter. In ein rotes Meer getränkt hingen die zerfetzten Stücke der Einschlagsstelle in der Luft, während sich ein nicht aufzuhaltender Fluss aus tiefrotem Blut einen Weg aus seinem Körper bahnte. Mehr und mehr, von Minute zu Minute, in denen der Soldat unter gigantischen Schmerzen am Boden lag, wobei bei einer jeden Bewegung ein ungeheuerer Schmerz durch seinen Körper schoss.

So lag er also da, im Schatten der gigantischen Schlacht, während sein Blick durch das kleine Gitter seines verbeulten Helmes auf den blauen Himmel über ihm fiel. Wie einer der tausenden gefallenen Männer, von denen von Sekunde zu Sekunde mehr den Boden des Schlachtplatzes zierten, als mit einem Mal plötzlich der dunkle Schleier der Bewusstlosigkeit über ihn fiel.

Es war Stunden später, als jener Soldat mit einem Schlag die Augen öffnete und mit zunächst entsetztem aber dann erfreutem Blick umherschaute. Schmerzen durchzogen dabei seinen Körper, als er erkannte, dass er noch nicht in das Reich der Götter eingekehrt war.
So ließ er seinen Blick kurz durch die Gegend schweifen, wobei er sich inmitten eines riesigen Zeltlagers wiederfand.
„Haben wir also gesiegt?“, schoss es ihm dabei durch den Kopf, während er seine Wunde am Arm inspizierte. Sie war fachmännisch verbunden, wobei ein dicker, weißer Verband den Blutverlust allem Anschein nach gestoppt hatte. So ließ er seinen Blick auf die schmerzende Wunde an seiner Seite wandern. Überzogen mit einem gigantischen Bluterguss konnte der Soldat mit bloßem Auge erkennen, dass mindestens drei seiner Rippen gebrochen waren, weshalb er sich unter Schmerzen zurück in sein Feldbett gleiten ließ, so dass der Bruch so wenig wie möglich belastet wurde.

Es war eine ihm inzwischen mehr als bekannte Stimme, die plötzlich neben ihm auftauchte und ihn für einen kurzen Augenblick die Schmerzen und den Schrecken des Kampfes vergessen ließ.
„Julia!“, formte er dabei den Namen der Person in seinem Mund, woraufhin jene mit einem Lächeln näher zu ihm kam und ihm einen liebevollen Kuss auf die Stirn verpasste. „Petro!“, sprach sie dabei mit einer Träne im Auge, woraufhin dieser sie mit einem Lächeln anblickte.
„Wie kommst du hierher? Was machst du hier?“, begann der Soldat sogleich, woraufhin seine Frau kurz innehielt und dann ihre sanfte Stimme erhob. „Ich bin eine Freiwillige. Ich hab mir gedacht, dass eine Ärztin sicher nützlich sein kann. Daher habe ich mich noch am Tag der Verkündigung unseres Königs in eine der Freiwilligen-Listen eingetragen.

Es tut mir Leid, dass ich dir nichts davon gesagt habe. Aber ich dachte, du würdest es mir ausreden wollen. Ich dachte, du würdest nicht wollen, dass ich mich in Gefahr begebe", entgegnete sie, worauf Petro sie sanftmütig anlächelte.
„Ich bin froh, dass du hier bist", sprach er dann nach einem kurzen Moment der Stille, als sich plötzlich eine kleine Träne aus Julias Auge drängte und mit einem seidigen Glitzern ihre Wange hinablief.
„Ich dachte schon, du wärst gefallen. Den Göttern sei Dank, dass du es nicht bist!", sprach sie dann, woraufhin sie mit geschultem Blick die Wunden ihres Mannes inspizierte.
„Was für ein Glück, dass du rechtzeitig gefunden wurdest, mein Schatz!", sprach sie dann weiter, während sie ihre weichen Hände liebevoll über den Körper Petros streichen ließ. „Ich wurde gefunden? Wann? Von wem?", begann dann auf einmal der Soldat, womit er sich letzten Endes erhoffte, dass er eine Erläuterung der Geschehnisse der Schlacht bekam. Da seine Frau ihm aber lediglich den Namen und den Zeitpunkt direkt nach der Schlacht bekannt gab, führte dies dazu, dass er seine Frage ein wenig ersichtlicher machte.
So erfuhr er letzten Endes, dass die Schlacht siegreich war. Das Südheer des Feindes war vernichtet und die Stadt Namiba gerettet.

Doch bei diesen Worten kam der Soldat plötzlich ins Stocken. „Südheer?", bildete sich die Frage in seinem Kopf, als ihm mit einem Schlag bewusst war, dass diese Schlacht nicht das Ende des Krieges einläutete.

„Verdammt!", schoss es daher plötzlich aus ihm heraus, woraufhin seine Frau ihn entsetzt ansah. „Was ist?", ließ sie ihre Frage verlauten, woraufhin der Soldat seinen Gedanken freien Lauf gab. „Ihr habt es doch selbst gesagt. Das Südheer! Aber was ist mit denen, die durch die Pforte des Nordens in unser Land eingedrungen sind? Was ist mit den Soldaten, die im Schatten des Hochlandes nach Thorgar ziehen?", sprach er mit erregter Stimme, während seine Gedanken um das Heer des Nordens schweiften.

So kam nun zum ersten Mal der Zeitpunkt, an dem der Soldat Petro den tiefen Schmerz seiner Rippen und Schulter verdrängen musste, um mit

einem Mal seinen Oberkörper aufzurichten. „Ich muss den König sprechen!“, sprach er dabei zu Julia, woraufhin er mit schmerzverzogenem Gesicht die Beine auf den Boden setzte, um darauf mit langsamen und wackeligen Schritten durch die Zeltreihen zu schreiten.
Es dauerte einige Zeit und kostete ihn viel Anstrengung, bis er letztlich in jenem Bereich des Lagers angekommen war, in welchem normalerweise der König aufzufinden war, als auf einmal eine schreckliche Botschaft an sein Ohr drang. „Er war tot. Gefallen auf den Feldern Namibas!“, vernahm er von einem der dort anwesenden Generäle, wobei ein Gefühl tiefer Trauer durch seinen Geist huschte.
„Er war tatsächlich gefallen. Er, der oberste ihres Reiches!“, ging es ihm durch den Kopf, was schließlich dazu führte, dass er seine Frage an eben diesen General wendete.
„Könnt ihr mir sagen, Herr General, was gedenkt ihr nun zu tun? Wer besitzt nun den obersten Befehl über die Truppen? Wer wird unser Heer in die Schlacht gegen das Nordheer führen?“, sprach er mit betrübter Stimme, worauf jener General eingeschüchtert den Kopf schüttelte. „Nordheer?“, sprach er dabei mit entsetzter Stimme, als ihm gerade in diesem Moment bewusst wurde, dass der Sieg in der vergangenen Schlacht tatsächlich nicht der Sieg des Krieges war. „Ihr habt Recht!“, schoss es dabei aus ihm heraus, während er mit erschrockener Miene den Blick umherschweifen ließ. „Kommt mit, Soldat!“, wies er Petro daraufhin an, worauf er mit schnellen Schritten auf eines der größeren Zelte zuging.

Ohne eine Sekunde des Zögerns setzte daraufhin auch Petro seine Beine in Bewegung und folgte dem General, der soeben in jenem Zelt verschwunden war.
So schritt er selbst auch durch den zur Seite hängenden Eingang, wobei sein Blick dabei auf fünf im Kreis sitzende Gestalten fiel. Fünf Männer des Rates waren es, die hier im Zelt des gefallenen Königs berieten, wie es nun weiter gehen solle. Es war der General, der die zwischen ihnen herrschende Diskussion unterbrach und mit den Gedanken an das Nordheer große Entrüstung provozierte.

„Zu eurer Information, Herr General!“, sprach dabei einer der Männer mit spöttischem Tonfall. „Wir sind uns im Klaren darüber, dass im Nor-

den unseres Landes gerade ein 15.000 Mann starkes Heer auf Esath marschiert, und wir sind uns im Klaren darüber, dass die 4000 Soldaten jener Gegend sicherlich nicht fähig sein werden, den Sturm auf unser Land zu brechen. Aber dennoch sind wir bereits dabei einen Weg zu finden, wie es uns gelingen kann, den Untergang aufzuhalten, dessen könnt ihr gewiss sein!", sprach er, wobei der General kleinlaut den Kopf senkte. „Tut mir Leid euch in euren Planungen unterbrochen zu haben", entgegnete er darauf, während er sich wieder aus dem Zelt verabschiedete, als plötzlich der Soldat Petro das Wort an den Rat richtete.
„Wie viele Soldaten haben wir noch? Wie viele haben überlebt?", sprach er dabei, woraufhin der Ratsmann, der eben bereits gesprochen hatte, ihn emotionslos ansah. „200 Reiter, 1200 Infanteristen!", entgegnete er dann, wobei seine Miene sich in großes Bedauern verzog. Es war ein Schreck, der dabei den Geist Petros durchfuhr. „1400 Mann? Das ist alles?", entgegnete er mit erschrockener Stimme, worauf der Ratsmann stumm nickte und dann den Soldaten anwies sie allein zu lassen.

Es war ein sorgenbehangenes Gemüt, das von da an den Soldaten plagte. Vier Tage lang kampierten sie so vor den Ausläufern der Stadt Namiba, als am Abend des vierten schreckliche Kunde das Heer Thorgars erreichte. „Esath ist gefallen. Die Stadt der Berge ist nicht mehr!", hallte es durch die Zeltreihen, als an jenem Tag ein Flüchtling aus jener Stadt die Botschaft überbrachte.

So kam die Zeit, in der auch jenes stark geschrumpfte Heer ihren letzten Marsch aufnehmen musste um sich in einer letzten, entscheidenden Schlacht zwischen das Heer Tigras und die Vernichtung Thorgars zu stellen. Einer letzten Schlacht, in der sie das Schicksal der Menschheit auf ihren Schultern trugen.
Eine letzte Schlacht, in der sie gegen eine gewaltige Übermacht des Feindes antreten mussten, um so das Schicksal ihres Volkes zu retten. Auch Petro entschloss sich an jenem Tage gemeinsam mit den Mannen zu reiten. Auch wenn seine Verletzungen keineswegs verheilt waren, so wollte er seinen Part in dieser Schlacht nicht streichen lassen.

So verschwand mit der Befehlsausrufung des Rates das aufgeschlagene Lager, und die Mannen Thorgars, die gemeinsam mit den etwa 400 überlebenden Soldaten Namibas das letzte Heer Ogirions bildeten, machten sich auf den Weg zurück über die namibische Brücke hinauf in die Wiesen und Ackerflächen, wo sie in stillem Schweigen auf das bald hereinstürmende Chaos warteten. Hier zwischen den letzten Ausläufern des Hochlandes und den Feldflächen Thorgars stoppten sie ihren Marsch und spalteten das Heer in die einzelnen Züge. Ein jeder ging infolge dessen in Gefechtsposition, und es verstrichen unzählige Stunden, bis plötzlich neue Kunde über das Heer hereinbrach.

„Sie kommen! Sie kommen!", hallte die Stimme eines herbeistürmenden Spähers durch die Reihen der Soldaten, wobei ein jeder der tapferen Mannen sofort aus seiner Wartestellung ging.
Auch Petro erhob sich gleich nachdem die Kunde das Lager erreicht hatte aus dem dürren Gras, wo er die ganze Zeit über in stillem Schweigen gesessen hatte, woraufhin er eine leichte Armbrust, die neben ihm gelegen hatte, aufnahm. Mit ernster Miene inspizierte er sie, wobei er an seine Rolle in dem aufkommenden Gemetzel dachte.
Im Gegensatz zu der Schlacht bei Namiba stürmte er diesmal nicht wieder in der Kavallerie, sondern positionierte sich mit etwa 50 weiteren Fernschützen auf einem kleinen Hügel hinter dem eigentlichen Heer, von wo aus sie die Schlacht durch die Kraft ihrer Bolzen beeinflussen sollten. Mit gefülltem Köcher und einem unguten Gefühl im Magen nahm er daraufhin eines der Geschosse aus ihrem Behältnis und spannte es in die Sehne. Mit einem Haken brachte er die Sehne in ihre Verankerung und setzte den Bolzen in den metallenen Lauf, als er plötzlich im Augenwinkel ein Schreckensbild erspähte.
„Da sind sie!", ging es ihm durch den Kopf, als er in einiger Entfernung die ersten Truppen des tigranischen Nordheeres erblickte. Hunderte Meter breit schob sich die ungeheuere Flut menschlichen Lebens wie eine undurchdringliche Wand immer weiter und weiter über den Hügel, wobei die vordersten Reihen von einer gigantischen Zahl Lanzenträger geführt wurde. Gefolgt von einigen Bogenschützen und einer schier endlosen Horde Schwertkämpfern, die den größten Teil des Heeres ausmachten.
„Wie viele könnten das sein?", schoss es dem Soldaten dabei durch den Kopf, während er versuchte sich über die Ausmaße dieser Horde bewusst

zu werden. „Mindestens 8000“, wanderte es dabei durch seinen Schädel, als er plötzlich erkannte, dass das gewaltige, tigranische Heer zum Stillstand kam. „Was jetzt?“, schoss es ihm dabei durch den Kopf, während er mit gespanntem Blick die Armbrust zu Boden senkte.
Es verstrich ein kurzer Moment der Stille, wobei der Anblick des gigantischen Heeres große Unsicherheit und große Angst in den Herzen der Mannen Ogirions entfachte.
„Wie sollten sie nur gegen solch ein gigantisches Heer siegen?“, hallte es durch die Reihen, als plötzlich einer der Generäle mit Namen Esteban die Stimme erhob und damit die aufgekommene Stille durchbrach.

„Verzweifelt nicht, meine Mannen. Auch wenn wir in der Zahl unterlegen sind, so sind es unsere Herzen, die für die gerechte Sache kämpfen. Lasst nicht Angst und Hoffnungslosigkeit euren Geist belagern, sondern füllt euer Innerstes mit Zuversicht und Mut. Versagt nicht, meine Mannen, sondern erinnert euch an das, für was ihr kämpft. Erinnert euch an eure Freunde und Familie. An eure Liebsten und Vertrauten und erinnert euch daran, dass das Schicksal all dieser Menschen auf unseren Schultern lastet. Darum kämpft, Männer von Ogirion! Auf dass wir unsere Rasse in eine neue Zeit führen werden!“, schlug die Stimme des Generals durch die Reihen seiner Krieger, wobei in ihren Herzen ein kleiner Hoffnungsschimmer entfacht wurde. Ein Hoffnungsschimmer gefüllt mit dem Glaube an eine gute Zukunft und mit dem Vertrauen auf eine Welt ohne Hass und Unterdrückung.

Es war just jener Augenblick, als die zum Stillstand gekommene Bastion des Feindes plötzlich wieder ihren Marsch aufnahm, wobei sie diesmal nicht in Ruhe und Kontrolle, sondern unter Kampfgeschrei und dem Donnern tausender Füße auf die letzte Bastion des Ostens einstürmte.

Petro war hierbei einer der ersten, der seine Armbrust auf die Feinde richtete und mit einem leisen Schnalzen einen Bolzen abfeuerte. Doch auch wenn die etlichen Pfeile und Bolzenhagel von da an vielen der Soldaten Tigras das Leben nahmen, so reichte ihre Kraft nicht aus um den unaufhörlichen Ansturm des Westens zu stoppen.

So geschah es, dass die gigantische Flut mit einem Mal über die Überreste des Heeres von Ogirion hereinbrach und die letzte Schlacht dieser Welt begann. Doch auch wenn Petro und die Mannen des Armbrustkampfes aufgrund ihrer Funktion ein wenig geschützt waren, da sie sich leicht versetzt im Hintergrund zu dem restlichen Heer befanden, befiel ein großes Entsetzen sein Gemüt, als er erkannte, mit was für einer Zerstörungskraft die Armee des Westens hereinbrach.
Wie eine gigantische, alles vernichtende Welle des Todes bahnte sie sich ihren Weg durch die Reihen der tapferen Soldaten, während diese keine Chance gegen das hereinbrechende Unheil hatten.
Angst, Trauer und Sorge befiel dabei den Geist des Soldaten, als er plötzlich in der Ferne etwas erblickte, was er nie zuvor gesehen hatte.

Eine Fontäne aus Feuer, so schien es ihm, durchbrach plötzlich die Reihen der Kämpfenden, als er auf einmal eine Gestalt in der Ferne erblickte, die er seit vielen Tagen nicht gesehen hatte. Die Gestalt eines in Schwarz gehüllten Mannes, der auf dem Rücken eines rabenschwarzen Pferdes gefolgt von vier weiteren Gestalten aus dem anliegenden Waldstück geschossen kam und aus deren Händen gewaltige Feuerbälle auf das Heer des Westens katapultiert wurden.
„Terean, äh, Dexter?“, schoss es dabei dem Soldaten durch den Kopf, wobei plötzlich ein erneuter Hoffnungsschimmer in seinem Herzen aufloderte. „Dexter!“, rief er dann plötzlich mit lauter Stimme, wodurch er die Aufmerksamkeit der restlichen Armbrustschützen auf den heranstürmenden Arm der Götter lenkte.

Es war ein Sturm aus Hass, Rache und Vergeltung, der Dexters Körper in jenem Moment durchfuhr, als er mit tobendem Kampfschrei aus dem kleinen Waldstück gesprungen kam und von dem Rücken seines treuen Freundes Andolas aus einen gewaltigen Feuerball auf die Armee des Westens niederprasseln ließ. Gefolgt von Meister Isidron, Meister Bales, Sergon und einem weiteren Magier, den Dexter nur als Solas kannte, galoppierte die letzte Bastion der Götter mit feurigem Vorspiel auf die tobende Schlacht zu, wobei ein jeder wusste, wie ihr Plan aussah.

Es war große Verwirrung und große Unsicherheit, die in jenem Moment

nicht nur durch die Gemüter der Soldaten Tigras wanderte. Keiner der Kämpfenden verstand, was plötzlich geschehen war, und mit Schrecken und großem Entsetzen stellten sie fest, wie sich die Macht des Feuers durch ihre Reihen bohrte. Aber nicht nur das, nein, auch gewaltige Blitzschläge und durchschlagende Stürme durchbrachen die Reihen des Westens, als plötzlich eine gewaltige Stimme durch die Luft hallte. Eine Stimme, welche all das Kampfgeschrei und Toben der Welt übertraf und die mit einem Male die Schlacht zwischen den Völkern zum Stillstand kommen ließ.
Es war der Auserwählte, der durch einen kleinen Trick, den er vor seiner Abreise von Meisterin Serillia erfahren hatte, seine Stimme durch die Kraft seiner inneren Energie zu derartigem befähigte, und er war es auch, der seine Worte mit donnerndem Zorn über das Schlachtfeld hallen ließ.

„Haltet ein, Völker dieser Welt. Beendet diese Schlacht im Namen der Götter, die euch erschaffen haben. Ihr, Anhänger Tigras, seid es, die auf den Verrat und den Hass eines Mannes hereingefallen sind, der euch seit Jahrtausenden belogen hat. Ihr seid es, die mit diesem Krieg den Untergang der Menschheit heraufbeschworen haben, und ihr seid es, die beinahe die Schuld am Untergang dieser Welt hätten. Aber noch ist nicht aller Tage Abend. Ich war es, dem es gelungen ist euren Führer, König Tratres, in den Hallen der Eisernen Festung niederzustrecken. Er war es, der euren Geist mit Hass erfüllte. Er war es, auf dessen Verrat ihr hereingefallen seid, und er war es, der unsere Rasse vernichten wollte. Einst als gefallener Gott, der von unseren Göttern, den Schöpfern der Menschheit, verbannt wurde, pflanzte er Hass und Verrat in die Seelen seines Volkes. Doch nun ist jener bezwungen und mit ihm all der Hass, welcher stets eure Seelen belastete. Lasst los, Männer Tigras, und beendet diese sinnlose Schlacht. Beendet die Schlacht, und legt eure Waffen nieder, auf dass die Völker von Tigra und Ogirion von nun an gemeinsam unter einem Banner ihre Herrschaft preisen können!“, hallte die gewaltige Stimme über das riesige Schlachtfeld, wobei ein seltsames Gefühl die Reihen der Soldaten des Westens heimsuchte.
Ein Gefühl, dass diese allmächtige Stimme, wie sie in ihren Augen nur von einem Gott stammen konnte, die Wahrheit sprach.

Und so geschah es, dass sich die Herzen jener Mannen aus den verästelten Wurzeln des Hasses befreiten und mit einem Mal ihre Waffen niederlegten. Sie beendeten das sinnlose Schlachten und Morden, und sie beendeten jenen Krieg, der beinahe das Ende der Menschheit bedeutet hätte. Mit tief sitzender Freude erkannte dies auch der Magier Dexter. Er erkannte, dass er durch die Macht seiner Götter fähig war dem jahrtausendelangen Verrat ein Ende zu bereiten, und er erkannte, dass die Prophezeiung die Wahrheit gesprochen hatte.
Er war der Auserwählte der Götter Anor und Velur, auch wenn er zu jenem Augenblick noch nicht den geringsten Funken Ahnung hatte, was dies tatsächlich bedeuten sollte.

Denn auch wenn der Krieg auf dem Kontinent ein Ende gefunden hatte, so war es nur eine Frage der Zeit, bis die Visionen seines Vaters Aratheus Gestalt annehmen würden. Es war nur eine Frage der Zeit, bis erneutes Unheil über die Welt kommen würde, und es war nur eine Frage der Zeit, bis Dexter die ganze Wahrheit über seine Welt erfahren würde.

ENDE

Namensverzeichnis

(Aufgrund der vielen Charaktere habe ich mich entschlossen dieses Verzeichnis anzulegen, so dass man als Leser nicht die Übersicht verliert)

Götter:

- **Anor und Velur** *(die beiden Obersten)*
- **Denuis und Atalis** *(die Söhne der Obersten)*
- **Damus** *(der gefallene Gott)*

Protagonist:

Dexter Spark (Terean Troles; Seleas, Sohn des Manus)

eigentliche Eltern:
-Vater: **Aratheus der Seher**
-Mutter: **Maureena**

erste Stieffamilie:
-Vater: **Sheron Jackson Spark**
-Mutter: **Mytress** (*hieß einst:* **Mytria**)
-Bruder: **Marios**

zweite Stieffamilie:
-Vater: **General Tirion**
- Mutter: **Silvia**
- Schwester: **Julia**

Königsfamilien:

- **König Sumunor** *(Herrscher Ogirions zu Dexters Zeiten)*
- **Prinzessin Larena** *(Sumunors Tochter)*
- **König Orelias** *(Herrscher Ogirions nach Ewigem Krieg)*
- **König Tratres** *(Herrscher Tigras zu Dexters Zeiten)*
- **König Seramus** *(Herrscher Tigras nach Ewigem Krieg)*

Militär:

Generäle:
- **Severas** *(Geopraphie und Landeskunde)*
- **Pletus** *(Überlebenskunde)*
- **Oreus** *(Geschichte)*
- **Digus** *(Ausrüstung)*
- **Arathon** *(Kampftraining 1+2 Lehrjahr)*
- **Esteban** *(Kampftraining 3+4 Lehrjahr)*
- **Berbaton** *(Führer der Streitkräfte Lorios)*

Rekruten:
- **Petro**
- **Seren**
- **Renus**
- **Tion**
- **Asad**
- **Nilan**
- **Nesad**
- **Melar**
- **Diego**
- **Jurus**
- **Septa**
- **Marek und Oles** *(Zimmerkollegen nach Renus und Tion)*
- **Derleg** *(einer der drei Rekruten bei der Jagd)*

Sonstige:
- **Manuk** *(Offizier und Kapitän der Arius Watus II)*
- **Horus** *(Schmied)*
- **Torius** *(einer der Soldaten in Lorio)*
- **Galus** *(königliche Leibwache)*
- **Delus** *(königliche Leibwache)*

Magier

magischer Rat:
- Priester Zenos
- Maros
- Pelebas
- Esentas
- Serillia

sonstige Magier:
- Isidron *(Dexters Lehrmeister)*
- Gabonus *(Magier aus Onur)*
- **Sergon** *(Sohn des Maros)*
- Areas
- Dekust *(Padavan)*
- Bereas*(Zenos´ Leibwächter)*
- Mirus*(Magier aus Mirinon)*
- Bales
- Solas

Sonstige

- Deres und Kessy *(Zwei Banditen)*
- **Kreus, die Krähe** *(Bandit in Esgoloth)*
- Misses Fondes *(Blonde Frau aus nähe Esgoloth)*
- Thearus *(angebl. Minenarbeiter aus Lorio)*
- General Matheus *(tigranischer Soldat)*
- Samua *(Jagdlehrmeister Tereans´)*
- **Meister Eroth** *(Schmied in Thorgar)*
- Brathus *(Wirt im Zapfenkessel in Esath)*
- Chaba *(Führer der Rebellen Lorios)*
- Balin *(Schriftführer des Kriegsrates Ogirions)*

Norde
Westen
Westgebirge
Tigra
Walenos
Mirinon
Ratesat
Westmeer
Mee
der
Mitte
Weißes
Gebirge
Onur
Süden